U0448863

AR

AYN
RAND

阿 特 拉 斯
耸 耸 肩
ATLAS
SHRUGGED

三十五周年纪念版 35th ANNIVERSARY EDITION

第三部 PART
同一律 THREE
A IS A

[美]安·兰德 著 杨格 译

重庆出版集团 重庆出版社

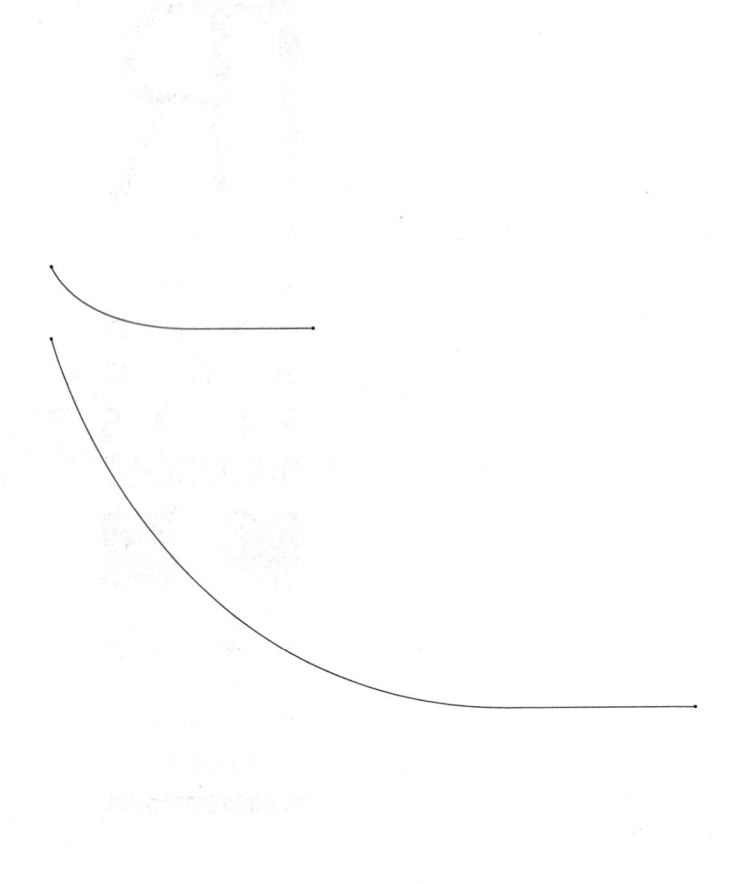

第三部

Part THREE
A is a
同一律

Contents
第三部 | 分目录

1 |1268| 亚特兰蒂斯
Atlantis

2 |1358| 贪婪者的乌托邦
the Utopia of Greed

3 |1474| 反贪婪
Anti-Greed

4 |1560| 厌恶人生
Anti-Life

5 |1642| 手足之情
Their Brothers' Keepers

6 |1740| 救赎的协奏
the Concerto of Deliverance

7 |1808| "我就是约翰·高尔特"
"This is John Galt Speaking"

8 |1930| 自我主义者
the Egoist

9 |2032| 发电机
the Generator

10 |2070| 以我们最崇高的名义
In the Name of the Best within Us

|2111| 后记
Afterword

|2115| 附录
Appendix

亚特兰蒂斯

Atlantis

她一睁开双眼,就看见了阳光、绿叶和一个男人的脸庞。她想:我知道这是哪里。这就是她在十六岁的时候渴望见到的地方——现在她置身其中了——这一切似乎来得如此简单而平淡,她所感受到的仿佛是一种祝福,用三个字传遍了整个宇宙:当然了。

她仰面望着一个跪在她身旁的男人,心头豁然明朗,眼前出现的正是她从前哪怕付出生命也要求得一见的:这就是一张看不出一点痛苦,没有丝毫惧色和愧疚的面孔。他的嘴角挂着自豪,不仅如此,他似乎更以这种自豪为傲。他的脸颊棱角分明,不禁令她联想到了高傲、严肃和对一切的藐视——但那张脸上并未流露出其中任何一点,而是把它们集中在了一起:这是一种沉着果断的自信神情,这神情纯洁无瑕,既不会恳求,也不会施舍原谅。这张脸上没有任何躲躲闪闪,坦荡而磊落,因此她最先捕捉到的便是他眼里的一种专注的洞察力——看上去,他对他的观察力最为中意,仿佛他的眼睛能够带他进入无止境的快乐之旅，把最有价值的信息告诉他自己和全世界——告诉自己他有能力看到这一切，告诉世界这是一个多么值得一看的地方。一时间，她觉得自己面对的是一个纯粹的感知的生灵——然而，她还从未对一个男人的身体有过如此强烈的感觉。薄薄的衣衫与其说是遮挡，倒不如说突出了他的躯干，他的皮肤被阳光晒成健康的棕色，身材结实，显得干练，犹如锻铸的金属，却像铜铝合金一般，淡淡地泛射着毫不刺眼的光泽，皮肤的颜色和他栗褐色的头发正好相配，缕缕蓬松的头发被阳光染成了由褐渐黄的自然颜色，但他的眼睛作为铁打一样的身体上唯一不显黯淡又不刺眼的部位，成了全身色彩的点睛之处：那双眼睛散发着如同金属表面泛射出的那种幽幽的绿光。他带着淡淡的笑容，正低下头来看着她，那神情完全不是面对着什么新的发现，而是在熟悉地思索着——似乎眼前这个人也正是他期待已久和深信不疑的。

这才是她的世界，她想，人就应该是这个样子，就应该这样去面对他们的生活——而其他的一切，这些年来所有丑恶和挣扎的经历，只不过是某人开的一个愚蠢的玩笑罢了。她朝他微笑着，似乎把他当作了自己的同伴，笑得轻松而自由，把她再也不觉得重要的那些事情统统撇在了脑后。他以和她同样的微笑作答，似乎与她感同身受，心有戚戚。

"我们是不是再也用不着担心了？"她轻声问道。

"对，再也用不着了。"

随后，她的感觉彻底恢复，她意识到他完全是一个陌生人。

她试着离他远一些，但仅仅是枕着草地的脑袋微微地动了动。她试着坐起身，但后背传来的一阵剧痛令她又倒了下去。

"别动，塔格特小姐，你受伤了。"

"你认识我？"她的声音十分生硬。

"我认识你很多年了。"

"我认识你吗？"

"我想是的。"

"你叫什么名字？"

"约翰·高尔特。"

她呆呆地望着他。

"你为什么感到害怕？"他问。

"因为我相信你说的话。"

他笑了笑，像是完全认可了她对于他的名字所领会到的意义；这笑容表示他接受了对手的挑战——如同大人对于小孩的自己骗自己感到好笑一样。

她感到在迫降中被撞坏的不仅仅是飞机，她的意识并未完全恢复。她无法把眼前的一切拼凑到一起，想不起她那些关于他名字的记忆，只知道它代表的是她必须慢慢填补的漆黑的真空。她在此刻无法做到。这个人的出现像聚光灯一般刺眼，令她看不见散落在外面黑暗之中的那些东西。

"我一直跟着的就是你吗?"她问。

"是的。"

她慢慢地环顾了一下周围。她正躺在一片草地之上,草地的一端矗立着一块从高高的蓝天之外掉落的巨大岩石。草地另一端的危岩和苍松,以及桦树枝上闪亮的树叶,挡住了她的视线,只能看到远方环绕着他们的群山。她的飞机并没有摔烂——只是肚皮贴着地,就停在几步之外的草地上。眼前看不见另外的飞机,看不到有建筑和人类栖息的迹象。

"这是什么山谷?"她问。

他一笑:"塔格特终点站。"

"你这是什么意思?"

"以后你就明白了。"

仿佛对对方产生了畏惧一般,她不禁想要察看一下自己的身体状况。她的胳膊和腿可以动;头能够抬起;她深吸一口气,感觉到钻心的疼痛;她看见一缕鲜血顺着袜子流了下来。

"这里出得去吗?"她问。

他的声音似乎非常诚恳,但发着金属般绿光的眼睛充满笑意:"其实是不行的,暂时的话——可以。"

她试着起身。他弯下腰,想拉她一把。但她用尽浑身的力气,猛地一下子挣脱了他的手,挣扎着想站起来。"我觉得我行——"她张口说道。她的脚才着地,一股剧痛便从脚踝直袭上来，令她难以支撑，倒在了他的身上。

他用双手将她抱了起来，笑道："塔格特小姐，你还不行。"说完，他便迈步向草地对面走去。

她的胳膊环抱着他，头枕在他的肩膀上面，身子静静地躺在他的怀里，心里想道：只要像这样——哪怕是一会儿——也可以彻底不再抵抗了——可以将一切忘记，只是去感受……她以前是在什么时候体会过这样的感觉？她迷惑起来。曾几何时，她的心中曾出现过这样的念头，但此刻她已想不起来。她曾经有过一次这样的感受——感觉到踏实，感觉到这就是最终，感觉到她已经到达，不必再有疑问。但她从未体会过的是这种被保护，同时可以接受保护、放弃抵抗的感觉——对呵，因为这种特殊的安全感并非是针对未来，而是针对过去，并非是保护她撤出战斗，而是让她获得胜利，并非是因为她的软弱，而是因为她的坚强……她异常强烈地意识到了他那双抱住她身体的手，他亮铜般金黄的头发，他和她相距不过数寸的睫毛在他的脸上投下的阴影，她模模糊糊地思忖着：受保护，是保护我什么？……他才是敌人……他是吗？为什么？她不知道，现在她想不了这个问题，此时，要记起几个钟头前她曾经有过的目标和动力都要费一番力气，她强迫自己找回它。

"你知道我在跟着你吗？"她问。

"不知道。"

"你的飞机到哪儿去了？"

"在机场。"

"哪里有机场？"

"在山谷的另一边。"

"我向下看的时候，山谷里并没有机场，也没有草地。它是怎么跑出来的？"

他朝天上瞧了一眼："仔细看看，能不能看见上面有什么东西？"

她把头向后一仰，直盯盯地望着空中，除了清晨那一片静静的蓝天之外，什么也没有发现。过了一阵，她看出空气中有几缕微微晃动的亮光。

"热空气。"她说。

"是折射光波，"他回答道，"你看到的谷底是离此五英里的一座八千英尺高的山的山顶。"

"一座……什么？"

"一座没有飞机会选择去降落的山。你看到的是把它折射在山谷上方的反光。"

"怎么折射？"

"这和沙漠中海市蜃楼的原理一样：用一层热空气来折射影像。"

"怎么折射？"

"是用一面射线屏幕，设计时考虑到了所有的因素——但忽略了你那样的勇气。"

"你什么意思？"

"我从没想过能有任何飞机敢于下降到距离地面七百英尺的范围内。你撞上了射线屏幕，有些射线会让电磁发动机熄火。你这可是第二次让我失算了：我也从没被人跟踪过。"

"你为什么要用这个射线屏幕？"

"因为这里是私人领地，不想被破坏。"

"这里是什么地方？"

"既然现在你来了，塔格特小姐，我会带你看一看的。你看过之后，我会回答你的问题。"

她不再说话了。她发觉自己几乎问遍了所有的事情，就是没有问关于他的问题。他似乎是一个整体，就像一个不可再简化的绝对，一个无须再解释的公理，第一眼看到时她就已经掌握，似乎她仅凭直觉就已对他了如指掌，而现在她要做的，只是去分析她所了解到的一切。

他抱着她，顺着一条蜿蜒的小路走到谷底。在他们身旁的山坡上，巍然挺立着杉树那高大、深沉、如金字塔般的躯干，简约的阳刚之气犹如一座座最原始不过的雕塑，碰撞着在阳光下颤动不已的桦树上那茂盛、阴柔，有着刺绣般繁复纹理的叶子。阳光透过树叶，洒落在他的头发和他们的脸上。她看不见山路转过弯后的下面有些什么。

她的眼睛不停地转回到他的脸上。他偶尔会低头看她一眼。一开始,她的目光像是被人逮住一般急急避开,后来,她似乎学起了他的样子,只要他一低头便将目光迎上去——她心里明白他知道她的感受,并且他不会在她的注视下隐藏他眼神里的含义。

她知道他的沉默等于在承认他和她有着同样的感受。他并不是用一种冷淡的态度像一个男人负起受伤的女人那样对待她。尽管她并未从他的举止里感觉出来,但那是一种拥抱;她只是非常确切地感到,他的全身上下都能意识到抱着她身体的那种感受。

她听见了瀑布的响声,随后便看到晶莹碎裂的水流自山崖上潺潺溅落。水声通过她内心当中某种隐约的敲击,以她正极力去回想的微弱节奏传来——但这节奏转眼即已消失,敲击仍在继续;她聆听着水声,然而,另外一种声音好像变得更加清晰和响亮了,它并非来自她的心中,而是发自树叶间的某个地方。山路回转,她在豁然开朗的前方看见了山崖下的一座小房子,开启的窗户上映着一道阳光。她立时悟出了那种令她想要立即接受眼前一切的感受——那就是一天夜里,她坐在彗星号满是灰尘的座位上,第一次听到了哈利《第五协奏曲》的旋律——她知道她此时听到的正是它,它是从一架钢琴的键盘上传来的,那清脆而响亮的音符出自一个人有力而自信的弹奏。

她几乎是猝不及防地劈头问道:"这是理查德·哈利的《第

五协奏曲》,对不对?"

"对。"

"这是他什么时候写的?"

"你干吗不问问他本人?"

"他在这里吗?"

"弹奏这首曲子的就是他。那是他的房子。"

"噢……"

"你以后会跟他见面的,他将非常高兴见到你,他知道你晚上独处的时候只喜欢听他的曲子。"

"他怎么会知道?"

"是我告诉他的。"

她脸上的表情仿佛是要问"你怎么居然……",然而,一看到他的眼神,她就笑了起来,这一笑,便道破了他眼中所要表达的一切。

她心想,她不能再提出任何问题,再有任何疑问了,至少不能在当下,不能在这样的音乐声中——这乐声从沐浴着阳光的枝叶间昂然升起,传神地演绎出了被解脱和释放的激情,正像她当初在颠簸的火车座位上,透过沉重的车轮声所听到的一样——那天晚上,她的内心通过这乐声所看到的正是这些——正是这座山谷,还有黎明的太阳,还有——

她旋即大吃一惊,山路又转了个弯,从一处开阔的山崖望去，她看到了下面山谷里的一座城镇。

那还不是个城镇，只是一片房屋，从山脚一直延伸开去，散落在山坡之上。群山越过那些房顶继续向上伸展，把它们围在了一个陡峭而无法逾越的环中。那些都是小巧而崭新的住宅，外形方方正正，装着亮闪闪的大玻璃窗。远处有一些似乎更高的建筑，它们的上空飘荡着一缕缕淡淡的烟雾，说明那是一处工业区。但就在她的前方，下面的山崖上，有一根细长的石柱拔地而起，高及她的视线。在它上面，矗立着一个用纯金铸成、高达三英尺的美元符号，耀眼的光芒使得她视野里的其他东西全都黯然失色。它高居在小镇上空，成了镇子的徽章、标记和灯塔——它如同一个能量发射器，将太阳的光辉变成闪亮的祝福，向屋顶上方的天空撒播开去。

"这是什么？"她吃惊地指了指那个符号。

"哦，这是弗兰西斯科私下里开的一个玩笑。"

"弗兰西斯科——你是指哪一位？"她喃喃道，答案已在心里了。

"弗兰西斯科·德安孔尼亚。"

"他也在这里？"

"他随时会来的。"

"为什么你说这是他开的玩笑？"

"他将这个符号作为生日礼物，送给了这块土地的主人。

后来，我们就都将它认同为我们特别的标志，我们很欣赏这个创意。"

"难道你不是这里的主人吗？"

"我吗？不是。"他向山崖的脚下看了看，用手一指，继续道，"现在过来的就是这里的主人。"

一辆汽车在下面的一条土路尽头停下，两个人急匆匆地沿着山路走来。她看不清他们的脸；其中一人身材瘦高，另一人的个头矮些，体型更健壮。他继续抱着她向下面迎过去，蜿蜒曲折的山路暂时挡住了那两个人的身影。

当他们猛地从几英尺外拐角处的山石旁冒出来时，他们的面孔令她感到猝不及防。

"瞧，我说什么来着！"那个她不认识的壮汉瞪着她说道。

她紧盯着他身旁那个引人注目的高个子同伴：他正是休·阿克斯顿。

休·阿克斯顿脸上露出欢迎的微笑，彬彬有礼地朝她躬了躬身，率先开口说道："塔格特小姐，这还是头一次让人证明是我错了。在我跟你说你永远找不到他的时候，我可不知道再次见面时你就躺在他的怀里了。"

"谁的怀里？"

"当然是发动机的发明者了。"

她惊讶地闭上了眼睛；她知道她早就该想到这一点。她睁开眼看着高尔特。他脸上挂着淡淡的戏弄的笑容，似乎完全明白这件事对她意味着什么。

"真应该拧断你的脖子！"那个身材健壮的人气呼呼地用关切，甚至是爱慕的口气冲她嚷道，"对这样一个我们早就盼望并接受的人，明明可以自己走正门进来，偏要冒这个险！"

"塔格特小姐，请让我介绍一下，这位是麦达斯·穆利根。"高尔特说道。

"哦，"她虚弱地应了一声，笑了出来。她已经再也不会感到惊讶了，"你是不是认为我已经掉下来摔死了，这里便是另外一个世界？"

"这里的确是另外一个世界，"高尔特说，"不过要说到死的话，难道这一切不是恰恰相反吗？"

"是啊，"她喃喃地说，"是的……"她冲穆利根笑笑，"哪里才是正门呢？"

"在这儿。"他一指自己的脑门，回答说。

"我的钥匙丢了，"她平淡的话语里没有丝毫厌恶，"现在，我所有的钥匙都丢了。"

"你总会找到它们的。不过，你究竟跑到那架飞机上去干什么？"

"跟踪。"

"跟踪他？"他指了指高尔特。

"对。"

"算你命大！伤得厉害吗？"

"我觉得还好。"

"等他们医好你的伤后，我要问你几个问题。"他身形一转，带头向下面的汽车走去，接着他看了看高尔特，"好吧，现在怎么办？咱们没料到的问题来了：这可是第一个异类。"

"第一个……什么？"她问。

"没什么，"穆利根回答，然后看着高尔特，"咱们怎么办？"

"这个交给我，"高尔特说，"由我来处理，你去管昆廷·丹尼尔斯吧。"

"哦，他一点也不用担心，只需要带他熟悉一下这里就行了，其他的他似乎全都明白。"

"是啊，他等于完全是靠自己把一切都想通了，"他看见她迷惑不解地望着自己，便说，"塔格特小姐，有一件事我要感谢你：你选择昆廷·丹尼尔斯去研究我的东西，是对我的褒奖。他十分出色。"

"他在哪里？"她问，"能不能告诉我发生的一切？"

"当然，麦达斯在机场接我们，把我送到了家，然后带上丹尼尔斯走了。我当时正要去和他们一起吃早餐，但发现你的飞机正在打转，然后掉在了那块草地上。我离那里是最近的。"

"我们尽快赶了过来，"穆利根说，"我还在想，飞机里的人无论是谁,死了都是自找的,但做梦也没想到会是你——我认为全世界仅有的能获得赦免的两个人之一。"

"另一个是谁?"她问。

"汉克·里尔登。"

她顿时瑟缩了一下,不再讲话了,仿佛面对的是从另外一个遥远的地方传来的突如其来的打击。她不明白高尔特为什么似乎特意地在盯着她看,她觉察到他的脸上有一个细微的变化一闪而过,看不清是什么。

他们来到了汽车旁边。这是一辆车篷放了下来的哈蒙德敞篷车,是最贵的款式之一,已经用了些年头,但保养极佳。高尔特将她小心地放在车后座上,用胳膊搂着她。她感到钻心的疼痛不时传过,但已经根本就顾不上了。穆利根将车子一发动,她便开始向远处镇上的房子望去。他们经过了那个美元符号,一束金光射向她的眼睛,抚过她的前额。

"这儿的主人是谁?"她问。

"是我。"穆利根回答。

"那他又是什么?"她一指高尔特。

穆利根笑出声来:"他只是在这儿工作。"

"那你呢,阿克斯顿博士?"她又问。

阿克斯顿瞧了一眼高尔特:"我是他的两位父亲之一,塔格特小姐,是没有出卖他的那一位。"

"噢！"她找到了另一个答案，"是你那第三个学生？"

"没错。"

"又是一个给记账先生帮忙的。"她突然又想到了什么，悲叹着。

"这是什么意思？"

"这就是斯塔德勒博士对他的称呼。斯塔德勒博士告诉过我，他认为他的第三个学生就是变成了这样一个人。"

"他过奖了，"高尔特说，"按他对他那个世界的衡量标准，我还差得远呢。"

汽车拐上一条小道。这条路通向建在山梁上俯瞰着山谷的一座孤零零的房屋。她看见前面有一个人正急匆匆地沿着小路向城镇的方向走来。他身穿一件蓝色的工作服，手里拎了一只午餐盒。他那轻快急促的步伐隐约有些眼熟。汽车从他身旁经过时，她向他的脸上瞧了一眼——她的身体猛地向后倒去，因为这一动引发的疼痛以及这一眼给她带来的震惊，她高声叫了起来："噢，停下！停下！别让他走了！"那人便是艾利斯·威特。

车上的三个男人大笑起来，不过，穆利根还是停住了车子。"噢……"她意识到自己忘记了威特是不会从这样一个地方消失的，便无力而抱歉地说道。

威特朝他们转过身来：他也认出了她。当他抓住车身，停下自己脚步的时候，她看到了他脸上那抹朝气蓬勃的得意的笑容，这笑容她以前只看见过一次：那便是在威特枢纽站的站台上。

"达格妮！你终于也来了？来加入我们？"

"不，"高尔特说，"塔格特小姐是个遇难者。"

"什么？"

"塔格特小姐的飞机失事了，你没看见吗？"

"失事——是在这里吗？"

"对。"

"我是听说了有一架飞机，不过，我……"他疑惑的神情变成了后悔、开心和善意的笑容，"我明白了，噢，得了吧，达格妮，这太荒唐了！"

她无助地望着他，实在无法将过去和现在联系到一起。她绝望地记起了差不多已经是两年前的那个无人接听的电话，仿佛在梦中对着死去的人后悔地说着生前没有机会说出的话一样，将心里一直盼望着如果再见到他时要说的话说了出来："我……我找过你。"

他温和地一笑："从那时起，我们一直想找你，达格妮……我今晚会来看你。别担心，我不会消失了——而且我想你也不会的。"

他朝其他几个人摆了摆手，便晃着饭盒走开了。穆利根再次开动车子后，她抬眼一看，发现高尔特的双眼正凝视着她。她脸色一沉，像是公开承认了自己的痛苦，同时对于这会给他带来的满意表示抗议。"好吧,"她说,"我明白你想让我目睹什么好戏了。"

但他的脸上既看不到残忍,也看不到怜悯,只有一副公正淡然的表情。"我们这里的第一条规矩,塔格特小姐,"他回答说,"就是一切都要自己亲眼见到。"

汽车在那座孤零零的房子前停下。房屋用粗犷的花岗岩石块砌成,正面的墙上几乎只有一整面玻璃板。"我去接医生来。"穆利根说着便开车走了,高尔特抱着她走上了小径。

"是你的房子?"她问。

"是我的。"他回答说,用脚将门踢开。

他抱着她跨过门槛,走进明亮的客厅,大片的阳光照耀着用松木镶嵌的墙壁。她看见了几件手工打造的家具和裸露着橡架的屋顶,在一条拱形过道的另一端是间不大的厨房,里面有粗糙的木架、原始的木桌,以及令人吃惊的闪亮的镀铬电炉;这里有着拓荒者的小木屋般原始的简朴,没有任何多余的物件,却设计得极具现代感。

他抱着她穿过阳光,进入一间小客房,将她放到了床上。她注意到窗子正对着的是一条长长的石阶和高耸入天的松树。她发现木墙上有细微的像是刻写的痕迹,几行字的笔迹似乎并不相同,她看不清写的是什么。她发现有一扇半掩的门通向他的卧室。

"我在这里是客人还是囚犯？"她问。

"塔格特小姐，这要看你自己怎么选择了。"

"要是和陌生人打交道，我就没法选择。"

"可你并不是。你难道没有以我的名字命名过一条铁路吗？"

"噢！对了……"又是一条线索在此找到了答案，"对，我——"她眼前看到的是一个头发上洒满阳光的高个子，那双无情而洞察一切的眼睛里含着抑制不住的笑意——她看到的是修筑她那条铁路时的千辛万苦和通车时的那个夏日——她心里在想，如果可以把一个人用作那条铁路的徽记，那就是他了。"对……我是这样做过……"随后，她想到了其余的一切，便又说道，"但我是以一个敌人的名字来命名它的。"

他笑了："这正是你早晚要化解的矛盾，塔格特小姐。"

"毁掉我铁路的……就是你……对不对？"

"当然不是了。是矛盾。"

她闭上了眼睛。过了一阵，她问道："在我听到过的有关你的许多传说里——哪一个是真的？"

"都是真的。"

"是不是你散布的？"

"不是，我干吗要那样做？我从来没想过要被人议论。"

"但你的确知道你已经成为一个传奇人物了？"

"对。"

"二十世纪发动机公司的青年发明家才是这个传奇人物真实的一面，对不对？"

"如果实话实说的话——没错。"

她无法克制住自己的情绪；她在问话时连气都快喘不上来了，声音低得像是在呢喃："那台发动机……那台我找到的发动机……是你做的？"

"对。"

她的头抑制不住地抬了起来。"转化能量的秘密——"她话才出口，便戛然而止。

"我可以在十五分钟里向你解释清楚这一切，"他回答着她没有说出来的那个迫不及待的请求，"但是，这世界上没有任何一种力量可以强迫我讲出它来。你如果明白了这一点，也就能明白困惑你的一切了。"

"那天晚上……十二年前……在一个春天的夜晚，你从六千多个害人者的大会上走了出来——这事是真的？"

"是。"

"你告诉他们你要停下这世界的发动机？"

"是的。"

"你做了什么？"

"我什么都没做，塔格特小姐，这就是我的全部秘密。"

她默默地注视了他良久。他站在那里等待着，似乎能看透她的心思。"那个毁灭者——"她带着一种好奇而无奈的口吻说道。

"——那个最邪恶的东西,"他以引用的口吻接了下去,她听出这是她说过的话,"那个把世界上一切智慧都吸干了的人。"

"你对我的监视究竟有多彻底,"她问,"究竟有多久?"

在只是瞬间的停顿之中,他的眼睛并没有移动,但在她看来,他的目光似乎因为捕捉到了她而显得更加专注,同时她从他平静的回答里听出了某种加重的语气,"许多年"。

她闭上眼睛,让自己松弛下来,不再去想这些。她有一种奇怪的无所谓的轻快感,仿佛突然之间,她只是希望在无可奈何中低下头来,以求安宁。

前来的医生长了一头灰白的头发,面孔和蔼体贴,举止果断,既自信又不会令人觉得不舒服。

"塔格特小姐,这位是亨得里克医生。"高尔特介绍道。

"不会是托马斯·亨得里克医生吧?"她像一个小孩儿那样情不自禁地叫出声来。那是位有名的外科专家,六年前就隐退了。

"当然是他了。"高尔特说。

亨得里克医生笑着对她回答道:"麦达斯告诉我,必须给塔格特小姐一些受到惊吓后需要的治疗——这里指的惊吓不是你已经受到的,而是随后会出现的。"

"我就把这里交给你了,"高尔特说,"我去市场买些早点回来。"

她看着亨得里克医生动作麻利地检查着她的伤情。他带来了一样她从未见过的东西：一架便携式X光扫描仪。她得知自己伤了两根肋骨，扭了一只脚踝，一侧膝盖和肘部的皮肉被蹭破，身上多处瘀肿。待到亨得里克医生敏捷而熟练地替她上好纱布、裹好绷带之后，她觉得自己的身体如同一部被老练的技师检修完毕的机器，已经不需要再做任何保养了。

"我建议你卧床休养，塔格特小姐。"

"噢，不行！我小心一点，慢慢走动，应该没事的。"

"你应该休息。"

"你认为我能吗？"

他笑了笑："看来是不能。"

高尔特回来的时候她已经穿好了衣服。亨得里克医生把她的情况向他做了介绍，补充说："我明天会来检查一下。"

"谢谢，"高尔特说，"把账单开给我。"

"绝对不行！"她愤愤地说道，"我自己会付。"

那两个人对视了一眼，像是看着乞丐吹牛一般，感到好笑。

"这事咱们以后再谈。"高尔特说。

亨得里克医生走了。她扶住家具，一瘸一拐地试着想站起来。高尔特用双手将她抱起，带她进了厨房，把她放到一张供两人用餐的饭桌前的椅子里。

她一见炉子上煮着的咖啡，还有两杯橙汁，以及擦亮的饭桌上放着的厚厚的白瓷盘，便感到了饥肠辘辘。

"你上次睡觉和吃饭是什么时候？"他问。

"我不记得了……我是在火车上吃的晚饭，和——"她感到无奈而好笑地摇了摇头：是和一个流浪汉。她声音里带着乞求，一心想从一个既不追赶，又无法发现的复仇者身边逃走——这个复仇者正坐在她的桌子对面，喝着橙汁，"我不记得……那似乎已经是很遥远的事了。"

"你怎么会跟着我呢？"

"我降落在阿夫顿机场的时候，你正好起飞。那里的人告诉我说，昆廷·丹尼尔斯和你一起走了。"

"我记得你的飞机盘旋着准备降落。不过唯独这一次我没想到会是你，我还以为你要坐火车来。"

她目光直逼着他，问道："这你如何解释？"

"什么？"

"唯独这一次你没想到会是我。"

他迎着她的目光。她看见了她要注意的那种典型的细微动作：他傲然倔强的嘴角一弯，露出一丝笑意。"你怎么理解都行。"他回答说。

她顿了顿，脸色一沉，显示出她很认真，然后用斥责敌人般的语气冷冷地质问道："你知道我要去找昆廷·丹尼尔斯？"

"对。"

"你抢先一步找到他,就是为了不让我见到他?明知道这对我的打击有多大,还要这样去做?"

"当然了。"

这一次她把脸一转,不再说话了。他起身去准备其余的早餐。她看着他站在炉前烤面包、煎鸡蛋和培根。他干活的样子轻松自如,但这份娴熟出自另一种职业;他双手的动作如同工程师拉动控制板上的开关那样快速无误。她突然记起了她在哪里见过这种熟练得令人无法相信的表演。

"你是从阿克斯顿博士那里学会干这个的?"她一指炉子,问道。

"除了这个,还有别的呢。"

"是他教你把你的时间——是你的时间!"她难以抑制自己的声音因愤怒而发抖,"都花在这种事情上面?"

"我还曾把时间花费在更无关紧要的事情上呢。"

他把盘子端到她面前时,她问:"这些吃的是从哪里来的?这里有杂货店吗?"

"那可是全世界最棒的,是劳伦斯·哈蒙德在经营。"

"什么?"

"是制造哈蒙德汽车的劳伦斯·哈蒙德,培根产自制造桑德斯飞机的怀特·桑德斯的农场——鸡蛋和黄油出自伊利诺伊州高等法院的纳拉冈赛特法官之手。"

她酸楚地望着她的盘子，简直连碰都不敢去碰一下。"想一想厨师和其他人所投入的时间的价值，这是我所吃过的最昂贵的早餐。"

"从一个角度来看的确如此。但换一个角度，这就是你能吃到的最廉价的早餐了——因为这顿饭里没有一丝一毫是用来喂养掠夺者的，他们也就不能迫使你年复一年地来为它还债，直到最后饿死。"

长时间的沉默之后，她充满好奇地问："你们在这里究竟是在干什么？"

"活着。"

这个词从未像此时听上去那般真切。

"你的工作是什么？"她问，"麦达斯·穆利根说你在这里工作。"

"我想我应该算是个修理工吧。"

"什么？"

"我随时待命，准备应付任何安装方面出的问题——比如电力系统。"

她看着他——突然冲着电炉冲了过去，但疼痛迫使她又坐回到了椅子里。

他扑哧一笑："是的，没错——不过别急，否则亨得里克医生就要命令你回到床上去了。"

"电力系统……"她吃力地说道,"这里的电力系统……是靠你的发动机带动的?"

"对。"

"它已经造好了吗?它已经在运行和工作了吗?"

"你的早餐就是用它做出来的。"

"我想去看看!"

"别一瘸一拐地去看那个炉子了,那就是个普通电炉,与其他的没有任何区别,只是使用起来成本要低百分之九十九。你有机会看到的也就是这些了,塔格特小姐。"

"你答应过要带我看看这座山谷的。"

"我会带你去看的,但发电机不能看。"

"我们能不能吃完后就去看?"

"如果你愿意——并且可以走动的话。"

"我可以。"

他站了起来,走到电话旁,拨了个号码。"喂,是麦达斯吗?……对……他是那么说的吗?对,她还好……你能把你的车租给我用一天吗?……谢谢了。还是按平时的两毛五分钱……能不能把车开过来?……你那里有没有拐杖之类的东西?她需要……今晚吗?对,我想是这样。我们会的。谢谢。"

他挂上电话。她难以置信地瞪着他。

"我没有听错吧?你是说有两亿身家的穆利根先生因为你用

他的车而要收你两毛五分钱?"

"没错。"

"老天,难道他不能给你用一用吗?"

他坐在那里盯着她的脸看了好一会儿,似乎故意让她看出他是觉得好笑。"塔格特小姐,"他说,"我们这个山谷里没有法律,没有规定,没有任何一种正式的组织。我们来到这里是为了得到安生。但我们也有我们共同遵守的习惯,因为它们关系到我们的安生。因此,我现在要提醒你,在这个山谷里,禁止使用一个字眼:那就是'给'。"

"对不起,"她说,"你说得对。"

他又为她倒满咖啡,并递过来一包香烟。她笑着拿过一支:烟上面印着美元符号。

"假如你晚上还不太累的话,"他说,"穆利根请我们去吃晚饭,他还会邀请其他一些客人,我想你是乐意一见的。"

"噢,当然了!我不会太累的,我想我再也不会觉得累了。"

就在他们快要吃完早餐的时候,她看见穆利根的汽车停在了房子的前面。司机跳下车,跑上小道,片刻不停,既不敲门也不按铃,一直冲进房子里来。她端详了一会儿才认出这个急匆匆喘着气、衣冠不整的年轻人正是昆廷·丹尼尔斯。

"塔格特小姐,"他喘着粗气叫道,"我很抱歉!"他嗓音里的惶然内疚与他脸上快乐兴奋的表情截然相反,"我以前从没食过言！这没什么可解释的，我不能请求你原谅我，并且知道你也不会相信，但事实是我——我居然把它忘记了！"

她瞧了一眼高尔特："我相信你。"

"我忘记了自己曾经答应要等你，忘记了所有的事情——直到几分钟前，穆利根先生告诉我你的飞机掉到这里了，我才意识到这是我的错，要是你出了任何意外的话——噢，上帝呀，你还好吗？"

"还好，别担心，坐吧。"

"我不知道一个人怎么居然能忘记自己的承诺，不知道我这是怎么了。"

"我知道。"

"塔格特小姐，我几个月来一直在埋头研究这个假想，越研究越觉得这似乎毫无希望。过去的两天我一直待在实验室里，想要解开一个看来不可能的数学等式。我觉得我都快要死在黑板前面了，但还是不打算放弃。他进来的时候天已经很晚，我觉得我根本就没注意到他进来。他说他想和我谈谈，我让他等一等，然后就接着算，看来我是把他给忘了。我不知道他站在旁边看了我多久，可我记得的是，他突然伸手过来把我的那些数字全都从黑板上抹掉，然后写了一个简单的等式。我这时才注意到了他！我当时就大喊了起来——因为它虽然不是解决发动机问题的最终答案，却是必经的途径，我从没发现和想过这条途径，但我知道它通向哪里！我记得我当时喊道：'你怎么可能知道？'——他指着一张发动机的照片，回答说：'我是最先制造它的人。'这就是我最后的记忆了，塔格特小姐——我是说这之后我就彻底忘记了自己，因为接着我们就开始说起静电，说起能量转换和发动机来了。"

"我们在那里一直谈论物理的问题。"高尔特说。

"噢，我记得你问过我是否愿意跟你一起走，"丹尼尔斯说，"是否愿意放弃一切，走了就再也不回来……什么一切？就是放弃一个已经僵死、正在倒退成原始丛林的学校，就是放弃我法定的成为看门奴隶的命运，就是放弃韦斯利·莫奇、10-289号法令和那些趴在地上、咕哝着说什么不该有智慧的近乎禽兽的东西！……塔格特小姐"——他畅快地大笑着——"他是在问，我是否愿意将那些放弃，和他一起走！他不得不问了我两遍，我一开始还不相信，不相信还用得着问谁这样的问题，谁还会在这样的选择面前犹豫。是要走吗？我会纵身从高楼上跳下去——就为了能跟上他，能在摔到地上前，听到他说出他的算式！"

"我不怪你，"她说，她带着近乎羡慕的眼神向往地看着他，"此外，你已经履行了你的合同，你带我找到了发动机的秘密。"

"我在这里也要当一个看门人了，"丹尼尔斯说着，高兴地咧嘴笑了，"穆利根先生说他给我一份看门的差事——就在发电站。等我有了进步，就可以升职去做电子技师，怎么样，麦达斯·穆利根很棒吧？等我到了他那个年纪，也希望像他那样，我想去挣钱，上百万地挣，像他一样有钱！"

"丹尼尔斯！"她哈哈大笑了起来，想起了她原来认识的那个平静自制、一丝不苟、思维缜密的青年科学家。"你怎么回事？都扯到哪儿去了？知不知道自己在说些什么呀？"

"我是在这里，塔格特小姐——这里的一切都没有止境！我要成为世界上最伟大、最富有的电气专家！我要——"

"你要回到穆利根的家里去，"高尔特说，"然后睡上二十四个钟头——否则我不会允许你靠近发电站。"

"是，先生。"丹尼尔斯顺从地说。

他们从房子里出来的时候，太阳正渐渐从山巅滑落，照亮了山谷四周环绕着的峭壁和闪光的积雪。她忽然觉得在那光环之外已经什么都不复存在，她惊奇地发现那喜悦而骄傲的认同感是源自一种洞察一切的自信，是因为一个人知道他所关注的一切全都在他的视野范围之内。她几欲伸出她的胳膊，探过下面城镇的屋顶，去体会手指够到对面山峰的感受。但她无法抬起手来；她一只手倚着拐杖，另一只手扶着高尔特的胳膊，缓慢而清醒地挪动着脚步，像孩子初学走路一样，向下面的汽车走去。

她坐在高尔特的身旁。他开车驶过城镇的边缘，来到了麦达斯·穆利根的家。穆利根的家坐落在一处山脊之上，是山谷里最大的一处住宅，也是唯一盖了两层的房子。结实的花岗岩墙壁和宽阔的平台使它看起来既像是城堡，又有休闲别墅的味道。高尔特停下车，让丹尼尔斯下去，然后继续沿着蜿蜒的山路慢慢向山上开去。

穆利根的富有，豪华的汽车，以及高尔特手握着方向盘的情景令她头一次猜测起来高尔特是否也富有。她看了看他的衣服：灰色的长裤和白衬衣似乎很耐穿；腰间窄窄的皮带已经裂了缝；腕上的手表倒是很精确，却是用普通不锈钢做的。他身上唯一显现出豪华的地方便是他头发的色泽——在风中徐徐拂动的这一缕缕头发流金溢彩。

一转过弯，她便顿时发现眼前是一大片绿油油的草地，一直蔓延到了远处的农舍。草地上放养着成群的羊和一些马，木谷仓的边上是栅栏围起的一座座猪舍，更远的地方则是与农场无关的一个金属外壳的大库房。

一个身穿牛仔衬衫的人正快步向他们迎上来，高尔特停住车，向他招了招手，却没有回答她询问的眼神，他是要她自己去看。那人走近后，她看清原来是怀特·桑德斯。

"你好，塔格特小姐。"他笑着说。

她默默地看着他高挽的衣袖、笨重的靴子和一群群的牛。"桑德斯飞机公司现在就是这副模样啊。"她说。

"当然不是了。那儿就是那架很棒的单翼飞机，是我最好的一款，被你迫降在山脚下了。"

"噢,你认出来了?对,它是你设计的,那架飞机很棒,不过恐怕我把它毁得不轻。"

"你应该把它修好。"

"我想我是把它给开膛了,没法修了。"

"我能修。"

如此自信的言语和口吻是她好些年都没听过的,她早就不指望能再看到这样的态度——但她的笑容马上变成了一声苦笑。"怎么修?"她问,"就在养猪场里吗?"

"当然不是,是在桑德斯飞机公司。"

"在哪儿?"

"你觉得它会在哪儿?是在丁其·霍洛威的侄子靠着政府的贷款和暂时免税从我破产的继承人手里买下的那幢新泽西的大楼里吗?是在那幢他造出了六架上不了天的飞机,八架上天后就掉下来、分别摔死了四十位乘客的飞机的大楼里吗?"

"那么究竟在哪里?"

"就是我所在的地方。"

他向道路对面一指。透过密密的松林,她看见谷地深处有一块用混凝土修筑的长方形的机场。

"我们这里有几架飞机,由我来负责维护。"他说,"我既是养猪的,也是机场的管理员。离了那些肉贩子,我的火腿和培根做得还不错,可离了我,那些人就做不出飞机——而且,离了我，他们甚至连火腿和培根都做不出来。"

"可你——你也一直没有再设计飞机了。"

"我是没有。而且我也没有像当初答应你的那样去生产柴油发动机。自从上次见过你，我只设计和生产过一台新式拖拉机。我是说只有一台——是我用手工打造的——已经没有大规模生产的必要了。可那台拖拉机把八小时的劳动减少到了四小时。"他的手臂犹如皇杖般直直地冲着对面的山谷一挥，她随之望去，只见远处山坡上是一层层绿油油的园圃——"它被用在了纳拉冈赛特法官的养鸡场和奶制品场"；接着他的手臂慢慢地移向山谷脚下一片长而平整的金黄色田野，随后指向了一条翠绿——"用在了麦达斯·穆利根的麦田和烟草种植区"；然后他的手臂指向一处爬满层层叶子的山坳——"用在了理查德·哈利的果园。"

她随着他手臂的挥动，缓缓地一遍又一遍地看过去，直到他的手放了下来，依然久久地凝望着。她只说了一句："我看见了。"

"现在你是否相信我能修好你的飞机了？"他问。

"是的，但你看见它了吗？"

"当然，麦达斯当即就叫了两名医生——派亨得里克医生去看你，派我去看你的飞机。它可以修好，但费用很高。"

"多少钱？"

"两百美元。"

"两百美元？"她难以相信地重复道，这价钱似乎太低了。

"是黄金,塔格特小姐。"

"噢!那好,我从哪里能买到黄金?"

"你不能买。"高尔特说。

她不服气地将头转向了他:"不能吗?"

"不能,你来的那个地方就不能,你们的法律禁止这样做。"

"你们的不禁止吗?"

"不禁止。"

"那就卖给我好了。由你们来定兑换率。随便你要多少——按照我的钱来算。"

"什么钱?你现在身无分文,塔格特小姐。"

"什么?"作为塔格特的继承人,她从未想过会听到这样的话。

"在这个山谷里,你身无分文。你拥有价值百万美元的塔格特股份——但它连桑德斯农场的一磅培根都买不了。"

"我明白了。"

高尔特笑着转向桑德斯:"去修飞机吧,塔格特小姐慢慢会把钱还上的。"

他启动汽车,继续上路;她在车里坐得笔直,不再问任何问题。

前方悬崖处涌现出一片艳如宝石的湛蓝色,将道路阻断,她过了片刻才意识到那原来是一个湖。平静的湖水似乎将天空中的碧蓝和山岭间的满目青翠浓缩到了一处,艳丽的色彩令天空显得黯淡而苍白。一道溪流从松柏间奔腾而出,从错落的石壁上跃下,消失在沉静的湖水里。溪水旁边有一座小石屋。

高尔特刚刚停下车,一个穿着一身工作服的健壮汉子便从敞开的房门里走了出来。他曾经是她最好的工程承包商,迪克·麦克纳马拉。

"你好呀,塔格特小姐!"他高兴地打着招呼,"很高兴看到你伤得并不厉害。"

她默默地点了点头——仿佛他正在问候的是曾经的失落与阵痛,是一个孤寂的夜晚,是艾迪·威勒斯向她报告此人失踪时的惶然神情——伤得厉害?她心想——的确,但不是这次飞机出事——是在那天晚上,在那间空荡荡的办公室里……她高声问道:"你在这里做什么?你为什么在我最需要的时候离开了我?"

他笑着指了指小石屋,以及顺石而下,隐没在下面草丛中的水管。"我在这里管这些公用设施,"他说,"维护输水和电力管道,以及电话线路。"

"就你一个人?"

"过去是,但这一年我们发展得很快,我就必须雇三个帮手。"

"都是些什么人,从哪里来的?"

"噢,其中一个是经济学教授,他在外面找不着工作,因为他教人们要量入为出——一个是找不着工作的历史学教授，因为他教导人们说国家不是由那些住在贫民窟的人创造出来的——另一个是心理学教授，他找不到工作是因为他主张人是有思考能力的。"

"他们在你手下做水管工和线路工？"

"你可不知道，他们简直能干极了。"

"那他们又把大学教育扔给了谁呢？"

"扔给外面的那些能人呗，"他笑了笑，"塔格特小姐，我是多久以前离开你的？应该还不到三年吧？当初我拒绝替你建的是约翰·高尔特铁路，你的那条铁路现在哪儿去了？但在这段时间里，我的线路可是一直在增长，我从穆利根手里接管的时候只有一两英里，现在已经有好几百英里，遍布山谷的每一个角落。"

他看见她的脸上立即浮现出了一股抑制不住的向往，那是出自一个强者内心的由衷的欣赏；他笑了，看了一眼她身边的同伴，轻声说道："你要知道，塔格特小姐，说起约翰·高尔特铁路这件事——也许我才是它的追随者，而你则是背叛了它的人。"

她望望高尔特，他正注视着她，但她从他的脸上看不出任何表情。

在他们继续沿着湖边行驶的路上，她问道："你是不是故意选了这条路来走？好让我看一看"——她顿了顿，不知为何觉得这话很难出口，不过，还是说了出来——"我失去的那些人？"

"我是让你看一看所有我从你身边带走的人。"他斩钉截铁地回答。

她心想,这就是他的脸始终能保持纯洁无辜的根本原因:他猜到并且道出了她想对他说的话,拒不接受与他的价值观念不符的那份好意——他自豪地确信自己并没有任何不对的地方,因此她原本责难的话,成了他夸口和炫耀的资本。

她发现他们前面有一个伸到湖里的木质码头,一个年轻女子伸展着四肢,躺在洒满阳光的木板上,盯着面前的一排渔竿。她抬起头,循着汽车的声音向这边望了望,一下子就蹦了起来,飞快地朝路边跑来。她穿着一条长裤,裤腿高挽过膝,黑色的头发蓬松不整,有一双大大的眼睛。高尔特冲她挥了挥手。

"嗨,约翰!你什么时候回来的?"她喊着。

"今天早晨。"他边笑边回答,继续向前驶去。

达格妮向后扭过头去,看见了那个年轻女子站在原地望着高尔特的眼神。尽管不乏心平气和的接受和失望,但那眼神中依然流露出崇拜。她体会到了自己从未有过的一种感受:是一股如芒刺在背的嫉妒。

"那是谁?"她问。

"她是我们这儿最好的女鱼贩,给哈蒙德的杂货市场供应鱼。"

"她的其他身份呢?"

"你注意到了我们这里每个人都有'其他身份'了吗?她是一位作品在外面发表不了的作家。她认为一个人与文字的交流就是与思想的交流。"

汽车驶上一条窄窄的山路,向陡峭上方的一大片草丛和松林爬去。看到树上钉着的一个手工制作的牌子以及上面指路的箭头时,她便明白她来到了什么地方。牌子上写着:希望路口[1]。

这里并不是路口,而是一面薄薄的石壁,上面挂着纵横交错的管道、油泵和阀门,犹如爬满了窄墙边缘的藤蔓。然而,它的顶部立着一块巨大的木牌——上面的字母傲然醒目,堵住了一团杂草和松枝的去路,它们远比"威特石油"这四个字更鲜明,看上去也更似曾相识。

从管子里淌出来的石油闪着亮光,流进了石壁下的油罐里,它成了发生在石头内部的惊天秘密和所有这些复杂设备的用意的唯一证明——但这些设备的装配和钻井架一点也不像,她明白,眼前所看到的是希望路口上尚未诞生的秘密,这是用人们认为不可能的方法,从页岩中提取出来的石油。

艾利斯·威特站在山岭上,正在观察一个被嵌入岩石里的仪器的指针。他看见了停在下面的汽车,便喊道:"嗨,达格妮!我一会儿就下来!"

和他一起工作的还有两个人:一个是此刻正在位于石壁中

---

[1] 原文为西班牙语。——译注

部的油泵边上的彪形大汉，另一个小伙子则站在地面上的油罐旁。小伙子有着一头金发和格外清秀的脸庞。她肯定自己见过这张面孔，却怎么也记不起是在哪里了。小伙子看出了她疑惑的眼神，咧开嘴笑笑，像是提醒她一般，用几乎听不到的口哨声，轻轻吹起了哈利《第五协奏曲》开头的一段。他正是彗星号上那个年轻的司闸工。

她笑了起来："这的确是理查德·哈利的《第五协奏曲》，对不对？"

"当然，"他回答说，"可你觉得我会跟一个异类说这些吗？"

"一个什么？"

"我付你钱是让你干什么来了？"艾利斯·威特走过来问道。小伙子一笑，赶紧回身抓住他松开了一会儿的杆把。"塔格特小姐是不会开除你，但如果你吊儿郎当的，我可会开了你。"

"这就是我离开铁路的原因之一，塔格特小姐。"那小伙子说。

"你知道我把他从你那里挖过来了吗？"威特说，"他曾经是你手下最好的司闸工，现在成了我这里最好的石油工，可咱俩谁也不能留他一辈子。"

"那谁能呢？"

"理查德·哈利，还有音乐。他是哈利最得意的门生。"

她笑了："我懂了，这里雇的都是精英，干的可都是最脏的活。"

"他们都是精英,这没错,"威特说,"因为他们知道,世界上并不存在什么肮脏的活计——有的只是不愿意去干这些活的肮脏的人。"

那个壮汉一边在上面望着他们,一边好奇地听着。她抬头看了看他,他的样子像是个货车司机,于是她问:"你在外面又是干什么的?看来不会是个比较语言学专业的教授吧?"

"不是,夫人,"他回答,"我是个货车司机,"他紧接着又说,"可我不想永远干那个。"

艾利斯·威特怀着按捺不住的激情和骄傲,环顾了一下周围:这是一种在客厅里举办隆重招待会的主人才有的骄傲,一种在画廊的个人作品展即将开幕时画家才有的激动。她指了指那些设备,笑着问:"是页岩油?"

"对呀。"

"这就是你在地球上的时候研究的那个方案吧?"她不禁说道,随即对自己这句话感到了几分愕然。

他大笑起来:"那时我是在地狱里——不错,此刻我是在地球上了。"

"你的产量如何?"

"一天两百桶。"

她的嗓音中又有了一丝伤感:"那个时候,你曾经打算用这个方案每天装满五列油罐火车的。"

"达格妮，"他由衷地指着他的油罐说，"这里一加仑的价值，可以超过地狱里的一整列火车——因为这都是我的，每一滴都只会用在我自己的身上。"他举起满是油污的双手，像展示宝贝一般给她看手上的油渍，在阳光下，他手指尖上的一滴黑油如同宝石一样闪了闪光，"是我的，"他说，"你是不是让他们折磨得忘记这个字眼的意思和感觉了？你应该找个机会重新体会体会。"

"你躲在一个荒无人烟的洞穴里，"她郁郁地说道，"生产着这么两百桶油，其实你完全可以让全世界都淌满这样的油。"

"干吗要这样？去把那些掠夺者喂饱吗？"

"不！是去挣你应得的那份财富！"

"可我现在比在那个世界里富有得多。财富不就是扩充人的生命的手段吗？有两种方式可以做到这一点：要么就多生产一些，要么就生产得快一些。这就是我目前正在做的：我是在制造时间。"

"你这是什么意思？"

"我是在生产我需要的每一样东西，不断改进我的方法。每节省一小时，我的生命就会延长一小时。过去用五小时灌满一桶油，现在需要三小时，节省下来的两小时就是我的了——这就像我每过五小时就可以把我的坟墓向后推开两小时一样宝贵。从一件事上多出的两小时可以用在另一件事上——多了两小时可以去工作，去发展，去前进，这就是我在累积的储蓄账户。外面的那个世界有保护这种账户的保险箱吗？"

"可你有前进的空间吗？你的市场在哪里？"

他莞尔一笑："市场？我现在的工作是为了使用，不是为了利润——是给我自己用，不是给掠夺者的利润。只有增长我的生命，而不是挥霍它的人，才是我的市场。只有那些生产，而不是消费的人，才可以是任何一个人的市场。我结交的是能够给予生命的人，而不是那些食人者。如果我的油可以用更少的力气生产出来，在跟别人交换其他的必需品时，我就可以向人家少要些。每用我的一加仑油，我就能为他们的生命延长更多的时间。因为他们和我一样，他们就会不断地发明，加快他们生产的速度——因此，我从他们那里买的面包、衣服、木料和金属，就是他们为我延长的一分钟、一小时或者一天"——他看了一眼高尔特——"每买一个月的电，就相当于我多活了一年。我们的市场就是如此运转的——外面可就不是这样了。我们的时间、生命和血汗是怎样被耗尽的？是流到怎样一个深不见底、没有希望、白吃白喝的阴沟里面去了？我们在这里交换的是成果，不是失败——是价值，不是需要。我们之间不存在束缚，但大家在一起共同成长。你是说财富吗，达格妮？还有什么比拥有你的生命，并让它不断成长和发展更大的财富呢？一切生命都必须成长，不能原地不动，否则就会灭亡。看——"他指着从石缝里拼命挤上来的一株灌木——只见它那长长的茎秆在恶劣的挣扎中已经疤瘤交错，上面残留着几片黄黄的枯叶，只有一根绿芽还在用最后一丝微弱的气力向阳光绽露着。"这就是他们从前在地狱中对咱们干的事情，你见我屈服过吗？"

"没有。"她低声说。

"你见他屈服过吗？"他一指高尔特。

"噢，绝对没有！"

"既然如此，无论在山谷里看到什么，你都别觉得有什么奇怪的。"

她发现远处山坡上一座茂密的树林里，一棵松树像钟表的指针一般，突然划出了一道圆弧，然后便猛地歪倒，从视野中消失了。她知道那是人为的。

"这儿的伐木工是谁？"她问。

"是泰德·尼尔森。"

在舒缓的山丘之间，道路变得宽阔平缓了一些。她看见一座锈褐色的山坡上有两块颜色深浅不一的绿地：一块栽了深绿色的马铃薯苗，一块是灰绿相间的白菜地。一个人身穿红衬衫，正开着拖拉机除草。

"那个种白菜的大人物是谁？"

"罗杰·马什。"

她闭上眼睛，想起了几百英里之外的山的另一边，有一家倒闭的工厂，在它明亮的瓷砖墙前面的台阶上，已是荒草丛生。

通到谷底的山路开始下坡了。镇上的房顶就在正下方，闪亮的美元符号则在远远的另外一端。高尔特在俯瞰屋顶的山梁上的第一座房子前停下了车。这是一座砖结构的建筑，在它的烟囱上方，隐约飘荡着一缕淡淡的红光。大门顶端那块"斯托克顿铸造厂"的牌子顺理成章地解释了这一切，但还是令她大吃了一惊。

当她拄着拐杖，从阳光下走入这座幽暗潮湿的建筑里时，她便惊异于自己生出的恍如隔世和想家的感觉。眼前便是东部工业区活生生的再现，过去的几个小时里，它似乎已经成了遥不可及的往事。这就是从前，就是她熟悉和深爱过的情景，微红的火苗汹涌地扑向钢梁，火花从看不见的地方耀眼地飞溅，一串串火焰从黑色的水雾中骤然穿过，雾气遮住了墙壁，使之消失于无形——在一瞬间，它就是科罗拉多州斯托克顿的那座宏大但已死去的铸造厂，它就是尼尔森发动机厂……就是里尔登钢铁厂。

"嗨，达格妮！"

安德鲁·斯托克顿笑容满面地钻出雾气，向她走来，她看到一只脏乎乎的手充满自信的骄傲向她伸过来，仿佛这一瞬间她所看到的一切全都握在了那掌心里。

她拍了一下伸过来的手。"嗨，"她轻柔地应道，不知道她招呼的是过去还是未来。随即，她摇了摇脑袋又说，"你怎么没在这里种土豆或是当鞋匠呢？你居然干的还是老本行。"

"哦，纽约城阿特伍德照明电力公司的考文·阿特伍德是做鞋的,另外,我这个行当历史最久,在哪儿都抢手。虽然这样,我还是得争取,先得打垮一个对手。"

"什么?"

他咧嘴一笑,朝一个阳光明亮的房间的玻璃门里指了指。"那就是被我打败的对手。"他说。

她看到一个年轻人俯身在长长的桌案上,正在为钻头模具制作着一个复杂的模型。他的手像钢琴家一样修长而有力。他带着外科医生一样严肃的表情,专注于自己的工作。

"他是个雕塑家,"斯托克顿说道,"我来的时候,他和他的同伴经营着一间类似手工铸塑和修理的作坊。我建立起真正的铸造厂,把他们的客户全都抢了过来。这小伙子干不了我干的活儿,不过那对他来说只能算是个副业而已——雕塑才是他的本行——就这样,他过来给我干了。现在,他比过去在他的铸造作坊时挣的钱多,花费的时间又少。他的同伴是搞化学的,因此开始研究起农业,制造出了一种化肥,把这里的一些庄稼产量提高了一倍——你刚才不是提到过土豆吗?对,特别是土豆的产量。"

"那么也会有人把你挤垮的。"

"当然,这随时都可能。我认识一个人,他要是来了,就可以,也可能会这样做。可是,咳!我情愿替他扫煤渣。他会像火箭一样冲击整个山谷,能够让所有人的产量翻上三倍。"

"你说的是谁?"

"汉克·里尔登。"

"是啊……"她喃喃地说道,"绝对可以!"

她不清楚是什么令她说得如此肯定。与此同时,她感到汉克·里尔登是不可能出现在这座山谷里的——但又觉得这恰恰是他该来的地方,这里是他的青春,是他的起点,把它们合并在一起,就是他毕生所追寻的地方,他苦苦挣扎着要到达的就是这样一块土地……她似乎感觉到那被炉火映红、袅袅升起的雾气正在将时光拉进一个奇怪的轮回之中——一个模糊的念头如同一道随风而去的横幅,飘过她的心头:青春永驻就是在最终的时候能实现一个人最初的理想——她听到了饭馆里一个流浪汉的声音:"约翰·高尔特找到了他想给人们带回去的青春之泉。只是,他再也没有回来……因为他发现,那根本带不回来。"

一束火花在浓雾中跃起——她看见了一个领班工人宽宽的背影。他挥舞手臂,发出信号,正指挥着干活。他的脸稍稍转了转,大声地吆喝命令着——她瞧见了他的侧脸——一下子便停住了呼吸。斯托克顿一见此景,笑着向雾中喊道:

"嗨,肯!过来一下!这里有你的一个老朋友!"

她打量着走过来的肯·达纳格。这位她死活不愿放走的能干的企业家,此时身上裹着一件脏兮兮的工作服。

"你好,塔格特小姐。我跟你说过,我们很快就会再见的。"

她仿佛是同意和打招呼般把头低下,但双手一时间用力地向下按着拐杖,站在那里回忆起了他们上次见面的情景:那难挨的等待,随后是桌子旁边那张亲切而遥远的面孔,以及陌生人离去时关上的那扇玻璃门。

这短暂的一瞬完全可以被她面前的两个男人当成是在打招呼——但她一抬头,便看见了高尔特,发现他正看着她,似乎知道她此刻的感受。她恍然大悟,意识到那天从达纳格办公室出去的那个人就是他。他的脸上无动于衷,一副在事实面前毫不回避的庄重神态。

"我真没想到,"她对达纳格低声说道,"真没想到会再见到你。"

达纳格凝视着她,好像她是他曾经发现过的一个大有希望的孩子,此刻看着她就觉得充满了慈爱和开心。"我知道,"他说,"但你干吗这么吃惊?"

"我……哦,这太不可思议了!"她指了指他的那身衣服。

"这有什么?"

"那么,你这辈子就这样了?"

"什么呀?这刚刚开始。"

"你有什么打算?"

"采矿。不过不是煤,是铁矿。"

"在哪里?"

他向群山一指,"就是这里。你听说麦达斯·穆利根做过亏本的生意吗？只要知道如何去找，这一带的山里能发掘出让你想象不到的东西。我就是一直在找。"

"假如找不到铁矿呢？"

他一耸肩膀："还可以干别的呀。我这辈子，时间总不够用，但想干的事可多着呢。"

她好奇地看了一眼斯托克顿："你这不是在培养一个最危险的竞争对手吗？"

"我只喜欢用这样的人。达格妮，你是不是和掠夺者们在一起的时间太久了？是不是觉得一个人的能力就是对另一个人的威胁？"

"噢，不是！我还以为几乎只剩下我一个人不这样想了。"

"只要有谁不敢去用他能找到的最能干的人，他就是不配干这一行的骗子。在我看来——这世上最为丑恶、比罪犯更令人鄙视的人，就是看到别人太出色就拒绝去用人家的人。我一直就是这样认为的——哎，你笑什么？"

她听他说话时，脸上带了一副神往而喜出望外的笑容。"你这么说，简直吓了我一跳，因为你说得太对了。"

"不这么想，还能怎样？"

她扑哧一笑："你知道，还是小孩子的时候，我就希望每个生意人都这么想。"

"那之后呢？"

"那之后，我开始明白不能这样指望。"

"可这没错，对不对？"

"我是开始明白不能对正确的事抱有希望了。"

"可这是有道理的，对吗？"

"我已经不再对道理抱什么希望了。"

"那是人永远不能放弃的东西。"肯·达纳格说。

她和高尔特回到车上，行驶在最后一段下坡路上。她的目光一转向高尔特，他便像是早已预料到了般马上转过头来看着她。

"那天是你在达纳格的办公室里，对不对？"她问。

"对。"

"你知不知道当时我正在外面等着？"

"知道。"

"你知不知道等在门外是什么感觉？"

她说不清他向她投来的那一瞥里的意味。那不是可怜，因为她似乎并不是怜悯的对象；那是一种正目睹着折磨的眼神，但似乎他正在目睹的并非她所受到的折磨。

"当然知道。"他静静地，甚至是淡淡地回答。

在山谷里唯一的街道上出现的第一家店铺仿佛是敞开的剧院里蓦然闪现在眼前的招牌：框起来的盒子前面没有墙，如滑稽音乐剧般耀眼的灯光照亮着舞台——红红的方块、绿色的圆圈和金色的三角，是一箱箱的番茄，一桶桶的生菜，堆成金字塔一样的柑橘,以及阳光照耀在金属货架上所反射出的点点亮光。大帐篷上的名字是:哈蒙德杂货市场。一位神情严肃、鬓角灰白、衬衣袖口高挽的大人物正在为柜台前一个年轻漂亮的女人称着一块黄油。女人的姿态轻飘得宛如舞蹈女郎,棉布的裙摆像舞蹈里的服装一般,在风中微微地撑了起来。尽管眼前的这个人就是劳伦斯·哈蒙德,达格妮仍忍不住笑了起来。

市场不大,只有一层。在驶过去的路上,她看到招牌上出现了一些她所熟悉的名字,它们就像是书页上的标题,被汽车掀动着:穆利根日用品商店——阿特伍德皮具——尼尔森木料——接着,在一家砖木结构的小型工厂的门口上方,是那个美元符号,上面的题字是:穆利根烟草公司。"除了麦达斯·穆利根,这家公司还有谁是合伙人?"她问。"阿克斯顿博士。"他回答。

来往的人不多,女性就更少了,似乎都像有要事一般,行色匆匆。他们见到汽车,便纷纷停下来向高尔特招手,看见她,他们只是略带好奇地表示接受,并不显得惊讶。"他们是不是早就盼着我来了?"她问道。"现在仍然期盼啊。"他回答说。

她看见路边的一幢木条镶边的玻璃房,一时间,她觉得简直就是为一个女人的肖像做的画框——这个长着一头淡淡金发的女人身材高挑,秀丽脱俗,她若隐若现的美貌,似乎连画家也只能望而生叹,无法再现。紧接着,那女人的头转动了一下——达格妮才发现这间房里的桌旁有人。这房子原来是一家自助餐厅,那个女人正站在餐台的后面,她便是令所有人都一见难忘的影星凯·露露;五年前,她退出银幕,从此销声匿迹,后来,一些名字和面孔都让人根本记不住的女人接替了她的位置。在吃惊地看到这一切的同时,达格妮想到了时下拍摄出的电影——她觉得,与给那些庸俗不堪的地方涂脂抹粉比起来,凯·露露的美丽在这间玻璃餐厅里少了许多世俗。

下面那座矮小的建筑由粗犷的花岗岩盖成,房子建得沉稳结实,简洁流畅,厚重的长方块石板彼此对接得非常紧密,犹如正装上面整齐的折痕——然而,她眼前像是鬼影一般,闪出了那座高高地耸入芝加哥上空云雾之中的摩天大楼,那座高楼曾经有过的标牌此刻变成了金闪闪的大字,嵌刻在一扇普通的松木大门上:穆利根银行。

经过银行时,高尔特特意放慢了车速。

紧接着出现的是一座砖房,上面有穆利根造币厂的招牌。"造币厂?"她问,"穆利根要造币厂干什么?"高尔特伸手入兜,取出两枚小小的硬币放在了她的掌心。这是两个比一分硬币还要小的金色小圆片,在内特·塔格特那个年代之后,这种硬币就停止了流通;它的一面是自由女神像,另一面有"美国——一美元"的字样,但硬币上的日期却是两年之前。

"这就是我们这里的钱,"他说,"钱币是麦达斯·穆利根造出来的。"

"可这……是谁授权的？"

"这一点在硬币上写着呢——两面都有。"

"你们用什么当零钱？"

"穆利根也铸造了，是银币。我们在这座山谷里不承认其他的任何货币，我们只承认'客观'的价值。"

她端详着硬币："这看上去像是……像是我祖上的那个时代才会见到的东西。"

他指着山谷回答说："是啊，它不也是吗？"

她坐在车里，看着手心里这两个小巧而轻薄得几乎觉不出分量的小金片，心里明白，塔格特系统的上上下下全都是依靠了它们，它们就是支撑起一切的基石，扛起了所有的拱架，塔格特铁轨上所有的横梁，塔格特大桥，塔格特大楼……她摇了摇头，将硬币塞还到他手里。

"你不想放过我。"她低沉地说道。

"我就是要让你不好受。"

"你干吗不直接说出来？干吗不把你想让我知道的事情都告诉我？"

他的胳膊朝小镇和身后的路象征性地晃了晃。"那么，我这一直是在干吗？"他反问。

车子在沉默中继续向前驶去。过了一阵儿，她像是统计数据般干巴巴地问道："麦达斯·穆利根在这个山谷里聚敛了多少财富？"

他指了指前方，"你还是自己去算吧"。

蜿蜒的道路经过崎岖不平的山坡，向山谷里的住宅伸去。那些住宅并没有沿街排列，而是依着错落起伏的地势不规则地分散在四处。房屋小巧而朴实，大部分是用山石和松木这些当地材料盖成，设计得别具匠心，建造得简朴实用。每幢房子看起来都像是一个人就可以盖好，样式绝无重复，从中可以看出是动了一番脑筋的。高尔特不时将她认识的人的房子指给她看——在她听来，这不啻为全世界最富有的股票交易所的客户通讯录，抑或一张显贵的名单："肯·达纳格……泰德·尼尔森……劳伦斯·哈蒙德……罗杰·马什……艾利斯·威特……欧文·凯洛格……阿克斯顿博士。"

最后到的是阿克斯顿博士的家。那是一座小房子，建在一大片高高的草甸之上，草甸前面便是渐渐耸起的山峰。经过这里之后，道路沿着升起的山坡盘旋上行，路面被两边的参天古松挤得只剩下窄窄的一条小径，高大笔直的树干如同两侧的廊柱，微微倾压下来，枝叶在头顶上空交织成一体，顿时将这条小径吞没在了寂静和昏暗之中。路上没有车轮的痕迹，仿佛从未有人走过，早已被遗忘，转瞬之间，汽车便已经遁离了尘世——除了难得一见的阳光偶尔透射到树林深处以外，再没有任何东西能够打破这片沉沉的寂静。

路边忽然出现一幢房子,达格妮像是突然听到响声那样感到一惊。它与世隔绝,独立在这里,像是某种巨大的蔑视和悲痛隐居的神秘所在。这是山谷中最简陋的一座房子,雨水的冲刷在木屋的表面留下了一道道乌黑的水渍,只有几扇光滑、闪亮、明净的大玻璃窗依然迎拒着风暴。

"这是谁的……噢!"她屏住呼吸,一下把头扭开。房门的上方,一缕阳光照耀着已经模糊破旧、被数百年的风霜磨砺得光滑的塞巴斯蒂安·德安孔尼亚的家族银徽。

见到她下意识地想要逃,高尔特似乎有意作对般将车停在了房前。这时,他们对视了一眼:她的眼中带着疑问,他的目光则如同命令;她的表情分明是想反抗,而他则是一副不动声色的威严;她明白他的意思,但搞不懂他为什么要这样做。她听话地撑着拐杖,走下汽车,面对这座房子,肃然而立。

她望着这枚从西班牙的宫殿流落到安第斯山的陋屋,现在又来到科罗拉多的小木房安身的银徽——男人们是宁死也不会丢弃它的。木屋的门上着锁,阳光照不进窗子里面的那一片漆黑,苍松将枝叶在房顶上铺展开来,全心全意而庄重地祝福和护佑着它。除了许久才会听到的碎枝卷叶在林子深处的落地轻响,四周鸦雀无声,寂静似乎紧紧抓住了藏匿在此的创痛,却不作一声。她心底怀着温柔、顺从,但毫无悲叹的虔敬,站在那里倾听:看谁会取得更大的荣誉,是你——为内特·塔格特,还是我——为塞巴斯蒂安·德安孔尼亚……达格妮,帮我挺住,帮我去抵抗,尽管他是对的!

她转向高尔特,心里明白当初正是这个人令自己无能为力。他端坐在方向盘前,并没有随她下车或是帮她一把,似乎希望她能够面对过去,并且给她留出独自缅怀的空间。她发现他仍然和她下车时一样,搭在方向盘上的手臂未动分毫,手指如同雕塑一般垂下不动,眼睛注视着她,从他的脸上,她只能看出:他正一动不动、全神贯注地盯着她。

等她重新坐到他身边之后,他开口道:"这是我从你身边带走的第一个人。"

她的脸色严峻而坦白,还有点不屑。她问:"你都知道些什么?"

"他什么都没告诉过我,但听到他每次说起你的语气,我就全都明白了。"

她把头一垂。从他那故作平静的声音里,她听出了一丝痛苦。

他按下起动器,发动机的轰鸣声荡碎了沉寂的往事,他们继续上路了。

小路宽了一些,一片阳光出现在前方。走到开阔地带的时候,她觉得树丛间闪过一缕缕的光亮。在山前的石头斜坡上,矗立着一座不起眼的小建筑。这是个方方正正、只有一个工具间大小的简易石屋，上面没有窗户和开口，只有一扇抛过光的钢门和屋顶上向外伸出的一套复杂的天线。高尔特对它视而不见，疾驰而过，她却突然问道："那是什么？"

她看见他的笑容变了，"发电站"。

"呀，请停一下！"

他顺从地将车在山旁刹住。她刚开始走上倾斜的石崖，便收住了脚步，仿佛不再需要向前走，不再需要登得更高——这一瞬间，仿佛她是第一次对着山谷睁开双眼，这一瞬间，她的寻求找到了答案。

她向那个小屋望去，所有的意识都集中到了眼前的这幕情景和无言的心绪之上——但她一向明白，情绪的产生是心灵不断积累的结果，而此刻她这种无须言表的感受正汇集了她头脑里的所有想法，如同经历了一段漫长的路程之后，她感受到的一切凝聚成一个声音，在告诉她：如果说她指望昆廷·丹尼尔斯做到的并不是有什么机会去用上这台发动机，而只是要确信这成果并没有从地球上消失——如果说她像一个负重的驾驶员，被那些死死地瞪着她、扯着沙哑的嗓子一遍又一遍地指责却又毫不负责的人们拖曳着，向平庸的汪洋中沉没时，还像抓着氧气管和救命索一般抱着这个人类杰出的成果不放——如果说斯塔德勒博士一看到发动机的残骸，便在震惊之余，从他那腐烂得千疮百孔的胸腔里发出了一声惊呼,而那绝非小视,而是充满着仰慕的惊叫,让她有了一生的向往和动力;如果说她在一种激情的驱使下想要一睹那巧妙、严谨而又横溢四射的才华,那么它现在就在她的面前。如此超群的力量化身为一团电线,在夏日的空中宁静地闪耀着光芒,将四散在空中的无尽能量汇集到了一个小小的石头房子内的神秘装置之中。

她想到,用这个只有货车车厢一半大小的屋子取代全国的发电厂,会节省多少钢材、燃料以及人力——她想到,从这个小屋中发出的电流替那些使用它的人减轻了多少负担,解放了他们生命中多少宝贵的时光,使得他们可以多一分闲暇,从劳作中抬起头来享受一下阳光,使得他们可以用省下的电费多买一包香烟,使得所有的工厂都可以每天节约出一小时,使得人们可以利用多出的一个月,用他们干一天就能够挣出的车票,乘坐这台发动机牵引的列车,去漫游广阔的世界——这一切的实现是因为有一个人懂得如何让电路按照他的思路去运转,并为此付出了他一己的智慧和精力。然而她明白,发动机和工厂、火车这些东西本身并没有任何意义,是因为人对于生命的享受,并且正因为它们服务于这种享受,才使它们具有了意义——面对一种成就,她抑制不住地要去敬仰的是成就的创造者,是他内在的能力和出色的洞见力,世界在他的眼中是如此快乐和美好,他确信对快乐的追求便是一个人生活的目标、准则和意义。

那个小屋子的门是一块平整光滑的不锈钢板，在阳光下泛出柔和的淡蓝色光芒。镌刻在门上方花岗岩上的字成了这座朴素的方形建筑的唯一点缀：

> 我以我的生命以及我对它的热爱发誓，我永远不会为别人而活，也不会要求别人为我而活。

她回头去看高尔特。他就站在她的身边；他一直跟随着她，她明白自己的这分敬意是属于他的。她面前的这个人就是发动机的发明者，她所看到的却是一个平易、随便得如同普通工人一样的人；她注意到他的身姿散发出一股不同寻常的飘逸，如此举重若轻地站立在一旁；他那高大身躯外面的衣服十分简单：一件薄薄的衬衣，宽松的长裤，细细的裤腰里扎着一条皮带；有着金属一般光泽的头发飘散在慵懒的风中。她打量他的眼神，跟刚才她凝视着他的那座小屋时一样。

她随即明白，他们见面时所说的头两句话依然飘荡在他们之间每一个无声的角落——此后所说的一切都是在压制那两句话的声音，他对此很清楚，一直没有放弃，没有让她把那两句话忘掉。她突然意识到此处只有他们两人；正是这种意识使得现实的一切产生了压力，不许她再做进一步的联想，却保留了这种特别的紧张之下未曾言喻的全部含义。他们独自在一座寂静的森林里，在一座如同远古寺庙一般的建筑脚下——而且她知道该怎样去做这样的膜拜。她突然觉得喉咙深处有一种紧张,她的头微微向后仰了仰,虽然轻微得几乎纹丝未动,却仿佛迎着风平躺了下来,除了他的腿和嘴之外,再感受不到任何东西。他站在一旁看着她,脸色沉静,只是眼睛如同遇到强光一般,微微地眯了起来。这似乎是三个接踵而至的时刻中的头一个——随后,因为知道他在忍受着远比她更艰难的痛苦,她便感到了一股胜利的快意——接着,他移开了目光,抬头望向寺庙上刻的字。

她简直像是在可怜一个在挣扎中积攒着气力的对手那样,任他独自望了一阵,然后才指向那些字,用一种傲慢的腔调问道:"那是什么?"

"那是除你之外,谷里所有人都立下过的誓言。"

她看了看,说道:"那就是我一生恪守的准则。"

"我知道。"

"可我不认为用你们这种方式就可以做到。"

"既然如此,你就看看咱们到底是谁错了吧。"

她朝屋子的钢门走了过去,身体的行动使她忽然感到有了一点点的信心。这感觉细微之极,正如她即使攥住了他的痛处,也不会觉得自己多么强大一样——她壮着胆子,未经允许就去拧门的把手。但门紧锁着,在她的手强压之下,竟未见丝毫的松动,仿佛锁是连同那扇钢门一起被浇铸和焊在了石墙之上。

"别想打开那道门,塔格特小姐。"

他向她走来,似乎知道她正在看着他走的每一步,脚下便慢了一拍。"用再大的力量都白费,"他说,"只有用一种想法才能打开这道门。即使你用世上最厉害的炸药去炸它,门还没开,里面的机器就会变成灰烬。然而,一旦想到了开门的办法——你就会发现发动机的秘密,以及——"她第一次听见他说话的声音有了迟疑——"以及你想知道的其他所有秘密。"

他看了她片刻,似乎想让她参透个中意味,随后若有所思地怪笑起来,说了句:"我会告诉你怎么去做。"

他退后几步,然后站定,扬起脸来看着石头上刻的字,像再一次宣誓般把它一字一句地慢慢读了出来。他的声音里没有夹杂任何感情,清晰的吐字里包含了他对这句话的完全理解——然而,她明白这是她所亲身经历过的最庄重的一刻,此时出现在眼前的是一个人赤裸裸的灵魂,以及这个灵魂为说出这样的话所付出的代价,此刻回荡在她耳边的便是他第一次说出这些话时的声音,从那时起,他就已经清楚随后到来的将会是什么样的日子——她知道,在一个早春的黑夜里,面对六千多人站出来需要多大的勇气,而那些人又为什么会惧怕他,她知道,这正是后来十二年中所发生的一切的根源,她知道这意义的重要性远远超过了藏在那所房子里的发动机——她从一个男人那自我警醒和再次献身的话音中明白了这些:

"我以我的生命……以及我对它的热爱发誓……我永远不会为别人而活……也不会要求别人……为我……而活。"

最后一个字的话音才落,那扇门便未经人的触摸而缓缓向内开启,露出了里面的漆黑,这并没有吓她一跳,似乎并不奇怪,甚至已经无关紧要了。屋子里面的灯刚一亮,他便将门拉上,于是门又一次被紧紧地锁上了。

"这是声控锁。"他说道。他的神情很是安详。"这句话就是开门的密码。我不怕你得知这个秘密——因为我知道,在真正领会我想用这句话表达的意思之前,你是不会说出来的。"

她低下了头:"我是不会说。"

她随着他慢慢向车子走去,突然间感到累得再也走不动了。她身子向后靠在座椅上,闭上了眼睛,几乎连汽车启动的声音都没听到。连续的紧张和激动造成的困顿立即冲破了她绷紧的神经防线,袭击了她的全身。她静静地靠在座椅里,已经无法思考、反应或者挣扎,除了还有一种情感之外,她已经彻底麻木了。

她一路无话。直到车子停在他的房前,她才将眼睛开。

"你还是休息吧,"他说,"如果今晚还想去穆利根家吃晚餐的话,现在就去睡一觉。"

她听话地点了点头,摇晃着不要他的搀扶,向房子走去。她鼓足力气向他说了一句,"我会没事的",便立即逃进她的房间,用最后的一丝力气关上了屋门。

她一头扑倒在床上。压迫她的不仅是身体的疲劳，还有突如其来地占据了她脑海的情感，强烈得令她难以承受。在她的体能丧失殆尽，心里意识不清的时候，一种情感彻底耗尽了她的一切精力、理解、判断和控制，使她完全无法抗拒或者回避，无法思考，让她退到了只剩下感觉，只能被动感受的地步——这是一种无始无终、始终不变的感受。他在那座房子的门前站立的身影反复地出现在她心中——除此以外，她感觉不到其他任何东西，没有愿望，没有期待，无法对她的感情作出任何判断，说不清它究竟是什么，难以把它和自己联系到一起——她已经不复存在，不再是一个人，而只是一个动作，那就是机械地看着他。眼前所见的便是一切，再无他想。

她将脸埋在枕头里，模糊地回忆起她在堪萨斯机场那条雪亮的跑道上起飞的瞬间。她感觉到了发动机的轰鸣——沿直线向着一个目标汇聚起能量，加速飞奔——当轮胎从地面腾起的时候，她已经沉睡了过去。

当他们驱车前往穆利根的住处时，天光尚未褪尽，映照着静如幽潭的谷底，只是那金灿灿的光线正渐渐凝结成黄铜一样的颜色，山谷的四周开始黯淡下来，山峰披上了一层蓝雾。

她的神态间已经看不出劳乏和内心剧烈起伏的痕迹。日落时分，她醒了过来，走出房间，发现高尔特正一动不动地呆坐在台灯下等她。他抬头看了看她，她站在门旁，脸色镇静，头发一丝不乱，已经是一副放松和自信的样子——除了身体倚在拐杖上略微有些倾斜，她看上去就如同站在塔格特大楼内她自己的办公室门口一样。他坐在原地打量了她一阵，不知为什么，她觉得他眼里的画面肯定是这样——他是在打量着向往已久而又无法一见的她办公室的门厅。

她和他并肩坐在车内，一句话也不想说，心里明白，他们两个都很清楚这种沉默的意味。她望着山谷中几户住家的灯光，以及前方山坡上穆利根家亮起的窗口，问道："都有谁会来？"

"是你最后的那一部分老朋友，"他回答，"和我的一些新朋友。"

麦达斯·穆利根正站在门口迎候他们。她发现他那张冷酷方正的面孔并非如她想的那样不苟言笑：他的脸上流露出一种满意的神情，但这神情无法令他的相貌变得柔和，只是像火石一样给他的眼角点起了零星的隐隐闪亮的诙谐火花，比起笑容来，这诙谐显得更加敏锐和挑剔，也更具温情。

打开房门时，他稍稍放慢手臂，令他的动作在不易觉察之间增添了一分隆重的味道。她一进客厅，里面的七个人便同时站了起来。

"先生们——塔格特泛陆运输公司。"麦达斯·穆利根宣布说。

他是笑着说出这句话的，但只是半开玩笑而已，他的声音中有一种东西，使这家铁路公司的名字听起来犹如内特·塔格特时代那样气度辉煌。

她向眼前的人们缓缓地点头致意，心里清楚，这些人和她信守同样的价值和诚信标准，认同她所认同的荣誉称号，她猛然意识到，这些年来，她是多么盼望得到这样的承认啊。

她用眼睛缓缓地扫过这些面孔，向他们一一致意。艾利斯·威特——肯·达纳格——休·阿克斯顿——亨里克医生——昆廷·丹尼尔斯。穆利根向她报出了另外两个人的名字："理查德·哈利——纳拉冈赛特法官。"

理查德·哈利脸上那淡淡的笑容似乎在向她说，他们已经相知很久了——在她独坐唱机旁的那些孤单的夜晚，他们便认识了对方。看到纳拉冈赛特法官满头银发下的严峻面容，她想起曾有人把他形容为一尊大理石雕像——一尊被蒙上眼睛的大理石雕像，随着金币从全国人的手中慢慢消失，法庭里便再也见不到这样的面容了。

"塔格特小姐，从很早以前，你就已经是这里的一分子了，"麦达斯·穆利根说道，"没想到你采用了如此的方式前来，但不管怎么样——欢迎你的回归。"

不！她心里想这么回答，却听见自己轻声地应道："谢谢你。"

"达格妮，还要多久你才能做一回真正的你自己呀？"说话的是艾利斯·威特。他扶着她来到一张椅子前,看着她那副无可奈何、强自板起笑容的样子,咧开嘴乐了,"别装糊涂,你其实很明白。"

"我们从不擅下断言,塔格特小姐,"休·阿克斯顿说,"这劣行恰恰是我们的敌人所犯的。我们从不去说——我们摆的是事实。我们不会去声称什么——我们是去证明。我们不想强迫你接受什么,只是希望你能作出理性的判断。你已经看见了我们的全部秘密,结论现在由你来作——我们可以帮你讲出来,但不会帮你去接受它——你的所见所知以及认可的一切,都必须听从你本人的决定。"

"我觉得这一切我好像都知道,"她简短地回答道,"而又不止于此:我觉得我似乎一直就知道这一切的存在,但从来没找到过,现在,我感到害怕,害怕的不是听到你们所说的,而是它一下子近在眼前。"

阿克斯顿笑了。"你觉得这像什么,塔格特小姐?"他向房间的周围一指。

"这里吗?"她看到夕阳在宽大的窗户上洒下的黄金般的光彩,还有窗前的这些人,突然笑了起来,"这看上去像是……你们知道,我从没指望过能再见到你们,有时候我都在想,无论如何,哪怕让我能再多看一眼,多听一句——而现在——现在的一切就像童年时的梦想一样,想到有一天会在天堂见到那些已经离开人世、无缘一见的伟人,然后就去选择,从过去的年代里选择出那些你希望见到的伟人。"

"嗯,这正是寻找我们这个秘密的本质的一条线索,"阿克斯顿说,"想想看,是应该让这个关于天堂和伟大的梦想留在坟墓里等着我们——还是应该让我们今生今世就去拥有它。"

"我明白。"她低声呢喃着。

"假如你在天堂里见到了那些伟人,"肯·达纳格问,"你会对他们说些什么?"

"我想,就说……就说'你好'吧。"

"那还不够,"达纳格说,"肯定有什么东西是你想从他们那里听到的。在第一次见到他之前,我也不知道那是什么"——他指了指高尔特——"他告诉了我,然后我就明白自己这辈子想要的究竟是什么了。塔格特小姐,你一定会希望让他们看着你,然后说一声,'干得好'。"她默默地点着头,将脑袋低下,不想让他们看见骤然涌进她眼里的泪水。"那么好吧,干得好,达格妮!干得好呀——简直太好了——现在是你摆脱重负、开始休息的时候了,我们谁都不必去背负这样沉重的负担。"

"别说了。"麦达斯·穆利根说。他看着她低垂的脑袋,脸上满是焦虑和关切。

但她笑着抬起了头。"谢谢你。"她对达纳格说。

"讲到休息,那就让她好好休息吧,"穆利根说,"她这一天实在是太累了。"

"不,"她笑笑,"接着说吧——说什么都行。"

"稍后再说。"穆利根答道。

准备晚餐的是穆利根和阿克斯顿,昆廷·丹尼尔斯给他们俩帮忙。他们把晚餐用的小银托盘端了上来,放在椅子的扶手上——大家全都围坐在屋子里,火红的晚霞在窗子上渐渐地淡去,酒杯之上闪烁着灯光。这个房间里隐约透着豪华之气,但丝毫不见铺张;她留意到屋里的昂贵家具都是根据舒适的需要,经过了精心挑选,出自过去那个把豪华仍然视为艺术的年代。屋里没有任何多余的物品,不过,她注意到了有一小幅油画是文艺复兴时期一位巨匠的手笔,现在已经价值连城,她注意到有一块东方式样的地毯,其质地配色完全可以收归博物馆珍藏。这就是穆利根的财富观念,她想——财富是靠选择,而不是堆积。

昆廷·丹尼尔斯席地而坐,将托盘放在膝头;他自在得像是在家里,不时地抬头瞧她一眼,冲着她乐,活像个性情鲁莽、抢在她前头发现了一个秘密的小弟弟。他进谷的时间比她早了大概十分钟左右吧,她心想,可他是他们中的一员,而她则依然是个生人。

高尔特坐在阿克斯顿的椅子扶手上,远离台灯的光圈。他至今未发一言,退到后面,将她推给了其他人,自己则若无其事地旁观。但她的眼睛不断转向他,因为她相信,他是在有意作壁上观，这是他计划已久的，而且，其他人和她一样对此心知肚明。

她发现还有一个人对高尔特很注意：休·阿克斯顿经常不自觉地，甚至是偷偷地看他一眼，似乎这种长时间的隔膜令他很难忍受。对于他在这里，阿克斯顿似乎已经习惯成自然，并没有和他说任何话。但是有一次，当高尔特弯腰的时候，一缕头发垂落在脸上，阿克斯顿将手伸了过去，把它重新理好，他的手难以觉察地在他这个学生的额头上停留了片刻：这是他所能流露出的唯一情感和仅有的招呼；这是一个父亲才会有的动作。

她在和身边的人轻松地交谈，心里感觉愉快而舒畅。不对，她想，她感觉到的不是紧张，而是隐隐的诧异，因为她应该有紧张的感觉，实际上却没有；令她不可思议的是，这好像是再正常再简单不过的事。

和他们轮番交谈时，她几乎已经忘了她所问的问题，然而却记住了他们的回答，并逐字逐句地理清了脉络。

"你是说《第五协奏曲》？"理查德·哈利接着她的问题说，"那是我十年前写下的，我们称它为《救赎协奏曲》。谢谢你，那天晚上只听了几句口哨就听出来了……哦，我知道这件事……是啊，既然对我的作品很了解，你就会知道这部协奏曲代表着我的全部心声。这首曲子是为他而写的。"他指了指高尔特，"当然了，我没有放弃音乐，塔格特小姐，你怎么会这样想呢？我在这十年里的创作比以往任何时候都要多，等你来我家里的时候，我可以为你演奏其中的任何一首作品……不，塔格特小姐，这些是不会在外面发表的，除了在这里，外面连一个音符也休想听见。"

"不，塔格特小姐，我并没有放弃医学，"亨里克医生回答着她的问话，"最近这六年来，我一直在搞研究，我已经发现了一种方法，可以避免脑血管的严重破裂，也就是人们常说的脑中风。它可以使人类不再受到突然瘫痪的可怕威胁……不，关于这种方法我连一个字都不会向外界透露。"

"你是问法律吗，塔格特小姐？"纳拉冈赛特法官说，"什么法律？我从没放弃过法律——是法律已经不复存在了。不过，我还在坚持我当初选择的这个匡扶正义的职业……不，正义并没有消亡，它怎么会消亡呢？人们有可能对它视若无睹，但惩罚他们的正是正义。然而，正义不可能消亡，因为人们是相互关联的，因为正义会宣布谁有生存的权利……是的，我的职业生涯还在继续。现在我正在写一篇关于法律哲学的论文。我要揭示违背客观性的法律是人性中最阴暗最邪恶的，以及人类制造出的最具杀伤力的可怕武器……不，塔格特小姐，我不会将论文在外面发表。"

"你是问我的生意吗，塔格特小姐？"麦达斯·穆利根说，"我所做的就是输血——而且至今还在做。我的工作就是为可以生长的植物提供养料。但你可以问问亨里克大夫，如果一个人的身体已经不愿意再去工作，成了一个好逸恶劳的废物，给它输再多的血是否还管用。我这个血库里储存的是黄金。金子是一种可以产生奇迹的燃料，但任何燃料都离不开发动机……不，我没有放弃，我只是再也不想经营那种屠宰场，去榨干健康的鲜血，然后输给那些没有心肝的行尸走肉。"

"放弃？"休·阿克斯顿说道，"好好想一想你说话的根据，塔格特小姐。不是我们放弃，而是这个世界放弃了……哲学家去路边开餐馆怎么了？像我现在这样开烟厂又怎么了？所有工作都是一种哲学上的行为。一旦人们将勤奋工作——也就是哲学的根源——当成他们道德价值的标准，就会重新找到并实现他们与生俱来的对完美的追求……工作的根源是什么？是人的思想，塔格特小姐，是人的理性思想。我正在就这个主题写一本书，用我从自己的学生那里受到的启发，去定义一种合乎道德的人生观……不错，它会挽救这个世界……不，它是不会在外面出版的。"

"为什么？"她喊了起来，"为什么？你们这都是在干什么啊？"

"我们是在罢工。"约翰·高尔特说。

他们齐刷刷地冲他转过身去，仿佛早就盼着听到他的声音，盼着他说出这句话。她朝着台灯灯光对面的他望了过去，在这突然肃静下来的房间里，她听得到自己心脏的跳动。他大大咧咧地跨坐在一只椅子的扶手上,身子稍稍前倾,手臂搭在膝盖上面,手指松弛地下垂着——他脸上那微微的笑意让他说出的每一句话都格外掷地有声:

"这有什么值得大惊小怪的?人类历史上只有一种人从未罢过工。其他每一行业和阶级都曾出于需要罢过工,借此向世界提出要求,彰显其不可缺少的必要性——除了将这个世界扛在肩上,使其生存下去,而得到的唯一报酬是痛苦和折磨,却从未抛弃人类的那些人。不过,也该轮到他们了。让这个世界认识到他们是些什么人、他们的作用,以及一旦他们拒绝工作会有什么后果吧。这就是思想者的罢工。"

她的一只手从脸颊慢慢移到前额,身体一动也没有动。

"多少年来,"他继续说道,"思想被视为邪恶,那些负起责任,用活生生的意识去观察世界,并根据理智而采取紧要行动的人,得到的是从异端、物质主义者到剥削者的种种诬蔑——从流放、剥夺权利到没收的种种不公——从嘲笑、拷打到火刑的种种折磨。而人类的生存却维系于他们当中的一些不管是在囚禁中,在地牢里,在隐秘的角落里,在哲学家的斗室里,还是在商人的店铺里,都仍旧在继续思考的人。在崇尚愚昧的漫长过程中,无论人类是如何停滞不前,做法又是如何残暴——正是因为有了那些人的智慧,他们认识到麦子要浇水才能生长,石头按弧度堆放就会垒成圆拱,二加二就等于四,爱所依靠的不是折磨，维系生命的不是毁灭——正是因为那些人的智慧，其他人才能在一瞬间体验到了做人的滋味，正是这样的瞬间积累，才能让他们继续生存下去。正是靠有头脑的人教导，他们学会了烤面包，治好创伤，造出武器，然后修起牢房，将他关了进去。他有着无穷无尽的能量——而且慷慨无度——他知道人不会永远停滞不前，无能并不是人的本性，人的智慧具有最高尚和最快乐的力量——为了那份只有他自己能感受到的对生命的热爱，他继续干着，为毁灭他的人，为他的狱卒，为折磨他的人，他不惜任何代价地干着，为了挽救其他的人，他在付出自己的生命，这便是他的荣耀，也是他的罪过——因为他在听任他们教唆，他对自己的荣耀感到羞耻，承认自己是被牺牲的祭物，而且会死在牲畜的祭台上，作为对智慧的罪行的惩罚。人类历史上具有悲剧色彩的笑话就是，在任何一个人建起的祭台上，被宰杀的总是人，得到供奉的则是畜生。人类不崇尚人，却往往对动物本性大加推崇：崇拜本能，崇拜蛮力——崇拜神秘和帝王——神秘所迷信的是一种随意的感觉，依靠的就是宣称理性必须听命于他们内心中黑暗的本性，认知的产生就是盲目而毫无道理的，并且对此必须遵循，而不是怀疑——帝王依靠的是武力，以征服为手段，以掠夺为目的，用大棒和枪支作为他们权力的唯一后盾。人类灵魂的捍卫者需要满足自己的感受，人类身体的捍卫者需要满足自己的肚皮——这两者却合在一起，反抗着自己的内心。然而，即使最卑贱的人也难以将他的大脑完全抛弃。从来就没有人信奉过不理性，他们真正信奉的是不公正。人抛弃自己的内心，是因为他所追求的东西为内心所不容。当他极力鼓吹矛盾的时候，他知道会有人把这荒谬的重负承担下来，会有人为此去忍受折磨，甚至牺牲生命；任何一种矛盾的论调都以毁灭作为代价。正是受害者使得不公正成了可能，正是理性的人们使残暴无理的统治得以实现。凡是叫嚣着要反对理性的，其出发点都是为了剥夺理性的存在。凡是大肆鼓吹要自我牺牲的，其目的都是为了对才智进行掠夺。掠夺者向来是清楚这一点的，我们却从不明白。现在到了我们睁开眼睛的时候了。现在我们被勒令着去崇拜的、装扮成上帝和帝王的东西，其实是赤裸地扭曲着、没有心肝的无能之辈。于是这就成了新的理想和追求目标，成了生存的目的，并根据人们离此的远近来论功行赏。他们告诉我们说，现在是一个普通人的时代，只要设法不干活儿，任何人都能获得如此与众不同的称号。只要不出力，他就能跻身于高贵的行列，即使配不上，也会享受荣誉，即使不劳动创造，也能得到报酬。可我们呢——我们必须为我们所拥有的才能赎罪——我们必须在他的使唤下去养活他，他的享受便是我们所能得到的唯一回报。因为我们的贡献最多，我们的发言权就最少。因为我们的思考能力更强，我们就不被允许有自己的任何想法。因为我们有付诸行动的判断力，也就没有了自由行动的权利。我们就会在那些不会干活的人所下达的指令和控制下工作。他们就会来分配我们的能量，因为他们自己一点都没有，来分配我们的劳动成果，因为他们自己根本不创造。你是不是认为这不可能，根本就行不通？他们也明白这一点，不明白的人是你，而他们就指望着你不去明白这些。他们就指望着你继续如此，一直工作到超出人的极限，活一天就养活他们一天——一旦你倒了下去，会有另外的受害者在生存的压力下开始养活他们，而每一个继任的受害者都会更加短寿，你死的时候留下的是一条铁路，你的最后一位精神上的继承人死时，就只能给他们留下一块面包了。目前的这些掠夺者们对此并不担心。他们和过去的所有掠夺者前辈们想的完全一致，那就是只管他们这一辈子。掠夺在从前之所以能够代代不绝，是因为每一代都有层出不穷的受害者。然而今天——它无法再延续下去，受害者们罢工了。我们罢工是因为我们反对再去殉难，并且反对那个要求我们去殉难的道德规范。我们的罢工所反对的是那些认为人是为了他人而存在的主张，我们的罢工所反对的是吃人的道德，而不管它的奉献是肉体还是精神上的。除非根据我们自己的主张，我们不会通过其他的方式和人交往——我们的主张是这样一种道德规范，它认为人的最终目的是自己本身，而不是为了达到别人的目的而采取的手段。我们不想把我们的准则强加给他们，他们愿意相信什么就随他们好了。但离开了我们的支持，他们早晚不得不相信我们的选择，这样才能继续生存下去。

而且，这一次他们会彻底认清他们的主张。这个主张只是因为得到了受害者的允许才能延续至今，因为受害者破坏了这种行不通的准则之后愿意接受处罚。但这准则迟早会被打破，它是一种必须有人违反才能生存壮大的准则，维持其存在的不是它那些信徒们的品德，而是违犯了它的罪人们的大度。我们已经决定再也不去做这个罪人，我们再也不会去触犯这个道德规范，我们要用一种它无法承受的方式将它彻底消灭，那就是遵守它。我们会去遵守和顺从它。在同这些人交往的时候，我们会不折不扣地遵照他们的价值准则行事，放过他们谴责的所有罪恶。思想是罪恶？那我们就让我们的一切思想成果都从社会上消失，让人们连我们的一丁点见解都无从知晓和利用。能力是剥夺了弱者机会的自私的魔鬼？那我们就撤出竞争，把所有的机会都让给那些无能之辈。对财富的追求是贪婪和万恶之源？那我们再也不追求对财富的创造了。挣的钱一旦超过了人最基本的生存需求就是罪恶？那我们就只干最底层的活儿，凭自己的力气，生产出刚够眼前用的东西就行了——连一分钱、一个创意都不多留，免得祸害世人。成功是罪恶，因为它牺牲了弱者？那我们不再让弱者负担我们的野心了，让他们自由自在地离开我们去过好日子吧。当雇主是罪恶？那我们再也不雇任何人了。拥有财产也是罪恶？那我们什么都不要了。在这个世界上享受自己的存在也是罪恶？他们的这个世界不存在我们想要的任何形式的快乐，而且——这是我们最难做到的——此刻，我们对他们那个世界的感受正是被他们极力宣扬为理想的一种情感：漠然——空白——虚无——死亡的标记……我们已经把他们多年以来一直声称想要得到的，以及当成美德所追求的所有东西都给了他们。现在让他们瞧一瞧他们是不是真的想要吧。"

"是你发动了这次罢工？"她问。

"是我。"

他起身站定，手插在兜里，灯光照着他的脸——她发现在他那轻松自得的笑容里有一种坚定不移的神情。

"我们整天听到罢工的消息，"他说，"以及能力非凡的人必须仰仗普通人的论调，它叫嚣着说企业家是寄生虫，是手下的工人养活了他，替他创造了财富，让他发了家——假如工人们都离开的话，他会如何呢？很好啊，那我就建议让大家都看一看，是谁在仰仗着谁，是谁养活了谁，财富是从谁那里来的，是谁让谁能够生活下去，谁一旦离开的话，受不了的是谁。"

此时的窗子已是一片漆黑，上面映着烟头星星点点的光亮。他从身边的桌上拿起一根香烟，从划火柴的亮光里，她看见那个金色的美元符号在他的手指间一闪而过。

"我退出工作，参加了他的罢工，"休·阿克斯顿说，"因为我无法和声称只有否定知识的存在才能算得上知识分子的人共事。要是一个修下水道的工人为了标榜自己是个行家而号称根本没有修理水管这个行业的话，就不会有人雇他干活了——然而，显然，同样的道理用在哲学家这里就被认为是多此一举了。不过，我是从我的学生那里懂得了造成这个局面的正是我自己。一旦思考者们将那些否定思考存在的人认作另外一种思想派别的思考者——那么摧残心智的人就正是他们自己。他们将基本前提拱手让给了敌人，也就是同意把理性的约束力拱手让给了合乎传统的痴呆。基本前提是一种绝对事物，不允许与它的对立面合作，也不允许任何宽容。这正如一个银行家不会交出银行的认可、信誉和威望，而接受或经手假钞，不会将造假者的要求简单地姑息为只是看法不同而已——因此，我不可能承认西蒙·普利切特博士是个哲学家，或者跟他进行什么思想上的争论。在哲学这个账户里，普利切特博士没有任何东西可以存入，他公然想做的就是毁灭它。他是希望借助人们之间的理性能力，通过否定理性来谋取私利，他是想在他的掠夺计划表面打上理性的印章，他是想利用哲学的威望收买奴役的思想，但这威望只有当我在那里签出支票的时候才可能作为账户而存在。还是让他自己去干吧，就把他——和将下一代的心灵都托付给他的那些人——要求得到的东西给他们好了：一个充斥着没有知识的知识分子和声称不会思考的思想家的世界。我来做让步，我答应他们的要求。当他们发现他们这个并不绝对的世界出现了绝对的现实时，我已经不会再出现在那里为他们矛盾的代价付账了。"

"阿克斯顿博士的退出是遵循了正确的银行学原则，"麦达斯·穆利根说，"我的退出则是遵循了爱的原则。爱是一个人赋予最高价值的最终认可方式。促使我退出的是汉萨克的案子——在那件案子中，法庭命令我首先动用我的储户们存的钱，以满足那些能够证明他们根本无权得到这笔财产的人们。我被命令把人们挣来的钱付给一个一文不名、只会嚷嚷他挣不来钱的家伙。我生在农村，懂得钱意味着什么，我这一生跟许多人都打过交道，眼看着他们发展了起来。我是靠着能识别出某一类人才发了财，这类人从不会索要你的信任、希望和怜悯，却会摆给你事实、证明和利润。你是否知道，在汉克·里尔登刚刚起家，从明尼苏达州出来买下宾夕法尼亚州的一家钢厂时，我曾经在他的生意里投了资金？当我看到办公桌上的那一纸法庭判决时，眼前就浮现出一幕景象，里面的一举一动都清晰可见。我看到了第一次见到里尔登时他那张年轻而聪明的面孔。我看见他倒在祭台之下，身上流出的鲜血浸透了大地，而站在祭台上的那个人就是汉萨克。他目光混浊，不住地抱怨说他从来没有过机会……奇怪的是，一旦你看清楚，事情就变得再简单不过了。对我来说，关掉银行走人简直毫不费力：这是我有生以来第一次眼前不断出现我所为之生活和所热爱的一切。"

她看着纳拉冈赛特法官："你也是因为这起案子退出的吧？"

"是的，"纳拉冈赛特法官说，"上诉法庭将我的判决推翻之后，我就退出不干了。我之所以选择干这一行，就是想成为一名正义的卫士。然而，他们要我去执行的法令把我变成了最无耻的、没有正义的刽子手。当那些手无寸铁的人需要我的保护时，我却得到了强行侵占他们利益的命令。在法庭中，当事人之所以会尊重判决，就是因为相信法庭会保持一个他们双方都接受的客观立场。现在我看到的是一个人还有这样的尊重，另一个人却没有，一个人在遵循着法律，另一个则在妄自臆想着他的需要——而法律居然站在了臆想的一边，支持的是不合理的东西。我退出——因为我已经无法忍受听到正直的人们再叫我'法官大人'了。"她的眼睛慢慢转向了理查德·哈利，既像是恳求，又像是害怕听到他的遭遇。他笑了。

"我本来可以原谅那些让我吃了不少苦头的人，"理查德·哈利说，"但我不能原谅的是他们对我的成功所持的偏见。在他们排挤我之前的那些日子，我的心中没有仇恨。如果说我的作品是有新意的，那我就要给他们时间慢慢感受，如果说我能打破常规、让自己上升到一个新的高度，那我就没有权利抱怨其他人跟上的脚步太慢。那些年，我一直在这样告诉我自己，但在某些夜晚，我却再也无法按捺心中的急迫，再也无法让自己相信那些话，我在呼喊着'为什么'，却得不到回答。后来，那天晚上，他们对我报以掌声和欢呼，我站在剧场的舞台上，面对他们，心里想着这就是我苦苦奋斗想要得到的东西，我希望能好好感受一下，却什么都感觉不到。我眼前还是从前的那些夜晚，听到的是那声'为什么'，依然得不到答案，而他们的欢呼似乎同他们的冷落一样苍白。假如他们能说，'抱歉，我们来晚了，谢谢你还等着我们'——我就不会再要求别的，他们也就不会知道我心里的想法了。但我从他们的脸上，从他们蜂拥而至对我大加赞颂的语气里，看到和听到的是对艺术家的那种训诫——只不过我以前从不相信会有人拿这样的话当真。他们似乎是说他们并不欠我什么，他们的充耳不闻使我有了一个道德上的追求，为了他们——无论他们给了我什么样的冷嘲热讽、偏见和蹂躏，我都应该去挣扎、承受和忍耐，这样的忍耐是为了教他们欣赏我的作品，这正是他们理所当然应该得到的东西，也正是我应有的追求。那时，我便看清了我以前理解不了的掠夺者精神上的本质。我看到，他们正如将手伸到穆利根的口袋里，掠夺他的财富那样，将手伸进了我的灵魂，掠夺着我的个人价值；我看到，平庸之辈带着恶意的粗俗，卖弄着自己的浅薄，让它成了用能干者的身躯填满的无底深渊；我看到，他们正如觅食穆利根的钱财那样，吞食着我创作音乐的时间和欲望，企图迫使我认可他们才是我的音乐的意义，以此来掠取他们的自尊，恰恰利用了我的创作理性，使得非但他们不去承认我的价值，反而成了我要对他们顶礼膜拜……就在那天晚上，我发誓再也不让他们听到我写的一个音符。我从剧场出来的时候，街上空空荡荡，我是最后一个离开的——我看见一个陌生人正站在街边的路灯下等我。已经用不着他跟我多说什么了。然而，我题献给他的那首协奏曲，名字就叫《救赎协奏曲》。"

她看了看其他的人。"把你们的原因都讲出来吧。"她的声音里流露出一丝坚决，似乎她正在承受着一场拷打，但是希望能承受到底。

"我退出是因为前些年国家控制了医疗行业，"亨里克医生说，"你知道做脑外科手术都要求些什么吗？你知道这需要有怎样的技能，为掌握这项专长要付出多少年热情而又冷酷的煎熬吗？我不会用它去替那些人服务，他们不是凭本事使唤我，只会信口胡扯一些大道理，以此骗取特权，得以靠武力来施行他们的企图。我不会让他们挟制住我多年钻研想去实现的愿望，或者我的工作条件、我对病人的选择，乃至我的酬劳多少。我观察到，在医学即将遭到奴役时的所有讨论当中，人们什么都谈到了——唯独对医生的愿望只字不提。人们只是考虑病人的'权益'，对于这种权益的提供者却连想都不想。医生要想在这件事上有任何权利、愿望或选择，就会被认为是与此毫不相干的自私行为；他们说，医生该做的不是选择，而是'服务'。一个愿意在强迫之下工作的人，即使让他在畜栏里工作都是令人担心的，都是危险的——何况是那些指望他们帮助病人起死回生的医生呢？我常常对人们的自以为是感到困惑，他们认定他们有权奴役我，可以控制我的工作，强迫我的意志，践踏我的良知，窒息我的思想——可是，一旦躺在我操作的手术台上，他们想依赖的又是什么呢？他们的道德标准令他们相信，他们的受害者的品德是值得信赖的。那好，我就把这样的品德拿走，让他们见识见识他们的思想体系培养出来的医生吧。让他们认识到在他们的手术室和病房里，把性命托付到一个被他们窒息的医生手中是多么不安全。如果那个医生对此心怀怨恨的话，他们怎么可能安全——如果他不表示憎恨，他们恐怕更不安全。"

"我退出，"艾利斯·威特说，"是因为我不想成为吃人者的盘中餐，并且还要我亲自动手烹制出来。"

"我认识到，"肯·达纳格说道，"同我较量的都是些无能之辈，懒而无用，漫无目的，不负责任，不可理喻——我并不需要他们，轮不上他们对我指手画脚，我也用不着听从他们的命令。我退出，是为了让他们也能认识到这一点。"

"我退出，"昆廷·丹尼尔斯说，"是因为假如把该遭报应的人按程度区分的话，为残忍的势力贡献出自己头脑的科学家就是地球上最应该被诅咒的凶手。"

大家安静了下来。她转向了高尔特。"那么你呢？"她问道，"作为第一个，你又是出于什么原因？"

他哑然一笑："是因为我拒绝带着原罪降临到这个世界上。"

"什么意思？"

"我从未因自己的能力而感到愧疚，我从未因自己的内心而感到愧疚，我从未因为自己是个人而感到愧疚，我拒绝接受任何不属于我的罪责，因此我能够自由地去获取，并且清楚我自身的价值。从我记事的时候开始，我就觉得我会杀掉任何一个声称我是为了他的需要而存在的人，而且我知道这是种最高尚的感觉。在二十世纪发动机公司的那天夜里，当我听到一种难以启齿的罪恶用道貌岸然的腔调讲出来的时候，我就看到了这个世界的悲剧的根源——造成它的原因，以及解决它的办法。我发现了应该去做的事情，就走出去做了。"

"那么，发动机呢？"她问，"你为什么把它扔在那里，为什么把它留给了斯塔内斯的子女们？"

"那是他们父亲的财产，是他付钱让我去做，在他还在世的时候做成的。但我知道这对他们一点用处都没有，从此也将不为人知。那是我的第一个试验模型，除了我，或者跟我水平相当的人，谁也不可能完成它，甚至都想不出它是个什么东西。而且我还知道，从那时起，和我水平相当的人再也不会走近那家工厂。"

"你清楚你的发动机代表的是怎样一种成就吧？"

"是的。"

"你知道你是在任其消亡吗？"

"知道，"他望着窗外的黑夜，黯然一笑，只是笑得并不开心,"我临走前最后看了一眼我的发动机,我想起了那些提倡把财富视为一种自然资源的人,想起了那些声称财富就是要去占领工厂的人,想起了那些声称机器支配着他们头脑的人。那好,这部发动机可以支配他们的头脑,它就是一堆离开了人的头脑的即将生锈的废铁和电线。你总是在想一旦把它投入到生产中,会给人类带来多么巨大的效用。我想的是,当有一天人们明白它被丢弃在工厂的废品堆里究竟意味着什么时,它就能产生更大的作用。"

"把它扔下的时候,你指望过亲眼看到那一天的到来吗?"

"没有。"

"你是否指望过有机会在其他地方把它重新制造出来?"

"没有。"

"是谁愿意让它待在废品堆里?"

"正是因为发动机对我所具有的意义,"他缓缓地说道,"我才不得不情愿让它四分五裂,永远消失"——他正视着她,而她则听到了他那坚定、果决、毫不留情的声音——"正如你将不得不看着塔格特泛陆运输的铁轨瓦解并消亡一样。"

她迎着他的目光,头因此扬了起来,用傲然而又乞求的腔调,轻声说道:"不要逼我现在回答。"

"我不会的,我们会把你想知道的一切都告诉你,不会催你做任何决定。"他接着说下去,而她被他嗓音里突如其来的温柔惊呆了，"我说过，对原本就属于我们的世界如此无动于衷，是最难做到的事，我知道。对此，我们全都经历过。"

她注视着这个安静并且坚如磐石的房间，注视着屋里的灯光——这灯光来自他的发动机——照在这些她向所未见的无比安详、自信的人的脸上。

"你离开二十世纪发动机公司后做了些什么？"

"我去做了一名察看火苗的人。我把这当成我的工作，去注视闪现在原始黑夜里那些耀眼的亮光，也就是那些有能力、有头脑的人；我注视着他们的脚步、他们的挣扎，以及他们的痛苦；然后，当明白他们已经看够了这一切的时候，我便把他们拉出来。"

"你对他们说了些什么，使他们能够放弃一切？"

"我告诉他们，他们没有错。"

看到她眼里沉默的疑问，他便继续答道："我帮他们发现了他们还未意识到属于自己的那份自豪，使他们获得了用来找到它的话语，让他们能够拥有他们一度忽略、渴望得到，但又并不清楚自己的确需要的珍贵财富：道德的认同。你不是把我叫作毁灭者和捕杀人才的猎手吗？我就是这次罢工的活生生的代表，是受害者反抗的领头人，是受到压迫、失去遗产、被剥削的人的捍卫者——这些字眼经我的口说出来，才总算恢复了它们原本的意义。"

"最先跟随你的都是谁?"

他着意地停顿了一下,然后才开口回答:"是我的两个最好的朋友,其中的一个你认识,或许你比其他人都更清楚他为此付出的代价。随后便是我们的老师阿克斯顿博士,经过仅仅一晚的谈话,他就加入了我们。我过去在二十世纪发动机公司实验室的老板威廉·哈斯亭曾经与自己进行了艰苦斗争,这用了他一年的时间,不过他还是加入了。随后是理查德·哈利和麦达斯·穆利根。"

"——只用了十五分钟。"穆利根插话道。

她转向他,"是你创建了这座山谷里的一切?"

"对,"穆利根说,"起初它只是用来作为我个人的隐居地。许多年前,我从对这里一无所知的农夫和牛仔手中把这片山地大块大块地买了下来,这座山谷在任何地图上都没有标明。决心退出的时候,我盖了这座房子。我封死所有可能接近这里的入口,只留了一条路——而且把它伪装得谁都无法发现——我做了自给自足的充分准备,这样,我就可以在此安度后半生,再也不用去看那些掠夺者的嘴脸了。我听说约翰把纳拉冈赛特法官也说服了,就把法官请到了这里,后来我们又请来了理查德·哈利。其他人一开始都是留在外面的。"

"我们这里没有其他的任何条条框框,"高尔特说,"只有一条,任何人一旦接受我们的誓言,就意味着许下了一个承诺:不做他的本行，不用他的智慧服务于这个世界。我们每个人都用各自不同的方式做出了实践。曾经的有钱人现在靠他们的积蓄为生，过去工作的人干的是他们所能找到的最底层的活计。我们中的有些人曾经很有名；其他的人——比如被哈利发现的你手下那个年轻的司闸工——在受到摧残之前就被我们劝阻了。然而，我们并未放弃我们的智慧以及我们热爱的工作。每个人都可以用各种方式，在业余时间里继续干他的本行——只是，为了他个人的利益，这些是在秘而不宣地进行，既不向别人透露，也不共享任何东西。我们保持着曾经无家可归的那种状态，彼此住得非常分散，但现在这种方式是我们自己想要的。唯一的轻松时刻就是我们难得地见到彼此的时候，我们发现我们很愿意聚一聚——以便想到人类依然存在。因此，我们利用一年当中的一个月时间——用来休息，去过一种理性的生活，从隐藏的地方拿出我们真正的成果，用它们互相交换——在这里，成就即可用来支付，从不上缴。就是靠着十二个月当中这一个月的生活，我们每个人都在这里用自己的所得盖了房子。这也让其余的十一个月时间略微好过了一些。"

"看到了吧，塔格特小姐，"休·阿克斯顿说，"人可以生活在这样一种社会状态之下，而不是像那些掠夺者们所鼓吹的样子。"

"山谷的发展壮大是从科罗拉多州遭到破坏开始的，"麦达斯·穆利根说道，"艾利斯·威特和其他人来到这里定居，因为他们不得不躲起来。同我一样,他们把所有能够抢救的财产都换成了黄金和机器设备,带到了这里。我们有足够的人力对这里进行开发,为那些在外面自食其力的人创造工作的机会。目前,我们已经接近能够让大部分人长期在此生活的阶段,山谷几乎可以做到自给自足——至于目前还不能自产的物品,我可以通过自己的途径从外面买到。这是个特别的代理人,他不会让我的钱落到掠夺者的手里。我们这里不是个国家,也不是任何一种形式的社会——我们只是因每个人各自的利益自愿联合到一起的人。这块谷地属于我,我把土地卖给其他想要得到它的人。假如有了分歧,纳拉冈赛特法官可以做我们的仲裁。迄今为止,我们还没为此找过他。他们说要让人们做到意见一致非常困难,但你会吃惊地发现这其实非常简单——只要双方将不依赖他人而存在、把理性当作交易唯一的手段,奉为绝对的道德标准。我们大家都要到这里来生活的时刻已经日渐临近——因为这世界正在飞速崩溃,不久就要面临饥荒。但是,我们完全能够在这座山谷里养活自己。"

"世界崩溃的速度超出了我们的预计,"休·阿克斯顿说,"人们正在停下和放弃手里的工作,你那些被冻结的火车、成群结队的袭击者以及逃亡的人,他们从来没听说过我们,不属于我们罢工的一部分,他们是自发的——这是他们内心中残留的理性的自然反应——和我们进行的反抗是一样的。"

"我们在开始时看不出这将持续多久，"高尔特说道，"我们不清楚究竟是能活着看到世界重获自由的那一天，还是要把我们的斗争和秘密留给子孙后代。我们只知道，这才是我们愿意拥有的唯一生活方式。但现在，我们认为不久就会见到我们胜利和回归的日子。"

"什么时候？"她低声问道。

"当掠夺者的规则土崩瓦解的时候。"

他看出她望着他的眼神里半是疑虑，半是期待，便接着说道："当自我牺牲的教条终于走上那条它再也无法伪装的道路——当人们发现再也找不到牺牲品去阻挡正义的道路，再也无法避免他们即将受到的惩罚——当鼓吹自我牺牲的人们发现，情愿这样去做的人已经没有任何可以牺牲的东西，而有的人又再也不愿意去做出牺牲——当人们看到无论他们的心脏还是肌肉都挽救不了他们，而遭到他们诅咒的思想已经不见，他们已经求救无门——当这些失去了思想的人不可避免地颓然倒下——当他们再也无法冒充权威，再也见不到一点法律和道德的影子，没有了希望和食物，也失去了获取它们的办法——当他们彻底崩溃，道路再次畅通——那个时候，我们就会回去重建家园。"

塔格特终点站,她想到;她听见这几个字仿佛叠加在一起,变成了令她无暇称量的沉重,撞击着她已经麻木的心灵。这里才是塔格特终点站,她想,就是这个房间,而不是纽约巨大的候车厅——这里就是她的目标和道路的终点,就是两条笔直的铁轨交会和消失的地平线尽头的那个点——它们就如当初曾经吸引了内特内尔·塔格特一样,也在吸引着她不断地向前——这里就是内特内尔·塔格特当初展望过的遥远的目标,正是这里,支撑着他在行人络绎不绝的大理石候车厅里抬起头后发出的炯炯目光。她正是为此才将自己的身心都扑在塔格特泛陆运输这个丢了魂的身体上面。她终于找到了想要得到的一切,它就在这个房间内,触手可及,并且是属于她的——代价却是抛下铁路网,铁路将会消亡,桥梁将会坍塌,信号灯将会熄灭……以及……我想要的一切的一切,她心中想着——视线从那个有着晒黄的头发和执拗的目光的男人身上移开了。

"你不必现在就给我们答复。"

她抬起头。他正盯着她看,仿佛是在紧紧地跟随着她内心的脚步。

"我们从不强求回答。"他说。

贪婪者的乌托邦
the Utopia of Greed

9

"早上好。"

她从自己的门口看着他走过了客厅,在他身后的窗外,群山泛出了银闪闪的粉红色,看上去比外面的光线还要明亮,预示着阳光即将来临。旭日已经在地球的某处升起,但尚未到达山巅,天空中渐渐燃起的光辉正在宣布着它的到来。她听到欢快地迎接着日出的并不是鸟儿的啼唱,而是刚才响起的电话铃声;她眼前这新的一天并不是外面鲜亮的翠绿枝头,而是炉子镀铬后发出的熠熠光芒,桌子上一个玻璃烟缸的闪亮,以及他衬衣袖子一尘不染的雪白。她抑制不住自己声音里和他一样的笑意,回答道:

"早上好。"

他正将桌上铅笔写的计算草纸收拾起来,塞进衣袋内。"我得去一趟发电站,"他说,"他们刚刚打过电话,射线屏幕出了问题,好像是你的飞机把它给撞坏了。我过半小时回来后做早餐。"

他的声音随意而平淡,对于她的存在和他们的日常起居,他完全是一副习以为常的样子,她感到他是在有意渲染这样的气氛。

她以同样随意的口气应道:"要是能把我留在车里的拐杖取回来的话,你回来的时候我就能把早餐准备好了。"

他略为吃惊地看了看她,他的目光从她缠着纱布的脚踝移到露在她短袖上衣外的胳膊肘上那层厚厚的绷带。然而,她透明的衣衫,敞开的领口,以及似乎用轻薄的衣衫不经心地包裹着的肩膀上的一头长发,令她看上去像是一个女学生,而不是什么病人,她的姿态使人忘记了他所见到的绷带。

他微微一笑,不过这笑容并非完全是冲着她,而像是他自己突然想起了什么似的。"假如你愿意的话。"他说。

独自留在他的家中,感觉有些怪。部分原因是她体验到了一种从未有过的感受:敬畏使她变得缩手缩脚,仿佛身旁的任何东西都隐秘得不可触摸。另外的原因则是一种满不在乎的轻松感,仿佛这里便是她的家,仿佛她便是这里的主人。

奇怪的是,她从准备早餐这种简单的事情中感受到了如此纯粹的快乐。干这个活儿似乎本身便很独立,好像在灌咖啡壶、榨橙汁、切面包的时候不会心有旁骛,能体会到身体在舞蹈时所体会不出的享受。她蓦然意识到,自从不在洛克戴尔车站当调度员,如此舒心的感觉已经久违了。

她正布置着餐桌,发现一个人的身影沿着房前的小路向上奔来。他身手轻快敏捷,越石跨阶如履平地,一把将门推开,喊道:"嗨,约翰!"——一看见她,他便停下了脚步。他穿着深蓝色的运动衫和长裤，一头金发，脸庞简直英俊得完美无缺，令人惊叹。她愣愣地看着他，倒并不是多么艳羡，但的确是不敢相信自己的眼睛。

他望着她，似乎没想到会在这所房子里看见女人。随后，她发现他辨认出来的神情转化为了另一种惊讶，半是感到开心、半是胜利般地笑了出来。"哦，你加入我们了？"他问道。

"不，"她讽刺地答道，"我还没有，我是个异类。"

他像个大人看见小孩说着并不理解的技术字眼一般大笑起来。"如果你明白自己在说些什么，你就知道这是不可能的，"他说，"在这里绝对不可能。"

"说起来，我应该算是破门而入。"

他看了看她的绷带，心里思忖着，好奇的眼神中几乎带着一股倨傲。"什么时候？"

"昨天。"

"怎么进来的？"

"坐飞机。"

"你坐飞机来这一带干什么？"

他那副直截了当和蛮横的态度既像个贵族又像个莽汉；他的神态看上去像前者，穿着却像后者。她打量了他半晌，故意叫他等了一会儿。"我是想在一幕史前的幻景中着陆，"她答道，"我做到了。"

"你的确是个异类，"他似乎找到了问题的所有症结，嗤笑着说，"约翰呢？"

"高尔特先生在发电站，应该马上就会回来了。"

他问也不问便一屁股坐在一张椅子上，仿佛到了家里一样。她默默地转过身去，继续干着她的活儿。他坐在那里，把嘴一咧，笑着注视她的一举一动，仿佛她在厨房餐桌上摆放着刀叉是某种特殊的令人费解的奇观一样。

"弗兰西斯科看到你在这里是怎么说的？"他问。

她微微耸肩，转向他，依旧平静地回答："他还没来这里。"

"还没来？"他似乎一惊，"真的？"

"是他们告诉我的。"

他点了一支烟。她望着他，心里猜想着他所从事、所热爱、为了到这个山谷里来而又放弃的那个行当是什么。她猜不出来，好像没什么可以对上号。她发觉自己有了个荒唐的感觉，那就是希望他什么都别干，因为无论做什么都可能会毁了他那令人难以置信的英俊容貌。这感觉与个人的感情无关，她并未把他当作一个男人来打量，而是把他看成一件能说会动的艺术品——完美无缺如他者，会像任何热爱自己工作的人那样感受到冲击、压迫和创伤，这对外面世界的尊严似乎是一种扭曲。但她的这种感觉似乎显得愈加荒诞了，因为他脸上的那种刚毅完全可以战胜世上的任何艰险。

"不，塔格特小姐，"他捕捉到了她的眼光，突然开口道，"你以前从没见过我。"

她猛吃了一惊，意识到自己刚才一直是在公然地打量着他。"你怎么知道我是谁？"她问。

"首先，我在许多报纸上见过你的照片。其次，就我们所知，你是外面的世界中仅存的一个会被允许进入高尔特山谷的女人。第三，你是唯一还有胆子——以及足够的资本——继续当异类的女人。"

"你凭什么肯定我是个异类？"

"假如你不是的话，你就会知道史前的幻景并不是这个山谷，而是外面世界的人所过的生活。"

他们听到外面有发动机的声响，只见一辆汽车停在了房前的坡下。她注意到，他一看见车里的高尔特，便一下子站了起来，如果不是因为显而易见的迫不及待，看上去那便如同军人本能的敬礼。

她发现高尔特进来时，一见到屋里的客人便停住了脚步。她注意到高尔特露出了笑容，嗓音却异常低沉，简直便是庄重的语气，似乎隐含了他所不愿表现出的释怀，非常平静地招呼道："嗨。"

"嗨，约翰。"客人高兴地打着招呼。

她发现他们犹豫了片刻才握住了对方的手，又过了一阵才松开，仿佛不敢肯定他们的上一次见面并不是永别。

高尔特转向她。"你们见过了吗？"他是在同时问他们两个。

"还算不上。"来人说道。

"塔格特小姐，这位是拉格纳·丹尼斯约德。"

她完全知道自己脸上此时是一种什么样的表情，丹尼斯约德说话的声音听上去似乎非常遥远，"你用不着怕，塔格特小姐。我对高尔特山谷里的所有人都没有危险。"

她只能摇着头，半晌才说出话来："并不是说你怎样对待其他的人……而是他们究竟是如何对待你的……"

他的大笑声让她恢复了意识。"要小心啊，塔格特小姐。你要是开始这么想的话，异类可就当不长了。"他又接着说，"不过，你应该从高尔特山谷中的人身上吸取些正确的东西，而不是他们所犯的错误；他们十二年来一直替我担心——完全没必要。"他瞟了一眼高尔特。

"你什么时候来的？"高尔特问。

"昨天半夜。"

"坐下，和我们一起吃早餐。"

"可弗兰西斯科在哪儿？他怎么还没来？"

"我不知道，"高尔特的眉头稍稍一皱，"我刚刚问过机场，谁都不知道他的消息。"

她向厨房走去的时候，高尔特跟了上去。"不，"她说，"今天我来做。"

"我帮你。"

"在这里,谁都不应该开口要人帮忙,对吗?"

他笑了:"对。"

她从没感到过身体动起来是如此享受,仿佛走路时双脚觉不出一点重量,仿佛用来支撑她的拐杖只是多余的装饰。在为桌前的两个男人端上早餐的同时,她舒畅地感觉着自己轻快、笔直的脚步,感觉着自己麻利和灵活准确的动作。她的样子告诉他们,她明白他们在注视着她——她高昂着头,像一个舞台上的演员,像一个身在宴会厅的女人,像参加了一场无声竞赛的获胜者。

"知道你今天来做他的替身,弗兰西斯科一定会很高兴的。"当她跟他们一起坐在桌前的时候,丹尼斯约德说道。

"做他的什么?"

"是这样,今天是六月一日,约翰、弗兰西斯科和我——我们三个十二年来的每个六月一日都在一起吃早餐。"

"在这里?"

"一开始不是,不过自从这房子八年前盖好之后,就一直在这里了。"他笑着耸了耸肩膀,"像弗兰西斯科这样一个比我多出几百年传统遗风的人,居然头一个破了我们的传统,真是见鬼。"

"那么高尔特先生呢?"她问,"他的家史有多久了?"

"你是问约翰吗?他从前连半点家底都没有,但未来可就都是他的了。"

"别管什么家史不家史的了,"高尔特说,"跟我说说你这一年的情况吧,你手下的人损失过没有?"

"没有。"

"时间损失过没有?"

"你是问我是否受过伤吧?没有。自从十年前开始,我始终毫发未伤,那时我刚出道,你现在应该已经不记得了。我从来没有过任何危险。今年——在颁布了10-289号法令后,其实我比在小镇上开药铺还要安全得多。"

"吃过败仗吗?"

"没有。今年,一直都是对方在损失。掠夺者的船只大部分都落在了我的手里——他们的人大部分都跑到你这里来了。你今年的情况也挺好,是吧?这我都清楚,我可全都记着呢。自从我们上次一起吃早餐后,你把想要的科罗拉多州的那些人都拉过来了,还有其他地方的一些人,比如肯·达纳格,他可是个不可多得的人才啊。不过,我告诉你还有一个更棒的,他几乎已经是你的了。你很快就能得到他,因为他现在命悬一线,马上就要掉到你的脚边了。他还救过我一命——这下你就知道他走得有多远了吧。"

高尔特身子一仰,眯起了眼睛:"原来你从没有过任何危险,对吧？"

丹尼斯约德笑了起来："哦，我是冒了个小小的风险，不过值得。那可是让我觉得最愉快的一次遭遇，我一直想当面告诉你，你肯定想听听这个故事。你知道那人是谁吗？是汉克·里尔登。我——"

"不！"

这是高尔特的声音；它是一道命令；这声断喝之中带着一分怒气，他们还是头一回见他如此。

"什么？"丹尼斯约德难以相信地轻声问道。

"现在别跟我讲这件事。"

"可你总是说汉克·里尔登是你最想在这里见到的人啊。"

"我现在还是这么想，但是，这事你以后再告诉我。"

她细细地观察着高尔特的面孔，但看不出任何头绪，那副在决绝或抑制之下冷峻严厉的神情令他的脸颊和嘴角都绷紧了。无论他清楚她的多少底细，她心中在想，只有一个原因可以解释他的这般举动，不过他绝对不可能知道。

"你见到汉克·里尔登了？"她转向丹尼斯约德，问道，"而且他还救了你？"

"对。"

"我想听听是怎么回事。"

"我不想。"高尔特说。

"为什么？"

"你不是我们中的一员，塔格特小姐。"

"我明白了，"她不屑地微微一笑，"你是不是在想我会阻止你得到汉克·里尔登？"

"不，我不是在想这个。"

她留意到丹尼斯约德正在观察高尔特的表情，似乎他也觉得这事很蹊跷。高尔特毫不回避地有意迎上了他的目光，似乎成心让他试试寻找答案，谅他也找不到。当她发现高尔特的眼里露出一丝诙谐时，她便明白，丹尼斯约德的努力失败了。

"还有什么，"高尔特问道，"算是你今年干成的事？"

"我打破了重力定律。"

"这你干得多了，这回玩的又是什么花样？"

"我装了超出飞机承重极限的黄金，从大西洋中部一直飞到了科罗拉多。等着让麦达斯看到我要存的数量吧，今年，我客户的钱会多出——哦，对了，塔格特小姐是我的一个客户，你告诉过她没有？"

"还没有，要讲你就跟她讲吧。"

"我是——你刚才说我是什么？"她问。

"别吃惊，塔格特小姐，"丹尼斯约德说，"而且不要反对，对于反对，我见得太多了，不管怎么样，我在这里算是个异类。对于我选择的斗争方式，他们谁都不同意。约翰不同意，阿克斯顿博士不同意，他们觉得用我的性命去那么干太不值得。但你知道，我父亲是个主教——在他所有的教导里面，我只认同一句话：'执剑者将随剑一同灭亡。'"

"这是什么意思？"

"就是说暴力是不可取的。如果我的朋友们相信他们可以用联合起来的力量制服我——那他们就会看到在这场较量中，只有使用暴力的一方去针对使用智力的一方。就连约翰都赞成，在我们这个时代，我在道义上有权选择自己想走的路。我和他做的事情一样——只是以我自己的方式罢了。他是把人们的精神从掠夺者的手中抽走，我是把人们的精神产物抽走。他是在剥夺他们的理性，我是在剥夺他们的财富。他吸干了世界的灵魂，我吸干了它的身体。他们早晚会从他那里得到教训，我只是没那份耐心，于是就把他们学习的速度加快了而已。不过，和约翰一样，我只是顺应着他们的道德观，决不会牺牲自己，牺牲里尔登或者你，从而令他们有双重的标准。"

"你在讲什么呀？"

"讲的是对收税者的一种课税方法。所有的税收方法都很烦琐，但这种非常简单，因为它是其他所有方式的核心。我来解释给你听。"

她聆听着。她听到一个充满活力的声音带着记账员那种枯燥而精确的口吻，详述起财务转账、银行账户和收入税表，仿佛他正在读着一本满是灰尘的账簿——为了记下这本账簿里的每一笔账，他押上了自己的鲜血，只要他记账的笔稍有闪失，血就随时会流尽。她一边听，一边看着他那张俊朗无瑕的脸庞——并且不停地在想，这就是全世界悬赏百万要置于死地的那颗人头……她曾经觉得这样一张完美的面孔，无论做任何事都会留下令人惋惜的伤痕——她想得出了神，他讲的一半的话都没听进去——实在不应该拿这么俊美的脸去冒任何风险……接着，她猛然醒悟他那完美的外表只是一幅简明的示意图，是用自然直观的方式，就外面世界的本质和在低于人的时代里人类价值的命运，给她上了孩子般初级的一课。不管他走的路是正义的还是邪恶的，她想，他们怎么能……不！她心想，他所走的路是正义的，而可怕之处正在这里，因为正义已经别无选择，因为她没法去谴责他，她既不能同意，也说不出一句责难的话。"……我客户的名字，塔格特小姐，是一个一个慢慢地选出来的，因为我必须确信他们的人品和事业。在我的偿还名单上，你的名字在第一批。"

她强迫自己不动声色地把脸绷紧，只回答了一句："原来如此。"

"你的账户是最后一批仍未偿付的户头之一。它就开设在这里的麦达斯银行，等你加入我们的那一天，就可以认领了。"

"明白了。"

"不过,尽管过去十二年里你被强行勒索了巨额的钱财,但你的账户并不像其他一些人的那么庞大。穆利根会把你的收入税表亲手交给你,从那上面你会看到,我只把你当业务副总裁时所挣薪水的税款退还给你,但不会退还你因为塔格特泛陆运输股票的收益而缴纳的税款。你从股票里挣的每分钱都问心无愧,要是在你父亲的那个时候,我会把你的每一分钱收益都退还给你——但在你哥哥的管理下,塔格特泛陆运输参与了掠夺,它的赢利是靠着强行逼迫,靠着政府给的好处、补贴、延期偿还的贷款以及法令。对此你没有责任,其实你是这个政策最大的受害者——但我返还的只是纯粹凭劳动挣来的钱,任何与强取豪夺沾边的钱财都不行。"

"明白了。"

他们吃完了早餐。丹尼斯约德点燃一支香烟,透过吐出的第一层烟雾注视了她一会儿,似乎知道她内心深处激烈的矛盾——然后他冲着高尔特一笑,站了起来。

"我要走了,"他说,"我妻子正等着我呢。"

"什么?"她大吃一惊。

"我妻子。"他快活地重复了一遍,像是还没明白她吃惊的原因。

"谁是你的妻子?"

"凯·露露。"

她被震撼得已经无法思考："什么时候……你们是什么时候结婚的？"

"四年以前。"

"你怎么可能会在一个地方待下来举行婚礼呢？"

"我们在这里结的婚，是纳拉冈赛特法官主持的。"

"怎么能"——她想收口，但忍不住愤怒，还是脱口而出，至于这声抗议是冲着他，还是冲着命运或是外面的世界，她也说不清楚——"怎么能让她在一年里惦记你十一个月，担心你随时都可能……"她没有说下去。

他的脸上带着微笑，在这笑容背后，她却看到了他与妻子为此做出的沉重的努力。"她能挺过来，塔格特小姐，因为我们不相信这是一个人类注定要被毁灭的悲惨世界。我们不相信悲剧是大自然带给我们的命运，我们不会总是生活在灾难当中。如果没有确定的理由，我们不会去想什么灾难——一旦与灾难遭遇，我们可以放开手脚，同它较量一番。我们认为不合情理的并不是幸福，而是遭受苦难。我们认为在人类的生活当中，真正偶尔反常的并不是成功，而是灾祸。"

高尔特将他送到门口，然后回来坐在桌旁，若无其事地又伸手去倒一杯咖啡。

她像是被从安全阀中喷出的气流冲起来一样猛然起身："你认为我会要他的钱？"

他等到咖啡灌满了杯子,才抬眼看了看她,回答道:"对,我是这么想。"

"可我不会!我不会让他为此去冒生命危险!"

"这你可做不了主。"

"但我可以选择不去认领!"

"没错,你是有这个选择。"

"既然这样,这笔钱就会永远待在银行里!"

"不,不会的,假如你不去领取的话,它的一部分——是很小的一部分——会以你的名义转给我。"

"以我的名义?为什么?"

"支付你的食宿费用。"

她瞪大了眼睛望着他,脸上的表情由生气变成了迷惑,接着便慢慢地坐回了椅子里。

他笑笑。"你原先打算在这里待多久,塔格特小姐?"他看见她骤然涌上一股无可奈何的神情。"你还没想过这个问题?我想了。你要在这里住一个月,和我们其他人一样,度上一个月的假。我并不是在征求你的同意——你来这里的时候也没有征求我们的意见。你破坏了我们的规矩,就必须承担后果。在这一个月里,谁都不会离开山谷。当然,我可以让你走,但我不会。虽然没有任何规定要我将你留下,但你既然闯了进来,我可就有权任意处置了——我只是因为想要你留下才不让你走。假如一个月后你还是希望回去,那就请便。但在此之前不行。"

她坐得笔直,脸色变得轻松,嘴上因为有了一丝笑意而柔和了许多;这本来是一个敌手才会有的危险的笑容,但她那双冰冷闪亮的眼睛同时又像是蒙上了一层薄纱,如同一个敌手想要去全力拼杀,却希望自己战败。

"很好啊。"她说。

"我要收取你的食宿费——向别人提供免费生活所需是违反我们的规定的。我们当中有些人有妻子和孩子,我们互相付出,互相给予,而不涉及金钱,"——他瞧了她一眼——"但你我之间关系不同。因此,我每天要收你五毛钱,等你兑现以你的名义开设在穆利根银行的账户之后,再把钱付给我。如果你不接受那个账户,穆利根会把债务记在账上,我去收款时他会付钱给我。"

"我答应你们的条件,"她回答道。她精明、自信、故意放慢的声音完全像一个商人,"但我不允许动用那笔钱来支付我的债务。"

"那你打算怎么办?"

"我要挣我自己的食宿费。"

"怎么挣?"

"工作。"

"做什么?"

"做你的厨师和佣人。"

她头一次看到他始料不及地大吃了一惊,他对此的强烈应对方式则出乎她的预料。他爆发出一阵大笑——但他的笑看上去像是腹背受到一击,所受的冲击之深远远超出了她那几句话本身的意思;她觉得她击中了他的过去,将她所不知道的他的记忆和内心撕扯得松动了。他那笑的样子如同看到了远方的某种景象,他仿佛是在冲着它大笑,仿佛这是他的胜利——同时也是她的。

"如果你雇我的话,"她的表情极其礼貌,用了极其清晰、冷静、公事公办的语调,"我会替你做饭、打扫房间、洗衣服以及做佣人该做的一切——报酬就是我的食宿和买衣服之类的零用钱。我这几天可能会因为受伤有所不便,但用不了多久我就可以全力以赴了。"

"这是你想做的吗?"他问。

"这是我想做的——"她回答着,将心中想说的另外一半咽了回去:世界上任何事都无法和它相比。他依然在笑,那是觉得非常有趣的笑,但这种有趣似乎能够转化为某种闪光的荣耀。"好吧,塔格特小姐,"他说,"我雇你了。"

她礼貌性地冷冷将头一点:"谢谢你。"

"除了食宿,我每月付你十块钱。"

"很好。"

"我是这座山谷里头一个雇佣人的人。"他站了起来,将手伸进衣袋，取出一枚五元钱的金币扔在了桌上，"这是给你的预付工资。"他说。

伸手去拿这枚金币的时候，她吃惊地发现自己像一个小女孩在做第一份工作时那样，满怀着一种迫切和渴求的强烈愿望：那就是希望能做好这份工作。

"好，先生。"她说话的时候，眼睛垂了下去。

欧文·凯洛格在她进谷的第三天也到了。

她不知道最让他吃惊的是什么：是他从飞机上下来时看到她站在机场旁边——看到她穿的衣服：她那件精巧、透明、在纽约最贵的裁缝店里定做的上衣，以及花六毛钱在谷里买的宽大的棉布绣花裙——还是她的拐杖、绷带，或是胳膊上挎着的采购篮。

他从一群人当中走出来，看到她，怔了一下，随即便一跃向她奔来，仿佛是被一股激情所推动，看上去十分骇人。

"塔格特小姐……"他喃喃道——便再也说不出什么了，而她则笑着向他解释她是如何抢先一步到达了他要来的地方。

他像是在听一件毫不相干的事情，接着便说出一句令他后悔的话："可我们以为你死了。"

"谁这么以为呀？"

"我们都……我是说，外面所有的人。"

当他用喜悦的声音讲述起他的经历时,她忽然止住了笑容。

"塔格特小姐,你不记得了吗?你让我给科罗拉多的温斯顿车站打电话,告诉他们你会在第二天中午赶过去,那就是前天,五月三十一号。但你没有到温斯顿——那天下午很晚的时候,所有的广播里都在报道说你在落基山一带因飞机坠毁而下落不明。"

她想起了这些尚未来得及考虑的事,缓缓地点了点头。

"我是在彗星号上听到的,"他说,"当时是在新墨西哥州的一个小站,我用长途电话帮列车长证实这个消息,让乘客等了一个钟头。列车长听到这个消息后,和我一样震惊。从车组成员到车站站长到扳道工——大家都是如此。我给丹佛和纽约的报社打电话时,他们全都围在旁边。我们没有得到太多的消息,只知道你在五月三十一日凌晨到来之前离开了阿夫顿机场,好像是跟着一架陌生人的飞机,机场管理员看见你向东南方向飞去——然后就再也没人见过你了……搜索的队伍为了找飞机的残骸,把落基山一带里外都找遍了。"

她忍不住问:"彗星号到了旧金山没有?"

"我不知道,我弃车离开的时候,它还在亚利桑那州境内磨蹭呢,一路都晚点,到处都出现差错,调度的命令极为混乱。我下火车后,一晚上都在找去科罗拉多的便车,不管是颠簸的卡车、马车,还是马拉的拖车,只要能按时赶到——赶到我们会面的地点,我是说碰头的地方,然后就从那里坐麦达斯的飞机到这里来了。"

她慢慢地沿着小路走向她停放在哈蒙德杂货市场前的汽车。凯洛格跟了上去，再次开口的时候，声音随着他们放慢的脚步压低了一些，似乎他们俩都在想着要拖延些什么。

"我给杰夫·艾伦找了个工作，"他说。他那特别庄重的声音等于是在说：我完成了你的最后一个心愿。"我们刚一落脚，你那个劳力尔的站长就把他找去干活了，他现在见到每一个身体合格——不，是头脑合格的人——都会要。"

他们走到了车前，但她没有上车。

"塔格特小姐，你伤得不重吧？你是不是说你的飞机掉下来了，但不算太严重？"

"是的，一点都不严重，我明天就用不着再坐穆利根的车了——再过一两天，我连这东西也不用了。"她晃了晃拐杖，轻蔑地将它扔进了车里。他们无言地静立；她在等待着。

"我在新墨西哥的那个车站打的最后一个长途，"他缓缓地说道，"是打到宾夕法尼亚去的。我和汉克·里尔登通了话，把我知道的一切都告诉了他。他听着，接着便是一阵沉默，然后他说，'谢谢你给我打电话来。'"凯洛格的眼睛垂了下去，他又说了一句，"只要我活着，就再也不想听到那样的沉默了。"

他抬起眼看着她，他的目光里没有责备，只有他当初听到她的请求时还未想到，但之后便猜出了原委的领悟。

"谢谢你，"说着，她将车门打开，"我捎你一段吧？现在我得赶回去，在雇主回去之前准备好晚饭。"

回到高尔特的家里，独自站在静谧而洒满阳光的房间内，她内心的所有感受便一齐涌了出来。她看着窗外，望着将东方的天空遮住的群山，想到两千英里之外的汉克·里尔登此刻正坐在桌前，他的脸在极大的痛苦下绷得紧紧的，就像他在过去的种种打击面前绷紧的一样——就像她拼尽了最后的努力让彗星号在荒漠之中那坍塌的铁轨上爬行一样。她感到自己迫不及待地想去跟他一起战斗，为他而战，为他的过去，为他脸上的坚毅和支撑着这股坚毅的勇气——她颤抖着闭上了眼睛，仿佛感觉她犯下了双重叛逆的罪孽，仿佛感觉她被吊在这座山谷和另外一个世界之间，不属于任何一个地方。

当她坐下来面对饭桌对面的高尔特时，这些感觉已经消失了。他坦然而毫无顾忌地看着她，似乎她本来就应该坐在那里——似乎只有眼前的她才是他的意识中唯一可以接纳的。

她像是对他的注视表示顺从般将身体稍微向后靠了靠，用冷淡、简单、故意否认一样的口气说道："我检查了一下你的衬衣，发现有一件缺了两粒扣子，另一件的左胳膊肘已经磨穿了，想不想让我替你补好？"

"如果你能补的话——当然好啦。"

"我能补。"

这些话并没有改变他目光的意味，只是加重了其中的满足感，仿佛这正是他想要她说的——不过，她不确定从他眼里看到的那种东西是不是可以称为满足，但她完全能够断定，他其实什么都不希望她说。

在桌边的窗外，乌云吞没了东方天空中的最后一线光亮。她不明白自己为什么突然不愿意再看外面，为什么她似乎想要抓住桌子的木板上，涂了奶油的焦脆面卷上，铜咖啡壶上，高尔特的头发上，那一片片金色的光芒，就像抓住虚无中的一座小岛那样。

接着，她突然听到自己情不自禁的问话声，她明白，这便是她想要挣脱的叛逆："你们允许和外界联络吗？"

"不允许。"

"什么方式都不行？寄一张没有回信地址的纸片都不行？"

"不行。"

"连不透露你们秘密的口信也不行吗？"

"从这里不行，在这个月不行，和外面的人联系，任何时候都不行。"

她发现自己在躲避他的目光，于是强迫自己抬起头来，面对着他。他的眼神已经变了，警觉、专注、执着地洞察着一切。他像是知道她询问的原因一样看着她，问道："你想请求得到一次破例吗？"

"不。"她迎着他的目光回答。

第二天早晨，吃过早饭后，她坐在自己的房间里，仔细地给高尔特的衬衣袖子缝着补丁。她将房门关上，不想让他看到自己因为不熟悉而笨手笨脚的样子。她听到一辆汽车在房前停了下来。

她听到高尔特的脚步急匆匆地跑过客厅，听到他扭开房门，喜怒交加、如释重负地向外面喊道："总算是来了！"

她站起身，马上又停住了。她听见他的声音突然变得严肃起来，似乎看到了什么令他吃惊的情景。"怎么回事？"

"你好，约翰。"一个清爽、平静的声音在说话，声音虽然稳健，却沉重而疲惫不堪。

她一下子跌坐在床上，忽然觉得浑身瘫软：那是弗兰西斯科的声音。

她听见高尔特在问话，口气中充满了担心："出什么事了？"

"我以后再跟你说。"

"你怎么回来得这么晚？"

"我一小时后还要走。"

"要走？"

"约翰，我来只是为了告诉你，我今年不能待在这里了。"

片刻的沉默后，高尔特用低沉的语气严肃地问："不管出了什么事，有这么糟吗？"

"是的，我……我在这个月结束前或许能回来，我也说不好。"他又用绝望挣扎的声音说道,"我不知道是不是应该希望这一切快点结束。"

"弗兰西斯科,你此刻还受得起惊吓吗?"

"我?现在已经没什么能再让我吃惊的了。"

"有个人,在这里,在我的客房里,你必须见一见。这会让你大吃一惊,因此我觉得还是提前警告你,那个人还是个异类。"

"什么?病瘤?在你家里?"

"我来告诉你是怎么——"

"这我可要亲自看看!"

她听见了弗兰西斯科的冷笑和冲进来的脚步声,只见她的房门被猛然推开,她隐约看见高尔特关上了房门,房间里只剩下了他们两个。

她不知道弗兰西斯科站在那里足足看了她多久,因为她最先清醒地意识到的便是他跪了下来,脸埋在她的腿上,抱住了她。那一刻,她似乎觉得颤抖从他的身体上涌过,使他不再动弹,然后涌进她的身体,令她能够活动了。

她吃惊地发现自己的手正轻拂着他的头发,与此同时,她又想着自己没有权利这样去做,并且觉得像有一股静静的水流从她的手上淌过,环绕着他们两人,将过去的一切轻轻地抚平。他一动不动,没有发出任何声音,仿佛就这样抱着她便是说出了所有他想说的话。

当他抬起头的时候，他看上去就和她在山谷里睁开眼睛的时候一样：似乎世上从来就没有过痛苦。他在笑。

"达格妮，达格妮，达格妮"——他的声音听起来不像是被压抑许久的心声正在喷薄而出，倒像是在重复着久已熟悉的话语，讥笑着一直以来对它的掩耳不闻——"我当然爱你。他逼我说出来的时候你害怕了吗？你想听多少遍，我就说多少遍——我爱你，亲爱的，我爱你，永远都爱——不要害怕我，我不怕再失去你，这又有什么关系呢？你还活着，而且是在这里，你现在已经明白了所有的事情。况且这一切是这么简单，对不对？你看出这是怎么回事，我当初又为什么抛下了你吗？"他手臂一挥，指向山谷，"这里就是你的地球，你的王国，你的那个世界，达格妮，我一直爱着你，而我抛弃了你，这正是我的爱。"

他抓过她的双手，压在他的嘴唇上，而且握住它们不放，那不像是亲吻，而像是在久久地歇息，仿佛刚才努力讲的这番话冲淡了她在此出现的事实，仿佛过去缄默的岁月中积攒下来的千言万语压得他不知道该说什么好了。

"我追逐过的那些女人——你是不会相信的，对不对？我从没碰过她们中的任何一个——但我想你是知道的，我想你一直都是知道的。那个花花公子——是我当着全世界的面毁掉德安孔尼亚铜业公司时，为了不让掠夺者起疑心而必须扮演的一个角色。在他们的社会里，那就是个小丑，他们要去对付的是正直的和有雄心壮志的人，但看到一个一无是处的无赖，他们会把他当成朋友，觉得他安全——安全！——这就是他们的生活观，但他们总算是领教了！——领教一下是否邪恶才安全，无能才管用！……达格妮，就是那天晚上，我终于意识到了我是爱着你的——就是在那个时候，我知道我不得不走。那天晚上你走进我酒店房间的时候，我看见了你的神态，你的样子，你对于我的意义——以及等待着你的今后。假如你略微逊色一点的话，或许就能把我暂时阻止。但你就是你，最终正是你促使我离开了你。那天晚上，我曾请求过你的帮助，帮我去抵抗约翰·高尔特。但我明白，尽管他和你都还不知道，你就是他用来对付我的最佳武器。你正是他所追求的一切，正是他对我们说过的可以为之献身的一切……那年春天，他突然打电话让我去纽约的时候，我已经做好了准备。我曾经有一段时间没有听到他的音信，当时我们都面临着同样的困扰，他把它给解决了……你还记得吗？那段时间里，你连着三年没有听到我的任何消息。达格妮，我接管了父亲的生意，开始接触到全世界的商业圈，那个时候，我见识了自己曾怀疑过的罪恶面孔，但总不相信它能如此庞大。我看到几百年来，税收的毒害就像德安孔尼亚铜业公司身上的霉菌一样，越积越深，蛮横无理地吞蚀着我们——我看到由于我的成功，政府颁布了种种规定对我加以限制，却因为我竞争对手的懒散和经营不善而对他们给予帮助——我看到，工会每一次矛头针对我的要求都能得逞就是因为我能养活他们——我看到一切不劳而获的念头都被看成正义的，但一旦谁凭本事挣来了钱，就会被谴责为贪婪的——我看到政客们冲我使眼色，叫我不必多虑，因为我只要稍稍加点劲干，就会把他们全比下去。透过眼前的赢利，我发现我干得越努力，就会把自己的脖子勒得越紧，我发现我的能量全都冲进了下水道，我身上的寄生虫开始养活起一批靠他们为生的寄生虫，他们这是作茧自缚——可这一切居然无法解释，谁都不知道答案，全世界的下水管都通向无人敢戳破的潮湿的阴雾，吸干了充满活力的热血，而人们只是耸耸肩膀，说什么人生在世只会是罪恶的。尔后，我看到了全球的企业圈，它有着庞大的机器、重达千吨的熔炉、横跨大洋的电缆、桃花心木的豪华办公室、买卖证券的交易所、耀眼的电子信号以及它的力量和财富——操纵这些的不是银行家和董事会，而是混迹于地下啤酒坊的那些蓬头垢面的人道主义者，是那一张张臃肿恶毒的面孔，叫嚣着美德必须受到惩罚，才华应该听命于无知，人存在只是为了他人……这些我都清楚。我找不到办法与之抗衡，但约翰找到了。那天晚上只有我和拉格纳在他的召集下来到纽约。他告诉了我们应该怎么做，应该找些什么样的人。他离开了二十世纪公司，住在一个贫民区里的阁楼上。他走到窗前，指着城市里的高楼大厦说，我们必须让所有的灯光都灭掉。当纽约陷入一片漆黑的时候，我们的任务就算完成了。他没有让我们立即加入，而是要我们仔细考虑，权衡这将会给我们的生活带来的一切影响。我第二天早晨就答复了他，拉格纳则又过了几个小时，在下午告诉了他……达格妮，就是我们在一起的那个晚上的第二天。我始终难以摆脱眼前的一幕情景，从中，我看清了今后必须为什么而抗争。就是为了你那天晚上的样子，为了你谈起铁路时的神情——为了我们在哈德逊河边的山坡上眺望纽约上空时你的那副神态——我一定要去挽救你，替你扫清障碍，让你找到梦想中的都市——不能让你蹉跎了年华，困在迷雾中挣扎，不能让你用那双依然像在阳光下望着前方的眼睛，在苦苦的奋斗之后，却发现道路的尽头不是都市的大厦，而是一个臃肿、阴沉、没有灵魂的废物，将你用一生酿成的美酒大口地挥霍！你——为了他的逍遥而拒绝自己的快乐？你——为了他人的享乐而牺牲自己？你——成为最终使人类倒退的工具？达格妮，那正是我所看到的，我绝不会让他们如此对待你！绝不能这样对待你，对待面对未来和你有着同样神情的孩子，对待任何一个具有你的精神，能够领略到片刻的生命的自豪、无愧、自信和快乐的人。那样的人类精神境界便是我所爱的，我离开了你去为之奋斗，而且我知道，即使会失去你，我仍然能以我每日的奋斗将你赢回。可你现在看清了，对不对？你已经见到了这座山谷，这正是你和我小时候想要到达的地方，我们终于到了。只要能在这里见到你，我还有何求？约翰是不是说你还是个异类？

好吧，这只是个时间问题，可你会成为我们中的一员，因为你一直就是，假如你还没有看完整的话，我们可以等，我不在乎——只要你还活着，只要用不着我继续在落基山上空飞来飞去地寻找你的飞机残骸！"

她有些吃惊，意识到了他为什么没有按时到达山谷。

他大笑着："别这副样子好不好，你别当我是个伤口，连碰都不敢碰。"

"弗兰西斯科，我伤你的地方真是太多太多了——"

"没有！不，你没有伤过我——他也没有，关于这个就不要再说了，受伤的是他，但我们会去救他，他也会到这里来，这里才是他的归宿，而且他会明白，然后，他就一样能够一笑置之了。达格妮，我没指望过你会等我，我清楚自己冒的险，没有抱过希望，如果非要有这样一个人的话，我很高兴那人是他。"

她闭上双眼，紧紧咬住嘴唇，不让自己痛苦地呻吟出来。

"亲爱的，别这样！你难道没看见我对此已经接受了吗？"

但事情不是这样——她心里在想——并不是他，而且我不能告诉你真相，因为那是一个可能永远不会听我说出那句话，并且我可能永远都不会得到的男人。

"弗兰西斯科，我的确爱过你——"她说道，随即便惊得屏住了呼吸，意识到她并不是想说这句话，同时，她想用的也并不是过去时。

"而你依然如此，"他平静地笑着，说道，"就算有一种你一直都能感受到，并且想要用的表达方式，而你再也不会对我表达出来——你也依然爱着我。我依然如故，你会发现我一直如此，尽管你对另外一个男人的反应会更强烈，但对我，你的反应永远不会改变。无论你对他有什么样的感觉，都改变不了你对我的感觉，而这对任何一方都算不上背叛，因为它出自同一个源头，是对同样价值的同样回报。无论今后会发生什么，你和我，我们永远都会像过去对彼此那样，因为你会永远地爱着我。"

"弗兰西斯科，"她轻声说道，"你知道这一点？"

"当然了。现在你还不明白吗？达格妮，每一种幸福都是一样的，每一种欲望都是被同样的发动机所驱使的——那就是我们对于一种价值的热爱，对于我们自身存在的最高潜能的热爱——而每一个成就都是它的一种表现形式。看看你的周围。你是否看到，在一片没有阻碍的土地上，我们有着多么广阔的空间？你是否看到，我能够多么自由自在地去做，去感受，去创造？你是否看到，这一切正是你和我在对方心中的一部分？如果我见到你对我新造出的熔炉露出敬慕的微笑，就能体会到另一种和你同床共枕的感受。我想不想和你共枕呢？我想得都要发疯了。我会不会羡慕那个和你同床的人呢？肯定的。但那又有什么关系？只要你在这里，去爱你，并且活着——这就够了。"

她垂下眼睛，神情严肃，敬畏地低下了头，如同是在履行一个庄重的承诺,然后缓缓说道:"你会原谅我吗?"

他看上去有些诧异,随即恍然大悟,快活地笑着回答:"还没有,没什么要原谅的嘛,不过,等你加入我们之后,我就会原谅的。"

他起身,拉她站了起来——他的手臂环抱着她,他们的亲吻将过去一笔勾销,重新接受了彼此。

他们出来时,高尔特在客厅的对面朝他们转过身来。他站在窗前,眺望着山谷——她感觉他一定是自始至终都站在那里。她看见他的目光缓缓地从一个人转向另一个人,打量着他们的表情。发现弗兰西斯科的变化后,他的脸色轻松了一些。

弗兰西斯科笑着问他:"你干吗盯着我?"

"你知道自己刚进来的时候是什么模样吗?"

"哦,是吗?那是因为我三个晚上没睡觉了。约翰,要不要请我吃晚饭呀?我想知道你的这个病瘤是怎么来到这里的,不过,尽管现在我觉得再也用不着睡觉了——我也许说着说着就会倒下呼呼大睡的——所以我想我还是回家去,等到晚上再说吧。"

高尔特看着他,微微一笑:"可你不是一小时后就要走吗?"

"什么,不……"他愣了一下,轻声地说,"不!"他哈哈大笑起来,"不用了!对了,我还没告诉你是怎么回事吧?我是在找达格妮,找……找她的飞机残骸。报道说她在落基山一带坠机失踪了。"

"原来如此。"高尔特静静地说。

"我无论如何也想不到她会自己在高尔特山谷里坠落，"弗兰西斯科开心地说着，他那快活轻松的语气简直像是在用眼前的一切调侃着过去恐怖的一幕，"我一直在犹他州的阿夫顿到科罗拉多州的温斯顿之间飞，找遍了所有的山头和沟坎，连下面山沟里的每一辆汽车残骸都没有放过，而且只要看到一辆，我——"他顿了顿，似乎不寒而栗，"到了晚上，我和温斯顿的铁路工人组成的搜索队就徒步出去寻找——我们没有任何线索和计划，见山就爬，就这样一直寻找到天亮，然后——"他耸了耸肩，不想再说这些，努力地笑了笑，"我就是不死心——"

他话没说完便停住了，笑容从他的脸上消失，似乎想起了什么他刚才忘记了的情景，脸上又隐隐地浮现出他三天以来一直挂着的神情。

过了许久，他对高尔特说道："约翰，"他的声音听上去格外严肃，"我们能否把达格妮还活着的消息告诉外面……万一有人……也和我一样呢？"

高尔特直视着他："你想让外面的人从因为待在外面而遭受的后果中喘口气吗？"

弗兰西斯科眼睛一垂，但坚决地回答说："不。"

"你是在可怜他们吗？弗兰西斯科？"

"是啊。算了吧,你是对的。"

高尔特将头扭开,这一动作十分奇怪和反常:看上去仓促而无法抑制。

他没有再回身。弗兰西斯科诧异地看了他一阵,随后轻轻地问:"怎么了?"

高尔特转过身来望着他,没有回答。她无法确定是一种什么样的情感令高尔特的脸色缓和了许多:它似乎是微笑、温情和痛苦,但这些都被一种更深邃的东西包含着。

"不管我们每个人为这场战斗付出了什么,"高尔特说,"你受到的打击才是最沉重的,是这样吧?"

"谁?我吗?"弗兰西斯科惊讶和难以置信地咧了咧嘴,"当然不是了!你这是怎么回事啊?"他扑哧一乐,又跟了一句,"是在可怜我吗,约翰?"

"不是。"高尔特坚定地说道。

她瞧见弗兰西斯科蹙着眉头,微微有些不解地看着高尔特——因为高尔特说这句话的时候,是对着她,而不是他。

第一次走进弗兰西斯科家时,令她顿觉百感交集的并不是它那肃穆的外表。她没有感到悲凉孤寂,反而神清气爽。屋里几无修饰,近乎简陋。房子的建筑秉承了弗兰西斯科一贯的能干、果决和急性子的风格;它看起来就像一间拓荒者的简易木棚,放在此处只是一个跳板,好大步跃向更远的未来——广阔而大有作为的将来正在前方等待,容不得将时间浪费在最初的安逸里。这里的明亮非住宅可比,而是犹如一座崭新的昂首的脚手架,正孕育着一幢摩天大厦。

身着一件长袖衬衫的弗兰西斯科站在这间十二平方英尺的小客厅内,神情却如同一座宫殿的主人。在她见到过他的所有场合中,唯有这里才是对他最恰如其分的衬托,一如他那身洗练的衣服,配合着他的举止,为他平添高雅至尊的气派。房中的朴拙令这里俨然成为贵族隐居的所在;这种朴拙里,点缀了一分王者的气息:在未经雕饰的原木墙壁上挖出的凹陷处,摆放着两只年代久远的银杯;它们身上富有装饰性的图案所凝聚的工匠的心血和漫长的艰辛制作,远非盖一所小房子能比。这图案已经被比建造木墙的松树年龄更久远的岁月打磨得有些模糊。站在屋子的中央,弗兰西斯科轻松自如的举止间透出一丝安然的自豪。他的笑容似乎是在无声地告诉她:这就是我,我这些年就是这样的。

她抬起头看着银杯。

"是的,"他回答着她心中的猜测,"它们是属于塞巴斯蒂安·德安孔尼亚和他妻子的。我从布宜诺斯艾利斯的住处带过来的仅有的东西就是它们以及门上挂的族徽。我想保存下来的只有这些,其他所有东西再过几个月就全都不要了。"他笑了笑,"他们会把德安孔尼亚铜业公司的最后一点渣滓都抢走,但他们会意外地发现，费了那么大劲却没得到什么。至于那座宫殿嘛，他们连它的供暖费都掏不起。"

"然后呢？"她问，"然后你打算怎么办？"

"我吗？我要去德安孔尼亚铜业公司工作。"

"你这是什么意思？"

"你还记得那句古老的口号吗？'国王已死，国王万岁。'当我祖先的基业尸骨无存的时候，我的矿就会长成新一代的德安孔尼亚公司，它就是我的祖辈们曾经梦想并为之奋斗，应该拥有，却从没得到过的财产。"

"你的矿？什么矿？在哪里？"

"就在这里，"他说着，指了指群山的峰峦，"你难道不知道？"

"不知道。"

"我拥有一个掠夺者无法企及的铜矿，它就在此处的山里。我做了勘探，发现了它，进行了第一次采掘。这是八年前的事了。我是山谷里第一个从麦达斯手里买下土地的人，我买了那座铜矿。我和塞巴斯蒂安·德安孔尼亚一样，用自己的双手开始去建设它。现在，我有了一个专门负责它的主管，他曾经是我在智利最好的冶金专家。铜矿提供了我们所需要的铜。我的赢利存放在穆利根的银行里。再过几个月，那就是我所拥有的全部了。也是我所需要的全部。"

"用来征服世界",他最后一句话的语气听来颇有这样的味道——她惊异于这个声音是如此不同于那种大言不惭、令人恶心的腔调,那种人们在他们的年代叫喊着"需要"时所用的半哀求、半威胁,既像乞丐,又像凶手的腔调。

"达格妮,"他站在窗前,似乎眼里望见的不是起伏的山峦,而是时间的波峰,"德安孔尼亚公司的再生——以及世界的再生——一定要从这里,从美国开始。它是历史上唯一不是靠运气和盲目的部族战争,而是靠人类思想的理性产物诞生的国家。这个国家建立在以理性为至高权力的基础之上——它在过去辉煌的百年间挽救了整个世界,它必须再挽救一次。德安孔尼亚公司以及一切人类价值的第一步都必须由此开始——因为在地球的其他角落,千百年来形成的观念已经根深蒂固了:对神秘的崇拜,以无理性为至高权力,到头来只会终结于两个地方:疯人院和坟墓……塞巴斯蒂安·德安孔尼亚犯了一个错误:他认可了一种制度,那种制度声称,那由他根据正当权利挣得的财产,并非出于权利,而是经过允许才属于他。他的后代为他的错误付出了代价,我付出的是最后一笔……我想我会看到那一天的到来,到那个时候,德安孔尼亚公司的矿藏、熔炉和运矿码头将植根在这片土地里,再一次生长和遍及全世界,回到我的祖国,我会头一个去重建我的故乡。我应该能够看到这一天,但我不能肯定。谁都无法预料别人什么时候会选择回归理性。可能到了生命的尽头时,我还是一无所成,只有这一座铜矿——美国科罗拉多州高尔特山谷的德安孔尼亚一号铜矿。但是,达格妮,你还记得我曾立志要把我父亲的铜产量翻上一番吗?达格妮,即使到了我生命的终点,哪怕一年只生产出一磅铜,我都会比我的父亲,比生产了成千上万吨铜的我所有的先辈们都富有——因为那一磅铜将名正言顺地归我所有,将会被用在一个承认这一点的世界!"

现在的他,从举止、神态到清澈闪亮的目光,就是他们童年时代的那个弗兰西斯科——她发现她问及他的铜矿时,便正如他们当初在哈德逊河边散着步时她问到他的企业规划那样,前途坦荡开阔的感觉回到了心中。

"我会带你去看铜矿,"他说,"等你的脚踝完全复原就去。去那里要爬一段很陡的山路,只有牲口走的小道,还没有开车的路。给你看看我正在设计的新熔炉,我已经搞了一段时间了,对于我们目前的产量规模,它还是太复杂了一些,可一旦铜矿的产量上去了——看看,它就会节省多少的人工和资金啊!"

他们一起席地而坐,俯在他在她面前摊开的图纸上方,研究着熔炉复杂的构造——那副快乐认真的劲头跟他们过去在废品堆里端详废铜烂铁时一模一样。

当他去够另一张纸的时候,她正好向前一倾身子,便发现自己靠在了他的肩膀上。她的身体不由自主地定住了片刻,抬头向他望去。他正低头看着她,既不掩饰心里的感受,也不做进一步的表示。她把身体抽了回来，明白他们都感到了同样的欲望。

随后，在依然回味着过去对他的感情的同时，她体会到了一直存在于这份情感之中，但此时才第一次在她心中清晰起来的东西：如果说那样的欲望是一个人生命中的礼赞，那么她对弗兰西斯科的情感就像是在部分付出后获得的片刻辉煌一般，始终在庆祝着她的未来，尽管她不知道还会付出多少，但未来肯定还会有更多的期待。在清晰的同时，她知道自己第一次体会到了不是对于未来，而完全是对于此时此刻的那种感受。让她知道这种感受的是一幅画面——画面中，一个人的身影正站在小石屋的门前。她想，这个鼓舞她不断走下去的最后希望，也许将永远都无法到达。

但她愕然想到，如此一幕人类命运的前景却是她最为深恶痛绝并且拒绝接受的：人永远在一心追逐前面某种可望而不可即的灿烂，却注定无法赶上。她觉得她的生命和价值观不会令她如此；她从不会沉溺于虚幻，只要有可能，她就相信自己一定能够做到。但她面临着这样的境地，而且苦无对策。

她不能放弃他，也不能放弃这个世界——当天晚上，她看着高尔特，心里想道。有他在面前，答案似乎更加难以找到。她觉得一切问题都不再是问题，眼里只看得到他，什么都无法让她走开——同时又觉得如果将她的铁路放弃，她便将没有权利再这样望着他。她感觉到她已将他拥有，从一开始，他们就明白了彼此未曾道明的心思——同时她还感觉到，他完全可以从她的生活中消失。今后的某一天，在外面世界的街道上从她身边走过时，他可以形同路人。

她发现他并没有向她问起弗兰西斯科。她讲到去弗兰西斯科家里时，在他的脸上既看不出赞同，也看不出怨恨。她觉得好像从他凝重的神情中发现了一道难以觉察的暗影：看上去，他似乎把这事儿从他的感觉中排除了出去。

她淡淡的担心渐渐化为疑问，疑问又变成了一个钻头，在后来高尔特外出，她独自在家的晚上，一次比一次更深地钻入了她的内心。他每隔一天就会在晚饭后出门，不告诉她去了哪里，总是在半夜之后才回来。她极力不让自己完全沉浸在等他回家的紧张不安之中。她没有问他晚上都去了哪里，阻止她开口去问的恰恰是她想要去探究的急不可待；她似乎在用故意藐视的方式来保持沉默，一半是在藐视他，另一半则是在藐视自己内心的急切。

对于这些令她害怕的东西，她不愿意去承认，也不想将它们诉诸明确的言语，她只知道，那是一种纠缠不休、令她难受而控制不了的情绪。那情绪中有一部分是她从未体会过的深深的幽怨。她对自己内心的恐惧说，或许他已经有了意中人，但她所惧怕的事情中有某种积极的东西正在化解着她的怨艾，似乎可以去对抗那种威胁——好像如果必要的话，也并不是不能接受。但还有一种更加可怕的恐惧:那就是他身上不该有的那种丑陋的自我牺牲的苗头,就是他希望从她的生活里抽身出来,让一片空白迫使她回到作为他挚友的那个男人身边。

过了好几天,她才说起了这件事。一天晚上,他吃完晚餐准备离开的时候,她突然觉得看着他吃她做的饭别有一番享受——随即,似乎这样的享受让她突然有了一种她不敢去辨别、确定的权利,似乎那是一种惬意而非痛楚,使她突然不由自主地冲破了自己的防线。她不经意间开口问道:"你每隔一天晚上都出去干什么?"

他像是认为她早就知道了似的,只是简单地说了声:"讲座。"

"什么?"

"去做一个物理讲座,每年的这个月我都要讲。这是我的……你笑什么?"他看到她如释重负的样子和无声的笑,似乎并不是因为他刚才说的话——于是,在她回答之前,他便像是已经猜到了答案一般,忽然笑了起来。从他的笑里,她看出他身上有一股特别强烈的、几乎是粗鲁狎昵般的气息——与此形成鲜明对比的,是他继续说话时那副平和、超然、随意的样子,"你知道,我们大家会在这个月里交易我们在各自真正的行业中取得的成果。理查德·哈利要举办音乐会,凯·露露要在一个不为外界服务的剧作家新写的两出话剧中演出——我就是办讲座,汇报我这一年来的工作进展。"

"是免费的讲座？"

"当然不是。每个听讲座的人要交十块钱。"

"我想去听你讲。"

他摇了摇头："不行。你可以听音乐会，看话剧，或者去看任何你喜欢的演出，但不能参加我的讲座，以及任何与创意有关，能被你带出山谷的成果。另外，我的顾客们，或者叫学生吧，都是带着实用的目的来听讲座的：怀特·桑德斯，劳伦斯·哈蒙德，迪克·麦克纳马拉，欧文·凯洛格，还有其他一些人。今年，我增加了一个新人：昆廷·丹尼尔斯。"

"真的？"她几乎是嫉妒般说道，"他怎么负担得起这样的费用呢？"

"是靠信用，我允许他分期支付，他具备这种能力。"

"你在哪儿讲座？"

"在怀特·桑德斯农场的大棚里。"

"那你这一年来是在哪里工作？"

"在我的实验室里。"

她小心翼翼地问："你的实验室在哪儿？是在山谷里面吗？"

他盯着她的眼睛看了一会儿，让她明白他觉得这问题很好笑，而且他也知道她的意图，然后回答说："不是。"

"你这十二年来一直都生活在外面？"

"对。"

"你——"她忍不住想道,"你也和其他人一样有工作?"

"哦,当然了。"他眼里的嬉笑似乎另有深意。

"可别跟我说你是给算账的打下手。"

"不,我可不是。"

"那你是干什么的?"

"我做的是大家都希望我做的事。"

"在哪儿?"

他一摇头:"不行,塔格特小姐,你要是打算离开山谷的话,这种事就不能告诉你。"

他的笑再度变得倨傲起来,这一次,他似乎是在表明他明白这回答里的威胁味道,也清楚这对她意味着什么。随即,他便从桌旁站起身来。

他走之后,她感觉在这静固的房间内,时间的流淌显得压抑而沉重,仿佛是一块凝滞而黏稠的东西,以一种缓慢的节奏一点点拉长,令她失去了对时间的把握。她无精打采地半躺在客厅的椅子里,那种沉重而无关痛痒的感觉倒不是因为慵懒,而是因为隐藏在内心之中的剧烈活动带来的苦恼实在难以排解。她闭着眼睛,动也不动地躺在椅子里,思绪像是时间一般,在某种模糊的意识里缓缓转过——她想起了看着他吃她准备的晚饭时心里所感到的那种特别的享受——那享受是因为她知道是她给了他一种身体上的愉悦,满足了他身体上的一种需要……她想,女人希望为男人做饭是有原因的……哦，不是把它当成一种职责和没完没了的工作，而只是作为一种难得和特别的礼仪，象征着它的是……可那些宣扬女性职责的人又是怎么说的？把它去掉实质后剩下的苦差事当作女人应有的贤惠——而把赋予其意义和价值的部分当作一种可耻的罪孽……认为在充满油烟和蒸汽的厨房里干脏兮兮的剥剥拣拣的活计才有意义，才是妇道——而两个身体在卧房内的结合则是生理上的纵欲，是屈从于动物的本能，对参与此事的动物来说毫无荣耀、意义或精神的骄傲可言。

她一下子站了起来。她不愿意去想外面的世界以及它的道德标准，但她知道这并非她要想的问题。她不愿意顺着她内心的思路想下去，但不管她多么不愿意，那想法总是带着它固有的意愿，不断地回来……

她在屋里踱来踱去，心里又憎恨着自己没头没脑的举动是如此散乱和失控——她既想用她的举动打破这样的凝重，又知道这并非她想用的那种方式。她点燃了香烟，试图让自己拥有片刻的条理——却感觉这样的替代味如嚼蜡，便立即又掐灭了。她像一个坐立不安的乞丐那样看着屋子，只求能发现什么东西让她有点动力，想找出点什么来清洗、缝补或是打扫一下——同时又知道干什么都不顶用。当什么都不值得去做了——她的心里响起了某种严厉的声音——这声音的后面隐藏着一个过于强烈的愿望；你还想要什么？……她啪地划着了一根火柴，将火苗狠狠地伸到了她才发现仍叼在嘴角但没有点燃的香烟上……你还想要什么？——那个法官一般严厉的声音又回响了起来。我想要他回来！——面对内心的责难，她的回答犹如无声的呐喊，脱口而出，几乎像是冲紧追不舍的野兽扔出的一块骨头，只盼着能支开它，让它不再继续扑过来。

我想要他回来——听到责备她没必要如此性急，她轻声地回答……我想要他回来——听到她的回答无法令法官满意的冷冷提醒，她恳求地回答……我想要他回来！她挑衅地喊道，竭力不丢掉这句话里那个多余的、掩饰的词。

她感到自己的头像是经过了一场拷打，筋疲力尽地垂了下去。她看见手指间的香烟仅仅燃了半寸。她按灭了它，倒回椅子里。

我不是在逃避它——她想——我不是在逃避它，只不过我实在找不到任何答案……你想要的——她踌躇在越来越浓的迷雾中时，一个声音说道——可以给你，但哪怕你还有一点的不接受，还有丝毫的动摇，就是对他的彻底背叛……那就让他咒骂我吧——她想，就好像那声音此时在雾里消失了，听不到她说什么一样——就让他明天来咒骂我吧……我想要他……回来……她没有听到回答，因为她的脑袋已经轻轻地倒在了椅子上，她睡着了。

睁开眼睛的时候,她发现他正站在三尺以外的地方低头看着她,似乎已经端详她一阵子了。

她看见了他的面孔,并且清楚真切地看见了他神情里的含义:那正是她挣扎了好几个小时想要看到的。她并没有惊讶,因为她还没有重新意识到能够让她惊讶的理由。

"你在办公室里睡着的时候,"他柔声说道,"就是这个样子。"她明白,他也没有完全意识到他让她听到了这句话:他说这句话的样子告诉了她,他是多么频繁地在想着她,又是为了什么。"你的神情就像是会在一个你不用躲藏和害怕的世界上醒来。"她知道,她的脸上最先露出的是一抹笑容,而当她领悟到他们两人都很清醒,那笑容便不见了。他又清清楚楚地轻声说了一句,"而在这里,那成了事实。"

在现实中,她首先感觉到的是力量。她从容而自信地坐了起来,能够体验到身体里每一块肌肉在动作当中的变化。她开口问话时的慢慢悠悠和漫不经心的好奇,以及毫不大惊小怪的口气,使得她的声音里有了一丝细微的不屑:"你怎么知道我在……办公室里的样子?"

"我跟你说过,我已经观察你很多年了。"

"你怎么能这么仔细地观察到我?是从哪里?"

"我现在不会告诉你。"他简短而不带任何顶撞地回答。

她肩膀微微向后一靠,沉吟片刻,声音变得低沉有力,这使得她的话留下了些许得意而笑的意味："你第一次看见我是什么时候？"

"十年前。"他直视着她的目光，让她知道他完全明白她问题里的含义。

"在哪儿？"这几乎是一道命令。

他迟疑了一下，随即，她看到在向往、痛楚和骄傲的神情下，他的嘴角——而不是眼睛——浮现出了对于折磨逼供的嘲笑；他的眼睛似乎没有在看她，而是看着当时的那个女孩："在地铁里，塔格特终点站。"

她猛然意识到了自己的坐姿：她的肩胛骨正在不知不觉间顺着椅背向下滑，一条腿向前伸了出去，成了半坐半躺——配合着她身上精心剪裁的透明外衣，手工印染了艳丽色彩的宽大粗布裙，薄薄的丝袜和高跟鞋，她根本不像是一个铁路公司的高管——这种令她震动、令她难以想象的意识似乎正是他所看见的——她看上去就是他的女佣人。当他墨绿色眼睛中的那一丝闪亮掀开了距离的面纱，她便知道他正在用眼前的她代替旧时的情景。她傲慢地看着他的眼睛，而那纹丝不动的面孔下是微笑。

他转身离去。走过房间时，他的脚步声仿佛带着他话语的力量。她明白，他正如平时那样，想离开这间屋子。每次回来后，他都只是来这里说声晚安就走。无论是从他前后方向不一的脚步上，还是从确信她的身体如同一面能反映出动作和意图的屏幕，并成了一台能够直接感受到他的身体的仪器上，她都能看出他内心的挣扎——她说不出来，只知道他这样一个从不会和自己过不去的人，现在已经离不开这间屋子了。

他的举止里看不出任何紧张。他脱下外衣，把它扔到一边，身上穿着衬衫，在房间对面的窗边面对她坐了下来。但他是坐在一张椅子的扶手上，既不像是要走，也不像是要留下来的样子。

看到他像是被她拉住一样留了下来，她不禁有了胜利后飘飘然的感觉；在这短暂而有着致命诱惑的瞬间，这种形式比起实际的接触更让她感到心满意足。

接着，她突然感到一阵目眩，仿佛内心中交织着轰然的爆炸和嘶喊。她目瞪口呆，茫然不知为何——只不过是发现他将身子朝一边随便地斜了斜，长长的线条从他的肩膀绕到腰际，再经过胯部，直到那双腿。她扭开头，不希望让他看到她在颤抖——同时，她将争强好胜之类的念头统统扔到了一旁。

"从那时候起，我看见过你很多次。"他平静而沉稳地说道，不过语速比平时稍稍慢了一点，似乎，虽然一切尽在他的掌握之中，他却无法控制自己说话的欲望。

"你在哪里见过我？"

"在很多地方。"

"但你藏了起来，不让人发现？"她知道自己不可能注意不到他的这张脸。

"对。"

"为什么？你害怕吗？"

"对。"

他平淡地说着。她半晌才意识到，他是在承认他很清楚自己一旦被她发现，对她将意味着什么。"你第一次看见我的时候，知道我是谁吗？"

"哦，当然知道，你仅次于我那个最难对付的敌人。"

"什么？"这真是出乎她的意料。她更加平静地追问道："最难对付的是谁？"

"罗伯特·斯塔德勒博士。"

"你把我跟他归为一类？"

"不，他是我意识到的敌人，他是个出卖了自己灵魂的人，我们并不打算感化他。你呢——你是我们中的一员，早在见到你之前我就清楚这一点。我还知道，你会是最后一个加入我们的、最难收服的人。"

"这是谁跟你讲的？"

"弗兰西斯科。"

她顿了顿，问道："他都说过什么？"

"他说在我们名单上的所有人里面，你是最难争取过来的。我就是那个时候头一次听说你的。是弗兰西斯科把你的名字加到了我们的名单上。他告诉我，你是塔格特泛陆运输唯一的希望,你将会和我们作对很长时间,你可以为了你的铁路而孤注一掷——因为你对你的工作怀有太多的毅力、勇气和投入。"他看了她一眼,"他别的什么也没跟我说。讲到你的时候,他只是像在谈论我们其中一个未来的罢工者一样。我知道你们从小就是青梅竹马,就这些。"

"你是什么时候看见我的?"

"谈话的两年后。"

"怎么看见的?"

"是巧合。那是个深夜……在塔格特终点站的旅客站台上。"她知道,这其实是一种认输的方式。他不想说,却不得不说,她听得出那沉默的压力和他声音里的反抗——他不得不说,因为他必须保持他和她之间的这种沟通方式。"你穿了一身晚装,披肩滑落了一半——我一开始只看见了你露在外面的肩膀、你的后背和你的侧影——当时看起来好像那块披肩继续滑下去的话,你就会全身赤裸着站在那里。接着,我看见你穿了一袭长袍,是冰雪般的颜色,犹如希腊女神身上的束腰裙,但你长着美国女人的短发和傲慢的轮廓。你站在站台上,让人觉得简直荒诞得像是你站错了地方——而在我眼里,你站的地方并不是站台,我看见的是从未在我心中萦绕过的一幕场景——但我突然明白了,你确实应该出现在这些铁轨、煤烟和铁架中间,这样的场景对于一袭飘动的长袍、裸露的肩膀和像你这般生动的面孔,正是最合适不过的——就该是铁路站台，而不是帷帘低垂的公寓——你看上去像是华贵的象征，你正属于它所诞生的地方——你似乎要把生活中的财产、慈悲、富庶和欢乐带回给它们应有的主人，带回给创造了铁路和工厂的人们——你的脸上洋溢着活力和活力给你带来的报偿，汇聚着才能和奢侈——而我曾第一个说过这两者如何才能密不可分——并且我想，假如我们这个时代能够赋它自己的神以形象，并且为美国铁路的内涵树起一座雕像，那么你的神态便是那座雕像……然后我看到了你在做的事情——于是就知道你是谁了。你正在给车站的三个官员下命令，我听不清你说的话，但你的声音听上去快捷、利落、信心十足。我知道你就是达格妮·塔格特。我走近了一些，近到听清了两句话。'这是谁的命令？'其中一个人问。'我的。'你回答说。我只听到了这些，这就足够了。"

"然后呢？"

他慢慢抬起眼睛，看着房间对面的她，内心的压力将他的声音拉低了，使他的语气变得模糊柔软，声音里带有一种走投无路的自嘲，甚至是温柔："然后我就明白，放弃发动机原来还不是我为罢工所付出的最沉重的代价。"

她极力回忆着——在那些从她身边匆匆经过、像机车的蒸汽般缥缈而被忽略的旅客里，究竟哪一片阴影、哪一张陌生的面孔才是他；她不知道在那个她没有意识到的时刻，她究竟曾经离他有多近。"唉,你为什么在那个时候或者后来不和我说话呢?"

"你还记得你那天晚上在车站干什么了吗?"

"我隐约记得有一天夜里,他们把我从一个聚会上叫了出去。当时我的父亲在外地,新上任的车站站长捅了娄子,隧道里的车全堵在了一起。从前的那个经理一个星期前突然不干了。"

"是我让他不干的。"

"原来如此……"

她的声音沉了下去,像是不想再说,而眼皮也垂了下去,像是不想再看。假如他当时没有忍住——她想——假如他当时或者随后就去说服了她,他们又将酿成什么样的悲剧呢?她还记得当初她喊着说只要见到毁灭者就要把他杀掉时的感觉……我肯定做得出来——这个念头不再是言语,已经变成阵阵痉挛,揪着她的小腹——假如我发现他就是,肯定会一枪打死他……我得先发现他……可是——她打了个冷战,因为她知道她还是盼着他会来找自己,那一个为她的内心所不容,却像一股温暖的暗流涌遍了她全身的念头就是:我一定会打死他,但不会——

她抬眼看去——她知道,他们眼里的东西逃不过对方的眼睛。她瞧见了他遮掩的目光和绷紧的嘴巴,瞧见了他在剧痛之中失魂落魄的样子。她感觉到自己是在喜不自禁地希望他去受苦,并且希望看到他的痛苦。看着它,就这样看着,哪怕她和他都已经难以忍受,然后让他在愉悦的无奈中沉沦。

他站了起来,把头扭开。她说不清究竟是他微扬的头还是绷紧的五官,居然令他的面孔显得出奇的平静和清朗,似乎上面的情感都被剥落,只剩下了它最单纯的本来面目。

"你铁路上需要并且失去的每一个人,"他说,"都是我让你失去的。"他的声音平淡简洁得像个会计,正在提醒乱买东西的人休想逃掉费用。"我已经抽走了塔格特泛陆运输的所有栋梁,如果你选择回去的话,我就会看到它从你的头顶上塌下来。"

他转身要走,她叫住了他。与其说是她的话,倒不如说是她的声音迫使他停住了脚步:她声音低沉,全无一丝感情,只能感觉到一股陷落般的沉重和拖拽的味道,像是回荡在身体里的威胁般的吼声;这恳求的声音发自一个还存有几分正直之心的人,尽管这正直已经被遗忘了很久。

"你想把我留在这里,对不对?"

"这是我梦寐以求的。"

"你可以让我留下来。"

"我知道。"

说这话的时候,他的声音和她的一模一样。他停下来喘了口气,再开口时,他的声音已经低沉而清晰,里面带了某种恍然大悟的味道,几乎是理解的笑意。

"我希望的是你能接受这个地方,只是让你毫无意义地待在这里,对我又有什么用?那是大多数人对他们的生活进行欺骗时所采用的假象。我做不到。"他转身欲走，"你也做不到。晚安，塔格特小姐。"

他走出去，进了他的房间，关上了房门。

她在黑暗中躺到床上，不再有臆想，既思考不了什么，也难以入睡——曾经填满了内心的呻吟激荡，似乎仅仅成了停留在肉体上的感觉，但它那副腔调和舔动的阴影，犹如乞求一样的哭喊——她明白那并非言语，而是疼痛：让他来这里吧，让他垮掉吧——无论我的铁路还是他的罢工，让我们赖以为生的一切都遭到诅咒吧！让我们过去和现在的一切都遭到诅咒吧！假如我明天就要去死，他也会如此——那就让他去死吧，但别在明天——只要让他来这里，随便他想要什么都可以，我已经再没有什么不能出卖给他了——这是否意味着野性？的确如此，我就是这样……她平躺在床上，手掌紧紧抓住身体两旁的床单，好不让自己从床上起来，走进他的房间，她知道自己完全做得出来……这不是我，这是一具我无法忍受和控制的身躯……但是，驻在她内心的法官不是语言，而像是一个凝固不动的亮点，注视她的时候不再苛求责难，而是带着赞许和好笑的神情，似乎在说：你的身躯？假如他不是像你认识的这样，你的身躯能让你到现在这个地步？你为什么只想得到他的身体？你觉得你是在诅咒你们对生活的共同信念吗？你是在用你的欲望诅咒你此刻赞美的那个东西吗？这些话她已经不用再听了，她都明白，一直就很明白……过了一阵儿,那种真知灼见不见了踪影,只有痛苦和抓在床单上的手掌依然如旧——以及她几乎漠然地在想他是否也夜不成眠,也在抗拒着同样的折磨。

她听不见屋里有任何响动,他窗外的树干上也看不出有任何灯光。许久之后,她听到他房间的黑暗里传出了两声足以让她明白一切的响声:她知道他还没入睡,并且不会过来;那是一声脚步声和打火机咔嚓的一声响声。

理查德·哈利停下了演奏,从钢琴前转过身,看着达格妮。他看见她的头一低,情不自禁地掩饰着一种强烈的情绪。他站起来,微笑着轻声说:"谢谢你。"

"哦,不……"她喃喃地说道,心里知道她才想要感谢,而表达起来又是这样无力和苍白。她想到这些年来,他就在这里,在山谷中一间山坡上的小茅屋里写下了刚刚为她演奏的作品,用这恢宏之声树起了一座坚信生命即是美的流淌着的纪念碑——而她则走在纽约的街道上,绝望地寻找着某种快乐,紧追在她身后那曲刺耳的现代交响乐,仿佛是被一个染上病的高音喇叭,在气喘着表达它对生存的恶毒仇恨时,一口吐了出来。

"但我是真心的,"理查德·哈利笑着说,"我是个生意人,从不白做事,你已经给了我报酬。你知道我今晚为什么想为你演奏吗?"

她抬起了头。他站在他的客厅中央,房间里只有他们两人,窗户在夏夜中敞开着,外面黑压压的树林下是一片长长的山坡,向着远处山谷里的灯火绵延。

"塔格特小姐,有多少人能够像你这样被我的作品打动?"

"不多。"她的回答简单明了,既不夸大也无奉承,只是在客观地对所涉及的严厉标准表示敬意。

"这正是我要的酬劳,没有多少人付得起。我不是指你的享受,不是指你的感情——让感情见鬼去吧!我指的是你的理解,以及你的享受和我的在本质上是相同的这样一个事实,它有着同样的来源:它来自于你的智慧,来自于一个能够有意识地去判断、去鉴别我的作品的头脑,使用的是与我创作它时相同的价值标准——我是说,你不仅能感受到它,而且感受的正是我希望你能感受到的东西。对我的作品,你不单单是欣赏,而且欣赏的恰恰是我希望被欣赏的东西。"他哑然一笑,"对大多数艺术家而言,只有一种情感比被人欣赏的欲望还要强烈:对确定自己被欣赏的真正原因的恐惧。不过,我从未有过这样的恐惧。我不在我的作品和我想得到的反应上欺骗自己——我对这两者都太看重了。我不介意得到无缘无故的、情绪上的、直觉的、本能的——或者说盲目的欣赏。我不介意任何一种形式的盲目,我想让人们去看的实在太多了——或者,对于聋子而言,我想说的实在太多了。我不介意被谁用心欣赏——只不过希望有人能用头脑。一旦我发现谁具有这种可贵的才能，那我的演奏就成了双方互惠的双向交易。艺术家是商人，塔格特小姐，是所有商人中最严格、最苛刻的一类。现在你明白我的意思了吗？"

"是的，"她难以置信地说，"我明白。"让她难以置信的是，她没想到她自己的道德尊严的象征竟然成了他的选择，一个她最没有料到会这样选择的人。

"如果你明白的话，为什么你刚才看上去那么悲哀？你究竟是在遗憾什么？"

"这么多年来，你的作品都不为人所知。"

"不是这样的，我每年都开两三场音乐会，就在这儿，在高尔特山谷里。我下星期就要开一场，希望你会来。入场的费用是两毛五分钱。"

她忍不住大笑了起来。他微笑着，随后，像是被他自己未曾说出的沉思淹没一般，他的脸色渐渐陷入了严肃之中。他向窗外的黑暗中看去，望着一个没有被树丛挡住的地方。美元的符号在月光下不见了色彩，只是泛射出金属的光泽，如同一块带着弧度的闪亮的精钢，镶嵌在空中。

"塔格特小姐，你知道我为什么愿意拿三打现代艺术家来换一个真正的商人吗？为什么在莫特·里迪和巴夫·尤班克这样的人身上，我没有产生和艾利斯·威特或肯·达纳格在一起时那么多的共鸣——况且他们还是音盲？不管是写交响乐还是挖煤，都是一种创造，都有着同样的来源：那就是用自己的眼睛去观察的神圣的能力——就是说：能够作出理性的鉴别——就是说：能够发现并且掌握从前没有被发现、联系或创造出的东西。对于交响乐和小说创作者的眼光，他们总是津津乐道——那他们觉得人们又是依靠了什么样的能力去发现并且知道如何去使用石油、经营矿山和制造发动机的呢？他们说音乐家和诗人的心里燃烧着神圣的火焰——那么他们认为多少年来又是什么在激励着企业家为了他发明的新型合金而去面对全世界的挑战，激励着人们去发明飞机，修建铁路，发现新的细菌和大陆呢？为追求真理而勇于献身，塔格特小姐，你听说过几百年来的那些道学家和热衷艺术的人所说的艺术家为追求真理而勇于献身吗？那么有一个人说地球是转动的，或者有一个人说钢和铜的合金具有某种特殊的性能，结果事实正如他所说的那样——然后任凭人们去拷问和摧残，半句违心的话都不说，从你所听说过的那种献身里面，能找出比这更伟大的楷模吗？塔格特小姐，这样的精神、勇气和对真理的挚爱——对应的是一个游手好闲、到处向你吹嘘自己近乎疯狂到了完美境界的懒汉，因为他是个对自己的艺术作品的实质和意义一无所知的艺术家，他并没受到的制约，诸如'存在'或'意义'之类的残酷观念，他全然不去理会。他是更高的奥秘的载体，他不知道自己是怎样和为何创造了作品，它自发地产生，像酒鬼一般随口乱吐一气。他不会思考，而且不屑于思考，只会凭感觉，他要做的只是感觉而已——他还去感觉，这个弱不禁风、嘴巴松弛、目光游移、流着口水、打着哆嗦、提不起来的混账东西！因为我知道艺术的创造需要怎样的约束和努力，需要怎样的全神贯注和怎样的全力以赴——因为我知道艺术创造是一种艰苦的劳作，跟它要求的付出和严厉相比，用铁链拴起来的囚犯所服的苦役简直形同于休息，军队操练中的虐待狂也相形见绌——我宁愿去煤矿值班，也不去当一个更高的奥秘的载体。煤矿的值班员知道，保持矿车在地底运转的不是他的感觉——他知道让它们保持运转的是什么。感觉吗？噢，不错，我们的确是有感觉，你和我——我们才是真正有能力去感觉的人——而且我们明白这感觉从何而来。但我们不明白，并且耽搁了太久都不去了解的，是声称不对自己的感觉负责的那帮人的本质。我们不明白他们的感觉是什么，我们现在知道了，这错误的代价实在太大了。罪孽最深的人将付出最惨重的代价——从法律上讲，他们必须如此。罪孽最深的是那些真正的艺术家，现在他们知道了自己将最先被灭绝，正因为他们将自己的保护者亲手毁掉，才帮助灭绝他们的人取得了胜利。如果说还有比一个不懂自己代表着人类最高创造精神的商人更愚蠢可悲的傻瓜——那就是将商人作为自己敌人的艺术家。"

的确如此——她一边在山谷里的街道上走着，一边想，同时带着孩子般的兴奋打量着阳光下亮晶晶的商店玻璃——这里的商铺具有精心选择的艺术——当她坐在装了隔音板的沉暗的音乐厅内,听着哈利那收放有致、如数学般严谨的音乐时,便想到这艺术具备和商业一样的严格规范。

这两者都闪耀着精心雕琢的光芒——她坐在露天的一排排凳子上观看着舞台上的凯·露露时,心中想到。自从告别了童年,她就再也没有体验过这样的感觉——整整三小时,她被一出话剧牢牢地吸引住。她对剧中的情节和对白闻所未闻,戏中表现的主题更非照搬自几百年间的老一套。这是已经被她忘怀的一种愉悦,她完全沉浸在构思巧妙、出人意料、逻辑严密、主题明确的新颖之中——这愉悦还来自于看到一个女人以她美丽的外表对角色优美内心的出神入化的艺术再现。

"我就是为此来到了这里,塔格特小姐,"演出结束后,凯·露露面带微笑,回应着她的评价,"我所塑造的人类任何一方面的伟大品质,都正是外面的世界极力诋毁的。他们只会让我演堕落的象征、妓女、追逐钱财和破坏家庭的人,总是在戏到尾声时被一个代表着世俗道德的隔壁的小女孩痛打一顿。他们利用了我的天赋——目的却是毁掉它。因此,我不干了。"

达格妮想,在童年以后,她就再也没有在看完一出戏后如此兴奋过——这是一种体会到生命里有许多东西值得去追求的感受,而不是打量了根本不值得多看一眼的阴沟之后的感受。在观众们陆续从灯光通明的座位上离开后,她看见了号称鄙视一切艺术形式的艾利斯·威特、纳拉冈赛特法官，以及肯·达纳格。

那天晚上，她最后看见的图像是两个高挑、挺拔、修长的身影。他们一起沿着山间小路渐渐走远，聚光灯偶尔照亮他们金黄色的头发。他们正是凯·露露和拉格纳·丹尼斯约德——她实在不知道自己是否还能忍受回到一个他们俩注定会遭到毁灭的世界。

只要看到面包店的年轻女老板的两个儿子，她眼前就会重现她童年时的情景。她经常看见他们在谷里的山路间嬉戏——一个七岁，一个四岁，是两个天不怕地不怕的小家伙。他们似乎像她当初那样面对着这个世界，没有她在外面的孩子脸上看到的那副神情——那副畏缩、鬼祟、嘲弄的神情，那副孩子要提防着大人，不断发现他听到的是谎言，学会了感觉仇恨的神情。这两个小男孩像是对伤害全无防备的小猫，天真、快活、友好而信心满满，带着他们自己那种纯真自然、毫无夸耀的眼光，以及认为每一个陌生人都能赞同他们的纯真的信任。他们有着迫不及待的新奇，能够去任意闯荡，相信生活中的一切都很神奇，等待着他们去发现。似乎即使他们遭遇恶意，也不会把它看作危险的，而是当成愚蠢的，从而轻蔑地不加理睬。他们不会在头破血流的退却中把它认作生存的法则。

"他们恰恰代表了我所干的这一行，塔格特小姐，"年轻的母亲边包起一块新鲜的面包，边在柜台内含笑回应着她的赞叹，"他们就是我选择的职业，不管怎么说，应该做好母亲，在外面的世界里是做不好的。我猜你已经见过我丈夫了，他是个教经济学的，替迪克·麦克纳马拉保养线路。你自然知道，这座山谷不接受集体一起来，也不允许家人和亲戚进来，除非每个人自己对罢工的宣誓都表示认同。我来这里不光是为了我丈夫的职业，也是为了我自己。我来这里是为了把我的儿子们培养成真正的人。我不会把他们交给一个为了阻碍孩子大脑成长而建立的教育体制，它会教育孩子说理智是无能的，存在是一种他难以应付的不合理的混乱，并会使他沦落到一种无休止的恐怖状态里。你对我的孩子和外面的孩子之间的差异感到惊讶吗，塔格特小姐？其实原因很简单。原因就在这里，就在高尔特山谷里，在这里，每个人都认为，对孩子进行哪怕一点非理性的提示，都是骇人听闻的。"

在阿克斯顿博士跟他的三个学生进行每年一次的团聚的夜晚，她想起了各地学校里流失的教师们。

他唯一邀请的另一位客人是凯·露露。他们六个人坐在他房子的后院内，夕阳的余晖映着他们的脸庞，远处下面的谷底渐渐凝结成了一片柔和的蓝色暮霭。

她看着他的学生们，看着三个柔韧灵活的身体半躺在帆布椅里，一副满足而放松的样子。他们都穿着长裤和风衣，里面是无领衬衫：这三人便是约翰·高尔特、弗兰西斯科·德安孔尼亚、拉格纳·丹尼斯约德。

"别吃惊啊，塔格特小姐，"阿克斯顿博士笑着说，"也别误以为我这三个学生是超人之类的东西,他们可比那要出色和神奇得多:他们是这个世界上从来没有过的正常人——他们的本事就是能活得像个人。只有具备了出众的头脑和杰出的人品,才不会被社会上自古以来沉积的毒害风气所侵染——才能像个人,因为人是有理性的。"

她感觉到阿克斯顿博士的态度里出现了与他平素的沉默威严不一样的变化;似乎她绝不仅仅是个客人,对她没有丝毫的见外。看到她来参加聚会,弗兰西斯科自然二话不说地欣然认可。高尔特的脸上看不出任何表情。他的举止看起来像是个在阿克斯顿博士的要求下陪她来到这里的彬彬有礼的护送者。

她发现阿克斯顿博士的眼睛不断地扫向她,在她这样一个带着欣赏目光的人面前展示自己的学生,他似乎很是得意。他像是个父亲,终于找到了对他喜爱的东西感兴趣的听众,谈话便总也离不开一个话题。

"你真应该看一看他们上学时候的样子,塔格特小姐。你绝对找不出像他们这样出身迥异的三个孩子,不过——出身又有什么关系?!在校园里成千上万的学生当中,他们肯定是一眼就找到了对方。弗兰西斯科是世界首富的后裔——拉格纳是欧洲的贵族——而约翰则既身无分文,又无父母和家庭,凭的完全是他自己的努力。其实,他的父亲是俄亥俄州一个默默无闻的加油站修理工,而他十二岁就自己离家在外闯荡——可我一直觉得他就像智慧女神密涅瓦,发育完全、全副武装地从朱庇特的脑袋里跳了出来……我还记得头一次见到他们三个的那一天,他们坐在教室的后面——我当时在给研究生上一门专业课,内容极难,其他人很少会来听。他们三个看上去像不到大学一年级新生的年龄——后来我了解到,他们当时才十六岁。讲完课以后,约翰站起来问了个问题。作为老师,如果能听到一个研习了六年哲学的学生问出这样的问题,就已经觉得很是自豪和欣慰了。这个问题与柏拉图的形而上学相关,柏拉图本人都没想到要问这样的问题。我回答后让约翰课下到我的办公室来。他来了——三个人都来了——我看到外间的那两个,就让他们都进来。和他们交谈一小时后,我就取消了当天的所有安排,和他们整整聊了一天。随后,我安排他们去选那门课,并且计入他们的学分。他们就选上了,并且成绩全班最高……他们修的是两个专业:物理和哲学。这样的选择让除我之外的所有人都感到不解:当代的思想家认为没必要去认识现实,而当代的物理学者则认为没必要去思考。我懂的要比他们更深一层;但令我吃惊的是这几个孩子居然也懂得这些……罗伯特·斯塔德勒博士是物理系主任,我是哲学系主任。对于这三个学生,他和我取消了所有的规定和限制,我们给他们免掉了那些常规的、不必要的课程,只把最难的东西交给他们去啃,同时为他们能在四年内从两个专业毕业扫清了一切障碍。他们学得很刻苦。同时,在这四年中,他们也在为生活而奋斗。弗兰西斯科和拉格纳有父母的经济支持，约翰则没有任何收入来源，但他们三个全靠打工来锻炼和养活自己。弗兰西斯科在一家铸铜厂打工，约翰是在一家铁路公司的机车仓库，而拉格纳——不，塔格特小姐，拉格纳在他们三人里面可不是最差的，而是最踏实用功的一个——他在学校的图书馆里工作。他们总是能找出时间干自己想干的事，却从不把时间花在交际和学校里的各种活动上。他们……拉格纳！"他突然大声打断了自己的话，"别坐在地上！"

丹尼斯约德从椅子里滑了下来，正头靠着凯·露露的膝盖，坐在草地上。他轻声笑着，听话地站了起来。阿克斯顿博士略带歉意地笑了笑。

"这是我过去的一个习惯，"他对达格妮解释说，"我想是条件反射吧。过去上学的时候，要是发现他在阴冷潮湿的夜晚坐在我家后院的草地上，我就会这样跟他讲——他在这方面总是大大咧咧的，让我放不下心，他应该知道这样做有风险，而且——"

他的话戛然而止；他从达格妮惊讶的眼神里看出了她和他同样的心思：他们都想到了成年后的拉格纳选去冒的风险。阿克斯顿耸了耸肩膀，两手无奈而自嘲地一摊。凯·露露朝着他理解地笑笑。

"我的家紧挨着校园，"他叹了口气，继续说道，"坐落在伊利湖边的一处峭壁上,我们四个人一起度过了许多夜晚。就像此时这样,我们在初秋或者春天围坐在我家的后院里,只不过面对的不是这里的高山,而是一大片平静而苍茫的湖水。那些晚上,我必须比在课堂上还要集中精力,去回答他们的各种疑问,讨论他们提出的问题。到了半夜,我就去冲些热巧克力,硬逼着他们喝下去——我怀疑他们可能从来不肯花时间好好吃东西——然后我们就会继续聊下去,而湖水已经隐没在黑暗里,夜空则显得比大地还要亮一些。有几次,我们一直待到我突然发现天空更加黑暗,而湖水已经开始变得灰蒙蒙,再说几句天就要亮了的时候。我不应该搞得那么晚,因为我知道他们那时候睡眠不足,但我常常会忘,完全把时间忘记了——你知道,只要他们在那里,我就总觉得像是清晨,总觉得我们前面有长长的、用不完的一天。他们从不去说他们希望今后可能会做的事情,从不怀疑他们身上已经被万能之神赋予了实现他们愿望的无尽才华——他们说的是他们要去做什么。爱是否会令人胆怯呢?我知道我唯一感到恐惧的时刻就是听着他们谈话,想到世界今后会如何,而他们将来又会有什么样的遭遇的时候。恐惧?不错——可是它更甚于恐惧——当我想到这个世界终将有一天会毁了这些孩子,想到我的这三个儿子已经被画上了祭物的记号,我简直就想去杀人。是啊,我是会去杀人的——可是杀谁呢?人多得让你无从下手,并不存在一个单独的敌人,不存在什么众矢之的或者恶棍，不是一分钱都挣不来、只会傻笑着搞社会救济工作的人，也不是做贼心虚的官僚——它是整个地球——被那些相信需要和怜悯远比才能和正义更神圣的人用双手推进了可怕的肮脏深渊之中。不过，这感觉只是偶尔才有，并不会一直持续。听到我的孩子们说的话，我就知道没有什么能把他们击垮。他们坐在我后院的时候，我就看着他们，看着屋后远处那幢雄伟、黑暗的建筑，帕特里克亨利大学依然是思想不受奴役和禁锢的标志——更远的地方是克利夫兰市区的灯火，是一排排烟囱后面钢厂上空橘红色的火光，是广播塔上闪烁的红色亮点，是黑沉沉的远方机场发出的长长的雪亮光束——我想，就凭曾经存在和推动世界前进的伟大力量，尽管后继不再，他们还是会胜利……我记得有一天晚上约翰沉默了很久很久——我发现他已经躺在地上睡着了。另外两个人承认说他已经三天没闭眼了。我立刻叫他们俩回了家，但实在不忍心把他叫醒。那是个温暖的春夜，我拿出条毛毯给他盖上，就让他在原地睡，一直在他身边守到了早晨——我在星光下端详着他的面孔，后来，初升的一缕阳光照在了他安详的额头和闭着的眼皮上。我从不祷告，那时的感觉不是祈祷，但那种精神状态已远远超越了祈祷：是完完全全、满怀信心地将自己奉献给了我所热爱的正义，坚信正义将获得胜利，坚信这个孩子会拥有应该属于他的未来。"他挥手一指山谷，"我没想到它竟然像这样雄伟——这样艰辛。"

天色渐暗，山峰已和暮色融为一体。他们的脚下是山谷里星星点点的灯光，斯托克顿铸造厂的红色火光呼吸一般地吞吐起伏，它的下方是穆利根家一排亮着灯的窗户，仿佛是一节火车车厢镶嵌在夜空之中。

"我的确有一个对手，"阿克斯顿博士缓缓地说，"就是罗伯特·斯塔德勒……别皱眉，约翰——都过去了……约翰确实爱过他。嗯，我也是——不，还不完全是，不过对像斯塔德勒那样的心灵所产生的痛苦情感很接近爱，是所有的愉悦中最罕见的一种：敬仰。不，我没有爱过他，不过他和我总觉得我们好像是从一个消失的年代或地方、从一个将我们围住的吱吱作响的平庸的沼泽里逃出来的幸存的伙伴。罗伯特·斯塔德勒犯下的常人所犯的罪，便是他从来不去认清自己该去的地方……他厌恶愚蠢，那是我见过的他对人表现出来的唯一情绪——对于任何胆敢反对他的愚蠢言行那咬牙切齿和极其厌烦的痛恨。他希望有自己的一定之规，希望一个人去争取，想把碍事的人都清除到一边——然而对于他所采取的方法，所走的路，以及他的敌人，他却从未认清。他选择了一条捷径。你是在笑吗，塔格特小姐？你恨他，对不对？是啊，你明白他走的那种捷径……他告诉过你，我们俩因为这三个学生成了冤家对头，没错——其实，我不是这么想，但我知道他会的。好啊，假如我们是对头的话，那我就有一个优势：我了解他们为什么想把我们的两个专业都学到手；他从不明白他们为什么对我的专业感兴趣。他从不明白这对于他的重要性，而他正好是毁在了这一点上。不过在那些年，他依然思维活跃，能抓住这三个学生。'抓住'这个词很恰当。作为一个只崇尚智力的人，他把他们当作私人财产抓在手里。他向来很孤独，我觉得在他的全部生命中，弗兰西斯科和拉格纳是他唯一的爱，而约翰则是他仅有的激情。他把约翰当作了他特定的传人，当作了他的希望和他自己的再生。约翰想当发明家，这就是说他要做一个物理学家，他打算去跟罗伯特·斯塔德勒学习研究生的课程。弗兰西斯科打算毕业后去工作，他想成为我们这两个他心目中的智慧之父的完美结合：做一个企业家。至于拉格纳——你不知道拉格纳选择的职业吗，塔格特小姐？不，不是什么特技飞行员、丛林探险者或者深海潜水员，比这些可要勇敢得多。拉格纳想做个哲学家，一个专心于抽象、理论和学术，不问世事，钻进象牙塔的哲学家……没错，罗伯特·斯塔德勒很爱他们。不过——我也说过我会为了保护他们去杀人，只是没人可杀罢了。假如存在什么解决办法的话——这当然不可能了——那么要杀的人就是罗伯特·斯塔德勒。在所有现在正毁灭着这个世界的罪人里，他的罪孽是最深重的。他是完全有能力看清这一切的。他的罪孽便是用他的信誉和成就为掠夺者的统治大开绿灯。把科学交到掠夺者武力之手的人就是他。约翰没有想到，我也没有想到……约翰回来上他研究生的物理课，但没有上完。在罗伯特·斯塔德勒同意设立国家科学院的当天,他就走了。我在学校的一条走廊里碰见了刚和约翰进行完最后一次谈话、从办公室出来的斯塔德勒。他看上去变了。我但愿再也不要从一个人的脸上看到这样的变化。他见我走过去——他不知道,但我知道他为什么会向我冲上来吼叫:'我烦透你们这群不讲现实的空想家了!'我扭头就走,知道我刚才听见一个人宣判了自己的死刑……塔格特小姐,还记得你问过我关于我的三个学生的问题吗?"

"记得。"她低声说。

"从你的问题里,我能猜出罗伯特·斯塔德勒是怎么向你说起他们的。告诉我,他是怎么会提到他们的呢?"

他看到她酸楚的笑容。"他把他们的故事讲给我听,以此来证明他为什么认为人的智慧是毫无用处的。他把这当成一个他的幻想破灭的例子讲给我听。'他们所拥有的智慧,'他说,'在未来可以翻天覆地。'"

"那么,他们不是已经做到了吗?"

她缓缓地点了点头,在无可奈何的认同和赞许中,久久地垂着头,没有抬起。

"我想要你明白的,塔格特小姐,是那些声称这世界原本就恶毒得不容善良存在的话背后的罪恶用心。让他们反省一下他们的前提,反省一下他们的价值标准,在他们把那张说不出口的、必须承认邪恶的通行证发给自己之前，让他们好好反省一下——他们是否懂得什么是善良，善良又会要求什么样的条件。罗伯特·斯塔德勒现在相信智慧毫无用处，人的生命只会没有理性。他是不是想让约翰·高尔特成为一位伟大的科学家，情愿在弗洛伊德·费雷斯博士的手下工作？他是不是想让弗兰西斯科·德安孔尼亚成为一位伟大的企业家，情愿为韦斯利·莫奇效劳？他是不是想让拉格纳·丹尼斯约德成为一位伟大的哲学家，情愿听从西蒙·普利切特博士的命令，去宣扬世界上不存在思想，强权既是公理？那是否就是罗伯特·斯塔德勒认为的合理的未来？塔格特小姐，我想让你看到，最声嘶力竭地叫喊着他们的梦想破灭、道德沦丧、理性无能、说理无用的人——正是那些把他们鼓吹的主张全部、准确、合乎逻辑地实现了的人，他们根本就不敢承认这一切的逻辑性是如此之强。在一个宣扬智慧不存在、道德正义出自暴力、偏袒无能者而惩罚有能力者、为了低劣者而牺牲优秀者的世界里——优秀的人不得不与社会对立，成为它势不两立的敌人。在这样的一个世界里，有着无穷智慧的约翰·高尔特将成为一个身无长技的苦力——能够创造出奇迹般财富的弗兰西斯科·德安孔尼亚将成为一个饭桶——而心有慧根的拉格纳·丹尼斯约德则将走上暴力的道路。社会——以及罗伯特·斯塔德勒博士——已经完成了他们所倡导的一切。他们现在还有什么可抱怨的？要抱怨世界没有理性吗？"

他笑了，温婉的笑容里有着毫不留情的肯定。

"每个人都是凭自己的想象去建立他的世界，"他说，"人有选择的力量，却无力逃脱选择的必然。假如他放弃了自己的力量，就放弃了做人的资格，折磨人的无理的混乱也就成了他的栖身之地——这是他自找的。只要坚持他的哪怕一点想法，而不屈从别人，只要能给现实带来哪怕一点火种，一点美好的理想——就凭这一点，他就算是个人，这一点就是衡量他的品德的唯一尺度。他们"——他指了指他的学生——"从不低头。而这里"——他一指山谷——"则衡量出了他们本身以及他们坚持的东西……现在可以把我对你以前的问题的回答重复一遍，因为我知道你已经彻底理解了。你问过我是不是认为这三个学生很有出息，我的自豪感超出了自己的想象，对于他们所选择的每一个举动、每一个目标以及对每一种价值的理解，我都感到骄傲。达格妮，这就是我全部的回答。"

他突然带着父亲般的口气对她直呼其名。说最后两句话时，他没有看她，而是将目光投向了高尔特。她看见高尔特同他对视片刻，仿佛在对他做出肯定的回答。随即，高尔特便将目光转向了她的眼睛。她发现他注视着她的神情就好像她举起了一个仍悬在他们之间、尚未挑明的称号，这称号已被阿克斯顿博士授予了她，却没有说破，其他人也还未察觉——她从高尔特的眼睛里看见了他对她的震惊感到的好笑，看见了鼓励，以及令她不敢相信的温柔。

德安孔尼亚一号铜矿是在山体表面挖开的一道小口子，看起来像是用刀在红褐色的肋部岩层上戳了几下后留下的红色伤口，被明晃晃的阳光照耀着。达格妮一边挽着高尔特，另一边挽着弗兰西斯科，站在一条小路旁。风从他们的脸上刮过，扑进了下面两千英尺深的山谷。

她望着铜矿，心想——这便是将人类的财富刻在山峰之上的故事：几棵松树从缺口的上方伸展出来，树身在旷古风雨的冲击下已经扭弯曲折。岩层上有六个人在干活，一大群各式各样的机器在天空中刻下精巧的线条；大部分工作都是由机器来完成的。

她注意到，弗兰西斯科既是向高尔特，更多地也是在向她展示着自己的地盘。"约翰，从去年以后你还没见过这里……约翰，等过一年你再来看看，还有几个月外面的工程就完工了——到那个时候，我整天都得待在这里。"

"啊，不行，约翰！"他一边大笑一边回答着问题——但她突然发现，只要看着高尔特，他的眼睛里就会有一种特别的神情：那神情是他站在她的房间里，用手抓着桌沿去强忍着难耐的一刻时出现过的；那时他的眼前似乎出现了一个人——是高尔特，她心想，是他眼前的高尔特令他挺了过来。

她心里的某个地方感到了一种隐隐的恐惧：作为胜利的代

价，弗兰西斯科当时用极大的努力接受了失去她的事实，接受了他的情敌，这代价已经惨重得使他对于阿克斯顿博士猜出的真相无力再去怀疑。一旦他明白过来又会怎样呢？她心想，然后便感觉到一个酸楚的声音在提醒着她，这件事的真相也许永远都不会浮出水面了。

当她看到高尔特望着弗兰西斯科的样子时，心里的某个地方又隐隐觉得有些紧张：那是把一种毫无保留的情感坦荡、直率地交出去的目光。她感觉到了自己从来就既说不清又抛不开的焦虑：不知道这种感情会不会让他选择放弃。

但她的心主要还是被一种解脱感所荡涤，仿佛她是在尽情嘲笑着所有的疑虑。她的眼睛不断地向来时的那条小路望去，这条两英里长的累人而曲折的山路，危险得犹如一把螺丝刀，从她的脚下一直蜿蜒到了谷底。她用眼睛来回打量它，心里在飞速地做着盘算。

满眼的灌木丛、松柏和贴地的苔藓从下面绿油油的山坡一直铺到了山崖上。苔藓和灌木丛渐渐稀疏下来，但松树仍一片片拼命地继续向上长着，一直到山巅，只剩了零星几棵树，探出裸露的山石伸向山顶，被日光映照着的皑皑白雪覆盖。她看着这些自己所见过的最精巧的机器设备，然后望着山路上脚步沉重、身影摇晃的骡子——那是最古老的交通方式。

"弗兰西斯科，"她用手一指，问，"机器是谁设计的？"

"它们只是在标准的设备上改动了一下。"

"是谁设计的?"

"是我。我们这里的人手不富裕,只能将就了。"

"用骡子运送矿石是对人力和时间极不合理的浪费。你应该修一条通向谷底的铁路。"

她正向下面看,没有注意到他向她脸上猛然投来的急切的一瞥和他声音里的谨慎。"这我明白,但目前这座矿的产量还不足以负担这样一项困难的工程。"

"胡说!根本没有看上去那么难。有一条通到东面的小路坡度要小一些,石头也没那么硬,我上来的时候看过了,从那里走的话就不用转太多的弯,铁轨的总长用不了三英里就够了。"

她指向东方,丝毫没注意到两个男人正专注地盯着她看。

"你只需要一条很窄的轨道就行……就像有史以来的第一条铁轨那样……第一条铁路就是从矿上诞生的——只不过那是煤矿……看,你们看见那道山梁了吗?那里完全铺得下三英尺宽的铁轨,你们都用不着去爆破和拓宽。你们看没看到有一处大约半英里长的爬坡?那儿的坡度不会超过四度,什么样的机车都能应付。"她谈吐敏捷而确定,已经顾不上别的,完全沉浸在了她自然而然地为解决问题而想出办法后的兴奋里。"这条铁路的成本三年之内就能收回来。粗略看来,我认为这项工程最大的开销可能是一两台钢架——我可能需要在某个地方炸开条隧道,不过最多只有一百英尺。我需要用一台钢架把铁轨从山谷上铺过来,但那没有看上去这么难——我示意给你们看,你们有纸没有?"

她没注意到高尔特是以多么快的速度掏出了一个笔记本和一支铅笔,然后塞进她的手里——她像是早等在那里似的伸手抓了过去,仿佛她正在工地发号施令,绝不能被这样的小事影响和耽误。

"我大概给你们讲一下我的意思。假如我们在山石上打斜桩进去"——她飞快地勾画着——"实际的钢材跨度就只有六百英尺长——它可以省掉最后这半英里的螺旋形转弯——我三个月就能铺好铁轨,然后——"

她停下来。抬头看到他们的面孔时,她脸上的激情便消退了。她一把将草图揉成一团,扔到了旁边红土弥漫的碎石地上。"嘿,这是图什么呀?"她终于气急败坏地喊了出来,"修一条三英里的铁路,却把横跨全国的整个铁路都扔了!"

两个男人都看着她。他们的脸上没有责备,只有一种几乎是真诚的同情和理解。

"对不起。"她眼睛一垂,安静地说道。

"如果你能回心转意,"弗兰西斯科说,"我可以马上就雇你来干——要是你希望得到所有权的话,麦达斯五分钟之内就可以批准你的铁路贷款。"

她摇了摇头。"我不能……"她低声说道,"现在还不行……"

她抬起眼睛,知道他们清楚她绝望的原因,掩饰内心的挣扎也无济于事。"我已经尝试过一次了,"她说,"我试过放弃它……我明白这意味着什么……只要看到今后在这里铺下的每根枕木,钻下的每根路钉,我就会想起它……我会想起另外那条隧道……和内特·塔格特大桥……唉,我真不愿意再听到关于它的事了!真想就待在这里,再也不去想他们正在怎么糟蹋铁路,不用知道它什么时候会断气!"

"你必须知道。"高尔特说。这无情的语气是他所独有的,单纯的语气中除了对事实的尊重之外不掺杂任何感情色彩,听上去不留情面,"你会了解到塔格特泛陆运输垂死的全过程,会听说每一起事故、每一趟停驶的列车和每一条废弃的铁路,会听说塔格特大桥的倒塌。如果对事实没有充分清醒的认识,并因此作出充分清醒的选择,谁都不能留在谷里。谁都不能以任何自欺欺人的方式待在这座山谷里。"

她仰起头来看着他,知道他是在把怎样一个机会拒之门外。她想到外面的人谁都不会在这种时候对她说出这样的话来——她想到这世界尊崇的是把睁眼撒谎当成慈悲善举的信条——当突然间开始认清这个信条的丑陋面目时,她感到一阵恶心——她为眼前这个紧绷着脸、面无表情的男人感到无比骄傲——他看到她努力保持着嘴巴的强硬，却被某种颤抖的情绪软化了。她平静地回答："谢谢你，你说得对。"

"你用不着现在回复，"他说，"决定之后再告诉我，还有一个星期的时间。"

"好，"她镇静地说，"只剩一个星期了。"

他转过身，捡起她揉皱的草图，仔细叠好，放进了衣服口袋。

"达格妮，"弗兰西斯科说，"在你权衡时，如果愿意，就想想你的第一次退出，不过，要全面地去想。在这里，你不必用修房顶和铺哪儿都到不了的小路来折磨你自己。"

"告诉我，"她突然发问，"你那次是怎么发现我的？"

他笑了笑："是约翰告诉我的，就是这个毁灭者呀，还记得吗？你还纳闷毁灭者为什么没有派人去找你。其实他派了，就是他让我去的。"

"他让你去的？"

"对。"

"他跟你说什么了？"

"没说太多，怎么了？"

"他是怎么说的？你还记得他的原话吗？"

"对，我确实记得。他说：'如果你想抓住机会的话，你就去吧，这机会应该是你的。'我记得，因为——"他不在意地微微一皱眉，冲高尔特转过身去，"约翰，我一直不太明白你干吗那样说。为什么呢？——为什么是——我的机会？"

"我能不能先不回答？"

"可以，不过——"

一个人在矿里的岩层上冲他喊了一声，他便快速奔过去，似乎已无须再去关心这个话题了。

她很清楚自己是在异常缓慢地把头转向高尔特，并且知道他会看着她。从他的眼睛里，她看不出任何表示，只是感觉到一丝嘲讽，仿佛他很清楚她正在寻找的答案，并且知道她不可能从他的脸上看出来。

"你把你想要的机会给了他？"

"除非他尽了他所有的努力，否则我不会有机会。"

"你怎么知道他应得的是什么？"

"我在这十年里利用了一切能利用的机会，以各种方式，从各个角度向他了解你的情况。不，他没有告诉过我——我是从他提起你的神态中明白的。他并不想讲——但一说起来就掩饰不住他的渴望，总是欲言又止——因此我就知道这绝不仅仅是童年的友谊那么简单。我明白他为罢工做出的巨大牺牲，也知道他多么希望能够永远都不放弃。至于我？我只是像了解其他人的情况一样，就一个今后很重要的罢工者的相关情况提了一些问题。"

他的眼里依然带着一丝嘲笑。他知道她一直想弄清楚这一点，但这并没有回答她一直所担心的问题。

她把视线从他的脸上移到正向他们走来的弗兰西斯科身上，终于明白让她骤然沉重而绝望地焦虑着的东西，正是她对高尔特会使他们三人都白白牺牲的担忧。

弗兰西斯科走过来，意味深长地看着她，似乎正在心里反复掂量着什么问题。这问题使他的眼里闪现出无比快活的火花。

"达格妮，只剩下一个星期了，"他说，"假如你决定回去的话，这可就是最后的一个星期了，下次见面可就要等很久。"他的声音里毫无责备和伤感，只是从温和的语气里才听得出他的感情。"假如你现在就走——哦，当然，你还是要回来的——但不会很快。而我——再过几个月就要永远在这里住下了，因此如果你离开的话，我也许会有好几年都见不到你。我希望你能和我一起度过这最后的一星期，希望你能搬到我家来。就当是我的客人好了，不为别的，就因为我希望你能如此。"

他若无其事地说出这些话，似乎在他们三个人中间既没有，也不可能隐瞒任何东西。她在高尔特的脸上看不到丝毫惊讶。她感到胸口一阵发紧，仿佛是一股强硬而不管不顾的窃喜促使她把心一横，采取了一个几乎是不怀好意的行动。

"可我是个打工的，"她怪异地笑着，看了看高尔特，"我还有活儿要干。"

"我不会为这个留你，"高尔特说。令她恼火的是他的语气，似乎全不拿她当回事,除了一字一句地回答她刚才说的话以外,别的什么都听不出来,"你随时都可以辞职,这完全由你决定。"

"不,不对,我是这里的囚犯,难道你不记得了?我是在听人使唤,我没什么喜欢不喜欢的,没什么愿望可表达,也无任何决定可作。我想让你来作这个决定。"

"你想让我来决定?"

"对!"

"那你就已经表达了一个愿望。"

他略带捉弄的声音下完全是一副严肃的语气——她没有笑,似乎就是不相信他还能继续装糊涂下去,冲他挑衅似的喊道:"好吧,那就是我的愿望!"

他微微一笑,像是面对一个早已看穿的孩子的把戏:"很好。"但当他面向弗兰西斯科开口时,却没有笑:"既然如此——那不行。"

弗兰西斯科看见她脸上带着一种敢于对最严厉的老师进行挑衅的神情。他懊悔却又开心地耸了耸肩膀:"也许你是对的,要是连你都拦不住她——别人就更不行了。"

她一点都没有听见弗兰西斯科的话,高尔特的回答给她带来了无限轻松之感,这使她震惊。她明白,压在自己心头的沉重负担已经被轻松地横扫一空。此时,她才意识到高尔特的这个决定会对她产生怎样的作用;她知道,假如换成别的回答,她心目中的山谷就将不复存在。

她想放声欢笑，想抱住他们两个，跟他们一起笑着庆祝，她是否留在这里似乎已经无关紧要，一个星期的时间简直像是永远都过不完，无论她选择哪条道路，似乎都是一样阳光普照——她心想，人生若是如此，再苦也不觉得了。这样的轻松既不是因为她明白了他不会放弃她，也不是因为她确信自己会胜利——这轻松来自她确定他将会始终如一的信念。

"我不知道我是否会回去，"她说话的样子很清醒，但声音却带着狂喜后余下的颤抖，"很抱歉，我现在还是无法作出决定。我能确定的只有一件事：那就是我不会惧怕去作决定。"

弗兰西斯科没把她脸上突然焕发出的光彩太当回事，但高尔特心里明白。他看着她，眼神里半是好笑，半是嗔怪。

直到只剩下他们两人走在下到谷里的山路上，他才再次开口。他又看了她一眼，眼中又增添了几分感到有趣的意味，"你难道非要考考我会不会堕落到为别人牺牲的地步吗？"

她没有回答，只是坦然而不加分辨地看着他，算是承认。

他哑然一笑，把头扭开，又走了几步后，用背诵一样的口气慢慢说道："谁都不能以任何自欺欺人的方式待在这里。"

她一边走在他的身旁，一边想，她感受到的轻松部分是对比后产生的震撼：她已经在突然之间非常生动而清晰地看到了，他们三人一旦相互做出牺牲会产生什么样的后果。高尔特为了他的朋友而放弃他想要的女人，故意不去正视他最刻骨的感情和他们在一起的生活，对于这会让他和她付出的代价置之不理，并令他今后抱残守缺，遗憾终生——她则从退而次之的选择里寻求安慰，假装去爱她并不爱的人，她之所以愿意假装，是因为这样的自我欺骗才会让高尔特作出自我牺牲，然后她在无望中了却此生，借助某些无聊的激情时刻，去慰藉那不愈的伤口，同时去相信爱情的无力，以及这世界上根本就不存在的什么幸福——弗兰西斯科的人生被他最亲和最信任的两个人所欺骗，他挣扎在虚假的现实的迷雾里，拼命地捞取他的幸福中没有的东西，在走上用脆弱的谎言编织的断头台后，终于发现她爱的不是他，他只是个可恨的、被用来怜悯和支撑他人的替代品，他发现他的明察秋毫变得危险，只有向浑噩的愚蠢低头，才能保住他虚幻中的快乐，他一边挣扎一边放弃，重新沦落到了人无法实现理想的陈词滥调之中——他们这三个本来前程远大的人，只落得和遇难的废船一样的下场，绝望地哀叹着生活就是挫折——是无法将梦想化为现实的挫折。

但这些——她想道——是外面世界里的人的道德准则，这准则告诉他们要依靠彼此的弱点、谎言和愚蠢来做事，在一个充满假意和不去承认的迷雾里挣扎，不相信事实才最可靠并能够决定一切，在一种否认所有现实的状态中，人们毫不真实，毫无人样，跌跌撞撞地没有生命便结束了一生，这就是他们的生活模式。在这里——她透过绿油油的树丛,望着山谷里泛着光的房顶,心中想道——与她打交道的人像阳光和岩石一般清澈而实在,她心中感到畅快而轻松,因为她知道在这个不存在阴沉不定、不存在丑陋借口的地方,没有什么奋斗会充满艰难,没有什么决心会是危险的。

"塔格特小姐,你想没想过,"高尔特虽然口气像是很随意,却似乎已经知道了她的想法,"假如人们对可能的想法中的不合理和实用的想法中的缺陷不予考虑——他们无论是在做事情、做生意时,还是在他们最私人的感情方面,就都不会有利益上的冲突?假如人们明白现实是一种无法伪造的客观存在,明白谎言站不住脚,明白只有付出才能拥有,否则就不配得到,明白即使毁掉一种有价值的东西,也不能让一钱不值的东西因此有了价值——就不存在冲突,就没有牺牲的必要,人们就不会是彼此的威胁。生意人扼杀比他能干的竞争对手来赢得市场,雇员企图霸占雇主的利益,艺术家对别人的才华嫉恨在心——他们都是在抹杀事实,把毁灭当成了实现他们愿望的唯一手段。如果他们这么去做了,他们不会得到他们想要的市场、财富和不朽的英名——只会毁掉生产,毁掉工作,毁掉艺术。无论被牺牲的受害者是否愿意,非理性的愿望都不应该实现。但只要不断对人灌输自我毁灭和自我牺牲才是接受者实现幸福的有效方式,接受者就会止不住地想入非非,总是丢不掉自我毁灭的念头。"

他看了她一眼,缓缓地补充了一句,平淡的声音里只是多了一分强调的语气:"我能够争取或毁掉的只是我自己的幸福,对于他和我,你应该有更多的尊重,而不是像那样惧怕。"

她没有作声,心里充实得似乎再多一个字都会溢出来。面对着他,她那亲近熟悉的脸色里完全不再有抵抗,宛如孩子一般淳朴,虽然是在认错,却焕发着快乐的光彩。

他开心而理解地笑了,仿佛他们是分享一切的伙伴,仿佛他理解了她的感受。

他们没有说话,继续走着。她简直觉得这个夏日是她从未有过的年少无忧的时光,只是两个享受着自由和阳光的人在乡间漫步,没有任何负担。她心头的明朗与下坡时的轻飘感觉融为了一体,似乎走路时可以不费吹灰之力,只需要小心别飞起来。她一边走,一边后仰着身体,尽量克服着下拉的冲力,她的裙子在风中飘动,仿佛是一面为她挡风减速的船帆。

他们在山脚下的小路尽头分了手。他约好了要去见麦达斯·穆利根,而她则一心一意地要去哈蒙德的市场采购晚上吃的东西。

他的妻子——她心中在想,有意让自己听到阿克斯顿博士没有说出口的那个词。她早就有了感觉,却从没有说出来——在过去的三个星期,她只差一点就可以称得上他的妻子了,这最后的一点还要争取,但眼前已有的这些已经是实实在在的。

现在，她可以告诉自己，让自己去体会，并带着这个念头度过这一天。

劳伦斯·哈蒙德将她要买的东西摆放在了干净的柜台上，在她眼里，这些东西从没像现在这样光彩夺目——她太过专注，心思充盈得连身边发生的某种令人不安的事情都未曾注意。发现哈蒙德停下手里的活儿，蹙起眉头盯着店外的天空看时，她才察觉出来。

随后他说了一句："我看是有人又在进行你的惊险表演了。"她意识到这是头顶上空飞机传来的声音，这声音已经响了好一阵。按道理，这个月不应该在山谷里听到飞机的声音。

他们跑到了街上。小小的银色十字形飞机像一只闪亮的蜻蜓，机翼从山头掠过，正在环绕着山谷上方的群山上空盘旋。

"他在干什么？"劳伦斯·哈蒙德问道。

街上的店铺门口站了些人，大家都仰头望着天上。

"是……是在等什么人来吗？"她问道，同时对自己声音中的焦虑感到吃惊。

"不是，"哈蒙德说，"该到这里的人都已经来了。"听上去他并不担心，只是隐约地感到好奇。

此时，飞机已经变成了小长条，看上去像一根银白色的香烟，在半山腰处划出长长的轨迹：它已经降低了高度。

"看起来像是一架私人的单翼飞机，"哈蒙德在阳光下眯起眼睛说道，"不是军用飞机。"

"射线屏幕行吗？"她语气里充满了对来犯之敌的讨厌和戒备，紧张地问。

他一笑："行吗？"

"他会不会看见我们？"

"这个屏幕比地洞还保险，塔格特小姐，你应该清楚呀。"

飞机升高了，像是随风飘起的纸屑，一度变成了一个小亮点——它犹豫似的徘徊了一阵，然后再一次盘旋，俯冲了下来。

"他究竟是在找什么？"哈蒙德说。

她眼神悚然，盯住了他的脸。

"他是在找东西，"哈蒙德说，"找什么呢？"

"这里有没有望远镜？"

"当然有——在机场，不过——"他正要问她的嗓音怎么一下子变了——她却已穿过马路，向机场飞奔而去。她甚至不知道自己是在跑，并且顾不上，也不敢去问自己为何会如此。

她在控制塔的一架小望远镜前找到了怀特·桑德斯，他正一脸不解地皱着眉，全神贯注地监视着那架飞机。

"让我看看！"她大声叫道。

她抓过金属的筒身，把眼睛贴近镜片，用手慢慢地扶着镜筒追踪着飞机——接着，他发现她的手停住了，但她的手指并未放松，身体还是俯在望远镜前，脸依旧紧紧地压住目镜，直到走近些他才发现,她的额头抵在了目镜上面。

"怎么了,塔格特小姐?"

她缓缓地抬起头来。

"是不是你认识的什么人,塔格特小姐?"

她没有回答。她匆忙转身离开,脚步零乱,完全失去了方向——她不敢跑,但她必须逃走,必须躲起来,她不清楚自己是怕被身旁的人还是被上面的飞机看见——飞机的银翼上显示的是专属汉克·里尔登的号码。

直到被一块石头绊倒,她才意识到自己是在奔跑,于是停了下来。她正站在俯瞰机场的峭壁间的一座山崖之上,这里避开了镇子上的视线,只有面前的一方天空。她站了起来,用双手在石壁上摸索着寻找支撑,手掌感觉出了石头在阳光下的灼热——她背靠着石壁站定,身体再也不能挪动,视线再也不能从飞机上移开。

飞机在缓慢地、忽上忽下地兜着圈子。他是在挣扎——她心里想——就跟她当初挣扎着在一片山峰和乱石中去辨认坠机的地点一样,这片地方实在模糊得让人难以捉摸,根本不可能一下子看清楚后就离开或者仔细勘察。他一直在寻找她飞机失事后的残骸,始终没有放弃。无论这三个星期他付出了多少代价,无论他有什么样的感觉,发动机沉稳、坚定和呆板的嗡鸣声始终伴随着他这架单薄的飞机,跨越着这条山脉里每一个危险的角落。

这便是他向世人和自己做出的唯一回答。

透过夏日清亮的空气，飞机显得格外接近，她能够看见它在危险的气流中颠簸摇晃着，不时被强风吹得歪向一边。她看得出，他对眼前如此清晰的景象竟然不可思议地视而不见。在他的下面，整条山谷都沐浴在阳光之下，玻璃窗和绿草坪仿佛在炽烈地燃烧着，高声地喊叫着想要被看见——能够结束他的痛苦寻找、让他喜出望外的，不是她的飞机残骸和她的尸体，而是她活生生的出现以及他的自由——他正在寻找、一直在寻找的一切，此刻就展现在他的面前，正敞开胸怀等待着他，只要从清澈的空气中一头扎下来，便是他的了——不需他做任何事，只要他能看见。"汉克！"她不顾一切地挥着手，尖叫起来，"汉克！"

她靠回石头上，明白她的努力无济于事。她无力使他看见，除非他自己能够想到和看见，世上没有任何力量可以穿透这层射线屏幕。突然之间，她第一次感觉到这层射线屏幕并非无形无影，而是这个世界上最冷酷决绝的屏障。

她疲惫地靠在石头上，一声不响，听天由命地看着飞机无望地兜着圈子，听着它的发动机倔强地发出令她无法回应的求救声。飞机猛地向下一冲，但那只不过是它振翅高飞的前奏而已。它迅疾地在群山之间飞了个对角，向远空飞去。随即，它像是扎进无边无际的湖水一般，渐渐地沉没，从视野中隐去了。

她怀着酸涩的同情，想到有这么多的东西他没有看见。那我呢？她想。假如她离开山谷，这屏幕一样会对她紧紧地关闭，亚特兰蒂斯就会沉陷在一座比海底更难到达的射线织成的穹盖之下。而她梦想的这一切真实就会遥不可及，永远不再回来，留下她苦苦地追逐着她原本并不知道如何去认识的东西，为蛮荒原始的海市蜃楼去争斗。

但外部世界那股曾吸引她去跟踪飞机的力量并不是汉克·里尔登——她明白，即使她回到那个世界，也不可能再回到他的身边——吸引她的是汉克·里尔登的勇气，以及那些仍然在为生存而奋斗的人们的勇气。正像他不会放弃他的工厂，只要有一线机会就不会放弃他选定的目标那样，在其他人都绝望的时候，他也不会放弃寻找她的飞机。她能否肯定塔格特泛陆运输在这个世界上已毫无生机了呢？她能否肯定这场战斗已经让她对胜负都无所谓了呢？亚特兰蒂斯的人们是对的，如果他们知道自己的身后已毫无价值，他们的隐退就是对的——但除非她亲眼看到她已用尽了所有的机会，拼尽了所有的气力，否则，她便没有权利去和他们为伍。这个问题已经折磨了她好几个星期，却始终毫无头绪。

那天晚上，她静静地躺着，彻夜不眠——像一个工程师那样，像汉克·里尔登那样——不计得失，不带感情因素，脑子里如同数学计算般进行着冷静而精确的思考。她在一个漆黑无声的房间内体会着他在飞机里的巨大痛苦，却找不出答案。借着星光，她看着墙上一片片模糊的字迹，却发现他们在黑暗中寻求到的帮助对她全然不起作用。

"走还是留，塔格特小姐？"

在微暗的暮色中，她望着穆利根客厅里的这四个人：高尔特的脸上是一派科学家式的严肃、客观的认真——弗兰西斯科的脸上只挂着一丝淡淡的笑意，却看不出这笑容会与任何一个回答有关——休·阿克斯顿的神态真诚而慈祥——而发问的麦达斯·穆利根，声音里没有丝毫的敌意。在这个日落时分，距此两千多英里的纽约，高悬在屋顶上空的日历正在灯光下显示着：六月二十八日——她似乎突然看见了那个日历，它似乎就悬挂在这几个人的头顶之上。

"我还有一天时间，"她稳稳地说道，"能不能再让我考虑一天？我想我的决定已经出来了，但还无法彻底肯定，我想最大限度地把它想清楚。"

"当然，"穆利根说，"其实你可以到后天早晨再决定，我们可以等。"

"就算过了那个时候，我们还会等，"休·阿克斯顿说，"哪怕你可能不在这里。"

她站在窗前，面对着他们，此刻她对自己的表现还算满意。她昂首挺立，手没有发抖，声音沉稳，听上去不像他们那样带着怨气和惋惜——这令她感到自己像是他们中的一员。

"如果你拿不定主意的原因,"高尔特说,"是感情和理智产生了矛盾——那么就听从你的理智吧。"

"你要考虑的不是我们如何相信自己,"休·阿克斯顿说,"而是我们为什么会相信自己。如果你还是说服不了自己,就不要去想我们是多么自信。别让我们的判断影响你。"

"别指望我们会知道你今后最好的出路在哪里,"穆利根说,"我们不知道,如果你还看不清,那就不是最佳选择。"

"不要顾及我们的利益和希望,"弗兰西斯科说,"你只对你自己负责。"

她露出了笑容,这笑容既不伤感也不快活,她在想,这样的忠告是她在外面的那个世界里所听不到的。同时,她知道他们是多想帮她,却又爱莫能助,她觉得她应该让他们把心放下。

"我是自己闯进来的,"她平静地说,"就应该承担这个后果,我正在承担它。"

作为对她的嘉许,高尔特的脸上露出了笑容:这笑容如同一枚授予她的勋章。

她把目光移开,突然想起了彗星号上的那个流浪汉,杰夫·艾伦,她曾经钦佩他为了不让她过于担心而努力地向她表白自己知道应该去哪里。她淡淡地一笑,感到自己对两种处境都有了体会,并且知道没有比把自己选择的重任抛给别人更加下作和没用的举动了。她感觉到了一种特别的宁静，简直像是气定神闲地休眠一般；她清楚那是一种紧张，却是清澈明朗之下的紧张。她发觉自己正在想：她能处变不惊，是可以信赖的——然后意识到她想的就是她自己。

"那就等到后天再去想这件事吧，塔格特小姐，"麦达斯·穆利根说道，"今晚你可还在这里呢。"

"谢谢你。"她说。

在他们接着谈论起山谷里的事情时，她待在窗旁没动；这是他们月末的总结会。他们刚刚吃完晚餐——她想起了一个月前她在这座房子里吃的第一顿晚餐；她身上现在是一套那时曾穿着的办公室的灰套装，而不是那件适合在好天气里穿出来的农家布裙。今晚我还在这里，她想，两只手不觉用力地按在了窗台上。

太阳还未从山边隐没，然而天空已经混在了看不见的蓝色云雾之中，现出均匀的一层深邃而迷惑人的透亮的蓝色，遮挡着阳光；只有云层的边缘被烈焰勾勒出了一道细细的金边，看上去犹如霓虹灯管织成的一张旋转闪亮的网，她想……这多像一张蜿蜒的江河图……就像……就像是画在天上那白炽的火光里的铁路图。

她听到穆利根在向高尔特说着不会返回外面世界的人的名字。"他们每个人都有工作要做，"穆利根说，"其实，今年只有十到十二个人要回去——主要是把事情料理干净，变卖家产，然后彻底回到这里。我看这是咱们最后的一个月休假，因为不出一年，我们就会都住在这座山谷里了。"

"很好。"高尔特说。

"从外面的形势来看，咱们必须如此。"

"是的。"

"弗兰西斯科，"穆利根说，"你再过几个月就回来吗？"

"最晚十一月，"弗兰西斯科说，"我准备好回来的时候会给你发短波消息——到时你能不能把我家里的取暖炉打开？"

"我会的，"休·阿克斯顿说，"而且会在你到达的时候预备好晚饭。"

"约翰，"穆利根说，"我相信你这次是不会再回纽约了。"

高尔特看了他好一会儿，然后淡淡地回答说："这我还没决定。"

她发现弗兰西斯科和穆利根顿时大吃一惊，一齐瞪着他——而休·阿克斯顿则缓缓地将目光移到了他的脸上；阿克斯顿似乎并不觉得惊讶。

"你不是想再回到那个地狱里待上一年吧？"穆利根说。

"我正是这么想的。"

"可——上帝呀，约翰！为什么呢？"

"我一旦决定之后再告诉你。"

"可那里已经没有需要你去做的事情了。我们知道的和能知道的人都已经来了。除了汉克·里尔登，名单上的人都齐了——而且我们今年年底之前就会解决他——还有塔格特小姐，如果她非要这样的话。就是这些，你的工作已经完成了。外面已经没什么可再去找的了——有的只是世界最终崩溃时给他们带来的灭顶之灾。"

"这我知道。"

"约翰，我可不希望你的脑袋到时候在那里。"

"你从来都用不着替我担心。"

"可你意识到他们已经到什么地步了吗？他们现在离地狱的灾难只差一步，他们已经迈出了这一步，现在早已既成事实了！他们过不了多久就会看到他们酿造的现实在自己的脸上炸得粉碎——这是一场纯粹的、公开的、不分青红皂白的、肆意而血腥的灾难，它充满了杀气，会随意波及任何一个人，任何一件事。我可不愿意看到你卷进里面。"

"我能照顾好我自己。"

"约翰，你没有必要去冒风险。"弗兰西斯科说。

"什么风险？"

"掠夺者们对那些失踪的人感到坐立不安，他们正在起疑心。在所有人当中，再也不应该待在那里的就是你。他们总会有发现你的机会。"

"是有这种机会，不过不多。"

"可不管怎么说，都没有冒险的道理。剩下的事情里，没有什么是我和拉格纳收拾不了的。"

休·阿克斯顿往椅子里一靠，静静地瞧着他们。他那专注的神情既不像痛楚，也不太像在笑，就如同一个人观望着令他感兴趣的事态一样——不断发展着，却总是比他的眼光所及迟了几步。

"如果我回来的话，"高尔特说，"将不是因为我们的工作，而是因为我赢得了自己毕生想得到的唯一一样东西。我对这个世界一无所求，但它还攥着一样属于我的东西，我不会让它继续拥有下去。不，我不是打算违背我的誓言，我不会跟掠夺者打任何交道，对于外面的人来说，无论是掠夺者还是中立者，甚至病瘤，我都没有任何价值和用处。我一旦要去，就纯粹是为了我自己——而且我不认为我是在冒生命危险。可即便是那样——那好，我现在也可以去冒这个险了。"

他并没有看她，她却不得不转过头去，将身子紧紧地靠在窗框上，因为她的手在颤抖。

"可是，约翰！"穆利根朝着山谷一挥胳膊，喊了起来，"假如你有什么意外的话，我们该——"他猛然愧疚地止住了话头。

高尔特扑哧一乐："你想说什么？"穆利根不好意思地一摆手，表示作罢。"你是不是想说如果我有什么不测，就会死得很失败？"

"好啦，"穆利根内疚地说道，"我不会那么说。我是不会说缺了你我们就不能坚持下去这种话的——因为我们能。我不会求你看在我们的分上留在这里——这样恶心的哀求我连想都没想过，但是，我说！这诱惑力实在太大，我几乎能够明白人为什么会这样做了。我知道，不管你想要的是什么，如果你情愿拿生命去冒险，那就没什么好说的了——可我就是在想……哦，上帝呀，约翰，这样的一个生命是多么宝贵啊！"

高尔特笑了："这我明白，所以我不认为我是在冒险——我觉得我会成功的。"

弗兰西斯科此时沉默了下来。他凝神盯着高尔特，不解地皱起了眉头，那样子不像是找到了答案，倒像是突然发现了一个问题。

"这样吧，约翰，"穆利根说，"既然你还没决定要走——你是还没决定，对吧？"

"还没有。"

"既然还没有，能不能让我提醒你几件事，仅仅是供你考虑？"

"说吧。"

"我担心的是偶然的危险——是正在崩溃的世界里会出现的意识不到的、难以预料的危险。想一想，精密复杂的机器落在盲目无知的傻瓜和吓得发疯的胆小鬼手上会发生什么样的危险?你就想想他们的铁路吧——每当踏上列车,你就会冒着像温斯顿隧道那样恐怖的危险——类似那样的事故会越来越频繁地发生,最后变成每天都离不开一起重大事故。"

"我明白。"

"同样的情况在所有用到机器设备的行业里都会出现——就是那些他们认为可以替代我们头脑的机器。飞机失事、油罐爆炸、高炉泄漏、高压线路放电、地铁陷落、高架桥倒塌——他们会目睹这一切。正是那些保障着他们生命的机器,现在会造成持续不断的危险。"

"我明白。"

"我知道你明白,可你仔细想过没有?你有没有允许自己把这一切形象化?在你决定是否有什么值得你进入之前,我希望你真切地看到你打算进入的那个画面。你知道城市受到的打击将是最惨重的。城市是靠铁路建起来的,也将随着铁路一起灭亡。"

"对。"

"铁路一旦瘫痪,纽约城两天之后就会面临饥荒,它储备的食物只有那么多,靠的是三千英里长的大陆供给线。他们怎么把食品运到纽约?靠命令和牛车吗?但在这发生之前,他们首先会尝够痛苦的滋味——要经受萎缩、短缺、饥饿、暴乱,以及慢慢死寂过程中的拼命乱窜。"

"他们会这样。"

"他们首先会失去他们的飞机，随后是汽车和卡车，接着便是他们的马车了。"

"他们会的。"

"他们的工厂会停下来，随后是他们的取暖炉和收音机，接着报废的就是他们的照明系统。"

"没错。"

"维系这块土地的只是一根快要被磨断的细绳。火车将会一天一趟，然后是一星期一趟——接着塔格特大桥就会倒塌，而——"

"不，它不会倒！"

这是她的声音，他们全都转向了她。她的脸色煞白，却比上一次回答他们时更加镇静。

高尔特慢慢地站了起来，如同接受判决一般低下了头。"你已经作出了自己的决定。"他说。

"是的。"

"达格妮，"休·阿克斯顿说，"我很抱歉，"他尽力把声音控制得平和，似乎每句话说出来都很艰难，甚至无法打破屋子里的寂静。"我但愿不会看到它发生，就算再怎么样，我也不想看见你是由于胆怯才待在这里。"

她将手心张开，双臂坦率地在身体两旁一摊，神态安详地对他们说道:"我希望你们能明白一点:我一直盼着自己能再过一个月就死,这样我就可以在山谷里度过这段时间,我想留下来都想到了这种程度。但是,只要选择活下去,我就不能放弃我认为自己责无旁贷的斗争。"

"那自然,"穆利根敬重地说,"只要你还这样认为。"

"如果你们想知道是什么让我回去的话,我就告诉你们:我没法让自己把这世界上伟大的一切扔到一边,任其毁灭,它们属于我,属于你们,是我们的成果,依然归我们所有——因为我不相信当真理站在我们这边,人们必须承认这一点才能得以生存的时候,他们还会拒绝认清现实,还会永远对我们装聋作哑。他们还爱着他们的生命——这是残存在他们头脑里的最后一点还没有腐烂的东西。只要人们还想活着,我就不能放弃我的斗争。"

"是吗?"休·阿克斯顿轻声问道,"他们还想吗?不,不要现在回答我,我知道,答案对于我们每一个人来说都是很难理解和接受的。你就带着这个问题回去,把它当成你要验证的最后一个前提吧。"

"你是作为我们的朋友离开我们的,"麦达斯·穆利根说道,"你要做的每件事情,我们都会针锋相对,因为我们知道你是错的,但我们针对的不是你。"

"你会回来的,"休·阿克斯顿说,"因为你的错误是认识上的,而不是品质败坏,它不是向邪恶低头,而是最后一次被你自己的良心所累。我们会等着你——达格妮，等你回来的时候，就会发现在你所有的愿望中，从来就没有任何矛盾，也没有像你一直如此坚强地承受着的那种可悲的价值观的冲突。"

"谢谢你。"她说着闭上了眼睛。

"我们必须说一说你离开这里的条件，"高尔特开口道。他讲话时，俨然一副冷酷无情的首领模样。"首先，你必须向我们保证，无论出于什么目的，你都不能在任何时间、向外界的任何人透露有关这里的任何机密——也不能泄露我们的目的和现状，以及这座山谷和你过去一个月的行踪。"

"我向你们保证。"

"其次，你绝不能企图再来寻找这座山谷。在没有被邀请的情况下，你不能再来这里。如果你违反了第一个条件，我们还不会有太大的麻烦。如果你违反了第二条——我们就会有危险。我们从来就不相信其他人善意的愿望，或者一个无法确定实现的承诺，也不能指望你会为了我们而牺牲你的利益。既然你相信你的道路是正确的，也许有那么一天你会觉得应该把我们的敌人领到山谷来。因此，我们不会让你有这样的可能。你会被蒙上眼睛，乘飞机离开山谷，然后飞行很远的距离，使你无法原路找回。"

她低下头："你这样做是对的。"

"你的飞机已经修好了。你想不想用你在穆利根银行的户头开一张支票把它取回？"

"不。"

"既然这样，在你决定付款领取前，我们就先保留着这架飞机。后天，我用我的飞机带你出山谷，然后把你放在一个可以找到车站的地方。"

她低着头："很好。"

离开麦达斯家的时候，天已经暗了下来。通往高尔特家的山路要穿过山谷，路过弗兰西斯科的木屋，于是他们三人一起步行回家。在黑暗之中，她可以望见几扇亮灯的窗户，初降的夜雾在窗前徐徐萦绕，仿佛是远处的大海的阴影。他们在沉默中走着，但他们的脚步声汇成了整齐而稳健的节奏，像是一席只能如此领会、用其他任何形式都无法表达的讲话。

过了一阵儿，弗兰西斯科开口说道："这什么都改变不了，只是延长了些时间而已，最后一段路总是最艰难的——但毕竟是最后了。"

"但愿如此，"她说。过了一会儿，她轻声重复道："最后的是最艰难的。"她扭头看着高尔特，"我能提个要求吗？"

"可以。"

"能不能让我明天就走？"

"随你。"

当弗兰西斯科过了一阵儿再开口的时候，他的声音似乎针对着她心中那个莫名的迷惑，在回答一个问题："达格妮，我们三个都爱着"——她的头一下子朝他转了过去——"同一样东西，尽管它的表现形式不同。不要奇怪为什么在我们中间你感觉不到裂痕，只要你继续爱着你的铁轨和火车，你就会是我们中的一员——不论你迷失过多少回，它们都会带你回到我们中间。只有没了激情的人才永远无法挽回。"

"谢谢你。"她轻声说。

"谢什么？"

"谢谢……你说话的声音。"

"我的声音是什么样的？你倒是说说，达格妮。"

"你听上去……像是很幸福。"

"的确如此——和你一模一样。不用告诉我你有什么感觉，我懂。可是你看，正是衡量你幸福的尺子同时在衡量着你能够承受的苦难。我受不了的就是看见你无动于衷的样子。"

她默默地点了点头，虽然说不出她的感受里有什么能算得上喜悦，但还是觉得他的话有道理。

一团团雾气浓烟般飘过月亮的表面，在弥漫的亮光之下，走在他们之间的她还是看不清他们脸上的神情：能够感觉出来的只是他们身体笔直的侧影，他们持续不断的脚步声，以及她想要一直这样走下去的愿望。她难以确定这是一种什么样的感受，只知道它既不是疑虑，也不是苦楚。

他们走到木屋的时候，弗兰西斯科停了下来。他举起手，像是拥抱他们俩一般指了指房门:"既然这是我们下一次见面前的最后一个晚上了,要不要进来?为我们三个都感到真实的未来喝一杯吧。"

"是吗?"她问。

"对,"高尔特说,"没错。"

她借助弗兰西斯科拧亮的灯光向他们的脸上看去,却说不准他们的表情。他们完全不是幸福或者兴高采烈的样子,绷紧的脸上神色庄重,但她觉得那严肃下面蕴含着激情。心中这样一想,再加上感觉到自己内心中异常的火热,她便知道此时自己也是同样的神色。

弗兰西斯科正要从柜子里取出三只酒杯,但似乎突然想到了什么,便停住手。他往桌子上放了一只玻璃杯,然后在它旁边摆上了那两只塞巴斯蒂安·德安孔尼亚用过的银质酒杯。

"你打算直接回纽约吗,达格妮?"他拿出了一瓶陈年葡萄酒,用主人那种平静而松弛的口气问道。

"对。"她的回答也同样平静。

"我后天要飞布宜诺斯艾利斯,"他一边打开酒瓶塞,一边说着,"我还不确定是否随后要去纽约,不过一旦去了,又见到你的话,恐怕就会有危险。"

"这我不会担心,"她说,"除非你觉得我再也没有资格见你。"

"的确如此,达格妮,在纽约不能和你见面。"

他倒着酒，抬眼看了看高尔特："约翰，你什么时候能决定究竟是回去还是留下？"

高尔特定睛看着他，用完全清楚后果的语气，一字一句地说道："弗兰西斯科，我已经决定回去了。"

弗兰西斯科的手定在了那里，他的眼前似乎只剩下了高尔特的这张面孔。接着，他的目光移到了她的身上。他放下酒瓶，脚下虽然没动，目光却像是后退了几步，把他们俩一起装进了他的视野。

"原来如此。"他说。

他看上去似乎已经走得更远，此刻正在回望他们往昔的岁月；他说话的声音听起来一如他的目光般平淡而坦荡。

"我十二年前就知道这会发生，"他说道，"当时你还不知道，但你总会意识到，这一点我早该看出来。在你把我们叫到纽约去的那天晚上，我把它当作"——他对高尔特说这番话的同时，眼睛却转向了达格妮——"你追求的一切……是你要我们与之同生共死的一切。我应该看出你也会这么想，事情也只能如此，正如它一直以来是并且应该是的那样。十二年以前就已经决定了今天的这一切。"他看着高尔特，哑然一笑，"你还说是我承受了最惨重的打击？"

他倏地转过身去——接着，又似乎故意强调一样，缓缓将桌子上的三个容器倒上了酒。他端起两只银杯，低下头端详了它们片刻，然后把一只递给了达格妮，另一只递给了高尔特。

"拿着，"他说，"这是你们该得的——而且这可不是凭运气。"

高尔特从他的手里接过了酒杯，但这种接受看上去好像是他们四目相对的眼神所为。

"要是能不让事情发展到这一步，我愿意付出任何代价，"高尔特说，"但这已经超出了付出的范畴。"

她手握酒杯，看着弗兰西斯科，并且让他看出她的眼睛正瞄着高尔特。"好吧，"她的口气像是在回答，"但我还没有资格——我现在正在偿还你付出的代价，而且不知道我还能不能赎回我的清白，不过，如果地狱般的苦难便是它的代价和衡量的尺码，那我就是咱们三人中最贪得无厌的。"

他们喝酒时，她站在那里，闭上眼睛感觉着液体在喉咙里的流动。她知道，对他们三个来说，眼前便是他们有生以来最受折磨——也最欢欣的时刻。

在最后这段通往高尔特家的山路上，她没有和他讲话。她甚至不敢扭头看他，觉得哪怕看一眼都太危险了。在沉默中，她既能感觉到完全理解后的安定，也能感觉到不能将他们心照不宣的东西说出来的沉重。

但当他们走进他的客厅后，她充满信心地面对着他，仿佛一下子变得很确定——确定自己不会崩溃，并且现在可以放心地讲了。她不卑不亢，像是在叙述着一个事实那样说道："你是因为我才想回到外面去。"

"对。"

"我不想让你去。"

"这由不得你。"

"你是为了我才去的。"

"不,是为我自己。"

"你允许我在那里见你吗?"

"不行。"

"我不会见到你吗?"

"不会。"

"我不能知道你在哪里,在干什么吗?"

"不能。"

"你还会像从前那样监视我?"

"只会比从前更密切。"

"你是为了保护我吗?"

"不是。"

"那么,是为了什么?"

"是为了当天就能知道你作出了加入我们的决定。"

她盯着他,神情专注得看不出半点其他反应,似乎还没完全摸着头脑。

"到时,我们所有人都会销声匿迹,"他解释道,"因为留在外面实在很危险。在山谷彻底对外界封闭之前,我可以做你的最后一把开门钥匙。"

"啊!"她不禁失声惊叫,接着又马上若无其事地问,"假如我告诉你我最终决定不加入你们呢?"

"那就是撒谎。"

"假如无论今后怎样,我现在就作了最后的决定,并且永不更改呢?"

"你是说不管今后见到什么,不管你会产生什么想法?"

"对。"

"那就比撒谎还要糟糕。"

"你肯定我的决定是错误的吗?"

"是的。"

"你相不相信人必须为自己的错误负责?"

"相信。"

"那你为什么不允许我为自己承担后果?"

"我允许,而且你也会承担的。"

"假如当我发现自己想返回山谷的时候,早就为时已晚了,你为什么还要冒风险为我留着入口?"

"我不必非得如此,这么做只是因为我有私心。"

"是什么私心?"

"我希望你在这里。"

她闭上双眼，低下头，只好坦率地认输了——无论是这番对话，还是对即将离开的这一切保持平静的努力，她都输了。

接着，她抬起头看着他，似乎汲取了他的坦诚。她知道，她内心的挣扎、渴望和镇静已经在她的目光里一览无遗。

他的面孔正如她第一次在阳光下看到的那样，带着冷酷的沉静和毫不躲闪的犀利，没有一丝的痛苦、恐惧和内疚。她感觉到，假如一直这样站着凝视他墨绿色眼睛上方笔直的眉毛，看着他嘴角旁弯弯的深影，看着他敞开的衬衫领口下钢铸铁打般的肌肤和屹立不动的双腿，她会愿意将此时此地当成自己的一生。她随即想到，如果她的这个愿望得以实现，思考就不再有任何意义，因为她已经彻底不会思考了。

接着，她感到自己像是真切地回到了她纽约城里的房间内，而不仅仅是回想。她仿佛正站在窗前，望着迷雾笼罩的城市，望着可望而不可即的亚特兰蒂斯渐渐沉没和消失——她知道，此时自己看到的便是对那一时刻的回答。她感觉到的并不是自己曾经对着那座城市说过的话，而是那言语所未曾表达出的情感：你就是我一直深爱着，却从未找到的，你就是我盼望在天边的铁轨尽头所看到的——

她放声说道："我希望知道，我生活中唯一坚信的就是，世界是按照我的最佳设想，由我去塑造的，无论奋斗是怎样的漫长和艰难，都永远不能降低标准"——你的存在我总能在城里的大街小巷中感觉到，一个声音在她沉默的内心之中在同时说着，你的那个世界正是我想建成的——"现在，我知道了自己是在为这个山谷而战"——对你的爱便是我的动力——"我知道这个山谷会是我今后的目标，它不能被任何东西所取代，也不能在愚蠢的邪恶面前被舍弃"——我希望带着对你的爱和得到你的渴望，在面对你的那一天配得上你——"我要回去为这个山谷而奋斗——把它从地下解放出来，让它重新获得它应有的整个世界，让你能够像你在精神上做到的那样，真正拥有这个世界——然后，在我把整个世界交给你的那一天，再和你见面——而我一旦失败，就会终生被流放在山谷之外"——但我的余生仍将属于你，尽管我永远都不能说出你的名字，但我仍将以你的名义前行，仍将忠实于你，就算我永远都不会成功，我还是会继续下去，让自己在和你见面的那一天配得上你，哪怕我再也见不到你——"我要为之奋斗，即使不得不和你作对，即使你骂我是叛徒……即使我永远都再也见不到你。"

他一动不动地站着，聆听的过程中神情没有丝毫变化，只是看着她的眼睛，似乎听见了她没有说出的每一句话。他带着同样的神情回答，似乎它带着某种未被毁坏的电路一般，他的声音中有了一些她的语调，仿佛表示他们有着共同的想法，除去字句间的空隙，他的声音里听不出丝毫情绪：

"如果你像人们那样，追求不到看来能够实现，却遥不可及的愿望——如果你像他们那样，认为人的最高追求是永远无法得到的，人最宏伟的理想是永远无法实现的——那么不要像他们那样去诅咒这个世界，不要咒骂现实。你已经目睹了他们寻找过的亚特兰蒂斯，它就在这里存在着——但人必须抛开自古以来谎言的遮羞布，独自赤裸着，带着最纯净的思想走进来——更难得的不是一颗清白的心，而是永不妥协的思想，那才是一个人唯一的财富和关键所在。在你懂得并不一定非要说服和统治世界这个道理之前，你是进不来的。等明白了这个道理，你就会看出在你这么多年的奋斗中，其实没有任何东西把你拦在亚特兰蒂斯的外面，除了你自己愿意之外，没有任何锁链能禁锢你。这么多年来，你最希望赢得的东西一直在等待着你"——他仿佛是在回答着她心中没有说出的那些话——"这是与你的奋斗一样充满激情和迫切的等待——却比你的奋斗有着更大的把握。你出去继续挣扎吧，去忍受不公的惩罚，去相信要让你的灵魂饱受最不公正的折磨才能实现的正义，去背那些不该你背的负担吧。但是，在你最悲惨黑暗的时候，记住你已经见过了另外一种世界，记住你随时都可以到达那里，记住它会等待，而且它是实实在在的——它是你的。"

说完，他脑袋稍稍一转，声音还是一样清亮，但眼睛里已有了变化，问道："你明天想什么时候走？"

"哦！看你的方便，越早越好。"

"那就七点做好早饭，咱们八点起飞。"

"好的。"

他把手伸进衣兜，向她递过来一枚闪亮的小圆片，她一开始竟然看不出那是什么。他把它放在了她的手心里：那是一枚五美元的金币。

"这是你这个月的最后一笔工钱。"他说。

她虽然一下子便用手指将那枚硬币紧紧地攥住，回答得却不动声色："谢谢你。"

"晚安，塔格特小姐。"

"晚安。"

在随后的这几个小时里，她并没有睡，而是坐在房里的地上，脸抵着床，满脑子想的都是一墙之隔的他。有时，她感觉他就在面前，似乎自己就坐在他的脚下。她便是如此度过了和他在一起的最后一晚。

和来时一样，她两手空空地离开了山谷，没有带这里的任何东西。她把到这里之后添的几样东西都留了下来——她的那条粗布裙、一件上衣、一条围裙、几件内衣——把它们整整齐齐地叠好，放在了她房间的衣橱抽屉里。她端详了一阵儿才合上抽屉，心想，如果她回来的话，它们兴许还会在这里。她带走的只有那枚五元钱的金币，以及仍然缠在肋骨上的绷带。

她登上飞机时，黎明的阳光正映照着环绕山谷的群峰。她坐在他的旁边，把身体向后一靠，看着高尔特俯身过来，恍若她第一天早晨醒来后看到的情景。她闭上眼睛，感觉到他为她蒙上了眼罩。

发动机的轰鸣声似乎更像是来自她体内的震撼；只是这震撼似乎很遥远，似乎如果不远远地闪开，就会受伤。

她不清楚飞机何时腾空而起，也不知道飞机是否已经越过了环绕山谷的那一圈山峰。她静静地靠在椅子里，只能凭借发动机的轰鸣去感受在空中的感觉，仿佛她是置身于一股偶尔起伏的声浪之中。这声音来自于他的发动机，来自于他双手对驾驶舵的掌控；她只要坚持住就是了，其余的已经无法反抗，只能去忍受。

她两腿向前伸开，双手放在座椅的扶手上，静静地仰坐着，完全失去了运动能带给她的时间的感觉，在勒紧的布带下，她闭着眼睛，没有空间和视觉的感受，眼前的漆黑漫无边际——她知道，她身边的他是唯一不会更改的现实。

他们一直没说话。有一次她突然张口道："高尔特先生。"

"嗯？"

"不，没什么，我只是想知道你还在不在。"

"我一直都会在的。"

她不知道又飞了多远，记忆中刚才对话的声音如同一个小小的路标，正渐渐地远去，然后消失。随后的一切，又陷入了无边无际的沉寂之中。

她不知道已经过了一天还是一个钟头，她感觉到飞机正在向下俯冲，不是降落就是坠毁，在她的脑海里，这两种可能似乎并无分别。

她感觉轮胎触地的震动像是一种久违的奇特情感：仿佛一段时间被抽走，才令她相信了它的存在。

她感觉到了急促的滑行，随后戛然而止，安静了下来，接着便是他的手在她的头发上，解开了眼罩。

她看见了一片刺眼的阳光，一片焦黄的野草伸向远方没有山脉阻隔的天际，一条荒芜的高速公路，以及大约一英里之外的一座隐隐可见的城镇。她看了一眼手表：就在四十七分钟前，她还置身于山谷之中。

"那儿有塔格特的车站，"他指着镇子说，"你能坐上火车。"

她点点头，像是明白的样子。

他没有随她一起下飞机，而是从驾驶舱上俯过来，探身到了敞开的机舱门口。他们望着对方。她站住，仰面看着他，微风吹拂着她的头发，她身着一身笔挺的高级套装，站在一片平坦而广袤的旷野之上。

他指向东面某处看不见的城市。"别在那里找我，"他说，"在你接受我之前——你是找不到的。当你确实想见我的时候，我就会出现在你的眼前。"

她听到他随手关上舱门的声音，那似乎比接着传出的螺旋桨转动的声音还要响。她看着飞机的轮胎在滑行，看着轮胎后面留下的倒伏的野草痕迹，然后便看见一片天空出现在了轮胎和草地之间。

她瞧了瞧四周，远处的城镇上空笼罩着一团红彤彤的热浪，城镇的轮廓似乎锈迹斑斑，没有生气；在一片房顶上，她望见了一根残缺的烟囱。她看见一片枯黄的东西在身边的草地上轻轻晃动着,那是一页报纸。她茫然地看着这一切,恍然如梦。

她抬眼望着飞机,看着它的机翼在空中越来越小,轰鸣声渐渐地远去。它翅膀朝上,不断地升高,像一个长长的银十字架;接着,它便平稳地飞着,离地更远了一些;然后它似乎再也不动了,只是渐渐在缩小。她觉得它仿佛是一颗正在消逝的星星,从十字变成一个小点,再缩小成一个她已经看不见的火花。当她发现天空中到处都是一样的亮点时,她便知道那飞机已经彻底看不见了。

反贪婪

Anti-Greed

3

"我来这里干什么？"罗伯特·斯塔德勒博士问道，"为什么叫我到这里来？我需要个解释。我可不习惯被人毫无道理、连招呼都不打地弄到这么大老远的地方来。"

弗洛伊德·费雷斯博士笑了。"所以你的到来就更让我感激不尽了，斯塔德勒博士。"他的声音让人听不出是在感激还是暗自得意。

阳光炙烤着他们，斯塔德勒博士感到自己的鬓角渗出了汗水。他没法在挤满了潮水一样的人群的看台上气呼呼地进行这样难堪的私下对话——过去三天来，他始终都找不到一个能好好说话的机会。他意识到这正是他与费雷斯博士的会面被推迟至今的原因。然而，他像从自己淌汗的额头上轰走飞虫一样，驱走了这个念头。

"我为什么没法和你联系上？"他问。尽管他那挖苦恐吓的手段现在听上去已经不太管用，但他只有这一招可用，"你为什么不像平时做学术研究那样，非要用正式的公函和军队"——他本来想说命令，却改成了——"联系的口气？"

"这件事和政府有关。"费雷斯博士和缓地说。

"你知不知道我有多忙？这会影响我的工作。"

"啊，是啊。"费雷斯博士不置可否地应付着。

"你知不知道我完全可以不来？"

"可你还是来了。"费雷斯博士轻轻地说。

"我为什么得不到解释？你为什么不亲自来见我，反而派了那么一帮只会胡言乱语的小混账？"

"我实在太忙了。"费雷斯博士轻描淡写地说。

"那你倒是跟我说说，你跑到衣阿华这种大平原上来干什么——又为什么把我牵扯进来？"他冲着烟尘蒸腾的旷野尽头和三个木质看台不屑地一摆手。看台才建好不久，木头似乎也在冒着汗，他能看见一滴滴树脂在太阳下闪闪发亮。

"我们即将亲身经历一起历史事件，斯塔德勒博士，它会成为科学、文明、社会福利和政治改良道路上的一座里程碑。"费雷斯博士的声音像是公关人士在背诵讲稿一样，"它是进入一个新时代的标志。"

"是什么事件？什么新时代？"

"你会看到，只有最尊贵的市民，以及我们知识界中的精英人物才会被选中，才有幸亲历这个场合。我们不能把你落下，对不对？而且，对于你的忠诚与合作，我们自然是非常信任的。"

他总是捕捉不到费雷斯博士的眼神。看台上很快便坐满了人，费雷斯博士不停地向一些新来的陌生人招着手，斯塔德勒博士从没见过他们，但从费雷斯特别兴奋的神情和尊敬的称呼上看，他们无疑都是些重要人物。他们似乎都认识费雷斯博士，并且都在寻找他，仿佛他是这次仪式的主持人——或者说，是这个场合里的明星。

"能不能请你详细一点，"斯塔德勒博士说，"告诉我——"

"嗨，斯布德！"费雷斯博士朝一个身材魁梧，满头白发，穿了一身将军制服的人喊着。

斯塔德勒博士提高了嗓门："我在说，你能不能专心地向我解释一下这究竟是怎么回事——"

"很简单，这是新闻界的最终……对不起，我得离开一会儿，斯塔德勒博士，"费雷斯博士匆忙地说完，便如同一个被训练过度的奴才，一听到呼唤的铃声便向前一冲，直奔一群上了岁数、吵吵嚷嚷的人而去；他扭回头，只来得及又蹦出两个字，这便是他认为很恭敬的回答了——"胜利！"

斯塔德勒博士坐在看台上，对周围的一切已经懒得再管了。三个看台一个挨一个，像私人的小马戏团场地那样环形分布，能够容纳三百人；它们似乎是专为观看表演而建的——面对的却是一望无边的平原，除了几英里之外一小片农舍的影子，视野里空无一物。

一个好像是为媒体准备的台子前摆放着广播的话筒。在官员们的看台前，有一部类似转换器的小巧装置；转换器上的几个金属摇柄在太阳下闪着光。看台后的临时停车场上，停满了崭新发亮的豪车，令人惊叹不已。但让斯塔德勒博士隐约感到不安的是一座在数千英尺外的小土丘上矗立着的房子。那房子十分矮小，砌着厚实的石墙，不知道有什么用途。房子上没安窗户，只有几个装了粗重铁栏杆的小窄口。巨大的圆形房顶沉重得与房子不成比例，几乎像是把房子压在了地底下。房顶下方歪歪扭扭地开着几个形状不一的出口，似乎是没有砌好的出烟孔。它既不像是工业时代的产物，也看不出有任何用途。整个房子就像一只蓬松的毒蘑菇，不怀好意地悄然趴在那里。尽管是现代建筑，但它那沉闷、缺乏棱角、笨拙无序的线条，令它看上去像是一座从丛林深处发掘出来的、用于某种蛮荒仪式的原始建筑。

斯塔德勒博士烦躁地叹了口气，他对于神秘兮兮的东西感到厌倦。限他两天之内赶到衣阿华来的请柬上印有"最高机密"的字样，却没有说明理由。两个自称为物理学家的年轻人来到科学院陪同他。他打给费雷斯华盛顿办公室的电话始终没有人接。他们先是乘坐政府的专机长途飞行，然后换乘专车。在这一路上的颠簸之中，那两个年轻人一直喋喋不休地谈论着科学、紧急状态、社会均衡以及保密的必要，最后他已经完全听糊涂了。他只注意到，他们叽里呱啦的谈话里不断重复地提到请柬中出现过的两个词,那便是希望他能够"忠诚"与"配合"。这两个词和一件不明就里的事情联系在一起,听上去像一种不祥之兆。

那两个人将他送到主席台前排座位上的费雷斯博士面前之后,便像折叠机关一样不见了踪影。此刻,望着周围的情景,望着在新闻记者簇拥下的费雷斯博士那含混、兴奋、随意的举动,他感到茫然而迷惑,感到无所适从和极度混乱——他知道,这是被一台机器适时而准确地制造出来的感觉。

如同在闪电中一样,他突然感到惊慌失措,他清楚自己迫不及待地想要从这里逃走,但他强迫自己不去想它,他知道,驱使他来到这里的正是这个场合中阴暗的诡秘,它比隐藏在那座蘑菇房子里的东西更加碰不得,更加厉害和致命。

他想到,他根本无须考虑自己的动机;他此时用于思考的不是语言,而是一股急促、恶毒、痉挛般发作的、如同酸一样刺激的情绪。在他同意来的时候,脑子里的话便和现在一样,仿佛一条恶毒的咒语,随时可以拿出来用,但绝对不能多想:既然是和人打交道,又能有什么办法呢?

他注意到,为那些被费雷斯称作知识界精英的人预备的看台要比政府官员的看台大一些。他的心里因自己被安置在前排而闪过一丝暗暗的得意。他转身望了望后面的座位,感到有些丧气般的吃惊:那些胡乱坐着、毫无神采的人远非他想象中的知识精英。他看到的男人们一个个露出自负而不可一世的样子,女人们的衣着则俗不可耐——他眼前这些充满卑劣、恶毒、怀疑的面孔上所带着的惶然与知识分子的特征格格不入。他找不出一张他认识的面孔，找不出一位著名的或者像是能取得杰出成果的人士。他搞不懂为什么会选择邀请了这样一些人。

接着，他注意到了第二排一个笨拙的身影，那是位上了年纪的老者，皮肤松弛的长脸让他觉得似曾相识，但除了像是在翻过无聊杂志的图片时留下的一点淡淡的印象外，他什么也想不起来。他朝一个女人凑了过去，用手指着那个老者，问道："你知道那位先生是谁吗？"那女人不禁肃然起敬地小声说道："他就是西蒙·普利切特博士！"

斯塔德勒博士将身子转了回来。他但愿没人看见自己，但愿没人知道他也在这样一群人当中。

他抬眼一看，费雷斯正带着那群记者们朝他走来。他看到费雷斯像导游一样把手朝他的方向一挥，然后在他们凑近了一些时，大声叫道："你们干吗要在我身上浪费时间，今天能有这样的成就，他才是至关重要的——这就是斯塔德勒博士！"

一时间，他从那些记者饱经世故、充满讥笑的脸上看到了似乎有些出乎他预料的神情，那并非充满了敬意、期待或希望的神情，只是隐隐有那么一点而已，似乎能隐约看出他们在年轻时一听到罗伯特·斯塔德勒博士的名字就会有的那种表情。他顿时产生了一种说不出口的冲动：他想告诉他们，他对今天这个活动一无所知，他和他们一样无能为力。他被带到这里来是为了充充门面，他几乎就像……就像是一名囚犯。

然而相反的是，他回答问题时倒像是一个通晓最高机密的人，完全是一副自信满满而又低调的口气："是的，国家科学院对于它为公众所做出的服务深感自豪……国家科学院不是满足私人利益和欲望的工具，它致力于人类的幸福，以及人类社会的整体利益——"他就像一部留声机那样，滔滔不绝地重复着从费雷斯博士那里听来的令人作呕的空话。

他尽量不去想他是多么讨厌自己；他明白了那是一种怎样的情绪，却不清楚它针对的是什么；他想，那是对他周围这些人的厌恶，是他们害得他如此下作；他想，既然是和人打交道，又能有什么办法呢？

记者们在记录他的回答。他们正像机器人那样，依照常规，装作正从另一个机器人空洞无物的呓语中听取着新闻。

"斯塔德勒博士，"他们中的一个人指着土坡上的房子问，"你是否认为X项目是国家科学院取得的最伟大的成就？"

周围立刻鸦雀无声了。

"X……项目？"斯塔德勒博士喃喃地说道。

他意识到自己的语气明显不对，因为他发现记者们的脑袋像是听到警报一样抬了起来，他看见他们在握笔等待。

一瞬之间，当他感觉到自己脸上的肌肉强挤出一丝笑容时，他也感到了一种无形的、简直超乎自然的恐惧，他似乎又感受到了那台精密的机器的转动，似乎他被绞在了里面，绞在了它的一部分里面，在随着它不可挽回地转动着。"X项目吗？"他用密谋者一样的诡秘口吻轻声说道，"嗯，先生们，作为一个非营利机构，国家科学院取得的任何一项成就的价值和动机都是毋庸置疑的——这还用得着我多说吗？"

他抬起头，发现费雷斯博士在提问的过程中自始至终站在人群边上。他怀疑自己是否看花了眼，因为费雷斯博士此时的脸色似乎变得轻松了些——而且更加肆无忌惮了。

两辆华丽气派的汽车疾速驶入停车场，在刺耳的刹车声中停了下来。新闻记者们抛下话才说了一半的他，朝着刚从车上下来的人蜂拥而去。

斯塔德勒博士转向费雷斯。"X项目是什么？"他严厉地问道。

费雷斯博士露出了既无辜又傲慢的笑。"是一个非营利项目。"他回答说——然后转身迎接新来的人去了。

从人群发出的尊敬的嘀咕声中，斯塔德勒博士看出那个个头矮小、穿了身软耷耷的亚麻西服、活像个恶师爷一样在新来的人群中大步走着的，正是国家元首汤普森先生。汤普森先生微笑着，时而皱着眉大声回答记者们的提问。费雷斯博士像猫蹭柱子那样，隔着人群拼命地挥着手。

那群人慢慢走近了，他看见费雷斯把他们朝这个方向引了过来。"汤普森先生，"费雷斯博士大声说道，"这位就是斯塔德勒博士。"

斯塔德勒博士看见这个小个子恶师爷飞快地瞟了他一眼：他眼睛里含着一种迷信般的敬畏，似乎眼前出现的是一种他永远理解不了的神秘现象——这双眼睛里的狡猾和精明，属于一个奉承逢迎、认为谁都逃不出他那一套的政客，那一眼是在说：你是哪一类人？

"很荣幸，博士，的确很荣幸。"汤普森先生握着他的手，轻快地说着。

他随后又知道那个高个子，那个佝偻着肩膀、留着船员发型的人便是韦斯利·莫奇先生。至于其他跟他握手的人的名字，他就没有听清了。当这群人向主席台走去的时候，他简直不敢面对自己这个火辣辣的发现：他发现自己居然如此渴望得到那个小个子恶师爷的点头赞许。

一队看起来像是剧院招待员的年轻侍者冒了出来，他们推着装了亮闪闪的东西的手推车，把那些东西发放给台上的人。是望远镜。费雷斯博士坐在官员台子旁边一个会场讲话用的麦克风前，随着韦斯利点头示意，他的声音突然响彻原野的上空。这个谄媚而貌似庄重的声音依仗着麦克风发明者的智慧，变得像巨人一般有力：

"女士们，先生们……"

人群一下子安静了下来，所有人都不约而同地转头注视着弗洛伊德·费雷斯博士那优雅的身影。

"女士们，先生们，为了肯定你们为公众做出的杰出贡献和对社会的忠诚，我们特别邀请你们来亲身参加一个具有重大意义的科学成果的揭幕。到目前为止，尽管它有着如此惊人的规模和开天辟地的潜能，却几乎不被人所知，人们只知道它叫X项目。"

斯塔德勒博士用他的那副望远镜盯着前方唯一能看到的物体：远处的那片农场。

他看到，那里是一处多年前就已废弃的农舍废墟。空中的光线透过裸露的房梁倾泻而下，空荡黝黑的窗户上挂着残缺的玻璃碎片。他看见了一间歪斜的粮仓，一座锈蚀的抽水风车，以及仰面翻倒、履带朝天的拖拉机残骸。

费雷斯博士正讲到勇于改革的科学家们，讲到为了完成X项目而年复一年的无私奉献、任劳任怨和不屈不挠的钻研。

奇怪——斯塔德勒博士观察着农场的废墟，心里想道——在这样一个荒凉的地方居然会出现一群山羊，羊的数目大约有七八只，有的在瞌睡，有的在拼命啃着被太阳烤焦的野草。

"X项目，"费雷斯博士说道，"是在声学领域内从事的一种特殊研究。声学技术有了普通人难以想象的惊人发现……"

在离农舍大约五十英尺远的地方，斯塔德勒博士发现了一座显然是新建的建筑，与周围毫不相干：看上去像是一排钢铁支架，向空旷的空中伸展着，架上什么都没有，也没有和任何东西相连。

费雷斯博士此刻正在讲述声音振动的原理。

斯塔德勒博士把他的望远镜瞄准了农舍后面的天空，但方圆几十里都空空如也。一只羊突然用力一挣，这个动作把他的视线重新吸引到了羊群中间。他注意到，羊是被拴在了均匀分布的地桩上。

"……后来发现，"费雷斯博士说道，"某些声波的振频是一切物体，不管有机物还是无机物，都无法承受的……"

斯塔德勒博士发现一团银色的东西正在草地上的羊群里跳来跳去。那是一只没有被拴住的小羊，正在母羊身边不停地蹿来跳去。

"……声波射线由一个位于地下的大型实验室里的控制台来控制，"费雷斯博士指着土坡上的那幢房子说道，"我们把那个控制台亲切地称为'木琴'——因为必须要格外小心，才能敲准琴键，或者应该说是拉对拉杆。为了这个特别的日子，我们在这里架设了一台与里面的木琴连在一起的延伸装置"——他指了指官员台前的那台转换器——"这样，你们就可以目睹操作的全过程，见识到这一过程有多么简洁……"

斯塔德勒博士饶有兴趣地看着那只小羊，从中，他体会到了一种令人宽慰和安心的享受。这小家伙生下来还不足一周，看上去像是个长着四条优雅长腿的小白绒球，故意以它那憨态可掬的样子，将四条腿绷得笔直，一刻不停地高兴地蹦来蹦去——它在夏日的空气里，在发现自己生命的快乐中跳跃着。

"……声波射线无影无声，可以完全控制它发射的目标、方向和范围。你们即将看到的它的第一次公开试验设定在了两英里左右的一小块范围，周围二十英里已彻底清除过，可以保证绝对安全。目前，我们实验室的发动设备能够生成——是通过你们看到的屋顶下的小孔——覆盖方圆一百英里范围的声波射线，这个圆圈向外可以一直覆盖到密西西比河岸，大约相当于塔格特铁路大桥的位置——到狄莫因和道奇堡，覆盖了明尼苏达州的奥斯汀、威斯康星州的伍德曼以及伊利诺伊州的洛克岛。这只是个开头而已。我们拥有的这项技术可以制造具备两百至三百英里发射范围的设备——但由于无法及时得到足够多的高抗热金属，比如里尔登合金，能实现现有的设备和控制范围，就已经很不错了。非常感谢我们伟大的元首汤普森先生，在他卓有远见的领导下，国家科学院得到了开发 X 项目不可或缺的资金，因此，这项伟大的发明从此将被命名为汤普森和声器！"

人群中响起了掌声。汤普森先生端坐不动，故意绷着脸。斯塔德勒博士确信，这个小个子恶师爷跟那些剧场招待员一样，和这个项目没有什么关系——他既没有这样的头脑，也提不出这样的建议，甚至连能够造出一种新式捕鼠夹的勇气都没有，他只是一台无声的机器上的爪牙而已——这是一台没有中心、没有领袖、没有方向的机器，这台机器的发动者不是费雷斯博士或韦斯利·莫奇，也不是主席台上或者躲在幕后的那些家伙——这是一台没有人性、不会思考、不会具体表达的机器，这台机器没有驾驶者，有的都是穷凶极恶的爪牙。斯塔德勒博士紧紧抓住座位的边沿：他真想跳起脚来，拔腿逃走。

"……至于声波射线的作用和目的，我就什么都不说了，应该让事实说话。你们现在将会看到它的使用。在布洛杰特博士拉下木琴的拉手时，我建议你们眼睛不要离开目标——也就是两英里外的那座农舍。其他的你们什么都看不见。声波射线是看不见的。长久以来，所有进步的思想家都坚持说实体并不存在，存在的只是行动——价值并不存在，存在的只是后果。而现在，女士们，先生们，就让你们看看使用汤普森和声器的结果。"

费雷斯博士鞠了一躬，慢慢地从麦克风前走开，来到了斯塔德勒博士旁边的座位上坐好。

一个比他年纪稍轻、身体稍胖的人代替了他，站在了转换器的旁边——期待地望着汤普森先生。汤普森先生一时似乎茫然不解，仿佛大脑失灵了一样。直到韦斯利凑过来在他的耳旁说了几句，他才大喊了一声："合闸！"

斯塔德勒博士忍不住盯着布洛杰特博士用他那如波浪般优

雅的动作拉下了转换器上的第一个拉杆，接着，斯塔德勒博士举起望远镜，向农舍望去。

他定住眼神，看见一只羊拖着链子，朝一株高高的枯草踱了过去，紧接着，那只羊便腾空而起，四脚朝天地蹬着腿，然后摔落在由七只羊摞成的抽搐不已的灰白色尸堆上。在斯塔德勒博士还来不及相信的刹那间，这堆尸体已经一动不动，只有一只羊的腿从尸堆里翘了出来，硬得像一根棍子，仿佛是在狂风中抖动。农舍像碎片般倒塌了下去，随后，屋子烟囱上的砖石也土崩瓦解。拖拉机变成了饼一样的形状。水车崩塌的碎片轰然倒地，而桨叶在空中自顾地划出一道长长的弧线。新建的支架上那些结实的钢柱和横梁像是被轻叹一口气就吹倒的火柴。一切的发生是这样迅疾和轻而易举，简单得令斯塔德勒博士感觉不到恐惧，仿佛失去了所有的感觉。这不是他所了解的现实，仿佛是孩子的一场噩梦，随着一声恶毒的诅咒，一切真实的存在顷刻之间便荡然无存。

他放下了望远镜，眼前是一片空荡荡的原野，农舍已经不见，视线所及，只能看见远处有一道像是云彩留下的暗影。

他身后的观众席上传出了一声凄厉的尖叫，有个女人晕倒了。他不禁感到奇怪，为什么她过了这么久才喊出来——随即便意识到，从第一个拉手被扳动到现在，还不足一分钟。

他又举起了望远镜，仿佛希望看到的只有那道云影，而不要有任何其他东西。但那些东西还在,已经是一堆废物。他沿着废墟,上下左右地移动着望远镜,过了一阵儿,他意识到自己是在寻找那只小羊羔。他没能找到,那里有的只是一堆灰白色的皮毛。

他放下望远镜,一扭头,发现费雷斯博士正盯着他看。他可以确定,在整个试验过程中,费雷斯一直在看的不是目标,而是他的脸,好像是要看看他——斯塔德勒博士,能不能经受住这射线。

"试验到此结束。"胖胖的布洛杰特博士通过麦克风宣布,听上去完全是一副百货商店销售员的巴结语调。"建筑已经彻底散了架,动物身上也没有一处完好无损的地方。"

人群骚动起来,时而传出惊叫。人们坐立不安地互相看,不知该如何对付眼前的停顿。叽叽喳喳的声音里潜藏着一种快要发疯的情绪,他们似乎已经不会自己思考了。

斯塔德勒博士看到一个妇女在别人的陪伴下从后排走了下来。她无力地垂着脑袋,嘴上捂了一块手帕:她已经恶心得吐了出来。

他回过头,看到费雷斯博士还在盯着他看。斯塔德勒博士稍稍仰了仰身体。这个全国最伟大的科学家,带着一脸的严厉和轻蔑,开口问道:"是谁发明了这么骇人听闻的东西?"

"是你。"

斯塔德勒博士看着他，呆住了。

"这只是一件应用器械而已，"费雷斯博士语调轻快地说，"而基础就是你在理论上的发现，它正是基于你在宇宙射线和能量空间传输原理上的宝贵研究。"

"这个项目是谁做的？"

"只是几个你会称作三流的角色罢了。其实这并不太困难。他们没人能想出实现你的能量传输概念的方法的第一步，但既然有了第一步——剩下的就简单了。"

"这种发明能有什么实际的作用？你所说的'开创新时代'是指什么？"

"噢，你难道看不出来吗？这可是维护公共安全的一件利器啊。有了这种武器，就没有任何敌人敢来侵犯。它会使国家不再有遭到侵略的担忧，可以在不受干扰的安全环境中规划它的未来。"奇怪的是，他的口气显得有些随便，似乎并不在乎，好像他从来就没希望或者想要说服别人去相信。"它可以缓解社会压力，会促进和平、稳定以及我们已经表达过的——和谐。它会消除一切战争的危险。"

"什么战争？什么侵略？现在遍地饥荒，那些政府只能靠我们国家的救济勉强度日——你又是从哪里看出来会有战争的危险？你是不是觉得那些衣不遮体的野人会来进攻你？"

费雷斯博士牢牢地盯着他的眼睛。"内部的敌人和外部的一样危险，"他回答，"也许更危险。"这一次，他的声音听起来是认真的。"社会现在非常动荡，但你想想看，如果把科学的发明安置在几个关键的地点，会带来多么大的稳定。它能保证我们处在永久的和平之中——难道你不这样认为吗？"

斯塔德勒博士既没有动也没有回答。随着时间一秒秒地过去，他那毫无变化的脸上渐渐露出了惊呆的神色。他像是一下子看见了自己多少年来早就知道，却一直不愿看见的东西，此刻却不得不作出正视或者否定它的选择。"我不懂你在说些什么！"他终于吼了出来。

费雷斯博士一笑。"个体商人和贪心的企业家是不会资助开发X项目的，"他温和的口气像是在有一搭无一搭地闲聊，"因为他负担不起，这是一笔巨额投资，同时看不到任何物质上的回报，他又能指望从这里赚什么钱呢？那个农舍连一点油水都没有。"他指了指远处的那一片灰暗。"然而，正像你已经确切地看到的那样，X项目必须是非营利的性质。与商业公司恰恰相反，国家科学院很容易就能得到这个项目的资金。在过去两年里，你从没听说院里的财政出现过任何困难吧？但在之前，让他们为科研拨出经费可没那么容易。就像你过去说的，他们既然出了钱，就老想弄回些小玩意。现在好了，这东西可以让一些掌权的人好好玩一玩了。他们说服了别人一起支持这个项目，这没什么难的，其实，有很多人觉得把钱花在一个保密项目上更安全——

既然这事对他们都保密,那就肯定很重要。当然,一些人会心有疑虑,但只要给他们提个醒,是罗伯特·斯塔德勒博士在主管国家科学院,他们就让步了——你的见解和为人是无可置疑的。"

斯塔德勒博士低下头盯着他的手指甲。

麦克风突然刺耳地叫了一声,人群立时安静了下来。大家的神经似乎到了随时都会崩溃的地步。一个播音员像机关枪一样喷射着阿谀之词,兴高采烈地宣布说他们现在将亲耳听到向全国通报这一伟大发明的现场广播。随后,他瞄了一眼手表,看了看稿子和韦斯利·莫奇举起示意的手臂,便扯着嗓子冲那只闪亮的蛇头麦克风叫了起来——声音顿时涌进了全国的客厅、办公室、学校和病房:"女士们,先生们!X项目!"

在播音员马不停蹄地把关于这项新发明的讲稿传送到全国各个角落时,费雷斯博士凑近斯塔德勒博士,带着随意的口吻说道:"在眼下这种危险的时候,最关键的是不能让这个项目受到全国的抨击,"然后,他好像临时想起了什么,又半开玩笑地补充了一句,"在任何时候,对任何事都不能有抨击。"

"——以你们的名义并代表你们经历了这次伟大事件的全国政界、文化界、知识界及思想界的领袖,现在要向你们讲述他们的亲身感受!"

汤普森先生首先踏着木台阶,走上了放有麦克风的台子。他用简短有力的讲话,欢呼着一个新时代的到来,同时带着向敌人挑衅的口气，宣布科学属于人民，地球上的所有人都有权利分享科技进步带来的成果。

接着是韦斯利·莫奇。他讲起了社会规划和对规划者重新给予共同支持的必要性。他讲到了纪律、团结、勤俭以及克服暂时困难的爱国主义职责。"为了你们的幸福，我们已经调动了国家最优秀的人才，做出这项伟大发明的天才人物为人类所做的贡献是无可置疑的，他就是大家公认的本世纪最杰出的科学家——罗伯特·斯塔德勒博士！"

"什么？"斯塔德勒博士惊叫一声，猛地转向了费雷斯。

费雷斯博士耐心而温和地看了他一眼。

"他没有征得我的允许就这么说！"斯塔德勒博士忍不住要叫起来，但还是嘀咕着说道。

费雷斯博士摊开双手，做了个恬不知耻的无奈的手势："现在你看到了吧，斯塔德勒博士，受这些你以前不屑一顾的政治上的影响多不好，你要知道，莫奇先生可从来都用不着请示谁。"

此时站在讲台上的是西蒙·普利切特博士，他的身影在天空的映衬下显出一副无精打采的样子。他抱着麦克风，那种乏味、轻蔑的口吻像是在讲一个老掉牙的故事。他宣称说，这项发明是一个可以用来维护繁荣的社会福利工具，任何一个对这么显而易见的事实持怀疑态度的人都是社会的敌人，都要受到相应的惩罚。"这项发明，杰出的、热爱自由的罗伯特·斯塔德勒博士所制造的产品——"

费雷斯博士打开一个皮包，拿出几页字迹整齐的打印纸，递给了斯塔德勒博士。"你将会是这次广播的高潮，"他说，"这就是你的发言。"余下的话全都在他的眼神里了：人们都说，他讲话可向来都是负责的。

斯塔德勒博士接过那几页纸，却伸直两根手指捏着它们，仿佛是捏了张马上就要扔掉的废纸一般。"我没叫你去写我要说的话啊。"费雷斯听出了他话音中的讽刺：尽管现在还不是冷嘲热讽的时候。

"我可不能让写广播发言稿这种事占用你宝贵的时间，"费雷斯博士说，"你肯定会满意的。"他那口气一听就是虚情假意的，仿佛是把钱施舍给叫花子，好保住他的脸面一样。

斯塔德勒博士的反应让他有些心慌：斯塔德勒博士既没有回答，也没有瞧一眼发言稿。

"缺乏信心，"一个五大三粗的人在台上像骂街一样吼着，"我们唯一怕的就是缺乏信心！如果我们对我们领导的计划有信心，计划就会实现，我们就都能得到繁荣、舒适和富裕。就是因为有些人四处怀疑和打击我们的信心，就是他们让我们陷入了贫困和灾难。我们再也不能让他们这样下去了，我们要保护人类——要是那些自作聪明的怀疑分子再来的话，你们相信我，我会对付他们的！"

费雷斯博士用和缓的声音说道："在眼下这个群情激昂的时候，激起大家对国家科学院的不满可就不妙了。全国有很多的不满和骚动——假如人们对这项新发明的实质产生误解的话，就会把怒气都撒在科学家的身上。科学家可是从来就不受大众欢迎的。"

"和平，"一个身材高挑的女人对着麦克风感叹道，"这项发明是一个实现和平的伟大的新式工具。它可以使那些自私的敌人没法打我们的坏主意，可以让我们自由自在地呼吸，懂得去爱我们自己人。"她的脸上骨骼突出，长了一张定会在社交酒会上唉声叹气的嘴，穿着一条质地轻盈的灰色长裙，让人能联想起音乐会上弹竖琴的人。"这完全可以成为在历史上被认为不可能的奇迹——是多少年来的梦想——是科学与爱的最终结合！"

斯塔德勒博士望着主席台上的那些面孔。此刻，他们都安静地坐在那里听着，但他们的眼睛里笼罩着沉沉的暮色，神情里慢慢加剧着再也摆脱不掉的恐惧，仿佛是被受了污染的纱布所掩盖的伤口。他们心里和他一样清楚，他们就是那座蘑菇形房顶下突出来的那些奇形怪状的漏斗瞄准的靶子——他搞不懂他们此刻是如何彻底停下大脑，摆脱掉了他们意识到的这些；他知道，他们渴望听到和相信的那些话如同拴羊的锁链，会把他们牢牢地束缚在漏斗的射程之内。他们愿意去相信。他看到了他们抿紧的嘴唇，看到了他们偶尔向旁边的人投去的疑惑的目光——好像使他们感到恐怖和威胁的并不是声波射线，而是迫使他们承认它是恐怖分子的工具的人。他们眼睛躲躲闪闪，但残存在伤口之外的，分明是呼救的神情。

"你为什么去想他们想的那些东西？"费雷斯博士轻声说道，"理性是科学家仅有的武器——但理性对人是不起作用的，对不对？眼下，国家分崩离析，暴徒不顾死活地公然暴动——必须尽一切可能来维持秩序。既然和人打交道，我们又能有什么办法呢？"

斯塔德勒博士沉默不语。

一个长得圆圆滚滚的、在汗湿的深色裙子下乳罩显得过于明显的女人正对着话筒讲话——斯塔德勒博士起初简直难以相信——这项新发明居然还要被母亲们赞扬一番。

斯塔德勒博士把头扭开了。费雷斯博士望着他，只看见了他高傲额头上的皱纹和嘴角透出的深深痛楚。

突然，罗伯特·斯塔德勒毫无预兆地转向了他，像是从快要愈合的伤口里迸出的血一样：斯塔德勒一脸坦然，毫不掩饰自己的痛苦、恐惧和诚恳，仿佛在那一瞬间，他和费雷斯都成了活生生的人。他发出了一声令人难以想象的绝望的哀号：

"这是在一个文明的时代呀，费雷斯，文明的时代！"

费雷斯博士不慌不忙，长长地轻笑一声。"我不懂你在说些什么。"他以一种旁观者的口气回答道。

斯塔德勒博士垂下了眼睛。

费雷斯再度开口时，声音中隐约有一种斯塔德勒说不上来的腔调，绝不是客客气气地说话的腔调："假如发生什么事情，危害到了国家科学院，那就会很糟糕。最糟糕的是，假如科学院被关闭——或者，假如我们当中有谁被迫要离开它。我们能去哪儿呢？科学家在目前来说是一种过度的奢侈品——能够负担生活必需品的人和机构都已经不多了，何况是奢侈品。我们已经无路可走。企业的开发部门不会欢迎我们，比如说——里尔登钢铁公司吧。另外，假如我们曾经树过敌的话，这个敌人也会吓走那些想雇我们的人。里尔登那样的人会和我们对着干，那么，沃伦·伯伊勒那样的人会吗？但这纯粹是理论上的猜想，因为事实上，所有私人的科研机构都已经被法律关闭了——就是10-289号法令，也许你还没意识到，签署它的便是韦斯利先生。你是不是还在想或许能去什么大学？它们的处境也一样：已经不敢再结冤家对头了。谁能替我们说话？我相信像休·阿克斯顿那样的人应该可以为我们出头——但要指望这个就太不实际了，他是属于另一个时代的人。我们现在的社会和经济状况已经让他无法继续生存下去。但我想，无论是西蒙·普利切特博士，还是他培养出的那代人，都不可能，也不会愿意站出来捍卫我们。我从来就不相信理想主义者有什么用处——你相信过吗？现在这个年代容不下脱离现实的理想主义。如果有人要反对政府的政策，他怎么才能让大家都知道呢？是靠这些新闻记者吗，斯塔德勒博士？还是用这个话筒？现在还有独立的报纸吗？还有不受控制的电台吗？从这个意义上说，现在还有私人财产或个人观点吗？"此时，他声音里的腔调已经显而易见：那完全是一副暴徒的口吻。"现在，像个人观点这样的奢侈品谁都无法负担。"

斯塔德勒博士的嘴唇像羊的身体那样僵硬地颤动了一下："你是在和罗伯特·斯塔德勒讲话。"

"这我没忘。正因为没忘，我才会这么说。'罗伯特·斯塔德勒'是个响亮的名字，我不愿意看见它被毁掉。但是，现在什么才是响亮的名字？又是在谁的眼里？"他的胳膊向主席台上一挥，"是在你周围这些人的眼里吗？假如只要跟他们一说，他们就会相信一件死亡武器是繁荣的工具——那么如果告诉他们罗伯特·斯塔德勒是国家的叛徒和敌人，他们会不相信吗？到那个时候，你还能抱着它不是真理的事实不放吗？你是不是在想着真理，斯塔德勒博士？真理的问题与社会上的事情毫不相干。原则对于公共事务产生不了丝毫影响。理性对于人类起不了任何作用。真理完全无能为力，良心则是多余的。现在别回答我，斯塔德勒博士，到话筒前面去回答吧，下面该你讲话了。"

斯塔德勒博士望了一眼远处农舍的那道暗影，他知道自己害怕了，但他强迫自己不去想这些。他能够研究宇宙粒子和微粒子，却不允许自己去探究内心的感受，去认清这感受里的三层含义：一是害怕会时时看到为纪念他而刻在学院大门上的题字："无畏的思想，神圣的真理"；二是赤裸裸的、与动物怕死无异的恐惧——他年轻时，想都没想过自己会体验到如此耻辱的恐惧感；第三则是他害怕地发现，背叛了第一层的含义，就等于把自己送进了第二层的深渊。

他高昂起头，迈着稳健而缓慢的步伐，握着已经被揉得皱巴巴的讲稿，向发言者要登上的绞刑台走去。他走起路来，既像是上讲台，也像是上绞架。在濒临死亡的这一刻，他的眼前回放着人的一生，耳旁是播音员在向全国念着罗伯特·斯塔德勒取得的一串成绩。当听到这句话的时候，罗伯特·斯塔德勒的脸抽搐了一下："——前帕特里克亨利大学物理系主任。"他身后的某个人似乎已经隐约感到，人群即将目睹一场比摧毁农舍还要可怕的毁灭。

他刚刚跨上三个台阶，一个年轻的新闻记者便从下面向他冲上来，一把抓住扶手，想要拦住他。"斯塔德勒博士！"他不顾一切地低声喊道，"告诉他们真相吧！告诉他们你和这件事毫无牵扯！告诉他们这机器是多么可耻，以及使用它的人的真正目的！让全国都知道是什么人在企图统治他们！没人怀疑你说的话！把真相告诉他们！救救我们！只有你才能救我们！"

斯塔德勒博士低头看着他。他很年轻；动作敏捷，声音清晰，一看便知道非常能干；与他那些上了年纪、堕落无能、靠关系混饭吃的同事相比，他凭着自己难以抑制的才华，成了政界新闻队伍中的精英。他的眼神里含着充满渴望、无所畏惧的聪颖，这样的眼睛是斯塔德勒博士在教室里的座位上看到过的。他发现这个小伙子长了双淡褐色的眼睛，它们透出一丝绿色的光亮。

斯塔德勒博士回过头，只见费雷斯正像仆人或狱卒那样，朝他这里跑过来。"我不想受到这些心怀不轨的叛逆小子们的侮辱。"斯塔德勒博士大声说道。

费雷斯博士冲到那个年轻人面前，厉声呵斥起来，这样的意外令他恼羞成怒，脸色失去了控制。"把你的记者证和工作证给我！"

"我很自豪，"斯塔德勒博士对着话筒，以及全国上下屏息专注的安静，开口念道，"经过我多年的科学研究，能够有幸为我们伟大的领袖汤普森先生交上一件崭新的工具，它对于教化和解放人的思想有着无可估量的潜力……"

空气里弥漫着炉火一样沉闷的气息，纽约的街道犹如流动着的水管，只不过穿梭其间的并非气流与灯火，而是融在空气中的尘土。达格妮下了机场巴士，站在街角，木然而吃惊地打量着这座城市。楼房经历了几个星期的酷暑，似乎陈旧了许多，而人们却像是已经饱受了几百年的痛苦。她站在那里看着他们，被一种巨大的不真实感卸下了武器。

这种不真实感从今天一大早——从她站在空旷的公路上，走进一个陌生的城镇，停下来向第一个路人打听自己身在何地的时候——便成了她仅有的感受。

"华生威尔。"那人回答。"请问是哪个州？"她问。那人瞧了她一眼，说了声"内布拉斯加"，便匆匆地走开了。她沉郁地笑笑，知道他是在纳闷她的来历，然而，真实的原因则是他无论如何也想象不出来的。不过，当她穿过街道，向火车站走去的时候，华生威尔却令她觉得大为稀奇。她已经忘记那种绝望的表情在大多数人身上是最寻常不过的，寻常得几乎司空见惯——眼前的漠然使她感到吃惊。她看见了人们脸上那种惯有的痛楚和恐惧，以及对此的逃避——他们像是在遵循着一种躲避现实的方式，极力装得若无其事，对某种无名的禁忌感到害怕，假装对一切视而不见，让自己麻木不仁——然而，这禁忌只不过就是直面他们的痛苦，对他们何以必须忍受它表示疑问罢了。她看得如此清楚，不停地想去走近陌生人，摇晃他们，对着他们大笑，喊叫着，"醒一醒吧！"

她想，人们如此不开心，实在没有道理，没有任何道理……随即，她便想了起来，道理正是一种被他们从生命中摒弃的力量。

她登上了一列塔格特泛陆运输的火车，前往最近的一座机场；她没有告知任何人自己的身份：这似乎已经无所谓了。她坐在普通车厢靠窗的座位上，仿佛是一个陌生人，不得不去弄懂周围人所说的难懂的话。她捡起一份别人扔掉的报纸。她琢磨的不是报纸为什么要这样写，而是搞不懂它究竟在写些什么：所有的内容看上去都幼稚而愚蠢。她惊讶地盯着来自纽约的专栏文章里的一小段，上面特别强调，尽管有各种传言，詹姆斯·塔格特先生还是希望大家明白他的妹妹已经死于一场坠机事故。她渐渐回想起了10-289号法令，意识到外界对于她因此逃跑并消失的猜测令吉姆感到了难堪。

从那段话的措辞来看，她的失踪成了舆论的热点，直到现在还未降温。此外，还能看出其他一些东西：塔格特小姐悲剧式的死亡被一篇关于飞机失事数量增加的报道所提及——报纸的最后一版有一则广告，悬赏十万元给她飞机残骸的发现者，签发广告的是汉克·里尔登。

最后读到的这个内容令她感到焦虑，至于其他那些，则没有任何意义。她渐渐意识到，她的归来将会成为一起轰动的公众事件。对于一场戏剧性回归的前景，对于将要去面对吉姆和新闻界，以及将会看到的热闹，她感到不胜其烦。她但愿他们在她不在的这段时间能将此事淡忘。

在机场，她看到小镇上的一个记者正在采访某些登机的官员。等他结束之后，她走上前去，亮出了她的证件，面对目瞪口呆的他平静地说："我是达格妮·塔格特。能否请你告诉大家我还活着,并且今天下午就会到纽约?"飞机即将起飞,她得以躲过了回答问题这一关。

她俯瞰着从下面掠过的那些遥不可及的平原、河流和城镇——她体会到从飞机上遥望大地时的距离感与她望着人们时的感觉是相同的:只不过她和人们之间的距离似乎更加遥远。

乘客们正在收听似乎很重要的广播,这从他们热切而专注的神情上就看得出来。她只是断断续续地听到一个像是在骗人的声音说着什么新发明,会给某种含混的大众利益带来某种含混的好处。词语显然经过了筛选,因此听不出任何具体的意思,她搞不懂那些乘客怎么居然还能装出一副倾听的样子:他们像还不认字的小孩那样,举起一本翻开的书,想怎么念就怎么念,假装把一行行看不懂的黑字当成自己说的话。但是她想,孩子知道自己是在玩游戏,而这些人则是装出一副煞有介事的样子,他们也只会这样。

她下了飞机,绕开出租车站,登上机场巴士,躲开了一群记者——她坐着巴士,然后站在街上,打量着纽约,从始至终,她唯一体会到的便是不真实感。她觉得自己仿佛是在看着一座被抛弃的城市。

走进她的公寓时,她丝毫没有回家的感觉。这地方就像一部便利的机器,可以让她做一些毫不重要的事情。

然而,提起话筒,给宾夕法尼亚州里尔登办公室打电话的时候，如同迷雾初散一般，她迅疾地感受到了一种力量。

"噢，是塔格特小姐……塔格特小姐！"随着一声欣喜的惊呼，传来的是严肃而不苟言笑的伊芙小姐的声音。

"嗨，伊芙小姐，我没吓着你吧？你知道我还活着？"

"噢，当然了！我是今天上午从广播里听到的。"

"里尔登先生在办公室吗？"

"没有，塔格特小姐。他……他在落基山那里，在找……就是……"

"是啊，我明白。你知道在哪儿能找到他吗？"

"他随时都会来电话的。现在他正在洛加图斯，我一听到消息就给他打了电话，可是他不在，我给他留了言，让他打电话给我。你知道，他每天大部分时间是在外面飞……不过，他回到酒店后就会回电话的。"

"是哪家酒店？"

"是洛加图斯的艾多拉多酒店。"

"谢谢你，伊芙小姐。"她打算挂电话了。

"噢，塔格特小姐！"

"怎么？"

"你到底怎么了？你到哪儿去了？"

"我……我见面再告诉你吧，现在我就在纽约。里尔登先生来电话的时候，请告诉他我会在办公室。"

"好的,塔格特小姐。"

她挂了电话,但手还留在听筒上,不愿离开这与第一件重要之事的联系。她看了看自己的公寓,看了看窗外的城市,实在不愿意再次陷入那片死气沉沉的迷雾之中。

她抄起话筒,拨通了洛加图斯的电话。

"艾多拉多酒店。"传出了一个女人难听、慵懒的声音。

"能否请你给里尔登先生留个言?等他回来的时候,告诉他——"

"请稍等一下。"拉长的声音里透着极不耐烦的腔调。

她听到接线器咔嗒一响,接着是嗡嗡的闷音,一阵静默,随后传来了一个人清晰而坚定的回答:"喂?"正是汉克·里尔登。

她瞪着听筒,如同面对着枪口一般,觉得像是被套住了一样喘不上气来。

"喂?"他又说了一遍。

"是你吗,汉克?"

她听到吃惊过后一声低低的长叹,接着便是电话中长时间的空空的杂音。

"汉克!"没有回答。"汉克!"她惊恐万状地叫了起来。

她觉得听见了用力喘息的声音——接着听到了一声轻唤,这声音不是疑问,它包含了千言万语:"达格妮。"

"汉克,对不起——哦,亲爱的,对不起!你还不知道吗?"

"你在哪里，达格妮？"

"你没事吧？"

"当然没事。"

"你难道不知道我回来了……而且还活着？"

"不……我不知道。"

"噢，上帝呀！我不该打电话，我——"

"你这是在说什么？达格妮，你在哪儿？"

"在纽约，你没听广播吗？"

"没有，我刚进门。"

"他们没告诉你要给伊芙小姐回电话？"

"没有。"

"你一切还好吗？"

"是问现在吗？"她听见他低声一笑。从他所说的每一个字当中，她听到了他没有爆发出来的笑声，听到了他年轻的声音，"你什么时候回来的？"

"今天上午。"

"达格妮，你去哪儿了？"

她没有马上回答。"我的飞机掉下来了，"她说，"摔进了山里。我被一些人搭救了，可我没办法通知任何人。"

他的笑声已经涌了出来："这么糟糕吗？"

"哦……哦，你是说摔飞机吗？算不上糟糕，我没事，伤得不厉害。"

"那怎么会没法和外面联系呢?"

"因为没有……没有联系的办法。"

"你怎么过了这么久才回来?"

"我……我现在没法回答这个问题。"

"达格妮,你是不是遇到了危险?"

她半带笑意、半带酸楚的回答中似乎带着后悔:"没有。"

"你是不是被关起来了?"

"不是——还算不上吧。"

"那你本应该能够早些回来,却没有?"

"对——不过我能告诉你的就这么多了。"

"你究竟去了哪儿,达格妮?"

"咱们现在能不能先不说这个?等到我和你见面再讲。"

"当然,我不问问题了。你就告诉我:你现在安全吗?"

"安全?是啊。"

"我是说,你是不是遭受了任何永久性的损伤或者影响?"

她用同样不快的语气回答说:"损伤——没有,汉克。至于永久性的影响,我说不好。"

"你今晚还在纽约吗?"

"当然在,我……我彻底回来了。"

"真的?"

"你干吗这么问？"

"不知道，我想我是……因为总也找不到你。"

"我现在回来了。"

"好，我过几个小时就去见你。"他突然停住，似乎无法相信刚才说的这句话，"过几个小时。"他坚决地重复了一遍。

"我等你。"

"达格妮——"

"嗯？"

他轻轻笑了笑："不，没什么，就是想多听听你的声音。原谅我，我是说，不是现在。我的意思是，我现在什么都不想说。"

"汉克，我——"

"等我见到你的时候，我亲爱的，一会儿见。"

她站在那里瞧着静默的话筒。回来之后，她第一次感觉到了痛苦，一种强烈的痛苦，但它使她有了活力，因为这感受是值得的。

她给她塔格特泛陆运输的秘书打了个电话，简单地说她半小时内会到办公室去。

内特内尔·塔格特的塑像是真真切切的——她站在候车大厅里，面对着它。她觉得他们仿佛是在一座巨大空旷、回荡着声音的庙宇中，身边是缥缈无形、雾一样时隐时现的幽灵。她肃立片刻，仰望着塑像以表达自己的敬意，心中只想说——我回来了。

"达格妮·塔格特"的名牌依然在她办公室的磨砂玻璃门上。她走进外间,员工们脸上的神情仿佛是溺水者突然见到了一线生机。她看见艾迪·威勒斯站在他玻璃隔间的桌后,桌前有个什么人。艾迪正欲向她走来,却又停下了;他像是被困住了。她仿佛在望着即将遭殃的孩子一般,尽量温柔地笑着,与眼前的每一张面孔打过招呼,便向艾迪的桌前走去。

艾迪看着她走过去,似乎其他的一切都已不再存在,但他那僵硬的姿势好像仍然假装在听他面前那个人讲话。

"火车头?"那人拖着含混的鼻音,不时带出气势汹汹的蛮横腔调,"火车头不是问题,只要你——"

"嗨!"艾迪静静地一笑,似乎在朝着远处的什么人轻声招呼。

那人回过身来看着她。他长着一头黄色的卷发,面目僵硬,肌肉松懈,手看上去让人生厌——这副样子倒是很像个酒鬼;他那双模糊的棕色眼球空荡得像玻璃。

"塔格特小姐,"艾迪说。他的声音庄严而洪亮,那口气仿佛是将那个人一巴掌扇到了一个他从没进入过的客厅里,"这位是麦格斯先生。"

"你好,"那人不感兴趣地应付了一声,全当她不在似的转过身继续和艾迪说,"只要你明天和星期二先把彗星号停了,然后挂上要去斯克兰顿运煤的车皮,开到亚利桑那州去拉那批柚子就行了。马上下命令。"

"这种事不能做！"她惊叫一声，简直不敢相信。

艾迪没有吱声。

麦格斯诧异地看了她一眼，只是他那死一样的眼睛根本流露不出任何反应。"下命令。"他冲着艾迪淡淡地甩下这句话，便走了出去。

艾迪开始在一张纸上写着什么。

"你疯了吗？"她问。

他向她抬起眼睛，仿佛已经被长时间的拷打折磨得筋疲力尽。"我们必须这样做，达格妮。"他心灰意冷地说。

"那是什么人？"她用手指着被麦格斯先生带上的门，问道。

"联合理事会的主任。"

"什么？"

"他是从华盛顿来的代表，主管铁路的整体规划。"

"那又是个什么东西？"

"是……噢，先等一等，达格妮，你情况怎么样？受没受伤？是飞机坠毁了吗？"

她从没想过艾迪的脸变老后会是什么样子，此刻却看到了——三十五岁的他在一个月里便苍老了许多。显老的并非他的皮肤和皱纹，脸还是那张脸，却写满了对苦痛听天由命的绝望与憔悴。

她轻柔地一笑，笑容里含着理解和把所有问题一扫而光的自信，伸出手去，说道："好啦，艾迪。你好啊。"

他握住她的手，把它放到了他的嘴唇上。他以前从未这样做过，这动作既不是放肆，也不是抱歉，只是清楚地表明了他的内心。

"是飞机坠毁，"她说，"艾迪，不用担心，跟你说实话，我没受什么重伤。不过我对新闻界和其他人不会这样讲，所以不要声张。"

"当然。"

"我没办法和任何人取得联系，但这并不是因为我受了伤。艾迪，我只能跟你讲这么多。别问我去了哪里，也别问我为什么去了这么久。"

"我不问。"

"现在跟我说说，铁路整体规划是怎么回事？"

"这是……哦，能不能让吉姆跟你说，他马上就会和你讲的。我觉得它实在太恶心了——除非，你想让我说。"他清楚自己的职责，便又补上了一句。

"不，不用说，你看看我对这个做整体规划的家伙所说的理解得对不对就行了：他是想把彗星号取消两天，用它的机车去亚利桑那州拉柚子？"

"对。"

"为了搞到装柚子的车皮,他还取消了一列运煤车?"

"对。"

"就是为了去拉柚子?"

"对。"

"可这是为什么?"

"达格妮,现在已经没人再问'为什么'了。"

她沉默了半晌,又问:"你能不能猜出是什么原因?"

"猜?这用不着猜,我知道。"

"那好,是怎么回事?"

"这趟柚子专列是应斯马瑟兄弟俩的要求开的。一年前,斯马瑟兄弟从一个在《机会平衡法案》下破产的人手里买下了亚利桑那州的一个果园,那个人种植这座果园已经有三十年了。斯马瑟兄弟在那之前是做赌博机的,他们以扶助亚利桑那州这种困难地区的名义,搞了个项目从华盛顿弄出一笔贷款,买下了这片农场。斯马瑟兄弟在华盛顿有关系。"

"后来呢?"

"达格妮,每个人心里都清楚,大家都知道过去这三个星期的铁路规划是怎么回事,为什么有的地区、有的货主能发货,而别人就不行。我们要做的就是把嘴闭好,假装相信一切决定都只是为了'公众利益'——而纽约城的公众利益就是要立即运来一大批柚子。"他顿了顿又说,"只有联合理事会主任才有权决定什么是公众利益,才有权指挥全国任何地区、任何铁路公司的火车头和车皮。"

在一阵沉默之后,她开口说道:"我明白了。"又过了一阵儿,她问:"温斯顿隧道怎么样了?"

"哦,三个星期前已经把它放弃了,他们一直没能把火车弄出来,设备全报废了。"

"重修隧道旁边那条旧铁路的事怎么样了?"

"那事还一直搁着呢。"

"那我们现在还有没有横跨大陆的火车?"

他看她的眼神透着几分怪异。他苦涩地回答:"当然有了。"

"是不是通过西堪萨斯铁路公司的线路绕行?"

"不是。"

"艾迪,过去一个月都出了什么事?"

他苦笑着,似乎极不情愿地承认说:"过去这一个月,我们挣到了钱。"

她看到外间的门被推开,詹姆斯·塔格特和麦格斯先生正一起走进来。"艾迪,"她问道,"你是希望在场听一听这个谈话呢,还是宁可不知道这些?"

"我希望在场。"

吉姆的脸像是一团被揉皱的纸,只是臃肿得看不出一点棱角和线条。

"达格妮,有很多事要和你说一说,最近发生了许多重大的变化——"人还未进屋,他那尖锐的嗓音就已经冲进了房间,"哦,对了,我很高兴看到你回来,而且活得好好的,"他想起了什么,急忙补上了这句话。"现在有些紧急的——"

"到我的办公室去吧。"她说。

在艾迪·威勒斯的重新布置和维护下,她的办公室恢复了曾经的面貌。她的地图、日历以及内特·塔格特的画像回到了墙上,克里夫顿·洛西在任时留下的痕迹被抹得一干二净。

"我想我还是这家铁路公司的业务副总裁吧?"她在自己的桌后坐好,开口问道。

"你是,"塔格特连忙回答,带着责备和不满,"你当然还是——你不要忘记——你还没辞职不干呢,你还是——对吧?"

"对,我还没辞职。"

"眼下最要紧的就是把这个消息告诉新闻界,让他们知道你回来工作了,你是到什么地方去了——以及,对了,你去哪儿了?"

"艾迪,"她说,"请你记录一下我说的话,然后转给媒体好吗?在飞往塔格特隧道的途中,我的飞机在落基山脉上空出现了发动机故障,我在寻找紧急降落场所的过程中迷了路,随后摔落在怀俄明州一座无人居住的山里。我被一对年老的牧人夫妇发现,并且把我带到了他们的木屋,那里地处荒凉,和最近的居民相距五十英里远。我伤得很重,几乎昏迷了两个星期。那对老夫妇没有电话和收音机,没有任何联络和交通工具,他们唯一的一辆旧卡车在想用的时候也坏了。我只好和他们待在一起,直到恢复了走路的力气。我走了五十英里的路,走到了山脚下,然后辗转搭车,到达了内布拉斯加州一座塔格特泛陆运输的火车站。"

"原来是这样,"吉姆说,"嗯,那好,等你接受记者采访的时候——"

"我不会接受任何采访。"

"什么?可他们今天一直都在给我打电话!他们可都等着呢!这很有必要!"他慌了手脚,"这是最最要紧的事!"

"是谁在整天给你打电话?"

"是华盛顿的人,还有……还有其他人……他们在等着听你说话呢。"

她指了指艾迪的记录:"这些就是我要说的。"

"可这并不够!你必须说你没有辞职。"

"这不明摆着吗?我回来了。"

"你必须对此说点什么。"

"说什么?"

"说些有关个人的事情。"

"对谁说?"

"对全国呀,人们都很担心你,你要让他们放心才是。"

"如果有谁担心我的话,那么这起事件的经过可以让他放下心来。"

"我说的不是这个!"

"那你是什么意思?"

"我是说——"他住了口,躲避着她的眼光,"我是说——"他坐在那里,一边不停地搓着手,一边寻找着合适的词语。

吉姆就要垮了,她心想;眼前这样烦躁、失控的尖叫和惊慌,是以前所没有的;这种爆发出来的徒劳的威胁腔调代替了以往他那副小心谨慎的圆滑模样。

"我是说——"她想,他是既希望表达出自己的意思,又不愿意把它说破,既让她明白,又不希望自己被她看穿。"我是说,外界——"

"我知道你的意思,"她说,"不行,吉姆,我不会就我们企业的现状给外界任何安抚。"

"现在你——"

"最好还是让大家该怎么担心就怎么担心好了。现在谈正事吧。"

"我——"

"说正事吧,吉姆。"

他看了看麦格斯先生。麦格斯先生一言不发地跷着腿坐在那里抽着烟。他穿的夹克衫固然不是军装,看上去却很像。他脖子上的肥肉从领口边上挤了出来，衣服的腰身实在过窄，怎么也遮不住他胖胖的身体。他戴了一枚黄色大钻戒，随着他那短粗手指的晃动一闪一闪。

"麦格斯先生你已经见过了，"塔格特说，"你们能够相处愉快，真是让我太高兴了。"他期待般停了一下，但那两个人都没作声。"麦格斯先生是铁路整体规划的代表，你今后和他会有许多合作机会。"

"什么是铁路整体规划？"

"这是一个……一个三周前刚刚生效的新的全国性安排，你一定能理解和赞成，并且会发现它很实用。"她对于他还在使用这种伎俩感到惊异，好像只要抢先说出她的看法，就可以令她无法改动。"这项紧急措施挽救了国家的铁路系统。"

"具体规划是什么？"

"你当然能意识到，任何施工任务在目前这种紧急状况下都是难以完成的。现在——暂时来看——根本不可能铺设新轨道。因此，国家面临的首要问题是把交通行业完整地保存下来，保存现有的一切工厂和设施。为了国家的生存，就必须——"

"具体规划是什么？"

"作为确保国家生存的一项政策，全国的铁路被联合为一体，它们的资源被整合到了一起。设在华盛顿的铁路联合会作为整个行业唯一的理事，得到全体上缴的总收入，然后遵循一种……一种更为现代的分配概念，把收入划分给不同的铁路公司。"

"这概念是什么？"

"不用担心，产权是得到充分保护的，只不过采取了一种新的形式。每家铁路公司独立负责它自己的经营、列车运行计划，以及铁路和设备的维护。作为对全国联合的贡献，每家铁路在必要时都要无偿将自己的轨道和设备提供给其他铁路公司使用。到了年底，联合会对总收入进行分配，每一家铁路就会得到报酬。但是，分配不是胡乱地按老一套的那种跑了多少趟车，运了多少吨货物来计算，而是根据需求——就是说，维护自己的铁轨是每一家铁路最主要的需求，报酬是根据每家拥有和维护的铁轨总长度来计算的。"

这番话她听得很清楚，也完全明白它的含义。她简直不相信这是真的——对于这种噩梦一般的精神错乱，她根本就不屑再去表示愤怒、担心或是反对，可人们竟然愿意去假装相信这是正常的。她感到一种麻木的空虚——感到自己无比愤怒。

"我们现在横跨大陆的火车用的是谁的铁路？"她冷冷地问道。

"当然是我们自己的了，"吉姆急忙说，"是从纽约到伊利诺伊州的贝福特，离开贝福特之后，我们是用南大西洋公司的轨道。"

"一直到旧金山吗？"

"这个，总比你当初想用的那条绕行线路快多了。"

"我们的火车免费用别人的铁轨？"

"另外，你的那条绕行路线后来也行不通了，西堪萨斯公司的轨道完蛋了，而且另外——"

"是不是免费使用南大西洋公司的铁轨？"

"这个，我们也同意他们免费通过我们的密西西比大桥了。"

过了一阵儿，她开口问道："你看过地图没有？"

"当然了，"麦格斯先生出人意料地答话了，"你们拥有的铁路是全国最长的，因此你用不着担心。"

艾迪·威勒斯忍不住笑了出来。

麦格斯茫然地看了看他。"你这是怎么了？"他问。

"没什么，"艾迪·威勒斯无奈地说，"没什么。"

"麦格斯先生，"她说，"你看看地图就会明白，我们横跨大陆所用轨道的三分之二的维护费用都是由我们的竞争者无偿提供的。"

"当然是这样。"他说，却眯起眼睛，满腹狐疑地盯着她，似乎不明白她为什么会这么说。

"同时，我们却通过手里那些没车走的、没用的轨道拿到了报酬。"她说。

麦格斯明白了——顿时像没了兴趣般把身体向后一靠。

"不是这样！"吉姆大声喊叫了起来，"以前我们横跨大陆的铁路经过的地区，现在还有很多我们的地方火车在跑——在衣阿华、内布拉斯加和科罗拉多——隧道的另一边，是加利福尼亚、内华达和犹他。"

"我们的地方火车每天只有两趟，"艾迪·威勒斯冷漠、平淡的口气像是在读一份商业报表，"有些地方更少。"

"是靠什么决定各家铁路的运行车次？"她问。

"公众利益。"吉姆回答。

"是联合会。"艾迪说。

"过去这三周，全国停开了多少车次？"

"其实，"吉姆急忙说，"这项规划已经协调了行业内的关系，并且消灭了恶性竞争。"

"它是把全国百分之三十的车次消灭了，"艾迪说，"现在大家都在竞争的是向联合会申请取消车次，而最后存活下来的就是那些能做到一趟车都不跑的公司。"

"有没有人算过南大西洋铁路公司还能坚持多久？"

"这和你没任何——"麦格斯说。

"别说了，库菲！"吉姆叫道。

"南大西洋公司的总裁，"艾迪冷冷地说，"已经自杀了。"

"那毫不相干！"吉姆嚷嚷着，"那是因为一件私事！"

她默默地坐在那儿看着他们，在她已经麻木而无动于衷的脑子里，仍存有一点不解：吉姆向来能把他的失败转嫁到身边最突出的人头上，就像他对待丹·康威和科罗拉多州的企业家们那样，把他们当作替罪羊，从而保全自己；可是，在面临覆灭的深渊时，为了苟延残喘而死死抓住一个弱小的濒临破产者已经被榨干的尸骨，这甚至都不合掠夺者的行规。

她那跟人理论的冲动几乎令她忍不住要去张口争论并指出明显的事实——但一看到他们的神情，她便知道他们心里其实都很清楚。他们的说法和她不同，脑子里的意识也是她无法想象的，但对于她想告诉他们的一切，他们全都明白。再去向他们说明他们的做法是多么不合理，后果会多么可怕，已经毫无用处。麦格斯和塔格特心里都很清楚——他们这种意识的奥妙之处就是可以用于逃避现实。

"我明白了。"她轻轻地说了出来。

"怎么，你还想要我怎么办？"吉姆叫着，"放弃我们的长途运输吗？破产吗？让铁路落到东海岸一个小破地方公司的手里吗？"她那句话对他的打击似乎比任何愤怒的反对言行都厉害，令他恐惧而发抖的似乎便是这轻轻的一句"我明白了"所宣示出来的东西。"我没办法！我们必须有一条横跨大陆的长途轨道！没有办法绕过那条隧道！我们没钱负担额外的费用了！必须得想出办法来！我们必须有轨道才行！"

麦格斯半含诧异、半带厌恶地看了他一眼。

"我并不是在争论，吉姆。"她淡然说道。

"我们不能让一家像塔格特这样的铁路公司垮掉！那将会是

一场全国性的灾难。我们必须想一想那些靠我们生活的城市、企业、货主、乘客以及雇员和股东们！这不仅仅是为了我们自己，也是为了大众的利益！所有人都认为铁路整体规划是行之有效的！消息最灵通的——"

"吉姆，"她说，"你如果还有更多的业务要谈——就还是说正事吧。"

"你从来就不从社会的角度去考虑事情。"他愠怒的声音开始退却了。

她注意到，尽管她和麦格斯先生有着截然相反的出发点，但他们都无法相信会存在如此的做作。他望向吉姆的眼神分明带着蔑视。她忽然觉得吉姆像是一个企图在她和麦格斯之间找到中间道路的人——此刻，他发现这条路越来越窄，自己马上就要被两堵高墙夹得粉碎。

"麦格斯先生，"她突然感到一种苦涩而可笑的好奇，便问道，"你今后会有什么样的经济计划呢？"

她发现他那双模糊的棕色眼珠没有内容地盯着她。"你太不实际了。"他说道。

"高谈阔论今后是完全没有用处的，"吉姆大声插话说，"特别是我们必须对付眼前的紧急状况时。从长远来看——"

"从长远来看，我们都会死。"麦格斯先生说。

随即，他猛地站起身。"我得走了，吉姆，"他说，"我没工夫在这儿聊天。"他又补充道："既然这个小丫头对铁路这么精通，你就和她谈谈如何防止火车发生事故吧。"他这句话说得一点也不强硬——因为他根本就不知道什么时候该硬，什么时候该软。

"过会儿见，库菲。"吉姆冲着理都不理他们、径自向外走去的麦格斯说。

吉姆又是期待又是害怕地看着她，似乎不敢听她说话，但又迫不及待地希望听到些什么，哪怕一个字也好。

"怎么样？"她问。

"你什么意思？"

"还有什么要说的吗？"

"这个，我……"他听上去有些失望，"有啊！"他像是铁了心似的叫道，"我还有件事要讲，是最要紧的一件事，就是——"

"你现在越来越多的火车事故？"

"不是！不是这件事。"

"那是什么？"

"是……是你今晚要上伯川·斯库德的电台节目。"

她身子向后一仰："是吗？"

"达格妮，这很有必要，很关键，都安排好了，没什么可商量的，这种时候没有选择，而且——"

她看了一眼手表："假如你想说的话，我给你三分钟的时间解释——你最好有话直说。"

"好吧！"他不顾一切地说了起来，"高层人士认为最要紧的是——我说的高层是指齐克·莫里森、韦斯利·莫奇和汤普森这样的人——你应该向全国发表一个鼓舞士气的讲话，知道吧，说你并没有辞职不干。"

"为什么？"

"因为大家都以为你辞职了！你是不知道最近这些事，简直……简直太怪诞了。全国上下到处是谣言，各种各样，说什么的都有，而且都很危险。我是说，很有破坏性。人们好像成天只知道嘀嘀咕咕，他们信不过报纸，信不过最有说服力的演说家，只相信那些恶毒的、散布恐惧的流言蜚语。信心、信仰和秩序全都不见了，就连……就连政府的话，人们也不放在眼里。人们……人们似乎已经处在了恐慌的边缘。"

"那又怎么样？"

"哼，至少有一个原因，就是那些可恶的消失在空气里的大企业主！这件事谁都解释不了，因此他们就心神不定了。关于这事儿，有各种各样疯狂的传言，但议论最多的就是'好人不会给他们干活'，'他们'指的就是华盛顿那些人。现在你明白了吗？你从没料到自己会这么出名吧？现在你可出名了，从你飞机坠毁那时候起，你就开始出名了。谁都不相信飞机是坠毁了，他们都认为你是违反10-289号法令跑掉了。对于10-289号法令，存在着许多的……误解，以及许多的……这个……不安。你去电台告诉人们，10-289号法令并不是要让企业垮台，它是为了大家的利益而出台的一项很好的法律措施。如果他们稍微再耐心一点，情况就会好转，就能重见繁荣。现在你明白这有多重要了吧？他们已经再也不相信任何一个政府官员了。而你……你是个企业家，以前那批人现在没剩下几个了，可你是其中一个，他们本来认为你和其他人一样走了，但那些人里，只有你回来了。人们一直觉得你……你和政府唱反调，所以你说话他们会信，这可以极大地影响他们，重新树立起他们的信心，鼓舞他们的士气。现在你明白了吗？"

她面带嘲讽，但这神情奇怪得仿佛是在笑，这使他受到了鼓励，便一股脑地讲了出来。

她听着他的这些话，耳边响起了在一年多以前的一个春天的夜里，里尔登说过的话："他们需要得到我们的某种认可，我不清楚究竟是什么认可——但是，达格妮，我知道的是，如果我们看重自己的生活，就一定不能把它给他们。即便他们把你放上了刑架，也不要给他们。让他们把你的铁路和我的工厂都毁掉吧，但不要给他们。"

"现在你明白了吗？"

"哦，当然，吉姆，我明白！"

他解释不了她的声音，这低沉的声音既带着呻吟，又含着嗤笑，同时还流露出胜利般的得意——但这是她发出的第一个有感情的声音，因此他只好抱着一线希望，孤注一掷地继续说下去："我已经答应了华盛顿方面，保证你会发表这个讲话！我们不能对他们说话不算——在这种事上可绝对不行！我们不能让人怀疑没有诚信。一切都安排好了，今晚十点半，你在伯川·斯库德的节目上作为嘉宾发表讲话，他做的是向全国直播的对著名公众人物的采访节目，有多达两千万的听众。鼓舞士气者的办公室已经——"

"你说什么？"

"鼓舞士气者——就是齐克·莫里森——他已经给我打过三次电话了，就是为了确保不出差错。他们给所有的广播电台都下了命令，这些电台已经在全国各地做了一整天的预告，让大家收听你今晚在伯川·斯库德的节目上的讲话。"

他看着她，似乎既希望听到她对此的回答，又想让她明白事已至此，她再想怎么样都已无济于事。她说："你知道我对华盛顿的政策和10-289号法令是怎么想的。"

"现在这种时候，容不得我们再去想什么！"

她放声大笑。

"可你难道不明白现在已经无法回绝他们了吗？"他大吼了起来，"如果在做了这么多的宣传之后你还不露面，就等于是在证明那些传言，是在公开宣称自己的背叛！"

"你这种圈套没用,吉姆。"

"什么圈套?"

"就是你惯用的这一套。"

"我根本就不知道你在说些什么!"

"你知道,你心里清楚——你们这些人都清楚——我会一口回绝,因此你就把我往一个公众的陷阱里推。这样一来,我要是拒绝就会让你极度难堪。你觉得我不敢让你这么难堪。你们是指望我去挽救你们伸出去的脖子和脸面。可我是不会管的。"

"可我已经答应了!"

"我没答应过。"

"可我们不能拒绝他们呀!你难道看不出来,他们已经把我们五花大绑,正用刀顶着我们的脖子吗?难道你不知道他们可以通过铁路联合会、联合理事会,或者拖延支付我们债券的方式来整我们吗?"

"这我两年前就知道。"

他浑身哆嗦着,他的恐惧里带有某种比他所说的危险还要大得多的丑陋、绝望甚至迷信般的东西。她猛然间相信,他害怕的绝不仅仅是官僚们的报复,只不过这样的报复是他唯一允许自己去认清的,只不过是用这层理性的伪装聊以自慰,去隐藏他真正的动机。她可以肯定他想去避免的不是国家的混乱,而是他自己的惊慌——他、齐克·莫里森、韦斯利·莫奇,以及其他掠夺者之所以需要她的认可,并不是想安慰被他们迫害的人,而是为了稳住他们自己。尽管他们给予自己的动机和歇斯底里般坚持的唯一解释,是那个所谓的狡猾而又切实可行的,把自己的受害者蒙在鼓里的点子。眼前的这幕情景令她在轻蔑的同时感到了胆寒。她在想,那些人的内心要堕落成什么样才能达到这样一种自欺欺人的地步。他们认为自己只是在瞒天过海,却不得不从受害者那里强行索取他们所需要的良心上的认可。

"我们没有选择!"他叫道,"谁都没有选择!"

"滚出去。"她的声音极其平静和低沉。

她嗓音里的某个音调击中了他心里不愿吐露的话,尽管他从不说,但他似乎知道这声音从何而来。他退了出去。

她看了一眼艾迪。他似乎又经历了一场令他厌恶,但准备好了长时间忍耐的搏斗。

过了一阵儿,他问道:"达格妮,昆廷·丹尼尔斯怎么样了?你是跟着他飞走的,对吧?"

"是,"她说,"他走了。"

"是去了毁灭者那里吗?"

这句话像是给了她一拳。这是外面的世界第一次触及了她心中那块闪光的存在。这一天来,她一直把它当成一幕静默、永恒、隐秘的情景,不希望它被周围的任何东西影响,不去想它,只是时时感受着它不断带给自己的力量。她意识到,毁灭者是他们的这个世界对那幕情景的称呼。

"是的,"她脸色阴郁,强打着精神说,"去了毁灭者那里。"

接着,她握紧了撑在桌沿的双手,让自己的决心和姿态更加坚定一些,苦笑着说:"好吧,艾迪,现在就看看像咱们俩这样不切实际的人怎么去防止火车继续出事故吧。"

两小时之后——她正一个人趴在桌前,虽然一张张的纸上只是记满了数据,却犹如放映中的电影,向她展示着过去四个星期以来铁路上发生的一切——铃声响了,传来了她秘书的声音:"塔格特小姐,里尔登夫人要见你。"

"是里尔登先生吧?"她十分惊讶,觉得这也不可能。

"不,是里尔登夫人。"

她沉吟了一会儿,说道:"请她进来。"

莉莉安·里尔登进门向她的桌前走来时,举止间透出某种不同寻常的强调。她穿了一身合体的套装,一只明亮的蝴蝶结轻松随意地挂在一侧,点缀出一种不对称的优雅感,头上歪戴着一顶小帽,看上去俏皮机灵;她的脸色光鲜,步伐和缓,却带着一丝做作,走起来时屁股晃来晃去。

"你好呀,塔格特小姐。"她用慵懒而亲切的声音招呼道,在这个办公室里,这种客厅里聊天的腔调与她的套装和蝴蝶结一样,显得格格不入。

达格妮严肃地点了点头。

莉莉安扫视了一下办公室，她的眼神和她的小帽一样很有些自娱的味道：似乎它是想表现出，她已经看透了人生只是一场荒唐的游戏。

"请坐。"达格妮说。

莉莉安坐下来，摆出一副自信、自然而优雅的姿势。当她把脸转向达格妮的时候，那种自觉有趣的神情虽然还在，味道却有所不同：它似乎是在暗示着她们共同拥有一个秘密，虽然在别人看来，她在这里的出现难以理解，对她们两个来说却顺理成章。她有意用沉默来强调这一点。

"有什么事吗？"

"我是来告诉你，"莉莉安愉快地说，"你今晚要上伯川·斯库德的广播了。"

她发现达格妮的脸上没有惊讶和震惊，眼神里充满审视，像发现了异常响动的发动机技工一样。"我想，"达格妮说道，"你完全明白你这句话的意思。"

"当然了！"莉莉安说。

"那就接着说吧。"

"你说什么？"

"接着跟我说呀。"

莉莉安干笑了一声，这强挤出来的一点笑表明她对这种态度感到意外。"我看也用不着多说什么了，"她说，"你很清楚，你在广播里的露面对那些掌权的人多么重要。我知道你为什么拒绝出面，知道你对这个问题的看法。或许你并不觉得这有多重要，但你很清楚我向来是支持目前这个体制的。因此，你能够理解我对这件事的关心和我的立场。你哥哥告诉我你表示了拒绝之后，我就决定来助一臂之力——因为，你也明白，只有我和极少数的人才知道你对此是根本无法拒绝的。"

"就目前来看，我不在这极少数的人里面。"达格妮说。

莉莉安笑了："嗯，是啊，我还得再说清楚一些。你很明白，对于那些掌权的人来说，你在广播里的露面和我丈夫签署礼券、向他们交出里尔登合金的行为有着同样的价值。你也知道他们在所有宣传中是如何反复地提到过后者。"

"我不知道。"达格妮尖锐地说。

"哦，对了，你前两个月的大部分时间都不在，所以才不知道他们一直不断地提醒说——在报纸上、广播里和公共演讲当中——连汉克·里尔登都对10-289号法令表示了赞同和支持，主动把他的合金签字交给了国家。甚至是汉克·里尔登啊！这让许多顽抗者泄了气，就范了。"她身体向后一靠，像是随便插一句话般问："你问没问过他为什么签字？"

达格妮没有回答，似乎没有把它当成一个问题。她面无表情，一动不动地坐着，却睁大眼睛盯着莉莉安，好像是在全神贯注地听莉莉安把话讲完。

"不，我想你也不知道，我觉得他根本就不会告诉你，"莉莉安的声音变得流畅了。她像是看到了路标一样，放心大胆地顺着既定的思路讲下去，"但你一定要知道让他签字的原因——因为你也会为了这个原因在今晚伯川·斯库德的广播里露面。"

她故意卖个关子，停了下来，但达格妮只是静静等待着。

"从我丈夫的举动来看，"莉莉安说道，"这原因应该让你感到高兴，想想看那个签字对他意味着什么。里尔登合金是他最了不起的成果，凝聚了他一生的心血，是他骄傲的最终象征——并且你也知道，我丈夫极有激情，他的自我欣赏或许就是他最强烈的激情。里尔登合金对他而言不仅仅是一个成果，更能体现出他的创造力、他的自立、他的奋斗和崛起。他完全有权利拥有这笔财产——你也知道，对于他这么苛求的人，权利和财产的拥有究竟意味着什么。为了保护它，他就是死也不肯把它交给那些他鄙视的人。它对他就是这么重要——而这也正是他放弃的。你会感到高兴的，塔格特小姐，因为他是为了你才放弃的，完全是为了你的名誉和声望。他签署礼券，交出了里尔登合金——是因为害怕他和你的私情被公之于众。没错，对此我们掌握了所有详细的证据。我相信你历来反对做出牺牲——但就这件事而言，你毕竟还是个女人，因此我相信，看到一个男人为了你的肉体而做出如此巨大的牺牲，你应该感到知足了。在他晚上和你上床的时候，你肯定非常受用。现在，你可以好好享受一下那些夜晚让他付出的代价了。而且——你喜欢有话直说,是不是,塔格特小姐?既然你愿意做婊子,并且能索取到这样让同行们望而兴叹的高价,我只能对此表示由衷的佩服。"

莉莉安的嗓音像是一个找不到石头裂缝的钻头,不由自主地变得愈发尖利了起来。达格妮依然注视着她,但眼睛和神态间的紧张已经不见了。不知为什么,莉莉安似乎觉得达格妮的面孔格外醒目,它是如此平静和从容,看不出一点特别的表情——这纯净似乎来自她脸上那生就的精雕细刻的线条,来自她那张坚决的嘴和沉稳的目光。莉莉安猜不透那双眼睛,它所表现出来的冷静实在不像个女人,倒像个学者,对于事实,完全没有丝毫的畏惧。

"是我,"莉莉安淡淡地说道,"向那些官僚们报告了我丈夫偷情的事。"

达格妮注意到,莉莉安死气沉沉的眼睛里终于闪现出一丝情绪上的波动,那看上去像是惬意,却遥远得如同阳光被月亮死寂的表面折射到了一片毫无生气的沼泽地的水面上,只是闪现了一下,便又不见了。

"是我,"莉莉安说道,"拿走了他的里尔登合金。"这声音听上去几乎像是在哀求。

对于这样一声哀求,达格妮根本就无法理解,也无从知道莉莉安企图听到什么样的回答。当莉莉安突然尖着嗓子问"现在你明白了吗"时，达格妮心里明白，她这里找不出莉莉安想要的东西。

"明白。"

"那么你就应该清楚我的要求，也明白为什么要服从于我了。你和他，你们是不是都觉得自己没有对手啊？"她竭力想把自己的声音稳住，可它还是发疯一样地抽搐着，"你们总是自己想怎么样就怎么样——这我向来就做不到。现在我总算能让你们听我的了。你们别想和我斗，也别想用你们那几个我没有的臭钱买条生路。你们给的好处打动不了我——我根本就不贪心。我不是被那些官僚花钱指使的——我这样做没有捞取任何好处，是没有好处的，你明白吗？"

"明白。"

"那就用不着再多解释了，只是给你提个醒，所有的物证——包括住店记录、珠宝账单这些东西——都在我们的手上，如果你今晚不去上广播，那明天所有的电台都会报道这件事。明白了没有？"

"明白。"

"那么你的回答呢？"莉莉安看见那双像学者一样明亮的眼睛正在盯着自己。她忽然觉得那双眼睛时而像是看穿了自己，时而又像是对自己视而不见。

"很高兴你跟我讲了这些，"达格妮说，"我今晚会去上伯川·斯库德的广播。"

一束白色的灯光投在闪闪发亮的金属话筒上——这个玻璃笼子里面只有她和伯川·斯库德。金属闪烁出的光芒透着蓝绿的色调；这个话筒是用里尔登合金制成的。

她能看到头顶上方的玻璃板外有一间小屋子，里面坐了两排人，正向下望着她：詹姆斯·塔格特那张松弛的脸上带着不安，莉莉安·里尔登坐在他身边，把手安慰似的放在了他的胳膊上——那个坐飞机从华盛顿赶来、已向她介绍过的人便是齐克·莫里森——以及他手下的几个年轻人，谈论着对知识界所造成的影响，看上去像是一群骑警。

伯川·斯库德对她似乎有些忌惮，只顾对着精巧的话筒狂喷，向全国的听众介绍他的节目。他卖力叫喊的声音里既有冷嘲热讽的怀疑，又有不可一世的疯狂，仿佛是在讥笑一切人世间的信仰的虚伪——好像希望他的听众们去相信什么。他的脖子上冒出了一小片亮晶晶的汗水。他正夸张地讲述着达格妮在一个牧人偏僻的小木屋内疗伤，然后英雄般地跋涉了五十英里的山路，为的就是在国家危难的紧急关头，能够重新履行她对人民的职责。

"……如果你们当中有谁受了恶意诋毁的谣言的蒙蔽，动摇了对我们领导人制订的宏伟社会政策的信心——那你们应该相信塔格特小姐的话,她——"

她站了起来,抬头向那束白色的灯光望去。灰尘在光线里飞旋,她发现其中一粒是有生命的:那只舞动的翅膀上映出细微亮点的小飞虫,正茫然而疯狂地挣扎着。她注视着它,发觉这个世界和它一样令她无法理解。

"……塔格特小姐是一个公正的观察者,一位杰出的商界女性,在过去,她对政府一向多有指责,被认为是像汉克·里尔登这种工业巨头一样的极端保守主义者的代表。然而,即便是她……"

她奇怪地发现,当一个人不想有感觉的时候,反而变得异常敏感起来;她像是赤身裸体地站在公众的展台上,一束灯光就足以把她托起,因为在她的心里,已经掂不出伤痛的分量。她已经不再希望,不再后悔,不再关心,不再有未来。

"……女士们,先生们,现在有请今晚的女英雄,我们非同寻常的嘉宾——"

一阵突如其来的刺痛唤醒了她的感觉,仿佛刚意识到下面需要她讲话,保护她的一堵玻璃墙被这意识震碎了;疼痛伴随着被她称为毁灭者的那个人的名字,从她的心中一闪而过:她不愿意让他听到她即将说的话。如果你听见——仿佛是疼痛在向他喊叫着——你就不会相信我跟你说过的那些话——不,更糟糕的是,就连我没有说过,但你已经知道、相信并且认可的那些话,你也再不会相信了——你会认为那些话并非出自我的真心,我和你在一起的那些日子只是在做戏——它会毁掉我的这一个月,毁掉你的十年——我从没想过让你通过这样一种方式去了解,不是像今晚这样——可你还是会,你一直在观察我,知道我的一举一动,此刻,你正在不知什么地方注视着这一切——你会听见我说的——但不说不行啊。

"——我们工业史上一个辉煌的家族现今的继承人,只有在美国才能出现的女高管,一家大型铁路公司的业务副总裁——达格妮·塔格特小姐!"

接着,她将手扶在话筒的支架上,亲身触摸到了里尔登合金,一切突然变得轻而易举,那并非药物带来的轻松感,而是内心深处的轻快、明晰、活力。

"我在这里要讲一讲你们生活于其中的社会体制、政治制度以及道德观念。"

她的嗓音是如此镇定自如而自信,区区几句就挟带出一种强大的说服力。

"你们都听说过,我认为这个制度是把堕落当成了动力,把掠夺当成了目标,用谎言、欺诈和武力作为手段,最后的结局只有毁灭。你们还听说过,我和汉克·里尔登一样对这个制度表示衷心的支持,对于像10—289号法令这样的政策,我们都是自愿地给予配合。我到这里来,就是为了向你们讲出事实。

"没错,我和汉克·里尔登的立场是一致的。他的政治观点就是我的观点。你们都知道,过去,他被谴责为一个与现今制度时时处处都在作对的反动分子,现在,你们知道他被赞颂为一个我们这个时代最伟大的企业家,他对于经济政策所作出的优劣判断是完全可以信赖的。一点没错,你们确实可以信赖他的判断。假如你们还没有对不负责任的邪恶势力统治着你们的生活,对国家即将崩溃、你们即将沦为灾民的现实感到恐惧的话——就请考虑一下这位最出色的企业家的观点吧,他懂得国家的生产创造和生存需要什么样的环境。在他还能讲话的时候,他已经告诉你们,这个政府的政策正把你们引向被奴役、被毁灭的境地。然而,对于这些政策的极端表现,也就是10—289号法令,他并没有去谴责。你们听到过他为了自己的权利——同时也是你们的权利——为了他的独立和财产所进行的抗争,但他没有同10-289号法令对抗。你们听到的是他自愿签署礼券,把属于他的里尔登合金交给了他的敌人。根据他以往的表现,你们都认为他会拼死抗争,他却签署了那份文件。这意味着什么呢——有人一直在反复告诉你们——这只能说明连他都认可了10-289号法令的必要性,并且为国家而牺牲了他的个人利益。有人一直在反复地告诉你们,要根据他做事的动机来认清他的观点。对此我毫无保留地表示赞成:要根据他做事的动机来认清他的观点。同时——不管你们对我的意见、对我向你们发出的警告如何看待——也要根据我做事的动机来认清我的观点,因为他的观点就是我的观点。

"过去两年以来,我曾经一直都是汉克·里尔登的情妇。希望大家不要误解,我之所以这样讲,并不是把它看成一种耻辱,而是怀着无比的骄傲。我曾经是他的情妇,我曾经枕着他的手臂,与他同床共眠。我现在要把一切关于我的传言都在这里讲清楚,让它再也无法中伤我——因为我清楚这些指责背后的真正用意,我要亲自把它说给你们听。我对他有没有身体上的欲望?有。我是不是被我身体的激情所驱使?是。我是不是曾体验过最强烈的性的快感?是。假如这就使我成了你们眼中不名誉的女人——那就随你们的便好了,这丝毫动摇不了我的看法。"

伯川·斯库德吃惊地瞪着她。这番话完全出乎他的预料,而且他隐约惊恐地感觉到不应该让这个讲话再进行下去,可她是华盛顿方面交代过要谨慎对待的嘉宾啊,他拿不定主意是不是应该去打断她,另外,他对这种故事也很感兴趣。观众席上,詹姆斯·塔格特和莉莉安·里尔登浑身僵硬,他们就像动物看见迎头冲来的火车大灯一样,被吓得无法动弹。只有他们两人明白这些话与这次广播的主题之间的关系。现在行动已经晚了,他们根本不敢承担妄动会引起的后果。控制室里站着齐克·莫里森手下一个年轻的知识分子模样的随员,他已做好准备,一旦出现意外就掐断播出。但是,他听不出这段话里有什么重大的政治影响,看不出有任何东西会对他的主子构成威胁。他已经习惯于听到那些受害者在不知名的压力下所做的违心讲话，他觉得这是一个反动派正在被迫交代一桩丑闻，因此，或许这个讲话还是有一些政治意义的，另外，他对此也非常好奇。

"他选择了我为他带来享受，而我也选择了他，我为此感到自豪。这并不是你们大多数人想的那种肆意放任和彼此蔑视，我们完全清楚我们这种选择的意义，这是我们彼此敬慕的最终的表达方式。我们属于这样一些人，他们不会把头脑的思想与身体的行动分离，他们不会任创意流于空想，而是要让它们成为现实，他们让想法变成实在的物质，让价值得以实现——他们创造了钢铁、铁路和幸福。对你们当中那些仇视人类的快乐，希望看到人的一生充满折磨和挫败，希望人因为幸福、成功、才能、成就和财富而认错的人——对你们当中的那些人，我现在要说：我曾想得到他，我得到了，我很幸福，我体验了一种纯粹、完满、问心无愧的快乐，这是你们不敢听任何一个人说出的快乐，是你们只会仇恨别人能够达到的快乐。那就恨我好了——因为我达到了！"

"塔格特小姐，"伯川·斯库德窘迫地插话道，"我们是不是跑题了……不管怎么样，你和里尔登先生之间的私人关系没有任何政治上的意义——"

"我也是这么想。当然，我到这里来是要讲一讲你们目前身处其中的政治和道德制度。不过，我自以为彻底了解汉克·里尔登，但有件事我直到今天才知道。汉克·里尔登是在他人要把我们的关系公之于众的要挟下才签署了交出里尔登合金的礼券。这是讹诈——是政府官员施行的讹诈，是你们的统治者，你们的——"

随着斯库德挥手将话筒一把扫开，话筒倒地的同时发出了"咔嚓"一声轻响，这表明那个知识分子模样的警察已经掐断了广播。

她放声大笑了起来——可是，已经没有人顾得上去看，或是去分辨她笑声中的含义了。冲进玻璃间的人们朝着彼此叫嚷。齐克·莫里森冲伯川·斯库德破口大骂着不堪入耳的脏话——伯川·斯库德则喊叫着说他早就不同意这样干，但不得不遵命——詹姆斯·塔格特像一头龇牙咧嘴的野兽，一边冲莫里森两个最年轻的手下吼叫，一边躲避着另一个岁数稍大者对他的咆哮。莉莉安的脸宛如倒在路边的动物尸体，虽然还完好无缺，但已一片死灰。鼓舞士气者正在狂叫着莫奇先生该怎么想："我该怎么跟他们说呀？"节目导播指着话筒，哭丧着脸说："莫里森先生，听众正等着呢，我该怎么说？"没有人理睬他。他们争论的不是应该怎么办，而是要去责怪谁。

没有人跟达格妮说一句话或朝她这个方向看一眼。她大步走了出去，没有遇到一个人阻拦。

她迈进看见的第一辆出租车，把她公寓的地址告诉了司机。车子启动后，她发现司机旁边的收音机按钮虽然亮着灯，却没有声音，只是传出短促而紧张的咳嗽般的静电噪音：它正停在伯川·斯库德的节目上。

她仰靠着车座，头脑空空，只是悲凉地想着：这么一来，她或许把那个可能永远都不想见到她的人彻底扫开了。她头一次感受到了寻找他的那种无边无际的渺茫——在城里的街道上，在这块土地上的城镇中，假如他不想被发现的话——在落基山脉山谷里的那个目标就会被一面射线屏幕封锁起来。然而，她的心中始终留有一样东西，它如同飘浮在空中的一段木头，她广播的时候始终抓着它没有放手——她知道，即使她会失去其他的一切，也绝不能放弃它，那便是他正在对她说："谁都不能以任何自欺欺人的方式待在这里。"

"女士们，先生们，"伯川·斯库德的声音突然打破了寂静，"由于出现了意外的技术故障，本台在做出必要调整之前将暂停广播。"出租车司机讥讽地哼了一声，啪的一下关上了收音机。

她走下车，把钱递了过去。他找零钱的时候，忽然将身子向前一凑，想要看清她的面孔。她肯定他是认出了自己，便严峻地盯着他的眼睛看了一会儿。他那愁苦的面孔和补过无数遍的衬衣在绝望的煎熬下已难以为继。在她把小费递给他时，他面对几枚硬币轻轻说出的话竟如此诚恳而庄重："谢谢你，小姐。"

她忽地转过身冲进了大楼，不想让他看到突然涌上来、已令她承受不住的情感。

她垂着头，打开了公寓的房门，灯光从她的下方、从地毯上扑了上来。她猛地抬头一看，发现公寓里亮着灯。她朝前迈了一步——便看见里尔登正站在房中。

她吃惊地愣在了原地：首先是因为他的出现，她没想到他回来得如此神速；再有就是因为他的那张脸。他神态淡定，微微露出的笑容和清澈的眼神里散发着无比的坚定、自信和成熟，令她感觉过去的这一个月对他来说似乎是经历了数十载的春秋，而他的成熟便如人的成长一般，眼光、才华和力量都在与日俱增。她感觉到，刚刚经受了一个月煎熬的他，曾经被她深深伤害，还要再一次受到更深伤害的他，现在却会给她带来支持和宽慰，他的坚强将会保护他们两人。她只是愣了一下，却看到他的笑容在渐渐绽开，仿佛他在读着她的心思，在告诉她不必害怕。她听到咔的一声轻响，接着便发现了他身旁的桌子上那台开着的、没有声音的收音机。她的目光询问似的移向了他，他微微颔首，轻得只能看出眼皮合了一下，算是回答——他听了她的广播。

他们不约而同地向对方走了过去。他握着她的肩膀，支撑住了她，将她的脸向他的方向抬起，但他没有去碰她的嘴唇，而是牵过她的手，亲吻着她的手腕、手指和手掌，把这当成了长久忍受之后唯一的问候方式。突然之间，在经历了这一整天和这过去的一个月后，她终于忍不住扑倒在他的怀里抽泣起来，她一生中从未像现在这样、像女人那样抽泣过，在对痛苦进行了最后一番徒劳的反抗之后，她耗尽了气力。

他一边搀扶着她，一边几乎是将她架到沙发前，想要她坐在他的身旁。她却滑到地上，坐在了他的脚边，一头扎进他的膝盖中间，肆意地呜咽着。

他没有扶她起来，而是用胳膊紧紧地搂住他，任她哭泣。她感觉到了他的手放在她的头和肩膀上，感觉到了他坚强的保护。这坚强似乎在告诉她，同她的眼泪一样，他心里想的也是他们两个人，他知道，并且能感受和理解她的痛心，然而可以平静地去面对——他的镇定似乎消除了她的负担，让她可以在这里，在他的脚下尽情宣泄，他的镇定是在告诉她，他可以去承受她已无力承受的一切。她隐隐地感觉到，这才是真正的汉克·里尔登，无论他曾经在他们最初相聚的夜晚做出过怎样粗暴无理的举动，无论她曾经多少次显得比他更加坚强，这始终未曾离开过他，始终是把他们两人联结在一起的根本——假如她不再有勇气，他的勇气将会保护她。

当她抬起头来的时候，他正低头含笑看着她。

"汉克……"她羞愧地嘟囔着，对自己刚才的发作很是惊讶。

"安静些，亲爱的。"

她把脸靠回他的膝盖；她静静地坐着，竭力平静着自己，竭力抗拒着一个无言的念头带给她的压力：他之所以能够忍耐和接受她在广播中的讲话，完全是因为他爱着她；这使她必须告诉他的真相变成了一个任何人都下不去手的惨烈的打击。她既害怕自己失去了做这件事的勇气，更害怕这勇气还在。

她再次抬起头来望着他。他伸出手，替她拂去散在脸上的头发。

"都过去了，亲爱的，"他说，"对于我们两个来说，最糟糕的事情都已经过去了。"

"不，汉克，还没有。"

他笑了。

他把她拉到自己的身旁坐好，让她的头靠着他的肩膀。"现在什么都不要说，"他说，"你知道我们都很清楚要说的是什么，这我们会去谈的，不过，要等你从它的伤害中恢复过来再说。"

他的手顺着她的袖子滑到她的裙褶，动作轻柔得仿佛触摸不到衣服里的身体——仿佛他重新得到的不是对她身体的占有，而是它的形象。

"你受了太多的苦，"他说，"我也一样。就让他们来摧残我们吧，我们可犯不着再自寻烦恼。不管我们要去面对什么，我们之间是不应该有任何痛苦的，也不能再增加痛苦。痛苦应该来自他们的那个世界，而不会从我们这里产生。不要担心，我们不会伤害对方，至少现在不会。"

她抬起头，苦笑地摇着——虽然从动作中可以看出她强烈的绝望，笑容却表明她在抗争，表明了她面对绝望的信心。

"汉克，上个月，我让你受了那么多的罪——"她的声音在颤抖。

"比起一小时之前我让你受的罪，那又算得了什么？"他的嗓音是沉稳的。

她站起身来，开始在屋里兜来兜去，借以找回她的勇气——她的脚步仿佛是在告诉他，她已经再也无法忍耐下去了。当她停住脚步，转身面对着他的时候，他站了起来，像是已经明白了她的用意。

"我知道，我让你的日子更难过了。"她说着，指了指收音机。

他摇摇头："没有。"

"汉克，有些事我必须告诉你。"

"我也有事要告诉你呢。能不能让我先说？你看，这些话我早就应该对你讲的。能不能先听我说，在我讲完以前，先别急着回答？"

她点了点头。

他把站在面前的她好好地打量了一会儿，仿佛是要永远留住她，留住这一瞬间，留住使他们走到现在的一切。

"我爱你，达格妮。"他带着一种没有阴霾的单纯和无言的微笑，安静地说道。

她打算开口,但发现即使他让她说,她也说不出来。她困在这些没说出来的话中间,只是动了动嘴唇,算是回答,随即便乖乖地低下头去。

"我爱你,就像爱着我的工作、我的工厂、我的合金,和我在办公桌、高炉、实验室、铁矿中度过的分分秒秒一样,有着同样的骄傲,有着同样的价值和同样的表达,如同我热爱我工作的才能,热爱我可以去看见和认识的一切,如同我内心希望能够去解决一道化学方程式或者看见日出,如同我爱着我制造和感受到的一切。你就是我的产品、我的选择、我的世界、我最好的另一半,就是我从没有过的妻子,你让这一切都成了可能:你就是我生活的力量。"

她没有垂下她的脸,而是坦然地将它抬起,去聆听和接受,因为这是他的希望,也是他应该得到的。

"自从在米尔福特车站副线的货车上见到你的第一面起,我就爱上了你。坐在约翰·高尔特铁路的第一辆火车上时,我在爱着你。在艾利斯·威特家的走廊上时,我在爱着你,第二天的那个早晨,我在爱着你。你心里都知道,但如果我希望那些日子能对我们俩产生真正的意义,我就必须像现在这样,对你说出这一切。我爱你,这一点你知道,但我不知道。正因为我不知道,所以直到我坐在桌前,交出里尔登合金的礼券时,才真正地认识到它。"

她闭上了眼睛，但他的脸上没有痛苦，有的只是内心格外的宁静和无限的幸福。

"'我们属于这样一些人，他们不会把头脑的思想与身体的行动分离。'这是你今晚在广播里说过的话。但在艾利斯·威特家的那天早晨，你就知道，你知道我当时甩给你的那些侮辱便是一个男人对于爱最彻底的坦白。你知道那种被我咒骂为我们共同的耻辱的生理欲望——既不是来自于生理需求，也不是来自于肉体的渴望，即使一个人没有勇气承认，它表达的仍旧是内心最深处所认可的价值。你当时就是因为这个而笑话我，对不对？"

"对。"她轻声说。

"你当时说：'我不需要你的心、你的意志、你的生命或者你的灵魂，只要你带着最原始的欲望来到我的身边。'你在说这句话的时候就已经知道，我通过那种欲望给予你的正是我的心、我的意志、我的生命和灵魂。现在，我想把它说出来，这样才能让那个早晨名副其实：达格妮，只要我活着，我的心、我的意志、我的生命和灵魂就都是你的。"

他紧紧地盯着她，她发现他的眼睛里闪出一丝亮光，但那不是笑，而像是他憋在心里的呼喊。

"让我讲完，亲爱的。我希望你能知道，我完全明白自己所说的话。我自认为是在和他们斗争，却接受了我们敌人最恶毒的教条——这就是我从那以后一直在付出的代价，这也正是我现在还在付出、又必须付出的代价。我接受的是他们用来将人扼杀在摇篮里的教条，那是杀人者的教条：是横在人的心灵和躯体之间的裂缝。我像他们大多数的受害者那样，浑然无知地接受了它，甚至不知道还有这样一个问题的存在。我反抗他们所宣扬的人类无能的教条，对我有能力为了满足自己的欲望而去思考、行动和工作感到自豪，但我并不知道这就是美德，我从没认为它是一种道德观，最崇高的道德观，比人的生命更值得捍卫，因为正是它才使生命成为可能。而我则为此接受了惩罚，就是因为我的无知和屈从，才让邪恶得以猖狂，才让美德落到了邪恶的手中。

"我接受了他们的侮辱、欺骗和勒索。对那些整天神神秘秘地唠叨着灵魂，连一寸房瓦都不会盖的废物们，我以为根本不值得去理睬——我以为这世界就是我的，那些胡言乱语的废物对我不是什么威胁。我不明白为什么自己会一败再败，不知道我是在用自己的力量和自己斗。在我忙着去夺取东西的时候，放弃给他们的则是心灵、思想、原则、法律、价值和道义。我不自觉地立即接受了那样的教条，认为想法对于人的生存和工作、对于现实和这个世界无足轻重——仿佛想法并不属于理性的范畴，反而是我所鄙视的神秘信仰的一部分。他们就盼着我能退到这一步，这就足够了。我拱手让出的正是他们想尽办法要颠覆和毁灭的：那就是人的理性。不错，他们是没有能力去适应物质社会、去创造财富和控制这个世界。他们用不着那样去做——因为他们控制了我。

"我懂得财富只是达到目的的途径，便创造出这些途径，任他们指引出我的目的。我以能满足自己的欲望为荣，任他们指引出我用来评价自己欲望的价值标准。我为了自己的目的而生产，到头来只剩了一堆钢铁和黄金，我的目标一个都没有实现，并且与我的愿望彻底背离，我每一次追求幸福的努力都备受挫折。

"正像那些神秘论者极力宣扬的那样，我将自己一切两半，用一套标准去经营我的事业，在我自己的生活中用的却是另外一套。掠夺者企图操纵我的钢铁的价格和价值，我进行了反抗——却任由他们去制定我生活中的道德标准。我反对不劳而获——却认为把不该她得到的爱给一个我所鄙视的妻子，把不该她得到的尊重给一个恨我的母亲，把不该他得到的帮助给一个算计我、要毁掉我的弟弟，都是我的义务。我反对在金钱上去作无谓的牺牲——却接受了生活在应得的痛苦之中。我反对宣称我的创造力有罪的说法——却把我享受幸福的渴望当成了罪过。我反对把美德说成与肉体无关的不可知的神灵——却因为你和我身体里的欲望而诅咒你——我至亲至爱的人。假如身体是魔鬼的话，那么那些让它存活下来的人，那些物质财富和它的创造者们也就都成了魔鬼——假如道德观念与我们的现实状况格格不入，那就的确应该鼓励不劳而获，无所事事就成了美德，成绩和收获就不应该有什么联系，有创造力的'低等动物'就应该伺候那些灵魂高尚、四肢无能的'高等生命'。

"假如在我的创业之初，像休·阿克斯顿那样的人对我说，认同神秘论者的性爱理论就等于认同了掠夺者的经济理论，我一定会当面笑话他。现在，我不会嘲笑他了。现在，我看到里尔登钢铁公司掌握在一些人渣的手里——我看到自己用一生创造的成果养肥了最恶毒的敌人——至于那两个我最爱的人，我却对一个极尽侮辱，也让另一个在大众面前蒙羞。对于我的那位朋友，他捍卫我、教导我，让我懂得了这些道理，从而获得解放，我却抽了他的耳光。我爱他，达格妮，他就像我从未有过的兄弟一样——我却因为他没有帮我为掠夺者们生产，便把他一脚踢出了我的生活。现在只要能让他回来，我什么都可以放弃，可是我已经没有什么可以还给他，我再也见不到他了，因为我明白，哪怕仅仅是请求原谅的话，我都不配说。

"而对你，我最亲爱的人，我的行为更加恶劣。听听你被迫说的那番话——我就是这么对待我爱的女人，就是这么对待我唯一的欢乐。不要说什么你从一开始就想好了，就已经接受了包括今晚这样的后果——这改变不了是我让你走投无路的事实。无论是掠夺者强迫你讲话，还是你要为我报仇，令我解脱——都无法挽回是我让他们的阴谋得逞这个事实。羞辱你的并不是他们罪恶而卑劣的行径，而恰恰是我。他们只不过是实施了我曾经相信并且在艾利斯·威特家说过的话。是我把我们的爱当成见不得人的秘密隐藏了起来——他们只是按照我的逻辑去对待它而已。是我想在他们的眼里扮成另外一副样子——他们只不过是借助了我给他们的权利。

"人们认为撒谎者能够骗过别人就算占了上风。我现在懂了,撒谎等于自我放弃,因为撒谎者放弃了自己真实的一面,把它交给了别人,从此便身不由己,只能硬着头皮假装下去。人一旦撒了谎,就会为此付出得不偿失的代价。对全世界撒谎的人,从此便成了全世界的奴隶。当我隐藏了对你的爱,并对大家矢口否认、生活在谎言之中时,这件事就变成一种公共财产——公众也就理所当然地向它伸手了。我没办法去纠正,也没有能力去挽救你。当我向掠夺者们屈服,为了保护你而签署了他们的礼券时——我仍然是在制造假象,除此以外,我已经别无选择——达格妮,我真有心看见咱俩去死,也不想被他们这么威胁。但不管是不是善意的,谎言就是谎言,谎言只能带来黑暗和毁灭,善意的谎言造成的破坏则是最彻底的。我的自欺欺人造成了残酷的结果:不仅没能保护你,反而给你带来了更可怕的考验;不仅没能保住你的名誉,反而逼得你只能去迎接众人扔来的石头,只能自己砸自己。我知道你对你说的那些话感到骄傲,听到你的话,我也感到骄傲——但这骄傲是我们两年以前就应该得到的。

"不,你没有让我更不好过,你让我得到了解脱,你拯救了我们两个人，挽回了我们的过去。我不能请求你的原谅，这对我们来说远远不够——我只能把我此时的幸福当成向你赔罪的唯一方式。我感到幸福，亲爱的，而不是在受折磨。我除了还能去看，其他已经做不了什么了，但看到真相还是让我很快乐。假如我向痛苦低头，陷在对我所犯的过错的悔恨中自暴自弃的话——那才是无可挽回的背叛，才是对我所悔恨的真理的最终放弃。但是，如果我还能拥有一份对真理的热爱，那么以前的损失越是惨重，我对自己为了那份爱而曾经付出的代价就越是感到自豪，那么过去的那堆废墟就不是埋葬我的坟墓，而是一个被我踩在脚下，让我看得更高更远的起点。我刚开始创业的时候，拥有的只是我的骄傲和视野——是它们让我获得了随后的一切。它们也在成长，我现在认识到了过去看不见的无比宝贵的财富：我完全可以为我的见识感到骄傲。有了它，别的就垂手可得了。

"达格妮，作为向今后迈出的第一步，我想做的就是像现在这样，对你说我爱你。我最亲的人啊，我爱你，我身体里冲动的激情来自于无比清醒的内心——在以往的一切中，只有我对你的爱保留了下来，永生不变。我想趁着自己还有这个资格的时候对你说。既然我一开始没有讲，我就必须在这结束的时刻说出来。现在，我来说一说你想对我讲的是什么——因为你要明白，我已经知道并且接受了：过去的这一个月里，你在某个地方遇见了你爱的人。如果爱是一个人最终的、无法取代的选择，那么他就是你唯一爱过的人。"

"对!"她像是受到重击,全身的感觉只剩下了震撼,在惊叫声中几乎喘不过气来,"汉克!——你是怎么知道的?"

他笑着一指收音机:"我亲爱的,你用的可都是过去时啊。"

"哦……"她一声长叹,闭上了眼睛。

"假如不是这样的话,你就本该把那句话狠狠地甩给他们。你说的是'我曾想得到他',而不是'我爱他'。你今天给我打电话的时候,对我说你本来是可以早一些回来的。其他任何理由都不可能让你像那样离开我,只能是这个原因。"

她身体向后仰了仰,像是有些站不稳,但依旧定定地望着他,微笑始终没有离开过唇边,但敬慕之情让她的眼神柔和了下来,也令她的嘴巴痛苦得变了形。

"不错,我是遇到了我爱着,并且会永远爱着的人,我和他见了面,和他谈过话——但他是一个我得不到,或许永远都得不到,甚至可能再也见不到的人。"

"我想我一直都很清楚你会去寻找他。我知道你对我的感情,我知道那有多么深厚,但我明白,我不是你的最终选择。无论你给予他什么,都不意味着我的失去,因为我从来就没有得到过。对此我不能反抗,我现在所拥有的这些对我来说太重要了——我既然已经拥有,就不会再失去。"

"你想听我说吗,汉克?假如我说我会永远爱你,你能理解吗？"

"我想在你还没理解的时候，我就已经理解了。"

"你在我的眼里一直是现在这样，你刚刚在自己身上意识到的非凡之处，我一直都能看见，而且我一直在看着你如何艰难地去发现它。不要讲什么补偿，你并没有伤害我，正是因为你在难以想象的压力的折磨下还保持着你的正直，才会出现那样的错误——而你对它的抗争并没有令我痛苦，它带给我一种难得的感受：那就是敬慕。如果你愿意接受的话，它永远都不会改变，你在我心中的意义永远都不会改变。但我遇到的那个人——在我还不知道他的存在时，我就一直盼望得到他那样的爱，而且我觉得我永远都不可能得到他，但只要爱着他，就足以支撑我继续活下去。"

他把她的手贴在了他的嘴唇上。"那么你就明白我的感受，"他说，"明白我为什么还这么快活了。"

她仰头望着他的脸，发现眼前的他终于呈现出她认为他一直努力想要达到的状态：一个可以尽情享受生活的人。那副在忍耐和剧烈的苦痛下紧绷绷的神态不见了；此刻，在满目疮痍之中，在他最艰难的关头，他宁静的脸上充满了坚强；这正是她在山谷中见到的人们脸上的神情。

"汉克，"她轻声说道，"我想我解释不了这一点，但我觉得无论是对你还是对他，我都没有背叛。"

"你没有。"

她的眼睛由于脸色的苍白而显得更加有神,仿佛尽管她的身体已经疲惫不堪,她的意识却依然敏锐。他扶她在沙发上坐下,将手臂放在沙发背后,既不碰到她,又仿佛是在保护着她。

"现在跟我说吧,"他问道,"你到哪儿去了?"

"我不能告诉你,我保证过要严守秘密。我只能说这地方是我在飞机坠落时碰巧发现的,离开那里的时候我的眼睛被蒙住了——而且,我不可能再找到它。"

"难道你不能循原路找回那里?"

"我不会那样做。"

"可那个人呢?"

"我不会去找他。"

"他留在那里了?"

"我不知道。"

"你为什么离开他呢?"

"我不能告诉你。"

"他是谁?"

她实在忍不住,笑了出来:"谁是约翰·高尔特?"

他看了看她,惊呆了——但是发现她不是在开玩笑。"这么说,约翰·高尔特确有其人了?"他缓缓地问道。

"对。"

"这句口头禅指的就是他？"

"是的。"

"而且它还有某种特殊的含义？"

"当然有了！有一件关于他的事我可以告诉你，因为我在答应保守秘密之前就已经知道了：我们找到的那台发动机就是他发明的。"

"哦！"他笑了，似乎觉得他早就应该想到这一点。接着，他眼里闪过一丝几乎是同情般的目光，轻轻地说道，"他就是那个毁灭者，对吧？"他发现她浑身一震，便又接着说，"不，如果你不能回答的话，就不要说。我想我知道你是去哪里了。你当时是想从毁灭者的手中救回昆廷·丹尼尔斯，而且坠机时你正在跟踪丹尼尔斯，对不对？"

"对。"

"我的天啊！达格妮！——还真有这么一个地方存在啊？他们都活着吗？有没有……对不起，不要回答。"

她笑了："它的确存在。"

他久久不语。

"汉克，你能丢掉里尔登合金吗？"

"不！"他脱口喊道，随即又加上一句"还不行"，他的声音头一次显得有些无奈。

然后，他便望着她，仿佛在说这三个字的前后，他已经体会到了她过去这一个月来所经受的巨大痛楚。"我明白了。"他说。他将手贴上她的额头,带着一丝理解、一丝同情,和一种近乎难以置信的神情。"你现在可真的是在受罪了!"他低声说道。

她点点头。

她身子倒下去,躺在沙发里,脸枕着他的膝盖。他抚着她的头发,说道:"我们要和掠夺者们抗争到底。我说不好我们的前途会怎么样，但要么是我们胜利，要么是彻底绝望。在此之前，我们要为了我们的世界而斗争。现在剩下的只有我们了。"

她躺在那里，手和他的手紧扣在一起，沉睡了过去。在她彻底丢掉最后一点感觉之前，她感受到了一片茫茫的空虚，在这样一个城市的虚空之中，她将永远发现不了那个她已没有资格去寻找的人。

厌恶人生

Anti-Life

4

詹姆斯·塔格特从晚礼服的口袋里随手掏出一张百元大钞，扔到了乞丐的手里。

他发现那个乞丐无动于衷，像是在收起自己的钱一样，轻蔑地说了句"伙计，谢了"，便走开了。

詹姆斯·塔格特在便道上呆呆地站着，不明白为什么会有一种震惊和恐惧感。这倒不是因为那个人的傲慢无礼——他并不是想得到什么感激，也从来不会被可怜打动，他的举止呆板，完全没有任何方向。但那个乞丐是如此漠然，似乎一百元也好，一角钱也罢，即使什么都没有要到，都毫无区别，因为他那副样子像是已经看到了自己今晚将死于饥饿。一个冷战打断了塔格特此时和乞丐相同的思绪，他急忙迈开步走了起来。

四周的街墙在夏日的黄昏中显得格外不真实的透亮，一层橘黄色的雾气弥漫在十字路口，笼罩了房顶，将他团团围住。耸立在半空的日历破雾而出，黄得像一张老羊皮，显示着八月五号。

不——他想着自己刚才莫名其妙的感觉——不对，他感觉挺好，所以才想在今天晚上干点什么。他不能承认那么反常的躁动完全是因为他想去高兴高兴；他不能承认他想有的那种高兴就是去庆祝一下，因为他说不出他想庆祝的究竟是什么。

这是异常忙碌的一天，虽然说的尽是些让人摸不着头脑的词句，但它们像是逐步达到了令他满意的效果。不过，他的目的和令他感到满意的真相不能被他们识破，甚至他自己也最好装作不知道，因此，他这个突然很想去庆祝一下的念头很危险。

今天一开始，是来访的一位阿根廷议员在他的酒店套房里搞了个小型午餐会，一些来自不同国家的人聊到了阿根廷的气候、土壤、资源、人民的需要以及对今后采取的灵活、渐进态度的意义——也蜻蜓点水般提到了阿根廷将在两周内宣布成为人民国家的事。

接着，他到沃伦·伯伊勒家喝了几杯，那儿只有一位从阿根廷来的沉默寡言的先生安静地坐在角落里，而两位华盛顿的官员和几个背景不详的人则谈论着国家的资源、冶金、采矿、邻国的义务和全球的福利——同时说起了将于三周内向阿根廷和智利提供的四十亿美元贷款。

随后，他在一间设在高楼顶上、酷似地窖的酒吧里做东，请了一家最近刚成立的公司的几位头头。这家名为邻国亲善与发展的公司由沃伦·伯伊勒出任总裁，一个身材修长、风度翩翩、精力过度旺盛的智利人担任财务总监，那人名叫马里奥·马丁内斯，但塔格特总觉得他和库菲·麦格斯有几分神似，便称他为库菲·麦格斯先生。他们聊的是高尔夫、赛马、赛艇、骑车以及女人的话题。至于邻国亲善与发展公司已经拿到一个长达二十年的独家"经管合约"，以此经管南半球所有人民国家的工业这件事，他们早就知道，也就用不着再提了。

这天的最后一场活动是在智利外交官罗得里格·冈萨雷斯家举行的盛大晚宴。冈萨雷斯先生在一年前还默默无闻，但自从六个月前来到纽约之后，他便因举办聚会而小有名气。他的客人们形容他是一位具有改革精神的生意人。据说，当智利变成人民国家时，除了像阿根廷这种落伍国家的公民的财产外，其他财产一律收归国有，冈萨雷斯先生便因此失去了所有的财产。但他的态度非常开明，为了能让自己为国家做出贡献，他便加入了新政府。他在纽约的家占据了一家高级饭店的整整一层。他的面孔肥胖而苍白，眼睛凶狠得像是要杀人一般。通过今晚宴会上的观察，塔格特认为此人可以完全不为任何情感所动。他就像一把刀，可以随时悄无声息地从他那下垂的肥肉里刺出来——只有当他拖着脚步走在厚厚的波斯地毯上，用手轻轻地拍打着他光滑的座椅扶手或者闭上叼着雪茄的嘴唇时，才会流露出一种下流，甚至是色情的味道。他的妻子冈萨雷斯夫人个子不高，倒是有几分姿色，虽然并没有她自认为的那么漂亮，却总是神经兮兮的，自我感觉良好的举止里带着一种过分的松弛、热情和嘲讽，就好像她一切都能办到，谁都可以原谅似的。很多人都知道，在互惠互利比靠真材实料地做生意更吃香的年头，她那种特殊的交际本领才是她丈夫最大的本钱。望着置身于宾客中的她，塔格特不禁在想，那几个艳遇的夜晚，男人们大多数并未奢求，也许事后就全忘了，但不知因此换取了怎样的交易，签署了什么法令，又有哪些企业将要面临覆灭。他觉得很无聊，他只是应了其中六七个人的请求才来这里露上一面，只要他们看见他，彼此交换几下眼神，就连话都不必多说了。直到马上要开始用餐的时候，他才听到了一直等待的消息。那六七个人走到冈萨雷斯先生的座椅旁边。冈萨雷斯先生抽着雪茄，朝他们喷着烟雾，说起与未来的阿根廷人民国家达成的协议，再过不到一个月，九月二日，德安孔尼亚铜业公司的财产将被智利人民国家收归国有。

一切都进展得合乎塔格特的预想，听到那些谈话时，他却抑制不住地想要逃开。他仿佛觉得应该以另外的方式来庆祝今晚的成绩，这无聊的晚宴让他实在难以忍受。他曾经走上黄昏的街道，似乎既想干点什么，又觉得心里惴惴不安：他很想寻找一种无法找到的乐趣去庆贺他不敢说出的那种感觉——但当他发现是什么促使他谋划了今晚的战果，而这战果中又是什么令他感到了喜悦的满足时，他便害怕了。

他提醒自己要把自去年崩盘后就一蹶不振的德安孔尼亚铜业公司的股份卖掉，然后像他的朋友们赞成的那样，买进会让他发大财的邻国亲善与发展公司的股票。但这想法还是让他觉得无聊，这不是他想庆贺的。

他努力迫使自己高兴：钱才是他的动力，钱才是最坏的，他自己说。那动机是否正常，是否站得住脚呢？那难道不是威特、里尔登和德安孔尼亚这些人追逐的东西吗？……他使劲地摇着脑袋，不让自己想下去：他觉得他的思路似乎滑进了一条令人盲目而充满危险的胡同，他不想知道这条道路的尽头。

不——他无可奈何地凄然想到——钱对他来说已经再也不重要了。今天在他做东的聚会上，他花起钱来像流水一样——买了一大堆喝不完的酒和纹丝未动的点心，心血来潮便往外掏钱，没必要的小费也照给不误，因为一个客人要核实他讲的一个下流故事，他便给阿根廷打了个长途电话，他只想找刺激，病态一般地浑浑噩噩地想着花钱，这比动脑筋思考要容易多了。

"有了铁路整合规划，你完全可以高枕无忧了。"沃伦·伯伊勒醉醺醺地冲他笑着说。实行了铁路整合规划之后，北达科他州的一家地方铁路公司已经被迫倒闭，那里成了受此影响而蒙受损害的地区，当地的银行负责人在枪杀了自己的妻儿后饮弹自尽——田纳西州的一列货车被临时取消，当地的一家工厂直到前一天才得知没有了运输，工厂厂主的儿子放弃了上大学——由于和一帮哄抢者一起行凶杀人，他此刻正被关在监狱里听候处决——堪萨斯州的一个车站被关闭，曾经一心想当科学家的车站站长放弃了研究，到餐馆刷盘子去了——而他，詹姆斯·塔格特，却可以坐在一间私人的酒吧里。沃伦·伯伊勒在这里大口灌着酒，侍者看到酒泼在他胸前，忙替他把衣服擦干。地毯上留着烟头烫坏的窟窿，因为那个智利来的皮条客懒得起身去够那只仅有三步远的烟灰缸。而这一切的费用都是由他来付。

此时令他感到不寒而栗的并非他对钱的无动于衷，而是他知道自己一旦沦落到乞丐的地步，也会同样漠然处之。他一直在谴责贪婪的罪恶，但他自己其实也有份。想到这些，他感到有些罪恶，但那感觉只是像轻微的刺痒。此刻，他感到一阵寒意，因为他觉得自己从来就不是一个伪君子：他的确从来就没在乎过钱。这念头使得他面前又敞开了一个大口子，这口子通向的那条路则是他看都不敢看的。

我只不过想在今晚干点什么罢了！他带着怒气、反抗般地朝着不知什么人无声地喊着——他在反抗把这些想法强灌到他脑子里的那个东西——恼恨世间这股恶毒的力量，为什么在允许他轻松之前，一定要让他先想清楚他究竟是要什么，并且还要有理由。

你想要什么？一个充满敌意的声音不停地在逼问，他加快脚步，想逃离它。他觉得他的脑子就像一个迷宫一样，在每一个转弯处都会出现一条岔路，把他引向一片隐藏着深渊的浓雾。他觉得他像是在狂奔，那一方小小的安全岛正渐渐萎缩，即将留下来的只会是那些歧路。就像是他周围的街道还残留着一些可以看清的地方，而雾气正弥漫进去，堵住了所有的出口。它为什么一定要缩小？他惊恐万状地想着。他向来是固执而安全地盯着脚前那一块人行道的路面，狡猾地避开眼前的道路，不去看远处，不去看拐角和高楼的塔尖，他的生活一直就是这么过的。他从来就没想过要到达什么地方，他想停下来不动，不被那条直线所束缚，他从没想过要让他生活过的岁月累积起来——是什么把它们累积起来的？他怎么会身不由己地到了这么一个站立不稳又后退不得的地方？"兄弟，瞧着点路！"一个声音朝他吼道，同时他又被一个人的胳膊碰了一下——他这才发觉他一直在跑，并且撞到了一个味道难闻的大汉身上。

他放慢了脚步，分辨着自己是在朝什么地方瞎跑一气。他没想过要回家去见他的妻子，那条路对他来说也是险雾重重，可是，他已经无路可走了。

一踏进雪莉的房间，看见她静静地挺身坐起来，他便意识到这里的危险比他不想看到的更严重，而且他也难以如愿。不过，一有危险，他便想到只要自己不去看，它就无法成真，于是他会闭上眼睛，停止思考，连弯也不拐地走下去——仿佛他心里吹响的雾号不是要发出警告的，而是要去招来更浓的迷雾。

"是啊，我是要去参加一场重要的商务宴会，不过我转念一想，今晚还是想和你一起吃晚饭。"他这副恭维的口气只换回了轻轻的一声——"知道了。"

她那毫不惊讶的举止和黯淡而没有表情的面孔令他感到不自在。看着她有条不紊地吩咐仆人,然后在餐厅的烛光下,看着她坐在餐桌对面,看着横在他们之间的银冰桶内放着的两盏水晶杯,他感到不自在。

最让他不自在的是她的冷淡,她再也不是那个对这座由著名艺术家设计的豪华寓所感到不知所措、感到卑微的小姑娘,俨然已经成了这里的一部分。她仿佛这间屋子生来就有的女主人那样坐在桌前,穿了一件剪裁得体的红褐色锦缎家居服,正好和她头发的暗铜色搭配,式样极其简洁,没有一点装饰。他还是更喜欢她以前那些叮当作响的手链和水晶石的扣子。这几个月来,她的目光让他很不舒服:那双眼睛既不友好,也无敌意,一直疑心重重地盯着他。

"今天我可干成了一件大事,"他那炫耀的口气仿佛是在求饶,"它关系到整个大陆和六七个国家。"

他发现,他希望看到的那种敬畏、崇敬和强烈的好奇只能出现在昔日在商店卖货的那个小姑娘脸上,从他妻子的神情中已看不到这些;哪怕是生气或愤恨,都比她那种平视过来的认真的目光要好得多;这疑问的目光简直比质问还要糟糕。

"什么事啊,吉姆?"

"什么什么事?你干吗要怀疑?干吗立刻就想窥探?"

"对不起，我不知道这是保密的，那你就别回答了。"

"这事不保密，"他等了等，可她依然沉默着，"怎么？你难道不想说点什么吗？"

"当然不了。"她淡淡地回了一句，像是想让他高兴。

"这么说你一点都不感兴趣？"

"可是我觉得你不愿意谈这件事。"

"得了，别耍心眼了！"他高声叫了起来，"这是一笔大生意，你不就崇拜这种大生意吗？哼，大得让那帮小子做梦都想不到，他们这辈子都一分一分地在抠钱，可我就能像这样"——他打了个响指——"就像这样，这可是有史以来最漂亮的一场表演。"

"你是说表演，吉姆？"

"是买卖！"

"是你一个人干成的？"

"当然是我了！那个又胖又蠢的沃伦·伯伊勒下辈子都干不成，这需要掌握知识、技巧、时机"——他看到她的眼里闪出了一丝兴趣——"还有心理学。"她眼中的兴致不见了，可他依旧漫不经心地大谈着，"必须懂得如何去和韦斯利套近乎，如何让他免受不好的影响，如何既让汤普森先生感兴趣，又别告诉他太多，如何把齐克·莫里森安插进来，同时把丁其·霍洛威排除在外，以及如何找到合适的人，在适当的时候请韦斯利吃上几顿，还有……对了，雪莉，家里有没有香槟酒？"

"香槟？"

"咱们难道就不能来点儿特别的？难道就不能一起庆祝庆祝吗？"

"咱们当然可以喝点香槟了，吉姆。"

她按铃叫人来，吩咐了下去，脸上还是一副怪怪的、没精打采并且无所谓的样子。她无欲无求，完全是顺着他的意愿。

"你好像并不怎么感兴趣啊。"他说，"不过话说回来，生意上的事你又懂什么呢？这么大的事你根本就不可能懂。还是等到九月二日，看看他们听说这件事之后的样子吧。"

"他们？谁呀？"

他瞥了她一眼，似乎是不小心说走了嘴："我们设计了一个方案——我，沃伦·伯伊勒，还有几个朋友——要控制边界线南边所有企业的财产。"

"那些财产本来是谁的？"

"当然是……人民的了。我们可不像过去那样只是为了个人捞钱，而是肩负着一项富有奉献意义和公众精神的使命——那就是管理南美洲几个国家的国有化资产，向他们的工人传授我们的现代生产技术，帮助那些从来没有机会的贫困人民——"尽管她只是坐在那里，依旧目不转睛地看着他，他却猛地收住了话头。"你要知道，"他突然冷笑了一声，"假如你是这么急不可耐地想要掩盖你的贫民出身的话，就不应该对这套社会福利的说法这么漠不关心。缺乏人道意识的总是穷人。人必须出生在富贵之家，才能对利他主义有细微的体会。"

"我从没想过去掩盖我的贫民出身，"她那冷淡的口气如同在纠正一个事实，"同时，对于福利的说法我也丝毫不同情。我见识得不少了，所以我知道有一类穷人为什么总是想白吃白占。"他没有吱声，她却突然继续说了起来，声音虽然有些错愕，但很坚决，仿佛是对一个长期以来的疑问终于作出论断一般："吉姆，其实你也不在乎，你根本就不在乎那些福利的空话。"

"好啊，如果你只对钱感兴趣的话，"他咆哮了起来，"那我告诉你，这件事可以让我发大财。财富，这就是你一直崇拜的东西，对不对？"

"不一定。"

"我想我会成为世界上首屈一指的富翁之一，"他继续说道，并没有去问她为什么要说不一定。"没有什么我买不起的东西，没有。你就说吧，想要什么我都可以给你，说吧。"

"我什么都不想要，吉姆。"

"可我想给你一件礼物！是要庆祝这个时刻，明白了？只要是你脑子里能想到的，无论是什么，我都可以弄来。哪怕是你的幻想，我也要让你看看——我能做到。"

"我没有任何幻想。"

"行了！想要游艇吗？"

"不。"

"想不想让我把你以前在布法罗住过的那一片房子都买下来？"

"不。"

"想不想要英国皇冠上的宝石？这可以弄到。那个国家已经在黑市上放了很久的风声。不过，现在已经没有过去那种掏得起钱的大亨了。但我买得起——九月二日以后，我就可以了。想要吗？"

"不。"

"那你到底想要什么？"

"我什么都不要，吉姆。"

"可你一定想！肯定有什么是你想要的，你这该死的！"

她看了看他，冷漠的表情里略显几分惊异。

"哦，好啦好啦，对不起，"他说，似乎对他自己的激动感到吃惊。"我只是想让你开心罢了，"他闷闷不乐地又说，"不过我看你根本就不能理解。你不知道这有多重要，不知道你嫁的这个人有多么了不起。"

"我也是尽力这么去想。"

"你还像过去那样认为汉克·里尔登是个伟人吗？"

"是啊，吉姆，我还是这么认为。"

"我已经击败他了。我已经超过了他们中的任何一个，超过了里尔登,也超过了我妹妹的另一个情人——"他自觉说得太过,突然停了下来。

"吉姆,"她淡淡地问道,"九月二日会发生什么事?"

他脸上的肌肉似笑非笑般凝固不动,一道冷冷的目光从额头下面翻了上来,向她射去,仿佛打破了某种忍耐的极限。"他们要把德安孔尼亚铜业公司收归国有。"他说。

他听到一阵长长的刺耳的飞机轰鸣声从屋顶上空的黑暗里滚过,随后,盛放着水果杯的银桶内的冰块融化了,发出了一声轻微的脆响。她说:"他不是你的朋友吗?"

"行了吧,闭嘴!"

他不再看她,默不作声。当他的视线回到她的脸上时,她依然盯着他,然后以一种特别坚决的声音先开口说道:"你妹妹在广播里说的那番话真是太了不起了。"

"好啦,我知道,我知道,你已经唠叨了一个月了。"

"你从没回答过我。"

"有什么好回……"

"就像从来没回答过她的你那帮华盛顿的朋友一样。"他没有吱声。"吉姆,这件事我非提不可。"他还是没有回答。"对此,你那帮华盛顿的朋友连一个字都没说过。他们没有否认她的话,没有对此解释,也没有尽量替他们自己辩解。他们就当她从来没讲过那些话一样,我看,他们是希望人们忘掉这件事。有些人会忘，但我们大多数都知道她说的是什么，并且知道你的那帮人不敢和她交锋。"

"不是这样的！对此已经采取了适当的措施，它已经过去了，我就不明白你为什么要一再提起这件事。"

"采取了什么措施？"

"伯川·斯库德的这个节目目前不适合让大家听，已经停了。"

"这就是对她的回答吗？"

"这事到此结束，没什么可再说的了。"

"怎么不说说一个政府干出了敲诈和勒索的事？"

"你不能说我们什么都没做，已经公开宣布了斯库德的节目是煽动分裂和破坏的，并且不值得相信。"

"吉姆，我想弄清楚一点，斯库德不是她的人——而是你们的人。这场广播不是他去安排的，他是奉了华盛顿的命令干的，对不对？"

"我还以为你不喜欢伯川·斯库德呢。"

"我是不喜欢，现在也不喜欢，可是——"

"那你操什么心？"

"可你们那帮人都知道他和此事无关，对不对？"

"我看你还是少管政治吧，说起话来简直像个傻瓜。"

"他是无辜的，对不对？"

"那又怎么样?"

她看着他,吃惊地睁大了眼睛:"那么,他们就是拿他当替罪羊了,对不对?"

"哎呀,少跟我来艾迪·威勒斯那套!"

"是吗?我喜欢艾迪·威勒斯,他很诚实。"

"他就会耍小聪明,根本就不懂怎么和现实打交道!"

"那你懂,是吗,吉姆?"

"我当然懂!"

"那你为什么没能帮斯库德?"

"我?"他顿时爆发出一阵绝望和恼火的狂笑,"哎呀,你怎么还这么天真?我费了九牛二虎之力才把斯库德推了出去!总得有人去担罪吧。难道你不明白,如果找不到别人的话,我的脑袋就保不住了?"

"你的脑袋?如果达格妮错了的话,怎么不是她的脑袋呢?是因为她没错吧?"

"达格妮完全是另外一码事!在这件事上,倒霉的不是斯库德就是我。"

"为什么?"

"牺牲斯库德对国家的政策更有利一些。这样一来,就不必再去争论她说的那些话了——如果有谁提起来,我们就会高喊那是斯库德的节目。斯库德的节目已经名誉扫地,事实证明斯库德是个骗子，等等——你认为外界猜得出是怎么回事吗？本来就没人相信伯川·斯库德。哎，别这么瞪着我！难道你愿意看着我名誉扫地吗？"

"为什么就不会是达格妮呢？是不是因为你们无法否认她说的话？"

"如果你那么同情伯川·斯库德的话，就应该看看他是怎么千方百计地去陷害我的！他这么些年来一直就是这么干的——你以为他是怎么爬到今天这个位置的，还不是踩着死尸！他也觉得自己很了不得呢——你真应该瞧瞧那些大亨过去对他有多忌惮！但这次他玩过了头，他这回算是站错队了。"

他轻松得意地笑着仰在椅子里。在麻木之中，他隐隐感到这正是他希望体验的那种找回自我的感受。自我——他晕晕乎乎地想着，轻飘飘地穿过了他心里最阴暗的死胡同——究竟什么才是他的自我？

"你知道，他是丁其·霍洛威那一派的人。丁其·霍洛威和齐克·莫里森的两派势力曾一度相持不下，但我们还是赢了，丁其为了从我们手里拿到他想要的好处，就同意舍弃他哥们儿伯川。你是没听见伯川的咆哮，但他明白他是死定了。"

他开始呵呵地笑了起来，但当他清醒过来，看到他妻子脸上的表情时，他便一下子止住了声。"吉姆，"她轻声问道，"这就是……你所谓的胜利？"

"我的老天爷！"他一拳砸在桌上，叫嚷了起来，"你这些年是在哪儿？你认为你是生活在什么世界里？"他的这一拳将他的水杯震翻，洒出的水润湿了台布上的花纹。

"我也是在想这个问题，"她低声说道。她的肩膀垮了下去，脸上骤然显得疲惫不堪，神情里浮现出一股奇怪的沧桑感，看上去憔悴而茫然。

"我也无能为力！"他的叫声打破了沉寂，"这不能怨我！我只能走一步看一步！这世界又不是我一手打造的！"

他吃惊地发现她笑了起来——很难相信她温和平静的脸上会浮现出那样苦涩的嘲笑；她没看他，而是凝视着浮现在她自己眼前的一幕景象："我父亲以前不去干活，在酒吧里醉酒的时候，也是这样说的。"

"你居然把我比作——"他吼了一半就停住了，因为她根本就没听。

她再一次看着他，问了一句令他吃惊的、毫不相干的话。"在九月二日实行国有化，"她的声音里有种渴望，"这日子是不是你选的？"

"不，这和我一点关系都没有，那是他们的议会举行什么特别会议的日子，怎么了？"

"这是我们的第一个结婚纪念日。"

"哦？哦，对了！"他发现谈话转到了这样一个安全的话题上，便一下子轻松了许多。"我们已经结婚一年了，天啊，感觉时间没那么长嘛！"

"感觉上要长得多。"她淡淡地说。

她的眼睛又瞟向了别处，他忽然有些发慌，觉得这个话题一点都不安全，他希望她还是不要回头去审视过去的这一年和他们的婚姻历程……别害怕，要去学——她心里想——该做的不是去害怕，而是去学……她总是反复地对自己说这句话。这句话如同一根支柱，被她那绝望的身躯攀磨得光滑无比，支撑着她度过了过去的一年。她努力去重复这句话，却觉得手仿佛抓不住，仿佛这句话再也驱不走心中的恐惧——因为她已经开始明白了。

如果你不知道的话，就不要害怕，而要去学……她第一次对自己这样说的时候，是新婚后她感到困惑无助的前几个星期。吉姆看上去不够成熟的举动和阴沉的脾气，以及他对她的问话像懦夫一般地含混其词，都令她难以理解，这样的性格不可能出现在她所嫁的詹姆斯·塔格特身上。她告诫自己，在弄懂一切之前不要轻易去责怪，她对他的生活一无所知，正是她的无知才造成了对他的误解。尽管她一直觉得肯定有什么地方不对头，并且感到害怕，但她还是在自责。

"我一定要学会詹姆斯·塔格特先生应该懂得和掌握的所有东西。"她就是这样向礼仪教师解释了她为什么想去学习。她像一个军校学生和刚出家的僧人那样，开始了非常投入和极为自律的学习。她想，只有这样才能不辜负她丈夫对她的高度信赖和期待，现在，这已经成了她应尽的职责。尽管不愿意对自己承认，她还是觉得在完成了这个漫长的任务之后，她能找回眼里的他，找回那个在他的铁路取得成功的夜晚她曾经见过的他。

吉姆听到她上课时表现出的态度令她感到费解。他总是情不自禁地大笑起来，她简直难以相信那笑声中居然带有不怀好意的蔑视。"为什么，吉姆？为什么？你在笑话什么？"他从不解释什么——仿佛对他所嘲笑的事情已经不必再多费唇舌。

她没法怀疑他是有恶意的：他对她出的差错总是既耐心又宽容。他似乎急于带她到全城最上流的社交场合亮相，对于她的无知和笨拙，对于客人们无声地交换着眼神，而她脸红地意识到自己又说错了话的窘境，他从未有过半句责备。从他身上看不出一点尴尬，他只是微笑地注视着她。在那样的晚上回到家之后，他的情绪显得极度欢快。他是在尽量让她心里好受一些，她想——一股感激之情促使她更加认真地学习下去。

她的努力在不知不觉间得到了回报，她在一天晚上第一次发现自己喜欢上了这样的聚会。她觉得言谈举止非常自如，并不是守着什么规矩，而纯粹是由着她喜欢，便猛然有了自信，那些规矩已经变成了自然而然的习惯——她知道她很引人注目，可是这一次，她终于不再被人嘲笑，而是得到了赞赏——她凭着自己的本事得到了人们的爱戴。她是塔格特夫人，不再是一个要吉姆照顾、人们只是看他的面子才会勉强接受的累赘——她快活地笑着，看着周围附和的笑容和人们脸上的欣赏——她不断地朝房间对面的他张望着，高兴得如同一个拿着考了满分的成绩单的孩子，一心盼着他能够为她而骄傲。吉姆独自坐在角落里，用一副令人难以琢磨的眼神望着她。

他在回家的路上不和她说话。"我不明白我总是去那些聚会干什么，"他站在客厅中央，突然一把扯下领结，喊起来，"我还从没在这么庸俗无聊的地方浪费过这么多的时间！""怎么了，吉姆？"她惊讶地说，"我觉得挺好呀！""你当然会！你好像很是逍遥自在嘛——似乎把那里当成康尼游乐园了。我希望你能学着检点一些，别让我当众难堪。""我让你难堪？今天晚上？""没错！""怎么让你难堪了？""你要是不明白的话，我就没法解释了。"他故弄玄虚地暗示着不能理解就等于承认自己的低级。"我不明白。"她坚决地说道。他走出房间，重重地摔上了门。

她感觉到，这一次的费解并非只是像一段空白那么简单：它带有一丝罪恶的味道。自从那天晚上开始，一块小小的、顽固的恐惧阴影便种在了她的心里，如同远处的一盏车灯，正沿着看不见的道路向她逼近。

学习看来无法使她进一步认清吉姆的内心世界，却令这疑团越来越大。对于他的朋友们参加的沉闷而毫无感觉的画展，对于他们读的小说和谈论的政论杂志，她觉得她根本不可能产生任何应有的尊敬——在画展上，她看到的是她小时候在贫民窟的路边随处可见的粉笔涂鸦——那些声称要证明科学、工业、文明和爱情无用的小说，讲的是她父亲即使醉得头脑再发昏也说不出口的粗俗语言——那些战战兢兢、通篇废话的杂志比她曾经痛骂过的到贫民窟布道、满嘴骗人的牧师所说的还要隐晦和陈腐。她无法相信这些东西就是她一心向往和等待学习的文化。她觉得自己仿佛爬上了一座高山，爬向一个看起来像是古堡的奇形怪状的东西，然后发现那是一间被抛弃的仓库的废墟。

"吉姆，"一天晚上，在和一群被称为全国知识分子领袖的人们聚会后，她说道，"西蒙·普利切特博士是个骗子——是个卑鄙、怯懦的老骗子。""哦，是吗？"他回答道，"你认为你有资格去评论哲学家吗？""我有资格去评论骗子。这种人我见得太多了，一眼就能看出来。""你看，所以我才说你永远都摆脱不了你的出身，否则，你就会懂得去欣赏普利切特博士的哲学了。""什么哲学？""假如你还不明白的话，我就没法解释了。"她不想让谈话被他用这种惯常的手段结束。"吉姆，"她说，"他是个骗子，他和巴夫·尤班克，还有他们这帮人全都是——我看你是上了他们的当。"出乎她的预料，他并没有恼。她看到他似乎觉得好笑般将眼皮一抬。"那是你才这么想。"他回答说。

一个她从来没想过的可能性令她感到一阵恐惧：如果吉姆不是上了他们的当呢？她想，她可以识破普利切特博士的欺骗——他是在浑水摸鱼；此刻，她甚至可以承认吉姆在他自己的那一行里可能也是个骗子；令她心里不安的，是想到吉姆是个没有在浑水里捞什么的骗子，他是个不要钱的骗子，一个无法被收买的骗子；相形之下，这种舞弊或行骗者似乎很清白。她想象不出他的动机何在；她只是觉得那盏向她逼近的车灯越来越大了。

她已经不记得是如何开始怀疑吉姆在铁路上的地位的。从起初的一点点不自在到阵阵的疑惑，再到后来挥之不去的恐惧，她的痛苦在逐渐地加剧。当她心里疑云初起，第一次无心地问了一句，满心指望着他能给出一个令她安心的回答时，他却突然怒不可遏地嚷嚷着："这么说你是信不过我了？"在那一刻，她意识到她确实是不相信他了。她幼年的贫民生涯令她懂得了一个道理：正直诚实的人从不会对关于信任的问题过敏。

"我不想谈工作。"她一提到铁路，他就会这样回答。有一次，她试图求他："吉姆，你知道我是如何看待你的工作，同时对你做这样的工作又是多么敬仰吗？""哦，是吗？你嫁的究竟是个男人还是铁路总裁？""我……我从没想过要把这两者分开。""哦，我可不觉得这是在恭维我。"她为难地看着他：她满以为那是句好话。"我想相信的是，"他说，"你爱上的是我，而不是我的铁路。""天啊，吉姆，"她倒吸了一口气，"你不会认为我是——""不,"他伤感而宽容地一笑,说,"我不认为你是贪图我的钱和地位才嫁给了我,我可从没怀疑过你。"她在错愕的困惑和公道的压力下,意识到她或许让他产生了误解,一定是有很多贪钱的女人曾经伤透了他的心,她只好边摇头边哀求道:"噢,吉姆,我绝没有那个意思!"他像是哄小孩一样轻声地笑了笑,伸手搂住了她。"你爱我吗?"他问。"爱。"她小声说道。"那就要对我有信心。你知道,爱就是信任,你看不出这就是我需要的吗?周围的人我谁都不能信,我的身边都是敌人,我很孤独。你难道不知道我需要你吗?"

几个小时后,她依然在屋子里焦虑不安地走来走去,令她心神不宁的是她恨不得能相信他,却连一个字都无法相信,但同时又知道他的话的确是事实。

虽然事情的确如此,但并不是像他所暗示的那样,也不是她能够想清楚的。他确实需要她,但她总是难以断定他那种需要的真实面目。她不清楚他想从她身上得到些什么。他想要的不是奉承,她见过他在听到撒谎者谄媚的奉承时,沉着脸,露出一副憎恶的神态,简直如同一个瘾君子瞧着眼前那一丁点对他根本不起作用的毒品。但是,她曾经见过他看着她的样子,似乎是在等着打一针兴奋剂,有时候简直像是在乞求。只要她对他流露出一点仰慕的意思,她就能看到他的眼里闪现出一丝活力——可一旦她说出仰慕的原因,他就变得怒气冲冲。他似乎希望他在她的心目中是伟大的，但永远不想让她把任何具体的事情归功于他的伟大。

她始终不理解四月中旬的那天晚上，当时他刚从华盛顿回来。"嗨，小丫头！"他响亮地招呼着，递给她一束丁香花。"好日子又到啦！一看到这些花就想起了你，春天到了，亲爱的！"

他给自己倒了杯喝的，端着它在屋子里走来走去，言谈之间露出一股轻松不已的兴奋。他的眼里闪烁着兴奋的光芒，语气极度兴奋。她都觉得他有些得意忘形了。

"我知道他们想干什么！"他冷不丁地冒出一句。她飞快地瞟了他一眼：她听得出这是他抑制不住地在发作。"全国上下知道这件事的不过十来个人，我就是一个！上面的那些人在对全国宣布之前一直守口如瓶。它绝对会让很多人都想不到！绝对会把他们都震趴下！是很多人吗？好家伙，全国的人，有一个算一个！它会影响到每一个人，可见有多重要了。"

"影响——怎么影响，吉姆？"

"这会影响到他们！他们都不知道是怎么回事，可我知道。今晚，他们还都在那儿"——他冲着市里灯火通明的窗户挥了挥手——"一心想着要干点什么，数着挣来的钞票，享受着天伦之乐或者做着美梦。他们还蒙在鼓里，可我知道，这一切都会被停止和改变！"

"改变——是变得更好还是更糟？"

"当然是更好了，"他有些不耐烦，似乎这问题完全没必要问。他声音中的热度似乎降低了一些，重新道貌岸然地谈起了责任，"这项计划可以拯救国家，阻止我们的经济滑坡，稳住形势，保证稳定和安全。"

"是什么计划？"

"我不能讲，这是机密，头等机密。你难以想象有多少人会拼命打听这件事。哪怕只是一点风声，任何一个企业家都会拿他最昂贵的一打高炉去换，可他还是得不到！比如说你崇拜的那个汉克·里尔登吧。"他冷笑一声，似乎看到了里尔登的末日。

"吉姆，"他的这声笑令她惊恐万分，"你为什么恨汉克·里尔登？"

"我不恨他！"他猛地朝她转过身来，脸上竟然带着焦虑和近乎恐惧的表情，"我从没说过我恨他。别担心，他会赞同这项计划，每个人都会赞同的。这可是为了大家好啊！"听起来，他像是在恳求。她在迷惑之中感到他是在撒谎，但那恳求的确是发自内心的——似乎他急于让她安心，不去想他刚才说的这件事。

她努力笑了笑。"是啊，吉姆，当然是这样了。"她一边回答，一边纳闷，她怎么反而要去安慰他了？

她看到他的脸上似乎露出了笑容和感激的神情。"我今晚必须告诉你，我想让你明白我是在处理多么重大的事情。你总是谈论我的工作，可你对它一点都不懂，它远远超出了你的想象。你脑子里的管理铁路就是铺铺铁轨，用点花哨的金属，然后让火车正点到达。不是这样的，这种事任何一个下属都会干。铁路真正的心脏是在华盛顿，我的工作是去搞政治——是政治——决策的范围遍及全国，会影响到每一件事，控制着每一个人。一纸寥寥数言的法令可以改变在全国每一个角落里的每一个人！"

"是啊，吉姆。"她一边说，一边希望着自己能相信，他或许真的是华盛顿那个神秘圈子里的重要人物。

"你会看到的，"他在屋内踱着步子，说道，"你认为那些有点小聪明，能摆弄发动机和高炉的大企业家们很有权力吗？他们会被抵制！他们会被夺权！他们会被拉下马！他们会被——"他发现了她瞪大眼睛看着他的样子，"这不是为了我们自己，"他急忙叫道，"这是为了人民！政治和商业的区别就在这里——我们没有自私的目的，不受个人的驱使，我们图的不是利，不会用一辈子去捞钱，我们用不着！正因为这样，我们才被那些贪婪逐利的人误解和诽谤，他们根本无法理解精神的追求或者道德的理想，或者……这我们也没办法！"他突然转身冲她大喊了起来，"我们必须有这么一个计划！现在一切都处于崩溃和停顿之中，必须采取一些措施！我们必须阻止它们继续停滞下去！我们没有办法！"

他的眼神近乎疯狂。她搞不懂他是在胡吹还是在乞求原谅，她不知道这究竟应该算是胜利还是恐惧。"吉姆，你是不是不太舒服？也许你干得太拼命，身体累垮了——"

"我还从没感觉这么好过呢！"他不耐烦地叫了一声，又接着疯狂起来，"我当然是在拼命地干，我工作的重要性你连想都想不到，它的意义远远超过了汉克·里尔登和我妹妹那样的挖钱机器所干的一切。无论他们做什么，我都可以让他们白费工夫。让他们修条铁路试试——我过来就能把它拆了！"他打了个响指，"就像弄断脊椎一样！"

"你想把脊椎弄断吗？"她浑身哆嗦着，低声问道。

"我没这么说！"他尖叫了起来，"你有毛病呀？我没这么说！"

"对不起，吉姆！"她被她自己刚刚说的话和吉姆眼里的凶光吓得怔住了，"我只是不明白，可是……可是我知道，我不该再问问题去烦你，你已经这么累了"——她是在拼命地想要说服她自己——"你心里装着那么多事情……是那么……那么大的事情……我想都不敢想……"

他的肩头放松地一沉。他向她走过去，疲惫地跪倒在地，双手搂住了她。"你这个小傻瓜。"他动情地说道。

她紧紧地抓着他，一股温暖，甚至是怜悯的情绪感动了她。然而，当他仰起头向她望来的时候，她发现他半是感激的眼里似乎还有几分蔑视——就好像，基于一种不为人知的宗教法令，她宽宥了他，却判处自己有罪。

在随后的日子里，她发现，再去对自己说什么她还无法理解这些事，她应该信任他，爱就是信任这样的话，已经不起作用。她怎么也想不明白他的工作以及他和铁路之间的关系，疑心便与日俱增。她搞不懂的是，为什么她越认为自己有责任用信任来回报他，她的疑问就越多。后来，在一个辗转反侧的夜里，她发觉她要尽到这个责任，就会在人们谈到他的工作时扭头避开，就会不去看报道塔格特泛陆运输的报纸，彻底不去理睬任何与此有关的消息和争论。她惊讶地发现自己被一个问题难住了：信任和事实，该选择哪一个？在意识到她的信任其实是她不敢去了解之后，她便再也不像以前那样只是尽义务般自欺欺人，而是开始以更清晰、更平静的公正心态去了解真相了。

她没用多久就明白了。塔格特的主管们在她随口发问下的支吾，他们回答问题时老一套的空话，提到上司时他们那副紧张和明显不愿意去谈论的样子，这一切虽然说明不了什么具体的问题，却让她有了一种不能再坏的感觉。铁路上的工人们——她在塔格特终点站有意找一些并不认识她的扳道工和售票员闲聊——他们说的更为琐碎。"你是问吉姆·塔格特吗？这个整天哭丧着脸发牢骚，只会长篇大论和搭顺风车的家伙！""是当总裁的那个吉米吗？那好，我就告诉你：他就是个在铁路上赚昧心钱的混混。""老板吗？塔格特先生？你想说的是塔格特小姐吧？"

把全部真相都告诉了她的是艾迪·威勒斯。她听说他和吉姆从小就认识，便邀他一起吃午饭。当坐在他对面，看着他诚恳、直率、带着疑问的眼神，听到他严谨简练的谈话时，她便改变了随意刺探的打算，客观扼要地对他讲了她想了解些什么，以及她的理由——这不是为了想得到帮忙或同情，只是想知道实情。他用同样的态度回答了她，平静客观地讲述了事情的全部经过，没有下任何断言，没有发表任何意见，没有通过对她的情感表示丝毫的在意而侵犯它，只是异常严厉地说着铁一样的事实。他对她讲了是谁在管理着塔格特泛陆运输，讲了约翰·高尔特铁路。她听着，并没有觉得震惊，然而这更加糟糕：似乎说明她早就料到了。"谢谢你，威勒斯先生。"听他讲完后，她只说了这么一句话。

那天晚上，她等着吉姆回家，她内心的失落侵蚀着她的痛苦与愤怒，这些仿佛和她再也不相干了，仿佛她应该去做些什么，但任何行动，以及带来的任何结果，都已经无足轻重。

看到吉姆进屋，她感到的不是气愤，而是一种不快的惊讶，几乎想问自己：他是谁？干吗现在要和他讲话？她用疲惫得几乎快说不出话的声音简单向他说了她知道的一切。她似乎觉得没说几句他就明白了，似乎他知道早晚有这么一天。

"你为什么不告诉我实话？"她问。

"你就是这样表示感激吗？"他叫喊道，"你就是这么看待我为你做的这一切？每个人都跟我说，举起一只小野猫，得到的只能是残忍和自私！"

她看着他，那样子似乎根本就没把他那语无伦次的声音听进去："你为什么不告诉我实话？"

"你这个卑鄙的小人，这就是你对我全部的爱吗？我对你的信任换来的就是这个吗？"

"你为什么撒谎？为什么给我制造假象？"

"你应该替自己感到羞耻，你应该觉得没脸来面对我，没脸跟我说话！"

"是我吗？"她听见了他那语无伦次的声音，但无法相信他居然会说出这样的话，"你打算干什么，吉姆？"她问道，她的声音听上去非常吃惊和陌生。

"你想过我的感受没有？你想过这么做有多伤害我的感情吗？你应该首先顾及我的感受！这是任何一个妻子都应该首先做到的——特别是像你这样的女人！没有什么比忘恩负义更下作、更丑陋的了！"

一瞬间，她认清了一个想都想不到的事实，一个人明知道自己的罪过，却想把它转嫁到被他所害的人身上，以逃脱罪名。但她的脑子接受不了这样的事实。她感到一阵恐惧，在惊悸之中，她的内心拒绝接受这个会把心一同毁掉的事实——仿佛已濒临疯狂的边缘。她低下头，闭上了眼睛，只知道她觉得厌恶，一种说不上来的原因令她厌恶得想吐。

当她抬起头来看他的时候,她像是看到了一个计谋没有得逞的人,正在用犹豫、退却和盘算的目光打量着她。在她对此还没来得及相信的时候,他的面孔就又躲藏在了一副受伤和愤怒的表情背后。

她说话的时候,像是在把她的想法说给一个讲理的人听。尽管并没有这样一个人在场,但既然没有别人,她只好就当他还在:"那天晚上……那些头条新闻……那份光荣……根本就不属于你……说的是达格妮。"

"闭嘴,你这个下贱的婊子!"

她一脸茫然地看着他,没有任何反应。她似乎什么都不知道了,因为她已经吐出了临终遗言。

他装出一副难过的样子:"雪莉,对不起,我不是那个意思,我收回刚才说的话,我不是那个意思……"

她仍旧如一开始那样,靠墙而立。

他垂头丧气地一屁股跌坐在沙发边上。"我又能怎么跟你解释啊?"他带着放弃的口吻说道,"这事太大,太复杂,如果你不了解缘由始末的话,我又怎么能跟你解释清楚跨国铁路的事呢?我怎么能跟你解释清楚我这么多年来的工作,我的……唉,有什么用呢?我总是被人误解,现在应该习惯了才对,只是我觉得你与众不同,应该还有点希望。"

"吉姆,你为什么和我结婚?"

他惨然一笑:"这也是所有人一直在问我的,我没想到你也会问。为什么?因为我爱你。"

她觉得奇怪,这个原本人类语言中最简单、所有人都明白、将人们联结在一起的词,对她怎么居然没有丝毫意义。她不知道这个词在他心目中是什么样的定义。

"从来就没人爱过我,"他说,"这世界上根本就没有爱,人们不去感受,可我有感受。有谁在乎它呢?他们关心的只是时间表、车皮和钱。我没法生活在这些人当中,我非常孤独。我一直渴望着找到理解。或许我只是个毫无希望的幻想者,在寻找不可能的东西。没有人会理解我。"

"吉姆,"她的声音中有一丝奇怪的严酷,"我努力了这么久,就是要去理解你。"

他的手向下一摆,做了个将她的话挥到一旁的手势,只是这动作并无恶意,很是伤感。"我认为你也会这样做,我现在只有你了。不过,人和人之间的理解或许根本就是不可能的。"

"为什么不可能?你为什么不告诉我你想要的是什么?为什么不帮我来了解你呢?"

他叹了口气:"这就是了,麻烦就麻烦在你问的这些为什么,你对任何事都要问个究竟。我刚才讲到的那些是语言无法表达的,说不出来,只能去感受。有些人有感觉,其他人没有,这不能用脑子，要用心。难道你从来没有感觉到什么吗？纯粹的、不想任何问题的直觉？难道你不能把我当成一个人，而不是一件实验室里的仪器？跨越我们肤浅的语言和无助的头脑后更深刻的理解……不，我看我不应该去寻找它，但我会一直满怀希望地追求。你是我的最后一线希望，除了你，我一无所有。"

她靠墙而立，一动未动。

"我需要你，"他轻声叹道，"我现在是孤家寡人。你和别人不同，我相信你，信任你。所有的金钱、名望、生意和奋斗又能给我带来什么？我只有你……"

她站着没动，只有从她向斜下方扫着他的视线里，才能看出她还在注意着他。他说他受到折磨的那些话是在撒谎——她心想——不过折磨倒是不假；他心里很苦闷，又好像不能对她讲，然而，她也许可以试着去了解。她毕竟还是欠他的这个情——她的心里还有一分淡淡的责任感——为了报答他令她走到了今天，尽管他也许只能做到这一步了，她还是应该尽力去理解他。

从此以后，她便有了一种奇怪的感觉，她成了一个自己都认不出自己的陌生人，变得无欲无求。从前崇拜英雄的熊熊之火已经熄灭，只剩下了让她感到味如嚼蜡的怜悯。她拼命要找的那个为了理想而奋斗、拒绝受苦的人不见了——留给她的这个自己唯一想做的就是去受罪，并以此来度过她的一生。不过，这一切对她来说已经无所谓了。过去的她在转过前面的每一个路口时，总是满怀着期盼，而现在这个消沉的陌生人则完全和她身边那些油头粉面的人一样，说什么他们是因为不去思考和没有幻想才变得更成熟。

但那陌生人依旧摆脱不了她的理想这个幽灵的纠缠，这个幽灵要去完成一项使命，她必须把毁掉她的这一切彻底想明白。她一定要搞清楚，于是她便开始无休止地等待。尽管她感到车灯已经逼近，在弄清楚一切的时候她会葬身车轮之下，但她还是要搞清楚。

你想从我这里得到些什么？这个疑惑成了一条线索，不断地叩问着她的内心。你们想从我这里得到些什么？在饭桌前和客厅里，在辗转难眠的夜晚，她冲着吉姆、冲着巴夫·尤班克和普利切特博士，冲着似乎和吉姆心照不宣的那些人无声地呐喊着——你们想从我这里得到些什么？她不去大声地喝问，她知道他们不会回答。你们想从我这里得到些什么？她质问道，感到她在东奔西跑，却无路可逃。你们想从我这里得到些什么？她质问道，回想着连一年都还没到的这段漫长的婚姻的折磨。

"你想从我这里得到些什么？"她大声问道——此时，她正坐在餐厅的饭桌旁，看着吉姆那张兴奋不已的脸，以及桌子上那片渐干的水渍。

她不知道他们互相沉默了多久，她被自己的声音和本来没想说的这句话吓了一跳。她并不指望他会明白，他似乎连那些更简单的问话都不明白——于是，她摇了摇头，竭力让自己回到当前的现实里来。

她有些吃惊地发现，他正在讥讽地望着她，仿佛在嘲笑她对他的理解力的估量。

"爱。"他回答。

这个回答是如此的简单和没有意义，她觉得她一下子便垂头丧气了。

"你不爱我，"他指责道。她没有回答。"否则你就不会问出这样的问题。"

"我的确爱过你，"她迟钝地说道，"可那不是你想要的。我爱的是你的勇气、你的志向、你的才干，可这些都是假的。"

他的下唇微微有些不屑地撅了起来："这算什么爱？"

"吉姆，那你认为你有什么是值得爱的？"

"你这简直是庸俗的小店员的想法！"

她没有吭声，她的眼睛里带着大大的问号，盯着他。

"值得爱的！"他那显得一本正经的嘲弄的声音听上去十分刺耳，"这么说你认为爱可以计算出来，可以拿来交换，可以像杂货店里的黄油一样去称量？我不愿意别人是因为任何外在的原因来爱我，要爱就爱我这个人——而不是因为我做什么，有什么，说什么或者想什么；只是我这个人——而不是我的身体、大脑、言行和我所干的事情。"

"那这样的话……你自己又是什么呢？"

"如果你爱我的话，你就不会问这样的问题。"他的声音有些不自在，仿佛是在小心翼翼地克制着自己盲目的冲动。"你就不会问，你就会知道，会感觉出来。你为什么总是想把什么事都分得那么清楚？你就不能从那些小家子气的物质利益里面超脱出来吗？难道你从来不会去感觉——只是去感觉？"

"没错，吉姆，我会去感觉，"她的声音一沉，"但我是在克制自己的感觉，因为……因为我感觉到的是害怕。"

"是怕我？"他满怀希望地问道。

"不，不完全是，我不是害怕你会把我怎么样，而是感到你这个人很可怕。"

他的眼睑如同关门一样地迅速往下一垂——可她还是从他的眼睛里发现了一道不可思议的恐惧的目光。"你这个庸俗的财迷，根本就不懂爱！"他突然大叫了起来，话语里撕下了所有的伪装，变得凶恶无比。"没错，我说的就是财迷，除了见钱眼开之外，它还有很多种更恶劣的方式。你是个精神上的财迷，你不是因为我的钱才嫁给我——而是因为我的才能、勇气以及其他你认为有利可图的那些东西！"

"你希望……爱……是……无缘无故的吗？"

"爱本身就已经足够！爱是高于一切原因和道理的，爱是盲目的。可你根本就不会爱。你那种吝啬、设计、盘算的小心眼儿和做小生意的一样，只会做买卖，从来不会给予！爱是一种恩赐——一种超越和宽容一切的伟大和不求回报的无条件的恩赐。爱上一个人的品德是怎样的一种慷慨？你会给他什么？什么都不用。只要有冷静的判断，只要他受之无愧就可以了。"

她目光深沉，像是紧盯着发现的目标一般。"你是想白白地得到它。"她的语气不是疑问，而是下了结论。

"唉，你不懂！"

"不，吉姆，我懂。这就是你想得到的——这就是你们这些人真正想得到的东西——不是钱，不是物质利益，不是经济保障，就是把这些给你们，你们也不会要。"她冷冰冰地说着，似乎在将心里的想法说给自己听，将心中乱成一团的阵阵苦痛找出恰当的字眼表达。"所有你们这些鼓吹权益的人对不义之财并不感兴趣，你们想要白占的是另外一类东西。你说我是精神上的财迷，那是因为我寻找的是价值。而你们这些权益的鼓吹者……你们想要掠夺的是精神。我从没想过，也从来没人告诉过我如何去认识对精神的霸占，以及这意味着什么。但这正是你们想得到的，你想得到不属于你的爱，想得到不属于你的爱戴和不属于你的伟大。你既想得到汉克·里尔登得到的一切，又不想像他那样，不想做任何事，甚至不想……存在。"

"住嘴！"他号叫起来。

他们彼此看着对方，不约而同地感到了恐惧，仿佛他们摇摇欲坠地站在一处她说不上来、而他不肯说出的危险边缘，两人都明白，多迈一步都会致命。

"你在说些什么呀？"他的问话中流露出一种嗔怪的口吻，听上去缓和了许多，几乎像是要把他们拉回平常的状态，拉回近似于夫妻拌嘴的无伤大雅的气氛。"你这是什么怪想法？"

"我不知道……"她疲惫不堪地说道，脑袋一垂，仿佛一个她极力想抓住的东西再一次滑脱开去。"我不知道……看来是不可能的……"

"你最好还是别太意气用事，否则……"他停下不说了，因为管家走了进来，手里端着闪闪发亮的冰桶，里面是他们要的用来庆祝的香槟酒。

他们沉默不语，屋里响起了人们几百年来辛辛苦苦营造出的象征着欢乐的声音：瓶塞砰的一声开启，淡淡金黄色的液体发出欢快的声音，涌入两只映着烛光的大酒杯，窃窃私语的泡沫沿着两道水晶般的杯壁升起，简直是让眼前的一切在同样热烈的气氛中起身而立。

他们在管家离开之前始终一言不发。塔格特用两只绵软的手指握住杯脚，低头盯着泡沫。随后，他猛然一把攥住了酒杯，不像是端着一杯香槟，倒像是抬起一把屠刀似的，将酒杯举了起来。

"为弗兰西斯科·德安孔尼亚干杯!"他说。

她放下了酒杯,回答道:"不!"

"喝了它!"他尖叫着。

"不。"她回答说,声音低沉得像是一块铅。

他们彼此打量了片刻,烛光映着金色的液体,却照不到他们的脸和眼睛。

"哼,真是活见鬼!"他喊着跳起脚来,将杯子朝地上一掼,气冲冲地走了出去。

她动也不动地坐在桌旁,过了许久,才慢慢起身,按响了叫人的铃。

她迈着异常平稳的脚步向她的房间走去。她打开衣橱,找出一套衣服和一双鞋,脱下家居的便服,动作格外谨慎,似乎一旦惊动了她周围和内心的一切,便会影响她的一生。她的心里只有一个念头:一定要离开这座房子——哪怕只离开一小时也好——然后,她就能够去面对不得不面对的一切了。

面前文件上的字迹开始模糊起来,达格妮抬起头,意识到天已经暗下来很久了。

她把文件往旁边一推,不想去开灯,正好让自己好好地享受一下清闲和黑暗,这令她得以远离客厅窗外的都市,远处的日历上显示出:八月五日。

过去的一个月转瞬即逝，留下的只有一片死气沉沉的苍白。这一个月，她一直焦头烂额、吃力不讨好地应付着一起又一起的突发事件，延缓着铁路的崩溃——一个月就像是一堆浪费掉的、彼此毫无关联的日子，每一天都在避免一触即发的灾难。这些日子没有取得任何实质的进展，只是白费了一番工夫，避免了一堆灾难的发生——这并不是在生活，而只是一场与死亡的赛跑。

有时候，山谷里的景象会不期而至地呈现在她面前，它并非突如其来，倒像是一种始终隐去的景象，猛然间决定要占据一会儿现实。她曾经像是蒙上了双眼一般，在静默中面对着它，挣扎在一个毫不动摇的决心和一股不肯消退的痛苦之间。与这股痛苦抗争的办法便是承认它，说一声：不过如此。

有几天早晨，醒来时太阳的光线已照在她的脸上，她想着要赶紧到哈蒙德的店里去买做早餐的新鲜鸡蛋，随后，她彻底清醒了过来，看着卧室窗外灰蒙蒙的纽约，感到一阵撕裂般的疼痛，仿佛闻到了死亡的气息，实在不愿意去接受现实。这你是知道的——她曾经严厉地告诉自己——这些是你在做决定的时候已经知道的。她不情愿地拖着沉重的身子，从床上起来，去面对难挨的又一天。她会小声地说：不过如此。

最折磨人的便是走在大街上的时候，有时她会突然发现陌生人的头上闪现出一缕亮亮的栗黄色，她感觉城市消失了，似乎能够阻止她立刻冲上前去抓住他的，只有她内心那股强烈的沉静；然而，接下来她看到的是一些毫无意义的面孔——她曾经停住脚，不愿意迈出下一步，不希望生发出活着的力量。她曾经试着回避这样的时刻，试着让自己不去看。她曾经在走路时只盯着脚底。她没有成功：她的眼睛总是不由自主地跃向每一缕金黄。

她一直将办公室窗户的百叶窗高高拉起，她记得他的承诺，心里只是想着：无论你在哪里，万一你正在看着我……办公室周围没有一座像样的高楼，但她还是眺望着远处的大厦，不知道他在哪扇窗户后观察，不知道他是否发明了某种使用光线和透镜的工具，可以隔着街区或者从一英里以外看清她的每一个动作。她曾经将窗帘大开，坐在桌前出神：尽管我可能再也见不到你了，但我知道你在看着我。

此时，在这黑暗的屋子里，想到这里，她便一下子跳起来，将灯打开。

接着，她垂下头，郁郁地笑话着自己。她搞不懂，在城市无边的黑暗之中，她这扇亮着的窗子究竟是苦闷地在向他求助，还是依旧捍卫着世界的灯塔。

门铃响了。

打开门，她看到了一个女孩的身影和一张似曾相识的面孔——过了一会儿，她才大吃一惊地认出了来人是雪莉·塔格特。自从婚礼那天开始，她们只在塔格特大楼的楼道里碰到过几次，客气地打过几次招呼。

雪莉平静的脸上没有笑容。"能否允许我和你讲几句话"——她踌躇了一下，才又说，"塔格特小姐？"

"当然，"达格妮严肃地说，"进来吧。"

她从雪莉不自然的镇静中感觉到了非常紧急的情况。在客厅的灯下看到这个女孩的脸色时，她便愈发肯定了。"坐。"她说，但雪莉站着没动。

"我是来还债的，"雪莉说道，她的声音很庄重，竭力不流露出丝毫感情，"我要为我在婚礼上对你所说的话道歉。你没有任何理由原谅我，但我应该告诉你，我知道当时我侮辱的是我所崇敬的一切，而我捍卫的则是我所鄙视的一切。我明白，现在承认这些已经于事无补，即使我来这里也是非常冒昧的，因为你根本就没必要听这些，因此，我甚至不能把这笔债一笔勾销，我只有一个请求——请允许我把我想对你说的话讲出来。"

达格妮感到无比震惊，一股难以置信的暖流和苦涩仿佛在说：还不到一年，你就走过了多少路呀！她知道，此时如果笑一笑，就会破坏对方好容易才鼓起的勇气，她回答的声音带着极为严肃的诚恳，如同伸出了一只救援的手，"可这确实管用，而且我很想听。"

"我知道，经营塔格特泛陆运输的人其实是你，是你修建了约翰·高尔特铁路，是你才有头脑和勇气支撑它不倒。我猜你会认为我是为了钱才嫁给吉姆的——又有哪一个女店员不会这么做呢？但是，我嫁给吉姆是因为我……我以为他就是你，以为他才是塔格特泛陆运输。现在，我明白他是"——她犹豫了一下，然后似乎什么也不顾了，坚决地继续说了下去——"他是某种阴险的敲诈鬼，尽管我还想不清楚他是哪一种，又是为了什么。我在婚礼上和你讲话时，自以为是在捍卫着伟大，是在攻击它的敌人……可是正好相反……事情正好是如此可怕和令人难以相信地反了过来！所以，我想告诉你我知道了真相……这对你算不了什么，我没有权利认为你会在乎，可……可这是为了我曾经爱过的事物。"

达格妮缓缓地说："我当然能够原谅你。"

"谢谢你。"她小声说了一句，转身要走。

"坐下。"

她摇了摇头："我……我都说完了，塔格特小姐。"

达格妮终于在看着她的眼睛里露出了一点笑容，同时说道："雪莉，叫我达格妮好了。"

雪莉只是双唇微微地颤动着作为回答，仿佛那就是一个笑容："我……我不知道我该不该……"

"我们是姐妹，对吧？"

"不！不能是因为吉姆！"这声叫喊是情不自禁的。

"不，这是我们自己的事。坐下，雪莉。"她顺从了，但仍然竭力不愿显示出她盼望的心情，不愿意寻求支持，更不愿意崩溃。"你是不是心情很不好？"

"是的……不过没关系……那是我自己的事……也是我自己的错。"

"我不认为那是你自己的错。"

雪莉没有回答，随后突然不顾一切地说道："好了……我可不想要什么怜悯。"

"吉姆一定告诉过你——他说得没错——我从来不会怜悯。"

"对，他是说过……可我的意思是……"

"我明白你的意思。"

"可你没有任何理由对我表示关心……我不是来这里诉苦，然后……然后再给你增添负担的……就算我在受苦，也没有道理把你拉进来。"

"对，那是没有道理。不过既然你看重的一切也是我看重的，就另当别论了。"

"你是说……你不是因为可怜我才愿意和我说话？不仅仅是替我难过？"

"我替你感到非常难过，雪莉，而且我想帮助你——这并非是因为你在受罪，而是因为你根本就不该去受这个罪。"

"你是说，你的好意并不是冲着我软弱、抱怨或坏的一面，而是因为我有好的地方？"

"当然了。"

雪莉的头没有动,但看上去似乎抬了起来——仿佛在一股电流的环抱下,她的面孔得以放松,露出了一种痛楚和尊严交织在一起的少有的神情。

"这不是施舍,雪莉,放心地和我讲吧。"

"奇怪……你是头一个能和我交谈的人……感觉是这么轻松……可我……我过去却害怕和你讲话。自从我明白了真相以后,我就一直想来请求你的原谅。我都走到你办公室门口了,却停在那里,站在楼道里,没有勇气进来……我今晚本来没打算来,我出来只是为了……为了好好地想一想,然后,我突然就想来找你,在偌大的城市里,只有这里是我可以来的地方,只有这件事是我要做的。"

"我很高兴你能这么做。"

"你知道,达格——达格妮,"她觉得不可思议地轻声说道,"你和我想的一点都不一样……吉姆和他的那帮朋友们说你又冷又硬,没有感情。"

"这倒也没错,雪莉,按他们的意思,我的确是那样的——不过,他们是否告诉过你他们的意思是什么呢?"

"没有,他们从来就没说过。无论关于什么事,只要我问他们是什么意思,他们就嘲笑我……谈到你时,他们究竟是什么意思呢?"

"只要谁在指责别人'没有感情',他就等于在说那个人是正直的,不会有莫名其妙的情绪,不会去要本来就不属于他的感情,他所说的'去感觉'就是去违背理性、道德和现实,他指的就是……怎么了?"她看到雪莉的神色变得异常紧张,便问。

"这个问题……曾让我百思不得其解。"

"嗯,你要看到,指责从来不保护清白,而是保护罪过。正直的人从来不会因为被冤枉而责怪别人,坏人却会对识破他的人、不同情他所犯的罪行的人、不同情他因此而受到的折磨的人大加指责。不错——对此我的确没有感觉。可那些对此有感觉的人,面对人类的伟大,面对值得敬仰、推崇和尊重的人和事却无动于衷,而这些正是我能感觉到的,你会发现这两者是互不相容的。同情罪恶的人就一点都不会去同情无辜者。你可以扪心自问,这两类人里究竟谁才是没有感觉的,然后,你就会认清与施舍对立的是什么了。"

"是什么?"她怯怯地问。

"是公正,雪莉。"

雪莉突然浑身一抖,垂下了脑袋。"哦,天啊!"她痛苦地叹息着,"听了你刚才说的这些,我才意识到吉姆带给我的一切有多么阴暗!"她身子又是一抖,抬起了头,眼里的恐惧似乎再也控制不住了。"达格妮,"她小声说,"我害怕吉姆和所有的那些人……倒不是怕他们要去干什么……要是那样的话,我还能够逃脱……让我害怕的是我觉得似乎已经走投无路了……我怕的是：他们那样的人居然还会存在。"

达格妮快步走上前，坐到雪莉的椅子扶手上，稳稳地扶着她的肩头。"好了，孩子，"她说道，"你错了。你绝对不能像这样去害怕别人，绝对不能认为他们的存在反映着你的存在——可你现在就是在这样想。"

"是啊……是这样，我觉得如果他们存在，我就没有了生存的希望……一点希望都没有了……我不想有这样的感觉，总想把它顶回去，可它却越来越近，让我无处可逃……这种感觉我说不清，也抓不住——而什么都抓不住也让我感到害怕——就好像这个世界突然毁灭了，可毁灭它的不是大爆炸——爆炸还是实实在在的——毁灭它的是……是某种可怕的软耷耷的东西……再没有什么是结实有力的了，你的手指可以插进石墙，石头软得像果冻，山峦摇摇欲坠，建筑物的形状像云一样缥缈不定——这就是世界末日，毁灭世界的不是火山爆发，而是又软又黏的东西。"

"雪莉……雪莉，可怜的孩子，自古以来，就有哲学家企图把世界变成那副样子——把人们的头脑毁掉，让他们相信那一切就是他们所看到的。但是，你不必相信它，不必依靠别人的眼睛去看世界，要用自己的眼睛，坚持自己的判断。你知道自己看到的一切——那么就要像做最神圣的祷告一般大声地说出来，不要去听别人的。"

"可是……可是一切都已经面目全非了，吉姆和他的那帮朋友还是老样子。和他们在一起的时候，我不知道自己看见的是什么，他们谈话的时候，我不知道自己听见的是什么……所有的这一切都不真实，他们都在做令人毛骨悚然的事……我却不知道他们的企图……达格妮！我们一直认为人类有着远远超过动物的伟大智慧，可我——我现在觉得我比任何动物都要盲目，都要无助。动物能分清它的朋友和敌人，知道什么时候要保护自己，不相信自己会被朋友踩在脚下或杀害，不相信会有人说什么爱是盲目的，掠夺才是成就，劫匪就是政治家，拧断汉克·里尔登的脊椎才最好——噢，天啊，我这是在胡说些什么呀？"

"我知道你说的意思。"

"我是说，我该怎么和人打交道呢？我是说，如果一切都是没谱的——我们不就没法活了吗？当然，我知道事物是不会变的——但是，人呢？达格妮！他们似是而非，没有生命，只是一堆没有形状的不停变来变去的改变，我却必须生活在他们中间，这怎么可能呢？"

"雪莉，困扰你的是有史以来最大的一个难题，所有人都备受它的折磨。你的理解已经比大多数受尽折磨、死都不明白是怎么死的人要深入多了，我会帮你想清楚的。这是个很大的话题，也是一场很艰苦的斗争——不过首先要做到的就是不要惧怕。"

雪莉脸上露出一股奇怪的、渴望的神情，似乎她是在很远的地方看着达格妮，却已无力再向前靠近。"但愿我还能有斗争的愿望，"她轻声地说，"但我没有了，我甚至连胜利的愿望都没有了。只有一件事，看来是我没有勇气去做，你要知道，我从没想到自己会嫁给吉姆，这一切发生之后，我以为生活要比我原先想象的更加美好，而现在，我只能强迫自己去习惯和接受一种想法，那就是生活和人远比我想象的还要可怕，我的婚姻并不是什么光彩照人的奇迹，而是某种我至今还不敢彻底面对的难以启齿的罪孽，我没法不去想。"她忽然抬头看了一眼，"达格妮，你是怎么做的，你是如何能够不受困扰的呢？"

"就是坚持一条原则。"

"什么？"

"任何东西都不能凌驾于我自己的判断之上。"

"你吃了很多的苦……也许比我吃的苦还要多……比我们任何一个人都要多……你是靠什么坚持下来的？"

"坚信我的生命至高无上，绝不能轻言放弃。"

她从雪莉的脸上看到一丝惊愕和一种难以置信的认同感，仿佛这个女孩子正在竭力从往昔的岁月里找回某种激情。"达格妮"——她的声音极其轻微——"这……我小时候就是这样想的……我隐约记得自己就是这个样子……就是这种感觉……我从来没有丢掉它，它一直都在，可等我长大以后，我却觉得必须把它隐藏起来……我从没想清楚这究竟是什么，可刚才你一说，我一下子就明白了……达格妮，你用这种方式体验你的生活——究竟好不好？"

"雪莉，认真听我说：这种感觉，以及它所涉及和揭示的一切——是这个世界上最崇高、最尊贵、唯一美好的东西。"

"我这样问是因为我……我不敢那么去想。不知怎么回事，我总觉得人们认为这是一种罪恶……似乎他们痛恨的正是我心中的这个想法，而且……而且想把它铲除掉。"

"不错，是有一些人想毁掉它，一旦认清了他们的动机，你就会看到世界上最黑暗、最丑陋的那种罪恶，不过，它伤不到你。"

雪莉的笑容如同正在紧紧抓着几滴汽油的一点微弱的火花，想要燃烧得更旺盛。"这是过去这几个月以来，"她轻声地说道，"我第一次感觉到好像……好像还有希望。"她发现达格妮关注着她的眼睛里满是担心，便又说道，"我没事的……我需要适应一下——适应你和你说的那些话，我想我会接受这些……会相信真的是这样……不再在乎吉姆怎么想。"她站了起来，似乎想把此刻心里踏实的感觉尽量留住。

在一股突然而毫无来由的肯定的驱使下，达格妮决然地说道："雪莉，今晚我不想让你回去。"

"啊，不行！我没事，我对回家并不感到害怕。"

"难道今晚没出什么事吗?"

"没有……不算什么事……还是老样子,只不过是我看得更清楚了一些罢了……我没事的,我必须想一想,非常认真地想一想……然后再决定必须做什么。我能——"她犹豫着。

"什么?"

"我能再来和你说话吗?"

"当然了。"

"谢谢,我……我非常感激你。"

"你能不能保证还会再来?"

"我保证。"

达格妮目送她穿过楼道,向电梯走去,看到她的肩膀有些委顿,又努力地挺起,看到她那羸弱的身躯似乎有些摇晃,随即用尽全身的力气,保持挺直的姿势。看上去,她像是一株躯干已折、靠着一丝未断的纤维而挺立的植物,挣扎着想要治愈那已经弱不禁风的病体。

詹姆斯·塔格特从开着的书房门口看见雪莉穿过外间,走出了公寓。他狠狠地摔上房门,一屁股跌坐在长椅上,他的裤子上依然留着香槟酒的痕迹,仿佛他的这种不舒服是对他的妻子、对这个没有与他同庆的世界的报复。

过了一会儿,他噌地站起来,走到房间另一头,抄起了一支烟,随即又猛地将它一撅两半,朝着壁炉上方挂的一幅画甩了过去。

他瞟见了一只威尼斯的玻璃花瓶——剔透的瓶身上缠绕着繁杂的蓝金色花纹,数百年的历史足以使它成为博物馆内的藏品。他一把将它抓过来,向墙上扔去,花瓶顿时如雨点般泻落成一摊碎灯泡样的玻璃片。

他曾以买下这只令所有文物鉴赏家都自觉囊中羞涩的花瓶为傲,此刻,他体会到了一种向令这花瓶身价倍增的数百年时光报复的快感——同时痛快地想到这世上还有数不清的苦苦挣扎的家庭,任何一家都可以靠卖掉这只花瓶活上一年。

他踢掉鞋子,又靠回长椅上,在半空中晃荡着一只脚。

门铃的骤响令他一惊:这声音似乎正合他的心绪。如果他现在去按谁家的门铃的话,发出的也会是这种尖厉、催促和不耐烦的响声。

他听着管家的脚步声,同时为他可以拒绝任何人的来访感到得意。不久,他听到了敲自己门的声音,管家进来报告:"里尔登夫人想要见您,先生。"

"什么?哦……好啊!让她进来!"

他身子一摆,把脚落了地,但并没有进一步的表示,而是隐隐露出一丝好奇的笑容。等到莉莉安进屋之后,他才坐起身来。

她穿了一身仿照罗马户外装式样的酒红色晚装,两个胸兜紧紧地抵着长裙下束着的高高的腰肢,耳朵上斜倚着一顶小帽,帽上的一根羽毛弯弯地垂在颧骨下方。她进来时的脚步急促而凌乱,裙摆和帽上的羽毛不停地晃动,拍打着她的腿和喉咙,如同桅杆上的小旗子,在发出紧张的信号。

"莉莉安,我亲爱的,我是应该觉得受宠若惊或者高兴呢,还是吃惊呢?"

"好了,还是少啰唆吧!我是因为必须见你,并且立刻就得来,仅此而已。"

她这副急不可耐的口气和断然地坐下来的动作是对弱点的一种暴露:按照他们不成文的惯例,一个人只有在急于得到帮忙,同时既无好处,又无威胁可交换的情况下,才会做出这种索要的举止。

"你为什么不待在冈萨雷斯的酒会上?"她张口问道,但脸上漫不经心的笑容掩饰不了她的不安,"我一吃完晚饭便赶过去,就是为了去找你——他们却说你觉得不舒服,已经回家了。"

他走到房间另一端,拿起一支烟,从她一身隆重的打扮前走过时;他为自己只穿了袜子而感到惬意。"我觉得没意思。"他回答道。

"我没法忍受他们,"她说话时,身子微微一颤。他诧异地瞟了她一眼:这话听上去既不情愿,又出自真心。"我受不了冈萨雷斯先生和他那个婊子一样的夫人。他们这样的人和他们搞的酒会居然变得这么受欢迎，简直让人恶心。我再也没兴致去什么社交场合了——形势不同，风气都变了。我都好几个月没见到巴夫·尤班克和普利切特博士，还有他们那帮人了。那些新面孔看上去简直就像是一群屠夫的手下！再怎么说，我们这个圈子里可还都是绅士。"

"是啊，"他若有所思地说，"是啊，是有些奇怪得不一样了，铁路上的情况也是如此：我和克莱蒙·威泽比挺投缘，他还有教养，可库菲·麦格斯——就是另一回事了，他就是……"他猛地截住话头。

"这简直太荒唐了，"她以目空一切的口气说道，"绝不会就这样便宜了他们。"

她没有说出"他们"和"便宜"指的是什么，然而他明白她的意思。在一阵沉默之中，他们看上去像是在彼此依靠着来获得一点宽慰。

随后，他幸灾乐祸地想着，莉莉安开始显得老了。那件酒红色的晚装并不适合她穿，似乎令她的皮肤略微有些发紫，那种色调如同黄昏一般，映出了她脸上细细的皱纹，使她的肌肤松弛下来，看上去疲惫而懒散。她那副明明是讥笑嘲讽的神态，此刻变成了死气沉沉的怨恨。

他看见她正在打量他，并借着脸上的笑容尖声地羞辱道：

"你还真是不舒服了,对不对,吉姆?看起来像是个魂不附体的马夫。"

他嗤笑一声:"我还应付得了。"

"我知道,亲爱的,你是纽约城里面最有势力的人之一。"她又加上一句,"这是有关纽约城的一个挺有意思的笑话。"

"的确是。"

"我承认,你有能力办到任何事情,所以我必须来见你。"为了减轻她话里的唐突,她特意加上了点开心的哼哼声。

"好啊。"他说话的声音显得很受用,同时又没有答应的意思。

"我之所以不得不来这里,是因为我觉得最好还是不要在大庭广众下被人看见我们在一起说这件事。"

"这是不会有错的。"

"我好像记得我过去对你还是有用的。"

"过去嘛——是的。"

"我想我肯定应该能指望上你的帮助。"

"当然了——只不过,你这么说难道不是太过时、太不明智了吗?我们怎么能对任何事情有把握呢?"

"吉姆,"她突然大声喝道,"你一定要帮我!"

"我亲爱的,我会为你效劳,我可以为你做任何事情。"他回答,他们说话的默契便是,只要对方把话挑明,就一定要用冠冕堂皇的谎话应付回去。莉莉安快顶不住了,他心想——看到自己是在和一个处于下风的对手周旋。他感到十分惬意。

他注意到,她是顾不上许多了,甚至连她那素来一丝不苟的装扮也失去了往日的精心。几绺头发从她梳理整齐的波浪中散落下来——她的指甲是和她的晚装相配的凝血色,指尖处明显留有锉痕——与她那领口很低的晚装所暴露出的一大片平滑如脂的皮肤形成了强烈的对比。他还观察到了用来钩住吊带、防止它意外滑落的别针发出的闪光。

"你必须阻止它!"她这好斗的口气使请求听起来像是在命令,"你必须去阻止它!"

"真的?是什么?"

"我的离婚。"

"哦!"他的面孔突然变得关切起来。

"你知道他要和我离婚,对吧?"

"我听到过一些传言。"

"就定在下个月。我所说的'定',是确确实实如此。哦,这事可是让他破费了一大笔钱——他买通了法官、文员、法警、他们的支持者、他们支持者的支持者、几个立法委员,还有六个行政官员——他就像给自己铺了一条大路一样,买通了法律程序的所有关节,没有留下任何缺口可以让我插手加以阻拦。"

"明白了。"

"想必你应该清楚他是为什么要离婚的?"

"我猜得出来。"

"可我是为了帮你才那么做的！"她的声音愈发显得焦虑起来，"我把你妹妹的事告诉你，是为了让你给你的朋友搞到捐赠礼券，那——"

"我发誓我不知道是谁泄露出去的！"他急忙喊道，"只有少数几个上层人物知道是你报的信，我肯定没人敢说起——"

"哦，我相信没人敢，可他猜得出来，对不对？"

"是啊，我想是这样。不过，当时你也知道自己是冒着风险的。"

"我没想到他居然会这样做，我从来没想到他会和我离婚，没——"

忽然，他令人惊异地敏感一笑："你没想到信任会是条越磨越细的绳子，是这样吧，莉莉安？"

她吃了一惊，愣愣地看着他，继而冷冷地答道："我没想到它会被磨断。"

"亲爱的，这很有可能——特别是对你丈夫这样的人来说。"

"我不想让他和我离婚！"这简直是一声突如其来的叫喊，"我不想让他从此一身轻松！我是不会答应的！我不会让我的这辈子就这么完了！"她猛地停住，似乎这些话已经吐露了太多的实情。

他轻声哼哼着，缓缓地点着头，表示完全能够理解，动作里带着一种睿智而威严的神情。

"我的意思是……不管怎么样,他都是我的丈夫呀!"她辩解道。

"是啊,莉莉安,这我明白。"

"你知道他想干什么吗?他要把那张判决弄到手,然后就和我一刀两断,一个子也不会留给我——没有任何善后和抚养的费用,什么都没有!他想最后说了算,这你还看不出来吗?如果让他得逞的话,那么……那么捐赠礼券对我来说就根本算不上什么胜利了!"

"是啊,亲爱的,我明白。"

"另外……我一想到这些就觉得荒唐可笑,我今后要靠什么生活呢?我自己的那点钱现在简直一点用处都没有,大部分都是我父亲那个时候留下来的工厂股票,现在厂子早就倒闭了。我可怎么办啊?"

"可是,莉莉安,"他柔声说着,"我以为你向来是不在乎钱财和物质回报的。"

"你不明白!我说的不是钱——我说的是贫困!是真真切切、难以忍受、一贫如洗的贫困!这对任何一个有教养的人来说都是不可想象的!难道我——我也会去为糊口和房租犯难吗?"

他带着淡淡的笑盯着她看,柔软衰老的面孔终于绷紧了一些,有了点智慧的表情。他开始体会到了彻底洞察一切所带给他的愉悦——这样一种现实是他所乐意看到的。

"吉姆，你一定要帮帮我！我的律师一点用都没有，我已经把我的那点钱都给了他，给了帮他办案的人，还有他的朋友和助手——他们最后却只能束手无策。今天下午，我的律师给我送来了最终报告，上来就说我毫无胜算。我好像找不到什么人能对付如此精心的策划。我曾经指望过伯川·斯库德，可是……唉，你也知道他后来是怎么回事，那件事同样也是因为我想要帮你。你从那件事里面脱了身，吉姆，现在只有你能帮我从这件事里解脱出来了。你挖的老鼠洞已经能够通天，可以和上面的人说上话，给你的朋友透点口风，让他们再去传个话。只要韦斯利说一句话，这事就好办了，让他们禁止这项判决生效，把它禁止就行了。"

他缓缓地摇着头，如同一个行家在疲惫地面对着某个过分热心的外行，充满了同情。"这做不到，莉莉安，"他决然说道，"和你一样，我也想这么干，而且我认为你也清楚这一点。可我即使有再大的本事，对这件事也爱莫能助。"

她那双黑沉沉的眼睛带着一种怪异而毫无生气的凝固了似的眼神盯着他；当她再次开口的时候，她的嘴唇已经扭曲在一种无比恶毒的蔑视之中，令他简直不敢多看，只知道这恶毒把他们两个牢牢地裹在了一起。她说道："我知道你想这么干。"

他一点也不想伪装，奇怪的是，真相这一次似乎更令他感到愉快——真实终于满足了他这种特殊的需要。"我想你清楚这事是无法办到的，"他说，"现在没人会白帮忙，而且冒的风险也越来越大，你所说的老鼠洞实在太复杂，绕来绕去的，每个人都有把柄攥在别人的手上，谁也不敢轻举妄动，因为他也说不准哪个地方就会塌一块下来。所以，不到生死关头和万不得已的时候，谁都不会动的——可以说这是我们现在唯一的游戏规则。既然如此，你的私生活又关他们什么事？你想拖住你丈夫——不管结果如何，和他们又有什么相干？至于我个人的筹码嘛——我现在拿不出任何东西能够让他们硬生生地把一桩大有油水的案子叫停。更何况，现在上面的人是无论如何也不会那样去做的，对你丈夫，他们必须小心对待才行——在我妹妹在电台讲话之后，他反而更安全了。"

"是你让我逼她去电台讲话的！"

"我知道，莉莉安，当时我们俩都犯糊涂，现在我们俩就都吃了亏。"

"没错，"她的话和她眼里的蔑视一样阴沉，"是我们俩。"

正是这种蔑视让他感到舒服，正是这种奇怪的、不经意间流露的陌生感让他惬意地知道这个女人虽然看透了他，但还是为他所慑服，还是靠回到了她的椅子里，仿佛承认了她被奴役的地位。

"你可真是个好人啊，吉姆。"她的话里带着诅咒的口吻，但这话便是一句献辞，她正是这个意思，而他也明白，他们两个都生活在一个把诅咒看成奖赏的世界里，为此，他感到很高兴。

"你知道，"他突然说了话，"你把像冈萨雷斯那种屠夫的助手给想错了。他们自有他们的用处。你喜欢过弗兰西斯科·德安孔尼亚吗？"

"我根本没法忍受他。"

"哦，你知道冈萨雷斯先生今晚搞这个酒会的真正意图是什么吗？它是为了庆祝达成了一项协议，在一个月内，德安孔尼亚铜业公司就将被收归国有。"

她盯着他看了一会儿，嘴角慢慢地浮出一丝微笑："他曾经和你是朋友，对吧？"

她的声音里有一种他从未听过的腔调，这腔调里的崇拜感他过去只能从人们那里蒙骗来，而现在，居然破天荒地为了一件他实实在在所做的事而给予了他。

突然之间，他意识到这正是他数小时以来躁动不安的原因，正是他绝望地认为他找不到的那种快感，正是他期待的庆祝。

"咱们喝一杯，莉尔[1]。"他说。

他一边倒着酒，一边看着屋子对面软软地瘫在椅子里的她，"让他离婚好了，"他说，"最后说话算数的不是他，而是他们，是那些屠夫的助手，是冈萨雷斯先生和库菲·麦格斯。"

1　莉莉安的昵称。——译注

她没有作声。他走过来后，她只是漫不经心地把手一抬，便从他手上抓过了一只酒杯。她喝酒的样子全然没有了交际场上的风度，而是像酒吧里孤独的酒客一样，只想体验酒精的滋味。

他倚坐在长椅的扶手上，与她过于近，一边呷着酒一边注视着她的面孔。过了一会儿，他开口问："他对我怎么看？"

她对这问题似乎并不感到奇怪。"他觉得你就是个傻瓜，"她回答说，"他根本就没工夫注意你。"

"他会注意的，假如——"他停了下来。

"——假如你用木棒打他的脑袋吗？这可不一定，他可能只会怨他为什么没离木棒远点。不过话说回来，这也就是你唯一的机会了。"

她换了换姿势，肚子朝前，身体又往椅子里缩下一截，似乎放松就是丑陋，似乎她准许了他这么亲密，无须什么仪态和尊重。

"我第一次见到他时，"她说道，"首先在他身上注意到的就是他从来不害怕。他看上去好像很自信，似乎我们谁都不可能把他怎么样——自信得甚至根本不知道他自己的感觉。"

"你有多久没见到他了？"

"三个月，自从……自从捐赠礼券的事情发生，我就再也没见过他。"

"我在两个星期前的一次工业会议上见过他，他还是那副样子——甚至有过之而无不及。他现在看起来好像是知道了。"他又补上一句,"你是输定了,莉莉安。"

她没有回答,一把将头上的帽子推了下去;帽子滚落到地毯上,那根羽毛像问号一般翻卷着。"我记得第一次去看他的那些工厂,"她说,"他的工厂啊!你想象不出他对它们的那种感情,你想象不出那种傲慢是什么样子,就好像只要是和他有关、被他碰过的东西,就会有多了不得一样。他的工厂,他的合金,他的钱,他的床,他的妻子!"她抬眼瞧了瞧他,茫然而了无生气的眼睛里闪出一团小小的亮光,"他从来没注意过你的存在,可他的确注意过我,我还是里尔登夫人——至少还有一个月。"

"是啊……"他说着,同时低头看着她,突然产生了一种别样的兴趣。

"里尔登夫人!"她嗤笑着,"你是不知道这对于他来说意味的是什么。还没有哪个奴隶主对他妻子的称号能如此看重和要求——或者把它当成一个荣耀的象征,是他顽固、清高、神圣、一尘不染的荣耀!"她胡乱地一挥手,展示出她那颀长而懒散的身躯。"恺撒夫人!"她哼了一声,"你记得她应该是什么样吗?不,这你是记不住的。她应该完美得不会受到任何责备才对。"

他正低着头,眼里充满了软弱无力的憎恨,茫然而沉重地盯着她看——她突然之间变成了憎恨的象征,而不是目标。"他不希望把他的合金用于普通的大众用途,让人随意摆布……对不对?"

"对,他不想这样。"

他的话似乎掺杂了灌下去的酒精,变得有点含混:"你可别跟我说你帮我们弄到那份礼券,只是为了白白帮我个忙……我知道你为什么那么做。"

"这一点你当时就知道。"

"当然了,所以我才喜欢你,莉莉安。"

他的眼睛不停地溜回她晚装低低的领口,吸引他的并非她光滑的皮肤或暴露在外面的高耸的胸脯,而是边上那只不被人注意的别针。

"我想看到他被人打一顿,"他说,"想听到他痛苦地叫喊,哪怕一次也好。"

"你是不会如愿的,吉姆。"

"为什么他和我妹妹觉得他们比我们其他人都强?"

她哼了一声。

他像是被她抽了一记耳光一样,站起身来,走到酒柜前又给自己倒了杯酒,并没有主动要再给她加一杯。

她的目光呆呆地凝视着他身后的某个地方:"尽管我不会用他引以为傲的合金替他铺铁轨和架大桥,他还是会留意到我的存在。我是不能给他建工厂——但我能毁掉它们。他的合金我造不出来——但我可以从他手里抢走。我没法让人因为崇拜而五体投地——但我可以让他们跪倒在地上。"

"闭嘴！"他似乎觉得她已经太过接近那条笼罩在浓雾之中、禁止别人发现的"歧途"，便惊恐地叫了出来。

她抬头看了看他："你可真是个胆小鬼，吉姆。"

"你干吗不多喝点？"他厉声说着，像是要袭击她一般把尚未喝完的酒杯捅到了她的嘴边。

她用手指无力地半握着酒杯，把酒向嘴里灌去，涌出来的酒溅满了她的下巴，也滴到了她的前胸和晚装上。

"哎呀，莉莉安，你怎么搞的？"他说着，并不去拿自己的手帕，而是伸出手去，用掌心去擦洒出来的酒。他的手指在她的胸前游动，突然，他像是打嗝似的屏住了呼吸，他的眼睑微微闭起来，不过发现她的脸正在后仰，没有一点抵抗的意思，难受地张大了嘴巴。当他的手向她的嘴伸过去时，她的胳膊顺从地抱住了他，嘴唇也有了回应，但这回应只是硬邦邦地一顶，而不是亲吻。

他抬起头向她的脸看去，她正咧开嘴笑着，眼睛却凝视着他的身后，似乎在捉弄一个看不见的东西。她的笑声毫无生气，却响亮而满含恶毒，如同发自一具骷髅。

他不想看到自己发抖的样子，便把她拉近了一些，双手则不自觉地开始做出亲密的举动——她听任他的抚弄，但那副样子让他感觉到：在他的触摸之下，她身体内血液的脉动如同她发出的窃笑。他们俩都是在做某人发明的、也是他们期待中的惯常动作，是带着嘲弄和憎恨在拙劣地模仿。

他感到了一种盲目而不经意的恼怒，让他既觉得可怕，又非常痛快——可怕的是他正在做一件他绝对不敢对人承认的事——痛快的则是此时他是在藐视那些他不敢去承认的人。他做了一回他自己！那怒火中唯一还算清醒的部分在冲他号叫着——他终于做了一回他自己！

他们清楚彼此的心思，便都一言不发，只有他挤出的几个字："里尔登夫人。"

他把她推进卧室，扔在床上，然后扑在她的身上，这中间，他们始终没看对方一眼，脸上带着的是愧疚的表情，是小孩在人家干净的院墙上用粉笔画着下流符号时脸上那副鬼鬼祟祟的邪样。

事后，他发现他占有的果然是一具既不反抗、又无反应的僵硬的身体，她并不是一个他想要占有的女人，他所得到的也并不是他想要的那种对成功的庆祝，而是在庆祝无能占据了上风。

雪莉开了房门，几乎是偷偷摸摸一般悄然闪了进来，似乎不想被人看见，也不愿意看到她的这个家。心里想着达格妮，想着属于达格妮的那个世界，她便有了回来的勇气。可是，一进入她自己的公寓,四周的墙壁便似乎再一次将她吞噬进了令人窒息的陷阱。

公寓里寂静无声;一抹灯光从一扇半掩的房门里透到了外间,她机械地拖着步子向她自己的房间走去。然后她停住了脚步。

那灯光来自吉姆的书房,在门缝中露出的一长条地毯上,她看见了一顶女人的帽子,上面的羽毛在流动的空气中簌簌地抖动着。

她向前迈了一步,书房里没有人。她看到桌上和地上分别有一只酒杯,椅子上放着一个女人的手包。她呆呆地怔在那里,直到听见从吉姆的卧室里传出了两个人低沉而慵懒的声音;她听不清在说什么,只能分辨出说话的声音;吉姆的声音有一点烦躁,而那个女人的声音则是满足的。

她马上回到了自己的房间,慌手慌脚地把门锁上。她惊慌失措地逃进房里,似乎是她不得不躲起来,不得不避免让他们看到自己正目睹这幕肮脏的场面——面对一个男人正做出的无法辩解的丑恶行径,强烈的厌恶、可怜、尴尬和受到玷污的感觉使她手足无措。

她站在自己的房内,一时没了主意。随即,她的膝盖一软,坐到了地上。她就一直那样坐着,木然地盯着地毯,浑身发抖。

她既不生气,也不嫉妒,更没有愤慨,只是茫然地觉得这一切蠢得令她感到可怕。她知道,无论是他们的婚姻,还是他对她的爱，无论是他对她的坚决不放手，还是他在爱着哪一个女人，或者是这起莫名其妙的通奸事件，都没有任何意义，这一切都毫无道理可言，也不需要去寻找什么解释。她总把魔鬼想得很有心计和企图，而现在她看到的便是真正的魔鬼。

她不知道自己在地上坐了多久，随后又听到了他们的脚步声和说话声，以及前门关上的声音。她心中一片茫然，只是凭着某种本能站了起来，似乎她存在于一个与诚实毫无关系的真空之中，但除此以外，又不知道该干什么。

她和吉姆在外间碰个正着。他们彼此望了对方好一阵子，似乎都无法相信对方的存在。

"你什么时候回来的？"他厉声问道，"你回来多久了？"

"我也不知道……"

他观察着她的面孔："你怎么了？"

"吉姆，我——"她内心激烈地斗争着，最终还是放弃了，用手朝他的卧室方向摆了摆，"吉姆，我知道了。"

"你知道了什么？"

"你刚才是……和一个女人在里面。"

他的第一个动作便是一把将她推进书房，然后用力将门关上，仿佛是想让他们两个都躲起来，却再也说不出是想躲谁。他的心中燃烧着一股难以抑制的怒火，在逃避和爆发之间徘徊不决。他在这股怒气之中，只觉得他这个不起眼的妻子想要剥夺他胜利的感觉,而他不能把自己的新乐趣就这样拱手相让。

"没错!"他号叫着,"那又怎么样?你打算怎么办?"

她茫然地瞪着他。

"没错!我是和一个女人在一起!我是那样做了,因为我想!你觉得你这么吃惊地瞪着我和可怜地哭上一哭就能吓住我了?"他用力地搓响手指,"那是你的想法!我才不管你是怎么想的!你只能认命!"看到她惨白和无助的脸色,他便越说越来劲,同时心里感到痛快,仿佛他的言辞正在将一个人鞭打得面目全非。"你认为你会让我不敢见人吗?为了满足你的正义感,我就不得不装成另外一副样子,这我已经受够了!你这个无名小卒,把你自己当成什么人了?我想怎么干就怎么干!你还是闭上嘴,和其他人一样,在外面老老实实的,也别让我在自己家里都不能自在!谁都不可能在家里还装圣人,那些都是给别人看的!你这个屁都不懂的小傻瓜,假如还在指望我去那么做的话——就最好还是赶快成熟起来吧!"

他把她看成另外一个人,在这个人面前,他虽然很想把今晚的事宣泄出来,却无法做到——不过,在他的眼里,她一直在崇拜和捍卫着那个人,并且替他说话,他和她结婚就是为了能够像现在这样,于是他叫道:"你知道和我躺在一起的那个女人是谁吗?她就是——"

"不!"她惊叫着,"吉姆!我不想知道!"

"她就是里尔登夫人！汉克·里尔登夫人！"

她后退了一步，他感觉到了一瞬间的恐惧——因为她那副样子似乎是在看着一个他不应该承认的东西。她的语气虽然如死人一般，问出的话却顺理成章："看来你现在是想离婚了？"

他爆发出一阵狂笑："你这个笨蛋！还不死心！还那么清高！我不会提出和你离婚——也别梦想我会同意你和我离婚！你还真把这当回事了？听着，你这个笨蛋，没有哪一个丈夫没和其他女人睡过觉，他们的妻子也都明白，他们只是不提这些罢了！我想和谁睡就和谁睡，你最好还是像其他那些婊子一样，给我闭上嘴！"

从她的眼睛里，他突然惊恐地发现了一种坚强、明朗、冷静得几乎超出人的智力的神情。"吉姆，如果我是那种人的话，你当初也不会娶我了。"

"对，我是不会。"

"你为什么要和我结婚？"

他感到自己像是被卷入了一个漩涡，在庆幸眼前的危机已经过去的同时，又有些抑制不住自己的不服气："因为你是个卑微、绝望，而且十分荒唐的叫花子，无论如何也配不上我！因为我还以为你会爱我！我以为你清楚你唯一的出路就是要爱我！"

"就像你爱我那样吗？"

"是不敢去怀疑我！是不带任何想法！不会让我像参加什么

盛装游行那样，不得不应付着一个又一个的道理！"

"你爱我……是因为我毫无用处？"

"嗬，你以为你能怎么样啊？"

"你是因为我的弱点才爱我？"

"你还能给我别的什么吗？可你居然一点都不领情。我想慷慨一点，给你带来安全感——只去爱优点又能让你有什么安全感？这种竞争可残酷着呢，总能找到比你强的人！可我——我宁愿为了你的缺陷，为了你的错误和弱点，为了你的无知、朴实和粗俗而去爱你——这样才安全，你用不着担心和隐藏什么，可以我行我素，保持你那种真实、难闻、罪孽并且丑陋的原貌——每个人真实的一面都是见不得人的——你却可以指望我对你毫无条件的爱！"

"你是想让我……像乞丐那样……去接受你的爱？"

"你还以为这是靠你的本事挣来的吗？你还以为你这种小要饭的真配得上我？我希望你每走一步、每咽下一口鱼子酱时都知道，这都是我给你的，你就是个穷光蛋，和我永远都不配，也别指望还得起！"

"我……试过让自己……配得上你。"

"果真如此的话，你对我还有什么用？"

"你不愿意看到我那样？"

"唉，你简直愚蠢透顶！"

"你不愿意让我有长进？不想让我提高？你觉得我有缺陷，却希望我继续这样下去？"

"如果这一切都是你自己挣来的，我非得努力才能留住你，而你随时都能另攀高枝的话，你对我还有什么用处？"

"你是想让咱们两个靠对方的施舍过日子？你是希望咱们两个是拴在一起的一对叫花子吗？"

"没错，你这个道貌岸然、一心崇拜英雄的家伙！没错！"

"你是因为我一无是处才选择了我？"

"对！"

"你在撒谎，吉姆。"

他只是浑身一抖，惊异地看了她一眼。

"过去那些吃顿饭就可以跟你走的女孩倒是愿意让她们的内心见不得人，她们会接受你的施舍，不会想着去进步，可你不会娶她们那样的人。你娶了我，是因为你知道我的外表和内心都拒绝接受阴暗，是因为我想要有长进，而且会不断地为此奋斗——对不对？"

"对！"他吼道。

她感觉到，正在向自己冲过来的那盏车灯终于撞上了目标——在这一刹那，她发出了凄厉的叫声——在这恐惧的叫声之中，她一步步地向后退去。

"你这是怎么了？"他不敢去瞧她看到的是什么，浑身哆嗦着喊道。

她的双手在摸索中既像是要把什么推开,又像是想去抓住它;她的回答并不是很明确,但她已经找不出更好的话来:"你……你这个凶手……就是为了杀害……"

看到实情将要被揭穿,他在惊恐万状的哆嗦之中,胡乱地抡起手来,打了她一巴掌。

她跌倒在椅子旁,一头撞在了地上,但过了一会儿,她便抬起头看着他,脸上没有惊异,没有任何表情,仿佛这一切她早就预料到了。她的嘴角慢慢地涌出了一滴梨形的鲜血。

他僵在了那里——有好一阵儿,他们两个就这样对视着,似乎谁都不敢动一下。

最终还是她先动了。她从地上一跃而起——转身就跑,跑出了房间,跑出了这套公寓——他听到了她跑过门厅,连电梯都不等,一把拉开了紧急出口处楼梯的大铁门。

她冲下楼梯,随意推开某个平台上的门,跑过拐来拐去的楼道,然后又顺着楼梯开始跑,直到跑到大堂,然后一头冲上外面的大街。

过了一阵儿,她发现自己走在一条黑暗的人行道上,地铁的入口处挂着一个耀眼的灯泡,在黑色的洗衣房房顶,有一块亮着的苏打饼干广告牌。她不记得是怎么走到这里来的,脑子里似乎已经四处断开,她只知道非逃出来不可,但又无路可逃。

她想，她一定要从吉姆那里逃出来。去哪里呢？她祷告般打量了一下四周，问着自己。她本来可以在一家廉价店或是那家洗衣店，以及随便一家经过的破商店里找个工作。但转念一想，如果工作的话，她干得越努力就会看到周围的人越多的恶意，就会分不清什么时候该说实话，什么时候要撒谎，而她越是诚实，就越会被他们更大的欺骗所折磨。在她的家里和贫民区的商店内，她都见到和体验过这种欺骗，但她总以为那些只是少数的、偶然的邪恶而已，离开它们，然后忘掉就是了。现在，她明白这些并非偶然，而是无处不在，这是所有的人心里都知道、却不会说破的一个信条，就藏在她以前始终不明白的、人们瞥向她的那种诡秘而心虚的眼神里——在沉寂之中，隐匿在这个信条和城市的最底层，隐匿在人们灵魂深处的是一个致命的东西。

你为什么要这样对我？她对着四周的黑暗无声地喊道。因为你好呀——一声巨大的嘲笑似乎从房顶上和地沟里传了出来。那我再也不想好下去了——可你会的——我不想了——你会的——我受不了——你会的。

她浑身一哆嗦，加快了步子——透过前面的茫茫雾气，她看到了那个悬在城市上空的日历——午夜早已过去，日历上显示的是八月六日，可她似乎猛然间看到城市的天空里出现了九月二日那血淋淋的字样——于是她想到：假如她在工作，假如她挣扎着向上走的话，那么每走一步都会受到更大的打击，到最后，不管得到的是一座铜矿还是一间付清了贷款的小屋，都会有九月二日这一天，她只能眼睁睁地看着吉姆把它夺走，看着吉姆用它来开酒会招待他的朋友，并在会上达成他们的阴谋。

我可不会这样！她大叫一声，便腾地转身从原路往回跑去——但在她看来，黑色的天空中有一个巨大的身影正透过洗衣房的热气向她狞笑着，这身影虽然变幻无常，那狞笑却出现在它变化出的每一张脸上，它的面孔忽而是吉姆，忽而是童年时期的那个神父，后来又变成了廉价店人事部的那个女社工——那笑容似乎是在对她说：你这样的人会永远诚实，你这样的人会一直拼命向上，你这样的人会一直工作下去——所以我们才安全，而你别无选择。

她继续跑着。再一次环顾周围的时候，她发现她正走在一条寂静的街道上，经过那些灯火通明、铺着地毯的豪华大厦的玻璃门厅。她注意到她有些一瘸一拐，原来脚上高跟鞋的跟松了——是刚才的一阵疯跑弄断了鞋跟。

她站在一个宽阔的十字路口前，向远处的摩天大楼望去。伴随着身后那道微弱的光芒，它们正静悄悄地消失在一层雾气里，亮起的几点灯光像是告别的微笑。曾几何时，它们便是希望，她曾经在一片萧瑟之中仰望着它们，把它们当作还有另一种人存在的证明。此刻，她知道它们是墓碑，是细长的纪念碑，是为了纪念那些建造它们后便被毁灭的人们，它们是凝固的呐喊，控诉着取得成就的人却落得殉葬的下场。

她想，达格妮便身处那些正在消失的高楼的其中一座——可达格妮是一个孤军奋战、注定失败的受害者，她会被毁灭，并将和其他人一样沉没在雾气之中。

没有地方可以去了，她一边踉跄地走，一边想着——我既不能站着不动，也走不了多久了——我既不能工作也不能喘息——我既不能投降也不能搏斗——可这……这就是他们想让我做的——不生不死，既不动脑子又不会发疯，只是会因为害怕而喊叫的一堆肉，可以被他们这些没有形状的人随意地捏来捏去。

她一头扎进了一个墙角后面的黑影里，身体因为害怕被人看见而蜷缩成了一团。不，她想，他们不是魔鬼，不是所有的人都是魔鬼……他们只是他们自己的第一个牺牲品，可他们都相信吉姆的信条，一旦我明白了，我就没法和他们相处……我要是和他们说话，他们就会试图把他们的好心赏给我，但我知道他们所认为的好心是什么，而且我会看到他们眼里冒出的死亡。

人行道变得坑洼不平，一堆堆垃圾从破旧不堪的房屋旁的垃圾桶中溢了出来。她看见一个昏暗的酒吧旁一扇紧锁的门上，有一块亮着的"年轻女性休憩俱乐部"的牌子。

她知道这种场所是怎么回事，也知道是什么样的女人在经营，她们会说她们是在帮助那些受难的人。如果她走进去——她边想边走了过去——如果她去请求她们的帮助，她们就会问：

"你犯了什么过错？是酗酒、吸毒、怀孕，还是偷东西了？"她就会回答："我没犯错，我是清白的，可我——""那对不起，清白人的痛苦我们可管不着。"

她继续跑着，然后停下来，在一条又宽又长的街道的拐角处重新打量着四周。街道两旁的建筑和人行道一直延伸到了天边——两行绿灯高高地挂着，渐渐消失在远方，仿佛是在环绕着地球一般，伸到了其他的城市和海洋，伸到了其他的国度。绿色的亮光显得沉静而安详，仿佛打开了一条通向信心的宽阔而热情的大路。灯光紧接着一变，换成了沉重低垂的红色，清晰的圆圈变得模糊，发出危险的警告。她站在那里，看着一辆大卡车驶过，卡车那巨大的轮胎把亮闪闪的路面碾出了细碎的皱纹。

灯光变回安全的绿色——她却站在那里不停地哆嗦着，一步也迈不动。人的身体是这样运动的，她想，可他们又对灵魂的行走干了些什么？他们把信号反了过来——当罪恶的红灯亮起时，道路是安全的——但是当灯光变成可以通行的绿色时，你向前一迈步，就会被车轮撞倒。全世界都是如此，她想——那些颠倒的信号灯遍布在每一块土地上，正在逐渐将地球彻底覆盖，地球上到处都是受伤的人，他们还都不明所以，拖着残缺的肢体在暗无天日中奋力地爬行，痛苦便是他们生命中唯一的内容——而道德的训诫则得意地笑着告诉他们，人本来就应该是不会走路的。

她的脑子里并没有这么想，假如她有能力找到的话，这些就是最为确切的词语。可她只能在突如其来的气愤中，带着徒劳的恐惧去捶打着身边挂信号灯的铁柱子。在这个装置持续的无情而喑哑的明灭闪动中，她继续捶打着包裹它的那根空心铁管。

她无力用拳头把它砸烂，无力把一眼望不到头的那些铁柱子统统打遍——她也同样无力把她遇到的那些人灵魂中的信条逐个打烂。她再也无法去面对人们，无法去走他们正在走的路——但是，既然她心里明白却说不出来，而人们又什么都不会听信，她又能对他们说什么呢？她能跟他们说什么？她如何能照顾到所有的人？有能力讲话的人又在哪里呢？

她的脑子里并没有这么想，她只是对着金属不停地砸下拳头——突然，她发现她是在用鲜血淋淋的拳头击打着岿然不动的柱子，这情景令她浑身一惊——然后便踉跄地走开了。她继续走着，已经看不到自己周围的一切，只觉得陷入了一个没有出路的迷宫。

没有出路——她头脑中的零星意识随着她的脚步声不断地说着——没有出路……没有安身之所……没有信号……分不清安全还是危险，分不清敌人还是朋友……就像她曾经听说的那条狗一样，她心想……在某个实验室里的狗……他们更换了给那条狗的信号，它分不出满足和受罪的区别，把食物认成拷打，把拷打当成食物，在一个变幻不定、令它头晕目眩的无形的世界里，它的眼睛和耳朵已经靠不住，判断失灵，感觉迟钝——然后便彻底放弃，拒绝食物，拒绝活在那样的一个世界里……不！她的脑子里只能意识到这一个字——不！不！不！即使我现在所拥有的东西只剩下了这个"不"字，也不能走你们那条路，不能生活在你们那个世界里！

社工在码头和仓库间的一条小巷内发现她时，已是夜晚最为黑暗的时分。这位社工是一个妇人，她那灰白的面孔和身上灰白的外套与这个街区的墙壁浑然一体。她看见的是一个年轻姑娘，穿着不俗，在这种地方显得极为刺眼，既没有戴帽子，也没有拎包，一只鞋跟是坏的，头发散乱，嘴角有一块瘀痕，在人行道和马路间茫然地蹒跚而行。马路只是夹在高耸光滑的库房墙壁间的一条窄道，不过，一束光线还是从散发出腐水气味的潮雾般的空气中透射了下来；在河水与夜空相接的街道尽头，立着一堵矮石墙。

社工向她走过来，严肃地问："你是不是碰到麻烦了？"映入她眼帘的是一只疲惫的眼睛，另外一只被一绺头发遮住，那张面孔犹如野兽一般，全然不记得人类的声音，却满腹狐疑，又几乎充满希望般听着远方的回声。

社工抓住了她的胳膊："落到这个地步真是太丢人了……假如你们这些有钱人家的女人除了放纵自己和追求享乐以外还能干点别的，就不会这么晚了还像个流浪汉一样醉醺醺地在外面逛荡……假如你们不再只为自己的享乐活着，不去想自己，而是找到某种更高——"

然后这女孩尖叫了起来——这叫声仿佛发自一头受惊的野兽，如同是在刑讯室里回荡，撞向街边光秃秃的高墙。她一把拽回手臂，跳到一旁，嘴里含混不清地叫喊着：

"不！不！不能生活在你们那种世界里！"

随后，她突然觉得浑身是劲，便像动物逃命似的狂奔了起来。她一口气跑到了河岸边的街道尽头——速度仍不放慢，没有丝毫停顿和犹豫，全然是想要保全自己一般径直冲到了石头栏杆前，停也不停，便一头跃入了空中。

手足之情

Their Brothers' Keepers

5

九月二日上午，塔格特泛陆运输位于加州的太平洋支线的轨道旁边，两根电线杆之间的铜缆断开了。

一场细雨自午夜时分便不紧不慢地飘起来。这一天没有日出，只有一道苍白的光线透过雾色蒙蒙的天空——在灰色的云层、铅一般凝重的大海和荒凉的山坡上孤零零地低垂着的钢铁石油井架之间，挂在电线上的晶莹的雨滴成了唯一的亮光。电线早已过了正常使用的年限，饱经雨水和岁月的磨损；其中一条实在不堪这个早晨雨水的重负，弯弯地垂了下来；最后的一滴雨加大了电线下垂的弧度，就像一颗凝聚了无数额外重负的水晶珠，悬在上面；这颗珠子和电线犹如滑落的眼泪般悄无声息地同时放了手，电线终于绷断，它身上的水珠也应声落地。

电话线损坏的情况被发现和上报之后，塔格特泛陆运输地区总部的人们纷纷避开对方的视线。他们胡乱地说着一些似乎和这个事故相关的话，这些话不仅没用，也骗不过别人。他们清楚铜缆正越来越少，比黄金和诚实还要稀有；他们知道，地区主管在几个星期以前把他们库存的铜缆卖给了一些谁都不认识、白天并不经商、晚上才来的商人，这是因为他们在圣克拉门托和华盛顿有关系——那个最近才被任命为主管的人也认识纽约一个叫库菲·麦格斯的人，大家对此人都三缄其口。他们知道，现在谁要是主动下令去维修，就会发现维修根本无法进行，就会导致隐藏的对手的报复，他的同事们则会神秘地保持着沉默，不会为他说话，而他什么都证明不了，假如他想尽力做好工作，就会永远地失去那份工作。在眼下这个罪人逍遥、揭发者受过的时候，他们分不清什么是危险，什么是安全，他们就像动物一样，懂得在出现疑问和危险的时候，保持不动才是万全之策。于是，他们原地不动，谈论起在适当的时候向应该负责的上司呈送报告的适当的步骤。

一个年轻的铁路段段长走出房间和总部的大楼，来到一家安全的杂货店里的电话亭。他不顾个人的安危，不顾横亘在中间的漫长距离以及层层的上司，自费拨通了达格妮·塔格特在纽约的电话。

她正在她哥哥的办公室，中断一个紧急会议，接了这个电话。那个年轻的段长只是告诉她电话线断了，找不到可以用来修复的铜缆；他没有说别的，也没有解释为什么一定要亲自给她打这个电话。她没有问他；她心里很明白，只是说了句"谢谢你"。

她办公室里有一份记录了塔格特泛陆运输每一个地区全部重要物资储存情况的应急文件，它如同一份破产文件，记录了所有的损失，而难得一见的新装备补充，看上去则像某个以折磨为乐的人在恶毒的笑声中给饥荒的大陆撒下的一点面包渣。她审视了一遍文件，把它合上，叹了口气说道："艾迪，给蒙大拿铁路打电话，让他们运一半的铜缆到加州。离了这个，也许只有蒙大拿还能再支撑一个星期。"艾迪·威勒斯正要表示反对，她又说，"是石油，艾迪，加州是全国仅有的一个产油的地区了。我们可不能丢掉太平洋铁路。"随后，她回到了她哥哥办公室的会议当中。

"铜缆？"詹姆斯·塔格特说着，怪异的眼神从她的脸上移向窗外的城市。"用不了多久，我们就再也用不着为铜的事发愁了。"

"为什么？"她问道，但他没有回答。窗外一如往常，在晴朗的天空下，午后的阳光和煦地照着城内的屋顶，那一片屋顶上方的日历显示着九月二日。

她不知道他为什么一定要在他自己的办公室里开这个会，并且一反常态地坚持要和她单独谈话，也不知道他为什么时不时地就看一眼手表。

"在我看来，形势很不对头，"他说，"必须采取一些措施。现在的状态看来有些脱节和混乱，正在失去协调和平衡。我的意思是说，全国上下对交通运输的需求极大，我们却在赔钱。在我看来——"

她坐在那里，望着挂在他办公室墙上那幅塔格特泛陆运输祖传的地图，望着那些在土黄色的大地上蜿蜒穿行的红色道路。铁路一度被称作国家的血脉，川流不息的火车曾经如鲜活的血流一般，把繁荣和财富带给它所经过的荒芜之处。如今，它虽然还像一股血流，却已经如伤口中的血一样，只是向外流淌，带走了身体全部的活力和生命。一条单行线——她漠然地想着——一条只是消耗的单行线。

她想起了193号列车。六个星期以前，193号列车满载着钢材出发了，它的终点不是位于内布拉斯加州福克顿的全国仅存的那家最好的斯宾瑟机床厂，那家厂已停工两个星期，正盼着这批原料运来——而是伊利诺伊州的沙溪，那里的联盟机床厂因为产品质量差、交货期难以保证，已经负债一年多。授意分配这批钢材的是一个命令，命令里解释道，斯宾瑟机床厂财力雄厚，可以多等一等，而作为伊利诺伊州沙溪市唯一生活依靠的联盟机床厂已经破产，不能眼看着它垮掉。一个月前，斯宾瑟机床厂终于倒闭了，而联盟机床厂的倒闭则在两个星期之后。

伊利诺伊州沙溪市的人上了全国的救济名单，但在现在这种疯狂的时候，全国的粮库空空如也，拿不出可以救济他们的粮食——因此，内布拉斯加州农民用来播种的种粮便被联合理事会的一纸命令强行征收——194号列车将尚未播种的粮食和内布拉斯加州的人对今后的指望,运到伊利诺伊州,让那里的人们当饭吃掉了。"在这样一个进步的时代,"尤金·洛森在一次广播讲话中说,"我们终于认识到了我们之间情同手足。"

"在目前动荡不安的紧急状态下,"她看着地图时,詹姆斯·塔格特说道,"如果要被迫拖欠我们某些地区的工资,显然很危险,当然,这只是暂时的,不过——"

她冷笑了一声:"吉姆,是不是铁路联合规划不管用啊?"

"你说什么?"

"你本来打算在年底的时候从储备金里分到南大西洋公司的一大笔款项——可现在储备金里一分钱也没有了,对不对?"

"不是这样!只是银行的人对这项规划一再阻挠而已。那些混蛋——过去贷款给我们的时候,只要有我们的铁路担保就足够了——如今,我可以把我全国所有的铁路都押给他们,可他们居然连用来发工资的区区几十万短期贷款都不批!"

她冷笑了一声。

"我们无能为力!"他叫嚷着,"有些人不愿替我们分担一部分合理的压力,这可不是那项规划的过错!"

"吉姆,你就想和我说这些吗?如果是这样的话,我得走了,我还有事情要做。"

他瞄了一眼手表:"不,不,我还没说完呢!最要紧的是我们要把形势讨论一下,然后拿出些决定,这是关于——"

他又啰唆了一大通废话,她面无表情地听着,猜不透他葫芦里卖的是什么药。他是在等时间,可又不完全是;她可以断定,他把她留在这里必然另有目的,但同时,他又只是为了让她待在这里而已。

雪莉死后,她注意到他有了一些新的变化。在雪莉的尸体被人发现,报纸上登出了一个目睹她自杀的社工的亲口描述后,他曾经招呼都顾不上打,就急匆匆地闯进了她的住处;报纸找不出任何动机,便将其称作"谜一般的自杀"。"那不是我的错!"他向她大叫着,仿佛只有她才是需要他做出解释的法官,"这事儿不能怪我!不能怪我!"他吓得浑身抖作一团,但她还是看到了些许狡黠的目光向她的脸上投来,似乎带了几分令人难以想象的得意神情。"吉姆,你给我出去!"她当时也只有这句话能对他说了。

他后来再也没有和她提起过雪莉,却比平时来她的办公室更勤了。在大楼里,他还会堵着她闲聊几句——种种类似的情况汇聚在一起,令她感到不可理解:就好像是他在出于某种莫名的恐惧而要依附她并试图求得保护的同时,手臂却悄然滑落到她的背后,捅了她一刀。

"我很想知道你的看法,"她已经把目光移开,可他还是不死心地说道,"最要紧的是我们得商量一下形势,可是……可是你还什么都没说呢。"她还是没有动。"这并不是说铁路上已经没什么油水了,只是——"

她严厉地瞪着他,他慌忙将目光躲开。

"我的意思是,必须拿出一些建设性的对策来,"他闷声闷气地急忙说道,"必须有人……做点什么,在危急的关头——"

她清楚他是在回避什么,清楚他是在暗示她,但又不想让她挑明和谈起。她知道,列车的正点运行已经再也得不到保证,承诺已经不管用,合同几如废纸,普通列车随时都会被取消,然后不由分说地被强行征作紧急专列,发往意想不到的地方——而这命令则来自对紧急情况和公共福利有唯一决定权的库菲·麦格斯。她知道,工厂正在纷纷倒闭,有些是因为机器设备得不到原材料而停工,其他的则是由于运不出的货物已堆满了库房。她知道,那些历史悠久,靠着持之以恒的努力发展壮大起来的企业随时都可能灭亡,它们的命运已经不在自己的预料和掌管之中。她知道,它们之中年头最久、能力最突出的佼佼者早已消失——那些仍在苦苦地坚守过去时代的理念,仍在拼命生产的企业,正在往它们的合同中加进一行令内特·塔格特的后代感到惭愧的字样:"在运输许可的情况下。"

然而她知道,仍然有人能凭着见不得人的秘密,凭着没人能质疑或解释的权力,随时得到他们需要的运输。人们觉得他们和库菲·麦格斯之间的交易神秘莫测,旁人即使想看一眼都不行，于是人们便闭上了眼睛，因为知情比不知情更可怕。她知道，那些人是靠着所谓"搞运输的关系"才做成的这些交易。大家心里都清楚这是怎么回事，但谁都不敢明说。她知道，紧急专列就是为这些人开的，他们可以把她计划中的列车取消，然后将手里那枚邪门的印章一盖，便把列车随便打发到任何一个地方去。这印章标榜着对一个地方的拯救完全是在遵从"大众的利益"，它已经超越了一切合同、财产、法律、道义和生命的地位。正是这些人派火车去救援亚利桑那州斯马瑟兄弟的柚子生意——去救援佛罗里达州一家生产弹珠游戏机的工厂——去救援肯塔基州的一家养马场——去救援沃伦·伯伊勒的联合钢铁厂。

正是这些人跟急于把积压在仓库里的货物运走的厂主们做起了交易——一旦没有拿到好处，就等工厂破产甩卖的时候以极其低廉的价格买下货物，把它们装上突然冒出来的列车，飞速运给已准备好大发横财的他们那一伙商人。有人就守在工厂附近，一俟高炉喘完最后一口气，就向机器设备猛扑过去——有人在荒废的运输线旁觊觎着，准备扑向没能发出的货车——他们是新冒出来的干完就跑的生意人，只做一锤子买卖，用不着操心发工资，没有任何压力，不需要固定的办公场所和任何设备，唯一的财产和投资便是所谓的"友情"。这些人被官方描述为"我们这个充满活力的时代里的进步商人"，人们却称他们是"兜售人际关系的贩子"——他们的种类林林总总，有的有"运输关系"，有的有"钢材关系"，有的有"石油关系"，有的有"加薪关系"和"缓刑关系"——他们确实有能量，在别人都动弹不得的时候还在全国上下跑个不停；他们头脑空空，卖力而积极，与动物那样的积极不同，他们的积极表现在尸体停止动弹后，他们便会蜂拥而上，靠它为食。

她知道铁路行业有油水可捞，并且知道油水是被谁捞去了。只要能不被人发现，库菲·麦格斯就会利用一切机会，像他卖铁路物资那样把列车一起卖掉——他把铁轨卖给了危地马拉和加拿大的电车公司，把电线卖给了生产音乐盒的工厂，把枕木卖给了需要木柴的旅馆。

她望着地图，心里想到，无论这些吞食尸体的家伙是只顾自己贪吃，还是能替同伙分一杯羹，他们同样都是蛆虫，又有什么区别呢？只要活生生的肉体成了被吞食的猎物，究竟进了谁的肚子还重要吗？现在已经分不清这些灾难哪些是博爱论者造成，哪些出自隐藏着的强盗之手；分不清哪些行为是受了洛森的慈善欲望的驱使，哪些是被库菲·麦格斯的贪婪所引发；分不清是哪个地区为了其他濒临饥荒的地区而牺牲了自己，又是哪里在给那些关系贩子上贡。还有区别吗？两者的出发点和效果毫无二致，都是因为需要，而需要已被看作占有财产的唯一名分；两者都是严格地按照同样的道德标准在行事，都认为人的牺牲是天经地义的，而且都在造成人的牺牲。甚至无法分辨出谁是吃人者，谁又是受害人——那些衣食被没收的地方还认为自己应该去接济东边的城市，却在下个星期发现他们的口粮是被用去填饱了西边——人们已经达到了他们千百年来所追求的最高境界，他们将它贯彻得异常彻底，而且不受任何阻碍。他们把需求当作最高的尺度，当作首要的要求，当作他们的价值标准和他们这个世界的财富，把它看得比正义和生命还要神圣。人们被推进坑里，在叫嚷着要互相帮助的同时，所有人都在疯狂地吞噬着身旁的人，同时也被别人的同伙蚕食，在声称自己白吃白占的时候，人们都是理直气壮的，却不知道是谁正在背后对自己下手，人们在自相残杀，同时又惊慌失措地叫嚣着地球正在被无形的恶魔毁灭。

"他们现在还有什么可抱怨的？"她的心里响起了休·阿克斯顿的声音，"要抱怨世界没有理性吗？"

她坐在那里，看着地图的眼睛冷静而庄重，仿佛在看到逻辑强大的力量时，绝不允许掺杂任何感情色彩。在这片垂死的大地上，她眼看着人们相信的所有观念正分毫不差地得以施行。他们本来知道这不是他们想得到的东西，他们这样能够做到的不是希望，而是欺瞒——然而他们已经不折不扣地实现了他们血淋淋的愿望。

这些长于玩弄需要和怜悯的人如今在想些什么呢？她不禁

感到纳闷。他们在指望着什么？那些人曾经假笑道："我不是想要毁灭富人，我只是想从他们多余的东西中拿一点出来去帮穷人，只要一点点，连他们的一根毫毛都伤不着！"——他们随后大叫道："那些大亨经得起压榨，他们的积蓄足够今后三代人的生活！"——然后又会喊叫说："为什么商人还有一年的积蓄，人民却在受罪？"——此时，他们正在惊叫着："为什么我们挨饿的时候，有人还有能坚持一周的积蓄？"他们究竟想干什么？她感到不解。

"你必须拿出行动来！"詹姆斯·塔格特叫了起来。

她倏地把脸转过去对着他："我？"

"这是你的工作，你的职责，你的义务！"

"是什么？"

"是行动，是做事。"

"做事——做什么？"

"我怎么知道？那是你的专长啊，你是干事的。"

她瞥了他一眼：这话现在听来是如此别扭，又是如此不着调。她站了起来。

"就这些吗，吉姆？"

"不！不！我想和你谈谈！"

"谈吧。"

"可你还什么都没说呢！"

"你也一样啊。"

"可是……我是说，现在有很现实的问题需要解决……比如说，我们存放在匹兹堡仓库的那批新钢轨怎么会不见了呢？"

"库菲·麦格斯把它偷走卖掉了。"

"你有证据吗？"他大声争辩着。

"你的那些朋友们哪次留下过任何把柄和痕迹？"

"那就别说这个，别说这些没用的，我们必须讲事实！我们必须面对眼前的事实……我是说，在目前的局势下，我们必须讲求实际，找到现实的方法来保障我们的物资，而不是凭空猜测——"

她冷笑了一声。他的丑陋嘴脸终于暴露了，她心想，这才是他真正要做的事：他是想让她在库菲·麦格斯的面前保护他，同时又不提到麦格斯，既不承认它的存在，又和它斗争，既把它斗败，又不至于搅乱全局。

"这有什么好笑的？"他恼羞成怒地叫道。

"你心里明白。"

"我不明白你有什么毛病！我不明白你这是怎么回事……你回来后……过去这两个月里……你还从没这样不配合过！"

"怎么了？吉姆，这两个月，我可从来都没和你争过什么啊。"

"我说的就是这个！"他在急促间还是觉察出了她脸上的笑

容,"我是说,我是想开个会,了解一下你对形势的看法——"

"你都知道。"

"可你连一个字都还没说过!"

"我在三年前就把必须说的话都讲完了,我告诉过你这样下去会怎么样,现在果然如此。"

"好啊,你又来这一套!讲大道理有什么用?我们是在现在,不是在三年以前。我们必须对付的是眼下,而不是什么过去。我们当初如果听了你的意见,局面也许会不一样,但事实是我们没有听——而且我们必须面对现实。我们必须接受的是此时此刻的实际情况!"

"好啊,那就接受吧。"

"你说什么?"

"接受你的现实吧,我听你的命令就是了。"

"这太不公平了!我是在问你的意见——"

"你想要的是定心丸,吉姆,这你是得不到的。"

"你在说什么?"

"我不会和你争论,从而让你能假装看不见你所说的现实,并觉得还有办法脱身,我已经没有办法了。"

"好啊……"没有发作,没有暴怒——有的只是一个行将放弃的人无力而动摇的声音,"好吧……你想让我怎么样?"

"放弃。"他茫然地望着她。"你和你华盛顿的同伙们,你那些掠夺计划的制订者以及你们整个那一套吃人理论，全都要放弃。放弃这些，然后闪到一边去，让我们这些能干的人在废墟上重新开始。"

"不！"此时，发作终于奇怪地开始了。这号叫声发自一个宁死都不会改主意的人，发自一个一辈子都像罪犯一般回避着各种想法的人。她不清楚她对于罪犯的本质是否搞明白过，她不懂什么才能让人如此死心塌地地去反对任何思想。

"不！"他叫着，声音沉了下去，更刺耳，也更接近常态，从几近崩溃的抓狂又降到了大老板的腔调，"那不可能！想都不要想！"

"谁说的？"

"行了行了！本来就是这么回事！你干吗总是异想天开？为什么就不能接受现实，然后再去想点办法？你是个讲求实际的人，是干活的，是和内特·塔格特一样的行动者和创造者，可以干成你想干的任何事！如果你真想做的话，就一定可以找出办法来挽救我们！"

她忍不住冷笑了起来。

这就是多少年来生意人懒得去理会的藏在夸夸其谈下面的真正目的，那些含混的定义、拙劣的空话以及模糊的理论都在叫嚣着，要像服从国家一样去服从现实，官僚当局的命令和大自然的法则一样不可违背，必须让挨饿的人从对衣食冷暖的依赖中彻底解脱出来,有那么一天,会去要求内特·塔格特这样的现实主义者把库菲·麦格斯的意愿当成像钢铁、轨道以及重力一样不可更改的事实一样去考虑,接受一种麦格斯造成的客观而无法改变的现实——然后继续在那个世界里创造财富。对于那些在书房和课堂里的骗子们来说,他们把自己看到的当成道理,把他们所谓的直觉当成科学,把他们的渴求当作知识,并把这些再兜售出去,这才是他们真正的目的。这才是所有那些背离客观、立场不明、模棱两可、避实就虚的世俗小人的真正目的——他们眼见农民获得了丰收,不认为这是农民投入了无穷的智慧才产生的结果,而只把它看成一种自然现象,然后便动手抓住农民,给他戴上镣铐,夺走他的农具、种子、水和土地,将他推到一片荒瘠的石头地上,命令着:"现在,把粮食种出来给我们吃!"

不——她觉得吉姆可能会问,便想——去解释她为什么会笑是徒劳的,他根本就不可能明白。

但他并没有发问,反而垂头丧气地说了句令她感到害怕的话——如果他确实不明白,那么他说的这几个字就完全无用;如果他明白的话,就简直太狠毒了——"达格妮,我可是你的哥哥呀……"

她浑身紧张,肌肉绷得紧紧的,似乎即将去面对杀人者的枪口。

"达格妮"——他那软弱无力、带着鼻音的死气沉沉的腔调听上去像是叫花子在哀求——"我想当一个铁路公司的总裁，我很想呀。为什么你总能如愿，可我就不能呢？为什么我的愿望总是落空，可你总能实现你的愿望呢？为什么你应该高兴，可我就该难受呢？哦，是，这世界是你的，只有你才有脑子玩得转它，既然如此，干吗还要允许苦难在你的世界中存在？你口口声声说是在追求幸福，却令我焦头烂额。我难道就没有权利要求得到我想要的一点幸福吗？这难道不是你欠我的吗？我难道不是你的哥哥吗？"

他的目光像小偷的手电筒的灯一样在她的脸上寻找着同情的痕迹，然而，除了强烈的厌恶，一无所获。

"如果我去受苦，那么有罪的人就是你！你在道义上就说不过去！我是你哥哥，你对我就应该负责任，可你没有让我得到满足，所以你有罪！千百年来，人类所有的精神领袖都是这么说的——你又有什么资格去唱反调？你太自以为是了，还觉得自己是个大好人——只要我不幸，你就好不了，我的悲惨就是你的罪恶，我的满足就是你的美德。我就是想要今天这样的世界，它能让我说上话，能让我觉得自己也是个人物——给我把一切都弄好！——你就干点什么吧！——我又怎么知道该怎么办？——这是你的问题，你的责任！你才是有胆量的，可我——我本来就是软弱的！这在良心上讲绝对没错！难道你不明白？你不明白吗？你不明白吗？"

此刻,他的目光就像一个人抓在深渊边缘上的手,疯狂地想要扒住任何一道似是而非的裂缝,可最终还是从她那张明净如岩石般的脸上滑了下去。

"你这个恶棍。"她的语气里绝无一丝感情,因为她的这句话并不是要说给某一个人听。

尽管他的脸上只露出骗子打错了算盘的表情,但她似乎看出他已经坠入了深渊。

她想,她对他的憎恶和往常并无分别;他不过是把那些鼓吹得到处都能听到,并且被很多人接受的东西说了出来;人们在说起这套理论时,一般都是借题发挥,而吉姆居然无耻到了拿自己说事的地步。她不知道人们在弄清楚自己的要求和行动之前,究竟能否承认这套牺牲的理论。

她起身要走。

"别!别!等等!"他一下子站了起来,瞧了一眼手表,大叫着,"现在到时间了!我想让你听一条特别新闻!"

她好奇地站住了脚。

他打开收音机,在一旁目不转睛,甚至是有些无礼地观察着她的表情,眼睛里有一丝恐惧和怪异并存的期待。

"女士们,先生们!"一个声音猛然从广播里跳了出来,里面掺杂着一股惊慌,"我们刚刚得到从智利圣地亚哥传来的惊人消息!"

她注意到塔格特脑袋一梗，茫然蹙起的眉头间闪现出突如其来的焦虑，似乎这样的话和声音出乎他的预料。

"今天上午十点钟，智利、阿根廷以及其他南美国家召开了议会的特别会议。在呼吁人人互助的智利新任国家元首拉米利兹先生的倡议下——议会将把德安孔尼亚铜业公司在智利的资产收归国有，从而为阿根廷将该公司在世界其他地方的资产进行国有化打通道路。然而，在这之前，在这两个国家，只有极少数的高层领导人才知道此事。对这项措施的保密是为了避免出现争论和由此带来的抗议，以便使这次对价值数亿的德安孔尼亚公司的没收成为元首带给全国的一个意外礼物。

"在钟声敲响十点的时刻，随着议会主席手中的小槌敲落在讲台上，宣布会议的开始——仿佛是被这一槌引燃一般，一声惊天动地的爆炸声震动了议会的大厅，大厅里的玻璃也被震碎。爆炸来自只有几条街之隔的港口——议员们冲到窗户前，发现他们熟悉的德安孔尼亚公司的矿石码头处高高地腾起了一道火焰。这座矿石码头已经被炸为灰烬。

"议会主席克制着惊慌，让大家保持镇静。在一片救火的警笛声和远处传来的喊叫声中，他向全体与会者宣读了国有化的法令。这天早晨天气阴森，乌云密布，爆炸毁坏了电力传输系统——议会就在烛光下举行了表决，表决时，议会大厅高高的屋顶上摇曳着通红的火光。

"紧接着发生的事更加令人震惊。议员们匆匆休会，以便向全国宣布德安孔尼亚公司已归人民所有的喜讯。然而就在他们表决的时候，消息从世界的各个角落纷纷传来，德安孔尼亚公司已经在地球上消失了。女士们，先生们，它彻底地消失了。就在钟声敲响十点的那一刻，像是在一个魔鬼的统一指挥下，从智利到暹罗，从西班牙到蒙大拿州的波兹维尔，德安孔尼亚公司在全世界的各个据点全都在爆炸中被夷为了平地。

"德安孔尼亚公司的各地员工都在上午九点领到了现金支付的最后一笔薪水，九点半的时候就被从公司的驻地遣散。矿石码头、熔炉、实验室、办公楼等统统被毁，德安孔尼亚公司停在港口的船里一无所有——出海的船员们则上了救生艇。至于德安孔尼亚公司的铜矿，一部分已经被炸塌的山石埋葬，另一部分则已经连炸的价值都没有了。根据现在收到的报告来看，在这些矿中，有很多已经采完多年，但居然还一直运营着。

"对于这样一场大规模行动的计划、组织和实施，警察在德安孔尼亚公司数以千计的雇员中连一个知情者也找不出来。然而，德安孔尼亚公司员工里的骨干力量已经不见了。最能干的高层管理人员、铸造专家、工程师以及主管们都已销声匿迹——他们全都是国家在调整过程中需要仰仗的人。最能干的——应该纠正一下：是最自私的那批人都不见了。从不同银行得到的报告中可以看出，德安孔尼亚的账户上已经一无所有：钱被花得一干二净。

"女士们，先生们，德安孔尼亚的财富——这个地球上最巨大的一笔财富，几百年来传奇般的财富——已不复存在。在新时代到来的曙光中，留给智利和阿根廷的是一堆废墟和成群的失业者。

"弗兰西斯科·德安孔尼亚先生的下落至今毫无线索，他业已消失，什么都没留下，哪怕连一句话或者一声告别都没有。"

亲爱的，我感谢你——就算你听不到，而且也不愿意去听，我也要以我们最后一个人的名义来感谢你……这并非一句话，而是她在内心之中对一个她自从十六岁就了解的男孩子那张笑脸所做的默默的祝福。

她发觉她正紧抓着收音机，仿佛连它里面传出的微弱电流都和这地球上仅存的那股生命力紧密相连。在短暂的几个瞬间，收音机把那生命力传播了出来——此时它正充满这个已别无生命的房间。

她听到吉姆像是从遥远的爆炸后的废墟之中发出了一声夹杂着呻吟和号叫的怒吼——随后便看见吉姆肩膀伏在电话上抖个不停，声嘶力竭地叫着："可是，罗德里格，你说过会很安全的！罗德里格——哦，天啊！你知不知道这把我害得有多惨？"接着，他桌上的另一部电话急促地响了起来，他一边手里抓着第一个话筒，一边冲着另外那部电话的听筒咆哮道："少说废话，沃伦！你说该怎么办？我才不管呢？你去死吧！"

有人跑进了办公室，电话接二连三地响了起来，吉姆在时而哀求、时而怒骂当中不停地对着一个话筒喊着："给我接圣地亚哥！……让华盛顿给我接圣地亚哥！"

她仿佛站在自己脑海的边缘，远远地看到了在尖叫的电话旁的那些人玩输的是一场什么样的游戏，他们远得如同在显微镜下蠕动的小黑点。她不明白的是，当地球上还有弗兰西斯科·德安孔尼亚这样一个人存在的时候，他们居然还异想天开地想较量一番。

这一天里，她见到的每个人脸上都带着爆炸留下的余光。她想，要是弗兰西斯科想给德安孔尼亚公司的火葬找出像样的柴堆，那他可不会失望。它就在这个世界上唯一能够明白它的威力的纽约城的街道里——就在人们的脸上，就在他们的窃窃私语声中，他们的窃窃私语像小小的火舌一样噼啪作响，衬出脸上沉重而又发疯一般的神情，那神情在远方的火焰映照下，投射出摇摆不定的阴影，有些是害怕，有些是恼怒，大多数则是不安、迷惑而观望的样子。他们都承认，这场灾难已经超出了行业的范畴，虽然嘴上不说，但心里都明白这意味着什么，这些死期将至的人脸上带着宽慰自己而又愤愤不平的苦笑，他们知道自己是被报复了。

晚上和里尔登一起吃晚饭的时候，她从他的神情中也能看出事件的影响。在这家装潢得富丽考究的餐馆里，只有他那高大自信的身躯才显得轻松而自在。他向她走过来时，她发现他那张严肃的脸依旧像站在魔术师面前的小孩一样，流露出不自觉的期盼。他并没有提今天发生的这件事，但她知道，此时他心里想的全都是这个。

只要他进城，他们就会难得地聚上一会儿——他们的过去在他们沉默的内心之中依旧历历在目——他们都清楚，他们的工作和他们共同的挣扎已经前途渺茫，但他们仍像战友一样用对方的存在支撑着自己。

他不想提起今天发生的事情，不想提起弗兰西斯科，但她留意到，在他深陷的颧骨下，他总会克制不住地浮现出笑容。当他突然用低沉而温和的声音充满敬意地开口时，她明白他说的是谁："他还真是信守承诺啊，对吧？"

"他承诺过什么吗？"

"他对我说，'我以我爱的女人的名义发誓，我是你的朋友。'他的确是。"

"的确如此。"

他摇了摇头。"我不配去想他，不配接受他为了保护我所做的一切，不过……"他止住了口。

"可事情就是这样，汉克，他就是在保护我们大家——特别是你。"

他眼睛一闪,向外望去。他们坐在靠墙的地方,一面玻璃犹如看不见的屏障,把他们和外面,以及在六十层之下的街道隔开。都市平平地躺在最底层,看上去异常遥远。几条街之外,高楼的塔尖溶进夜色里,那幅日历此时与他们的视线平行,不再像一个讨厌的小方块,而是犹如一个巨大的屏幕,怪诞而近距离地立在他们眼前,惨白的灯光透过屏幕,上面只有九月二日几个字。

"里尔登钢铁公司现在正满负荷生产,"他淡淡地说着,"他们取消了对我工厂产量的限制——估计这也是暂时的,我已经记不清他们取消过多少个他们自己的规定了,我看他们也不知道,他们已经懒得去管什么合法不合法了,我敢肯定他们至少违犯了五六条法令,可没人说得清楚——我只知道现在的这帮坏家伙们是让我开足马力。"他耸了耸肩膀,"一旦明天换成了另一个坏蛋,也许我就会因为非法经营而被勒令停产。不过,根据目前这个谁也说不准的计划,他们是在不惜一切代价地求我无论如何也要把我的合金继续生产下去。"

她注意到人们正偷偷地向他们这个方向望着。自从她发表了广播讲话,他们俩开始一起在公共场合露面后,她就注意到了这一点。人们的言行里并没有表达出他曾担心过的不耻,而是流露出一种敬畏的犹疑——他们不敢确定自己的道德观,看到他们两个如此坚信自己,便感到敬畏。人们在望向他们时,神情中带有急切的好奇,带有羡慕和尊敬,唯恐冒犯一种自己从不知道的、极其严格的规矩。有的人甚至会怀着歉意,似乎在说:"请原谅我们已经结了婚吧。"有些人带着一种恶狠狠的眼神,有些人的眼神里则充满了崇敬。

"达格妮,"他忽然开口问道,"你认为他会在纽约吗?"

"不,我问过韦恩·福克兰酒店,他们告诉我他的租房合同已经过期了一个月,而且他没有再续。"

"他们在到处找他,"他笑着说,"可他们永远也别想找到。"他的笑容不见了,"我同样也找不到。"他的嗓音又回到了公事公办的黯然平淡的腔调,"不错,工厂是在干活,可我并没有。我什么都不干,整天像秃鹰一般在全国跑来跑去,想通过非法的手段去买原料。躲躲藏藏,偷偷摸摸,撒谎骗人——就为了弄到几吨矿石、煤炭或者铜。他们没有撤销对我采购原料的限制,也知道我的产量超过了他们许可的标准,可他们不关心这些。"他又补充了一句,"他们还认为我会关心呢。"

"累不累,汉克?"

"简直是无聊透顶。"

她心想,曾几何时,他把头脑、精力和用之不竭的能量用在了征服大自然和创新上面;而现在,他却像罪犯一样用它们来对付人。她不知道一个人能够在如此之大的变故下坚持多久。

"铁矿石几乎搞不到,"他无动于衷地说着,然后声音忽然一亮,又继续道,"现在铜马上就要彻底断了。"他咧开嘴笑了笑。

她不知道一个人当自己最大的愿望不是成功而是失败时，还能够违心地干多久。

当他说出下面这句话的时候，她明白他的用意："我从没跟你提起过，我见过拉格纳·丹尼斯约德。"

"他告诉我了。"

"什么？你是在哪儿——"他顿住了，"原来如此，"他的声音变得紧张而低沉，"他和他们是一伙儿的，你应该见过他了。达格妮，那些人是什么样……不，不要回答我。"他沉默了一会儿，又说道，"这样看来，我已经见过他们的一位使者了。"

"你见到过两位。"

他顿时愣了，然后才反应过来。"果然如此，"他喃喃地说，"我就知道……我只是不想对自己承认罢了……他是替他们招募人的，对不对？"

"他是他们中最早和最出色的一个。"

他嘿嘿一笑，声音里充满了苦涩和向往："他们把肯·达纳格带走的那天晚上……我以为他们还没派人找过我……"

他那竭力保持沉着的样子几乎像是一把钥匙，正在缓慢而费力地锁上一个他不允许自己去看的、阳光灿烂的房间。过了半晌，他冷冷地说："达格妮，我们上个月谈到过的那批新铁轨——我想我是交不出来了。他们没有取消对我的销量的限制，仍然控制着我的销售，随心所欲地支配着我的合金。可账目已经一团糟,我每星期都要偷出几千吨到黑市上卖。我估计他们也知道,只是装糊涂罢了。现在他们还不想和我作对。不过你瞧,我把自己能弄出来的钢材全都给了我一个急需的客户。达格妮,我上个月去了明尼苏达,看到了那里的状况。用不着等到明年,今年冬天乡下就会有饥荒,除非咱们几个人能尽快有所行动。各地的粮食储备都已用光,内布拉斯加州垮了,俄克拉荷马州奄奄一息,北达科他州已经被放弃,堪萨斯州只是在勉强支撑——今年冬天不会有小麦,至少纽约和东部的城市里是不会有了。明尼苏达是咱们的最后一座粮仓,那里连续两年收成不好,但今年秋天获得了大丰收——他们必须把粮食都收回来。你看没看过农用机械行业的现状?他们当中,还没有谁能财大气粗到养得起一班华盛顿的打手,或者交得起人情费。因此,他们分不到什么物资,三分之二的企业已经关门,剩下的也快了。全国各地的农业都濒临死亡——因为缺少农具。你应该看一看明尼苏达州的那些农民,他们把越来越多的时间花在修理破旧的拖拉机上面,那些旧机器除了还能凑合耕地,已经没法再修了。我想象不出他们怎么能坚持到上一个春季,是怎么种的麦子,但他们做到了,挺下来了。"他面色凝重,仿佛在苦苦地追忆着一幕少见的、已经被忘却的情景:他看到的是那些人——她体会到了促使他继续工作的动力。"达格妮,他们必须得有收割用的农具。我把我能偷偷弄出来的钢材全都赊账卖给了农具制造商,他们也采取了偷偷的、赊账的方式，尽快把生产出的设备发给了明尼苏达。不过他们今年秋天就会拿回货款，我也是一样。这可不是什么施舍！我们帮助的是不屈不挠的劳动者，不是那些好吃懒做的'消费者'！我们给出去的是贷款，不是救济金，我们是在帮助那些肯干的，不是那些只会伸手要的。我绝不能听任这些人遭受不幸，而那些人情贩子却大发其财！"

他眼前出现了曾经在明尼苏达看到的情景：夕阳的余晖不受任何遮挡地从一座破败工厂的窗窟窿和顶棚的裂缝中泻入，残存的牌子上依稀留有沃德收割机厂的字样。

"我知道，"他说，"就算我们帮他们过了这个冬天，掠夺者们明年还是会把他们吞掉。即使如此，我们今年冬天还是要帮他们……所以我实在没办法再替你弄铁轨了，至少短期之内不能——咱们现在也根本做不了长期的打算。如果一个国家没了铁路，我不知道喂饱它还有什么意义——但是，如果连吃的都没了，留着铁路又有什么用？到底什么才是有用的呢？"

"没关系，汉克，依靠现有的铁轨，我们还能坚持——"她顿住了。

"还能坚持一个月吗？"

"但愿能坚持到冬天吧。"

邻近的饭桌前发出一个刺耳的声音，打破了他们的沉默。他们扭过头去，发现一个神经兮兮的人，像是一个被逼进角落后准备伸手拔枪的匪徒。"一种对抗社会的破坏行为，"他在对着脸色阴沉的同桌咆哮着，"特别是在这样一个急需铜的时候！……这绝对不行！绝对不行！"

里尔登愤然转回身子，扭头向窗外望去。"我真想知道他现在在什么地方，"他压低了声音说道，"想知道他此时此刻在哪里。"

"你知道了又打算怎么办？"

他无奈地将手向下一摆，"我不会去找他，如果说我还有什么敬意可以向他表达的话，就是别为了不可能得到的原谅而去求他。"

他们在沉默中听着周围人的交谈，听着恐慌如碎片般在这个奢华的房间内慢慢地散开。

她未曾注意到，每张桌旁似乎都有一个隐身人，人们说什么都摆脱不掉一个共同的话题，他们的举止并不过于缩手缩脚，但他们似乎觉得用玻璃、蓝丝绒、铝合金以及柔和的灯光搭配起来的屋子实在太过敞亮。他们似乎就是为了躲避才来到这里，企图借这间屋子继续装模作样地过着文明优越的生活——但他们的世界被一种野蛮的暴力昭示在了光天化日之下，让他们不得不去面对。

"他怎么可以？他怎么可以呢？"一个妇人带着烦躁不安的惊恐质问道，"他没有权利这么做！"

"这是个意外，"一个说话有气无力、打着官腔的年轻人说，"是一连串的意外，只要用统计学里的概率分析就不难发现。散布传言、过分夸大与民众对立之人的力量，是没有爱国心的表现。"

"辩论是非是学术界的事情，"一个嗓门像老师、嘴巴却像酒鬼的女人说道，"可一个人怎么会在人民最需要的时候，还这样固执己见地把财富毁掉呢？"

"我就想不通，"一个老者颤抖的声音里满是辛酸，"特别是经过了好几百年对人的残忍本性的改造之后，经过了用善良和人道进行的教化、培养和训导之后！"

一个女人困惑的声音不知所措地响了起来，随即又沉了下去："我还以为这是一个充满友爱的年代……"

"我很怕，"一个年轻姑娘不停地说着，"我很怕……噢，我也不知道是怎么回事！只是感到害怕……"

"他做不出这样的事！"……"可是他做了！"……"这是为什么？"……"我拒绝相信！"

……"简直不是人！"……"这是为什么？"……"他只是个一无是处的浪荡公子！"……"这是为什么？"

在房间另一头的一个女人惊叫一声的同时，达格妮也从眼角瞟见了某种令人不安的信号，她猛然转身向外望去。

操控日历的是锁在屏幕后面小屋里的一个装置，它年复一年地将同样的屏幕翻卷出来,然后把日期投影上去,在固定的节奏下进行稳定的变换,只有在到达午夜时才会转动一下。达格妮的身子转得很快,正好让她看到了一幕如同天上的行星颠覆轨道般、意想不到的情景:她看见九月二日的字样正在向上移动,随即便越过屏幕上端,无影无踪了。

接着,她看到硕大的屏幕上出现了几行字,带着锐利倔强的笔锋,令时间停滞,向全世界、向全世界的心脏——纽约,发出了最后一条消息:

兄弟,你如愿以偿了!

弗兰西斯科·多米尼各·卡洛斯·安德列·塞巴斯蒂安·德安孔尼亚。

她分不清是眼前的字迹还是里尔登的大笑更让她吃惊——里尔登在身后满屋人的目光下和喧哗声中挺身而立,用笑声盖住了他们惊慌的叹息。他在笑声中致意,迎接和领受着这份他曾经拒绝的礼物,感到轻松、胜利——他心悦诚服。

九月七日的晚上,蒙大拿州的一条铜缆断裂,位于斯坦福铜矿旁的塔格特公司运输轨道上的装卸吊车发动机熄了火。

这座矿的生产昼夜不停,它是在分秒必争地把每一块矿石从山体上掘出来,然后运送到沙漠中的工业区。吊车瘫痪的时候,它正在装车;当时它顿然停住,一动不动地垂立在夜晚的天空下,它的一边是一串货车车厢，一边是霎时间动弹不得的矿石堆。

火车上和矿上的人全都目瞪口呆地停下了活儿：他们发现，在他们那些庞杂的设备里，不乏钻头、发动机、吊车、精密仪表，以及可以照亮矿道和山脊的巨型探照灯——但就是没有用来修吊车的铜缆。他们停在那里，如同站在一艘装有上万马力发动机的远洋巨轮上，只是因为缺少一根保险丝而走向了覆灭。

车站站长是一个身手矫健、心直口快的年轻人，他从车站站房扯下电线，使吊车恢复了工作——当矿石哗哗地装满车皮时，站房的窗户里透出了摇曳的烛光。

"明尼苏达，艾迪，"达格妮关上那个装有她特别文件的抽屉，严肃地说，"叫明尼苏达分公司把他们库存的一半铜缆运送给蒙大拿州。""可是，我的老天爷，达格妮！现在收割的高峰期就要到了——""我想——他们会坚持下来的，而铜的供应商可是一个都丢不得。"

"我已经尽力了！"当她又一次去催詹姆斯·塔格特的时候，他大叫了起来，"我已经替你弄到了优先使用铜缆的特批，把配给量提高到了极限，所有该做的表格、证书、文件和申请都做了——你还想要怎么样？""铜缆。""我已经尽力了！这谁都无话可说！"

她没有和他争。下午的报纸放在他的桌上——她正盯着封底的一段话：加利福尼亚州为缓解州内的失业者压力，通过了一项紧急的州税法案，州内的各企业将把缴纳其他税收之前的总收入的百分之五十先用于上缴；加州的石油公司已经纷纷破产。

"别担心，里尔登先生，"一个假意殷勤的声音通过长途电话从华盛顿那边传了过来，"我只是想让你不要太担心。""担心什么？"里尔登不解地问。"是关于加州出现的一点临时性的混乱，我们马上就会处理好。这是一种犯上作乱的行为，那儿的州政府无权征收对全国税收不利的地方税，我们会立即商量出一个公平的方案——但是同时，如果你听说了有关加州石油公司的一些别有用心的谣言，因而有所担心的话，那我可以告诉你，里尔登合金已经被列为最高一级的重点需求，可以优先使用全国任何地方的石油资源，这可是很高的级别呀，里尔登先生——因此我只是想让你知道，你用不着担心今年冬季的用油了！"

里尔登挂上电话，忧心忡忡地皱起了眉头。他担心的倒不是油料困难和加州油田从此消失的问题——这样的灾难现在已经屡见不鲜——而是华盛顿的决策者们意识到要来安抚他了。这可是破天荒头一遭。他苦苦思索着其中的奥妙。多年的奋斗经验告诉他，那些明显而又毫无来由的敌意并不难对付，但显然无缘无故的热心就很危险了。当他走在厂房之间的小道上，发现那个没精打采，神态既傲慢又像是希望被人狠揍一顿的人竟然是他的弟弟菲利普时，他的心中不禁再次泛起了同样的疑惑。

自从搬到费城后，里尔登就再也没回过他以前的家，虽然他仍然负担着家人的生活费用，却和他们断绝了音信和来往。但令人费解的是，就在这几周，他已经看到菲利普莫名其妙地在厂子里出现了两回。他说不好菲利普是在有意躲着他还是想引起他的注意，因为看上去似乎都有可能。除了某种无法理解的热心之外，他想不出菲利普来此还有什么别的目的，不过，菲利普以前可是从来都不会表现出这种热心。

第一次见面，他吃惊地问："你来这里干什么？"菲利普含糊其辞地回答说："嗯，我知道你不想让我去你的办公室。""你想要什么？""哦，没什么……只是……这个，妈妈担心你。""可她随时都可以打电话给我。"菲利普没有回答，而是故作轻松地继续问了一些有关他的工作、身体和生意的问题；这些问题都是在奇怪地绕来绕去，他关心的并非生意本身，而是里尔登本人对生意的看法。里尔登打断了他的话，然后挥挥手就走开了，但这件事成了他心里一个总也解不开的小疙瘩。

第二次的时候，菲利普唯一的解释是："我们只是想了解一下你的想法。""我们是指谁？""当然是……妈妈和我了，现在日子不好过，所以……嗯，妈妈想知道你有什么想法。""告诉她，我没想法。"这个回答令菲利普特别震动，似乎他害怕听见的正是这样的话。"你给我走，"里尔登厌倦地下令说，"下次要想见我的话，预约后到我的办公室来，除非你真有话要说，否则就别来。这里不是谈论我和任何人的想法的地方。"

菲利普并没有打电话约时间——可如今他又来了。他站在一座座巨型高炉的旁边,耷拉着脑袋,心虚的同时又端着架子,似乎他是偷偷摸摸到的这里,可又像是来视察贫民区的一样。

"我的确有话要说!是真的!"一看见里尔登皱起的眉头,他便忙不迭地喊道。

"你为什么不到我办公室去?"

"你又不想让我去你的办公室。"

"我同样不想让你到这个地方来。"

"可是,我只是……我只是替你着想,不希望在你特别忙的时候打搅你,而且……你是很忙,对吧?"

"还有呢?"

"还有……就是,我只是想在你空闲的时候找你谈谈。"

"谈什么?"

"我……这个,我需要找个工作。"

他挑衅似的说出这句话,同时向后退了退。里尔登站在原地,面无表情地看着他。

"汉克,我需要一份工作。我是说就在这个厂里。我想让你安排我干点什么,我想要工作,想要自食其力,我受够了靠救济的生活。"他在心里找着词,请求般的声音显得很受伤害,似乎如此请求是强加给他的不公,"我想有自己的生活,我不是在请求你的施舍,我是在请求你给我一次机会!"

"这里是工厂，菲利普，不是赌场。"

"啊？"

"我们既不接受，也不给什么机会。"

"我是在请求你给我一个工作。"

"我凭什么给你？"

"因为我需要工作！"

里尔登用手一指在黑洞洞的炉子里跳动的通红的火焰，在钢铁、黏土和热气的包围下，火焰安然无恙地融入了他们上方四百英尺高的天空。"菲利普，我需要过那台高炉，但给我的那台高炉可不是我想要的。"

菲利普装出一副恍若未闻的样子："按规定，你不能正式雇人，但这只是技术问题，如果你要我的话，我认识的朋友可以对此认可。没有任何麻烦，并且——"一看到里尔登的眼神，他便猛然住了口，随即不耐烦而恼火地问道："怎么了？我讲的有什么不对的吗？"

"是你还没讲出来的。"

"你说什么？"

"就是你憋了半天没讲的话。"

"是什么？"

"就是你对我一点用处都没有。"

"你就是这么——"菲利普不自觉地想要慷慨陈词一番，却半道收了回去。

"没错，"里尔登笑着说，"我一上来就是这么想的。"

菲利普的眼睛失神地转向一旁；再度张口的时候，他已经是在废话连篇地胡说一气了："每个人都有生活的权利……假如没人给我机会，我又怎么能得到呢？"

"那我是怎么得到的？"

"我可不是天生就有一座钢铁厂的。"

"我天生就有吗？"

"如果你教我的话，你做的事情我也一样能做。"

"那么又是谁教了我呢？"

"你干吗老这么说话？我又不是在谈你！"

"可我是。"

过了半晌，菲利普嘟囔道："你干吗要操这份心？现在说的又不是你的生活！"

里尔登用手一指正在炉前蒸汽中的工人们的身影："你干得了他们的活儿吗？"

"我不明白你这是——"

"假如我把你放到那儿，你把炼好的一炉钢毁了怎么办？"

"究竟是把你那该死的钢炼出来要紧，还是我能吃上一口饭要紧？"

"要是炼不出钢，你吃什么？"

菲利普一脸不屑的样子："你现在是占了上风，我没法和你争。"

"那就别争。"

"啊？"

"给我闭上嘴，离开这里。"

"可我的意思是——"他哽在了那里。

里尔登一阵冷笑："你的意思是不是我应该闭嘴，应该把上风让给你，因为你现在什么能耐都没了？"

"你这么说也太没道德了。"

"可这不正是你的道德吗？"

"你不能用物质至上主义者的语言来谈道德。"

"咱们现在谈的是在钢铁厂里的工作——这就是个物质至上的地方！"

菲利普似乎对这里感到恐惧。他缩紧身子，眼神变得更加呆滞，厌恶地看着眼前的一切，尽量不让自己在它的面前低头。他用念毒咒一般萦绕不绝的腔调说道："人人都有工作的权利，这是放之四海而皆准、大家都必须遵守的道德。"他的嗓门一提，"我有工作的权利！"

"真的？那好，你去干吧。"

"啊？"

"去干你的工作吧，从草棵里找工作干吧。"

"我是说——"

"你是说这不可能?你是说你需要工作,但自己想不出办法?你是说你有权利干的这份工作,还得靠我替你创造出来?"

"对!"

"我要是不管呢?"

一阵沉默后,菲利普终于说话了:"我真不明白你这是怎么了,"他像是一个在照本宣科,却总是出问题的人,感到恼火和迷惑,"我不明白你怎么这么难以沟通,不明白你这一套究竟是什么逻辑——"

"算了吧,你心里明白。"

菲利普似乎不愿承认自己照搬的方法失灵了,大声叫嚷起来:"你什么时候学过哲学?你只不过是个商人,根本就不配探讨原则性的问题,你还是把这些问题留给已经让步好几百年的专家们——"

"少废话,菲利普,你居心何在?"

"居心?"

"你怎么突然想做事了?"

"这个,在目前这种形势下……"

"什么形势?"

"这个嘛,每个人都应该得到谋生的手段……而且不应该被抛弃……在如此动荡的情况下,人必须有点安全感……有个立足之地……我是说，像现在这样，你一旦出什么事的话，我就——"

"你认为我会出什么事？"

"噢，我不是！我不是！"这声叫喊竟是如此不可思议地发自肺腑，"我不希望出任何事情！你也不希望吧？"

"比如什么样的事情？"

"这我怎么知道？可我现在只有你给我的那点补贴，而且……而且你随时都可能改主意。"

"有可能。"

"我拿你一点办法都没有。"

"你为什么过了这么多年才意识到要开始工作？为什么偏偏在现在？"

"因为……因为你变了。你……过去还有一点责任感和良心，可是……你身上的这些东西越来越少了，难道你没变吗？"

里尔登默默地打量着他。菲利普问话的方式很特别，似乎漫不经心，但那过于随意、稍显执拗的问题正是他的意图的关键所在。

"好吧，假如我是你的一个负担，那我很乐意帮你减轻一下！"菲利普冷不防地甩出一句话来，"只要给我个工作，你就再也不会因为我而受到任何良心上的谴责了！"

"我的良心没有谴责我。"

"我说的正是这个意思！你冷漠无情，根本就不关心我们的今后，对不对？"

"谁的今后？"

"当然……是妈妈和我……还有整个人类的了，可我不会去向你的良心求情。我知道，你随时都可能把我推到深渊里，所以——"

"你在撒谎，菲利普，你担心的并不是这个，如果真像你说的那样，你就会千方百计地要钱，而不是要工作，不是——"

"不对！我是要一份工作！"这声脱口而出的叫喊近乎发狂，"你休想拿钱来收买我！我是要工作！"

"你这条寄生虫还是放老实一点吧，听没听见你自己在说什么？"

菲利普只能咬牙切齿地回答："你不能这么跟我说话！"

"那你自己就可以吗？"

"我只是——"

"收买你？我凭什么收买你？我倒是应该在几年前就把你轰出去。"

"可是，不管怎么说，我还是你的弟弟呀！"

"你说这个管什么用？"

"人是应该有一点手足之情的。"

"你有吗？"

菲利普怒气冲冲地撅起嘴，一声不吭地继续等着。里尔登却不再说话，把他晾在了一旁。菲利普嘟囔着说："你应该……至少……考虑一下我的感情啊……可你没有。"

"你考虑过我的感情吗？"

"你？你的感情？"菲利普的声音里并无恶意，但这更糟，因为他的气愤和惊讶的确不是装的，"你根本就没有感情，你对一切都没感觉，从来没有过痛苦！"

积压已久的情绪击中了里尔登：这股情绪同他乘坐约翰·高尔特铁路试车时的感觉一模一样——他所看到的菲利普那双黯淡而混浊的眼睛，代表了人类最终的堕落：在无耻而傲慢的骨架下，它要求一个活生生的人把它那肆无忌惮的苦处当成最高的利益。你从来没有过痛苦，这双眼睛正向他发出谴责——而他看到的是他在办公室里眼瞧着自己的铁矿被人夺去的那天夜晚——是他在捐赠券上签名、交出里尔登合金的那一刻——是他连续一个月在飞机上搜寻达格妮的尸体的每一天。你从来没有过痛苦，这双眼睛自以为是地不屑地说道——而他则回想起了自己曾怀着纯真和自豪的情感，没有向痛苦屈服，从那些日子里坚持了下来，那情感中凝聚着他的爱和他对自己的信心，他相信，快乐不容践踏，一定要把它作为生命的目标去实现，双眼如果被一时的折磨所蒙蔽，才是大逆不道。你从来没有过痛苦，那双眼睛死死地盯着他说，你从来没有过感觉，因为只有在遭受折磨时才会有感受——世上本没有快乐，只有痛苦和不痛苦这两种状态；只有痛苦和全无知觉的空虚——我在受折磨，在折磨下挣扎，我是被纯粹的折磨造就的，这便是我的纯洁，便是我的美德——而你从不挣扎，从不抱怨，你就是用来替我止痛的——应该从你那没有痛苦的身体上割下肉来敷在我身上，割下你那没有知觉的灵魂来阻止我的灵魂去感受痛苦——这样，我们就能实现最高的理想，战胜生命，让一切成为虚空！他看清了几百年来那些面对宣扬毁灭的说教者并不退缩之人的本性——他认清了自己的宿敌的真正面目。

"菲利普，"他说，"你给我出去。"他的声音犹如射进停尸房里的一道阳光，健康中带着商人惯有的平淡语气，对一个不值得用愤怒甚至恐吓去对付的敌人讲道，"以后再也别来这里，我会下令让各处大门都不放你进来。"

"好吧，既然这样的话，"菲利普用恼怒而试探的威胁口吻说，"我就让我的朋友们给我安排一个在这里的工作，并且逼你点头！"

里尔登停下已经迈出的脚步，转回身来看着他的弟弟。

促使菲利普突然开窍的不是他头脑里的想法，而是作为他唯一的意识那种阴暗的情绪：他感觉到恐惧正挤入他的喉咙，哆嗦着滑进他的肚子里——他看着这片厂房掩映在飘荡的火光里，一锅锅熔化的钢水穿行在精密的索道上，开启的炉膛里是烧得通红的煤炭，吊车借助无形的磁力，抓起成吨的钢铁，从他的头顶轰隆隆地驶过——他知道他很怕这里，怕得要命，如果没有面前这个人的保护和引导，他简直一步都不敢动——随后，他看着面前这个高大挺拔、轻松肃立的身影，这个人双眼炯炯，目光穿过石头和火焰，建造了这座工厂——他马上意识到，他想要去逼迫的这个人，完全可以让一锅钢水提前一秒钟倾泻下来，或者让吊车在偏离目标一尺的地方松开它的负重，一旦那样的话，他这个指手画脚的菲利普就不复存在了——他还能安然无恙的唯一原因便是，尽管他的大脑想到了这些手段，里尔登却不会有这样的心思。

"咱们最好还是和和气气的吧。"菲利普说。

"你最好如此。"里尔登说着便走开了。

崇拜痛苦的人——里尔登凝视着他始终无法理解的敌人的身影——他们是崇拜痛苦的人。这个身影貌似庞大，却根本不值一提。对于他们，他全然没有感觉，就如同要对无生命的物体，对从半山腰滑落下来会砸死他的石块动怒。人如果不想粉身碎骨，可以避开山坡，或者筑起一道防止滑落的墙——但是人无法对于无生命的物体的无意义运动表示任何生气、愤慨或道义上的忧虑。不对，他想，其实更糟糕——是反生命的物体。

坐在费城的法庭里，瞧着人们审理他的离婚案时，他仍然觉得他是个局外人。他目睹人们机械地说着套话，照本宣科地读着证词里骗人空洞的字句，玩着一场令人难懂、言之无物的文字游戏。在没有其他法律途径能让他获得自由、没有权利陈述事实、阐明真相的情况下，他便花钱导演了这出戏——掌握他命运的并不是公正的法律原则，而是那个面容枯瘦、一脸狡诈的法官。

莉莉安没有到庭；他的律师明知无用，还是不时向法庭示意。他们全都事先获悉了判决，并且都清楚是怎么回事，这已是多年来的惯例了。他们似乎堂而皇之地把它当成了他们的特权；他们看来没有把这当作一件要审理的案子，只当是例行公事，仿佛照本宣科便是他们的工作，而不必去管其中的含义，似乎是非问题在法庭里无关紧要。他们这些正义的执行者们明智地知道，正义根本就不存在。他们如同一帮原始人，正在进行一场宗教仪式，其目的在于让他们摆脱客观现实。

但他这十年的婚姻是实实在在的，他心想——有权处置它的却是这样一些人，他今后是幸福还是遭罪就掌握在这些人的手上。他回想到，他对于婚约以及他所有的合同和法律义务曾经感到是那样庄重——而他却看到，他小心翼翼遵守的法律居然就是这样地在进行着。

他注意到，法庭上的傀儡法官像自己的同案犯那样诡秘而心照不宣地瞟了他一眼，然后便开始了审判。当他们发现这间屋子里只有他一个人的目光堂堂正正的时候，他们的眼里便开始有了怨毒。令他难以置信的是，在他们看来，他就是个手脚被捆、走投无路、只能使出贿赂手段的阶下囚，应该把花钱买到的这出闹剧当作真正的法律程序，应该认为那些压迫他的法令仍具有道德上的约束力，他对司法人员的腐蚀是犯罪行为，要怪就怪他，与他们可无关。这就如同指责被打劫的人腐蚀劫匪。但是——他心想——在强取豪夺的政治猖獗的这些年，受到指责的不是那些掠夺的政客，反而是被捆住的企业家，不是那些用法律做人情的贩子，反而是那些被迫出高价买下它的人；在一代代人进行的抵制腐败的改革中，采取的措施并非去解救受害者，而是赋予那些敲诈者更多敲诈的权力。他想到，受害者唯一的过错，就是把这一切当成了他们自己的过错。

当他从法庭出来，在这个阴暗的午后沐浴在充满凉意的小雨中时，他感觉到已经和他离异的不仅仅是莉莉安，也包括了他目睹的这一过程中的整个人类社会。

他的律师是个受过传统教育的老人，神情间似乎巴不得去洗个澡。"喂，汉克，"他只问了一句话，"眼下你那里有没有什么掠夺者们特别想要的东西？""我没觉得，怎么了？""事情进展得太顺利了，我本来还以为有些地方会有压力，会节外生枝，可这些家伙看都不看就放了过去，依我看，似乎是高层有了什么指示，不让他们为难你。他们是不是在酝酿什么针对你工厂的行动？""这我不知道。"里尔登说——同时惊讶地听到了他心中在说：我也不在乎。

就在同一天下午，他在工厂里看见"奶妈"急匆匆地向他奔了过来——那颀长而轻盈的身形里流露出迅疾、窘迫和下定决心。

"里尔登先生，我想和您谈谈。""奶妈"的声音有些胆怯，却异常坚决。

"说吧。"

"我想问您件事，"小伙子的表情郑重而严肃，"我希望您明白，就算您不答应，我也要问……还有就是……如果问得太冒昧了，您就尽管骂我好了。"

"好啊，你说说看。"

"里尔登先生，您能否给我安排一份工作？"尽管他竭力让自己的声音一如往常，但依旧掩饰不住他几天来在这个问题上激烈的内心斗争。"我想辞掉现在的职务去工作，我是指真正的工作——像我当初所想过的那样，干炼钢这一行。我希望能自食其力，实在不想再当寄生虫了。"

里尔登忍不住笑了，用"奶妈"当初的语气提醒道："现在干吗要说这种话呢，从不绝对先生？如果我们不使用丑陋的符号，就不会有任何的丑陋了，并且——"然而，他发现小伙子的脸上完全是一副绝望般渴求的神情，便不再说下去，也收敛了笑容。

"我是认真的,里尔登先生,我也清楚自己所说的每一句话。我实在不愿意拿着您的钱,却只干那些使您再也挣不到钱的事情。我知道,眼下还在干活的人都是受了和我一样的混蛋们的骗,可是……去他妈的吧,假如没有别的选择,我宁愿当个受骗者!"他的声音里带着哭腔,"请原谅,里尔登先生,"他把脸别过去,艰难地吐出这几个字。过了一阵儿,他恢复了麻木不仁的口气,"我不想再做什么分配副主任了,我不知道我对您还有什么用处,我是有一张铸造专业的大学文凭,可那东西其实一文不值。不过我觉得在这里的两年让我学到了一点东西——如果您愿意用我的话,无论做清洁工还是收拾废料,只要您信得过我,我就辞掉这个副主任的职务,不论是明天还是下个星期,就算现在都行,只要您一句话,我就可以开始干。"说话时他始终没有看里尔登的眼睛,并非在躲避,而是觉得自己不配。

"你为什么害怕问我?"里尔登温和地问。

小伙子用气愤而惊讶的眼神看了他一眼,似乎觉得答案明明摆在那里:"我既然是以那样一种身份来到这里,又干了那样的事情,如果还来求您,您就应该一脚把我踢开才是!"

"在这里的两年,你确实学到了很多。"

"不,我——"他看了看里尔登,明白了过来,便转开视线,木然地说道,"是啊……您说的没错。"

"听着,孩子,要是我可以做主,我现在就可以给你一份比清洁工更重要的工作，不过，你是不是把联合理事会给忘了？我没有权利雇你，你也无权辞职。不错，辞职不干的人一直就没断过，我们也在用假名字雇人，用伪造的文件证明他们已经在此工作了多年。这你是知道的，多谢你对此一直守口如瓶。可是，我要是这么雇你的话，你觉得华盛顿那些人能觉察不出来吗？"

小伙子缓缓地摇了摇头。

"你觉得一旦你辞职去当清洁工，他们就不清楚其中的原因吗？"

小伙子点了点头。

"他们能放过你吗？"

小伙子摇了摇头。片刻之后，他带着凄凉和意外的口气说道："里尔登先生，您说的这些我想都没想过，我把这些给忽略了。我一直想的都是您会不会要我，一直觉得您的决定才是最要紧的。"

"我知道。"

"而且……也的确只有它才是最要紧的。"

"没错，相对而言，的确如此。"

小伙子的嘴突然扭了扭，现出一抹短暂的惨笑："看来我比其他那些懒虫更难脱身……"

"是啊，你现在只能向联合理事会申请换工作，别的什么都不能做。如果你想试试，我可以支持你的申请——只是我认为他们不会批准,我觉得他们不会让你来替我干活。"

"是啊,他们不会同意的。"

"假如你会变通和撒谎的话,他们或许能准许你调到私人企业工作——去其他的钢铁公司。"

"不!除了这里我哪儿都不想去!我不想离开这里!"他望着笼罩在炉火上空那层透明的雨雾,过了半晌,才静静地说道,"看来我还是老老实实地待着,继续当我的分配副主任吧。况且我一走,天晓得他们会派个什么样的混蛋来顶替我的位置!"他转过头来,"他们是在酝酿一场阴谋,里尔登先生,虽然我不知道具体是什么,但他们正在准备对您下手。"

"是什么?"

"我不知道。不过,这几个星期以来,他们对这里每个人走后留下的空缺都盯得很紧,并且立即派他们一伙的人填进来。这帮家伙很可疑——其中一些是真正的暴徒,我在钢厂里从没见过像他们这样的人。我接到命令,让我尽量多安插'我们的人'进来。他们不告诉我原因,我不知道他们想干什么。我试着问过,可他们避而不谈。我想他们已经不再信任我,看来是因为我变得和以前不同了。我只知道他们是在这里酝酿着一场阴谋。"

"谢谢你的提醒。"

"我会争取把它搞清楚,会尽我最大的努力,争取及时把它探听出来。"他匆匆转身,没走几步便停了下来,"里尔登先生,如果您能做主的话,您会要我吗?"

"我会非常高兴地立即收下你。"

"谢谢您,里尔登先生。"他的声音庄重而低沉,说完他便走开了。

里尔登脸上浮现出痛心和同情的微笑,站在那里,望着他的背影,望着这个曾经的相对主义者、实用主义者、认为道德无用者,此时正带着他心灵所获得的慰藉,渐渐地远去。

九月十一日的下午,明尼苏达州发生了铜缆断裂事故,使得塔格特泛陆运输一个乡村小站的粮食传送带停了下来。

成千上万公顷田地的粮食被收割一空,小麦如潮水般通过高速公路、街道和久无人走的乡间小路,涌向了火车站,几乎要将仓库挤塌。运粮在不分昼夜地进行着,粮食的流入从起初的零零散散,变成涓涓细流,随后便如大河一般奔流而至——运载它们的是发动机像患肺结核的病人一样喘息的卡车——饿得皮包骨头的马拉的大车——还有牛拉的板车——以及经过两年灾害、终获今秋大丰收的人们的全部心血。人们彻夜不眠,用铁丝、毯子和绳索修补了他们的卡车和大车,为了让买粮的人能生存下去,即便是人畜一到目的地就累散了架,他们也要再多拉一趟。

每年的这个季节,全国各地的货运专列都会不约而同地云集到塔格特泛陆运输的明尼苏达分公司，隆隆的车轮会在咯吱咯吱的大车之前到达，仿佛是为了迎接这场洪流而发出的一声精心策划的回音。明尼苏达分公司在沉睡一年之后，迎来了激昂而充满活力的丰收之声；每年，货场上都会挤满一万四千节车皮；而这一次来的车皮预计将达到一万五千节。先期抵达的运麦火车已经将滚滚的麦流输送到急不可待的面粉加工厂，随后经过面包厂，进入了全国人的肚子——每一列火车，无论是车皮还是传送机，都容不得分秒的懈怠和丝毫的浪费。

艾迪·威勒斯正盯着达格妮翻看她的应急文件，从她的表情上，他便揣测得出卡片上的内容。"终点站，"她合上文件，静静地吩咐道，"给下面的终点站打电话，叫他们拿出一半的铜缆库存，发到明尼苏达去。"艾迪没有出声，照办了。

那天上午，他把来自塔格特泛陆运输华盛顿办事处的电报放到她桌上的时候也是一言未发。电报通知他们，鉴于铜的极度紧缺，政府官员已经得到命令，将所有的铜矿一律没收，作为公共资源的一部分加以管理。"这下子，"她说着把电报扔进了废纸篓，"蒙大拿算是完了。"

当詹姆斯·塔格特向她宣布，即将下令停止塔格特列车的一切餐车服务时，她没有说话。"咱们再也负担不起了，"他解释着，"餐车一直就是在赔本，现在既然没了吃的，连餐馆都因为无米下锅而关门，铁路又有什么办法？再说了，我们干吗还要管旅客的吃喝呢？他们有火车已经不错了，就是牛车，他们没办法也只好去坐。让他们自备干粮去，凭什么我们要操这份心？反正他们也没别的火车可坐！"

她桌上电话发出的已经不再是有关业务的铃声，而是灾难之中绝望的警报。"塔格特小姐，我们没有铜缆了！""钉子，塔格特小姐，就是普通的钉子，你能不能让人给我们送一公斤钉子来？""塔格特小姐，能不能找到油漆，只要是防水的就行？"

从华盛顿拨来的三千万补助款已经花在了大豆项目上——路易斯安那州有一片广阔的农田，那里的大豆即将成熟和丰收，按照组织者爱玛·查莫斯的说法，这样做是为了调整全国人民的饮食习惯。这位被很多人称为"基普妈妈"的爱玛·查莫斯是一个上了年纪的社会活动家，正如与她同龄的女人整天泡在酒吧里一样，她已在华盛顿混迹多年。自从她的儿子在隧道事故中丧了命，她便在华盛顿掀起了一股莫名其妙的殉难般的气息，这气息随着她最近皈依了佛教而愈加强烈起来。"与挥霍无度的饮食给我们造成的奢侈相比，大豆是一种更健全、营养和经济的作物，"基普妈妈曾在电台里说；她的声音听上去总是像蘸了蛋黄酱一样含混不清，"大豆是面包、肉类、谷类和咖啡的绝佳替代品——假如我们把大豆作为强制性的主食，就会解决全国的食物危机，并且能养活更多的人。我的口号就是——最大多数人的最了不起的食物。在公众需求极度紧张的今天，我们有责任牺牲自己的奢侈，让自己去适应东方人多少世纪以来以之为生的简单而健康的食物，从而重新获得我们的繁荣。东方人那里有很多需要我们去学习的东西。"

"铜管，塔格特小姐，能不能给我们搞些铜管来？"一个声音在电话里恳求道。"需要道钉，塔格特小姐！""需要螺丝刀，塔格特小姐！""需要灯泡，塔格特小姐，我们这儿方圆两百里都找不到灯泡了！"

可是，鼓舞士气办公室却将五百万元拨给了人民剧院公司，这家公司走遍全国各地，为那些一天只能吃一顿饭，连上剧场的力气都没有的人免费演出。七百万元拨给了一名心理学家，他在负责一项通过研究兄弟感情进而解决世界性危机的课题。一千万元拨给了生产一种新式电子点烟器的厂家——但全国的商店里已经没有香烟可卖了。市场上有手电筒，却没有电池；有收音机，却没有电子管；有照相机，却没有胶卷。飞机制造已经被宣布"暂时中止"，航空旅行已经不接待非公务性质的旅客，只负责那些目的是"公众需求"的出行。企业家为挽救自己的工厂而出门被认为不是公众需求，因此无法乘飞机，收税的官员则符合坐飞机的标准。

"人们正从铁轨上偷卸螺栓螺母，塔格特小姐，在晚上出来偷，我们的库存就要用光了，分公司的库房也空了，怎么办呀，塔格特小姐？"

然而,华盛顿的人民公园却正在为游客安放一台色彩艳丽、四英尺见方的电视机——而国家科学院为了研究宇宙射线正在安装一台超级离子回旋加速器,工程预计耗时十年。

"我们现在这个世界上的麻烦,"在离子回旋加速器的开工典礼上,罗伯特·斯塔德勒博士向收音机前的听众们说道,"就在于有很多人实在太多虑,这导致了目前的恐慌和疑虑。作为一个进步的市民,应该摒弃对推理的盲目崇拜和过去对于理性的那种依赖。普通人看病时要听医生的,搞电器要听工程师的,因此,不配思考的人就应该把问题留给专家们去考虑,就应该相信专家们的权威。只有专家才能理解现代科学的种种发现,科学已经证明,人的想法是一种错觉,而头脑只是一个虚幻的存在。"

"如今的惨状是上帝对于人犯下的依赖自己头脑的罪恶做出的惩罚!"从大街小巷里,从雨水淋透的帐篷中和摇摇欲坠的庙宇内,传来了各式各样的神秘主义教派胜利般的吼声,"这个世界上的苦难,根源就在于人企图依靠理性生活!这就是思考、理论和科学给你带来的一切!只有当人们认识到他们的凡心无力解决他们的问题,只有当他们回归信仰,相信上帝,相信至高权威时,才会得到拯救!"

综合了以上种种特征、每天都要同她对抗的便是集继位者和暴敛者于一身,并且拒绝思考的库菲·麦格斯。库菲·麦格斯整天穿着一件似是而非的收腰的军上衣,拍着一只挂在皮绑腿旁的锃亮的皮包,在塔格特泛陆运输的办公室里晃来晃去。他一边的口袋里装了一把自动手枪,另一边则装了一只兔子脚。

库菲·麦格斯尽量不和她照面;他的举止间有一些轻蔑,像是他把她视为一个不识时务的梦想家,同时又有一些说不上来的敬畏,似乎她身上有一股他不想招惹的神奇力量。他看上去似乎没把她当作自己眼里的铁路的一部分,但又像是唯独不敢对她进行挑战。他对吉姆的态度里有一股不耐烦的厌恶,似乎吉姆有责任去应付她并保护他一样;他希望吉姆能保证铁路的运转,从而使他免于陷入具体的事务,因此他希望吉姆能够像管理设备一样地把她也处置好。

在她的窗外,悬在远处的那幅日历上面空空如也,仿佛是在天空的创口上糊了一团泥灰。弗兰西斯科告别的那天晚上之后,这块日历就再也没有被修好过。那天晚上赶到楼顶的官员将日历的发动机砸坏,令它停了下来,同时将胶卷从投影机上扯了下去。他们发现弗兰西斯科的那一小方块留言被贴在了日期显示条上,但至今为止,仍在调查此案的三个官员还是找不出是谁把它贴上去的,又是谁在什么时间,用什么方式进入了这间上着锁的屋子。在他们的调查结果出来之前,日历牌便一直这样光秃秃地静止在城市的上空。

九月十四日下午,它依旧空空如也,这时,她办公室的电话响了起来。"是从明尼苏达州打来的。"秘书在电话中告诉她。

她已经通知秘书，这种电话她都接。它们都是求援的电话，也是她唯一的消息来源。眼下铁路官员们只会发出一些逃避讲话的声音，陌生人的声音成为她和整个系统间唯一的联系通道，成为在塔格特漫长的铁轨上闪耀着的最后一点理智，最后一点受尽折磨的诚实火花。

"塔格特小姐，本来是轮不着我来和你讲话的，可别人都不想说，"这一次，从线路上传来的声音听上去很年轻，并且异常镇静。"再过一两天，这里就会发生一场他们从未见过的灾难，到那时候，他们就再也掩饰不住了，可那也就太晚了，也许现在已经晚了。"

"是什么事？你是谁？"

"塔格特小姐，我是你明尼苏达分公司的一名雇员。再过一两天，列车将停止从这里发出——你明白，在收获的高峰期间，在我们有史以来最大的一场丰收的高峰期间，这将意味着什么。火车停开是因为我们没有车皮，今年没有给我们发来运粮的车皮。"

"你说什么？"她觉得那不像她自己的声音，而时间则如同凝固了一般。

"车皮没有发过来。按理说，到现在为止应该已经发来一万五千节了，但从我了解的情况看，我们手里只有八千。我已经给分公司的总部打了一个星期的电话，他们一直在跟我说别担心，直到上一次，他们叫我少管闲事。这里所有的棚子、地窖、电梯、仓库、车库，还有舞厅里都装满了麦子。在舍曼站的传送机旁边的路上，农民的卡车和货车排了两英里长。雷克伍德站的广场被堆得满满的，已经有三个晚上了。他们一直跟我们说这只是暂时情况，车皮会派来，我们还能赶上。可是我们赶不上了，没有车皮会来，我已经给我能找到的人都打过电话，从他们回答的口气里我就知道结果了。他们也清楚，可是谁都不想承认这一点。他们是害怕，动不敢动，说不敢说，既不敢问也不敢回答，他们只是在想，等粮食烂在了车站周围后，应该由谁去担责任——却从来不去想由谁去运走它。也许目前谁都运不走了，也许你对此也无能为力。但我觉得现在也只有你还想听，而且一定要有人来告诉你。"

"我……"她努力喘了口气，"我明白了……你叫什么？"

"叫什么无所谓，我一挂上电话就会走掉，因为我不愿意待在这里目睹这一切的发生，我再也不想和这件事有任何关联了。祝你好运，塔格特小姐。"

紧接着便是电话挂断的声音。"谢谢你。"她对着沉寂的电话线说道。

当她再一次能坐下来打量周围并试着喘口气的时候，已经是第二天的中午。她站在办公室里，伸出僵硬的手，拂开垂在脸上的头发——她一时弄不清自己是在哪里，也无法相信过去这二十个小时内发生的一切。她知道她感受到的是恐惧,那个人在电话中一开口,这恐惧便已袭来,只不过她一直没顾上细想。

对刚刚过去的二十个小时,她的脑子已经没有什么印象,只有一个东西能把那些散落的碎片串到一起——这便是那些人臃肿不堪的嘴脸,他们对于她提出的问题,纷纷装作不知道。

得知车皮管理部门的经理已经出城一周,并且没有留下联系地址的时候,她就知道明尼苏达的那个报信人所言不虚。车皮管理部门的其他人随即登场亮相,他们对这个消息不置可否,却翻出一大堆公文、命令、表格和文件卡给她看,上面写的倒是英语,然而却找不出任何相关的东西。"车皮给明尼苏达发过去没有?""根据审计长的指示和11-493号法令的规定,357W表格已经按统筹办公室的要求详详细细地填好了。""车皮给明尼苏达发过去没有?""八九两个月的数字已经处理了——""车皮给明尼苏达发过去没有?""从我的文件上看,车皮的位置按照州、日期、类别以及——""车皮给明尼苏达发过去没有?""至于州际的车皮调动,我建议你看一看班森先生的文件,还有——"

从这些文件中一无所得。文件填写得格外小心,每一栏都可以引申出种种不同的含义,这一份注明要参照那一份,那一份又要参照其他的,找来找去,线索便埋没在文件堆里了。她很快发现,车皮并没有被派往明尼苏达州,而且是库菲·麦格斯下的命令——可这一切是谁去执行的，是谁把线索搅乱，他们伙同什么样的人、用了什么样的手段来制造出一种平安无事的假象，使那些敢于说话的人也居然一点都没发觉，是谁编造了报告，那些车皮又究竟到哪里去了——乍看之下，要想找到这些答案简直无从下手。

那天整整一夜，艾迪·威勒斯召集的一组人疯狂地四处打电话联系，找遍塔格特的每一家分公司、每一处货场和仓库、每一个车站、每一条岔道和副线，只要是能找到的货车，无论现在装的是什么，命令它们一律卸空，然后立即赶往明尼苏达州，同时向全国铁路版图上垂死挣扎的各家铁路公司的货场、车站和总裁致电，求他们向明尼苏达州发送货车——而她则开始从人们那一张张胆小如鼠的脸上追查那些失踪的车皮下落。

她循着人们吞吞吐吐地说出来的线索，亲自乘车、打电话、发电报，从铁路的高级主管追查到大发横财的货主，一直追到华盛顿的官员那里，最后又回到了铁路上。当华盛顿的一位负责公关的女士在电话中掐尖了嗓子厌恶地对她讲话时，这一路的追查便戛然而止了："好吧，再怎么说，小麦是否关系到全国利益也很难讲——有些进步人士还认为大豆的价值或许更高呢。"——因此，这天中午站在办公室里的时候，她心里已经很清楚，本来计划到明尼苏达州运送小麦的车皮是被派到了路易斯安那州的沼泽地里，去拉基普妈妈培植的大豆了。

三天后，报纸上出现了有关明尼苏达灾难的第一条消息。消息称，农民们发现既没有地方存放他们的小麦，又没有火车来运，在雷克伍德的街上干等了六天后，他们便将当地法院、市长的住宅，连同火车站一并砸毁了。紧接着，这条报道突然从报上消失，而报纸则对此装聋作哑，随后开始登出警告，劝诫人们不要听信诋毁国家的谣言。

一时间，全国的面粉厂和粮市都纷纷打电话和拍电报向纽约和华盛顿求援，来自不同地区的一列列货车开始像僵硬的毛毛虫一样向明尼苏达爬去——而此时的铁道上，尽管一直亮着绿色的信号灯，却不见列车驶过，全国的小麦和期待正在这空荡荡的铁路上渐渐地枯萎。

一组工作人员在塔格特泛陆运输的联系室里不断地打电话要着货车，他们如同出事的船员一般，一遍又一遍地重复呼叫着没人听得到的求救声。在一些和上面有关系的公司的货场上，停放着几个月都没有卸货的车皮。那些人对卸货发车的紧急呼吁充耳不闻。"你还是叫那家铁路公司——"后面的话难听得无法诉诸文字，这就是亚利桑那州的斯马瑟兄弟对纽约求救的答复。

此时，明尼苏达的人们正在占用每一条副线上的车厢，他们把停在摩萨比山岭上的车厢和等在保罗·拉尔金的矿场上待装零散矿石的车皮都抢了过来，把小麦倒进一节节装运矿石和煤炭的车厢，倒进用栅栏围成的货车里，金黄的小麦如涓涓细流，随着吱吱摇晃的车厢一路散落在轨道的两旁。他们把小麦倒进了客车的车厢，将座位、行李架和所有固定的部位都填得水泄不通，只要能把麦子运出这里，即使货车会因为拉簧突然断裂，或者邮件箱突然起火引起爆炸，而一头扎进道旁的沟里，他们也顾不得了。

他们一心只想动起来，甚至不去想行动的目的，犹如一个中风的人突然意识到身体再也不能动，便带着疯狂、僵硬、令人难以置信的抽搐去反抗。已经找不出其他的铁路公司：詹姆斯·塔格特把它们全都赶尽杀绝了；大湖区上运船不再：保罗·拉尔金把它们全都赶走了。现在剩下的只有一条铁路，以及几条侥幸存留的高速公路。

等候已久的农民们既无地图和汽油，又无喂马的饲料，便开着卡车，赶着大车，陆续盲目地上了路——他们向南走去，觉得南面什么地方应该有面粉厂，他们不知道前方的道路有多遥远，但清楚身后只有死路一条——在行走之中，他们有的倒在了路上，有的则落进水沟，或者从烂掉的桥上掉了下去。一个农民的尸体在距离他卡车南面半英里的沟里被人发现，他脸朝下趴在地上，手还紧紧地抓着肩膀上的一袋小麦。随后，明尼苏达的旷野上空乌云密布，雨水将等候在火车站的小麦全部泡烂，鞭打着堆在路旁的麦垛，把金黄的麦粒冲到了泥土之中。

华盛顿的那些人是最后遭受恐慌袭击的对象。他们关注的并非明尼苏达的事态，而是他们的那些交情和承诺已经岌岌可危；他们不考虑麦收的下场，而是思量着那些手握大权、头脑空空的人在情急之下，会有什么难以预料的举动。他们按兵不动，回避着所有的哀求，高声喊叫着："太荒唐了，根本就没什么好担心的！塔格特的人向来能够把麦子按时运走，他们会有办法的！"

终于，明尼苏达州的州长请求华盛顿派军队镇压已经失控的暴乱——于是，两小时之内有三道命令发布了出去，勒令全国各地的火车一律停驶，全部车厢火速调往明尼苏达。韦斯利·莫奇签发了命令，叫基普妈妈马上把车皮给腾出来。但是为时已晚，妈妈的货车已到加州，是为那里的一个由信仰东方俭朴生活的社会学者和从事彩票赌博的生意人组成的改革团体送大豆去了。

明尼苏达州的农民们正放火焚烧自己的农场，他们捣毁了扬谷机和县城官员的住宅，沿着铁路相互争斗起来。有的人去扒铁路，有的人则奋不顾身地去保护——暴力的结果只能是横尸在废墟般的城镇街头，还有茫茫黑夜中死水暗流的地沟里。

随后，便只剩下沤烂的麦垛散发出的呛鼻的恶臭——原野上腾起几道浓烟，一动不动地立在一片凄惨之上的空中——此时，在宾夕法尼亚州的一间办公室里，里尔登正坐在桌前，看着一份破产者的名单：他们是农具制造厂商，既得不到货款，也无力还他的账。

收获的大豆没能流入全国的市场：因为它们不是被过早地收割，就是已经发霉，无法食用。

十月十五日的晚上，纽约城内塔格特终点站地下控制塔里的一根铜缆断了，信号灯彻底熄灭。

这根铜缆的断裂造成了交通系统的连锁式短路，代表通行和危险的指示灯从控制塔内的仪表板和铁道上一起消失。红绿两色的玻璃罩没有变色，但它们死死瞪着的玻璃眼球里却见不到生命的光芒。在城市的边缘，一串火车聚集在终点站的入口处，仿佛被血栓挡在血管里、无法到达心脏的血液，在沉寂之中越堆越长。

那天晚上，达格妮正坐在韦恩·福克兰酒店私人包间内的一张餐桌前。蜡烛油一滴滴地落在银烛台上的白色山茶花和月桂枝头上，缎子桌布上是用铅笔写下的数学公式，一截抽剩的雪茄漂浮在洗手用的小碗里。桌旁，面冲着她正襟危坐的六个人分别是韦斯利·莫奇、尤金·洛森、弗洛伊德·费雷斯博士、克莱蒙·威泽比、詹姆斯·塔格特和库菲·麦格斯。

"为什么？"当吉姆要她一定去赴晚宴的时候，她这样问道。"这个……因为我们的董事会下周要开会了。""然后呢？""对咱们的明尼苏达铁路将要作出什么样的决定，这你一定感兴趣吧？""这事儿要在董事会上决定吗？""这个嘛，也不尽然。""是不是要在今天的晚宴上决定？""不一定，不过……哎，你干吗总是那么绝对？本来就没有什么一定的事。再说，他们坚持让你去。""为什么？""这理由难道还不够吗？"

她没问这些人为什么把重要的决定都放在这种聚餐的时候去作，她知道他们向来如此。她知道，在他们乱哄哄、装模作样地开理事会和委员会并进行激烈的争论之前，决定早就在私下的场合里——在午餐会上、在晚宴上和酒吧里达成了，事情越是重大，决定的办法就越随意。他们还是头一回邀请她这个外人和对手来参加这种秘密的会议。她想，这说明他们需要她，也许他们迈出了退让的第一步。这个机会她可不能放过。

然而，一坐进烛火通明的餐厅，她就深知她根本没有任何机会。她急躁地感觉到无法接受这样的事实，因为她找不到任何原因，但又实在懒得去问。

"我认为，这你也会同意的，塔格特小姐，现在还让明尼苏达州继续留有铁路似乎已经没有经济上的必要……""我相信，即使是塔格特小姐也会同意，似乎应该采取某种暂时的紧缩……""有时候需要为了大局而牺牲局部，这一点没有人会否认，就连塔格特小姐也同样不会……"听到她的名字每隔半小时就会在谈话中被人提到，但讲话者在提到的时候敷衍了事，甚至连眼睛都不往她这个方向看一下，她搞不懂他们让她来究竟想干什么。他们并没有让她觉得是在试图征求她的意见，真正的企图比这险恶得多：他们妄想让自己相信她赞成他们的意见。他们时而会问她问题，却在她的一句答话尚未讲完时便将她打断。他们需要的似乎是她的认可，却根本就不愿意听她是否认同。

他们带着自欺欺人的天真为今天这个场合选择了一场精心布置的正式晚宴。举手投足间，他们似乎是希望从盛大豪华的装饰之中，从这些装饰所代表的权力和荣耀中得到些什么——她心想，他们的行为如同野人狂啃着敌人的尸体，希望以此获得对手的力量与品质。

她后悔自己的这身穿着。"是正式的，"吉姆跟她说过，"但别过头……我是说，别显得太阔绰了……现在这个时候，生意人应该避免给人傲慢的印象……倒不是说你看上去应该有多寒酸，只是稍微表示一下……这个，谦逊……你知道，这会让他们高兴，会让他们觉得自己了不起。""是吗？"她反问了一句，便转身走开了。

她穿了一件黑色的晚裙，式样犹如希腊的束腰长袍一样简单，自胸部轻软地裹垂到脚面，裙子的质地是可用来做晚礼服的又轻又薄的真丝面料。衣料的光泽伴随着她的动作流溢变幻，仿佛这房间里的光亮只属于她一个人，时刻听从着她身体的差遣，为她披上了一抹比锦缎更加瑰丽夺目的光彩，衬托着她那柔软纤细的躯体，在赋予她自然高雅的气息同时，更令她显得从容淡定。她只在脖颈下方的黑色裙边上别了一枚钻石夹，它随着她轻微的呼吸而熠熠闪光，犹如一台转换器，将亮光变成烈火，使人感觉得到宝石后面的生命的律动；它的闪烁犹如一枚勋章，犹如一枚标志着财富的荣誉徽章。她的周身上下没有别的饰物，只围了一条黑丝绒披肩，但它散发出的浓厚而傲慢的贵族气质却远非貂皮可比。

此刻，她看着面前的这些人，感到后悔；她觉得像是在对几个蜡像挑衅，全无意义。从他们的眼睛里，她看到了一种愚蠢的憎恨，他们如同是在打量一幅滑稽戏宣传画，流露出一丝木然无趣、龌龊恶毒的目光。

尤金·洛森开口道："坚持这个事关千万人的性命，并且在必要时牺牲他们的决定，是一个巨大的责任，但我们必须有勇气那样做。"他那软耷耷的嘴唇似乎扭曲成了笑容。

"只有土地面积和人口的数字是需要考虑的因素，"费雷斯博士一边冲天花板吐着烟圈，一边用一副统计的口吻说，"既然这家公司的明尼苏达铁路和横跨大陆的铁路无法同时得到保障，我们就只能要么保明尼苏达州，要么被倒塌的塔格特隧道隔断的落基山脉西部各州，以及邻近的蒙大拿、爱达荷和俄勒冈州，这实际上相当于整个西北地区。要是计算一下两处的面积和人口，那么显然就应该舍掉明尼苏达，而不是放弃占了三分之一大陆面积的运输线。"

"我是不会放弃这块大陆的。"韦斯利·莫奇盯着自己盘子里的冰激凌，仿佛受到伤害一般，执拗地说。

此时她正在想着摩萨比山岭，那里是铁矿石的最后一块主要产地；想着明尼苏达州的农民，那些全国的小麦种植能手们只落得这样的下场——她在想，末日一旦降临到明尼苏达州，就会接着降临到威斯康星、密歇根和伊利诺伊——她眼前看到的是东部热火朝天的工厂正纷纷垂死——而西部则荒野千里，草地荒芜，牧场废弃。

"数据表明，"威泽比先生一本正经地说，"想把两个地区都保住看来是不可能的，必须拆除一个地方的铁轨和设备，来给另一个地方做维护。"

她注意到，克莱蒙·威泽比作为他们的铁路技术专家，是他们当中说话最没分量的一个，而库菲·麦格斯的话则最管用。库菲·麦格斯懒洋洋地靠在椅子里，似乎对于他们浪费时间的谈话很是宽容大度。他极少插话，但只要开口，便会出一阵讥笑和不容分说的呵斥。"住嘴，吉姆。""得了吧，韦斯[1]，你纯粹是在胡吹！"她发现吉姆和莫奇对此并不反感，他们似乎很喜欢他自信的权威——他们是把他当成了主子。

"我们一定要讲实际，"费雷斯博士不停地说着，"我们一定要讲科学。"

"我需要的是全国整体经济的发展，"韦斯利·莫奇不停地

---

[1] 对韦斯利的昵称。——译注

说,"我需要的是国家整体的生产。"

"你是在讲经济和生产吗?"趁他们间歇时,她用冰冷和克制的语气插话道,"如果是这样的话,那就给东部的这些州留条活路吧,全国——乃至全世界,可就剩下这点家当了。假如你能让我们把它挽救下来,我们就还有机会重新建设其他的地方。假如不,这就是末日了。趁着南方的长途运输还没彻底断绝,就让南大西洋铁路公司去干吧,让当地的铁路公司把西北地区做起来,叫塔格特泛陆运输放下其他的一切工作——没错,是一切工作——把我们的资源、设备和铁轨都投入到东部地区的交通上去。让我们回到这个国家的起点,但要让我们保住这个起点。我们不会在密苏里州以西的地方经营,我们要成为一家地区性的铁路公司——也就是东部的工业区。我们一起来拯救我们的工业吧,西部已经没什么值得再去努力挽救的了。你可以用天然劳力和牛车种几百年的庄稼,可一旦毁了国家的工厂——就是再努力几百年也无法重建它,也聚集不起崛起所需的经济力量。没有钢铁,我们的工业——或者说铁路——怎么能存活?如果你们切断铁矿石的供应,又怎么能炼出钢铁?无论明尼苏达现在还剩下些什么,都要去挽救它。还说什么救国家?一旦工业彻底灭亡,你就无国可救了。为了挽救身体,你可以牺牲一条胳膊或大腿,但你不可能牺牲它的心脏和大脑。救救我们的工业,救救明尼苏达,救救整个东海岸吧。"

这纯粹是对牛弹琴。她不厌其烦地强迫自己将一个个细节、统计数字和证据灌进他们拒绝倾听的耳朵,却徒劳无功。他们既不反驳也不赞同,只是摆出一副她的讲话与问题无关的态度。他们的回答的确是弦外有音,好像是在对她做着解释,可惜,她却听不懂他们的这一套。

"加州有麻烦了,"韦斯利·莫奇愠怒地说,"他们那里的州议会很是震怒,已经在讨论退出联邦。"

"俄勒冈已经成了逃亡分子的天下,"克莱蒙·威泽比小心翼翼地提了一句,"过去三个月里,他们杀害了两名征税官员。"

"工业对于文明的重要性被过分地高估了,"费雷斯博士想入非非地说道,"现在的印度人民国家在没有任何工业的情况下,已经延续了成百上千年的历史。"

"少几样东西,人们可以紧着点过嘛,"尤金·洛森一脸向往地说,"这对他们有好处。"

"算了吧,难道你们就因为女人的几句话而放弃这个全球最富有的国家吗?"库菲·麦格斯噌地站起来说道,"这个时候舍掉整个大陆——换来的是什么?就为了那么一个穷得没有油水的微不足道的小州!要我说,就是要舍弃明尼苏达,保全你们的全国铁路网。现在各地内乱不绝,如果没了交通——特别是军队的交通,就会对人失去控制——必须保证部队在短短几天内到达全国的各个角落。现在不是退缩的时候,别因为听了那些传言就缩手缩脚。全国已经掌握在你们的手上了,不要把它丢掉。"

"从长远来看——"莫奇迟疑不决地开了口。

"从长远来看,我们都会死的,"库菲·麦格斯大声打断了他的话,烦躁地踱着步子,"想退却,门都没有!在加州、俄勒冈以及其他地方还有的是可干的。我一直认为我们应该扩大成果,现在没人能阻挡我们。我们还可以拿下墨西哥,甚至加拿大——这应该就像探囊取物一般。"

她这才找到答案,看清了隐藏在他们言语背后的不可告人的目的。这些人高喊着要致力于科学时代的来临,张口闭口地谈什么科技、回旋加速器和声音射线,促使他们向前的并非工业化的前景,而是企业家被彻底消灭后的画面——正如一个臃肿肮脏的印度部落首领,在懒散和愚昧中睁着一双空洞的眼睛,望向一群群迟钝呆滞的人。他整日无所事事地用手把玩着宝石,不时把刀一举,向一个饥寒交迫、口不择食的生灵刺去,将那生灵手里的几粒粮食占为己有,接着再去霸占亿万生灵的食粮,把它们换成宝石。

她一直以为工业生产的重要性毋庸置疑;她一直认为这些人迫不及待地抢占别人的工厂恰恰说明他们认识到了这种重要性。对于传说中的占星术和炼金术,在工业革命时代生长起来的她自然无法理解,也根本不往心里去;对于躲藏在那些人的灵魂之中、不是靠头脑而是靠他们所说的直觉和感情所得来的想法,她更是一无所知。这想法便是：只要人们还在为生存而奋斗，即使他们愿意将奋斗的成果拱手相让，但由此创造出的财富还是多得令当权者无法一口吞掉——他们干得越多，得到的越少，就会越顺从——会拉电闸的人不好管，而赤手空拳的庄稼人就容易对付多了——领地的头人和印度人民国家的部落首领一样，只是想纵酒作乐，根本不需要什么工厂。

她看清了他们的意图，也明白了他们所说的那个不可言喻的直觉将会把他们带到什么地方。她看到，以人道主义者自诩的尤金·洛森面对人类即将遭受的饥荒却感到兴奋——身为科学家的费雷斯博士却在梦想人类有朝一日能退回原始耕作的蛮荒时代。

她的感觉只剩下了不解和漠然：不解的是什么东西居然能够令人类堕落到如此地步——漠然则是因为她已不再把他们当成人类看待了。他们依旧滔滔不绝，可她已经连一个字都说不出、听不进了。她此刻只盼着能回家好好睡一觉。

"塔格特小姐，"一个礼貌、冷静而略显焦急的声音令她一下子抬起了头，眼前是一名彬彬有礼的侍者，"塔格特终点站的经理助理打来电话，请求立即和你通话，说有急事。"

她听了拔腿就走。只要出了这间屋子，哪怕是要对付什么新的事故，她也觉得轻松许多。听到经理助理的声音，她长出了一口气，尽管对方在说，"联锁系统已经瘫痪，塔格特小姐。信号灯都没有了，八趟进站和六趟出站的列车都堵在了那里。我们没法指挥它们穿过隧道，总工程师找不到，断线的位置查不出来，手里也没有维修的铜缆，我们不知道怎么办才好，我们——""我马上赶过去。"她说着便挂上了电话。

她冲向电梯，一路小跑着穿过了韦恩·福克兰酒店富丽堂皇的大厅，在行动的召唤下，她感到自己又有了活力。

这些日子以来，街上的出租车已经很是稀少，并且对酒店门童的招呼不理不睬。她全然忘记了自己的一身穿戴，一头冲上大街，边跑边惊讶地在想风为什么会如此冰凉，并且袭遍了全身。

她一心惦念着前面的终点站，眼前突然看到的美妙情景不禁令她吃了一惊：她看见一个女人的颀长身影正向她跑来，路灯的光线照亮了那人头上的长发，她的手臂裸露，一条黑色的披肩不停地飞舞，胸前的钻石灼灼放光，一条幽长冷清的街道被她甩在身后，灯光稀疏的高楼大厦离她越来越近。当意识到她看见的是路边一家花店的橱窗玻璃中映出的自己身影时，她感觉出了这幕景象和这座城市的全部意义。随即，一股苍凉的孤寂袭上心头，它比只身一人在空旷街道上的寂寞还要强烈——同时涌上来的还有对自己的恼怒，恼怒着自己居然会出现在此时，出现在这样的一个夜晚。

她见一辆出租车正在转弯，便挥手叫住它，跳上车，用力关上车门,恨不得把此刻这种感觉留在花店玻璃窗前的人行道上。但随着自嘲、苦涩与渴望在她内心纷纷掠过,她明白那感觉正是在参加她的第一次舞会,以及后来迸发出难得的几次雄心壮志般的激情时曾经有过的期望。她自嘲地告诉自己,这时候居然还想这些!她恼怒地告诫自己,现在不是想这些的时候!然而,伴随着出租车车轮的辘辘声响,一个苍凉的声音不断平静地问她:你不是相信必须为幸福而活吗,看看现在你又有什么?你的奋斗给你带来了什么?——没错!你得诚实地说:你能从中得到什么?——还是你也变成了一个可怜的再也找不到答案的利他主义者?……现在不要去想这些!——她命令自己,与此同时,透过出租车前方的玻璃,已经看得到亮着灯光的塔格特终点站入口。

车站站长室内的人们如同熄灭的信号灯一般,仿佛这里的电线也已断掉,人们失去了电流便无法动弹。他们漠然地看着她,她让他们继续发呆也好,按动开关让他们动起来也罢,他们似乎都无所谓。车站站长不见了,总工程师也找不着人。两小时前还有人在车站见过总工程师,后来他便没了踪影。经理助理想来想去,决定主动打电话给她,其他人则都袖手旁观。负责信号灯的技术员有三十来岁,书生气十足,一直不停地辩解着:"塔格特小姐,从没出过这样的事故!联锁系统从来就没有瘫痪过,也不应该瘫痪。我们知道自己的工作,并且也有能力做好——但系统不能在不该坏的时候坏啊！"她看不出那个有着多年铁路工作经验的老调度员究竟是故意装糊涂，还是由于这几个月来无从施展他的才智，变得明哲保身，从而彻底不知道该怎么办了。

"我们不知道该如何是好，塔格特小姐。""我们不知道该向谁请示，又该请示什么。""没有应付这种紧急情况的相关规定。""甚至连一旦出了这种情况，谁应该负责处理的规定都没有！"

她听着，一言不发地抄起电话，要求接线员替她接通远在芝加哥的南大西洋铁路公司的总裁，哪怕是把他从家里的床上叫醒也在所不惜。

"是乔治吗？我是达格妮·塔格特，"当电话中传出她素日的竞争对手的声音时，她说道，"能否把你们芝加哥终点站的信号工程师查尔斯·穆雷借调给我二十四小时？……是的……对……让他尽快坐飞机赶过来，跟他说我们会支付他三千块的报酬……对，只用一天……没错，情况是很严重……对，如果有必要的话，我可以自己出钱，给他现金，只要能让他赶上头一班飞机，出多少钱都行……没有了，乔治——塔格特泛陆运输连一个能干事的人都没了……是，我会去准备所有的文件、豁免手续和特殊紧急情况下的批准材料……谢谢了，乔治，再见。"

一挂上电话，她便快速地对面前这些人吩咐起来。她不想忍受屋里的沉寂，不想听任塔格特车站在失去往日隆隆作响的列车车轮声后陷入寂静，不想听到在这沉寂中不断重复着的那句话：塔格特泛陆运输连一个能干事的人都没了。

"立刻让救援列车的车组人员做好准备，"她吩咐着，"命令他们马上赶到哈德逊铁路，把那里属于公司的一切照明设备、信号设备、电话和铜缆都拆下来，在清晨之前送回这里。""可是，塔格特小姐！咱们在哈德逊的铁路运输只是临时停止而已，联合理事会没有批准我们去拆铁路呀！""这事我来负责。""可是没有信号，救援列车怎么从这里出去呢？""半小时后就会有信号了。""这怎么可能？""跟我来。"她一边说，一边站了起来。

他们跟着她匆匆地走下旅客站台，从静止的列车前挤来挤去的一堆堆旅客中穿过。她快步跨上一条狭窄的过道，经过了伸向四方的迷宫般的铁轨，经过了一盏盏熄灭的信号灯和无人扳动的道岔，在塔格特车站偌大而静谧无声的地下通道内，只能听见她穿的绸面凉鞋踩在地上发出的声响，以及她身后人们那拖拖沓沓、似乎极不情愿的脚步声——她急匆匆地向亮着灯的Ａ控制塔奔去，在黑暗中，遍体是玻璃的控制塔像是一座失去了佩戴者身体的皇冠，被架空在一片空荡荡的铁轨之上。

控制塔的指挥对他所干的这份要求格外精确的工作已经熟练无比，她刚一开口，他就已经明白是怎么回事，然后只是生硬地说了声，"遵命，小姐。"还没等随她一起来的人沿着用铁架修成的塔梯上来，他就已经再次俯身在图表前，严肃地考虑着如何去完成这样一项在他漫长的职业生涯中从未执行过的丢人的任务。他只是用带着愤慨和与她同样的坚韧的眼神看了看她，她便知道他已经完全懂了。"先干吧，干完再去想别的。"虽然他并未多话，她还是这么说了一句。"遵命，小姐。"他木然回答道。

他这个位于地下高塔顶上的房间犹如一座玻璃阳台，俯瞰着曾经全世界周转最快、最多，也最井然有序的车流。经过培训，他要详细地记录每小时超过九十列火车从这里经过的路线，在玻璃窗前，看着它们通过星罗棋布的轨道和道岔转换的指挥，安全地进出车站。可眼下，他却头一次俯瞰着干涸的隧道内空空荡荡的黑暗。

透过继电器室敞开的屋门，她看到控制塔的工作人员表情严峻地闲站在一旁——他们的工作从来就不允许他们有片刻的放松——他们站在一排排像是竖直的铜皱褶、像是记载着人类智慧的书架的装置旁边。一根小小的拉杆被轻轻拉动，仿佛是书架上探出头的书签，会接通成千上万的电路，在联结和切断成千上万的触点后，便会为选好的路线设定几十个转换开关和几十盏信号灯，其间不允许有丝毫的差错，不允许有任何的侥幸和冲突——如此复杂的设计最终只要人用手一按，就可以为列车开辟出一条安全的路线，成百上千列的火车便可以安然驶过，成千上万吨的钢铁之躯和生命便可以近在咫尺地擦肩而过，唯一能够保护它们的，便是那个发明了这些拉杆的人的想法。而他们——她看了看手下的信号工程师——他们却认为仅凭手上肌肉的收缩，控制塔就可以指挥交通了——现在，控制塔上的人们无所事事地站着——而在指挥的身前，那些曾经在大型控制板上不停闪烁着显示出列车运行状况和距离的红灯绿灯，此刻却成了一堆玻璃珠——就像另一族类的野人卖掉曼哈顿岛换来的那些玻璃珠。

"把你们那些干活儿的工人叫来，"她吩咐着经理助理，"不管是在段上帮忙的、巡路的，还是擦车的，只要现在还在车站，就让他们马上统统过来。"

"到这里来？"

"没错，"她一指塔外面的铁轨，"把你手下的扳道工也都叫上，打电话给仓库，让他们把手头现有的手提灯都带过来，不管是列车长的手灯还是天气恶劣时用的指示灯，只要是手提灯，就全拿过来。"

"你是说手提灯吗，塔格特小姐？"

"快点去。"

"遵命，小姐。"

"咱们这是要干吗，塔格特小姐？"调度员问道。

"我们要指挥列车，用手来指挥。"

"用手？"信号工程师问道。

"没错，兄弟！你现在又干吗大惊小怪？"她忍无可忍了，"不是说人只是一堆肉吗？那咱们就回去，退回到那个没有联锁系统、没有信号、没有电的时代——退回到那个要用人来举灯，没有金属和电的列车信号的时代，用人来当灯架子。你早就在叫嚣着要这样——现在你算是如愿以偿了。对了，你是不是认为人的思想是由工具决定的？这回可是正相反——现在让你看看你的思想会决定什么样的工具！"

然而，就算是退回到过去也是需要智慧的——她望着身边这些了无生气的面孔，对自己的说法感到自相矛盾。

"我们怎么操作转换开关呢？"

"用手。"

"信号呢？"

"用手。"

"怎么用手干？"

"每个信号杆下站一个人。"

"这怎么行？距离不够啊。"

"可以隔一条铁轨。"

"他们怎么知道应该扳动哪个方向的道口开关？"

"把命令写下来。"

"啊？"

"就像过去那样，把命令写下来，"她一指控制塔的指挥，

"他正在制订调动列车的方案,会给每一处信号和道口控制写明指令,然后找人把指令传达到每一个岗位上——过去几分钟的事情,现在需要几个钟头才能干完,但我们能让那些等着的列车进入终点站,然后再让它们离开。"

"我们一晚上都要这么干吗?"

"再加明天一整天——直到那个长了脑子的工程师来,教你们把系统修好为止。"

"工会的合同里没有规定人要站着举灯干活,这会有麻烦,工会会反对的。"

"让他们来找我好了。"

"联合理事会会反对的。"

"我来负责任。"

"那,我不想承担下这种命令的——"

"我来下命令。"

她走出房间,站到了搭在塔身外面的铁梯平台上。她在极力克制着自己。她一时觉得自己仿佛也是一台现代化的精密仪器,在失去电源的情况下,企图靠双手去操纵庞大的铁路。望着深邃而又漆黑的塔格特地下通道,想到对于这隧道的最后记忆便是用人组成的灯柱,她感到了一股辛酸的耻辱。

她几乎看不清聚集到塔下的人们的面孔。在黑暗之中,他们悄无声息地陆续来到这里,静静地站着。在他们的身后,蓝幽幽的灯泡在墙上泛射出一片阴郁的昏暗，他们的肩头则细细碎碎地洒落着从高塔窗户里投下的灯光。她看得见他们身上油腻的工作服，他们松懈而健壮的身躯，以及倦怠地下垂的手臂，单调枯燥、毫无乐趣的体力劳动已耗尽了他们的血汗。他们是铁路里的最底层，年轻的看不见升迁的希望，上岁数的则对此从不抱任何指望。他们沉默地站在那里，神情里没有工人那种不安和好奇，反而如同犯人一般，极其冷漠。

"你们即将听到的命令是由我下达的，"她站在高高的铁梯上，声音洪亮而清晰地说道，"发布命令的人是受了我的指挥。联锁控制系统瘫痪了，现在要用人去代替它，要立即恢复列车的运行。"

她注意到，人群中一些人在看着她时，脸上的神情很是特别：他们眼中隐约可见的怨恨和肆无忌惮地上下打量着她的目光让她突然意识到了自己是个女人。她想起了自己此时的穿着，觉得的确很荒唐——紧接着，她的心头涌起一股突如其来的挑战和融入眼前的剧烈冲动，便把披肩向后一甩，在熏黑的墙柱下站在炽烈的灯光中，仿佛站在隆重的招待会上，傲然挺立，展示着她裸露的臂膀和身上闪亮的黑色绸缎，展示着那颗如勋章一般闪闪发光的钻石。

"控制塔的指挥将分派扳道工去指定的位置，他将安排一些人用手提灯为列车打信号，一些人去传达他的指令，火车要——"

她在极力压抑着一个想要冒出来的苦涩的声音：如果塔格特泛陆运输里连一个能人都找不出来的话……这些人也就只能干这个了……

"火车要继续进出终点站，你们要守在岗位上，一直等到——"

她忽然停住了。她最先看到的是他的眼睛和头发——那双冷酷而具有洞察力的眼睛，金黄中夹杂着古铜色的头发在阴暗的地下通道里似乎泛射着太阳的光芒——她在一群没有知觉的人当中看到了约翰·高尔特。他身着油污的工作服，衬衣的袖子高高地挽起，她看到他轻盈地站在那里，正抬头看着她，仿佛在很久之前就已经看到了此刻的情景。

"怎么了，塔格特小姐？"

这句柔和的问话来自控制塔的指挥，他的手里攥着纸，站在她的身旁——她觉得从一种失去知觉、然而又是她有生以来最清醒的状态中脱离出来很是奇特，只是她不知道这状态持续了多久，不知道自己置身何处，而且为什么会如此。她感觉到了高尔特的面孔，从他的嘴型，他扁平的脸颊，她看到他始终不变的沉静在崩溃，但他的神情依旧保持着这种沉静。他的神情表明他知道了这次事故，表明即使是他，在这种时候也会感受到巨大的压力。

她知道她还在继续讲，因为聚在她周围的人们似乎是在听，尽管她已经什么都听不见，却还在说，如同是在执行一个很久以前被人催眠后植入的命令，她听不见，也不知道自己在说什么，她只知道完成这个命令就是对他的挑战。

她感到自己似乎站在一片寂静之中，只有视力还在，目光所及之处，看见的只是他的面孔，而他的面孔犹如压在她喉咙里面、不吐不快的一番话。他似乎就应该出现在这里，似乎简单得不能再简单——似乎让她吃惊的并不是他的出现，而是她手下其他的那些人，因为只有他才属于这条铁路。她看到了自己以往登上列车的情景，当列车钻入隧道时，她曾感到过突如其来的沉重，似乎这个地方清楚地让她看到了她的铁路和她的生命的本质，看到了意识和物质完整的融合，看到了头脑的智慧转化为现实的一瞬间；她曾经感觉到一线希望，仿佛这里承载着她全部的意义，同时也暗暗感到兴奋，似乎这地下有一个不知名的希望在等着她——她的确应该在此时此地见到他，因为他便是她的意义和希望——她不再去看他的衣着，也不再去想他在铁路上吃了多少苦——她的眼里只有那些在逝去的日子里因为找不到他而受的折磨——从他的脸上，她看到了这几个月来他所忍受的一切——她耳朵里听到的似乎只有她对他说的话：我的这些日子就是这样过的——而他似乎在回答说：我也一样。

她看到控制塔的指挥一边看着手上的清单一边开始对人们

交代着什么，她知道自己对这些陌生人的讲话已经结束了。随后，她无法抗拒自己想要确认的冲动，走下阶梯，绕开人群，没有走向站台和出口，而是向荒弃的隧道里的一片黑暗走去。你会跟我来的，她想——这念头似乎不是在她心里，而是在她紧张的身体里，她明白自己无力把握想要去做的这件事，但她确信她一定能如愿……不，她心想，这并不是我意愿如此，而是理当如此。你会跟我来的——这既不是恳求，也不是祈求或命令，而是客观的事实，它凝聚了她全部的理解和她一生的阅历。如果我们没有改变，如果我们还活着，如果世界还存在，如果你知道不能像其他人那样错过这一刻并且任其随波逐流的话，你就会跟我来。你会跟我来——她感到一种喜悦的确定，它既不是希望，也不是信心，而是对于存在的逻辑的彻底皈依。

她沿着废弃的铁轨，快步走进一条又长又暗、在石壁中迂回曲折的隧道。她已经听不见那个指挥的说话声。而后，她感觉到了她周身血液的脉动，同时听到了头顶上的城市在发出有节律的回应，但她感觉她好像听到她的血流声正在将寂静填满，而城市的喧嚣则在她的体内跳动——她听到身后远远地响起了脚步声，她没有回头去看，而是加快了脚步。

经过依旧锁着他那台发动机残骸的大铁门时，她没有停步，然而，她蓦然发现这两年发生的一切竟是如此环环相扣，身体不由得微微一颤。一串蓝色的灯泡继续向黑暗中延伸，映照着头顶一块块泛着微亮的岩石，映照着正向下面的铁轨淌着细土的沙袋，映照着一堆堆锈迹斑斑的废铁。等到脚步声走近之后，她便停下来，转身向后望去。

她看见一抹蓝光掠过高尔特亮闪闪的头发，看到了他苍白的脸廓和深陷下去的黑黑的眼窝。那张脸不见了，但他的脚步声随着他继续来到了另一盏灯下，光线扫过了他那双平稳地注视着前方的眼睛——她可以肯定，在控制塔前一看到自己，他那双眼睛就再也没有离开过片刻。

她听到了他们头顶上方的城市发出的震动——她曾经想过，这些隧道便是城市的根，支撑着一切向天空伸展的渴望——而他们，她心想，约翰·高尔特和她，便是这些根的活力，他们便是根的萌芽、希望和意义——她想，他在听到他的脉动同时，同样听到了城市的呼吸。

她把披肩向后一甩，傲然挺立，正如他刚才在塔前的台阶上，以及十年前在这里的地下看到她时一样——她听到了他的承认，那不是用语言，而是用令人透不过气的节奏：你是高贵的象征，你又属于高贵之源……你似乎把生命的欢乐带回了它合法的主人身边……你看上去既充满活力，又充满活力赐予你的荣耀……而我是第一个能够说出这两者是如何不可分离的人……

接下来的一刻犹如在茫然的昏迷中亮起的闪电——这一刻，

他在她身旁停了下来,她看到了他的脸,看到了从容的镇定、克制的激情,看到了那双墨绿色的眼睛里透出的理解的笑意——这一刻,从他绷紧的嘴唇上,她知道他看出了她的表情——这一刻,她感到他和她的嘴唇合在了一起,她完完全全地触到了他的唇,同时觉得有一股液体涌进了她的身体——随后,他的唇向她的喉咙吸吮下去,留下了一道瘀青——接着,她那只钻石发夹的光芒便映在了他那颤抖着的古铜色头发上。

随即,她便浑然忘我地听任身体去感觉了,因为她的身体突然能够凭着直观的感觉传递给她最微妙的享受。正如她的眼睛可以将光波转化为形象,她的耳朵可以将振动转化为声音一样,她的身体此刻能够将贯穿她一生的种种念头立时转化为敏锐的知觉。令她身体颤抖的并非一只手掌的摩挲,而是它顷刻间汇聚的全部意义。她清楚地知道那正是他的手。它似乎占有了她的身体,在游动之中将她完整地接纳——那虽然只是肉体上的欢愉,却包含了她对于他整个人和他全部生活的崇拜——从那天晚上在威斯康星州的一家工厂召开的全体大会,到隐藏在落基山脉山谷中的亚特兰蒂斯,再到控制塔下一个工人智慧无比的绿眼睛中胜利般的揶揄神情——它包含了她对自己的骄傲,因为他把她当作了他的另一半,此时,他们从对方的身体上感受到了自我的存在。这便是它的全部意义——然而,她唯一的感觉是他的手在抚摸着她的乳房。

他将她的披肩一把扯掉，在他的怀抱中，她发觉了自己身材的苗条，似乎他只是一样工具，令她能自豪地感受到她自己，而这种自我意识又只是去意识到他的一样工具。她似乎正在达到感觉的顶峰，却如同听到了一声急不可耐的大喝，她现在还说不清这是什么，不过她知道，这和她的生命历程一样的雄心勃勃，一样的永不满足。

他把她的头稍微推远一点，好让自己直视她的眼睛，好让她也能看到他的眼睛，让她彻底明白此时他们所做的这一切究竟意味着什么，如同是在最亲密的时候，开启一束清醒的灯光，照亮他们的视野。

接着，她感觉到肩膀底下是粗糙的麻布。她发现自己正躺在破口的沙袋上，她看见她那双紧身的长筒袜闪着微光，感觉到他的嘴贴上了她的脚踝，慢慢地顺着她的腿向上蠕动，仿佛是想用他的嘴唇去占有它。随即她感觉到自己的牙深深地咬进了他的手臂，感觉到他胳膊肘一晃，将她的头推到一旁，比她更凶狠地用嘴压住了她的嘴唇——之后，她便只能感觉到她的身体在向上挺起，释放出了一股令她震颤的快感，直达她的喉咙——接着，她便只能感觉到他的身体正一次又一次贪婪地探过来，仿佛她不再是个人，而只是一种激情，可以用来不断地去探索那遥不可及的巅峰——她终于体会到了那顶点并非高不可攀，她喘息着，静静地躺在那里，感到无比满足。

他躺在她的身边，仰望着头顶上方那黑压压的洞顶。她看到他松弛的身体像水一般伸展在歪歪斜斜的沙袋上，看到那条黑色的披肩搭在他们脚下的铁轨上，洞顶上的水珠闪闪发亮，犹如遥远的车灯，慢慢地渗入看不见的石缝。他开口说话时，听上去像是在回答她脑子里正想着的问题，仿佛他再也用不着对她隐瞒什么，他要对她做的就是把他的内心像袒露身体那样坦陈出来：

"……十年来，我就是这样观察你的……就是从这里，从你脚底的地下……我知道你在大楼顶端的办公室里的一举一动，却永远都看不够你……十年来的每个夜晚，我都期待着能在这里，在站台上，看到你登上火车……每当命令下来，要把你的车厢挂上去的时候，我就知道了，并且等着看你走下斜坡，只希望你不要走得那样快……你走路的样子太与众不同了，那副样子，那双腿，我在任何地方都可以认出来……在你匆匆走下斜坡，经过下面轨道黑影里的我时，我总是最先看到你的腿……我觉得我都可以做出一座你双腿的雕塑了。我熟悉它们，靠的不是眼睛，而是当你走过时……当我回去干活时……当黎明前我赶回家补上三个小时的睡眠时，用我自己的那双手……"

"我爱你。"她平静得近乎没有感情的声音里仅仅流露出一丝青涩。

他闭上双眼，似乎想让这声音流过那些逝去的日子："这十年中，达格妮……只有几个星期的时间你真真切切、触手可及地出现在我面前,不再那样匆匆地离开,而是静静地站在一个供我独享的明亮舞台上……在许多个夜晚,我会连续几个小时地凝视你……从被称作约翰·高尔特铁路办公室的那个房间的窗户……有天晚上——"

她轻声地惊叫道:"那天晚上是你吗?"

"你看见我了?"

"我看见了你的影子……在人行道上……走来走去……看上去似乎很矛盾……似乎在——"她止口不说了,她不想说"挣扎"。

"没错,"他平静地说,"那天晚上,我想走进去,想面对你,想对你说,想……那天晚上,看到你瘫在桌上,看到你实在不堪如此沉重的压力,我差一点就违背了自己发的誓——"

"约翰,那天晚上,我想的就是你……只是我当时并不知道……"

"你要明白,我当时可知道。"

"……我这一生之中的所做所想,都是为了你……"

"我知道。"

"约翰,对我来说,最痛苦的并不是离开了山谷里的你……而是——"

"是你回来那天的广播讲话?"

"没错!你听了吗?"

"当然了，你能这样做我很高兴，这很了不起。再说我——我也都知道。"

"你知道……汉克·里尔登？"

"在你来山谷前就知道。"

"是不是你知道他这个人后，就预料到了？"

"不。"

"是不是……"她没有说下去。

"痛苦吗？是的，不过只是最初几天，随后的那天晚上……你想不想知道，得知这件事后的第二天晚上，我干了些什么？"

"想。"

"除了在报纸的照片上，我从没见过汉克·里尔登。那天我知道他在纽约开一个什么业界要人的会议。我只是想看他一眼。我在会议召开的酒店门口等着，门口的雨篷下灯光很亮，但外面的人行道很暗，可以让我藏身。那儿只有几个闲人和流浪汉在晃荡，天上下着小雨，我们都靠在墙边。等人们陆续出来的时候，从他们的衣着和举止中就能看出谁是来参加会议的——他们衣着光鲜，神态局促不安，似乎对自己刻意装扮出的另外一副样子感到羞愧。他们的司机开着车迎了上去，有几个记者在缠着他们提问，一心想套出只言片语。这些企业家们面带倦容，一个个都衰老体弱，惊惶地掩饰着内心的不安。然后我就发现了他。他穿着一件昂贵的风衣，帽檐斜斜地压在眼睛上方。他脚步轻快，有一种志在必得的气势。其他一些企业家蜂拥过去，向他问着问题，这些大老板们活像是围在他周围的一群下人。在他站在车前伸手拉开车门时，我才看清楚了他。他昂着头，在斜斜的帽檐下轻轻一笑，显得很自信，看上去既有点不耐烦，又有点觉得好笑。在随后的一瞬间，我做了自己从未做过、而许多人拼死要去做的事情——在我眼中，一切已经脱离了当时的情景，我看到的是一个经过他改变的世界，看上去和他是那么吻合，他就像是这世界的化身——我看到了一个硕果累累的世界，迸发着不受奴役的能量，人们摆脱了羁绊，用一年又一年的执着和付出，享受着幸福的回报——在雨中和一群四处游荡的胆小鬼们站在一起时，我却看出了在这样的世界里，我的生活本来应该是怎样的，我感到极其渴望——我想要做到的正是他那样……他的身上具有我应该具有的一切……然而，这只是短短的一瞬间。随即我便回到了现实，看清了这现实的真正含义——我看到他为了自己卓越的才华付出的是什么样的代价，在寂寞无助的时候，他要忍受怎样的折磨去努力了解我已经了解的一切——我看到他希望的那个世界并不存在，还有待创造。我再一次看到了他真实的模样，他是我的奋斗的象征，是我要为之复仇和解救的受难的英雄——随后……随后我便对你和他之间发生的事感到释然了。我懂得了这并没有改变什么，我应该预料到会这样，我懂得了这是对的。"

他听见了她低声的呻吟，便轻轻地笑了笑。

"达格妮，这并不是说我不痛苦，而是我懂得痛苦并不要紧，我懂得要去和痛苦搏斗，把它抛在一边，而不是把它当成心灵的一部分，使它成为一道永久的伤痕，留在人对于生活的看法当中。别为我感到难过，它当时就已经烟消云散了。"

她转过头来无言地看着他，他笑了，用胳膊肘支起脸来，低下头，望着静静躺在旁边的她。她喃喃地说道："你在这里，竟然在这里做铁道工人！——而且干了十二年……"

"没错。"

"从——"

"从我离开二十世纪发动机公司之后。"

"这么说，你第一次看见我……是在这里了？"

"对，那天早晨你还让我雇你做饭，其实我只不过是在你手下干活，请了假跑出去的铁道工人。现在明白我当时为什么那样笑了吧？"

她仰起头来看着他的脸。她的脸上带着痛苦的笑容，而他却一脸高兴。"约翰……"

"说吧，都说出来吧。"

"你这些年……一直在这里……"

"是的。"

"……这么多年来……铁路渐渐地垮掉……我一直在寻找有才之人……连一线希望都不放弃……"

"你在全国四处寻找我那台发动机的发明人,你养活着詹姆斯·塔格特和韦斯利·莫奇,你以自己最想消灭的仇敌的名字命名了你最大的成就。"

她闭上了眼睛。

"这些年我都在这里,"他说,"就在你势力所及的范围内,看着你的挣扎、你的孤独和你满心的期望,看着你满以为是在为我而做的抗争,这是一场敌人得利、而你永远都不会获胜的战争——我就在这里,在你视线的盲点中隐身,正如亚特兰蒂斯只是靠着一个视觉的假象在人们眼前消失一样——我在这里等着有一天你会看清,会从你支撑的这个世界所奉行的原则中看明白,你所珍惜的一切都只能落入地狱中最黑暗的角落,你必须亲眼看到这个角落才行。我在这里,我是在等待你。我爱你,达格妮,我曾经教人们珍爱生命,但我爱你超过了爱我自己的生命。我还教人们不要想着白占便宜——而我完全明白我会为今晚所做的一切付出代价,而这代价可能就是我的生命。"

"不!"

他笑着点了点头:"事实就是如此,你知道你已经让我失信过一次了,我违背了自己所作的决定——但我完全明白我为什么会这样做。我不是一时冲动,而是清楚地知道后果,并心甘情愿去承担它。我不能眼看着我们错过这样的时刻，它属于我们，我的爱人，我们问心无愧。但是你还没做好离开这里、和我同行的准备——你不用跟我说，我明白——既然我在时机还没完全成熟的时候就得到了我想要的，我就必须付出代价，我不知道那会是以什么样的方式，在什么时间到来，我只知道我一旦向敌人让步，就要承担责任。"看到她脸上的神情，他笑着回答说，"不，达格妮，你不是我头脑中的敌人——正是这一点让我走到了现在这一步——但是在你追寻的过程中，你成了我事实上的敌人。尽管你尚未看见，但我看见了。真正的敌人其实威胁不到我，你就不一样了，只有你才能让他们找到我。他们根本想不到我是谁，不过有你帮忙——他们就会知道了。"

"我不会！"

"当然，你不会有意这样做，而且你随时都可以选择走另外一条路。但只要你还沿着这条路走下去，就注定逃脱不了它的必然结果。别皱眉头，现在是我自己选择了这样的危险。达格妮，我在所有的事情上都奉行以物换物。我想得到你，却无力改变你作出的决定，我能做的就是权衡代价，看我能否承担。我能承担。我自己的性命自己做主——而你，你是"——他似乎是在用行动把这句话说完，一手将她揽过，亲着她的嘴唇。她瘫软的身体顺服地吊在他的手臂上，头发如瀑布般向下倾泻，脑袋向后仰了下去，只有他的嘴唇在牢牢地抓着它——"你是一个我说什么也要得到和买下来的荣耀,我要你,即使要用生命做代价,也在所不惜。我可以放弃我的生命——但不会放弃我的心灵。"

他坐起身来,一丝严峻从他的眼里一闪而过。他笑着问:"想不想让我和你一起回去干活?想不想让我一个小时之内就把你的联锁系统修好?"

"不!"一想到韦恩·福克兰酒店包间里的那些人,她便不由得脱口喊了出来。

他笑了:"为什么?"

"我不想看着你去给他们当牛作马!"

"那你自己呢?"

"我觉得他们就快崩溃了,我应该可以胜利,我还能再坚持一会儿。"

"没错,是一会儿——不过到时候你不会胜利,而是会明白。"

"我不能丢下它不管!"这是一声绝望的哭喊。

"还没到时候呢。"他平静地说。

他站了起来。她已说不出话,乖乖地也随他站起身来。

"我会继续留在这里干我的活,"他说,"但你别来找我,你得忍受一下我为了你在一直忍受的滋味——你得接着干该干的事,就算知道我在哪里,心情和我一样迫切,你也不能接近我。不要来这里找我,不要去我住的地方,不要让他们看到你和我在一起。等你最后决定离开的时候,别去告诉他们,只要在内特·塔格特的塑像底座上用粉笔画个美元的符号——这也算物归其主吧——然后回家等着,我二十四小时内就会来找你。"

她无言地点了下头,算是保证。

但在他转身要走的一刹那,她突然浑身一激灵,像是猛然惊醒或是临死前最后的痉挛一般,情不自禁地喊道:"你要去哪儿?"

"去当灯柱啊,举个提灯一直站到天亮——这就是你的这个世界让我去做的唯一一份工作,而且从我身上它也只能得到这么一份工作。"

她不顾一切地抓住他的胳膊,茫然若失地紧跟着他,生怕他就这样不见了:"约翰!"

他握住她的手腕,将她的手扳开了,摔向一旁。"不行。"他说道。

紧接着,他又拉过她的手,将它举到他的唇边,狠狠地亲吻着,这感情已经超出了他想要表达的一切。然后,他转身离开,消失在远处的铁轨尽头。她感觉自己似乎是被他和铁轨同时抛弃了。

步履艰难地回到终点站大厅的时候,她正赶上第一趟列车开动,隆隆的车轮仿佛猛然间恢复了跳动的心脏一般,把四周的墙壁震得直抖。敬奉着内特·塔格特塑像的地方空荡而宁静,终日不变的灯光照射在一片荒凉的大理石地面上。几个衣衫褴褛的身影像是在这明亮的空阔之中迷路了一般，慢吞吞地走了过去。在那个表情质朴而快活的塑像下面的台阶上，颓然呆坐着一个穿得破破烂烂的流浪者，如同一只失去翅膀、无处可去的鸟，只能苟且一时。

她也像一个无依无靠的浪子般瘫倒在了台阶上，肩头紧紧地裹着那条脏兮兮的披肩，失魂落魄，麻木无语。

她似乎总是看到一个用手臂高举起明灯的身影，它时而像是自由女神，时而又像是一个长了一头阳光般金发的人，在夜空下举着一盏让地球停止转动的红灯。

"再怎么样也别往心里去，"那个流浪汉带着残存的一丝同情说道，"反正都这样了……那又有什么用呢？谁是约翰·高尔特？"

救赎的协奏
the Concerto of Deliverance

6

十月二十日这一天，里尔登钢铁公司的工会提出了加薪的要求。

汉克·里尔登从报纸上得知了这个消息。这一要求没有向他本人亲自提出，并且不被认为有通知他的必要。这一要求是向联合理事会提出的。至于为什么别的钢铁公司没有提出类似的要求，则不得而知。他说不清楚那些提出要求的人是否能代表他手下的工人，理事会关于工会选举所作的规定使得这一切很难理出头绪。他只是听说这伙人都是理事会在过去几个月来塞进他厂里的新面孔。

十月二十三日，联合理事会驳回了工会的请求，拒绝增加工资。对此事是否举行过任何听证会，里尔登一概不知。既没有人征求他的意见，也没有人通知过他。他并不去问什么，只是静静地等着。

十月二十五日，被理事会的控制者所控制的全国报界发起了一波对里尔登钢铁公司的工人表示同情的浪潮。报纸上报道了加薪被拒绝一事，却闭口不提是谁进行了拒绝，又是谁才握有法律上的唯一否决权。这些连篇累牍的报道影射雇主才是导致员工一切不幸的元凶，仿佛觉得人们应该忘记应有的法律程序。它们的报道叙述了里尔登钢铁公司的工人们在目前生活费用飞涨的情况下是如何度日艰难——旁边的一则报道则介绍了汉克·里尔登在五年前获取的利润。在讲述里尔登的一名工人的妻子沿着街边店铺一路讨要粮食的悲惨境遇的报道旁边，是另外一则关于匿名钢铁大亨在高级酒店里醉酒狂欢、香槟酒瓶在某人头上开花的报道；这位钢铁大亨是沃伦·伯伊勒，但报道中没有提到姓名。"不平等依然在我们中间存在着，"报道中说道，"并且骗取了这个伟大的时代为我们所带来的利益。""贫困令人们忍无可忍，情况已经到了危急的关头，我们担心会引发暴力。""我们担心会引发暴力。"报纸上不断地重复着这样的话。

十月二十八日，里尔登钢铁公司新入厂的一伙工人袭击了一名领班，并将鼓风炉上的风口打掉。两天后，类似的一伙人砸碎了办公楼一层的玻璃窗，一名新工人砸坏了一部吊车的齿轮，致使一锅沸腾的钢水泼洒在了距离另外五名工人仅仅几步的地方。"我想我是因为过分担心挨饿的孩子们才走火入魔了。"他在被捕的时候说道。"现在不是争论谁对谁错的时候，"新闻界对此评论道，"我们唯一的担心就是目前一触即发的形势威胁到了国家的钢铁产量。"

里尔登一言不发地注视着这一切。他似乎是在等着某种最终的真相逐步呈现在他的面前，而这一过程急不得，也不可能被阻挡。不——在秋日傍晚的薄暮之中，他向办公室的窗外望去，心里想着——不，他绝不是对他的工厂无动于衷，但这曾经对活生生事物的热烈情感，此刻却像是对于死去的亲人的绵绵追忆。他想，人在缅怀死者时的独特感受便是对既成事实无能为力的感觉。

十月三十一日的上午，他接到了一个通知，法庭宣布，经审理，由于三年前他曾欠缴个人所得税，已将包括他银行账户和保险箱在内的所有财产全部冻结。这是一份符合所有法律手续的正式通知——只不过所谓的欠缴根本就子虚乌有，而所谓的审理也从没进行过。

"不，"他对他那个愤怒得说不出话的律师说道，"不要质疑他们，不要答复，不要反对。""可这也太离谱了！""你还没看到其他更离谱的吧？""汉克，你是让我什么都不做，就这么认栽了？""不，是要站直，我是说要站稳脚跟，不要动摇，不要有任何动作。""可他们已经逼得你走投无路了。""是吗？"他轻声一笑，问道。

除了钱夹里的几百块钱以外，他便再无分文了。但一想到卧室的秘密保险柜里还躺着一根由一个满头金发的海盗交给他的金条，他的内心便如同在和对方遥远地握手一般，滚过一阵奇怪而闪亮的热流。

第二天，十一月一日，他接到了从华盛顿打来的电话。电话另一端的官僚带着哀求般的赔礼口气说道："这是个错误，里尔登先生！这是个不该发生的错误！它不是针对你的。你明白现在办公室这些帮忙的人办事有多马虎，同时我们又有那么多紧急的事情要处理，因此有人一时粗心，弄错了文件，并作出了对你不利的决定——其实那是另外一个奸商的案子！请接受我们最诚恳的道歉，里尔登先生。"他略微停顿了一下，似乎在等待着什么，"里尔登先生？""我听着呢。""对于给你造成的种种尴尬和不便，我们十分抱歉，你知道处理要案得经过一系列必要的程序，因此，要撤销这个决定，得有几天或者一个星期的时间……里尔登先生？""我听见了。""我们非常抱歉，愿意尽我们最大的努力来弥补这一切。对此，你完全有权利索赔，我们一定会无条件地补偿你蒙受的损失。当然，你可以索赔，并且——""这我可没说过。""啊？对，你是没有……那就是说……对了，你刚才说什么来着，里尔登先生？""我什么都没说。"

在第二天下午很晚的时候，又有一个声音从华盛顿传了过来，这一次，说话人的语气不像是在道歉，倒像是一个表演走钢丝的人那样充满了兴奋。他自我介绍说是丁其·霍洛威，想请里尔登去参加一个会议，"这是个非正式的会议，只有咱们少数几个上层人物参加。"会议将于后天在纽约的韦恩·福克兰酒店召开。

"过去几周发生的误会简直太多了！"丁其·霍洛威说道，"太不应该——也太没有必要了！里尔登先生，如果有机会和你面谈的话，我们就可以马上搞定一切。我们非常希望见到你。"

"如果你愿意的话，随时可以向我发传票。"

"哦，不！不！不！"对方的声音听上去很是惊恐，"不要这样——里尔登先生，干吗要这么说呢？你不了解我们，我们是出于好意才想见你，只是希望得到你的主动配合而已。"霍洛威有些紧张地停了下来，他不敢确定自己是否听到了从远处隐约传来的一声冷笑；他等了等，却再也听不到任何动静，"里尔登先生？"

"嗯？"

"里尔登先生，在目前的形势下，和我们开这个会对你绝对有好处。"

"开会——是关于什么的？"

"你遇到了这么多困难——我们非常希望能尽量帮助你。"

"我没有请求过帮助。"

"现在的情况很危险啊，里尔登先生，群众的情绪不太稳定，一点就着，太……危险了……我们希望能保护你。"

"我没有请求过保护。"

"可你肯定知道我们能帮上你的忙，如果你需要我们做任何事情的话……"

"不需要。"

"可你肯定有一些问题需要和我们商量。"

"我没有。"

"那么……那么"——霍洛威不再是一派救苦救难的态度,而是换了副乞求的口气——"那你难道就不能来听一听吗?"

"除非你们有话要和我说。"

"有啊,里尔登先生,我们当然有了!我们只是希望你能来听一听,你就给我们一个机会,来参加这个会吧。你用不着答应任何事——"他不太情愿地说着,然后停下来,听到里尔登带着揶揄的响亮的声音,似乎什么都没有答应。里尔登回答说:"这我知道。"

"嗯……我是说……就是……那么,你会来吗?"

"好吧,"里尔登说道,"我去。"

他懒得去听霍洛威感激涕零地表示感谢的话,只是听到他一再重复着:"十一月四日,晚七点,里尔登先生……十一月四日……"这个日子似乎与众不同。

里尔登放下电话,往椅子背上一靠,看着炉火映在办公室天花板上的光芒。他清楚这会议是个圈套,同时也知道,那些设圈套的人从他身上捞不到任何好处。

在华盛顿,丁其·霍洛威放下办公室的电话,挺直了身子,眉头紧锁地僵坐着。全球进步联盟的主席克劳德·斯拉根霍普坐在一张椅子里,嘴里不安地咬着一根火柴棍,抬头看向他,问道："情况不妙？"

霍洛威摇了摇头。"他会来，不过……对，情况不妙。"他紧接着又说，"我看他是不会接受的。"

"我的手下也是这么跟我说的。"

"我知道。"

"我的手下说我们最好别打这个主意。"

"让你的手下见鬼去吧！我们只能如此！我们必须要冒这个险！"

那个手下便是菲利普·里尔登。几个星期前，他向克劳德·斯拉根霍普报告过："不行，他不让我进去，不给我工作干，我已经照你的吩咐尽量争取过了，但是没用，他不允许我进他的工厂。至于他的思想状态嘛——你要注意了，非常恶劣，远比我能想象到的还要糟糕。我了解他这个人，你拿他一点办法都没有。他现在已经无路可退，再逼他，绳子就会断。你说过那些大人物们想要搞清楚，那就告诉他们别那么干，告诉他们，他……克劳德，上帝保佑我们吧，如果他们那么去做的话，他就会跑掉的！""哼，你简直没什么用。"斯拉根霍普冷冷地说着，将身子转向一边。菲利普抓住他的袖子，声音突然变得忧心忡忡："哎，克劳德……根据……根据10-289号法令……如果他走了，他的财产是不是就……就没有继承人了？""没错。""他们会把工厂和……和一切都没收？""这是法律。""可是……

克劳德，他们不会这样对我吧？""他们不想放他走，这你知道，你要是能的话，就留住他。""可我做不到呀！你知道我做不到！由于我的政治主张，以及……以及我为你做的那些事，你知道他是怎么看我的！我根本就控制不了他！""那，活该你倒霉了。""克劳德！"菲利普惊惶万状地叫了起来，"克劳德，他们不会见死不救吧？我是他们的一员，对不对？他们一直承认我是，一直说他们需要我……他们说他们需要的是像我这样，而不是像他那样的人，是有我……我这种精神的人，还记得吗？在我为他们做了这一切，忠心耿耿地效力之后——""你这个蠢货，"斯拉根霍普破口骂道，"他不在了，要你还有什么用？"

十一月四日清晨，汉克·里尔登被一阵电话铃声吵醒。他睁开双眼，看到卧室窗外是拂晓时分的一片明净而灰蒙蒙的天空，泛着海水般的淡绿色。太阳尚未露面，初现的几缕光芒为费城古老的屋顶披上了一抹陶釉般的粉晕。有好一阵，他的大脑如天空般空白，除了意识到自己的醒来，还没有恢复怪异的记忆。他静静地躺在床上，沉浸在眼前的景色和与之融为一体的那个世界的神奇魔力当中——在这样一个魔幻世界里，人的生存方式犹如持续的清晨。

电话铃声把他扔回现实：它在有节奏地叫着，仿佛是在没完没了地求救，发出同这个世界格格不入的声音。他皱着眉头拿起了电话："喂？"

"早上好。亨利,"是他母亲颤巍巍的声音。

"妈妈——怎么这时候来电话?"他冷冷地问。

"噢,你总是天一亮就起床,我想赶在你去办公室前找到你。"

"是吗?有什么事?"

"我得见见你,亨利,我有话要和你说,就是今天,就在今天的什么时间吧,是重要的事。"

"出什么事了吗?"

"没有……是的……就是……我必须和你见面谈,你能来一下吗?"

"对不起,不行。我今晚在纽约有事,如果我明天去的话——"

"不!不,明天不行。必须是今天,必须是今天才行。"她的腔调里隐约有些惊惶,不过,她那呆板的固执里除了能听出一种奇怪的恐惧外,并没有着急的声音,而是一副平素惯有的无可奈何的惶恐不安。

"妈妈,是什么事情?"

"我没法在电话里说,必须和你当面谈。"

"那你要是愿意来办公室的话——"

"不!不能在办公室里!我得和你单独在一个能说话的地方见面。你就不能行行好,今天过来一趟吗?这可是你的妈妈在求你啊，你从不来看我们，或许这也不能怪你，但我在求你，你能不能来这么一趟？"

"好吧，妈妈，我今天下午四点到。"

"那好，亨利，谢谢你，亨利，那好。"

他觉得这天工厂里似乎有点紧张的气氛。这感觉很微妙——但工厂对他而言，如同是他深爱着的妻子的面容，他几乎能够预知上面会露出什么样的表情。他不止一次地发现新来的工人三五成群地交头接耳。他注意到他们的神态不像是在工厂里工作，倒像是在酒吧间的角落里一样。他注意到自己从他们身旁走过的时候，会招来他们的目光。他们很明显是在看他，而且会盯很久。对此他不去理会，这些还不足以令他多想——况且他也没工夫多想。

下午，他开车去了以前的家，到了山坡下便猛然停住了。自从六个月前，五月十五日那天离开家之后，他就再也没回来过——眼前的情景使他想起了十年来每天回家的点点滴滴：那种紧张、彷徨、憋在心里的郁郁不乐，强忍着不让自己承认，千方百计地试图理解他的家人……试图求得心里的平衡。

他沿着通向大门的小路缓缓地走了上去，没有一点感觉，内心却无比清楚。他知道，这所房子是罪过的见证——见证的正是他对他自己所犯下的罪过。

他本以为只会见到他母亲和菲利普，没想到一跨进客厅，站起身的还有一个人，那便是莉莉安。

他停在了门口。他们一起站着，看着他的面孔和他身后打开的大门。他们的脸上露出害怕和狡黠的神色，是已经被他看穿的试图以良心来要挟的神情。此刻，他只要向后一迈步就能摆脱他们，可他们似乎还对他的怜悯抱有指望，还指望着用它来捆住他。

他们指望他的怜悯，惧怕他的怒气；他们没敢去想第三种可能——他的无动于衷。

"她在这里干什么？"他转向他母亲，冷冰冰地问。

"莉莉安自从和你离婚后就一直住在这里，"她辩解道，"我总不能让她在街头挨饿吧？"

他母亲的眼里一半是乞求，似乎求他不要去扇她的耳光；另一半则是得意，仿佛是她把耳光抽在了他的脸上。他明白她的用意：这并非真心的同情，她和莉莉安之间向来就没什么感情，这只是他们一起对他进行的报复，是他们用他的钱养活了他拒绝帮助的前妻后在暗自得意。

莉莉安的头摆出一副迎接他的姿态，紧张而又矜持的嘴角似笑非笑。他并非有意不理睬她，他分明清清楚楚地在看着她，但眼前的一切又似乎在心里留不下任何印象。他没有说话，关上门，走进了房里。

他母亲轻轻地吁了口气，急忙在紧挨着他的一张椅子里坐下，紧张地盯着他，不知道他是否会像她那样坐下来。

"你想说什么？"他坐好，开口问道。

他母亲坐得笔直，怪异地耸着肩膀，半低着脑袋："是慈悲，亨利。"

"这是什么意思？"

"你难道不懂吗？"

"不懂。"

"这个"——她胡乱地将手一摊，摆出无可奈何的样子——"这个……"她的眼睛四处乱转，竭力躲避着他火辣辣的逼视。"这个，要说的有很多，而且……而且我不知道该怎么说，不过……这个，有一件很现实的事情，但这件事本身并不重要……我叫你来并不是因为这个……"

"到底是什么？"

"你是问现实的这件事吗？是你给菲利普和我的生活补助支票。每月一号，可是因为那条冻结令，支票无法兑现。这你也知道，是不是？"

"我知道。"

"那，我们怎么办？"

"我不知道。"

"我是说，你对此有什么打算？"

"没有。"

他母亲坐在那里，像是在数着一秒秒安静流过的时间般吃惊地瞪着他："没什么，亨利？"

"我什么都做不了。"

他们紧张地在他的脸上寻找着。他可以肯定他母亲讲的是实情，但他们的目的绝不仅仅是解决眼前用钱的紧张，这只不过是个开头而已。

"可是亨利，我们现在手头很紧张啊。"

"我也一样。"

"可你难道不能给我们一些现金之类的东西吗？"

"他们事先没给我任何警告，来不及取现金出来。"

"那么……这样，亨利，这件事太突然了，我看大家都觉得怕了——除非你张口，否则杂货店是不会让我们赊账的。我想他们是想让你签个信用卡之类的东西，你能不能和他们谈谈这件事？"

"我不会去谈的。"

"你不去？"她诧异地噎了一下，"为什么？"

"我不会承担我负不起的责任。"

"你这是什么意思？"

"我不会去欠我还不了的债。"

"还不了，这是什么意思？那个冻结只是某种手段而已，不过是暂时的，这大家都知道！"

"是吗？我不知道。"

"可是，亨利——这只是日常生活的费用啊！你有那么多钱，连支付这点日常生活的费用都不行吗？"

"我不能装成有钱的样子去欺骗开杂货店的人。"

"你这是在胡说些什么呀？那些钱还能是谁的？"

"谁的都不是。"

"你什么意思？"

"妈，我觉得你完全明白我的意思，甚至在我还没想到的时候你就明白了。并不存在什么所有权或者财产，这正是多年来你一直赞同和信奉的。你想捆住我的手脚，我已经被捆住了。现在再玩什么把戏已经太晚了。"

"你打算让你的那些政治观点——"她瞧见他的脸色，便陡然止住了口。

莉莉安垂首而坐，似乎在这个时候不敢抬头。菲利普则坐在那里，将手指节按得咔咔作响。

他母亲重新聚拢失焦的眼神，喃喃地说着："别扔下我们，亨利。"她声音中隐约流露出的语气告诉他，她的真正目的即将显露出来了。"现在的形势糟糕透顶，我们很害怕。情况就是这样，亨利，我们很害怕，因为你抛下我们不管了。我指的不光是日常用品的开支，但这只是个开始——一年前，你不会让我们落到这步田地，可如今……你已经不在乎了。"她顿了顿，像是在期待着回答,"是不是这样啊?"

"不错。"

"好啊……好啊,看来要怪也只能怪我们自己了。我想跟你说的就是这个——我们知道这是我们的错,这些年来,我们一直没有好好待你,我们对你不够公正,让你心里很难过,我们是在利用你,却从不表示感谢。我们心里很是愧疚,亨利,我们对不起你,这我们承认。现在,我们还能跟你再说些什么呢?你能不能从内心里原谅我们?"

"你想要我干什么?"他那清晰、冷静的声音像是在谈生意。

"我不知道!我怎么会知道?我现在说的不是这个,不是说要干什么,只是在谈感情。我是在乞求得到你的感情,亨利——只是你的感情——就算我们不配得到它。你是大度而坚强的,能不能把过去一笔勾销,亨利?能不能原谅我们?"

她眼里的惧色的确出自内心。一年前,他会对自己说这就是她悔过的方式;她的这些话对他来说完全空洞而没有意义,只会令他感到厌恶;就算他不明白,也会违心地把这些话往好的方面想;尽管他有不同的思维方式,但他还是会顺着她的思路,认为她是诚心诚意的。可现在,他只相信自己的想法。

"你能不能原谅我们?"

"妈,最好还是不要提这个,别逼我把理由说出来,我想,你和我一样清楚。如果想办什么事情,你就告诉我好了,其他的免谈。"

"我真是不明白你！我真不明白！我叫你来就是请求你原谅我们的！你是不是打算拒绝回答这个问题？"

"那好，我的原谅究竟是什么意思？"

"啊？"

"我是问，那究竟是什么意思？"

她两手一摊，做出一副显而易见的惊讶的样子："这当然……会让我们心里好过些。"

"它能改变过去的一切吗？"

"我们知道你已经原谅了，心里就能好过些。"

"你是不是希望我假装过去的一切从未发生过？"

"哦，天啊，亨利，难道你还不明白吗？我们只是想知道……你对我们还有一些关心。"

"我可没有，你是希望我假装有吗？"

"我正是为这个才来求你——关心一下我们！"

"根据什么？"

"根据？"

"用什么作交换？"

"亨利，亨利，我们谈的不是生意，不是钢产量和银行里的数字，是感情——可你说起话来就像一个商人。"

"我就是商人。"

他从她的眼睛里看到的是恐惧——这恐惧不是因为绞尽脑汁依然想不明白而产生的绝望,而是害怕自己被逼得再也无法回避思考。

"哎,亨利,"菲利普急忙说道,"妈妈理解不了那些事情,我们不知道该怎样跟你说,我们没法像你那样说话。"

"我不说你们那种话。"

"她想说的是我们很抱歉,我们对过去一直伤害你感到非常抱歉。你认为我们没有为此付出任何代价,但实际上我们是在受良心的谴责。"

菲利普脸上的痛苦是真真切切的。一年前,里尔登会感到怜悯,现在他知道,唯一能被他们用来对付他的,便是他不愿意伤害他们,他害怕他们痛苦。而他对此已经再也不害怕了。

"我们很抱歉,亨利,我们知道我们伤害过你,但愿我们能够弥补过去的一切。可我们又能怎么样呢?过去的已经过去,我们不能再来一遍。"

"我也不能。"

"你能接受我们的悔过,"莉莉安小心翼翼地说道,"我现在已经不能从你身上得到任何东西了。我只是希望你知道,无论我做过什么,都是因为我爱你。"

他扭过头去,没有回答。

"亨利!"他母亲叫道,"你究竟是怎么了?怎么会变成这个样子？你看上去简直一点人味都没有了！我们明明说不出什么，你还一直逼着我们回答，还总是用道理教训我们——这年月还有什么道理可讲？人们受苦的时候还有什么道理可讲？"

"我们没办法！"菲利普喊着。

"我们就全靠你了。"莉莉安说。

他们是在冲着一张已无法亲近的面孔哀求，他们并不知道——他们的惊惶便是回避现实的最后挣扎——他那冷酷无情的正义感，曾经是他们制服他的唯一手段，曾经让他甘受一切惩罚，在疑惑中给了他们种种甜头，可如今，它反戈一击了——这力量曾经使他宽容，现在却令他毫不留情——他的正义感可以宽恕无心犯下的累累错误，却不会原谅任何一个故意的邪恶举动。

"亨利，难道你不理解我们吗？"他的母亲哀求道。

"我理解。"他静静地说。

她移开目光，回避着他那双清澈的眼睛："难道你不关心我们的今后了吗？"

"我不关心。"

"你还是人吗？"她气得尖叫了起来，"你还有一点爱心没有？我是在尽量打动你的心，不是你的脑子！爱不是拿来争论、分析和讨价还价的！它是给予！是感受！噢，天啊，亨利，你在感受的时候难道不能不去思考吗？"

"我从不这样。"

过了一阵儿,她恢复了原先低沉的嗓音:"我们没你那么聪明和坚强,如果我们有什么过错的话,那是因为我们没办法。我们需要你,你是我们唯一的依靠——可我们连你都要失去了——我们很害怕。现在世道险恶,而且越来越糟糕,大家都吓得要死,紧张而茫然,不知道如何是好。如果你撇下我们,我们怎么应付得了?我们弱小无力,只能听任正在到处肆虐的恐怖的摆布。也许我们有过错,也许我们不知不觉地让它成了现实,可事已至此——我们现在没办法阻止了。如果你抛弃我们的话,我们就完了。假如你放弃一切,走得无影无踪,就像那些人——"

她并非听见什么才缄口不言,而只是看见他的眉毛微微一动,像是迅速地做了个记号。随即,他们看到他笑了起来,这笑容的含义正是最令他们害怕的。

"原来你们是担心这个。"他缓缓说道。

"你不能走!"他母亲完全陷入了惊慌,大喊大叫起来,"你现在不能走!去年你本来是可以走的,可现在不行!今天不行!你不能逃跑,因为现在他们要对你的家人下手!他们会让我们身无分文,会没收所有的东西,会让我们挨饿,会——"

"安静点!"莉莉安叫道,她比其他人更善于读懂里尔登脸上流露出的危险信号。

他脸上的笑容仍未消退。他们明白,他的眼睛里已经不再有他们，但他们无法弄懂他此时的笑容为什么会带着痛楚，并且几乎充满了渴望。他们也无从知晓他的目光为什么会越过屋子，向尽头的那扇窗户望去。

他看到的是一张栩栩如生、在他的侮辱之下仍镇定自若的面孔，他听到的是一个曾经在这间屋子里对他说话的声音："这违背了我本来想警告你的宽恕之罪。"那个时候就懂得了这些的你，他想……然而，他心里的这句话只想到一半，便融进了他那苦涩的笑容，因为他明白自己想说：那个时候就懂得了这些的你——原谅我吧。

他瞧着他的家人，心想，这就是他们乞求原谅的本意，这就是他们为什么要理直气壮地宣称那些感情不需要理由——当人们说不用思想就可以感受、宽恕凌驾于正义之上的时候，他们那残酷的本质便暴露无遗了。

他们早就明白什么才是可怕的；他们在他意识到之前，就认清并堵住了能够拯救他的唯一出路；他们早就看出他在企业界毫无希望，他的一切努力都是徒劳的，会有想象不到的压力把他打垮；他们从理性、客观和自我保护的角度看出，他唯一的选择就是放弃一切、逃之夭夭——但他们还是想拖住他，让他继续待在会烧死他的火炉里，让他继续容忍他们借着慈悲、宽容和为亲人牺牲的名义，把他压榨干净。

"妈妈，假如你还想听我解释，"他平静地说，"假如你还认为我狠不下心来揭穿你们自欺欺人的想法，那么你们所谓的原谅就是：你们对伤害我感到后悔，而作为补偿，你们却要我彻底牺牲自己。"

"逻辑！"她嚷道，"又是你那套逻辑！我们需要的是同情，同情，不是逻辑！"

他站了起来。

"等等！别走！亨利，不要扔下我们！不要就这么判了我们的死刑！我们再怎么样也还是人啊！我们想活着！"

"当然不——"他刚一开口，一个恐怖的念头就冒了出来，"我认为你们是不想活了，否则的话，你们就应该知道怎么对待我。"

仿佛是一个无声无息的证明和回答，菲利普的脸上想缓缓地摆出一副幸灾乐祸的表情，显露出来的却只是畏惧和恶毒。"你别想把工作一扔就跑掉，"菲利普说，"没有钱你跑不了。"

这句话似乎正中要害。里尔登略微停了停，忍不住一笑。"谢谢你了，菲利普。"他说。

"啊？"菲利普满是疑惑，不安地一怔。

"冻结令的目的原来如此，你的那帮朋友怕的就是这个。我知道他们今天想要对我有所动作，但我不知道他们想用冻结令的办法来阻止我逃跑。"他难以置信地回头看着他母亲，"原来这就是你一定要在今天，要赶在纽约的会议之前见我的原因。"

"妈妈不知道！"菲利普喊道，随即发现说走了嘴，就更大声地叫嚷起来，"我不知道你在瞎说些什么！我什么都没说！我没那么说！"此刻，他的畏惧似乎不再那么令人费解，反倒更实在了。

"别慌，你这只不可救药的寄生虫，我不会跟他们说你已经把一切都告诉我了。如果你想——"

他的话没有说完。望着面前的这三个人，他脸上忽然浮现出了笑容，那是一种厌倦、可怜、难以想象的恶心的感觉。他所看到的是疯子在把戏结束时暴露出的矛盾、愚蠢和荒谬：为了留住他，华盛顿居然想用这三个人当人质。

"你是不是觉得自己很了不起？"这声突如其来的喊叫是莉莉安发出的。她早就蹿了起来，将他出门的路挡住。她的脸部扭曲着，在她听到他情妇的名字的那天早晨，他也见过她的这副嘴脸。"你太了不起了！你太为自己感到骄傲了！好吧，我有话要对你说！"

看样子，她似乎到现在才相信自己的计划真的落空了。看到她的表情，他仿佛感觉到断开的电路终于补上了最后的一小段。他豁然明朗，看清了她曾打过的如意算盘，以及她嫁给他的原因。

他心想，假如选择了一个人作为另一个人永远关注的中心和生活的焦点就是爱——这样说来，她的确爱过他；但对他而言，如果爱是对一个人的本身和存在的祝福——那么对憎恨自己和生命的人来说，只有对毁灭的追求才是爱的唯一形式与表达。莉莉安当初选择了他，是因为他身上具备的最优秀的品质，是因为他的勇气、他的信心和他的骄傲——她选择了他，就如同人选择了爱的目标一样，是把他当作人的生命力的象征，但她的目标是毁灭这个力量。

他的眼前出现了他们第一次见面时的情景：当时的他精力旺盛，壮志冲天，一心想建功立业，在被他取得的成功点燃后，又被一下子甩进一堆自命不凡的灰土之中。这样一堆垃圾文化燃烧后留下的残渣，自诩为知识精英，借助别人的思想闪光之后的余晖为生，然后只能用否定这些思想来标榜自己，把统治世界当作他们唯一的贪婪欲望——她这个投靠了那群精英的女人，搬来他们的陈词滥调作为她对世人的回答，把低能奉为优越，将无知当作美德——他丝毫没有觉察出他们怀着的仇恨，还天真地讥笑他们是在蹩脚地骗人——而在她看来，他却是他们那个世界中的危险，是对他们的威胁、挑战和谴责。

那种促使其他人去奴役整个王国的欲望，到了她这里，就演变为将他制服的野心。她打算把他摧毁——既然达不到他的高度，她可以通过毁灭它以达到超越，似乎这样一来，衡量他的伟大的标尺也就可以用来将她衡量一番了，似乎——他想到这里，打了个冷战——似乎砸烂雕塑的破坏者要比建造雕塑的艺术家伟大，似乎杀害儿童的凶手要比将生命带到世界上的母亲伟大。

他想起了她奚落和嘲笑他的工作、他的工厂、他的合金、他的成功，他想起了她很想看到他喝醉的样子，哪怕一次也好，想起了她企图陷他于不义，他要是卷进了什么风流韵事，她会感到多么满足，而一旦发现那风流韵事是他的梦寐以求而非自甘堕落时，她又是多么惊恐。她的进攻曾令他觉得摸不着头脑，其实一直很清楚——她清楚人一旦失去价值，便只能任人摆布，因此她要毁灭的就是他的自尊；她千方百计要败坏的就是他纯洁的情操，她想用愧疚的毒药去动摇的就是他充满信心的坚定——似乎一旦他倒下，他的堕落便可以令她心安理得。

正如其他人编织出庞大的思想体系去毁灭一代又一代人的头脑，或者建立独裁统治去毁灭一个国家一样，她和他们有着一样的目的和动机，感受着同样的满足。作为女人，她手无寸铁，因此她的目标便是毁掉一个男人。

你奉行的是生命的准则——他想起了他那位不知下落的年轻老师的话——那么他们奉行的又是什么呢？

"我有话要对你说！"莉莉安心虚地叫喊着，似乎指望这句话能像铜箍一般把人定住，"你是不是很得意啊？你认为你的名字太了不起了！里尔登钢铁，里尔登合金，里尔登老婆！我不过就是如此，对不对？里尔登夫人！亨利·里尔登夫人！"此时，她已经上气不接下气，话里夹杂的笑声也变得难以辨认。"好啊，我想你会乐意知道你的老婆已经被别的男人搞过了！我已经对你不忠了，你听见没有？我的出轨并不是和什么了不起的高尚情人，而是和最下作的寄生虫，詹姆斯·塔格特！那是三个月前的事！在和你离婚之前！当时我是你的老婆！当时我还是你的老婆！"

他像科学家在打量一件与自己毫不相干的东西那样，站在那里听着。他心想：对于信奉没有自我，没有财产，没有客观事实，一个人的道德形象可以被别人的行为随意践踏的人来说，这便是他们所鼓吹的相互依赖信条的最终覆灭。

"我已经对你不忠了！你这个一尘不染的清教徒，到底听见没有？我和吉姆·塔格特上过床，你这个铁板一块的大英雄！你听见没有？……听见没有？……你听见……"

他的样子仿佛是在看着一个从大街上走来、向他倾诉的陌生女人——他的神情仿佛是在说：干吗要跟我说这些呢？

她的声音低落了下去。他不知道人被毁掉后会是什么样子，可如今，他知道自己看到的便是毁掉的莉莉安。他看到她的脸像是突然间失去了支撑一般，松软无力地垂了下去，看到她的眼睛茫然地瞪视着，然而瞪向的是她的内心，那双眼睛里面的恐惧绝不是外界能够带来的。这并非人发疯时的表情，而是当内心意识到了彻底的失败，同时又头一回看清了自己本质时的样子——那是一个人实现了自己鼓吹多少年的信仰，却发现那本是虚无后才有的神情。

他转身欲走,他母亲在门口拉住了他的胳膊,将他拦住。她依旧一脸惶然,用尽最后一丝自欺欺人的挣扎,以阴沉和哭丧的责备般的腔调喃喃道:"难道你就真的不能原谅吗?"

"没错,妈妈,"他回答说,"我不能。假如今天你是让我放弃一切跑掉的话,我本来会原谅过去的一切。"

外面冷风阵阵,将他的外套吹得紧裹在他身上。山脚下是辽阔而清新的田野,清冽的天色随着黄昏的到来渐渐地黯淡了下去。天空中仿佛出现了两个日落,火红的太阳在西方映出一道平展凝静的余晖,而东面那片通红的闪亮则是他厂子里的火光。

开车奔向纽约时,他手里的方向盘和飞速掠过的高速公路使他感受到了一种不同寻常的激励。这是一种将极其精确的控制和松弛融为一体的感觉,一种摆脱了压力、令人不可思议的青春的律动——他终于意识到,他年轻的时候就是这样,并且希望能一直如此——他此时的感受像是一个简单而令他吃惊的问题:还有什么能比这更好呢?

接近纽约时,尽管城市的景色在远望之下还略显模糊,他却感到特别通透和清晰,这清晰并非来自视野中的景物,看透一切的力量仿佛源于他自身。他注视着这座宏伟的城市,并未将目光局限在某些特定的地方。这城市不属于歹徒、乞丐、被遗弃的人或者妓女,它是人类历史上最伟大的工业成果,对他而言,这座城市真正的意义便是他内心的感受,它在他的眼中是掺杂了一丝个人因素的，那是一种敏锐的直觉、一种归属感，仿佛他是生平第一次在望着它——抑或是最后一次。

站在韦恩·福克兰酒店一个套间外安静的走廊上，他踌躇了许久，才抬起手去敲门：这是弗兰西斯科·德安孔尼亚过去一直住的套间。

香烟的烟雾缭绕在客厅的空气里，在丝绒窗帘之间，在明亮考究的桌子周围。屋里陈设着名贵的家具，却看不到任何个人物品，这使得奢华的房间里充满了一股廉价旅馆里才有的沉闷气息。他一进来，烟雾中便站起了五个人：韦斯利·莫奇、尤金·洛森、詹姆斯·塔格特、弗洛伊德·费雷斯博士，以及一个干瘪、懒散、像个网球手一样獐头鼠目的人，经过介绍，他知道那个人就是丁其·霍洛威。

"好吧，"里尔登打断了人们的寒暄、笑脸、递上的饮料和对国家紧急形势的议论，"你们想要怎么样？"

"我们是作为你的朋友来这里的，里尔登先生，"丁其·霍洛威说道，"仅仅是作为你的朋友，就加强彼此合作的观点，随便地谈一谈。"

"对你出色的才能，以及你对国家工业现存问题所提出的内行意见，我们非常希望能提供一些帮助。"洛森说。

"华盛顿需要的就是你这样的人，"费雷斯博士说，"你完全不应该被如此长期闲置，国家的上层领导很想听听你的看法。"

里尔登心想，让人恶心的是他们所说的话只有一半是撒谎，他们用惊慌失措的腔调所讲出的另一半表达了一个未说出口的愿望，令它某种程度上是出自真心。"你们想怎么样？"他问。

"自然是……听你的了，里尔登先生，"韦斯利·莫奇说着，脸上装出一个受惊的笑容；他的笑是假，而受惊是真。"我们……我们希望能从你对国家工业危机的意见里得到些启发。"

"我没什么可说的。"

"可是，里尔登先生，"费雷斯博士说，"我们只求有一个跟你合作的机会。"

"我曾经公开告诉过你们，我不在枪口下合作。"

"在这种时候，难道我们不能摒弃前嫌吗？"洛森简直是在哀求了。

"你是说枪吗？那好啊。"

"啊？"

"是你们在举着它，要是可以的话，就把它摒弃了吧。"

"那……那只是一种说法罢了，"洛森眨着眼睛解释道，"我是在打比方。"

"我可不是。"

"在眼下这种危急关头，难道咱们不能为了国家而站到一起吗？"费雷斯博士说，"难道咱们不能先把分歧抛在一边吗？我们愿意尽我们的努力来接受你。如果你不同意我们的哪一项政策，我们可以签署法令去——"

"还是省省吧，我来这里不是为了帮着你们假装觉得我没事，假装觉得我们之间还有商量的余地。现在来谈正事。你们又要对钢铁行业耍新花招了，究竟是什么？"

"其实呢，"莫奇说，"关于钢铁行业，我们确实是想讨论一个重要的问题，但是……但是你的这种说法，里尔登先生！"

"我们不是要对你耍什么花招，"霍洛威说，"我们请你来，就是要和你商量的。"

"我来这里是接受命令的，下命令吧。"

"可是，里尔登先生，我们不愿意这样去看，我们不想对你下命令，我们希望你能自愿同意。"

里尔登一笑："我就知道。"

"真的？"霍洛威迫不及待地说道，但里尔登脸上的笑又令他动摇了，"噢，那么——"

"还有你，兄弟，"里尔登说道，"你明白你的计划里存在一个天大的漏洞。是你告诉我你打算在我眼皮底下搞什么鬼——还是我现在回去？"

"哦，别，里尔登先生！"洛森猛然瞧了一眼手表，喊道，"你现在不能走！——我是说，你还没听我们要说的话呢。"

"那就说吧。"

他看见他们面面相觑。韦斯利·莫奇似乎不敢和他说话；

莫奇的脸色阴沉,像是一个命令其他人往前冲的信号;无论他们是否有资格决定钢铁行业的命运,他们到这里来都是在为莫奇的讲话充当保镖的角色。里尔登搞不懂詹姆斯·塔格特怎么会出现在这里;塔格特闷声不响地坐在那里,沉着脸喝他的饮料,一直没向他这里看过一眼。

"我们制订了一项计划,"费雷斯博士强颜欢笑地说道,"这将解决钢铁行业存在的问题,也会得到你的完全同意:它既会给大众带来利益,也会保证你的利益和安全,在这样一个——"

"用不着替我操心,还是说说具体的吧。"

"这项计划是——"费雷斯博士说不下去了,他已经忘记了该怎样去陈述事实。

"根据这项计划,"韦斯利·莫奇说,"我们将给予企业百分之五的钢铁价格上调。"他得意地停了停。

里尔登一言不发。

"当然,还是需要做些小调整的,"霍洛威像跳进空旷的网球场一样,语调轻快地插进来,打破了沉默。"必须允许铁矿石的生产商实行一定的价格上涨——哦,最多百分之三——这是鉴于他们中的一些人,比如说明尼苏达州的保罗·拉尔金吧,会遇到更大的困难。因为詹姆斯·塔格特先生为了大家的利益而牺牲了他的明尼苏达铁路支线,所以他们不得不用成本更高的卡车去运矿石。当然,必须允许铁路货运运费的上涨——大概百分之七吧——这是鉴于绝对的需要——"

霍洛威停了下来,就像在玩旋风游戏的人露出了脑袋一样,突然发现没有一个对手理睬他。

"但工资不会涨,"费雷斯博士急忙说道,"这项计划中关键的一点就是,尽管钢铁工人叫嚷得很凶,但我们不允许增加他们的工资。哪怕是大家都有怨气和愤怒,我们还是希望公平地对待你,并保障你的利益。"

"当然了,假如期望工人做出牺牲的话,"洛森说,"我们就必须让他们看到管理者们也在为国家做出牺牲。目前钢铁工人的情绪极端紧张,里尔登先生,到了一触即发的危险边缘,而且……而且为了保护你……"他停住了。

"说呀?"里尔登说,"保护我什么?"

"免受可能出现的……暴力,有必要采取一些措施,这……吉姆"——他突然转向了詹姆斯·塔格特——"你也是个企业家,要不还是由你来向里尔登先生解释吧?"

"哦,必须有人出来支持铁路,"塔格特没有看他,脸色阴沉地说,"国家需要铁路,必须有人帮我们扛起这副担子,如果我们不能增加运费的话——"

"不,不,不!"韦斯利·莫奇猛然喝道,"要向里尔登先生解释的是铁路联合计划的进展情况。"

"哦,这项计划是完全成功的,"塔格特晕晕乎乎地说道,

"只是还没能彻底掌握时间的因素,不过合并小组迟早有一天会控制全国的每一条铁路。我可以向你保证,这项计划在其他行业也会取得同样的成功。"

"毫无疑问,"里尔登说着向莫奇转过脸去,"你干吗要让这个小丑耽误我的时间?铁路联合计划和我又有什么关系?"

"里尔登先生,"莫奇欣喜若狂地喊着,"这就是我们要沿用的方法呀!我们叫你来就是为了商量这个的!"

"商量什么?"

"钢铁联合计划!"

仿佛是跳进水里屏住了呼吸一般,顿时出现了片刻的寂静。里尔登坐在那儿望了他们一眼,似乎有一点兴趣。

"鉴于钢铁行业正处于紧要关头,"莫奇似乎不愿意再想里尔登的眼神为什么让他觉得不太自在,便滔滔不绝起来,"而且因为钢铁是最关键、最重要的基本物资,是我们整个工业结构的基础,所以必须采取非常措施,以保护国家的钢铁生产设施、设备和工厂。"尽管用的是公共演说的语调和激情,但他讲到这里便讲不下去了,"抱着这个目的,我们的计划是……"

"我们的计划其实很简单,"丁其·霍洛威想用他那欢快跳跃的声音来证明他的话,"我们将取消对钢铁产量的所有限制,每家企业都可以开足马力生产。但为了避免出现浪费和同业相残式竞争的危险,所有的企业都要把全部收入上缴到一个共同的金库，我们称之为钢铁联合金库，由一个特别理事会管理。到年底，理事会用全国钢铁的总产量除以当时的平炉数量，得出一个平均产量，以此作为公平分配收入的依据——每家企业都会根据它的需要分得收入。因为对炼钢炉的维护是最基本的需要，因此对每家企业的收入分配将以它拥有的钢炉数量确定。"

他停顿下来，等了等，然后又说："就是这样，里尔登先生，"见里尔登还是没有回答，他又说，"哦，还有很多细节需要整理，不过……不过大致就是如此。"

他们看到的反应完全出乎他们的意料。里尔登把身体往椅子上一仰，双眼凝视着空中，仿佛在望着一个并不遥远的地方。随即，他像是事不关己般调侃着问道："你们能不能告诉我，你们究竟是怎么想的？"

他知道他们听懂了他的话。他看见他们的脸上还是那副支吾逃避的老样子，他曾经以为那是骗子骗人时的表情，但现在他明白那其实更恶劣：那是一个人昧着良心欺骗自己时的表现。他们没有回答，他们沉默的目的似乎并不是使他忘记他们的提问，而是使他们自己忘记听到的问题。

"这是一项行之有效的计划！"詹姆斯·塔格特出人意料地大叫了起来，他的声音突然变得怒不可遏，"它行得通！它必须行得通！我们想让它行得通！"

没有人理会他的话。

"里尔登先生……"霍洛威小心翼翼地说道。

"好啊,那我来算一算,"里尔登说,"沃伦·伯伊勒的联合钢铁公司有六十座平炉,其中三分之一闲置,剩下的平均日产三百吨钢。我有二十座平炉,全负荷运转,每座平炉日产里尔登合金七百五十吨。经过合并,我们就有了八十座平炉,日产量共计两万七千吨,每座钢炉的产量平均是三百三十七点五吨。我每天生产一万五千吨,得到的却是六千七百五十吨的报酬。伯伊勒每天生产一万两千吨,却会得到两万零二百五十吨的报酬。先不用计算其他人,因为他们除了会把平均数拉下来,改变不了总体规模,他们大多数还不如伯伊勒,也没有人的产量超过我。你们觉得我能在这样一个计划里坚持多久?"

起初无人应声,接着洛森突然不顾一切、理直气壮地喊了起来:"在国家危难的关头,为拯救国家而服务、吃苦和工作是你的责任!"

"我看不出让我的钱流进伯伊勒的腰包就是在拯救国家。"

"你必须为了大众的利益做出一定的牺牲!"

"我看不出沃伦·伯伊勒有哪一点比我更'大众'。"

"哦,这个问题根本和伯伊勒先生无关!它牵扯到的不是某一个人。这件事关系到对诸如工厂之类的国家自然资源的保护,以及对国家工业整体的挽救。我们绝不允许伯伊勒先生的公司那种大规模的企业倒台。国家需要它。"

"依我看，"里尔登慢悠悠地说，"国家需要我更甚于沃伦·伯伊勒。"

"啊，当然啦！"洛森愣了一下，热情地喊道，"国家需要你啊，里尔登先生！你能意识到这一点，对不对？"

"我能。"里尔登那冰冷的商人般的口气，让洛森那股由于发现了牺牲品而产生的激动一下子消失了。

"这里面涉及的不光是伯伊勒一个人，"霍洛威在一旁央求着，"目前，国家的经济再也经不起大折腾了。伯伊勒关系到成千上万他手下的工人、供应商和客户，一旦联合钢铁公司破产，那些人该怎么办？"

"如果我破产的话，我手下成千上万的工人、供应商和客户又该如何呢？"

"你里尔登先生破产？"霍洛威不相信地说，"目前，你可是全国最富有、最高枕无忧、实力最强的企业家啊！"

"以后呢？"

"啊？"

"你觉得这样亏损生产的话，我能坚持多久？"

"哦，里尔登先生，我对你是有充分信心的！"

"让你的信心见鬼去吧！你倒是说说我如何才能坚持下去？"

"这你能对付！"

"怎么对付？"

对方不说话了。

"当务之急是避免出现全国性的崩溃，"韦斯利·莫奇嚷道，"我们不能空谈什么以后！我们必须挽救国家的经济！必须有所行动！"里尔登好奇而冷静的目光令他冒失了起来，"要是觉得这个计划不行，你能拿出更好的方案吗？"

"当然，"里尔登轻松地说道，"如果你们想恢复生产的话，就别在这儿碍事，把你们那些法规都废掉，让沃伦·伯伊勒破产，让我把联合钢铁公司买下来——这样，它六十座钢炉里的每一座日产量都能达到一千吨。"

"哦，可……可是我们不能这样做！"莫奇倒吸了一口气，"这样做是垄断！"

里尔登冷笑一声。"好吧，"他不为所动地说道，"那就让我工厂的主管把它买下来，他比伯伊勒可强多了。"

"哦，这样就是在以强凌弱！我们不能这么做！"

"那就别奢谈什么挽救国家的经济了。"

"我们只是希望——"他语塞了。

"你们只是希望不依靠生产者也能生产出东西，是这样吧？"

"那……那只是理论，只是一种理论上的极端情况而已，我们只是希望有一个临时性的调整。"

"你们已经临时性调整了几年了，难道就看不出来已经没时间再这样调整下去了吗？"

"那只是理论……"他的声音渐渐变小,乃至停了下来。

"其实是这样的,"霍洛威谨慎地说道,"并不是伯伊勒先生……无能,伯伊勒先生是极其能干的。只不过他不走运,遭受了一些他控制不了的挫折而已。为了帮助南美的穷人,他在一个颇具公众意义的项目上投入了大量的资金,他们那里的铜矿崩溃对他的财务造成了重创。所以,这只是给他一个恢复的机会,用临时性的援助帮他渡过难关,仅此而已。只要我们把牺牲平衡一下,大家的情况就都会好转了。"

"你们搞这种牺牲的平衡,已经搞了一百"——他停了停——"搞了几千年,"里尔登不慌不忙地说,"难道就看不出这是死路一条?"

"那只是一种理论!"韦斯利·莫奇大声说道。

里尔登一笑。"我清楚你们的所作所为,"他轻声说道,"我想弄明白的就是你们的理论。"

他知道这项计划幕后的诱因是沃伦·伯伊勒;他清楚这个错综复杂,依靠人际关系、威胁、施压和敲诈维持的机制的运转方式——这体系犹如一台疯狂累加的机器,随时都会将累积的压力胡乱地喷发出来——此时,在伯伊勒的压力下,这些人开始为他抢夺这最后的一个战利品。他也明白伯伊勒并非这一体系形成的主要原因和关键,他只是在利用这架摧毁了世界的邪恶机器,但它的始作俑者并不是他和此时屋里的这些人,他们和伯伊勒一样，都是在搭乘这辆无人驾驶的顺风车，也都清楚这辆车即将在它最终坠入的深渊中撞毁——促使他们继续沿着这条路走向灭亡的并非对伯伊勒的爱或恐惧，而是另有原因，他们心里清楚这无名的原因，却总在刻意回避它，它既不是什么想法，也不是什么希望，他只能从他们的神情中看出它的端倪，那副诡秘的表情是在说：我能够安然无恙。为什么？他心想，他们为什么认为他们能逃过这场劫难呢？

"我们不能再纸上谈兵了！"韦斯利·莫奇叫道，"我们必须行动起来！"

"那好，我给你另外一个方案。你干脆把我的工厂收走，这岂不很痛快？"

他们大吃一惊，感到了真正的恐惧。

"噢，不！"莫奇惊叫道。

"我们对此不予考虑！"霍洛威喊着。

"我们一向支持企业自由！"费雷斯博士叫道。

"我们不希望损害你！"洛森叫道，"我们是你的朋友啊，里尔登先生！难道咱们就不能合作吗？我们是你的朋友。"

房间的另一头有一张桌子，上面放着一部电话，这些很可能是房间里原本就有的东西——突然间，里尔登好像看到一个人剧烈颤抖着向电话俯下去的身影。在那个时候，那人便已经看透了他里尔登现在才开始意识到的一切，便已经像他此时拒绝这间屋子的新房客一样，断然回绝了同样的要求——他又看见了那场冲突的结尾，看见一张痛苦不堪的脸昂然地迎向他，听到那个渴望的声音在一字一句地说着："里尔登先生，我以我所爱的女人的名义……向你发誓……我是你的朋友。"

他就是把这样的行为称作叛逆，就是为了能继续效力于他此刻面对着的这些人，而断然回绝了那个人。那么谁才是叛逆的呢？——他思考着；他在思考的时候几乎没有夹杂丝毫感情，他也不认为应该带有感情，他只能意识到自己是在肃然起敬。是谁使得现在这些人有了占据这个房间的条件？他让谁做出了牺牲，又令谁从中得利？

"里尔登先生！"洛森抱怨道，"怎么了？"

他转过头来，看到洛森的眼睛正充满畏惧地注视着他，于是便猜出了洛森从他的脸上发现了怎样的一种神情。

"我们并不愿意霸占你的工厂！"莫奇喊道。

"我们不想剥夺你的财产！"费雷斯博士喊着，"你并不了解我们！"

"我已经开始了解了。"

他心想，要是在一年前，他们会枪毙他；在两年前，他们会没收他的资产；在几代人以前，他们这种人完全可以大肆杀戮，横征暴敛，可以在面对他们自己和受害者时，放心大胆地把掠夺物质财富当成他们唯一的目的。但他们的末日正一天天迫近,像他这样的受害者消失的速度远远超出了有史以来的任何一种预想,现在这些掠夺者再也无法隐藏他们的目的,只能去面对现实。

"听着,"他厌倦地说,"我知道你们想干什么。你们既想霸占我的工厂,又想靠它养活你们。我只想知道,你们凭什么认为这是有可能的?"

"我不明白你怎么这么说,我们已经向你作出了种种保证,我们认为你极其重要,无论是对国家,对钢铁行业,对——"

"我相信你们说的话,正因如此,这问题才更令人费解。你们认为我对国家极其重要?算了吧,你们是觉得我对你们的小命很重要吧。你们坐在那里发抖,因为你们知道,现在只剩下我能救你们的命——你们知道末日就要到了。可你们却提出了一个要将我毁灭的计划,这计划带着白痴所具有的粗鄙,制订得没有任何漏洞,不留一点余地,就是要逼我赔本干活——让我生产的每一吨钢都入不敷出——让我眼睁睁地瞧着自己的财富一点点流尽,直到我和你们一起饿死。没有任何人或任何掠夺者会如此丧心病狂,就是为你们自己——别说什么是为了国家和我着想——你们一定在指望什么。到底是什么?"

他看到了他们躲闪的脸色,这表情很特别,看上去十分诡秘,却又满是厌恶,倒像是他在掩饰着什么见不得人的秘密一样。

"我不明白你为什么对形势如此悲观。"莫奇阴沉地说。

"悲观？难道你真认为我在你们的这个计划中能继续生存下去吗？"

"可这只是暂时的！"

"这世界上根本就没有什么暂时的自杀。"

"可这只是在紧急情况下的权宜之计，国家一旦复苏就不会这样了。"

"你怎么指望它会复苏？"

没有回答。

"你怎么指望我在破产之后还能继续生产？"

"你不会破产，你会一直生产下去，"费雷斯博士冷冷地说，他的口气既不是赞许，也不是责备，完全像是在对另一个人陈述着这样一个事实：你会永远贫困潦倒下去。"你对此无能为力，因为你生性如此。说得更准确一些：你已经习惯那样了。"

里尔登挺直了身体：他似乎一直在苦苦地寻找着开锁的密码，听到这些话，隐约感觉到第一次发现了某种契合。

"这只是为了应付眼前的危机，"莫奇说，"好让人们能缓口气，得到个整顿的机会。"

"然后呢？"

"然后情况就会改善了。"

"怎么改善？"

没有回答。

"是什么能让他们得到改善？"

没有回答。

"是谁去改善他们？"

"行了，里尔登先生，人不可能干站着不动啊！"霍洛威叫了起来，"他们会做事情，会成长，会前进！"

"你指的是谁？"

霍洛威把手胡乱一挥。"我说的就是人们啊。"他说。

"是什么人？是那些把里尔登钢铁的最后一点都啃光也毫无表示的人吗？是那些索取多于付出的人吗？"

"情况会改变的。"

"靠谁改变？"

没有回答。

"你们究竟还有什么可抢的？如果说你们以前对这种政策的实质看不清，现在不可能还看不清了。你们好好看看周围，全世界的国家都奄奄一息，只是靠着你们从这个国家榨出来的一点救济才苟延残喘。但是你们——你们在全世界已经找不出什么地方还能挤出油水来，这里是最大，也是最后的一块地方，你们榨干了它。多少杰出的人一去不回，我只是他们中剩下的最后一个。你们，以及被你们统治的地球，一旦把我解决掉，还打算怎样？你们还想干什么？在你们眼前，除了遍地的饥荒，还能有什么？"

他们没有作声，没有看他，脸上依旧充满憎恨，仿佛他说的话才是骗人的狡辩。

随后，洛森半责备半讽刺地低声说道："不管怎么样，你们这些商人一直以来总是在预言灾难，对每一项进步的举措，你们都叫喊着要大祸临头，说我们会灭亡——可我们并没有。"他刚想笑一笑，却突然看到了里尔登严厉的目光，便又收敛了起来。

里尔登的心中又是一动，这第二句话似乎触动了他心中的机簧。他把身体向前一探，问道，"你们在指望着什么？"他的语调变得低沉，有一种像钻头般不断下压的浑厚力量。

"这只是为了能争取到一些时间！"莫奇嚷道。

"已经没有时间可争取了。"

"我们只需要能有一次机会！"洛森叫着。

"已经没有机会了。"

"只要能让我们恢复过来就行！"霍洛威在喊。

"不可能恢复了。"

"只要等我们的措施产生效果！"费雷斯博士喊道。

"没有理智的东西不可能生效。"众人都哑口不言了。"现在还有什么能挽救你们？"

"噢，你总会想出点办法来！"詹姆斯·塔格特叫了起来。

瞬时间，这样一句他平生听过无数遍的话在他的心中却犹如一声震耳欲聋的巨响，仿佛一扇铁门在最后的轻轻一拂之下轰然大开，最后的这一点终于令一切完整，将这把复杂的锁开启，将他一生中所有支离的碎片、疑问以及无法愈合的伤痛统统汇聚到一起，给出了一个答案。

巨响过后，他似乎在沉寂之中听见了弗兰西斯科在宴会厅里轻声向他发问时的声音，那句问话同样出现在了此时此地："在这个房间里，谁的罪过最深？"他听到了他自己过去的回答："我想是——詹姆斯·塔格特？"然后便是弗兰西斯科那并无责备的声音："不，里尔登先生，不是詹姆斯·塔格特。"而在这里，在这个房间内，就在此刻，他的内心回答道："是我。"

他不是曾经咒骂过那些瞎了眼的掠夺者吗？正是他成全了他们。自从在第一次勒索面前低头，在第一个法令面前俯首，他就给了他们理由，使他们相信现实可以被歪曲，即使提出的要求再无理，也总会有人想出办法满足他们。既然他接受了《机会平衡法案》，接受了10-289号法令，听任他的才能去受那些远不如他的人的摆布，默认了不劳者要攫取，他这样的付出者却应该受损，没有脑子的人应该发号施令，而他却要听命于他们——那么他们凭什么还认为他们生活的世界是不合理的呢？是他令这些成为可能。他们相信，他们要做的就是随意地幻想——而他要做的就是将他们的幻想实现，至于他是怎么做的，他们则不闻不问，他们这种想法难道不合逻辑吗？他们这些无能的不可知论者，在极力逃避着理性的责任同时，发现他这个理性主义者可以被他们用来使唤。他们知道他给他们开出了一张可以随意涂抹现实的空白支票——对此，他不应该去问为什么——他们则不管这是怎样做到的——他同意了他们索要他的部分财富，接着他们便索要他的全部财富，索要比他拥有的更多的财富——这不可能？——错了，他总会想出点办法来！

不知不觉间，他已经跳了起来，怒视着詹姆斯·塔格特。从塔格特脸上那丑陋的一堆肉里，他看到了导致他毕生所见的种种灾难的原因。

"怎么了，里尔登先生？我说什么了吗？"塔格特愈加紧张起来——但他对塔格特的问话声浑然不觉。

浮现在他眼前的是过往的岁月、穷凶极恶的敲诈、无理的要求、邪恶势力莫名其妙所占得的上风、在肮脏混乱的理论中诞生出的荒谬计划和愚蠢目标，以及被残害的人们在绝望和惊愕中认为有某种歹毒的庞大力量正在将世界摧毁——这一切都依赖着躲在战胜者们猜疑多变的眼睛后的那个想法：他会想出办法来的！……我们会脱险——他会让我们脱险的——他总会想出点办法来！……

你们商人总是预言我们会灭亡，可我们并没有……的确如此，他想道。他们并没有看不清现实，是他没有看清楚——他没有看清自己一手造成的现实。不错，他们没有灭亡，那么灭亡的又是谁呢？是谁的灭亡使得他们能够这般存活下来？是艾利斯·威特……肯·达纳格……是弗兰西斯科·德安孔尼亚。

他伸手去拿他的帽子和大衣,这才发现屋里的人都想阻止他。他们一脸惊慌,在错愕中叫喊着:"这是怎么了,里尔登先生?……为什么?……究竟是为什么呀?……我们究竟说什么了?……别走啊!……你不能走!……现在还早呢!……先别走!噢,先别走!"

他感觉自己仿佛正从飞驰而去的后车窗里看着他们,仿佛车后的他们正徒劳地挥着胳膊,嘴里喊叫着听不清楚的言语,他们的身影和声音都在渐渐地远去。

他走向门口的时候,他们当中的一个企图拦住他,他一把将那人推开,却没有用力,只是像撩开碍事的窗帘那样,手臂轻轻地一挥,便走了出去。

他手扶着方向盘,疾驰在通往费城的路上,只觉得周围沉寂无声。这沉寂来自他的心如止水,仿佛他知道他现在可以什么都不想地好好歇歇了。他既不气恼也不得意,什么都感觉不到。这便如同他为了能极目远眺而花费数年的功夫去爬一座山,到达山顶之时,便一动不动地躺倒在地上,只想在远眺之前先好好地休息,终于觉得能自由自在地放纵一下自己了。

他感觉到那条漫长而空旷的公路在迎面扑来,转弯之后,又笔直地出现在了他的面前;他感觉到他的手轻松地搭在方向盘上,感觉到车轮拐弯时轮胎的尖叫声。然而,他觉得自己似乎是在一条荒弃的航道上飞驰，辗转地驶入了一片苍茫。

沿途的工厂、桥梁和发电站里的路人见到了一幕曾经和谐而自然的情景：一辆漂亮、昂贵、马力强劲的汽车被一个信心十足的人驾驶着。它所传达的成功理念比任何电子公告牌所传达的都要醒目。那是这个驾车人的衣着，是他熟练的驾驶动作，是他全力以赴地前进的速度所传达的。这些路人看着他驶过，消失在了笼罩着大地的夜幕之中。

在夜空中，他看见他的工厂如同一片背衬着火光的黑影呈现在眼前，那火光一如熔炉中的黄金般耀眼。在水晶般透明清冷的白色火焰照耀下，里尔登钢铁几个大字高高地矗立在夜空中。

他望着被夜空映衬出的长长一排剪影，高大的鼓风炉像凯旋门一般拱立，林立的烟囱仿佛皇城里威仪大道两旁肃穆的廊柱，天桥如花环般悬吊，吊车犹如持着枪敬礼的勇士，烟雾萦绕，如同漫卷的旗帜。眼前的景象打破了他内心的沉寂，他向它们露出微笑以示问候，这是充满愉快、热爱和奉献的笑容。他从未像此时这样爱过他的工厂——在这样一个透亮得没有矛盾的现实里，当他用自己的眼光，纯粹依他的判断和标准去看它们时——他看出了令他去爱的理由：这些工厂是他智慧的结晶，是为了让他去享受存在的美好；它建立在一个理性的世界上，为的是和理性的人们交往。如果这样的人已经消失，如果这样的世界已经不复存在，如果他的工厂不再遵循他的价值观——那么这些工厂便只是一堆死去的废物，只有让它们尽快倒塌才好——这不是一种背叛之举，而是对它们的原本意义的忠诚之举。

离工厂还有一英里的时候，他突然发现有一小团火焰蹿了出来。从这一大片厂区里各种颜色的火光中，他看得出不正常和出事的征兆：这团火光的黄色不纯，而且是从大门入口处不该起火的一座建筑里冒出来的。

紧接着，他听到一声清脆的枪响，随即又回应般地连响了三声，仿佛是一只手在愤怒地抽打着突如其来的进犯者。

远处的路上渐渐出现了一团黑乎乎的东西，它绝不仅仅是来自夜的黑暗，也并没有随着他的驶近而消散——那是一群聚集在门口企图袭击工厂的暴徒。

他可以看见，在那些挥舞的手臂之中，有的举着木棒，有的拎着铁棍，还有一些拿着长枪——门房的窗户里蹿出了木头着火后燃起的黄色火焰——暴徒群中的枪声响起时闪出的蓝光，以及来自房顶上的回应——他可以看见一个人影抽搐着倒向后面，从车顶上栽了下去——他立即急转车轮，拐入旁边一条小路的黑暗之中。

他沿着坑洼不平的土路，以每小时六十英里的高速冲向工厂的东门——刚看到大门，车轮便撞入一条水沟，汽车被撞离了路面，冲到了一条底部堆满陈年废矿渣的深沟边上。他用胸口和胳膊肘用力压住方向盘，对抗着这具重达两吨、高速疾驰中的钢铁之躯，用力扭转身体，迫使汽车在尖利的嘶叫声中转了半圈，重新回到了路面上，回到了他的双手控制之下。这一切只是发生在一瞬间，然而在下一个瞬间，他的脚已经踩下了刹车，强行令发动机停住：当他的车灯扫过深沟时，他发现了一个长条状的东西，颜色比山坡上灰暗的杂草还要深，他觉得那白色的一闪似乎是一个人舞动着的求救的手臂。

他甩掉外衣，沿着沟坡冲了下去，脚下的土块被踩得松动，他抓着一团团干枯的草，半跑半滑地冲向那个长长的黑影，此时他已辨认出那是一个人的身体。一团浮云正缓缓地滑过月亮，他能看出一只发白的手和一条横伸在草丛里的胳膊，那身体却一动不动地躺着，没有任何活动的迹象。

"里尔登先生……"

这是一声拼命叫喊出来的低呼，悲惨的声音是在极力压抑着痛苦的呻吟。

他心里的预想和眼前的所见几乎同时令他大吃了一惊：这声音很耳熟。一缕月光此时正穿透云层，他在那张发白的椭圆形的脸旁跪倒，一下子认了出来：他正是"奶妈"。

他从小伙子紧紧抓住他的手上感觉到了非比寻常的痛苦，与此同时，他注意到那张脸露出了经受着折磨的神情，还有他那干枯的嘴唇，无力的眼神，一股黑色的细流正从他左胸致命处一个又小又暗的洞口流淌出来。

"里尔登先生……我想去阻止他们……想去救你……"

"孩子,你这是怎么了?"

"他们开枪打了我,这样我就不会说话了……我想阻止"他的手朝着映红夜空的火光抬了抬——"他们正在干的事……实在太晚了,不过我已经尽力了……我尽力了……而且……我还能……能说话……听着,他们——"

"你需要治疗,还是先把你送到医院去——"

"不!等等!我……我觉得我的时间已经不多了……而且我必须告诉你……听着,暴乱是根据华盛顿发出的命令搞起来的……他们不是工人……不是你的工人……是那些新来的人……和好多从外面雇来的暴徒……他们说的话你一句都不要信……这是个阴谋……是他们那种卑鄙无耻的阴谋……"

小伙子的脸上浮现出无比的渴望和十字军战士一样庄重的神情,他的声音似乎从身体上破裂的伤口处获得了某种燃料,变得有了生气——里尔登明白,自己现在能够给予他的最大帮助就是去听。

"他们……他们准备好了一个钢铁联合计划……而且他们需要为它找个借口……因为他们知道这个国家不会接受它……而且你也不会支持……他们害怕这一次所有的人都没法承受……这个计划其实就是要活剥人的皮,就是这么回事……所以，他们想造成一个是你在压榨工人的假象……然后工人急了眼，你就管不住了……此时，为了保障你和群众的安全，政府必须介入……这就是他们的诡计，里尔登先生……"

里尔登注意到了小伙子划破的双手，他的手掌和衣服上满是凝结的血污和泥土，膝盖和腹部沾满了灰尘，上面挂着草刺。在明暗不定的月色下，里尔登可以从一片亮晶晶的污迹中看出一道杂草被压平的痕迹，从这里一直延伸到下面黝黝的黑暗里。他不敢去想这个小伙子已经爬了多久和多远。

"他们不想让你今晚到这里来，里尔登先生……他们不想让你看见他们的'人民起义'……事情一结束，你也知道他们会怎样去销毁证据……没法说清到底发生过什么……他们想让全国的人……还有你……蒙在鼓里……以为他们是在暴乱之中保护你……不要让他们得逞，里尔登先生！……告诉全国的人……告诉新闻界……告诉他们我跟你讲了……我可以对此发誓……这样做就有法律效力，对吧？……对吧？……这是不是就能让你有个机会？"

里尔登用力握了握小伙子的手："孩子，谢谢你。"

"我……我很抱歉来晚了一步，里尔登先生，但……但他们直到最后一分钟才告诉我……直到他们马上就要行动了……他们叫我去开一个……一个对策会议……在那里有一个叫彼得的人……是从联合理事会来的……他是丁其·霍洛威的一条走狗……而霍洛威又是沃伦·伯伊勒的走狗……他们要我做的是……他们要我签发很多通行证……放其中的一些暴徒进厂……这样他们就可以里应外合，同时动手……让它看上去像是你的工人干的……我没答应签发这些通行证。"

"你没答应？他们不是已经让你参与他们的行动了吗？"

"当……当然了，里尔登先生……你认为我会参加他们这样的行动吗？"

"不，孩子，我想不会，只是——"

"什么？"

"只是那样的话你就保不住自己了。"

"可我只能那样做！……总不能让我帮他们把工厂毁了吧？我还要躲多久？要等到他们把你毁了吗？……如果那样的话，我留着这条命还有什么用？……你……你是理解这些的，对不对，里尔登先生？"

"对，我理解。"

"我拒绝了他们……从办公室里跑了出去……我跑去找主管……想把一切都告诉他……可我找不到他……然后我听见了大门口的枪响，我知道是他们动手了……我想给你家打电话……可电话线被切断了……我跑去开车，想去找你，找到警察或记者之类的人……但他们一定是在跟踪我……我就在停车场上……被他们打中了……他们是从背后开的枪……我只记得自己倒了下去……然后，等我再睁开眼的时候，他们已经把我扔到了这下面……就扔在了矿渣堆上……"

"在矿渣堆上？"里尔登缓缓地重复着，他知道，下面的那堆矿渣距离这里有一百英尺深。

小伙子点点头，朝着黑乎乎的下面指了指："嗯……就在底下……然后我……我就开始爬……往上爬……我想……我想坚持到能把这些告诉个什么人，让他去告诉你，"他脸上疼痛的表情忽然舒展开来，变成了微笑，再接着往下讲时，他的声音听上去像是获得了他一生最大的胜利一样，"我坚持住了。"随即，他用力抬起头来，仿佛一个在突然的发现面前惊讶不已的孩子，问道，"里尔登先生，这是不是就是……想得到一种东西……太想得到它……最后终于得到了的那种感觉？"

"是的，孩子，就是这样的感觉，"小伙子的脑袋仰倒在里尔登的手臂里，眼睛慢慢地闭上，嘴巴无力地张着，仿佛是要留住这一瞬间无比的满足。"可你不能就在这里停止，你还没走到头呢，你一定要坚持到我把你送到医生那里——"他小心地把小伙子的身体抬了抬，但小伙子的脸上充满了疼痛难忍的表情，嘴唇抽搐着，强忍着没有叫出来——里尔登只好将他轻轻地放回地上。

小伙子摇摇头，带着几乎是抱歉般的目光："我不行了，里尔登先生……骗自己也没用……我知道我不行了。"

随后，在隐约之间，他似乎要从自怨中挣脱出来，便极力地用他过去那种带着嘲讽和机智的语调，说起了心里熟记的一课，"这又有什么关系，里尔登先生……人只不过是经过加工的化学元素的合成……人的死亡和动物……没有任何区别。"

"你可不至于相信这个吧。"

"对，"他轻轻地说道，"对，我想也是。"

他的眼睛茫然地环顾着无尽的黑暗，然后看向里尔登的脸；那双眼睛中充满了无助、渴望和孩子般的迷惘。"我知道……他们教给我们的东西全是垃圾……他们说的每句话都是……所说的活着或者……或者死亡……死亡……对化学元素是无所谓的，可是——"他停了下来，只有从他降低的紧张声音里才能听出他那不顾一切的反抗，"——可对我就不同了……而且……而且我想，对一只动物来说也不一样……然而他们却说根本不存在什么价值……存在的只是社会习俗……没有价值！"他的手茫然地抓向他胸前的洞口，仿佛是要攥住他正在失去的东西，"没有……价值……"

随着他彻底地袒露，他突然镇定了下来，眼睛也睁大了一些。"我想活着，里尔登先生，上帝呀，我是多想活下去呀！"他的声音激动中带着平静，"这不是因为我快死了……不是因为我今晚才发现活着的真正含义……而且……可笑的是……你知道我是什么时候发现的吗？……是在办公室里……是在我把脖子伸了出去……告诉那些混蛋,让他们去见鬼的时候……我……我希望我能早点知道的事情实在是太多太多了……不过……算了,覆水难收,伤心又有什么用。"他看到里尔登正情不自禁地望着下面被压平的草痕,又说道,"伤心什么都没用了,里尔登先生。"

"听着,孩子,"里尔登坚决地说,"我要你帮我个忙。"

"是现在吗,里尔登先生?"

"对,现在。"

"当然,里尔登先生……只要我能办到。"

"你今天晚上帮了我很大的忙,但我还想让你帮一个更大的。你能从那个矿渣堆爬上来相当不容易,想不想试试更难的?你情愿为了救我的工厂而去死,能不能为了我坚持活下去?"

"为你,里尔登先生?"

"为我。因为是我在请求你,因为是我希望你这样做,因为你和我还有更远的距离要一起攀登。"

"这……这对你来说有任何区别吗,里尔登先生?"

"有。你能不能像在矿渣堆上那样下定决心活下去,坚持活下去?你能不能为此而努力?你想为我而战斗,那你愿不愿意和我一道,把这当作第一场咱们共同参与的战斗?"

他感觉到小伙子握紧了他的手,它传递出的是强烈而渴望的回应,然而那声音只是轻轻的一句:"我会尽力,里尔登先生。"

"现在，你要帮我把你送到医生那里去。放松，慢一点，让我把你抬起来。"

"好的，里尔登先生。"小伙子突然猛地一使劲，靠一只胳膊肘把自己撑了起来。

"慢点，托尼。"

他发现小伙子看到他惯有的那种爽朗、豪迈的笑容后，脸上突然颤抖了一下，"不再叫我'从不绝对'啦？"

"不了，再也不了，你现在就是一个'绝对'，这你也知道。"

"是啊，我现在已经知道了好几个，这是一个"——他指了指胸口的伤——"这是个绝对吧？还有，"他一边被里尔登从地上一点一点艰难地扶起来，一边说着，好像他那剧烈颤抖的话对疼痛有麻醉作用似的，"假如华盛顿那些无耻的混蛋……在做出今晚这样的事后还能……安然无恙的话……假如一切都成了假的……所有的真实都不见了……大家全都这样的话……人就没法活了……这就是一种绝对，是吧？"

"是啊，托尼，这就是绝对。"

里尔登极其小心地缓缓站了起来。当他像抱婴儿那样慢慢地将小伙子的身体靠到自己的胸口时，只见小伙子的脸因为疼痛而抽搐着——然而，在这阵抽搐之中，小伙子又开始嬉皮笑脸起来，开口问道："现在谁成'奶妈'了？"

"看样子是我了。"

为了减轻对这个脆弱的重负的震动，里尔登不由得绷紧了身体，尽量以平稳的节奏，沿着松滑而无处下脚的土坡向上攀去。

小伙子的脑袋犹豫不决地半垂在里尔登的肩头，似乎有些不好意思。里尔登把腰一弯，在那满是泥土的前额上亲了一下。

小伙子猛地缩了回去，几乎不敢相信地抬起头来，感到又气又惊。"你这是干什么？"他喃喃地说着，仿佛不相信这亲吻是给他的。

"把你的头低下来，"里尔登说，"我再亲一亲。"

小伙子的脑袋垂了下去，里尔登吻着他的脑门，仿佛是父亲在对儿子的努力表示着嘉许。

小伙子埋着脸，双手抱住里尔登的肩膀，身体一动不动。接着，里尔登没有听到声音，但从轻微不断的有节奏的抽动中察觉到了小伙子正在哭泣——他把自己无法用语言表达出的一切毫无保留地哭了出来。

里尔登继续一步一步地慢慢向上爬着，面对脚下密布的杂草、下滑的沙土、一块块的废铁和看似走不完的漫长距离，他在摸索中尽量踩稳脚步。他竭尽全力使自己的动作柔和而平缓，向着被工厂的火光映红的沟沿前进。

他没有听见啜泣声，但他能感觉到有规律的抽动。透过他的衬衣，他感到那本来应该浸满了眼泪的地方，有一股股温暖的液体随着抽动从伤口中涌出。他知道，小伙子现在只能从他夹紧的手臂中听见和明白他的回答——他紧紧地抓住这颤抖的身体，仿佛他臂膀的力量能够为它搏动渐弱的血管注入他的一部分活力。

随着哭泣声的止住，小伙子抬起了头。他的脸庞显得消瘦和苍白了许多，两眼却炯炯有神。他看着里尔登，拼命积攒着说话的力气。

"里尔登先生……我……我很喜欢你。"

"我知道。"

小伙子的脸上已经无力绽放出笑容，但这笑容在他的眼神之中。他看着里尔登，看着那他没有意识到自己在短暂的生命中一直在寻找，没有意识到那便是他的价值的东西。

接着，他的头又垂了下来，他的面孔并未抖动，只有嘴巴依然松弛地保持着安详的样子——他的身体却短促地抽搐了几下，仿佛是在发出最后一阵反抗的吼声——里尔登没有改变节奏，依旧缓缓地走着，尽管他明白这样的小心谨慎已经没有了意义，因为此时，他双手托着的只是那个小伙子的老师所说的人的意义——化学元素的合成。

他继续走着，仿佛对于这个在他的手臂中死去的年轻生命来说，这一过程便是他最后的致意和葬仪。他感到了一股说不出的愤怒，令他觉得难以抑制：这便是想要杀人的冲动。

这股冲动并非冲着那个向小伙子开枪的不知名的凶手，也不是冲着那些雇用了凶手的掠夺成性的政客。令他愤怒的是把这个小伙子手无寸铁地推到了枪口前的老师们——是藏身在大学课堂里的那些斯文的凶手。面对着理性的探求，他们是那样无能，却津津有味地对那些被托付到他们手上的稚嫩心灵大加摧残。

他心想，小伙子的母亲在教他蹒跚学步的时候，曾经是多么战战兢兢和小心翼翼。在为他称量食物时，她会做到精确得不差分毫。为了护佑他幼弱的身体免受细菌的侵害，她对关乎他饮食和健康的最新科学研究会狂热地迷信——然后，她便送他投师在那些教导着说他没有思想，也根本不该去思考的人门下，令他受尽折磨，精神错乱。哪怕她喂他一点脏东西，他心想，哪怕她曾经在他的食物里掺进有害的物质，都不会造成如此恶毒和致命的后果。

他想到了所有动物对它们下一代的求生本领的培养，猫去教小猫们捕食，鸟不厌其烦地去教雏鸟们飞行——而依靠头脑生存的人不仅不教孩子思考，还要送他去接受泯灭思想的教化，在他开始思考之前，说服他去相信思考是无用的和罪恶的。

向孩子从头至尾灌输的就像是一连串的打击，使他生命和意识的动力瘫痪了。"别问这么多问题，小孩子不应该嚷嚷个不停！"——"你瞎想什么？我说这样就是这样！"——"别犟嘴，听话！"——"别去琢磨，相信就是了！"——"不要反抗，要去适应！"——"不许别出心裁，要合群！"——"不要挣扎，让步就好！"——"你的心比头脑更重要！"——"你知道什么？你父母才是最清楚的！"——"你了解什么？社会才是最了解的！""你懂什么？政治家们才最懂！"——"你凭什么去反对？一切价值都是相对的！"——"你凭什么想要逃脱凶手的子弹？那只是一种个人的偏见罢了！"

他想，假如人们看到鸟妈妈拔去小鸟翅膀上的羽毛，然后把它推出鸟巢，让它挣扎着求生，一定会战栗不已——然而他们对自己的孩子正是这样做的。

这个小伙子除了被灌了一脑子的荒唐话以外再无所长，被迫为了生存而挣扎。他曾在短暂而无望的努力下尝试过跌跌撞撞地探索，曾在愤怒和彷徨中大声地抗议——然后，第一次企图用折损的翅膀高飞上天时，他便一命呜呼了。

不过，曾经有过另外一类老师，他想，是他们培育了国家的栋梁；他想到那些母亲们宁愿下跪，也会去寻找和乞求像休·阿克斯顿这样的人回来。

他几乎没去理睬放他进去的警卫，便走进了工厂的大门。警卫看见他和他肩上背的人时，不禁呆住了；他脚下不停，没有去听他们指着远处的打斗所说的话；他继续缓缓地朝着医院敞开的门口投射出的灯光走去。

他跨进一个亮着灯的房间，这里挤满了人，浸血的绷带随处可见，空气中弥漫着消毒水的味道；他把背在肩上的"奶妈"

放在一张长椅上，没有向任何人解释什么，便头也不回地出门而去。

他走向前门，朝着火光和枪声响起的方向走去。他不时能看见几个身影在警卫和工人的追赶下，从建筑物之间蹿过，或是一头扎进黑暗的角落；他意外地发现他的工人们武装得很充分。他们看来已经制服了厂内的暴徒，现在只剩下被围的前门有待攻克。他看到一个笨拙的家伙在一片手提灯面前仓皇逃窜，抓住一截吊在玻璃窗前的管子来回晃悠，像动物一样将玻璃撞倒，还被玻璃的碎裂声吓得连蹦带跳，直到三个彪形大汉扑了上去，把他抓了下来。

暴徒们仿佛断了脊梁骨一般，对大门的围攻明显减弱了。他能听见他们的尖叫声从远处传来——但路上的枪声已变得稀稀落落。门房的火被扑灭了，在房顶和窗户旁边，全副武装的工人严阵以待。走近之后，他看到大门上方的建筑物屋顶上出现了一个颀长的身影，他两手各执一枪，以一根烟囱作掩护，不断地朝下面的暴徒射击。他的射击快速敏捷，似乎是同时射向两个地方，就像一个保护着大门不受进犯的哨兵。他那自信而娴熟的动作，不用瞄准、信手甩去而弹无虚发的射击姿势，令他看上去简直是一个西部传奇般的英雄——里尔登带着一种旁观的愉悦看着他，仿佛工厂里的这场战斗已经不再属于他，但眼前人们在远古时代与恶魔搏斗时所表现出的能力和信心仍旧令他欣慰。

一束搜索的灯光在里尔登的脸上晃着，灯光扫过之后，他看见房顶上的那个人似乎正探头朝他这个方向望来。那人招了招手，示意别人接替他的位置，随即便倏地不见了。

里尔登快步从前面的一小块黑暗里穿过——就在这时，他听到旁边的一条小路上传来了一声疯狂的喊叫，"他在这儿呢！"旋即便发现两个大汉朝他逼了上来。他看见一张内心空虚、不怀好意、狞笑着耷拉着嘴巴的面孔，还有高举在手里的木棒——他听到脚步声从另一个方向朝这里跑来，在他回头张望的时候，那根木棒从身后向他的头顶砸了下来——刹那间，他身子一晃，几乎不敢相信这是真的，接着便觉得自己倒了下去，又感觉立即被一条强壮而坚实的手臂抓住，才没有继续往下栽倒，他听到一声枪声在自己的耳畔炸响，随即又是间不容发的一枪，但他已滚进一条坑道，那枪声听上去是如此遥远。

再次睁开眼时，他只有一种宁静无比的感觉。他发现自己正躺在一个风格庄重而现代、他也很熟悉的房间里的沙发上——他随即意识到这是他的办公室，站在他身边的两个人一个是厂医，另一个是厂里的主管。他感到头部隐隐作痛，并且随着他的清醒而加剧，同时发觉头上缠着绷带。那种宁静感是因为他觉得自己彻底得到了解脱。

绷带和办公室这两样东西是无法被同时接受的——这不是人们生活中应该有的组合——这已经不再是他的战斗，也不再是他的工作，已经跟他彻底无关了。

"我想我应该会没事的，医生。"他说着抬起头来。

"是啊，里尔登先生，真是万幸。"医生望着他，似乎仍无法相信里尔登居然会在他自己的工厂里出这样的事。医生的声音里充满着强烈的忠诚和义愤，"伤势不重，只是头皮破了，受了轻微的震荡。但你必须安心静养。"

"我会的。"里尔登坚定地说。

"事情都结束了，"主管指了指窗外的工厂，说道，"我们已经把那群混蛋打得四处逃窜。你不必担心，里尔登先生，都结束了。"

"是啊。"里尔登说，"大夫，你现在肯定有一堆事要忙。"

"可不是嘛！我从没想到会有今天这样——"

"我明白，你去忙吧，我没事。"

"好的，里尔登先生。"

"我会把这里料理好，"在医生匆匆出门时，主管说道，"一切照常，里尔登先生。不过，这是最卑鄙的——"

"我知道，"里尔登说，"是谁救了我？我倒下的时候有人把我抓住了，同时朝凶手开了枪。"

"没错！是朝他们迎面开的枪，把他们的脑袋打得稀巴烂。他是咱们新来的炉前领班，来了两个月，是我手下的人里最棒的一个。就是他识破了那帮臭小子的诡计，在今天下午的时候提醒了我。他让我尽量把自己人都武装起来。地方和州里的警察是一点忙都没帮，全都躲到一边，用各种闻所未闻的借口来搪塞我，都是事先安排好的，那些暴徒根本没想到会碰到任何武装抵抗。是那个炉前领班——他叫弗兰克·亚当斯——组织了咱们的抵抗，他指挥了整个战斗，站在屋顶上消灭了逼近大门的歹徒。他可真是个神枪手啊！我简直难以想象他今晚救了咱们多少条性命，那些混蛋可都是杀人不眨眼的，里尔登先生。"

"我想见见他。"

"他在外面等着呢，是他把你抬进来的，他说如果可能的话，想和你谈谈。"

"让他进来，然后你回去领着大伙儿把事情处理好。"

"还有什么事情要做，里尔登先生？"

"没了。"

他一个人静静地躺在他的办公室里，心里清楚他的工厂已不复存在，这想法清晰得让他连半点懊悔和幻想的痛苦都体会不到。从这最后的一幅画面里，他彻底看清了敌人的灵魂与本质：这就是那个拿着棒子的凶手那张内心空虚的脸。令他感到恐怖的不是那张脸本身，而是将那张脸释放到这个世界的那些教授、哲学家、道学家和神秘论者们。

他感到格外神清气爽，这感觉来自他对这个世界的爱和骄傲，这世界属于他，不属于他们。正是这样的情感激励他走向了他的生活，这样的情感是一些人年轻时有过，后来却背叛了的，而他始终在坚持，尽管它饱经摧残和打击，始终孤立无援，但他依然把它当作生命之源，时刻在内心保留——他此时完全体会到了它真正的意义：那便是他感觉到了他自己以及他生命的崇高价值。他最终坚信，他的生命属于他自己，绝不应该受邪恶势力的制约，而且那种制约从来就没有必要。他明白他已彻底从惧怕、痛苦和罪恶之中解脱了，心头一片明净。

他心想，为了挽救像我这样的人，如果真的有复仇者存在，现在就让他们看到我吧，把他们的秘密都告诉我，让他们来带我走，让他们——"进来！"听到有人敲门，他大声应道。

房门一开，他便惊呆了。站在门口的那个人头发散乱，脸和胳膊上满是煤烟和高炉熏烤下的脏污，身上穿着烤焦的工作服和血迹斑斑的衬衣，然而看上去，却宛如身披斗篷，迎风而立的骑士。那人是弗兰西斯科·德安孔尼亚。

里尔登似乎觉得他的意识飞出了他的身体，他的身体在惊愕之中无法动弹，他的内心却高声地大笑着，告诉他这是世界上最自然不过、最应该想到的一件事。

弗兰西斯科微笑着，仿佛是在夏日的清晨同儿时的伙伴打招呼一般，仿佛除此以外，他们两人之间不可能再有别的招呼方式——而里尔登发觉自己正含笑作答，虽然还是觉得有些难以相信，但清楚地知道这样才是对的。

"你已经痛苦挣扎了好几个月，"弗兰西斯科走上前来对他说，"一直在想着一旦能再见到我，应该说些什么来求得我的原谅，还有是不是还能请求我的原谅——不过现在你知道没必要了吧，本来就用不着请求，也谈不上原谅。"

"是啊，"里尔登惊讶地轻声说道，但这句话尚未说完，他便知道这是他所能表达的最高的敬意，"是啊，我知道。"

弗兰西斯科在里尔登旁边的沙发上坐下，缓缓地将手放在里尔登的额头上。这触摸仿佛带有愈合的奇效，能将过去的一切彻底地抚平。

"我只想告诉你一件事，"里尔登说，"我想让你听我亲口告诉你：你遵守了自己的誓言，你的确是我的朋友。"

"我清楚你是知道的，从一开始就知道。无论你怎么看我做的事情，你始终都知道这一点。你打我的耳光是因为你不能强迫自己去怀疑它。"

"那……"里尔登凝视着他，低声说道，"那正是我没有权利对你说的……没有权利把这当作借口……"

"难道你觉得我不明白这一点吗？"

"我想找到你……我不配去找你……一直以来，你——"他指了指弗兰西斯科身上的衣服，手无奈地垂了下来，闭上了眼睛。

"我是你的炉前领班呀，"弗兰西斯科笑着说，"我想你不会有意见，是你自己答应给我这份工作的。"

"你来这里保护了我两个月?"

"对。"

"你是从——"他停住了。

"没错,你在纽约的上空看到我的告别留言的那天早晨,我就来这里报到,作为你的炉前领班,上了第一班岗。"

"告诉我,"里尔登一字一句地缓缓说道,"在詹姆斯·塔格特举行婚礼的那天晚上,你说你是为了得到最伟大的战利品而来的……你指的是不是我?"

"当然了。"

弗兰西斯科像是面对着一项庄严的任务那样,将身体挺直了一些,他脸上表情诚恳,只有在他眼睛里才看得到笑容。"我有很多话想对你说,"他说道,"不过首先,你能不能把你对我说过,但我……我当时还不能接受的那个词再说一遍?"

里尔登微微一笑:"什么词呀,弗兰西斯科?"

弗兰西斯科接受地低下头,回答说:"谢谢你,汉克。"接着,他抬起头来,"第一次来这里的那天晚上,有些话我想说,却没有说完,现在我可以都告诉你了。我觉你已经准备好了。"

"是的。"

窗外,出炉的钢水在夜空中闪亮。一片通红的火光渐渐地映红了办公室的墙和空荡荡的办公桌,映红了里尔登的脸庞,仿佛是在向他致敬和告别。

7

"我就是约翰·高尔特"

"This is John Galt Speaking"

门铃在某人疯狂的按动下，警报似的拖长了尖厉的声音，催促一般地叫了起来。

达格妮从床上一跃而起，发现上午的阳光清冷而苍白，远处楼顶上的时钟指向了十点。她在办公室一直干到凌晨四点，并留话说中午之前不会去公司。

她打开门，面对着她的是一脸惊慌的詹姆斯·塔格特。

"他走了！"他大声嚷着。

"谁？"

"汉克·里尔登！他走了，辞职了，不见了，消失了！"

她抓着还没完全系好的睡衣带，愣了一会儿。随即，她仿佛彻底恢复了意识，狠狠地将带子一勒——像是要把自己拦腰折为两截——放声大笑了起来，笑声中充满了胜利的喜悦。

他晕头转向地瞪着她。"你这是怎么了？"他吃惊地喊道，"你难道不明白吗？"

"进来吧，吉姆，"她一边说，一边不屑地转身向客厅走去，

"我当然明白。"

"他不干了！不见了！和其他人一样不见了！把他的工厂、银行账户、财产和一切都扔下不管，就这么消失了！带走的只有几件衣服和他公寓保险柜里的东西——他们在他的卧室里发现了柜门大开、空空如也的保险柜——仅此而已！连一句话、一张纸条、一点解释都没有留下！他们是从华盛顿给我打的电话，可这件新闻，我是指这件事情，已经满城风雨了！他们没法把它压住！他们是想把它压下来，可是……谁都不知道他走人的消息是怎么泄露出去的，简直就像炉子出事一样传遍了工厂，接着……还没来得及采取任何措施，就又走掉了一大帮人！这里面有主管、总冶炼师、总工程师、里尔登的秘书，甚至包括了医院的医生！上帝才知道是不是还有其他更多的人也跑了！这群混蛋就这么逃跑了！他们这一跑，我们苦心设计好的惩罚措施就白费了！他一走，其他的人也要走，那些工厂就全都停了！你明不明白这意味着什么？"

"你明白吗？"她问。

他冲她劈头盖脸地讲着这件事的经过，似乎是想把她脸上始终带着的挖苦和得意的笑容打消，但他没有成功。"一场全国性的灾难！你是怎么搞的？难道不明白这是致命的打击吗？它会把国家最后的一点信心和经济都摧毁！我们不能让他消失！你必须把他弄回来！"

她的笑容不见了。

"你办得到!"他叫道,"只有你才能办到。他不是你的情人吗?……行了,别摆出这副样子,现在没工夫去装清高!要做的就是把他找回来!你肯定知道他在哪儿!你能找到他!你必须找到他,把他带回来!"

她瞧着他,脸上的神情比刚才的嘲笑更令他难受——在她的注视下,他觉得自己像是浑身赤裸,一刻都难以忍受。"我没法带他回来,"她的嗓门并没有抬高,"就算我可以,也不会那样做。现在你出去吧。"

"可国家的灾难——"

"出去。"

她没有注意到他出去。她低着脑袋,垂着肩膀,站在客厅的中央,脸上露出了痛心、温柔,以及面对里尔登时才会露出的笑容。她不知道为什么会因为他的解脱而高兴,为什么坚信他这样做是对的,自己却拒绝接受同样的解脱。她的内心回荡着两句话——其中一句是在欢呼:他自由了,他摆脱了他们的控制!另一句则像是虔诚的祈祷:成功的一线希望还在,不过,还是让我独自去遭受苦难吧……

在随后的日子里,她看着周围的人,心里感到奇怪。经历了这场变故,人们对里尔登这个人的重要性的意识达到了他以前的成就所不曾引发的强度,仿佛他们意识的通道只对灾难开放,而不对有价值的东西开放。一些人在尖声地咒骂他——其余的则一脸惶恐地小声议论，仿佛一场无名大祸即将在他们身上降临——有些人拼命地逃避，试图装成一切如常。

各家报纸犹如被人操纵的木偶，在同一时间气势汹汹地吼道:"过分看重里尔登的逃跑，以及像过去那样相信某个人对社会的重要性，从而损害大众的信心，这是对社会的背叛。""散布汉克·里尔登消失的谣言是对社会的背叛，里尔登先生并没有消失，他和往常一样在办公室管理着他的工厂，除了工人之间发生的小小纠纷，里尔登钢铁公司绝无问题。""用不爱国的眼光来看待痛失汉克·里尔登这件事，这是对社会的背叛，里尔登先生不是逃跑，而是在上班路上丧生于一场车祸，他的家人心情沉痛，坚持以低调的方式举行葬礼。"

她想，对事件一味采取否认的办法，仿佛一切都不再存在，也不再有事实，只是通过官员和专栏作者们疯狂的否认来认识已被背弃的现实，这太奇怪了。"新泽西州米勒钢铁铸造厂已经倒闭的说法不实。""密歇根州的简森发动机厂停业的消息不实。""宣称钢铁制品的生产商由于钢铁短缺而纷纷垮台的消息是一个对抗社会的恶毒谎言。钢铁没有理由出现短缺。""有关钢铁联合计划正在酝酿中，沃伦·伯伊勒支持该计划的谣言是毫无根据的恶意中伤。伯伊勒先生的律师已经起草了一份坚决否认的声明，并且向媒体表示，伯伊勒先生现在完全反对这样的计划。目前，伯伊勒先生的神经正处于瘫痪之中。"

然而，在秋意萧瑟、潮湿阴暗的傍晚，在纽约的街头，还是能够看出一些事态的端倪：一家出售五金零件的商店门口围了一群人，店主大开店门，放人们进来随意拿走店里最后的一点存货，而他则在狂笑中砸着店里的钢化玻璃窗；一群人聚在一座破败的公寓房门口，那里停着一辆警方的救护车，一个人和他的妻子，以及他们的三个孩子的尸体，从充满煤气的房间里被抬了出来——那人生前是生产钢铸件的小业主。

假如他们现在发现了汉克·里尔登的价值——她想——为什么他们没有早一点发现呢？他们为什么不去逃避自己的厄运，也免得让他遭受多年来的冷漠折磨呢？她想不出答案。

在寂静难眠的深夜里，她想到此时的汉克·里尔登和自己正好调换了位置：他到了亚特兰蒂斯，而她则被一面射线屏幕挡在了外头——或许他也像她当初对着他苦苦寻找的飞机呼喊那样，正在呼喊着她，然而，没有任何信号能穿透那层射线屏幕让她听到。

不过，在他消失一周后，那层射线屏幕还是开了个小口，放出了一封信让她收到。信封上没有回信地址，只盖着位于科罗拉多州的一个小地方的邮戳。信中写了两句话：

我见到他了。我理解你。

汉·里

她久久地呆坐着，凝视着那封信，仿佛无法动弹，也没有感觉。她刚想到自己并不为所动，便发现她的双肩正在不停地微微颤抖，随即，她意识到，自己内心翻江倒海般的情感汇聚了她快乐的致意、感激和绝望——她为这两个人的见面，以及见面给他们带来的最终胜利感到高兴——为亚特兰蒂斯的人仍把她当作自己人，并破例让她得到消息而感激——同时也绝望地感到一片苍白，拼命不去想心里想到的那个问题。高尔特是不是抛下了她？他是不是回到了山谷里，跟他最伟大的战利品见面去了？他还会回来吗？他是不是已经对她灰了心？令她难以忍受的并不是这些问题都没有答案，而是尽管这些答案都近在咫尺，她却不能迈出揭开谜底的一步。

她没有试图去找他。每天早上进办公室的时候，她心里想的不是这个房间，而是位于大楼地下的隧道——工作的时候，似乎她的大脑边缘是在计算数据，阅读报告，在乏味和匆忙中作着这样那样的决定，她那灵动的内心却像冻僵了一般，只是在冥思苦想着一句话：他就在这下面。她唯一想看的是终点站工人的薪水单，在那上面，她赫然看到了约翰·高尔特的名字，这名字已经在上面列了十二年之久。她在那名字的旁边看见了一个地址——这一个月来，她一直在努力去忘掉它。

这一个月似乎很难坚持下来——然而现在，看着这封信，高尔特已经离开的念头却令她更难承受，甚至克制着不去接近他也成了和他的一种联系，一种要付出的代价，一个以他的名义取得的胜利。现在，除了一个不能去问的问题之外，已经什么都没有了。支撑她挨过这些日子的动力便是想着他在隧道里面——正如支撑她度过这个夏天的动力便是想到他在这座城市之中——正如支撑她度过听说他名字之前那些岁月的动力便是他存在于这世界的某个角落。此时，她感到自己的动力消失了。

她继续坚持着，用一直保存在衣袋里的那枚亮闪闪的五美元金币作为她最后的一丝能量。她继续坚持着，保护她不受周围伤害的便是她最后的一件武器：漠视一切。

报纸对于开始席卷全国的暴乱没有提及——但她从列车长的报告里看到了布满弹孔的车厢，拆掉的铁轨，遭到进犯的列车和被围攻的火车站，从内布拉斯加到俄勒冈，从得克萨斯到蒙大拿——到处是徒劳无益的暴动，起因完全是绝望，而结局只能是破坏。其中一些是当地人的结伙行动，还有一些则波及更广。有的地区盲目造反，地方官员被抓起来，华盛顿派来的要员遭到驱逐，税务官员被杀害——随后，他们宣布脱离国家，如同饮鸩止渴一般，干起了极端罪恶、自我毁灭的勾当：他们抢夺一切可以抢夺的财物，大肆宣称一切共有，当把掠夺的物资消耗一光后，便反目成仇，在混乱中诉诸武力，结果不到一周就纷纷死于非命。华盛顿没费什么力气，便在废墟上重新建立了统治。

报纸对此只字不提。编辑们依然在宣扬自我否定是通向今后的前进道路，自我牺牲是道德的使命，真正的敌人是贪心，解决问题的方法则是仁爱——他们这种陈词滥调简直像医院里的乙醚味道一样令人作呕。

尽管传言已经在充满猜疑和恐惧的私下里沸沸扬扬，但人们读报纸的时候，还是装出一副对报纸深信不疑的样子。人人都在装聋作哑，故意对知道的事情装糊涂，宁肯相信那些莫名的恐慌其实并不存在。这如同火山已经裂开了口子，而火山脚下的人却无视突然出现的裂口、冒出的黑烟和滚烫的细流，还在相信只有承认那些真实的警告才是他们唯一的危险。

"十一月二十二日，请收听汤普森先生就全球危机发表的讲话。"

这是第一次对那些未被公开的事情进行公布。这项通知提前一周就公布了，传遍了全国："汤普森先生将就全球的危机情况向人们发表讲话！十一月二十二日晚八点，在每一个广播和电视频道中收听汤普森先生的讲话！"

一开始，报纸的头版内容和收音机里传出的叫喊声把这件事说得很明白："为了对人民公敌散布的恐惧和谣言进行反击，汤普森先生将在十一月二十二日发表对全国的讲话，就目前全球危机下的严峻世界形势向我们做出充分的阐述。汤普森先生将终结那些试图陷我们于恐怖和绝望之中的凶恶势力，他将给世界的黑暗带来光明，为我们指出摆脱悲惨困境的道路——目前的困境使这条道路异常艰难，但这是一条重现光明的胜利之路。汤普森先生的讲话将在本国的所有广播电台播出，全世界的各个角落，只要能接收到无线电波，都可以听到。"

在接下来的每一天里，宣传的声浪日渐升高。"来听汤普森先生十一月二十二日的讲话吧！"报纸的头版每天都登出这样的标题。"别忘了收听十一月二十二日汤普森先生的讲话！"广播电台在播出的每一个节目之后都要喊上一句。"汤普森先生将告诉你真相！"这样的字句在地铁和公车上的海报中出现——随后张贴在建筑物的墙上——再后来出现在已是荒漠一般的高速公路旁边的广告牌上。

"不要灰心！来听汤普森先生的讲话吧！"政府的小汽车插上了写有如此字样的小旗。"不要放弃！来听汤普森先生的讲话吧！"教堂里响起了这样的声音。"汤普森先生将给你答案！"军队的飞机横空掠过，在空中拼写出如此这般的字迹。整句话写完后，留在天空中尚可辨认的只剩下最后的那两个字。

纽约城内的各座广场为了这天的讲话架起了高音喇叭，伴随着远处的钟声，每隔一小时就刺耳地大叫，在委靡的车流和困顿的人群头顶上响起一个犹如警报般巨大无比的、机械的喊声："十一月二十二日，请听汤普森先生就全球危机发表的讲话！"——这声叫喊从冰冷的空气中滚过，在雾气弥漫的屋顶中间和那个不再显示日期的空白日历下悄然沉没。

十一月二十二日下午，詹姆斯·塔格特告诉达格妮，汤普森先生想在讲话前跟她见面。

"去华盛顿？"她瞧了眼手表，简直无法相信。

"唉，看来我得说你是没有好好看报纸，要么就是对重大新闻不够关注。你还不知道汤普森先生是要在纽约发表讲话吗？他已经到了这里，在与企业界、工会、科技界、专业人士以及全国各界最优秀的领袖人物进行会谈。他要我带你去参加会议。"

"会议在什么地方举行？"

"在播音大厅。"

"他们不会希望我在广播里表态支持他们的政策吧？"

"别操心了，他们是根本不会让你靠近麦克风的！他们只是想听听你的意见，这你可不能拒绝，特别是在全国紧急的情况下，而且这可是汤普森先生亲自发出的邀请！"他回避着她的目光，不耐烦地说道。

"会议几点开始？"

"七点三十分。"

"一个关于全国紧急状况的会议就用这么点时间？"

"汤普森先生事务繁忙,现在请你不要争论,不要出难题,我不明白你要——"

"好吧,"她无所谓地说道,"我会来的,"紧接着,她突然觉得参加这样一个群魔环伺的会议而没有别人见证实在太冒险了,便又加了一句,"但我要带上艾迪·威勒斯。"

他皱起眉头想了想,神情中更多的是厌烦,而非担心。"好,行啊,就随你吧。"他耸耸肩,不耐烦地嚷嚷道。

来到播音大厅的她,一边是形如警察的詹姆斯·塔格特,另一边是保镖一般的艾迪·威勒斯。吉姆带着一脸憎恨和紧张,艾迪的表情则是无可奈何,但还是有点茫然和好奇。在宽大而黯淡的场地一角,搭起了一座用厚纸板做成的台子,依然固守着一种介于首脑级会客厅和简朴书房之间的传统布局。一排空椅子环绕在台前,布置得像是要拍全家福的照片,装有麦克风的拉杆诱饵一般向座椅的上方垂下。

来自全国的领袖人物们局促不安、三五成群地站在一旁,脸上的神情如同是在破产的店铺里甩卖存货:她从人群当中看见了韦斯利·莫奇、尤金·洛森、齐克·莫里森、丁其·霍洛威、弗洛伊德·费雷斯博士、西蒙·普利切特博士、爱玛·查莫斯、弗雷德·基南,以及混在几个举止猥琐的商人中间,来自开关和信号公司的莫文先生那张惊恐不定、带着媚笑的面孔,他居然也想成为一名企业家的代表。

但发现人群中的罗伯特·斯塔德勒博士时,她不禁顿时吃了一惊。令她没有想到的是,不过短短一年的光景,这张面孔竟然变得如此苍老:他那种使不完的精力和孩子般跃跃欲试的劲头已荡然无存,留在脸上的只有轻蔑而凄楚的皱纹。他远离众人,独自站在一边。她看见了他发现她进来时的表情。他像是置身青楼,本已就此认命,却突然被妻子当场抓住了一样:那是一种正渐渐变成仇视的愧疚的表情。随后,她看见科学家罗伯特·斯塔德勒像没看见她似的把头一转——仿佛只要不去看,就可以将事实抹得一干二净。

汤普森先生在人群中走来走去,不时和身旁的人谈笑风生,举手投足间似乎对肩负着讲话这样的使命感到欣然自得、踌躇满志。他手里捏着一沓打出来的稿纸,看上去像是马上要丢掉的一捆旧衣服。

詹姆斯·塔格特从一旁闪过来迎上他,忐忑不安地高声说道:"汤普森先生,请允许我介绍一下,这位是我的妹妹,达格妮·塔格特小姐。"

"塔格特小姐,你能来真是太好了。"汤普森先生握着她的手,仿佛她是他家乡的一位素昧平生的选民一般,然后,他便快步走开了。

"开不开会啊,吉姆?"她瞧着挂钟问道。巨大的白色表盘上,黑色的指针正像一把高举着的利刃,向八点的位置逼近。

"我有什么办法！这里又不是我说了算！"他不耐烦地说。

艾迪·威勒斯尽量耐住性子，吃惊地看了看她，同时紧紧地靠在了她的身旁。

收音机里是另一个台正在播放的军队的进行曲，几乎被人们紧张不安的说话声、匆忙杂乱的脚步声，以及被拉出来对准大厅台子的仪器的吱嘎作响的声音所淹没。

"请于八点收听汤普森先生就全球危机发表的讲话！"收音机里传出了一个播音员气势汹汹的叫喊——此时，表针指向了七点四十五分。

"大家都坐上来，都坐上来吧！"汤普森先生大声招呼着，收音机里又响起了另一支进行曲的声音。直到七点五十分，看来像是这次会议组织者的士气协调员齐克·莫里森把手里指挥棒一般的纸筒朝着打好光的座椅处一挥，叫道："好啦，诸位，好啦，大家就座吧！"

汤普森先生如同在地铁里抢占空座位一样，一屁股坐在了正中央的椅子上。

齐克·莫里森的助手们引导着人群向明亮的光圈里挪去。

"一个幸福的家庭，"齐克·莫里森解释着，"全国人民必须看到我们像一个团结、幸福的大——这东西怎么搞的？"收音机里的音乐在半途戛然而止，留下了一种怪异的沙沙的静默声。此时是七点五十一分，他耸了耸肩，继续说下去，"一个幸福的大家庭。先给汤普森先生来个特写。"

摄影师们冲着一脸不耐烦的汤普森先生按起了相机,而钟表的指针则继续向前移动了几分钟。

"汤普森先生要坐在科技界和工业界的代表中间!"齐克·莫里森宣布道,"斯塔德勒博士,请在汤普森先生左边的座位就座。请塔格特小姐到这里来,坐在汤普森先生的右边。"

斯塔德勒博士听话地过去入座了。她原地未动。

"这不仅仅是做给记者看的,更是为了全国的观众啊。"齐克·莫里森带着劝诱的口气解释道。

她朝前跨了一步,镇定自若地冲着汤普森先生说:"我不参加这个活动。"

"你不参加?"他像是发现摆设的花瓶突然不听使唤一样,感到疑惑不解。

"达格妮,求求你了!"詹姆斯·塔格特惶恐地叫着。

"她这是怎么回事?"汤普森先生问。

"塔格特小姐,你这是为什么呀?"齐克·莫里森喊叫道。

"这你们心里都很清楚,"她朝身旁的众人说道,"你们应该知道再劝也是白费工夫。"

"塔格特小姐!"就在她转身要走的时候,齐克·莫里森吼了起来,"这是国家紧急——"

一个人急匆匆地跑向汤普森先生,见此情景,她停住了脚步，其他人也不再言语——来人脸上的表情让这群人突然变得鸦雀无声。此人是电台的总工程师。奇怪的是，尽管他还有能力驾驭所剩不多的一点权力，他脸上的神色却异常恐怖。

"汤普森先生，"他说，"我们……我们的播出恐怕要推迟了。"

"什么？"汤普森先生叫了起来。

钟表的指针此时走到了七点五十八分。

"我们正在全力修复，汤普森先生，正在查找原因……不过也许无法准时了，而且——"

"你究竟是在说什么？出什么事了？"

"我们在查找……"

"出什么事了？"

"我不知道！不过……我们……我们没法广播了，汤普森先生。"

一阵沉寂之后，汤普森先生语气格外低沉地问道："你是不是疯了？"

"我也觉得自己是真的发疯了，要是那样反而好了。我搞不清楚是怎么回事，电台彻底瘫痪了。"

"出了机械故障？"汤普森先生顿时暴跳如雷，"你这个该死的家伙，居然在这种时候出机械故障？你要是就这样管理电台的话——"

总工程师缓缓地摇着头,那样子像是大人唯恐把小孩吓坏似的。"不是这个电台的问题,汤普森先生,"他轻声说道,"根据我们能查到的,全国每一家电台的情况都是如此,而且不论这里还是别处,都没有出现机械故障。设备的情况良好,他们也都是这么说的,可是……可是所有的广播电台都于七点五十一分中断了播音,而且……而且没人查得出原因。"

"但是——"汤普森先生开口嚷道,然后停下来环顾了一下周围,便歇斯底里地喊叫了起来,"今晚不行!不允许你在今晚出这样的事!你必须让我讲成话!"

"汤普森先生,"那人缓缓地说道,"我们给国家科学院的电子研究室打了电话,他们……他们从未见过这样的事情。他们说这也许是一种自然现象,是宇宙出现了前所未有的某种紊乱,只是——"

"怎么?"

"只是,他们认为这不可能,我们也觉得不可能。他们说,这看起来像是无线电波,用的却是一种从未产生过、从未在任何地方观测到过,也一向不为人知的波频。"

他的这番话没有得到任何反响。他停了停,继续说下去,声音却出奇的严肃:"它看起来就像是在空中立起了一面无线电波的波墙,我们无法穿透它,摸不着,也打不破……更糟糕的是,根据我们现有的常规方法,根本无法确定它的来源……

我们目前所掌握的发射装置与发射这些电波的装置相比，简直……简直就是小孩的玩具！"

"这绝对不可能！"从汤普森先生的背后发出了一声叫喊，人们被这极其恐怖的声音吓了一跳，纷纷回头望去；喊话的人是斯塔德勒博士。"根本就没有这种东西！世界上没人能造出这样的东西来！"总工程师无奈地两手一摊。"没错，斯塔德勒博士，"他已无心争论，"这不可能，不应该可能，但是，这确实明摆在那里。"

"还是想想办法吧！"汤普森先生冲着众人喊道。

人们一声不吭，一动不动。

"我绝不允许这样！"汤普森先生叫着，"我绝不允许这样！偏偏就在今天晚上！我必须讲话！想点办法呀！无论如何都要解决这个问题！我命令你们把它解决掉！"

总工程师望着他，一脸的茫然。

"因为这件事，我会把很多人开除！我要把全国的电气工程师通通开除！要以妨害、逃跑和背叛的罪名对整个行业进行审判！听见了没有？现在还不赶紧行动？你们这些该死的，倒是给我动一动啊！"

总工程师无动于衷地看着他，仿佛言语已经再也无法传达出任何意义。

"难道连一个服从命令的人都没有了吗？"汤普森先生叫喊

着,"难道连一个有脑子的人都找不出来了吗?"

指针指向了八点整。

"女士们,先生们,"一个声音从收音机里传了出来——这是一个男人清晰、平静、坚定的声音,这种声音在广播里已经久违了——"汤普森先生今晚将不会对你们讲话,他的时限已到,现在由我来接管。既然你们打算听一听全球危机的情况,那么下面就说一说这个话题。"

伴随着这声音响起的是三个人发出的惊呼,但在已经乱成一团的人群里是没有人会注意到的。其中一个是得胜般的惊呼,另一个是害怕,还有一个则是迷惑。有三个人辨认出了说话者的声音,他们便是达格妮、斯塔德勒博士以及艾迪·威勒斯。没有人去注意艾迪·威勒斯,但达格妮和斯塔德勒博士却对视了一眼。她看到的是他那张被骇人至极的惊惧扭曲的面孔;而从她注视着他的目光里,他知道她明白了他的内心,她的神情仿佛是看到讲话者抽了他的耳光。

"十二年来,你们一直在问:谁是约翰·高尔特?我就是约翰·高尔特。我就是那个热爱自己的生命,从不牺牲自己的爱和价值观的人,我就是那个令你们免受迫害,并因此摧毁了你们的世界的人。假如你们这些惧怕真相的人想知道自己为什么即将灭亡——那么现在就由我来告诉你们。"

总工程师是唯一手脚还听使唤的人,他跑到一台电视机旁,拼命地扭动着上面的旋钮。但屏幕上依旧一片空白，讲话者是在有意隐藏自己的本来面目，只有他的声音通过电波传遍了全国——乃至全世界，总工程师心中想道——听上去，他如同就在这间屋子里讲话一样，不是讲给人群的，而是只面对着一个听众，他的语气不是在做大众演说，倒仿佛是在同一个心灵娓娓地交谈。

"你们总听人说这是一个道德危机的年代，你们自己也在恐惧中说过这样的话，同时还指望这句话不会有任何意义。你们叫喊着说人的罪恶正将世界摧毁，并且因为人的天性不愿实践你们所谓的美德而诅咒他们。因为你们眼中的美德就意味着牺牲，你们在一次接一次的灾难当中变本加厉地要求更大的牺牲。借着恢复道德的名义，你们已经把你们认为导致了你们的困境的邪恶都牺牲掉了。你们已经为了仁慈牺牲了正义，为了整体牺牲了个性，为了信仰牺牲了理智，为了索取牺牲了财富，为了自我否定牺牲了自尊，为了责任牺牲了幸福。

"你们已经消灭了你们认为的邪恶，得到了你们认为的美德。既然如此，看到周围的一切，你们为什么还要害怕地龟缩成一团？这一切可不是你们罪恶的产物，这是你们美德的杰作和化身，是你们的道德理想最完美和最终的实现。你们为它奋斗，为它朝思暮想，而我呢——正是我才让你们遂了心愿。

"你们的理想有一个死敌，在你们的道德准则中，它是要被消灭的。我已经除掉了那个敌人，把它从你们的道路上搬开，让它和你们彻底地远离。我把你们正在为之牺牲的那些罪恶根源一个接一个地铲除掉，让你们可以停下战斗。我熄灭了你们的发动机，让你们的世界里不再有人的思想。

"你们不是说人不靠头脑生活吗？我把那些有头脑的人都拉走了。你们不是说头脑脆弱无力吗？我把那些不脆弱的头脑都拉走了。你们不是说还有比头脑更可贵的东西吗？我把那些不这么想的人都拉走了。

"在你们把崇尚正义、独立、理性、财富，以及自尊的人拖向牺牲的祭坛时——我比你们先行一步找到了他们。我把你们的这套把戏和你们道德准则的本质告诉了他们，他们还总是无知地不愿相信。我让他们看到了还可以用另外一种道德去生活——那就是我的道德。他们选择了我的道德。

"所有消失的人，那些你们既痛恨又不敢失去的人，都是我从你们身边带走的。不要妄想去找我们，我们就没打算让你们找到。不要喊什么我们有职责为你们效劳，我们不承认这样的职责。不要喊什么你们需要我们，我们不认为需要就有权得到。不要喊什么你们拥有我们，你们并不拥有。不要乞求我们回来，我们这些有头脑的人罢工了。

"我们罢工反抗的是自我牺牲。我们罢工反抗的是不劳而获、尽职无功的宗旨。我们罢工反抗的是把追求个人幸福视为罪恶的教条。我们罢工反抗的是人生而有罪的主张。

"我们的罢工与你们几百年来一直在进行的所有罢工有一个区别：我们的罢工不是在提要求，而是在满足要求。你们的道德观认为我们邪恶，那我们就决定再也不去伤害你们。你们的经济学说认为我们无用，那我们就决定再也不去剥削你们。你们的政治认为我们很危险，需要严加束缚，那我们就决定不再威胁你们，也不再接受任何束缚。你们的哲学认为我们只是一种假象，那我们就决定不再蒙蔽你们，让你们去自由地面对现实——面对你们想要的现实，这就是你们现在所见到的没有头脑的世界。

"我们给了你们所要求的一切。我们这些总是在给予的人，现在才如梦方醒。我们对你们毫无要求，绝非在讨价还价，更没想做什么让步。你们给不了我们任何东西。我们不需要你们。

"你们现在哭喊起来了：这不是你们想要的？你们的目的不是要一个没有头脑的世界？你们不希望我们离开？你们这些满嘴道德的食人族，我知道你们其实一直很清楚自己的目的，但收起你们的这一套吧，因为现在我们也明白了。

"在你们的道德准则所导致的几百年的苦难和灾祸里，你们叫喊着自己的规范受到了破坏，灾祸便是对破坏它的惩罚，而人们则软弱自私得不愿贡献出它所要求的鲜血。你们诅咒人类，诅咒生存，诅咒这个世界，却从不敢质疑你们的准则。那些被你们残害的人承受着罪责，苦苦地挣扎，殉难的他们得到的便是你们的诅咒——而你们还在继续叫喊着你们的准则是崇高的，但人的本性没有美好到可以实现它的地步。没有人站出来问一问：美好？——是以什么为标准？

"你们想知道约翰·高尔特是谁，我就是问了那个问题的人。

"不错，现在确实是一个道德危机的时代。不错，你们确实是因为你们的罪恶才受到了惩罚。但现在受到审判的不是人类，承担罪名的不应该是人类的天性。这一次，维持不下去的是你们的道德准则，它是强弩之末，气数已尽。假如你们还希望活下去的话，要做的就不是去恢复道德——你们从来就没有过任何道德——而是去寻找它。

"除了迷信和社会性的道德，你们根本就不知道还有什么才是道德。你们所受的教育是把道德当成一种反复无常的行为标准，在超越自然的力量和世俗的异想天开的念头驱使下，去满足上帝或是你们邻居的需要，只会去讨好阴间的神或者街坊——却无视你们自己的生活和快乐。你们的理论认为自己的快乐即是伤风败俗，追求自己的利益必然是罪恶，任何高尚的行为都必然与你们自己对立，都不是为了滋润你们的生命，而是要把它榨干。

"几百年来，发动道德论战的一派人主张你们的生命属于上帝，另一派人则主张它归你们的邻人所有——一派人鼓吹说至善是为了天堂里的幽灵做出的自我牺牲，另一派人则宣扬至善是为现实当中的弱小无能者做出的自我牺牲。没有人出来说你们的生命属于你们自己，至善的便是这生命本身。

"两派人都认为道德需要你们放弃自己的利益和头脑，道德领域与实践领域相互对立，道德不在理性的范畴之内，它属于信仰和暴力的范畴。两派人都认为不可能存在理性的道德，都认为理性中不存在对错——根据理性，没有道理去成为有道德的人。

"即使有其他的争论，但你们的这些道学家们在反对人类应该有头脑这一点上是团结一致的。他们这套体系的目的就是剥夺人的头脑，并将其毁灭。现在不是选择灭亡，就是去面对不要头脑就是不要生命的事实。

"人的头脑是生存的基本工具。人的生命是被赐予的，但能否生存下去则是另外一回事；身体是天生的，但生计不是；头脑是天生的，但里面的思想不是。为了活着，人就要行动，但在行动之前，人必须了解行动的意义和目的。不知道什么是食物以及获取食物的方法，人就无法得到食物。离开了目标和达到目标的方法，人就挖不成沟——也造不出回旋加速器。为了活着，人必须去思考。

"然而思考是一个选择的过程。你们不敢去说生活当中那个公开的秘密，便胡乱称之为'人类的天性'，它的关键之处就在于人是一个有着意志意识力的动物。理性不是自然而然的东西；思考不是机械的过程；逻辑联系不是凭本能产生的。你们的肠胃和心肺功能是天生就有的；头脑的运用则不然。你们在一生中随时都可以去选择或者逃避思考。但你们无法逃避你们的天性,无法逃避理性是你们生存手段这一事实——因此,对于作为人类的你们来讲,'生存还是毁灭'这个问题就成了'思考还是不思考'。

"一个有着意志意识力的动物不会漫无目的,它需要一种价值观念来指导行动。'价值'就是人靠行动去获得并保存下来的东西,'美德'就是人获得和保存它所需的行动准则。'价值'预设对如下问题的回答:这是对谁、对什么的价值?在有另外一种选择的前提下,'价值'预设一个标准、一个目的以及必须采取的行动。一旦没有了其他的选择,价值就无从谈起。

"宇宙里最基本的选择只有这两个:生存还是毁灭——而且只有一类实体才有,那就是生物。没有生命的物质的存在是毫无条件的,但生命的存在则不然,它靠的是一种具体行动的过程。物质无法被消灭,它的形态可以改变,但它的存在不会停止。只有有生命的机体才会始终面临生与死的选择。生命是一系列自我维持和依靠自身产生的行动。如果一个机体无法进行这样的行动,那它就会死亡;它的化学成分还在,但它的生命已经消亡。正是'生命'这个概念才令'价值'的概念得以存在,好与坏只对活着的物体才有意义。

"植物为了活命而去吃东西;阳光、水分和化学养分就是它天生要去寻找的它所需要的价值;它的生命就是指引它行为的价值标准。但植物无法选择行动，它所处的环境条件可以不同，但它的职责不会改变：它是在自然地延展着自己的生命，它不能做出自我毁灭的行为。

"动物天生就有维持它生命的技能，它的感官自动地引导着它的行为，使它自然就知道趋利避害。它没有扩展或回避它的知识的能力。一旦它的知识出现缺陷，它就会死亡。但只要活着，它就会靠它的知识去行动，这既安稳又无法选择，它不可能对好处视而不见，不可能选择对自己有害的一面，去自己毁掉自己。

"人类没有指导自己生存的自动准则。人与其他生命物种的独特区别就在于他在种种选择面前可以凭借意志作出决定。对于好坏，以及他的生命要依靠什么样的价值，为此要采取怎样的行动，他没有自然而然的固定认识。你们不是胡说什么自我保存的本能吗？人类恰恰就缺乏这样一种自我保存的本能。'本能'是一种准确而且自动获得的知识。欲望并不是本能，生存的欲望并没有告诉你生存所需要的知识，甚至连人的生存欲望都不是天生就具备的：你们没有这样的欲望，这就是你们目前不可告人的罪恶。你们畏惧死亡，但这并非出自对生命的热爱，也不会让你们知道如何才能维系生命。人必须通过一个思考的过程来获得知识，并决定自己的行为，而天性并不会强迫他这样去做。人有能力毁灭自己——人类在其历史的大部分过程中正是这样做的。

"将求生的本领视为邪恶的生命机体是无法生存的。拼命毁坏自己根的植物和折断自己翅膀的鸟会因为它们对生存的践踏而活不长久。而人类在历史上则一直在极力否定和毁坏他们自己的头脑。

"人被称作一种理性的动物，但理性是有选择的——天性让人选择去做理性的人或是自取灭亡的野兽。人不得不成为人——这是他自己选择的；他不得不将自己的生命视为一种价值——这是他自己选择的；他必须选择学会去爱护它；他不得不去发现生命需要的种种价值，实践美德。

"根据选择所接受的一套价值标准便是道德标准。

"不管你们现在谁正在听我讲，我都是在同你们内心之中尚未被践踏过的那一部分，同残存下来的人性，同你们的灵魂说话，我说的是：世上存在一种人类应该具有的理性的道德，它的价值标准便是人的生命。

"一切适合理性生命存在的便是善；一切毁灭它的便是恶。

"人的生命，是他的本性所需，并不是没心没脑的畜生、抢夺成性的恶棍，或者万念俱灰的神秘论者的生命——他不是以强暴和欺骗为生，而是以创造为手段——他不是不惜一切代价地存活下来，因为人生存的代价只有一个，那就是理性。

"人的生命是道德的标准，但你自己的生命才是道德的目的。假如你们的目的是在地球上生存，为了能够保存、实现和享受你们这个无可取代的生命的价值，你们就必须以适合人的标准去选择自己的行为和价值观。

"既然生命要求采取特定的行为途径,那么任何其他的途径都会毁灭它。一个人如果不是以自己的生命作为行动的动力和目标,那么指引他行动的标准便是死亡。这样的人是一种理论上的怪胎,千方百计地反对、诋毁和对抗他存在的事实,在毁灭的道路上疯狂地瞎撞,除了自寻苦痛便再无所长。

"在生命里,快乐是成功的状态,痛苦则通向死亡。快乐是因一个人的价值得到了体现而产生的一种清醒的状态。如果有哪一种道德胆敢劝你们从对快乐的放弃里寻找快乐——把你们难以实现的种种价值的失败当成宝贝捧着,那它就是一种对道德的无礼否定。把充当别人祭祀台上殉葬用的畜生作为理想向你鼓吹的教条,是在让你接受死亡的标准。现实的恩赐与生命的本质决定了每一个人都完全是自我的,是为了自己而存在,让自己得到快乐便是他的最高道德目标。

"然而,得到生命和快乐不能指望毫无道理的幻想。这就如同人固然可以随意地选择他的生存方式,但只要违背了自然的本性就会灭亡,他同样可以抛开头脑,用欺骗的方式谋取快乐,但除非他寻求的是符合人的本性的快乐,否则他便只会受尽折磨。道德的目的是教你们学会享受自己的生活,并生存下去,不是去忍受痛苦和死亡。

"要把那些鼓吹人不需要道德、价值和行为标准,被收买的课堂上的寄生虫，那些仰仗别人头脑的收益过活的人从讲台上清除出去。那些以学者自居、宣称人只是野兽的家伙，不允许人和最低等的虫子一样享受生活。他们承认一切生物都有出自其本性的生存之道，他们从来不说离开水的鱼和失去嗅觉的狗还能活——却宣称人这种最高级的动物随便怎么样都能生存，说什么人没有特点和本性，即使他们随意地发号施令，破坏人的生存途径，扼杀人的头脑，人也没有理由活不下去。

"要把那些心怀仇恨，自称人道，鼓吹毫无价值的生命才是人的最高境界的神秘论者清除出去。他们是否告诉过你们道德就是要去压抑人自我保存的本能呢？人之所以需要道德标准，正是为了自我保存。只有渴望生活的人才会去追求道德。

"不错，你们不是非活不可，这是你们最基本的选择，但只要你们选择了活着，就必须依靠头脑的运作和判断，像人一样活着。

"不错，你们不用非得像人一样活着，这是一种道德的选择。但它是你们的唯一选择——除此以外，只有你们此时在自己身上和周围所看到的行尸走肉，这种不适合生存的东西已不再属于人类，连动物都不如，它的全部感受只有痛苦，茫然不觉地渐渐迈向不去思考的自我毁灭。

"不错，你们可以不去思考，这是一种道德的选择。但总要有人替你们的生存着想。如果你们放任自流的话，就是对生存的不负责任，并把你们欠下的债扔给了有道德感的人，指望他们为了让你们罪恶地活下去而牺牲他们自己的利益。

"不错，你们不是非要做人不可，但如今，真正的人再也找不到了。我已经带走了你们赖以存活的手段——你们的受害者。

"假如你们想知道我是如何做到的，我是怎样说服他们离开的，那么现在就听好，今晚我要讲的基本就是我对他们说过的话。他们一直在生活中遵循着跟我一样的原则，却始终不知道它所代表的品质是多么高贵。我让他们认识到了这一点，我并没有让他们去重新审视，只是帮他们看清了他们原有的价值。

"我们这些有头脑的人现在只凭着一条真理向你们罢工抗议。跟你们把逃避真相当作你们的道德准则的基础一样，这条真理也是我们的道德准则的基础，那就是，存在是存在着的。

"存在是存在着的——对这句话的理解便意味着两个必然的公理：存在着可以被人感知的事物，以及存在的人拥有意识，意识的存在就是为了感知存在的事物。

"假如没有任何东西存在，就不会有意识：脱离了被感知的事物，意识的说法便成了一种矛盾。除了自身之外再无其他感知的意识是一种矛盾：在确定自己是意识之前，它必须能感知到某种东西。假如你们自称感觉到了的东西并不存在，你们所具有的就不是意识。

"尽管你们的知识水平高低不一，但存在与意识是你们无法逃避的两个最为基本的公理，从生命开始时你们感觉到的第一缕亮光，到结束时的满腹经纶，它们始终贯穿在你们的一切行动和知识当中。无论你们是否知道某个小石块的形状或是太阳系的构造，这公理始终都不会改变：那就是它确实存在，而且你们清楚它的存在。

"与不存在的虚无不同的是，存在必须是某物，它是一个由特定属性组成的具有一定特质的实体。几百年前，你们那个最伟大的哲学家——不管他的谬误何在——曾经提出了定义存在概念的法则和世间万物的规律：A就是A，一个东西就是它本身。你们从来没有理解他这句话的含义。在此，我要将它说完整：存在是同一性，意识则是辨别。

"无论你们要考虑的是一样物体、一个属性还是一个行动，同一律都不会改变。树叶不能同时是石头，不能在全身红色的同时又遍体绿色，不能同时结冰和燃烧。A就是A。换句浅显的话来讲：你不能既想吃掉蛋糕，又想留着它。

"你们想知道这世界出了什么问题吗？所有这些摧毁了你们世界的灾难之所以发生，就是因为领导你们的人企图逃避A就是A这样的事实。令你们害怕面对的一切心魔之所以出现，你们之所以要忍受种种的痛苦，都是因为你们自己企图逃避A就是A这样的事实。有人教你们逃避它，就是想让你们忘记人就是人。

"人要生存，除了去获取知识外，别无办法，而理性是获取知识的唯一途径。理性能够感知、辨别以及综合人的感官提供的一切。感官的任务是让人得到存在的证据，但辨别它要靠理性来完成；人的感官只是告诉了他存在某种东西，但那究竟是什么，必须靠他用理性去获知。

"一切思考都是认知和综合的过程。人感受得到一团颜色；在综合了视觉和触摸带来的凭据后，他就可以认识到那是一个物体，认识到那个物体是一张桌子，认识到那张桌子是由木头制成，认识到木头由细胞组成，细胞由分子组成，分子又是由原子构成。在这整个过程当中，他脑子里面包含的答案都是为了解答一个问题：那是个什么东西？他找出问题的真相时所采取的方法是有逻辑的，而逻辑的基础便是'存在是存在着的'这一公理。逻辑是确认没有矛盾的艺术。矛盾是无法存在的，原子即原子本身，宇宙也是如此。但这两者不能与其本体相矛盾，也不会出现局部与整体的矛盾。只有在人运用全部知识作出绝无矛盾的归纳后形成的概念才是有效的。一旦发现矛盾，就等于承认人在思考中出现了差错，坚持这种矛盾便是舍弃人的理性，是从现实当中逃避。

"现实便是存在的一切；虚假是不存在的；虚假只是存在的反面，它是人类在企图放弃理性时出现在意识里的东西。真理是对现实的肯定；理性是人获得知识的唯一途径，是人唯一的真理标准。

"你们现在所能说出的最为无可救药的问话就是：是谁的理性？答案是：你们的。你们的知识高深也好，浅薄也罢，都必定要靠自己的头脑来得到理性。你们只能用自己的知识去琢磨。你们能够声称拥有或者能够让别人考虑的只能是你们自己的知识。你们的头脑就是你们对真相唯一的判断——假如别人不同意你们的看法，事实是最终的宣判。只有人的头脑才能胜任思考那种复杂、微妙而至关重要的认知过程。除了人自己的判断，其他任何东西都不能左右这个过程。决定这一过程的只能是人的道德修养。

"你们说什么'道德的本能'，仿佛这是与理性对立的另外某种天赋——人的理性就是他的道德。一个理性的过程就是一个不断去选择回答这样一个问题的过程：真还是假？——对还是错？种子要被种在土壤里——对还是错？对人的伤口进行消毒是为了救他的命——对还是错？可以将大气中的电能转化为动能——对还是错？正是对于这样一些问题的回答才使你们获得了今天的一切——这些回答来自于人的头脑，不折不挠地寻找正确答案的头脑。

"理性的过程是一个道德的过程。在这样一个过程中，要想不犯错，只能靠你自己的严格要求，你也可以尝试欺骗，伪造证据，以逃避探索的艰辛——但如果说坚持真理即是道德的检验方式，那么没有一种献身形式比一个自愿承担思考重任的人更伟大,更高尚,更有气概。

"你们所谓的灵魂或者精神是你们的意识,你们所谓的'自由意志'是你们的头脑思考或不思考的自由,它是你们唯一的意志,唯一的自由,这一选择支配着你其他的一切选择,决定着你的生活和你的性格。

"思考是人唯一的根本美德,其他的一切皆因它而生。人根本的恶习,即人的众恶之源,是你们所有人都在做,却拼命不去承认的无以名之的行为:这便是头脑空白,主动丧失人的意识,拒绝去思考——这并非盲目,而是拒绝去看;不是无知,而是拒绝了解。这是一种分散大脑的注意力,引入一团迷雾,以此来逃脱判断责任的行为——你们暗自以为,只要不去想,事情就不存在,只要不说'它是',A 就不成其为 A。不去思考是一种灭绝的行为,一种颠覆存在的愿望,一种抹杀事实的企图。但存在是存在着的,事实不可能被抹杀,它只会将抹杀者抹去。你们拒绝说'它是',也就是拒绝说'我是'。你们停止了判断,就是在将你们的整个人予以否定。一个人要是宣称:'我干吗要知道?'——那他就是在说:'我干吗要活着?'

"这就是你们时刻所面临的根本的道德选择:思考还是不思考,存在还是不存在,A 还是非 A,实体还是虚无。

"对一个理性的人而言,生命是指导他行动的前提。对一个非理性的人而言,死亡是指导他行动的前提。

"你们胡说什么道德是社会性的，人在荒岛上就不需要有道德——正是在荒岛上他才最需要有道德。当没人可迫害的时候，让他试着去宣称石头是房子，沙土是衣服，天上会掉馅饼，今天将种子吞吃一空，明天就会有收成——现实就会让他得到应得的灭亡，现实会告诉他，生命有价，只有思考才贵重到足以将之买到。

"假如让我用你们的语言讲话，我会说，人唯一的道德戒律是：汝等应思。但一个'道德的戒律'从概念上讲是一个矛盾。道德是一种自我选择，不是强迫；是领会，不是服从。道德是理性的，而理性从不接受戒律。

"我的道德是理性的道德，它用一个公理就可以概括：*存在是存在着的*——它的选择只有一个：活着。其余的都是由此衍生而来。要想活着，人必须信守三样东西，把它们作为生命中至高无上的决定性价值：理性——目标——自尊。把理性作为他获取知识的唯一手段——把目标作为他对于幸福的选择，必须通过理性的手段加以实现——把自尊作为他神圣的信念，相信他的头脑有能力思考，相信他这个人值得获得幸福，也就是说：他活得有价值。这三种价值把人的美德全部激发出来，而且他所有的美德都来自于存在和意识的关系：理性、独立、正直、诚实、公正、创造力和自豪。

"理性就是承认'存在是存在着的'这样的事实，承认真理无法被改变，对于真理，只能去感知，也就是去思考——头脑是人对于价值的唯一判断和行动的唯一指南——理性是容不得半点让步的绝对——对非理性的妥协会令人的意识失灵，它感知事实的职责会被转变成捏造事实——所谓的通向知识的捷径，也就是信任，只不过是会令大脑瘫痪的短路行为——接受神秘主义的发明便是想让存在灭绝，同时也是在扼杀人的意识。

"独立是承认这样一个事实：你必须担起判断的责任，并且无法逃脱——你的思考无可替代，因为没人能替你生活——自我贬抑和毁灭的最无耻表现就是甘心受别人的摆布，听任权威凌驾于你的头脑之上，把他的主张当作事实，他说的就是对的，让他在你的意识和存在之间发号施令。

"正如诚实就是承认你不能伪造存在一样，正直就是承认你不能欺骗自己的意识——是承认人是不可割裂的整体，是物质与意识这两种特性的完整结合，人不会允许在他的身体和头脑、行动和思想、生活和信念中间出现裂痕——正如法官不应被公众的意见所左右一样，人不会因他人的意愿而放弃自己的信念，哪怕是全人类都在发出乞求或威胁他的声音——勇气和自信是实际行动的必需，勇气是忠实于存在、忠实于真理的实际表现，信心则是忠实于人本身的意识的实际表现。

"诚实就是承认假的就是假的，不会有任何价值，通过欺骗得来的爱、名誉和金钱一文不值——用蒙蔽别人的头脑来获取价值的企图，就是将你的受害者们抬到一个高于现实的位置，而你则成了他们盲目时的人质，成了他们停止思考和逃避责任时的奴隶，而他们的智慧、理性以及觉察力则成了你害怕和想要逃离的敌人——你不介意独立生活，难以接受去依赖别人的愚蠢，或者像个傻瓜一样，靠愚弄别人得到自己的价值——诚实不是一种社会责任，不是为了他人而做出的牺牲，而是人能实践的最为自私的美德：是拒绝为了他人虚幻的意识而去牺牲自己真实的存在。

"正义就是承认这样一个事实：正如你不能对大自然进行伪装一样，你也不能对人的品格进行伪装，无论评判何人，你都必须像鉴别不会动的物体那样出于公心，尊重事实，目光雪亮，使用同样一种纯粹和理性的认知过程——每一个人都要受到客观的评价，并得到与之相应的对待，就像你不会为一块锈铜烂铁付出与崭新的钢材同样的价钱，你也不应该把无赖评价成一位英雄——你的道德评判就是你愿意为人们的美德或恶行所付出的铜板，要求你本着从事金钱交易时那样的谨慎——对人们的恶行不表示蔑视就是道德上的缺失，对人们的美德不表示崇尚就是道德上的侵占——将其他东西置于正义之上就是在令你的道德货币贬值，是在替魔鬼榨取财物，因为如果正义不行使力量，那么赔钱的只有善，赢利的只有魔鬼——这条道德败坏的道路的终点便是惩善奖恶，那将是彻底的堕落，是崇拜死亡的邪恶弥撒，是彻底将你的意识交付给对存在的毁灭。

"创造力就是你对道德的接受，是承认你对生的选择——从事生产是人的意识控制他的存在的过程，在这一不间断的过程中，人在不停地获得经验，根据自己的目标对事物进行调整，将想法转化为具体的实物，将世界改变得符合人的价值观的想象——一切出自思考的劳动都是创造性的劳动，头脑空空的人对从别人那里学来的一套进行麻木的重复则毫无创意——你的工作由你自己选择，只要想得到就可以去做，没有比这更适合你、更有人性的——去骗取一项你无法承担的工作，你就会蜕变成一个充满恐惧的猿人，时刻害怕自己将难以为继；去做一项低于你能力水平的工作就是在耗费你的动力，令你陷入另外一种衰退的状态之中——你的工作便是实现你的价值的过程，没有了对价值的雄心也就失去了生活中的壮志——你的身体是一部机器，由你的头脑来驾驭，你必须以成就为目标，一直到达你头脑的极限——没有目标的人是滑坡的机器，随时都会陷在沟里，被石头砸中；窒息自己大脑的人是闲置一旁慢慢生锈的机器；让别人领他走路的人是被拖向废品堆的残骸；把别人当成自己目标的人则是任何司机都不该去拉的占便宜的搭车者——你的工作就是你生命的目标，你必须突破那些认为有权阻拦你的刽子手；任何你从工作之外发现的价值，任何其他的忠诚或热爱，只能来自或给予那些你选择与之同行的旅伴，必须是那些靠自己的力量、与你朝着同一个方向前进的旅伴。

"自豪就是承认这样一个事实：你是你自己的最高价值，这和一个人的所有价值一样，需要去赢得——在任你选择的所有成就中，能够令其他的得以实现的那一项是你个性的创造——你的个性、行动、欲望和情感都是你的头脑所坚持的前提的产物——正如人必须创造出维持生命所需的物质价值一样，他也必须获得令其生命的延续有意义的个性价值——正如人是一个自造财富的生命一样，他也是一个自造灵魂的生命——活着需要一种自我价值感，但人没有先天的价值，没有先天的自尊感，要想赢得这些，他必须按照他的道德理想的形象，按照那个他天生就有能力创造的理性的人的形象，去塑造他的灵魂——自尊的首要条件是灵魂中耀眼的利己之心，它渴望得到物质和精神之中最高的价值，超越其他所有东西，把自身的价值看得高于一切，去实现自我的道德完美——获得自尊的证明便是你的灵魂发出的满足的颤抖和它发起的反抗，它不甘做一头被人宰割的牲畜，反抗任何一种要将你宝贵的意识、你无比辉煌的存在，在盲目逃避和陈腐朽烂的众人之中牺牲掉的下流无耻的主张。

"现在你们开始意识到谁是约翰·高尔特了吧？我就是赢得了你们不去奋力争取的东西的那个人。你们谴责它，背叛它，毁坏它，却无法将它彻底毁灭，于是把它当作你们不可告人的罪恶隐藏起来，一辈子都在朝着每一个刽子手赔礼道歉，唯恐被人发现，在内心之中，你们仍旧想说我现在要对全人类讲的这句话：我对我自己的价值和我对活着的渴望感到自豪。

"这样的渴望——你们也有，却把它当成邪恶深埋起来——是你们内心仅有的一点善念，但一个人必须学着对它受之无愧。他自身的幸福是人的唯一道德目标，实现它，只能靠他自己的美德。仅有美德是不够的，美德本身并非一种奖赏，也不是为了得到来自邪恶的奖赏而抛出的不得已的诱饵。生命才是对美德的奖赏——幸福则是生命的目标和奖赏。

"正如你的身体有愉悦与疼痛这两种最基本的感受来表明它的舒适与损伤，来显示生与死这两种根本的不同，你的意识也用快乐和痛苦这两种情感去面对同样的区别。你的情感对生命的延续或者受到的威胁进行估算，同时把盈亏结果显示出来。你改变不了自己身体的感觉，但你所认为的善与恶，快乐与疼痛，爱与恨，以及愿望与惧怕，则统统取决于你的价值标准。情感是与生俱来的，但情感的内容则由大脑所控制。你的情感能力是一台没有动力的发动机，需要用你的价值观作燃油，靠你的大脑将它注入。如果你的选择里掺杂了矛盾，它就会阻塞你的发动机，损坏你的变速器，一旦你启动这台坏掉的机器，便会机毁人亡。

"如果你把非理性作为价值标准，把虚妄想成善，如果你希望获得并非凭自己的努力争取到的奖赏、财富或者你不配得到的爱，去钻因果规律的空子，得到一个被你幻想得似是而非的东西，如果你希望得到存在的对立面——你会如愿以偿的。在得到它的时候，你不要抱怨生活的艰辛和幸福的遥不可及，检查一下你的燃油：是它把你带到了你想去的地方。

"幸福不会在反复无常的情感驱使下实现。使你在非理性的幻觉中盲目沉溺的并不是幸福。幸福是一种处在全然没有矛盾的快乐之中的状态——这样的快乐不带有责罚或罪恶，不与你的价值发生任何冲突，它的目的不是毁掉你自己，不是挣脱出你的头脑，而是对它充分地利用，不是伪造事实，而是获得真实的价值，它不是酒鬼的开心，而是创造者的喜悦。只有理性的人才可能得到幸福，他的心中只有理性的目标，只追求理性的价值，只有在理性的行动中才会感到快乐。

"正如我既不靠抢夺，又不靠施舍，而是凭着自己的努力谋生一样，我从不指望我的幸福出自别人的伤口或别人给予我的好处，而是要凭我自己的成就去争取。我从不认为我的生活目标是让他人得到快乐，因此我也不认为别人的生活目标是让我快乐。正如我的价值和欲望中没有冲突一样——在理性的人们中间，没有人受到伤害，不存在利益冲突，他们从不想白拿白占，不会萌生吃掉对方的贪念，他们既不会牺牲自己，也不会牺牲他人。

"这样一些人之间的所有关系的象征，对人类的敬意的道德象征，便是商人。我们这些依靠价值而非掠夺去生活的人，从物质和精神两个方面来说，都是商人。商人的一切都是他自己挣来的，他既不白给，也不白拿。对于自己的失败，商人不要求得到报偿，他也不希望别人因为他的缺点而喜欢他。商人不会把自己的身心牺牲和浪费在救济施舍上面。除了用来交换的物质，他从不把自己的劳动成果给人，同样不白送人的还有他的精神价值——他的爱、友情和尊重——除非是为了得到和换取人的美德，为了得到他所尊敬的人所能给予他的满足。那些故作神秘，长久以来抨击和蔑视着商人，美化着乞丐和强盗的寄生虫们，心里清楚他们那不可告人的嘲笑动机：因为商人是一种令他们心惊胆战的存在——那就是讲求公平的人。

"你们想知道我对我的同胞们是否负有道义上的责任？一点都没有——我只对我自己、对客观存在的一切——也就是理性，负有责任。在同人们的交往中，我所依从的是自己和他们的本性：那就是理性。我绝不强求并非他们自愿选择的任何东西。只有当他们有头脑，认识到我和他们的利益互相吻合的时候，我才会和他们交往，否则就不会发生任何关系；我允许反对的人坚持他们的看法，但我不会背离自己的初衷。我只以理服人，也只在道理面前低头。我不放弃自己的理性，也不与放弃理性的人打交道。愚蠢和懦弱者的身上没有我想要的东西；愚蠢、欺骗以及畏惧，这些人的种种恶习不可能让我受益。只有人们智慧的结晶才是我唯一认可的价值。一旦和理性的人出现分歧，我就让事实来作最后的裁决；如果我是对的，那么他会接受教训，否则就是我去接受；我们之中有一个是对的，但我们两个人都会受益。

"许多东西都可以存在争议，但有一种罪恶的行径不行，这种行径没有人会对其他人做出来，也得不到任何人的首肯或原谅。只要人们还希望生活在一起，就谁都不该去开这个头——你们听清楚没有？谁都不应该率先对别人使用暴力。

"在一个人与他对现实的感知中间插入实实在在的伤害和威胁，就是否定和破坏他的生存方式；强迫他违心，就如同强迫他不相信自己的眼睛。无论是谁，无论目的何在、程度如何，只要开始使用暴力，就是一个以死亡为出发点、手段比谋害更有杀伤力的凶手：这个出发点就是将人的生存能力摧毁。

"别张嘴跟我说什么你的头脑让你相信自己有权强迫我的头脑。暴力与头脑是截然对立的。枪声一响，道德无存。你一旦把人们说成蛮横无理的野兽，并且建议像对付野兽那样去对付他们，你的品格也就因此而定，并再也得不到理性的认可——因为宣扬矛盾的人是得不到它的。绝不允许任何'权利'去毁灭权利的来源，判断对与错的方式只有一个：头脑。

"用枪口代替道理，恐吓代替证明，最后以死要挟，从而迫使别人放弃自己的想法，并接受你的意志——这么做就是企图生存在对现实的否定之中。现实要求人的行为符合他自身合理的利益，你的枪口却要他去违背。当人不按理性的判断行事时，现实会对他发出死亡的威胁；你之所以威胁他，却是因为他有理性。你将他置于一种为了活命而必须放弃生命所需的一切品德的境地——当死亡占据着统治的地位,成为人类社会最具说服力的东西时,你和你的这套体系就只能一点一点地土崩瓦解,走向死亡。

"无论是拦路者对行人发出的最后通牒:'想活命就交出钱来',还是政客对国家发出的最后通牒:'想活命就让孩子听我们的'——这警告的意思都是——'你是要命,还是要头脑'——但人离了其中哪一样都不能再成其为人。

"如果说罪恶的程度有着深浅的不同,那么自认为有权强迫他人屈服的施暴者和听任别人强暴自己头脑的道德沦丧者便是一丘之貉,这是不容辩驳的道德铁律。我不承认企图剥夺我的理性的人称得上理性,不会理睬那些自以为能禁止我去思考的邻居,不会从道义上默认一个凶手置我于死地的念头。对于企图用暴力来对付我的人,我会以牙还牙。

"只有在反击和对付率先使用暴力的人时,才能采用这样的手段。当然,我不会赞同他的邪恶,也不会落入他那种道德观念的泥潭:我只是把他有权选择的、属于他自己的毁灭给了他。他靠暴力去强占价值;我只是用它去摧垮毁灭的阴谋。强盗为了劫财而杀我;我没有因为杀死强盗而更有钱。我不指望靠罪恶的手段获取价值,也不会把我的价值拱手让给罪恶。

"现在,我以所有养活着你们,却收到了你们的死亡通牒的创造者的名义,还你们一个来自我们的最后通牒:究竟是要我们的劳动果实,还是要你们的枪炮?你们可以任选其一,但不能两样都要。我们不会对别人率先动用暴力,也不会屈服于别人的暴力。如果还想在一个现代化的社会中生活,你们就要听从我们的道德条件。我们的条件和目的与你们的截然相反。你们以恐惧为武器,用死亡去惩罚拒绝了你们的道德标准的人。我们用生命作为对他接受我们观念的奖励。

"你们这些崇拜虚无的人,从未认识到生命的实现并不等于对死亡的躲避。快乐并非'不痛苦',智慧并非'不愚蠢',光亮并非'没有黑暗',存在的东西并非'不存在的东西的阙如'。仅仅不去毁坏不能带来高楼大厦,你们可以老老实实地坐等几百年,最后连一根房梁都等不到——现在你们再也不能跟我这个盖房的人说什么:'去替我们把房子盖好,作为奖励,我们不会毁掉你的成果。'我以所有遭受你们迫害的人的名义回答你们:你们还是随着你们的虚无一起灭亡吧。存在并非对虚无的否定,罪恶是一种虚无和否定,而价值不是。除了勒索我们,罪恶本身一无所长。灭亡去吧,因为我们已经知道无法用虚无去给生命做抵押。

"你们想的是摆脱痛苦,我们则是在追求幸福。你们的存在只是想要免受惩罚,而我们则是为了求得回报。威胁对我们不起任何作用,激励我们的绝非恐惧。我们并不是逃避死亡,而是享受我们的生命。

"你们是非不分,口口声声说恐惧和快乐有着同样的刺激——并且偷偷摸摸地补充说,恐惧其实更'实用'——你们不想活,只是被你们对死亡的恐惧拖在了这个遭到你们诅咒的现实里。你们在自己设下的陷阱之间仓皇逃窜,企图找到已被你们封死的出路,身后是你们不敢言明的追逐者,前面则是你们不敢承认的恐惧,你们越是恐惧,就越是害怕唯一能挽救你们的行动:思考。你们的挣扎不是因为想知道,不是因为想去领悟、弄懂或者听见下面我要对你们讲的这句话:你们的道德是死神的道德。

"死亡是你们的价值标准,是你们选择的目标,你们只能逃个不停,因为你们无法摆脱毁灭者的追赶,或者说你们摆脱不了追逐者就是你们自己的念头。还是停一停吧——已经无路可逃——尽管你们害怕站住,但在我看来,你们已彻底没了遮羞布,还是好好看一看连你们都不敢称之为道德准则的那些东西吧。

"诅咒是你们的道德起点,毁灭则是它的目的、手段和结局。你们的法则开始把人诋毁为魔鬼,然后便要求他去做一件他做不出的所谓善事。他要澄清自己,先得不明不白地承认自己的堕落。它要他用罪恶的标准,也就是他自己,而不是价值的标准,以他当时的方式,定义出什么才叫作善:善便是他自己所不是者。

"至于从他那并不光彩的荣耀和扭曲的灵魂中捞到好处的,

是神秘莫测的上帝还是向他身上莫名其妙大倒苦水的路人，则无关紧要——反正这些所谓的好也不是他能明白的，他的责任就是趴在地上年复一年地悔过，满足任何一个懒汉的无理要求，以此去赎他在世间的罪，他对价值唯一的认识便是虚无：这样的善便是没有人性的。

"这个畸形荒谬的名字便叫作原罪。

"情非所愿的罪是对道德的一记鞭挞，也是一个蛮不讲理的矛盾说法：不能选择的事情，也就不属于道德的范畴。假如人天生就是邪恶的，他就没有意愿，也不可能改变自己；假如他没有意愿，就既不是善，也不是恶；机器人谈不上什么道德。将罪名强加给人是愚弄道德，把人的天性当成他的罪过是愚弄自然。因为他在降生之前犯的罪过而惩罚他是愚弄正义，因为一件本身便无清白可言的事情而治他的罪是愚弄理性，在一念之间毁掉道德、天性、正义和理性则是邪恶的一记绝招。然而，那正是你们的法则的根源。

"不要不敢承认人天性自由的事实，反而说什么人有'邪恶'的倾向。自由的意志如果带有倾向，就如同在玩一场做了手脚的骰子游戏，迫使人在游戏中挣扎，乖乖地付钱，却难以逃脱设计好的骗局。如果那倾向是他的选择，那么他不可能天生就有；假如那不是他的选择，就说明他的意愿并不自由。

"你们的那些教书育人者所说的原罪究竟是什么？从他们认

为的完美状态中脱离出来时,人究竟染上了些什么样的恶习?他们的神话宣称人吃了智慧树上的果子——使他有了脑子,成为一个具有理性的生命。懂得了善恶——使他成为一个具有道义感的生命。注定要靠劳动谋生——使他成为一个会创造的生命。天生具有欲望——使他能感受到性的快乐。他们诅咒的罪恶便是他的生存所拥有的全部意义:理性、道义、创造力和欢乐。他们编织的人的堕落神话所要解释和谴责的不是他的恶行,被他们认作罪过的不是他所犯的过失,而是他作为人的本质。那个在伊甸园里没有头脑、不分好坏、不会劳动、不谙爱意的机器一样的家伙,再怎么样也成不了人。

"按你们的教书先生所说,人的堕落是由于他得到了生存所需的美德。这些美德依照他们的标准来看便是他的罪过。他们指控说,他的邪恶之处就在于他是人,他的罪过就在于他活着。

"他们称它是一种仁慈的道德和爱人的学说。

"他们说,不不,他们并没有宣称人是邪恶的,邪恶的只是与人无关的东西:他的身体。他们说,不不,他们并不想杀他,他们只是希望令他与身体分开。他们用手一指已将他捆上去的刑架,说他们是想帮助他打消痛苦,刑架上的两个轮子将他朝相反的方向拉扯,刑架上的教义将他的灵魂和肉体撕裂。

"他们将人一砍两半,让这两部分互相对立。他们向他灌输说,他的身体和意识是势不两立的死敌,是两个本质相反的对手,它们的主张处处矛盾,各自不答应对方的要求,一方的受益便是另一方的受损,他的灵魂超越了自然,却被他罪恶的身体禁锢在了这个地球上——善举是打垮他的身体,用经年累月的斗争使其衰弱,挖出一条最终打破牢笼的荣耀之路——坟墓中的最终自由。

"他们教导人说,他是由两个象征着死亡的元素所组成的不可救药的错误。失去灵魂的身体是一具死尸,离开了身体的灵魂便是幽灵——然而在他们眼里,人就应该如此才对:他是尸体和幽灵用来相互厮杀的战场,是一具带有自己邪恶意志的死尸,是个相信一切可知皆不存在、存在的只是不可知的理念的幽灵。

"你们是否注意到人的哪种才能会被这样的说教刻意忽略?只有否定了人的思想,才能让他彻底崩溃。一旦他放弃了理性,便只能听凭两个他既不明白,也无法控制的怪物的摆布:那便是一具受到莫明其妙的本能驱使的身体,和一个受到神秘莫测的神祇驱使的灵魂——于是,在一个机器人和一个口述录音机的相互厮杀下,他身不由己地成了饱受蹂躏的牺牲品。

"当他爬出废墟,茫然摸索着求生的道路时,你们的导师向他灌输起这个世界只有绝望的道德观。他们告诉他,真实的存在是他无法感受到的,真正的意识是能够感知到不存在的能力——还说如果他对此无法理解的话,就证明了他存在的罪恶和意识的无能。

"人的身心分裂产生了两种派别的死亡道德的卫道士：他们便是精神和肉体的神秘主义，是你们所说的唯心者和唯物者，一派相信脱离存在的意识，另一派则相信没有意识的存在。两派人都命令你放弃自己的思想，一派要你服从他们的所见，另一派则要你服从他们的所感。不论他们之间争吵得多么厉害，他们的道德准则和目的都很相似：从物质的角度上说，就是奴役人的身体；从精神的角度上讲，就是摧毁人的头脑。

"唯心者说，善即上帝，关于上帝存在的唯一解释便是，他是人所无法感知的——这样的解释是废除了人的意识，抹杀了人对于存在的概念。唯物者说，善是社会——他们将它定义为一个没有具体形式的组织，一个不依附于任何人，又存在于除你以外的所有人当中的超然大物。唯心者说，人的思想必须服从于上帝的意志。唯物者说，人的思想必须服从于社会的意志。唯心者说，人的价值标准是上帝的安排，上帝的标准绝非人可理解，只能去信服。唯物者说，人的价值标准是社会的安排，社会的标准绝非人可评判，只能绝对地服从。两者都说人生命的目的是成为一具无足轻重的行尸走肉，其中的意义他自然不懂，原因也是他不该质疑的。唯心者说，他进了坟墓之后会得到回报。唯物者说，他的回报将会留在尘世——留给他的后代子孙。

"两者都说，自私是人的罪恶。两者都说，人的善行是抛弃自己的欲望，是要否定自己，谴责自己，完全放弃；人的善行是否定他所过的生活。两者共同喊道，只有牺牲才是道德的真谛，才是人所能拥有的最高尚的美德。

"凡是现在听到我讲话的人，凡是受害者而非行凶者，我正站在你们大脑奄奄一息的床榻前，站在将你们淹没的黑暗的边缘对你们讲话，如果你们还有一丝力气去抓住那些黯淡下去、曾经就是你们自身的火花——那么现在一定不要放手。摧毁你们的那个字眼正是'牺牲'，鼓足你们最后的一点勇气，好好想想它的意思吧。你们还活着，你们还有机会。

"'牺牲'并不意味着拒绝毫无价值的东西，而是指对于珍贵的舍弃；'牺牲'并不意味着为了善而回绝罪恶，而是因为罪恶而拒绝善；'牺牲'就是为了你并不在乎的东西而放弃你所看重的。

"你用一分钱换回一元钱不叫牺牲；用一元换回一分才是牺牲。如果你经过长年的奋斗获得了自己希望的事业上的成功，那不是牺牲；假如你因为对手而去否认这种成功，就是在牺牲。你把自己的一瓶牛奶给了自己饥饿中的孩子，那不是牺牲；假如你把它给了邻居的小孩而让自己的孩子饿死，那就是牺牲。

"为朋友而解囊相助不是牺牲；如果把钱给了一个毫无作为的陌生人，就是牺牲。在力所能及的范围内对朋友的帮助不是牺牲；在自己窘迫的情况下拿出钱来给他，根据这样的道德标准，只能算是半个美德；假如你宁愿自己情况危急也要拿钱给他，才是牺牲的美德的完全体现。

"如果你放弃自己的所有愿望，把生命奉献给你所爱着的人，你的美德并不完满；你依然为自己保留了一种价值，那就是你的爱。如果你把生命献给随便什么人，品德便高尚了许多。如果你为了自己所恨的人而献出生命——那就是你能达到的最高境界了。

"牺牲是对一种价值的放弃，彻底的牺牲则是对一切价值的彻底放弃。如果你希望功德圆满，就不要指望用你的牺牲换回任何感谢、赞扬、爱、崇敬、自尊，哪怕因为高尚而自豪也不行；一丝一毫的得益都会使你的美德减色。假如你追求的是一种没有快乐的生活，在物质和精神上一无所获，不得到任何利益或奖励——假如你到达了虚无这么空白的地步，你就实现了道德完美的理想。

"你得到的灌输是人不可能实现道德的完美——从这个标准来看，的确如此。只要你活着，不仅谈不上实现这一点，而且衡量你生命和个人价值的尺度是你和虚无，也就是死亡有多接近。

"但就算你真的没有一点激情，像棵小草那样来者不拒、坐以待毙，也还是无法赢得牺牲的美名。放弃自己不感兴趣的东西算不上牺牲，如果你一心想死，那么为了别人而不要自己的性命就算不上牺牲。要想真正做到牺牲，你必须有对生命的渴望，必须热爱它，对于这个世界，以及它带给你的种种神奇，你必须满怀激情——你必须能感受到你的心愿和爱是如何被一柄柄的利刃所剜去。牺牲的品德不仅仅要求你只是把死亡当作理想,还必须在受尽折磨下慢慢死去。

"少跟我说只有今生才会如此,我对来生并不在乎,你们也一样。

"如果你们还想挽救自己的最后一点尊严,就不要说你们能做的只有'牺牲'而已:这种说法会陷你们于不义。如果一个母亲给她饥饿的孩子买了食物,而不是给自己买帽子,这不算牺牲:因为她认为孩子比帽子重要;对于把帽子看得更重要的母亲来说,那才是牺牲,她宁愿饿着自己的孩子,只是出于义务才去喂他。人为了自己的自由奋斗至死算不上牺牲:因为他不愿意像奴隶一样活着;对于愿意这样活着的人,则可以算是牺牲。如果一个人不愿出卖自己的信念,那不算牺牲,除非他是那种根本就没有信念的人。

"牺牲只对那些无可失去的人才谈得上——他们没有价值,没有标准,没有判断,只会胡思乱想,盲目而又易于退让。对于一个把愿望建立在理性的价值上的有良心的人来说,牺牲就等于正确向错误、善良向邪恶低头认输。

"牺牲的信条便是邪恶的道德观——它宣告了自己的破产,承认它无法带给人们任何美德或价值,承认人们的灵魂像下水道一样肮脏,必须让他们牺牲掉才好。它的招供无力教人向善,只会令他们不断地受到惩罚。

"你们是否还傻傻地以为你们的道德要你们牺牲的只是物质上的价值呢？你们所认为的物质价值又是什么？不能使人的愿望得到满足的物质就没有价值，物质只是人实现价值的工具。你们的美德所创造的物质工具被用在哪里了？它们是被你们所认为的邪恶利用：用于你们所反对的原则，用于你们看不起的人，用于达到一个和你们的目标背道而驰的目的——否则，你们的才华便算不上牺牲。

"你们的道德让你们拒绝物质的世界，把你们的价值与物质分割开来。如果一个人的价值不用物质的形式来体现，存在与思想脱离，行动与信念发生冲突，那他就是无耻的伪君子——然而，正是这样的人才会遵循你们的道德，把他的价值同物质分割开来。他爱着一个女人，却跟另一个同床共枕——他赞赏一名工人的才能，雇的却是另一个——他认为一个事业很公正，却把钱捐去支持别的——他手艺高超，却花费精力生产出一堆垃圾——正是这样的人拒绝了物质，认为他们的精神价值无法在物质的现实里得到实现。

"这样的人所拒绝的是不是精神呢？一点没错，这两者是不可能被割裂开的。你就是一个不可分割的物质与意识相统一的实体：拒绝意识，你就会成为一头畜生；拒绝了身体，你就不再真实地存在。拒绝物质的世界，你就是把它拱手交给邪恶。

"这正是你的道德想达到的目的,正是你的准则要求你做的。向你不喜欢的去交纳,为你不崇敬的去效劳,对你认为的邪恶表示臣服——为了别人眼里的价值而放弃这个世界,去否认、拒绝、舍弃你自己。你的自我就是你的头脑,对它的放弃就会让你变成一堆肉,听凭吃人者吞噬。

"所有那些大肆宣扬牺牲信条的人,无论他们用什么样的幌子和动机,无论他们宣称这对你的精神还是身体有好处,无论他们许诺你在天堂重生还是此生享受富贵——他们都是要你放弃你的头脑。那些人一上来就说什么:'追求个人的愿望是自私的,你必须为了他人的愿望而把自己牺牲掉。'——最后还会说,'坚持自己的想法是自私的,你必须牺牲自己的想法而成全他人。'

"可以这样讲:天底下没有比只相信自己的判断、不承认别人的权威和价值观的行为更自私的了。人家要让你把正直的思想、逻辑、理性和你的真理标准都牺牲掉——变得像妓女那样,去迎合多数人的最大利益。

"假如你从你的规范中寻求帮助,想弄清'什么是善'——你只能找到一个答案,'他人的利益就是善'。只要是其他人的愿望,是你觉得他们会有的愿望,或者是你认为他们应该有的愿望,就是善。'他人的利益'是个点石成金的神奇秘方,被当成道德胜利的保证而为人传诵,有了它,一切行为,哪怕是灭绝性的屠杀,都能够消散于无形。你的道德标准不是一个具体的东西，不是一种行动和原则，而是一种意图。你不需要依靠任何证明、理性和成功的实践，不仅如此，你不需要为了他人的利益而去做什么——你只需要知道，你的动机是其他人的利益，而不是你自己的。你对好的唯一定义是一个否定式：好就是'对我不好的'。

"你的准则宣称是在坚持永恒、绝对、客观的道德标准，蔑视讲条件的、相对的、主观的一切——你的准则以它对绝对的解释，就下面这些道德行为作出了规定：凡是你想要的，就是恶；别人想要的，就是善；如果你行动的动机是你的利益，就不要去做；如果是其他人的利益，就大干快上。

"这样的双重结合、双重标准的道德不仅把你分成了两半，也把人类割裂成两个敌对的阵营：其中一方是你，另一方则是所有其他人。唯有你被扫地出门无权指望活命；唯有你是仆人，其他人都是主人；唯有你要付出，其他人都是索取者；唯有你会终生欠债，其他人都是债永远收不完的债主。你不能怀疑他们有要求你做出牺牲的权利，不能怀疑他们的愿望和要求的实质：给予他们权利的是一个否定式——也就是他们'不是你'这个事实。

"你的准则为那些会产生疑问的人设计出了一种安慰和陷阱：它宣称，为了你自己的幸福，你必须为他人的幸福效力，只有为了他人的快乐而将自己的快乐放弃，你才能得到快乐，只有把你的财富献给别人，你才会富有；只有将你自己的生命用来保护别人，你才能安全——如果你这样做的时候不觉得开心，那就是你的错，就证明了你的罪恶；假如你真的善良，你就会从满足他人的过程中感到幸福，就会因为人家愿意扔给你一点面包渣而得到尊严。

"从来没有自尊标准的你于是自认有愧，不敢多嘴，但对于不能承认的答案，你的心里却是清楚的。你拒绝接受所看到的一切，拒绝承认你的世界被暗藏的机关所推动。你不仅知道这诚实的答案，也感觉得到内心阴暗的不安，你在愧疚地欺骗和怨恨地奉行一条难以启齿的原则之间左右为难。

"我向来不接受不劳而获，无过受责，现在，我要问一问被你回避的那些问题。凭什么说为别人而不是为你自己谋取幸福就是道德？如果享受是一种价值，为什么别人享受就道德，而你享受就不道德？如果吃蛋糕的感觉不错，为什么吃到自己的肚子里就不道德，而让别人去吃就道德？为什么你有愿望就不道德，别人有愿望就道德？为什么创造并保留价值不道德，把它给出去就道德？假如你保留价值不道德，为什么别人接受它就道德？如果你把它献出去就无私和高尚，那他们拿走它的时候难道不自私和堕落吗？难道美德就是要为罪恶效力？善人的道德目的难道就是为恶人做出自我牺牲？

"你所回避的无理回答就是：对，索取者并不罪恶，只要他们并未努力赢得你所给予的价值。他们接受它并非不道德，只要他们创造不出，也不配得到这样的价值，同时对你也无以回报。他们享受它并非不道德，只要他们并没有权利得到它。

"这就是你那教义见不得人的本质，是你那双重标准的另一层含义：自食其力不是道德，靠别人来养活却是道德——自产自用不是道德，拿别人的却是道德——自己去挣不是道德，乞讨却是道德——创造者的生存需要寄生虫去作道德评判，寄生虫自己却不受别人的管辖——靠成就谋利是恶，靠牺牲谋利却是善——创造自己的幸福是恶，享受别人的血汗却是善。

"你的准则将人类划分出等级，然后命令他们按相反的规矩去生活：一些人可以什么都想要，另一些则什么都别想，一些人是上天的宠儿，另一些则被诅咒；一些人可以骑在别人头上，另一些则当牛作马；一些是吃人的，另一些则是被吃的。你的等级取决于什么样的标准？又需要什么样的钥匙才能让你进入道德精英的圈子呢？这钥匙便是缺乏价值。

"无论涉及什么价值，总是缺乏价值的人对拥有价值的人提出要求，你的需要可以让你去索取好处。如果你有能力满足自己的需要，这种能力会剥夺你得到满足的权利，但如果你没有这种能力，那么你的需要就会马上带给你掠夺人类的权利。

"一旦你取得成功，任何一个失败者都可以是你的主子，如果你失败的话，任何一个成功者就都成了你的奴隶。不管你的失败是否可信，愿望是否合理，你的不幸是否不该发生，或者是咎由自取，总之是你的不幸让你有了得到好处的权利。无论痛从何来，原因何在，痛都是一种最主要的债权人资格，它可以让你轻易占有所有的生命。

"假如你自己治愈了伤痛，就得不到任何道德的名声：你的准则将此蔑视成一种自利的行为。无论是财富、食物、爱情或权利，只要你用了高尚的方法去得到价值，你的准则就不会认为这是一种道德的收获：你没有令任何人遭受损失，这是一种交换，不是救济；是支付，不是牺牲。在共同受益的利己、商业的范畴内，才有应得这样一说；只有不应得的行为才会要求进行一方受益、另一方受难的道德交易。你因美德而求回报便是自私和堕落；缺乏美德反而将你的要求变成了道义上的权利。

"拿需要作为要求的道德将不存在的空虚当成了它的价值标准。它奖励的是一种空白，一种残缺：软弱、无力、无能、苦难、疾病、灾难、缺少、错误、缺陷——就是虚无。

"是谁在偿付这些要求？是那些因为远离了虚无的理想而遭到咒骂的人。因为一切价值都出自美德，你的美德的等级被用来衡量你应受多少惩罚；你的缺陷的大小被用来衡量你能获得多少。你的法则宣布，牺牲必须是理性之人为了非理性者而做出，独立之人要为寄生虫、诚实之人要为伪诈之徒、正义之人要为邪恶之徒、创造之人要为模仿之徒、正直之人要为毫无原则的恶棍、自尊之人要为了哭天抹泪的精神病而做出。你是否对周围人灵魂的卑劣感到奇怪？具备了这些美德的人不会接受你的道德准则，接受你这个道德准则的人则不会具备这些美德。

"在牺牲的道德观念之下，你首先牺牲的是道德，其次是自尊。当需要就是标准的时候，人人都既是受害者，又是寄生虫。作为受害者，他不得不辛辛苦苦地满足其他人的需要，而自己也堕落成一条靠别人去满足自己需要的寄生虫。在同别人的交往中，他只能同时扮演乞丐和吸血鬼这两种恶心的角色。

"你害怕那个比你少一块钱的人，因为这一块钱本来就是他的，他让你觉得自己像是一个无道德的诈骗者。你恨那个比你多一块钱的人，因为那一块钱原本是你的，他让你觉得自己上了道德骗子的当。少钱者令你愧疚不已，多钱者令你感觉受挫。你不知道应该放弃什么，要求什么，何时放手，何时伸手，生活里的什么东西是你有权去享受的，什么又是你欠别人的债——你只能去做'理论'上的逃避，逃避去想，按照道德的标准衡量，你时时刻刻都身负着罪孽，你吃的每一口饭，都是这世界上某个人的需要——于是你一气之下不愿再费脑筋，你认为道德的完美绝非人能做到，甚至连想都不要想，还是能混就混，躲开那些稚气未脱的眼睛，躲开那些觉得你还能保持自尊的人的眼睛。你的心里只有罪恶——其他人在和你擦肩而过躲避着你的眼睛时，又何尝不是如此？你是否奇怪你的道德为什么没能实现全人类的友爱或人与人的和睦？

"你的道德强调牺牲丑恶无比，而它对于牺牲的辩解更为恶劣。它对你说，你牺牲的动机应该是爱——是你对所有人的爱。这样一种道德相信精神比物质更有价值，它既教唆你去鄙视对所有男人都一视同仁地献出身体的妓女——又要你放弃灵魂，把爱一股脑地献给所有向你索取的人。

"既然财富不会无缘无故地生出来，就同样不可能有无缘无故的爱或任何一种感情。情感是一种对现实的反应，是根据你的标准生成的一种估算。爱就是去估价。如果有人对你说可以不带任何价值地去估价，可以去爱那些你认为一钱不值的东西，那么他还会告诉你，只要能消费，不用生产也可以致富，纸币和黄金是一样值钱的。

"值得注意的是，他不会希望你感到无缘无故的恐惧。他这种人一旦掌权，会非常善于制造各种恐惧，希望通过恐惧来钳制你。可涉及爱——这个情感世界里的至高感情时，你却听任他们对你厉声呵斥，说你要是无法感到无缘无故的爱，那就是一种道德的缺陷。人如果感到无名的恐惧，你就会请心理医生替他诊治；但对于爱的意义、本质以及尊严，你却不那样善加呵护。

"爱是人的价值的表现，是对你的个性和为人所形成的道德品质给予的最高奖赏，是一个人因为从另一个人身上享受到了美德而给予的情感上的回报。你的道德要你把爱和价值分开，将它随便送人，不是因为他值得这份爱，而是因为他需要，不是去作奖赏，而是去作救济，不是对美德的报答，而是给罪恶开出的空白支票。你的道德告诉你，爱是为了让你摆脱道德的束缚，爱高于道德的评判；真爱可以忽略、原谅和容忍对方的一切缺点，爱得越深，就会允许被爱者的身上有更多的邪恶存在。它告诉你，爱一个人的优点乃人之常情，无足称道，爱人的缺点才非同凡响。爱那些值得被爱的人是自我得利，爱那些不值得爱的人才是牺牲。你对那些不值得被爱的人有爱的亏欠，他们越是不配得到爱，你对他们的亏欠就越多——对方越是令人厌恶，你的爱就越高尚——你的爱越是不苛求，功德就越大——如果你能把自己的灵魂降低到垃圾堆那样的程度，对其他同样的人抱着欢迎的态度，如果你不再用道义的眼光去看人，你就做到了道德上的完美。

"这就是你的牺牲道德，这就是它提出的孪生理想：重塑你的身体，让它像畜生般生活；重塑你的精神，让它变得像垃圾堆一样。

"这就是你的目标——你已经达到了。你现在干吗还要哼哼唧唧地抱怨人的无能，抱怨人徒有梦想呢？是不是你用毁灭实现不了繁荣？是不是你在对苦痛的崇拜里找不到快乐？是不是信奉死亡是价值标准的你已经活不下去了？

"你生存能力的强弱取决于你与自己的道德规范决裂的程

度，可是你还相信那些鼓吹你的道德规范的人是亲善的朋友，你谴责自己，并且不敢质疑他们的动机或目的。在面对你的最后一次机会时，好好看一看他们吧——假如你选择灭亡，那么在死的路上，你要知道，你的性命是如此轻易地被一个小小的敌人断送了。

"两派极力宣扬牺牲教义的势力，像病菌般从一处伤口向你秘密地发起了进攻：那就是你不敢去依赖你的思想。他们告诉你，他们拥有一种比头脑更高级的思想工具，一种高于理性的意识模式——这就如同与他们保持着特殊关系的某些全球政客可以向他们通报不为人知的秘密一样。精神的神秘论者们声称他们拥有你所不具备的一种感觉：这个特别的第六感包括的是与你的五种感官获取的知识完全矛盾的东西。物质的神秘论者们懒得在超级感官方面做文章：他们只是声称你的感觉完全没用，他们的智慧能够通过某种说不清的手段察觉出你的盲目。这两种人都命令你抛开自己的意识，向他们的力量举手投降。为了证明他们的知识确实高人一等，他们向你展示出了他们认为与你的了解相反的一切，为了证明他们有对付存在的超强能力，他们带你去看悲惨、自我牺牲、饥荒和毁灭。

"他们宣称，他们感觉到了一种比你在这个世界上的存在更为高等的生存方式，精神的神秘论者们称它为'另一维度'，意在否定时空。物质神秘论者们称之为'未来'，意在否定现在。

要生存就要有同一性。他们又能够给他们的那个高等范畴什么样的同一性呢？他们总是对你说它不是这样的，却从来没告诉过你它应该是什么样子。他们的所有认定都是否定的：他们说，上帝就是不可能为人所知的，接着就要求你把这当作知识——上帝不是人，天堂不在地球，灵魂不在身体上，美德不是谋利。一是非一，感知是非感官，知识是非理性。他们的定义并非在解释，而是在排除。

"只有吸血鬼才会坚持宇宙以虚无为认定标准的理论。吸血鬼会逃避而不去说出它自己的本质——逃避并拒绝知道建造它的独立王国的物质便是人的鲜血。

"他们将存在的世界牺牲后换来的那个高级世界的真面目究竟是什么？精神的神秘论者们诅咒物质，物质的神秘论者们诅咒利益。前一种是希望人们通过抛弃尘世从而得到利益，后一种则希望人们抛弃所有的利益从而得到尘世。在他们那个不讲物质和利益的世界里，河里流淌的是牛奶和咖啡，他们一声令下，美酒便从石头里喷出，他们只需要张张嘴，天上就会掉下馅饼。在这个物质的、追求利益的地球上，即使要建一英里长的铁路，也必须集合智慧、正直、精力和技巧等众多品质；在他们那个不讲物质和利益的世界里，他们随心所欲地往返于星球之间。如果有诚实者问他们：'这是怎样做到的？'——他们会带着正义的嘲笑回答说，'怎样'这种概念只有庸俗的现实者才会有，优越的精神所拥有的概念是'不知何故'。在这个受着物质和利益限制的地球上,要靠头脑的智慧去得到好处;在一个取消了这些限制的世界里,是靠愿望得到好处。

"这就是他们那个卑鄙秘密的全部真相。他们秘传的全部哲学,他们所有的辩证法和超级感觉,以及他们躲闪的眼神和怒吼;他们去毁灭文明、语言、工业和生命,他们刺破自己的眼珠和耳鼓,磨灭他们的感觉,清空他们的头脑,他们将决绝的理性、逻辑、物质、生命和事实统统消于无形,所有这一切的秘密就是:在那虚假的迷雾上空竖起独有的一件神圣的绝对之物:他们的愿望。

"他们想要摆脱的是同一律的限制,他们想要的自由就是逃离现实,无论他们啼哭还是发怒,A 依旧是 A ——即使他们再饿,河里也淌不出牛奶——即使他们觉得再舒服,水也不会自己往高处流,如果他们希望水能上到高高的楼顶,就必须付诸想法和劳动,在这样的过程中,起作用的是一寸寸的管子,他们的感觉则没了用武之地——他们的感觉甚至无力改变空中一粒灰尘的轨迹,或者改变他们做出的任何一个动作的意义。

"那些人告诉你,人无法感知未被他的感官扭曲的现实,他们的意思是,他们不愿意感知未被他们的感觉扭曲过的现实。'事物的真貌'是你的头脑所能察觉到的;如果抛开理性,它们就成了'你一厢情愿想象出来的东西'。

"对理性的反抗绝不可能发自真心——一旦对他们的教义有任何程度的接受,你就有了为你的理性所不容的企图。你想要的自由便是可以不承认这样的事实——偷盗即是恶棍所为,不管你拿出多少去做善事,或是祷告多少次——同别人鬼混,你就不配做丈夫,不管第二天早晨你会觉得自己有多爱你的妻子——你是一个生命体,不是一堆胡乱地飘摇在宇宙之间、凑不到一起、没有任何意义的碎片,这样的宇宙犹如小孩所做的噩梦,景物随便更替,模糊一片,痞子和英雄可以随意交换角色——你是一个人——你是一个生命体——你是存在。

"无论你是多么想宣称这神秘的愿望是一种更高深的生命状态,对事物本来面目的混淆都等于希望它们不存在。希望什么都不是,就等于不想活了。

"你的老师,也就是这两派神秘论者,已经将因果关系在他们的意识中进行了颠覆,接着就要去颠覆它在现实中的存在。他们认为他们的情绪是起因,而他们的头脑则是一种被动的结果。他们把情绪当成感知现实的工具,认为他们的愿望不可忽略,至关重要,是凌驾于一切事实之上的事实。诚实的人在认清他所渴望的对象之前不会想入非非,他会说:'因为它存在,所以我想得到。'他们说的却是:'因为我想得到,所以它存在。'

"他们企图骗过存在与意识的公理,企图不再用他们的意识去感知，而是把它作为制造存在的工具，也不认为存在是客观的，而是把它当成他们意识中的主观因素——他们企图成为他们想象中的上帝之类的东西，可以凭空臆想造出个宇宙。但现实是难以被欺骗的，他们得到的与他们的渴望正相反。他们想拥有统治现实的力量，反而失去了他们意识的力量。他们拒绝去认清一切，从而使自己陷入了无边无际的未知的恐惧。

"那些将你吸引到他们教义里的非理性愿望，那些被你奉为偶像，并为它们牺牲了整个世界的情绪，以及你内心之中那股黑暗的、时隐时现的、被你看成上帝或者你心里的声音的激情，不过是一具你思想的死尸而已。那股与你的理智交锋、让你难以解释和控制的情绪，不过是一具由于你的拒绝思考而陈腐凋敝的大脑残骸。

"只要你们还有拒绝思考、拒绝观察的罪恶行为，在无情的现实面前还抱着哪怕一个小小的愿望，只要你还说什么：但愿我偷饼干或者谎称上帝存在的事能躲过理性的审判，让我在皈依理智前最后异想天开这一回——你就是在违背自己的意识，腐蚀自己的头脑。你的头脑便成了一名被收买的、听命于诡秘的地下势力的法官，他的判决便不敢去面对严酷的现实，并会因此去篡改证据——这样的结果便是一种审查后被分化的事实，你所选择看到的只是星星点点的碎片，被一种不必思考的情感，也就是头脑的防腐剂维系在一起。

"你想溺死的是具有因果关系的联系，你想击败的对手是因果规律：它不会给你带来奇迹。因果规律将同一律落实到了行动之中。一切行动都源自存在的实体，行动的本质生成并取决于采取行动的实体；任何事物的行为都不会违背本性。行动如果不是来自一个实体，便是出自虚无，这就意味着虚无控制了一个具体的物体，无形的东西控制着有形，不存在的东西控制着存在——这就是你的老师们一心想要的世界，这就是他们盲目行动的学说的来源，他们反抗理智的原因，他们道德的目标，他们的政治哲学，经济主张，这就是他们想达到的理想：虚无的统治。

"同一律也不允许你既想吃掉蛋糕，又想留着它。根据因果规律，只有先有蛋糕才谈得上去吃蛋糕。但假如你在脑子里将这两种规律统统抹去，对己对人都装出视而不见的样子——你就会声称有权今天吃你的蛋糕，明天再来吃我的，就会宣称，在烤出蛋糕前吃掉它才会有蛋糕，生产的方式就是先消费，白日做梦者有平等的权利去要一切东西，因为一切的产生都是无缘无故的。'无缘无故'在物质上造成的结果就等于不劳而获在精神上造成的结果。

"只要你反对因果规律，你的动机就是想欺骗，这比对它的逃避更为恶劣：你是要把它颠倒过来。你想平白就得到爱，仿佛原本是结果的爱能够带给你本来是原因的个人价值——你想平白就得到尊敬，仿佛原本是结果的尊敬能带给你本来是原因的美德——你想平白就得到财富，仿佛原本是结果的财富能带给你本来是原因的能力——你乞求怜悯，是怜悯而非公正，仿佛平白得到的原谅可以消除作为起因的你的乞求。为了能纵容你那丑陋的欺骗，你就去支持你的老师们的教条，他们则像野猪般叫嚣着本是结果的花费创造了本是原因的富有，本是结果的仪器创造了本是原因的智慧，本是结果的性欲创造了本是原因的思想价值。

"谁在支撑这一闹剧？谁造成了这样的无缘无故？谁是受害者，被诅咒着默默无闻地死去，免得他们的愤怒会戳破你们假装他们不存在的假象？正是我们这些有头脑的人。

"是我们创造出了你们所觊觎的价值，我们所做的思考是定义同一性和发现联系的过程。我们教你们学会去知道，去说话，去生产，去渴望，去爱。你们舍弃了理智——如果不是我们将它保存起来的话，你们就无法实现你们的愿望，甚至连想都想不到。你们根本无法渴望没做出来的衣服，没发明出来的汽车，用没设计出来的钱去换回不存在的商品，体会那些一事无成的人所体会不到的被尊敬的感受，得到属于那些保留了思考、选择和估价能力的人的爱。

"你们这些人，仿佛野人一样从你们的感觉的丛林里跳到了我们的纽约的第五大道，宣布要占有电灯，却要将发电机毁掉——在毁灭我们的同时却占有着我们的财富，在诋毁我们的同时却享受着我们的价值，在否认思想的同时却说着我们的语言。

"正如你们那些精神的神秘论者漠视我们的存在，同时依靠我们的世界去幻想他们的天堂，并且承诺你们会得到奇迹，从空空无物中创造出的奖赏——你们那些物质的神秘论者也无视我们的存在，向你们承诺有一个天堂，在那里，事物会听从它自己无缘无故的意愿驱使，变成你们那没有思想的大脑想要的各种好东西。

"几百年来，精神的神秘论者是靠收取保护费得以存在的——他们令人世间苦难重重，然后向你们收取安抚慰问的费用。他们严禁一切支持生命的美德存在，然后便骑上你们负罪的肩头。他们宣布生产和享受是罪恶，然后从罪人那里收取赎金。我们这些有头脑的人便是他们教义里不言而喻的受害者，我们情愿违犯他们的道德规范，担负起视理性为罪恶的非难——他们空想和祈祷的时候，我们在思考和行动——我们成为道德的流放者，当生命被认为是罪恶时成为生命的走私犯——而他们可以身披道德的荣耀，因为他们不必再去贪图，可以无私慷慨地奉献，而他们奉献的财富的创造者是已被抹杀干净的人们。

"现在，我们在野人的枷锁下被奴役，无名无姓，甚至连罪人的身份都没有——他们宣称我们并不存在，并威胁说，如果不能给他们我们并未生产的那些东西，那我们仅有的这点可怜的生活权利也将被剥夺。他们现在要我们继续维持铁路，保证火车的准点运行；要我们继续维持钢铁厂，保证支撑你们桥梁的钢筋和载你们上天的飞机机身里的分子结构分毫不差——与此同时,你们那些小丑般的物质神秘论者却对我们这个残存的世界你争我夺,像野兽一样嚎叫,不承认原则、绝对、知识、头脑的存在。

"他们堕落得连野人都不如,还相信他们说的话有改变现实的魔力,相信他们不说出口,现实也可以被这种魔力改变——他们的魔法工具就是消除一切,自欺欺人地认为,在他们拒绝承认的邪恶咒语面前,一切都不可能生存。

"正如他们的身体里填满了偷来的财富,他们同样用偷来的思想填满自己的脑子,并且声称诚实的表现就是拒绝知道有人在偷窃。正如他们用结果来顶替和否定原因一样,在占有我们思想成果的同时,他们也否认着这些思想的来源和存在。正如他们是想霸占而不是去建造工厂一样,他们是在霸占而不是去思考人类的思想。

"正如他们宣称经营工厂只要会开机器就行,而谁来创建工厂的问题则不用考虑一样,他们同样宣称并不存在实体,存在的只是运动,全然不顾运动的前提是要有会动的物体,没有了实体的概念也就没有了所谓的'运动'。正如他们宣称自己有不劳而获的权利,而不顾谁是创造者一样,他们同样宣称同一律并不存在,存在的只有变化,全然不顾变化的前提是要有能发生从此到彼的变化的东西,没有了同一律也就不可能有所谓的'变化'。正如他们一边压榨着企业家，一边又对他的价值予以否认一样，他们同样想霸占一切存在的力量，同时又否认'存在是存在着的'。

"'我们知道自己一无所知，'他们一边嚷嚷，一边抹杀着他们霸占知识的事实——'不存在绝对，'他们一边嚷嚷，一边抹杀着他们所说的也正是一种绝对的事实——'你不能证明你是存在的或有意识的，'他们一边嚷嚷，一边抹杀着证明本身便要求具备存在、意识以及一系列严谨的知识：必须要有某些需要了解的事实，能够了解它的意识，以及将已被证明与未被证明区分开来的知识。

"一个还不会说话的野人宣布一定要证明存在时，他是在要你用不存在的方法去求证——当他宣布一定要证明你的意识时，是在要你用无意识的方法去求证——他是要你进入一个没有存在和意识的地方向他证明这两者的存在——他是要你变成虚无，去知道什么是虚无。

"当他宣布公理是一种随意的选择，他不接受'他存在'这个公理时，他就是在抹杀事实。既然能说出这句话，就说明他已经承认了自己的存在，要想否认的话，就别信口雌黄，闭上嘴去死好了。

"公理阐明了知识以及与该知识相关的其他进一步论断的基础，无论讲话者是否想将它阐明，它必然已被其他所有的论述所容纳。公理是一个命题，它所表明的事实令对手们无力反驳，他们不得不承认它，即使在各种对它进行否定的企图中，也会应用到它。让拒不承认同一律的空居人在表述他的理论时不要用同一性的概念或者经它衍化而来的任何概念——让拒不承认名词存在的半人半兽试试去发明一种没有名词、形容词或动词的语言——让拒不承认感知力存在的巫医试着不依靠感知来证明他的理论——让拒不承认逻辑存在的害人者试着不用逻辑去证明他的话——让那些号称十五层的高楼用不着地基的侏儒试着去把他自己楼房的地基扒出来——让那些叫嚣说人的思想自由在创建工业文明后便毫无用处的吃人者从大学经济系主任的位置上退下来，拿起弓箭，穿起兽皮。

"你是否认为他们把你带回了黑暗时代？他们带你回到的黑暗时代是历史上前所未有的。他们不仅仅要退回到尚无科学的年代，还想后退到没有语言的时期。他们是要让你失去人的思想、生活及文化赖以生存的概念：客观现实的概念。一旦你能认识到人类意识的发展历程——就会识破他们的用意。

"野人是一种还未理解A就是A和现实的真实性的动物。他把自己的头脑禁锢在婴儿的水平上，仍处于初始的感官意识萌芽阶段，还分不清物体之间的区别。这个世界只有在婴儿的眼里才会是一团看不出物体的模糊闪动——当他能认出那个晃来晃去的影子是他的妈妈，她身后那团漩涡般的东西是一道帘子，开始明白这两样都是实在的、不可互相替代的东西，它们就是这个样子，它们存在着的时候，他便开始有了头脑。当他明白物体没有主观意识的时候，他就有了他自己的主观意识——这时他就成了一个人。当他明白从镜子里看到的反射不是错觉，既真实而又并非他本人——在沙漠里看到的海市蜃楼不是错觉，令它生成的空气和光是真实的，但那并非城市，只是城市的折射影子而已——当他明白他不是被动地获得各种感觉，他无法从那些各有含义、互不相干的感觉碎片里获得知识，他的知识是将那些具体的含义通过大脑整合而成的——当他明白他的感觉不会骗他，物体不会无缘无故地活动，他的感知器官是生理构造，本身并无意志，不会去编造或篡改，它们呈现给他的是绝对的事实，但他的大脑必须学会加以理解，他的大脑必须认清感觉所带来的真相、原因和来龙去脉，必须对感知到的一切加以识别——这时，他便成了一个善于思考的科学家。

"我们完全做到了这一切；你们所选择做的是其中的一部分；野人则永远不会做到。

"对野人来说，世界是一个莫名其妙的奇迹，各种可能都会在没有生命的物体身上发生，而他则全无机会。他的世界并非未知，而是那种非理性的恐怖：不可知。他相信有形的物体被赋予了一种神秘的意志，是被没有道理、不可预知的奇怪力量所推动的，而他则只能像个小卒子那样，听凭一股他无法掌控的力量摆布。他相信自然被无所不能的魔鬼们所统治，现实是他们任意耍弄的玩具，他们随时可以将他碗里的饭变成蛇，将他的妻子变成甲虫，将他从来没发现过的 A 变成任何一种不是 A 的东西，他唯一的想法就是不要试图去了解任何东西。他什么都指望不上，只能去希望，他一生都在希望，在乞求魔鬼们手下开恩，让他能实现几个愿望。一旦他们开了恩，他自然会归功于他们，一旦他们没答应，他便自怨自艾，用他的感激和内疚作为向他们献身的筹码，在恐惧之中向着日月风雨和任何一个将他宣布为代言人的歹徒顶礼膜拜。只是，他的话莫名其妙，他的面具足够吓人——他的愿望、乞求、五体投地和死亡为你留下的，是一个他所崇拜的人、兽、蜘蛛混合为一体的畸形怪物，这便是他对生命的看法，一个失去本来面目的世界的化身。

"你们现在的老师们心里想的和他不谋而合，他们要带给你们的正是他的这种世界。

"如果你们不知道他们怎么才能达到这样的目的，就去任何一间学校的教室里看看吧。你们会听到教授们正在教育你们的孩子说，人什么都确定不了，人的意识完全靠不住，他掌握不了任何事实和生命存在的规律，无法了解现实中的物体。那么，他的知识和真理的标准又是什么呢？他们会回答说，只要是别人相信的都行。他们教导说，世上根本没有什么知识，有的只是信仰：你们相信自己的生命是一种信仰，这和别人相信他有权杀死你们毫无差别；科学的公理是一种信仰，与神秘论者相信上天的启示毫无差别；相信发电机可以点亮电灯是一种信仰，与相信月初第一天在梯子下亲兔子脚也能点亮电灯毫无差别——真理可以任人们随心所欲，这里的人们可不包括你们自己；现实是人想怎么说就怎么说的，不存在什么客观事实，只有人们的随意想象——在实验室里靠试管和分析寻求知识的人是落伍和迷信的傻瓜；真正的科学家应该到处去收集公众的看法——如果不是那些制造钢铁的自私贪婪的生产者们为了获取他们的既得利益而阻碍了科学的进步，你们就会知道纽约市并不存在，因为如果对全世界的所有人做一项调查的话，大多数人都会说他们的信仰无法允许它存在。

"几百年来，精神神秘论者一直宣称信仰高于理性，却从不敢否认理性的存在。与他们一脉相承的物质神秘论者则已经完成了他们的使命，实现了他们的梦想：他们宣称一切皆是信仰，并称之为对信仰的叛逆。为了反对那些未经证明的论断，他们宣称一切都无法被证明；为了反对超自然的知识，他们宣称没有知识；为了反抗科学这个对手，他们宣称科学是迷信；为了反抗对头脑的禁锢，他们宣称头脑压根儿就不存在。

"如果你们放弃了自己的洞察力，同意将你们的客观标准转变为集体的标准，然后等着让众人告诉你们该如何思考，你们就会在遭到你们抛弃的眼前看到另一个机关在启动：你们会发现你们的老师们成了众人的统治者，假如你们拒绝服从他们，抗议他们并不是全体人民的话，他们会回答你们：'你们凭什么说我们不是？兄弟，你们怎么还在用这种老掉牙的说法？'

"假如你们对他们这样的居心还有怀疑的话，注意一下物质神秘论者为了让你们忘记'头脑'这样的概念的存在，从始至终是多么不遗余力。注意一下他们语焉不详、长篇大论的说教手段，他们词语空洞，无头无尾，总是想找办法不承认'思考'这个概念。他们告诉你们，你们的意识是由'条件反射'、'反应'、'经验'、'愿望'和'动力'组成的——却拒不说明是靠什么得出了这样的结论，拒不说明他们这样的说和你们这样的听等于在干什么。语言能够对你们起作用，他们说，却拒不说明语言为什么能够改变你们的——空白。读书的学生对书的理解是通过一种空白的过程，搞发明的科学家进行的是一种空白的行为，为精神病患者出诊、解决疑难的心理学家用的是空白的方法。企业家——空白——根本没有这样的人。工厂和树、石头、泥塘一样，都是一种'天然的资源'。

"他们对你们说，生产的问题已经得到解决，不值得再去研究和操心了，现在唯一剩下的要靠你们的'条件反射'去解决的是分配问题。是谁解决了生产的问题？是人类，他们回答。解决的办法是什么？东西已经摆在这里了。它们是怎么来的？反正就是来了。原因何在？一切都是没有原因的。

"他们宣称只要人一出生，无须劳作就有权活下去，纵然违背自然法则，也有权获得'最低限度的生计'——食物、衣服、住房——这些东西是他不用努力，天生就该得到的。是从谁那里得到的？空白。他们宣布，每个人都平等地拥有科技在这个世界上创造出来的好处——那是谁创造的？空白。以企业家的捍卫者自居的抓狂的胆小鬼们，现在将经济定义为'在人们无限的欲望和限量供应的物资之间的一种调节'。由谁来供应？空白。以教授自居的知识强盗们对前辈思想家不屑一顾，说他们的社会理论建立在人是理性动物的不切实际的假设基础上——他们宣称，既然人并无理性，就应该建立起一种制度，使人们能够在没有理性的情况下生存，也就是说：藐视现实。由谁去建立这样的制度？空白。只要有任何一个流落街头的平庸之才迫不及待地把他抑制人类创造的计划印刷出版——人们无论是否同意他的论据，都不会质疑他有靠枪杆子强制施行计划的权利。强制谁？空白。随便几个靠着来历不明的收入在全世界逛游一通的女人在回来后便散布说，落后地区的人民要求有一种更高水平的生活。向谁要求？空白。

"为了防止有人追究小山村和纽约城形成巨大反差的原因，他们无耻地说人是具有'制造工具'的本能的动物，以此来解释摩天大厦、悬索大桥、发动机、火车等人类工业的进步成果。

"你们不知道这个世界问题何在吗？现在你们所看到的就是

提倡平白无故、不劳而获的教义所达到的顶峰。所有这些精神或物质的神秘论者们正在为取得统治你们的权力而互相争斗，对你们这些愿意不要头脑的人吼叫说，爱能解决你们精神方面的所有问题，而痴心妄想能解决你们肉体方面的所有问题。人的尊严在他们眼里还不如一头牛，在对待人时，甚至对连驯兽师都能告诉他们的道理置之不理——对动物不能用恐惧去驯服，受折磨的大象会践踏令它受折磨的人，不会为他干活和驮东西——他们指望人在得到限量的一点粮食后，在皮鞭的驱赶之下，还能继续生产灯管、超音速飞机、强劲的发动机和太空望远镜。

"要彻底认清神秘论者的面目。他们多少年来的唯一目的就是削弱你们的意识——他们的唯一欲望就是强行统治你们。

"无论是愚昧荒唐地歪曲现实，将受害者的头脑几百年来一直抑制在对超自然的恐惧中的山野巫师——或是中世纪的超自然学说，让人们挤住在泥泞不堪的牲口棚内，唯恐魔鬼会偷走他们辛苦了十八个钟头才弄到嘴边的一碗汤——还是那个一脸奸笑的教授，信誓旦旦地说你们的大脑不能思考，你们无法感知，唯有盲目遵从社会这个超乎自然的万能意志——他们的行为都是一样的，都是为了一个共同的目的：把你们变成放弃意识的一团烂泥。

"但是，没有你们的同意，这些就不可能得逞。如果你们同意了这样的做法，那就是自作自受。

"当你们听着神秘论者长篇大论地讲人类头脑的无能,并且开始怀疑你们自己,而不是他的想法,当你们任由你们那本不坚定的半理性状态在他人的断言之下动摇,并且认为还是听信他的高明见识更为稳妥时,你们双方就都非常可笑:唯一能让他感觉心里有底的便是你们的认可。神秘论者害怕的超凡力量,他顶礼膜拜的冥冥神灵,他认为万能的那种意识,正是属于你们的。

"神秘论者是一碰到他人的思想就缴械投降的人。当他自己对现实的理解与别人的论断发生冲突时,在人家的任意吆喝和自相矛盾的命令面前,他就像个小孩那样怯懦地不敢坚持主见,从而放弃自己的理智。在面对'我知道'和'他们说'这两种选择时,他就选择别人的权威,宁愿顺从也不想弄懂,宁愿相信也不想思考。相信超凡的力量渐渐演变为相信别人总高他一筹。他的认输表现为总觉得必须去掩饰他理解力的不足,觉得别人知道一些他不知道的秘密,觉得现实就是被他们用某些他永远都得不到的手段随意摆弄成的样子。

"畏惧思考的他从此便听任说不清的情绪发落。他的感觉成为他唯一的指引和他仅余的一点人的特征,于是他便不顾一切地抓紧了它——但凡思考,他的目的都是千方百计地不去看到自己的感觉实际是恐惧。

"当神秘论者号称自己感觉到有高于理性的力量存在时,他的确有此感觉,但这并非宇宙万能神灵的力量,而是任何一个他所碰到，并为之放弃他自己思想的路人的意识。神秘论者急于对其他人无所不能的意识加以影响、欺骗、恭维、蒙蔽和压迫。'他们'是他打开通向现实之门的唯一一把钥匙，他觉得一旦离开他们神秘的力量，不把他们那算不得数的认可索要到手的话，他就无法生存。'他们'是他唯一的感知手段，如同盲人靠狗引路一样，他觉得为了活下去，他就必须拴住他们。控制别人的意识成了他唯一热衷去做的事情；对权力的欲望是一株野草，只会生长在贫瘠荒芜的大脑之中。

"每个独裁者都是神秘论者，每个神秘论者都是潜在的独裁者。神秘论者渴望得到的不是人们的拥护，而是他们的服从。他希望人们能像他那样，放弃他们的意识，听命于他的主张，他的法令，他的愿望，他的幻想。他想用信仰和暴力这两种手段去对付人——通过事实和理性去取得拥护令他难以满足。理性这个敌人既让他害怕，又让他觉得危险：对他而言，理智是一种欺骗手段，他觉得人具备某些比理智更有效的力量——只有他们平白无故的忠信或被迫之下的服从才能令他感觉安全，才能证明他获得了对他所缺乏的神秘禀赋的掌控。他想做的是发号施令，而不是说服：说服需要依靠他自己，而且要取决于无情的客观现实。他寻求的是一种高于现实的力量，能够超出人们的头脑——这种会在存在与意识之间对他的意图有所察觉的能力，好像只要人们同意了他伪造现实的命令，现实就真的能伪造出现实一样。

"正如神秘论者在实质上是一条榨取别人财富的寄生虫那样——正如他在精神上是一条霸占他人智慧的寄生虫那样——他比自造扭曲现实的疯子还要疯狂,已经到了寻求别人创造的扭曲现实的变态寄生虫的地步。

"只有一种状态能够满足神秘论者对无限、无因、无名的追求:那就是死亡。无论他如何把那些莫名其妙的理由归因于他表达不出的感受,拒绝现实就是拒绝存在——从此,推动着他的情绪便是对人的一切生命价值的仇恨,以及对摧毁它的所有邪恶的向往。神秘论者欣赏苦难、贫穷、屈从和恐惧的景象,这些令他有一种胜利的感觉,是击败理性现实的一种证明。只不过,不会再有别的现实存在了。

"不管他自称是在为谁的利益服务,无论是为上帝还是为被他称作'人民'的那些出离灵魂的怪物,无论他用神乎其神的言辞喊出什么理想的主张——在这样一个现实和世界里,死亡便是他的理想,屠杀便是他的渴望,只有使人受尽苦难才能令他称心如意。

"毁灭是神秘论者的理论能达到的唯一目的,这正是你们如今所看到的。假如他们造成的破坏还没有让他们反思自己的理论,假如他们口口声声说被爱感动,却对成堆的死人尸骨无动于衷,那正是因为相比你们能去听的他们的那些无耻借口——只要目的正当，可以不择手段，采取恐怖的手段是为了达到高尚的目的——他们的灵魂更加卑鄙。事实是，那些恐怖就是他们的目的。

"你们堕落到相信自己可以在神秘论者的专制下苟且偷生，可以俯首听命地去取悦他——想取悦他是办不到的；你们要是听话，他就会把命令反过来，他完全是为了顺从而命令人去顺从，为了毁灭而进行毁灭。你们怯懦到相信只要对他的颠倒黑白忍让一时，就能和他达成妥协——他是收买不了的，他想要的贿赂是你们的生命，慢也好，快也罢，只要你们愿意将它放弃——他想去贿赂的怪物是在他心中隐藏着的空白，是它驱使他进行屠杀，好让他明白他所渴望的灭亡也正是他自己的归宿。

"你们天真到相信驱使着眼下四处横行的暴力的，是贪得无厌的掠夺——神秘论者所进行的大肆掠夺只是用来掩盖他们真实用意的障眼法。财富是人类生活的一种工具，他们模仿着生命，要求得到财富，自欺欺人地装出一副希望生活下去的样子。但面对霸占来的财物，他们并不是高兴地沉溺其中，而是卑鄙地逃避。他们并不想要你的财富，他们是想让你失去它；他们并不希望成功，他们是想让你失败；他们并不想活，他们是想让你死；他们什么都不想得到，他们痛恨存在，他们始终奔逃，全都不想看到他们所痛恨的正是他们自己。

"你们从来没有认清过邪恶的本来面目，还把他们说成'误入歧途的理想主义者'——但愿被你们发明的那个上帝能饶恕你们！——他们才是邪恶之本，正是他们这些反对生命的东西企图将世界鲸吞，以填补他们灵魂失去自我的空白。他们眼里盯着的不是你们的财富，他们进行的是一场针对思想而设下的阴谋，说穿了就是：与生命和人类作对。

"这场阴谋没有领头人和方向，眼下这伙趁火打劫的歹徒是一堆从决堤的陈年地沟和水坝里泛出来的渣滓，把自己对理性、道理、才能、成就以及快乐的仇视填在这道地沟里的，则是每一个鼓吹过'心'优于脑的反人类者。

"实施这场阴谋的是所有那些不想寻求，而是想逃避生命的人，他们只想砍掉现实的一角，却感觉到自己被其他争先恐后的砍削者所吞没——这样的一个阴谋用逃避作为纽带，将虚无的追逐者们统统聚到了一起：因为自己不会思考而乐于摧残学生头脑的教授，因为自己一事无成而乐于束缚竞争对手的商人，因为对自己充满厌恶而乐于摧垮自尊者的精神病，乐于破坏别人成果的无能之辈，乐于毁灭天才的平庸者，乐于阉割所有感官享乐的太监——以及支持他们，叫嚣说牺牲美德就能让恶行转化为善行的思想上的军火商。死亡是他们的理论的根本出发点，死亡是他们的行动想达到的目标——而你们则是他们最后的一批受害者。

"我们这些曾经挡在你们和你们的理论之间的活生生的缓

冲，再也不会从你们的选择带来的后果中挽救你们了。我们再也不愿意用我们的生命去抵偿你们一生的欠债，或者偿还你们身后多少代人积累出的道德赤字。你们一直在借债度日——而我就是来讨债的。

"我就是那个生命被你们的空白给忽略掉的人，我就是那个你们想让他不死不活的人。你们不想让我活，是因为你们害怕知道，是我担负起了被你们丢掉的责任，你们的生命要依靠我；你们不想让我死，是因为你们其实已经知道了。

"十二年前，我是一个生活在你们世界里的发明者。我这行是人类历史上最后一个出现，却第一个被赶出去从而消失的职业。一个发明者对一切都会问'为什么'，并且不允许有任何东西横亘在答案和他的头脑之间。

"与人们曾经发现蒸汽和石油的用途一样，我发现了一种自地球诞生以来就一直存在的能源，但人们还不知道该如何使用，只是把它当成崇拜与恐惧的对象，当成和上帝震怒相关的神话。我做出了一个发动机的试验模型，它会给我和我的雇主带来滚滚财富，会提高一切能源应用的效能，令你们为生活所工作的每一小时都取得更大的收益。

"后来的一天夜晚，我在工厂的会议上得知自己因为取得了这项成果而被判处死刑，我听到三个寄生虫把我的头脑和生命划归他们所有，我是否还能生存取决于他们是否满意。他们说，我的才能应该去满足那些不如我的人的需要。他们说，因为我的生存能力强，我就没有生存的权利；由于他们无能，他们才有不受限制的生存的权利。

"在那时，我便看出了这个世界的顽症，看出了是什么毁灭了人类和家园，应该到哪里去争取生活的权利。我看出对手是被颠覆的道德——而我的认可是它唯一的动力。我看出邪恶的无能——它没有理智，盲目，抗拒真实——它取胜的唯一武器就是善良甘愿为它效劳。正如我周围的寄生虫们口口声声说他们只能依靠我的头脑，并且指望我能主动作他们无力强迫我作的奴隶，正如他们企图靠我牺牲自己来使他们的计划得到完成——纵观全球和人类的历史，从游手好闲的亲戚进行的敲诈勒索，到集体主义国度实施的暴行，无论说法和形式如何，都是善良、能干、有理智的人在自掘坟墓，把他们善良的血液输给了邪恶，并让邪恶向他们传递毁灭的毒药，使邪恶得到生存的力量，自己得到的却是死亡。我看出邪恶要想战胜任何善良的人，都必定要得到他本人的同意——如果他坚决不肯，别人再怎么伤他也没用。我看出我只要在头脑中说出一个字，就可以阻止你们的暴行。于是我说了出来，这个字就是'不'。

"我离开了那家工厂，离开了你们的世界，每天所做的就是提醒受害者，并把跟你们斗争的方法和武器交给他们。这方法就是要进行反击，武器就是正义。

"如果你们想知道我离开之后你们失去了什么，加入我罢工队伍的人们何时放弃了你们的那个世界——你们可以去一片没有人迹的荒漠问问自己，如果你们拒绝思考，而周围没有人教你们该怎样做，你们能活成什么样，又能坚持多久，或者假如你们去思考的话，你们的脑子又能发现多少东西——问问你们自己这辈子作过多少独立的决断，花过多少时间做你从别人身上学来的那些事——问问你们自己能不能发现耕地种粮的方法，能不能发明轱辘、杠杆、感应线圈、发动机和电灯——然后再想想那些有才华的人是不是在依靠你们的劳动果实生活，在掠夺你们创造的财富，想一想你们敢不敢相信自己还有力量去奴役他们。让你们的老婆看一看那个满脸沧桑、乳房下垂、成年累月坐在地上磨粮食的山野妇人——然后让她们问问自己，她们所谓的'制造工具的本能'能否给她们带来电冰箱、洗衣机和吸尘器，如果不能的话，她们是否要把能够创造出这些东西，但绝非依靠'本能'的人毁掉。

"看看周围吧，你们这些野人，还结结巴巴地说什么思想是从人的生产工具而来，造出机器的并不是人的脑子，而是造出人类思维的那股神秘力量。你们从来就没有发现过工业时代——还死守着靠奴隶苦力挣扎过活的蛮荒时期的道德。每个神秘论者都害怕物质现实，因而希望能有奴隶保护他。而你们呢，你们这些可笑的返祖动物在身边林立的高楼大厦和烟囱前茫然发呆，梦想着能对创造出这一切的科学家、发明家和企业家们进行奴役。在你们叫嚣着要把生产工具充公时,就是在叫嚣要把头脑充公。我已经告诉了罢工者们,你们只配得到一个回答:'过来拿一拿试试。'

"你们声称自己对非生命的东西所具有的力量无可奈何,对于那些做出了令你们难以企及的壮举的人,你们却想去控制他们的头脑。你们口口声声说离开我们就活不成,却想一手控制我们的生存条件。你们声称需要我们,却始终愚蠢地认为你们有对我们进行高压统治的权利——现实让你们觉得恐惧,我们这些人可不怕它,你们却认为我们会怕那个说动你们来统治我们的饭桶。

"你们说想根据下面这些宗旨建立起一种社会秩序:你们对自己的生命无力把握,却能够控制其他人的生命——你们不适合生活在自由之中,却适合去做万能的统治者——你们自己的智慧养不活你们自己,却可以对政客进行评定和挑选,让他们全权操控你们从未见识过的艺术,从未研究过的科学,全然不懂的成果,以及就连给那里的修理工打下手你们都认为自己难以胜任的庞大的工厂。

"这样一种对虚无的顶礼膜拜,无能的象征——先天的难以自立——就是你们用来重塑自己灵魂的人的形象和你们的价值标准。'这只是人的本性。'你们就是如此低三下四地为所有堕落的行径开脱，企图让'人'这个概念等同于怯懦者、傻瓜、撒谎者、骗子、失败者、胆小鬼，从而逃离人类对英雄、思考者、创造者、发明者、强者、坚定以及纯洁的追求——仿佛人的本性就是'去感觉'，而不是去思考；是失败，而不是成功；是腐败，而不是高尚——仿佛人注定无法生存，就是应该灭亡。

"为了剥夺我们的荣耀，从而进一步剥夺我们的财产，你们一向把我们视为不配得到道德肯定的奴隶。只要自称是非营利的组织，你们就予以称颂，对赚钱养活了这些组织的人却加以鞭挞。你们认为让人白吃白拿的服务'符合大众利益'；而要人掏钱的东西则不是大众所需。'大众利益'就是救济施舍，进行买卖交易则有损大众。'大众的福祉'就是那些坐享其成者的福祉，而劳动者则无权享受。对你们来说，'大众'就是无德无能之人，任何具备了美德与价值、供养你们生存的人都不再被视为大众或者人类的一部分。

"只要被你们迫害的人说个'不'字，就足以令你们的体系土崩瓦解，是什么使你们对此视而不见，还认为这样一堆矛盾百出的垃圾行得通，并且妄想把它描绘成理想社会的蓝图？是什么使得粗俗野蛮的叫花子在面对比他强得多的人时，能把疼痛抛在脑后，用威胁的口吻索要帮助？你们和他一样哭叫着让我们可怜你们，但隐藏在内心里的则是你们那套道德规范，教你们要利用我们的歉疚感。你们指望我们在你们的丑恶、创伤和失败面前对我们具有的美德感到惭愧——惭愧生命的成功，惭愧享受着为你们所谴责的生活——同时却在求我们帮你们活下去。

"想知道谁是约翰·高尔特吗？我是头一个不把自己的才能视为罪责的人，我不因为自己的优点而去悔过，或者允许它们被用来毁灭我自己。我头一个拒绝为那些想用我的死保住他们性命的人做出牺牲。我是头一个说我不需要他们的人，他们必须接受我和他们的生活中都不存在对方的现实，直到他们学会把我当作商人，用等价交换的方式跟我交往，到那时，我就会让他们明白是谁在要求，又是谁才有本事——如果以人类的生存作为标准，谁的道理才是生存之道。

"我精心计划所做的一切，其实已经自然而不为人注意地在历史上出现过了。有识之士在抗议和绝望中罢工自古屡见不鲜，但他们并不知道他们的行动的含义。有人隐出大众的视野，独自思索，却从不将他的想法告知世人——有人在平凡卑微中默默终其一生，始终抑制着自己思想的烈火，绝不让它显现于这个为他所鄙视的世界——有的人不堪忍受，有的人一上来就放弃了，有的人宁愿放弃也不肯妥协，有的人因壮志难酬而消极应付——他们是在罢工，是在罢工中抗议理性的丧失，抗议你们的世界与价值。尽管他们并不清楚自身具有的价值，却陷入绝望愤慨的黑暗，因而放弃了对它的探求，他们一身正气却尚未弄懂正义的真正内涵，满腔激情却尚未理解欲望的概念，他们将现实的控制权拱手让给你，丧失了自己头脑的动力——他们如同从未搞清反抗目标的反抗者，如同从未发觉心中挚爱的爱人，在苦涩中忍受着百无一用的滋味，直到死去。

"那个不堪回首、被你们称作黑暗时期的年代便是智慧罢工的年代。能干的人们躲入地下，暗中研习。伴随着死亡，他们智慧的结晶也随之毁灭。只有寥寥几个最无畏的受难者在支撑着人类。神秘论者统治的时代无不停滞萧条、哀声遍野，大部分人因反抗现实而停下工作，只求温饱度日，让掠夺他们的人抢无可抢。他们不再思考、探求和创造，最终霸占他们的利益和定夺是非的，则是用神权和特权阶级将自己置于理性之上的堕落狂妄之徒。人类历史的进程是在一连串空白笼罩下、被信仰和暴力侵蚀的荒漠，只有当理性的人们施展出令你们目瞪口呆和羡慕不已的才华，释放出他们的能量时，阳光才会出现，但才一露面便又被你们赶尽杀绝。

"然而，赶尽杀绝的场面这一次将不会出现。神秘论者的游戏到此结束。你们将在自己一手炮制的现实中灭亡，理性的我们则会生存下去。

"我号召那些从来没有抛弃过你们的受难之人加入了罢工，我把他们缺少的武器给了他们：这就是对他们自身道德价值的认识。我让他们懂得，我们的道德是生命之道，只要我们用这个毋庸置疑的事实去要求，世界随时都会回到我们的手中。这些深受迫害、为人类带来短暂春天的受害者，这些驾驭万物的企业家，并不了解他们的权利的实质。他们知道自己拥有的是一种力量，我让他们懂得，那更是一种荣耀。

"你们竟然认为我们在道德方面不如那些自称具有超级幻想能力的神秘论者——你们像秃鹫一般争抢掠夺来的铜板，却推崇算命先生，而不是命运的创造者——你们将商人贬得一文不值，却吹捧搔首作态的艺人——你们的标准的根源就是从远古的沼泽地里散发出的秘不可宣的毒气，就是因为商人养活了你们而说他邪恶的那伙死亡道德的信徒们。你们说要超脱下贱的肉体，超脱体力的苦行——那么，究竟是为一口粮食而从早到晚荷锄劳作的印度人，还是开拖拉机的美国人在做苦力？是睡木板床的人还是睡弹簧垫的人在支配现实？象征着人类精神战胜物质的究竟是恒河岸边细菌滋生的小棚子，还是大西洋岸边纽约城的天际线？

"除非你们懂得这些问题的答案——并且懂得在人类智慧的成果面前虔敬以对——否则，在这个我们热爱，并且不允许你们践踏的世界上，你们来日无多，不可能苟度余生。我已经将历史的进程摆在了你们面前，并且让你们看到了你们曾试图转嫁给别人的欠债。现在即将被榨干，然后白白送给死亡的崇拜者和散布者的，是你们身上最后一点生命的力量。不要假装自己是被什么恶毒的现实击败——击败你们的是你们自己的逃避。不要假装你们是为一个神圣的理想而死——你们的死只是被用于养活人类的仇视者。

"但是，对于你们当中还留有一点尊严和对人生的热爱的人，我要给你们一个选择的机会。你们是否想为一个你们从未相信和奉行过的道德而死？在自我毁灭的边缘停步，审视你们的价值和生命——你们知道如何善用自己的财富，而现在，是要善用自己的头脑。

"你们从小就不想自诩高尚和牺牲自我，对自己遵守的这一套规矩又恨又怕，甚至不敢对自己承认你们缺乏别人具有的那种道德的'本能'，并一直以此为罪，深深藏在心底。越不去想它，越会高喊着自己是在舍己爱人，为他人而受苦，唯恐他们识破你们已经背叛的自我，那个如同骷髅一样被你们隐藏在身体里的自我。而既被你们欺瞒，同时又在骗你们的他们，在一听之后则高声赞同，唯恐你们看出他们藏着和你们一样的秘密。你们中间的生活是一种庞大的假象，人人都在做戏给别人看，人人都觉得只有自己才是罪孽的异类，人人都觉得只有别人才有权对不为自己所知的道德作出评判，人人都在按照别人的想法制造一种虚假的现实，没人有勇气打破这样一个恶性的循环。

"无论你们在这种行不通的理论面前做出了如何耻辱的退让，无论你们目前如何竭力在怀疑与迷信之间寻求一种平衡，你们仍然是在维护最为根本和致命的信条：那就是相信道德与现实的水火不容。你们从小就在逃避着那个令你们不敢面对的恐怖选择：如果你们为了生存所做的一切，能让你们如愿以偿、令你们的身体和精神得到满足、令你们受益的一切都是罪恶——如果美好和道德是虚幻、失败、破坏和挫折，是对你们的伤害，会给你们带来损失和痛苦——那么你们面临的选择就是道德还是生命。

"那个凶残信条的唯一目的就是将道德从生命中剥离。你们从小到大，一直认为道德法则只会阻碍和危及生命，人的存在与道德无关，一切都可能发生并起作用。在头脑僵硬、观念混淆的迷雾之中，你们忘记了那被你们的理论所诅咒的邪恶正是生命不可缺少的美德，反而认为维持生命的有效方式才是真正的邪恶；你们忘记了违背现实的'善'正是自我牺牲，反而认为自尊才违背了现实；你们忘记了有用的'恶'正是创造，反而相信掠夺才有用。

"你们既不敢彻底堕落，又不敢全身心地生活，仿佛一根无助的枯枝，在道德荒野上的凄风之中摇摆不定。当你们诚实起来的时候，你们就能感受到那个蠢货的嫉恨，当你们进行欺骗的时候，又觉得恐惧和羞愧，这种摆脱不掉的痛苦感令你们愈加痛苦不堪。你们可怜那些你们所敬佩的人，你们相信他们注定失败；你们羡慕那些你们所憎恨的人，你们相信他们才是生命的主宰。要反抗恶棍的时候，你们却觉得手无寸铁；你们相信邪恶终究会占上风，因为你们认为高尚的情操是无力的，不现实的。

"在你们看来，道德是一个用强迫、乏味、惩罚、痛苦堆积起来的幻影，是将你们从前的第一个老师和你们现在的征税者结合到一起的综合体，是一个立在荒野之上，挥棒驱走你们的享受的稻草人——而在你们眼里，享受只属于一个被酒精麻醉的大脑，一个没有头脑的荡妇，一个把钱押在动物比赛上的傻瓜——因为享受毫无道德可言。

"假如能认清自己的信念，你们就会发现，在你们得出的'道德是一种必要的邪恶'的可笑结论里，有对你们本身，以及对生命和美德的三重诅咒。

"你们在奇怪自己为什么活得没有尊严，爱得没有热情，死得毫无挣扎吗？你们在奇怪为什么抬头四顾，满眼都是难以回答的问题，你们的生活中为什么充斥着难以想象的矛盾，你们为什么会骑在不理智的篱笆上，逃避那些刻意为之的选择：比如是要灵魂还是要肉体，头脑还是内心，安稳还是自由，个人的利益还是大众的幸福？

"你们是不是哭喊着说找不到答案？那么你们又想怎么去找呢？你们拒绝用你们的头脑去感知，而后埋怨说宇宙神秘莫测。你们扔掉了钥匙，眼睁睁地看着所有大门都对你们上了锁。你们一开始追求的便是非理性，却咒骂着存在毫无意义。

"在我讲这些话的时候，你们在试图逃离它们。两个小时以来使你们得以抱有骑墙态度的，是怯懦者惯用的一句老话——'我们不想走极端！'你们拼命不想走的极端就是不去承认现实就是最终的裁决，A就是A，真理就是真理。一个根本无法遵守的准则，一个抱残守缺、要求死亡的规则教你们学会了埋没一切想法，不容半点明确的主张，模糊所有的概念，把一切行动规律视为儿戏，对一切原则闪烁其词，对一切的价值都作让步，凡事都要中庸。它强迫你们接受脱离现实的规律，拒绝自然的规律。它使得道义上的评判不复存在，令你们无法作出理智的判断。这个规则禁止你们先出手扔石头，它不让你们认识到还有石头，也不让你们知道石头什么时候会向你们袭来。

"拒绝作出判断，凡事模棱两可，宣称没有绝对真理并相信可以推卸责任的人，要对目前这个血肉横飞的世界负责。现实是绝对，存在是绝对，一粒灰尘是绝对，同样，人的生命也是一种绝对。你们的生与死是一种绝对，面包的有无是一种绝对，无论你们是把面包吃掉还是眼看着它进了掠夺者的肚囊，那都是一种绝对。

"一切事物都有两面：一面是对，另一面是错，但只要有居中的一面，就必定是邪恶。即使人会犯错，但只要他敢于做出选择，便依旧存留着对真理的尊崇。骑墙之人才是恶棍，为了假装没有选择标准和价值标准，他将真理抹杀，情愿隔岸观火，趁机去吸无辜者的鲜血，或是匍匐在罪恶之徒的脚下。他所施行的公正便是将抢夺双方统统打入监牢，他解决冲突的方式便是让智者和蠢人各自折中。只有死亡才会在食物和毒药的折中之下获胜，只有恶魔才会从善与恶的妥协里得利，正是靠着调和，邪恶才能去吸榨善良的鲜血。

"理智未泯而又怯懦的你们一直在跟现实玩着欺骗的游戏，然而受骗上当的正是你们自己。人一旦令自己的美德变得模糊不清，邪恶便拥有了绝对的力量，品德高尚之人一旦丢弃了他们不屈的信念，就会被卑鄙之徒所利用——这时，出现在你们眼前的就是一幕谄媚、无赖、两面三刀的景象和一个自认为公正、不肯退缩的邪恶。你们既然已经屈服于物质神秘论者提出的寻求知识是一种无知行为的说法，此刻当他们叫嚣说作出道德的判断是不道德的行为时，你们便同样会屈服。他们一喊相信自己的正确是自私的，你们就慌忙向他们保证说，你们什么都不能确信。他们一喊坚持自己的信念是不道德的，你们就向他们保证说你们从无任何信念。当欧洲国家的那些刽子手们向你们狂吼，说不能把你们生存的意志和他们加害你们的愿望区别开来，就是心胸狭隘的表现——你们就吓得连忙卑躬屈膝地保证说，自己并不是不能容忍可怕的东西。当某些生活在亚洲肮脏地区的赤脚乞丐冲你们大叫：你们竟敢有钱——你们就向他磕头作揖，请他再等等，向他保证说你们马上就把钱全交出去。

"当你们承认自己没有生存的权利时，你们就走进了你们所犯下的叛逆之罪的死胡同。一旦你们认为这'不过是忍让而已',你们就承认了为自己活着是罪恶,为自己的孩子活着才道德。随后你们便会又退一步,觉得为你们的孩子活着是自私的,为了你们周围的邻居活着才是道德的。接着你们又觉得为周围的邻居活着是自私的,为国家活着才是道德的。现在,从角落里涌出的渣滓又吞没了你们国家的伟大意义,你们退而相信为国家而活是自私的,为全世界活着才是你们道义上的职责。一个没有权利去生活的人,就无权得到,也保持不住任何价值。

"当你们的武器、自信和荣誉都被剥夺,一步步走到背叛之路的尽头时,你们便做出最终的叛逆,宣布你们理智上的彻底破产:当那些国家的物质神秘论者宣称他们是理智和科学的拥有者时,你们不仅同意,而且急忙宣布说信任才是你们的基本原则,理性是与你们的毁灭者为伍,而你们则支持信任。令你们那些理智和诚实尚存、心灵遭到扭曲的孩子们疑惑不解的是,对于创造出世界的智慧,你们自称提不出任何支持它的理性依据,说什么对于自由、财产、公正和权利,根本就没有合理的解释,它们的存在是基于一种神秘的见识,要接受它们,只能依靠信仰,在理智和逻辑上,敌人就是正确,而信仰则高于理性。你们对你们的孩子说,抢掠、折磨、奴役、剥夺和害人都是合理的,但他们必须抗拒理性的诱惑,坚持非理性——高楼、工厂、收音机和飞机都出自信仰和神秘的直觉,而饥荒、集中营、行刑队则是合理的生存状态的产物——工业革命是怀着信仰的人对中世纪那个理性逻辑时代的反抗。与此同时，你们还在一口气地对那个孩子说，统治那些国家的掠夺者们会为这个国家创造出更多的物质财富，因为他们是科学的代表，但关心物质财富就是邪恶，人一定要抛开物质繁荣——你们宣称掠夺者们的理想很崇高，但他们是无心插柳，而你们对此是认真的；你们与掠夺者进行斗争，只是因为你们能够实现他们实现不了的目标；要同他们斗争，就要抢先一步，将个人的财富散尽。后来，你们奇怪自己的孩子们怎么会变成了暴徒和近乎疯狂的罪犯，奇怪掠夺者们为什么会一步步进逼到你们的家门口——于是你们把这归罪于人类的愚蠢，说是大众听不进任何道理。

"对于掠夺者们在光天化日之下对头脑的洗劫，对于他们为镇压思考而做出种种残暴行径的事实，你们置若罔闻。你们不顾大多数的物质神秘论者都是从精神神秘论者起家，两者不断互换的事实，被你们称为唯物或唯心主义者的两类人只是相同的人被解剖成的两部分，他们永远在寻求复归完整，却是通过在毁灭肉体和毁灭灵魂之间的摇摆变换来达到这个目的的——他们不断地从你们的校园跑到欧洲文人的笔下，再跑到轰然倒塌的诡秘的印度废墟之中，千方百计地逃避着现实，逃避着头脑。

"你们对此全然不顾，死守着你们那'信仰'的伪善，因为你们不想知道掠夺者正是用你们的道德准则去压制你们自己——你们不想知道掠夺者最终并一贯坚持的正是你们半推半就的道德——你们不想知道他们采用的是唯一能被采用的手段：让地球变成一座叫人牺牲的大熔炉——你们不想知道你们的道德不允许你们采取唯一可以反抗他们的方式：拒绝去当一头献祭的牲口，对你们的生存权利给予自豪的肯定——你们不想知道为了保持一身正气，并跟他们战斗到底，你们必须与你们的道德决裂。

"你们将它抹去，因为你们的自尊被绑在了那神秘的'无私'上。你们从来不曾拥有过或实践过那种无私，多少年来却一直假装拥有，想到摒弃它，你便觉得可怕。自尊的价值至高无上，你们却用它换来了虚假的安全感——如今，你们掉进了你们的道德陷阱，逼着你们为保护自尊而去自我毁灭。这残酷的玩笑发生在了你们身上：那你们无法解释或说明的对自尊的需求，是只属于我而不属于你们的道德；它是我的准则的客观象征，是我在你们自己灵魂内的证据。

"凭着一种他还不会辨认，但从他初次体验到生命、发现必须做出选择时就产生的感觉，人便知道自尊的有无事关他的生死。作为一个具有意志意识的生命，他知道只有了解他的自身价值，才能维持他的生命。他知道他必须做出正确的选择；行动上出错就会危及他的生命；做人出了错，变得邪恶，就意味着难以生存。

"人生命中的每一个行动都必定出自他的意愿，哪怕是获取和吃下食物这样的行为都表明他在支撑着一个值得支撑的人，他所寻找的每一分享受都表明这个寻找它的人应该找到这样的快乐。对于自尊的需要，他别无选择，只能挑选不同的衡量尺度。当他把这一尺度从保护生命换成了毁灭自己，他就铸成了大错，因为他选择的标准与存在互相矛盾，并且使他的自尊违背了现实。

"任何一种无缘无故的自我怀疑的形式，任何一种自惭形秽、暗暗认为自己毫无价值的感觉，实际上都是人对自己无法应对存在的潜在恐惧。但他越觉得害怕，就会越加拼命地依附那个令他窒息的害人理论。人一旦认定自己是一个无可救药的恶魔，就再也无法从中解脱；他一旦这样做了，紧接着就会发疯或者自杀。假如他选择了非理性的标准又想逃脱出来，他就会进行伪造、躲避和抹杀；他会用虚假的现实、存在、快乐和头脑欺骗自己；最终，他宁愿用刻意保持的假象欺骗自己说自己还有自尊，也不愿认识到它已经失去。害怕面对就等于对最坏的结果已深信不疑。

"使你们的灵魂永远沾染上罪恶的，不是你们曾经犯下的罪行，也不是你们的失败、错误或缺陷，而是你们为了逃避它们所采取的抹杀——这并非什么原罪或未被了解的先天缺损，而是你们无视根本、废弃头脑、拒绝思考的事实。恐惧与罪恶久久地缠绕着你们的情绪，它们的确存在，你们也是罪有应得，但它们并非出自被你们编造、用以掩盖它们来源的理由，不是出自你们的'无私'、软弱或无知，而是来自一个对你们的生存的真切而根本的威胁：恐惧，因为你们已经放弃了罪恶这个生存的武器，因为你们明白你们是有意那样去做的。

"你们背叛的自我就是你们的头脑；自尊依赖的是一个人思考的力量。你们所寻找的那个自我，你们既表达不出也说不明白的那个本质的'你'，并非你们的情绪或难以言喻的梦境，而是你们的智力——是你们在所谓'感受'的恶人驱使下，为了肆意妄为而对智力这个最高法官横加指控。随后，你们把自己拉进了一个自造的黑夜，拼命寻找着一团叫不出名的火焰，为一个你们曾经发现但已经失去的黎明的假象而感动。

"看一看人类神话中人们曾经拥有的天堂，无论是亚特兰蒂斯、伊甸园，还是某个完美的国度，都出现在我们之前。神话的根源并非存在于人类的过去，而是存在于每个人的过去。你们仍旧留有一丝感觉——它不似记忆般肯定，而像绝望渴求的痛苦般弥漫扩散——在你们童年开始的某个地方，在你们学会屈服、学会咽下没有道理的恐惧和怀疑自我的心智之前，你们曾经知道生命里一种闪光的时刻，你们曾经知道有一种理性的意识独立地面对着开阔的宇宙。那就是你已经失去的乐园，它成了你所寻找的——你终日说个没完的东西。

"你们当中有些人永远不会知道谁是约翰·高尔特。但你们当中要是有谁曾经对生命有过片刻的热爱,并且为能够爱它而骄傲,曾经看过这个世界,并且把你的目光当作对它的肯定,曾经有过片刻做人的感受——那么只有我才知道那一刻是不能被背叛的。我懂得如何去实现它,始终做到并得到了你在那一刻曾经做过和得到过的一切。

"那是你的选择,要想努力发挥出人的最大潜力,就要接受这样一个事实,你的行为之所以高尚,是因为你清楚地知道,二加二就是等于四。

"不管你是谁——此刻你的周围只有我讲的话,这些话你只有靠自己的诚实才能理解——现在依然可以选择去做一个人,但条件是你要重新开始,坦诚面对现实,为挽回过去代价高昂的错误,大声地宣布:'我在,故我思。'

"接受你的生命依赖于你的头脑的事实,承认你的一切挣扎、疑虑、作假以及躲避,都是在寻求逃脱自己的意志意识该负的责任——是在寻求现成的答案,本能的行为,直觉的肯定——你称之为对天使国度的向往,而你寻找的则是野兽的国度。还是把做人的任务当作你的道德理想去接受吧。

"不要说什么你所知太少,因而不敢相信你的头脑,难道把自己的那一点点知识扔掉,向神秘论者臣服就更安全吗?要在你的知识范围内生活和行动,然后用你的一生不断去扩大这个范围。从权威的当铺里赎回你的头脑，要承认你不是无所不知，但去做行尸走肉并不能让你通晓一切——要承认你的脑子是会犯错，但没有头脑不会令你成为完人——要承认你自己犯的一个错误比你单凭信念就接受的十个真理更可靠，因为前者会留给你改正的方法，而后者则会毁掉你辨别是非的能力。与其去梦想一个无所不知的机器人，不如接受现实，承认人对知识的获取都是凭着他自己的愿望和努力，这才是他的与众不同之处，才是他的天性、道德和荣耀。

"丢掉那张随时通向邪恶、声称人不完美的通行证吧！你如此咒骂他，凭的是什么样的标准？承认事实吧，在道德的范畴里，只有完美才站得住脚，但完美不能用虚妄的神秘戒律来衡量，而你的道德水准则不能用你未选择的东西来衡量。人只有一种根本的选择：思考还是不思考，这就是他的道德尺度。道德的完善是一种完整无损的理性——它并非指你的智力高低，而是你是否在充分地使用大脑，并非指你懂得多少，而是你是否将理性作为事实来接受。

"要学会区分知识上的差错与道德上的缺陷。在知识上出错并不是道德上的缺陷，当然，你要愿意去纠正才行。只有神秘论者才会用无法实现、凭空得来的神知天觉作为判断人类的标准。然而，违反道德是一种你明知是罪恶的有意行为，要么就是故意逃避认识，停止观察和思考。你所不知的东西并不是道德对你的指责；但你拒绝知道的东西则会在你的灵魂深处变得愈加见不得人。对知识上的错误要尽可能地挽救；对道德的违背则丝毫不能姑息。要让那些求知者得到疑问解答后的益处，要把这样一些败类看成潜在的凶手：他们向你提出要求，号称自己既没有理智也无意寻找，用一句'只是有感觉'这样的话就想过关——或者在无力辩驳的时候会说：'只是道理上如此，'这实际上是在说：'只是事实如此。'唯一与事实作对的只有死亡。

"你生命中的道德的唯一目的是获得幸福，这种幸福不是痛苦或者失去头脑后的自我陶醉，而是你人格完整的证明，因为它就是你忠实地去实现自己价值的证明和结果。幸福是令你感到害怕的责任，它所要求的是一种你自认为还达不到的理性的自律——你在焦虑和沉闷中度日，表明你明明知道幸福是无可取代的道德，明明知道人一旦放弃争取自己的快乐，不敢对他生存的权利加以肯定，缺乏像鸟忠于生命、鲜花追求太阳一样的勇气，就成了最可鄙的懦夫，却还是要逃避。扯下谦卑这块被你称作美德的罪恶的遮羞布吧——学会看重你自己，它意味着去争取你的幸福——一旦你懂得了骄傲之中凝聚着全部美德，就会学着像人一样生活了。

"迈向自尊的基本一步是把所有人为了得到你的帮助而发出的命令看作食人族的面具。这样的命令就是将你的生命划归为他所有——或许它已经够令人厌恶了，但还有更恶心的：那就是你的同意。你问没问过帮助另一个人是否是对的？假如他把它说成他的权利，或者是你欠他的道义上的责任，那就不对；假如那是你出于自私的愿望，觉得他这个人和他的挣扎有价值，那就是对的。这样的痛苦绝无价值可言，只有人对这种痛苦所做的反抗才有价值。如果你选择帮助一个受苦之人，只能是因为他的德行，因为他的奋力崛起，因为他曾有过的理性，或者是因为他遭受到了不公；即便如此，你的行为仍然是一种交换，他的美德就是对你的帮助的报答。然而，去帮助一个没有美德之人，只是因为他在受苦，把他的错和需要当成一种要求接受下来——就是接受了对你的价值的空头许诺。没有美德的人仇视存在，他的行为以死亡为前提，帮助他就等于认可他的罪恶，支持他的毁灭事业。无论是你不会丢掉的一分钱，还是他不配得到的一丝善意的笑容，向虚无纳贡就是对生命、对所有竭力保护生命的人的背叛。正是这些硬币和笑容使你的世界一片荒凉。

"不要说你无法坚持我这种苛刻的道德，并且觉得它像未知的东西一样可怕。一切充满活力的时刻都依赖于我这个规范的价值，你却窒息、否定、背叛了它。你总是为了你的恶习而牺牲你的优点，为了最坏的而牺牲最好的。好好看一看：你对这个社会所做的任何事情，你都已经先在心里完成了一遍；它们像镜子一般反映着彼此。此刻你这个废墟一般凄凉的世界，所反映的正是你对自己的价值、朋友、捍卫者、未来、国家以及你本身的背叛。

"我们——我们这些你一直在呼唤,却再也不会回答的人——我们曾经和你生活在一起,你却认不出来。我们到底是谁,你拒绝去想,也拒绝去看。你认不出我发明的发动机——它在你的世界里变成了一堆废铁。你认不出自己灵魂之中的英雄——就是在街头擦肩而过,你也认不出我。当你感到你无法企及的那种精神离弃了你的世界,因而绝望地哭叫时,你喊叫的是我的名字,但你喊叫的其实是你自己遭到背叛的自尊。一旦失去一个,另外一个你也别想找回来。

"当你不认可人的思想,并企图用暴力统治人类时——屈服者已无思想可投降,有思想的人则不会屈服。因此,富有创造天赋的人在你的世界里扮作花花公子,变成了财富的毁灭者,宁肯废了他的心血也不把它在枪口下交出去。因此,理性的思考者在你的世界里扮作海盗,为了捍卫他的价值,宁肯以牙还牙地抵抗你的暴力,也不会把它交给残暴的统治。弗兰西斯科·德安孔尼亚,拉格纳·丹尼斯约德,我最早的朋友们,我的战友们,我流浪的伙伴们,你们能听到我是在以谁的名义和荣誉讲话吗?

"我即将完成的这件事正是由我们三人发起的。正是我们三个决定要报复这个世界,解放被它囚禁的灵魂。这个世界的伟大之处是建立在我的道德之上——人的生存权利神圣而高于一切——你却害怕承认,不敢以它作为生活的依据。你在史无前例的成就面前目瞪口呆，然后掠夺它的成果，抹杀它的起因。在工厂、高速公路、大桥这些象征着人类道德的纪念碑前，你不停地骂这个国家道德败坏，把它的发展说成'物欲'，看到这个国家取得了光辉的成就，你一个劲儿地向原始饥荒的偶像们、向霉烂的欧洲那疯癫诡秘的偶像们赔着不是。

"这个国家——这个理性的产物——无法依靠'牺牲'这样的道德生存。建设它的不是想要自我牺牲或者伸手乞讨的人。它无法立足在将人灵肉分割的诡秘的裂缝上，它与咒骂这个地球邪恶、诬蔑成功者堕落的神秘理论难以共存。这个国家自成立之日起，就一直威胁着神秘论者的陈腐统治，它以自己耀眼的朝气，向目瞪口呆的世界展现出人的无穷创造力和无限美好的幸福前景。美国和神秘主义水火不容。神秘论者们明白这一点；你却不明白。你放任他们把对需要的崇拜传染给你——这个国家貌似巨人，却让一个怯懦的侏儒占据了它灵魂的位置，而它那活生生的灵魂和英雄——实业家，却被赶入地下，不被提起和看重，而被彻底否定，默默地为了养活你而当牛作马。汉克·里尔登，我为之复仇的、苦难最深的受害者，你此刻是否在听？

"在这个国家的重建之路畅通以前，他和我们其他人都不会回来——直到牺牲的道德的废墟被彻底从我们的脚下清理干净。一个国家的政治制度建立在它的道德规范之上。我们在重建美国的制度时，将以它过去坚持的，因为你害怕背离你的神秘道德而被你打入罪恶地狱的道德观念为前提，这个前提就是，人是为自己，而不是为他人服务的工具，人的生命、自由和幸福是他天经地义的权利。

"你已失去权利的概念，只会无奈地摇摆和躲避，一会儿说权利是上帝的赐福，是一个靠信仰才能接受的神的礼物，一会又说权利是社会的赏赐，随时都能被随意打破——人的权利之源不是神和人的法律，而是同一律。A就是A——人就是人。权利是人的生存天性要求得到的存在条件。如果人想在地球上生存，他就理应用他的头脑，理应根据他自己的自由判断去行动，理应为他的价值而劳动，并且保留他的劳动果实。如果他的目的是为了生活，他就有权像一个理智的动物那样生活：人的天性不允许他没有理性。任何企图否定人的权利的团体、帮派和国家都是错的。这就是说：都是邪恶的。这就是说：都是反生命的。

"权利是一个道德概念——而道德就是选择。人们可以不以生存为他们的道德和法律准绳，却逃脱不了除此只能选择吃人的社会这一事实。那种社会可以凭借对优秀者的吞噬而存活一时，然而当健全被疾病吃光，理性被非理性消耗殆尽的时候，满是癌细胞的身体便会垮掉。这是你的社会历来的命运，你却逃避认清原因。我在这里把它讲出来：惩罚的使者就是你逃脱不了的同一律。正如一个人不能靠非理性的方式存活一样，两个人，两千人，哪怕是两百万人，同样不能。正如人不顾现实就无法取得成功一样，一个国家或地区，甚至全世界同样不能。A 就是 A。除此以外，灭亡只是时间问题，决定它的就是受害者。

"如同人不能脱离身体而活，权利如果不能保证人得到应得的一切——思考，工作，留住成果，也就是留住财产的权利——就不是权利。现代的物质神秘论者们用虚假的'人权'换走了你的'财产权'，就好像人没有了它照样能生活一样。他们是在可笑地孤注一掷，企图使灵魂替代身体的理论复苏。只有鬼魂才能在脱离物质现实的情况下存在；只有奴隶才会在无权问津自己劳动成果的情况下劳作。认为'人权'高于'财产权'的理论只不过是在强调某些人有权占有别人的财产；既然能干的人从无能的人那里得不到任何东西，那就意味着无能之辈有权占有强者，并让他们当牛作马。如果有谁如此理解人和权利，那么他就不配被叫作'人'。

"财产权来源于因果规律。所有的财产和各种形式的财富都是人们的头脑与劳动的产物。凡事都不会无缘无故，财富也不可能没有来源：人的智慧。你不能对头脑用强：有思考能力的人不会接受强迫；接受强迫的人只能在奴役的皮鞭下勉强度日。要想得到用心血创造出的产品，你只能遵照它主人的要求，通过交换并得到允许。除此以外，任何针对人的财产作出的规定都是强盗逻辑，不管强盗是如何人多势众。强盗是只顾眼前、一旦猎物被吃光就只能挨饿的野人——正如你相信只要政府规定抢劫合法，反抗抢劫非法，罪行就'行得通'一样，如今在猎物耗尽之后，你就只能饿肚子了。

"政府唯一应该做的是保护人的权利，就是说，保护他不受暴力的侵犯。政府应该只是一名警察，充当人自卫的化身，并且只有在对付率先动武的人时才能以牙还牙。政府的正确职能仅限于：作为警察，保护你不受罪犯的侵犯；作为军队，保护你不受外敌的入侵；作为法庭，用客观的法律和理性的规则去平息纠纷。但是一个率先对善意的人用强，对被缴械的受害者暴力镇压的政府，就是意在灭绝道德的恶魔的机器：这个政府颠覆了它唯一的道义目的，从一名保护者变成了人的死敌，从一名警察变成了有权对被剥夺自卫权利的受害者施行暴力的罪犯。这个政府把道德换成了这样一种社会规矩：只要你的势力比你的邻居大，就可以对他为所欲为。

"只有畜生、傻瓜或逃犯才愿意用这样一种方式生存，才会愿意开出一张空头支票，买下其他人的生命和头脑，才相信别人有权随时将他遗弃，相信多数人的意愿不可抗拒，势力和人数可以取代正义、现实和真理。我们这些有思想的人是公平交换的商人，不是奴隶主，我们既不接受，也从不开空头支票。我们从不与任何一种违背客观的形式为伍。

"在蛮荒时期，由于人们没有客观现实的概念，相信自然操纵在不可知的魔鬼手中——因此，思想、科学、生产，一概都不可能。只有当人们发现自然是一个坚实并可以预料的绝对现实时，他们才能依靠他们的知识，选择他们的道路，筹划他们的未来，并且慢慢地走出洞穴。现在，你已经把现代化的产业，连同它那庞大精确的科学体系，拱手交还给了不可知的魔鬼势力——那个由躲在暗处、丑陋无比的官僚们形成的肆意妄为、难以估摸的势力。农民如果对丰收的概率无法作出判断，就不会投入整个夏天的精力。你却希望那些至少要作出十年的规划、靠几代人的投入、信守着百年和约的实业家们蒙在鼓里，继续工作和生产，而他们的付出说不定什么时候就会被随便哪个官员的随便一个突如其来的念头彻底粉碎。浪子和苦力过的是有今天没明天的日子，人越有头脑，打算得就越长远。鼠目寸光之辈只会满足于流沙危楼，赚一笔就跑。志向远大者则不会如此。同样，只要他知道那些碌碌无为的蠢材们是在操纵法律，对他加以束缚和限制，阻碍他的成功，他一旦奋起反抗并取得成功，他们就会霸占他的所得和发明，那么，他就不会呕心沥血地致力于发明创造。

"看看过去，你不敢去和聪明人竞争，恐惧地叫喊着说他们的头脑威胁了你的生计，说强者在自由贸易中没有给弱者留下丝毫机会。是什么决定着你的努力的实际价值？假如你生活在荒岛上，那就只能是你的头脑的创造力。你的头脑转得越慢，劳动的成效就越低——你就只能在朝不保夕的收成或狩猎中过一辈子，仅此而已。但是，当你生活在一个允许人们自由交易的理性社会里时，你就可以得到一种难以衡量的额外奖赏：你的工作的物质价值不仅取决于你的付出，更取决于你周围那些具有创造力的头脑们的心血。

"在现代化的工厂里，你得到的报酬不仅是给你个人劳动的酬劳，更是对所有使工厂得以存在的天才们的报答：它报答的是建设工厂的实业家，是省下钱来用于大胆创新的发明者，是设计出能让你轻松操作的机器设备的工程师，是创造出产品，让你将它源源不断地制造出来的发明家，是发现规律，并将它应用在生产当中的科学家，是教会人们如何思考，并遭到你谴责的哲学家。

"外表冷酷，但凝聚着生命智慧的机器是一股强大的力量，它提高了你的生产效率，因此扩展了你的生命。假如你是一个神秘论者吹捧的中世纪的铁匠，那你只能靠日复一日地手工打造铁棍来维持生计。但如果你在汉克·里尔登的手下，每天生产的铁轨何止几吨？你敢说你的薪水纯粹是靠你自己的体力挣得，那些铁轨完全是你一手造出来的吗？你的肌肉只值那个铁匠的生活水平，其他的都是汉克·里尔登赐给你的。

"只要有能力并且愿意，人人都可以发迹，但具体到什么水平，就要看他动脑筋的程度了。卖体力只能起到一时的效果，纯粹卖力气的人享受到的仅相当于他当时所出的力，却不能给他自己和别人留下更多的价值。但在任何一个理性领域内努力获得创新的想法或发现新知识的人，则对人类作出了永久的贡献。物质产品属于它最终的消费者，无法分享，只有思想的价值可以被无数人分享，所有的分享者都会更加富有，而不必有人牺牲或受损，无论他们怎样将其付诸实施，都会提高他们的生产力。智慧上的强者把他自己时间的价值转给了弱者，从而让他们从事他所发现的工作，自己则把时间用于进一步的发现。这是令双方受益的双向交换。那些希望工作，不想不劳而获的人们，无论他们智力高低，内心的想法都是一致的。

"即使创造发明者挣钱无数，他得到的物质回馈同他付出的心血相比都太少了。然而，对于一个生产这些发明的工厂的看门人来说，他得到的报酬和他动的脑子相比，可谓非常丰厚。这一点对所有志向和能力不同的人来说也是如此。位于智慧的金字塔尖上的人对所有在他下面的人贡献最大，但除了物质上的回报以外，他从其他人身上得不到能为他的时间增值的知识方面的额外奖励。位于底层的人则故步自封，在愚昧之中苦挨，对他上面的人们没有丝毫贡献，却获取着那些人带来的好处。这就是知识的强者与弱者之间的'竞争'，你们就是为了这样一种'剥削'的模式而去诋毁强者。

"这就是我们曾经给予你们，并且心甘情愿地乐于给予你们的一切。我们要求的回报是什么？只是自由罢了。我们要求你们对我们放手——让我们可以自由地思想和工作——自由地去冒险，并自己承担后果——自由地挣取我们自己的利益，积累我们自己的财富——自由地按你们的理论去投下赌注，并且出于自愿交换的目的把我们的产品交给你们评判，信赖我们的劳动的客观价值和你们的头脑认识它的能力——自由地对你们的智慧和诚实抱着期待，只同你们的头脑交流。这就是我们索要的价格，你们却说太高了，所以予以拒绝。我们让你们脱离了农舍，住进了现代化的公寓，得到了收音机、电影院和汽车，你们却说我们有自己的豪华宫殿和游艇有失公平——你们认为你们有权利拿薪水，我们却无权获得利润，你们希望用枪炮而不是头脑同我们交流。对此，我们回答说：'你们不得好死！'我们的回答成了现实。

"你们不愿意用智慧去竞争——现在，你们是在比谁更残暴。你们不允许创造者得到奖励——现在，你们所进行的是一场奖励掠夺者的比赛。你们称人们之间的公平交换是自私的和冷酷的——现在，在你们建立起的这个无私的社会里，人们正在尔虞我诈。你们是在使内战合法化，使人们为了控制法律、打击异己而拉帮结派，直到他们自己被另一伙人扳倒，所有人都在叫嚣着，说他们是在保护说不清、道不明的人民利益。你们说经济和政治的力量之间、金钱和枪炮的力量之间没有区别——奖励与惩罚、购买与掠夺、快乐与恐惧、生命与死亡，这些在你们看来并无不同。而现在，你们知道了它们不一样。

"你们有些人推说自己无知，认识有限。但你们当中罪大恶极的是那些心里明白，却故意混淆事实，情愿出卖自己的头脑为强权效力的人：他们是科学界里故作神秘、自称是为'纯粹的知识'献身的无耻之徒——'纯粹'就是他们所谓的某些在地球上没有实用意义的知识——他们对于无生命的物体有一套理论，却认为和人打交道既用不着，也不值得去用理性。他们蔑视金钱，却为了弄到依靠抢掠得来的实验室而出卖自己的灵魂。因为并不存在什么'没有实用意义的知识'或者'脱离了私欲'的行为，因为他们不屑于用科学为生命服务，他们就把科学献给了死神，用于掠夺者唯一会用到的目的：发明施行高压和毁灭的武器。他们这些企图脱离道德价值的知识分子不得好死，他们的罪恶实在难以被饶恕。罗伯特·斯塔德勒博士，你是否在听我说话？

"不过，我并不是想跟他讲话。我是在对你们中间在'别人的命令下'，灵魂仍保持了某些独立，没有被出卖和践踏的人在讲话。如果你在收听今晚广播的混乱情绪中还存有一分弄清事实的诚恳和理智，你就是我的听众。根据我的行事准则，应该给那些受到影响，并努力搞清楚的人一个合理的解释。对于那些不想理解的人，我则不予理睬。

"我是在对那些希望存活并且重拾灵魂尊严的人讲话。你们现在明白了这个世界的真相，不要再给你们自己的毁灭者帮忙了。这个世界之所以有邪恶的存在，就是因为它得到了你们的认可。把你们的认可和支持统统撤走。不要遵从你们敌人的旨意活着，或者想在他们制订规则的游戏中获胜。无论补贴也好，借款或工作也罢，不要向奴役你们的人寻求好处，不要向抢劫你们的人乞求施舍，不要为了弥补被他们夺走的东西而去帮他们抢掠你们的邻居。接受他们不予加害的收买维持不了一个人的生命。不要贪图利益、成功或安稳，而将你生存的权利抵押出去。这样的抵押是永远都赎不回来的；你给他们越多，他们的要求就越加变本加厉；你希望或实现的价值越高，就会变得更加脆弱无助。他们采取的是一种对你进行赤裸裸的勒索，吸干你的血的策略，借助的不是你的罪行，而是你对生命的热爱。

"别指望在掠夺者设立的前提下发迹，或者沿着他们掌握的梯子向上爬。不能让他们对令他们当权的唯一力量——你的生命意志——有所染指。像我这样去罢工吧。在私下里去施展你的头脑和技能，拓展你的知识，增强你的才干，但不要同别人分享你的成就。当掠夺者骑在你脖子上的时候，不要去创造任何财富。待在他们阶梯的最底层，只求养活自己，一分钱也不多给他们。既然你寄人篱下，就要拿出寄人篱下的样子，不要帮他们编造一种你有自由的假象。作一个令他们害怕的无声而难以腐蚀的对手。他们如果强迫你的话，你就遵命——但不要主动。对于他们的方向、愿望、请求或目的，一步都不要主动靠近。不要帮助强盗，声称他像你的朋友和恩人。不要帮助囚禁你的人，假装监狱才是你自然的生活状态。不要帮他们假造事实，他们知道自己很难生存，内心恐惧不安，这假象是他们仅有的一道拦住恐惧的大坝；拆掉大坝，将他们淹没；你的认可是他们仅有的救生索。

"如果你能藏在一个他们找不到的地方，那就去躲起来，但不要让自己成为强盗，也不要聚众结伙，比他们作恶更甚；和那些认同你的道德准则，愿意为人的生存而战斗的人们一起，建立属于你们自己的有价值的生活。要想依靠死亡的道德观或者信仰和暴力的规范，就只有死路一条；要把标准上升到生命与理性的高度，只有这样，才能用诚实对它加以完善。

"要像一个有理智的生命那样行动，争取融入渴望发出正直声音的人们的行列——无论你是独自面对敌人，还是和彼此信任的朋友们在一起，又或是在人类重生的疆域里建立起了小有规模的社会，你都要凭着你的理智去做事。

"一旦掠夺者的王国因为失去了它最能干的奴隶而覆灭，一旦它像那些被神秘笼罩的东方国家一般陷入无奈的混乱，饿急眼的盗匪相互抢夺残杀——一旦牺牲的鼓吹者们带着他们最终的理想死去——我们就会在那一天回来。

"我们要为那些应当受到欢迎的人们打开城门，这座城市烟囱林立，管道交错，散落着果园、集市和不会受到侵犯的住宅。我们将作为重整旗鼓的中心，将你们建立的据点联合起来，用象征自由买卖、自由思想的美元作为我们的标志——我们要将这个国家从那些从未认识到它的性质、意义和伟大的无能的野人手中夺回来。愿意加入我们的人就加入，不愿意加入的人也无力阻挡我们；成群的野人从来就阻碍不了用思想作为旗帜的人们。

"到那时，这个国家将再一次成为渐渐消亡的理性生命的避难所。我们将要建立的政治制度只有一个道德前提：任何人都不能用暴力从别人那里获得价值。每个人都要凭借自己的理性作出站着或倒下，生或死的选择。如果他没能这样做，倒下了，那就是他自作自受。如果他担心自己的决定分量不够的话，没有枪可以用来加强。如果他想及时纠正错误，可以从现成的好榜样身上学会如何思考，但是，要停止为了掩盖错误而牺牲别人的做法。

"在那样一个世界，你早晨醒来的时候会体会到童年时的感觉：那是在面对理性现实时油然而生的一种渴望、探求和坚定的感觉。孩子从来不害怕自然；行将消失的是你成年之后的恐惧，是阻碍你心灵成长的恐惧，是你在和人们的困惑、无措、矛盾、专断、躲闪、虚假、非理性初次遭遇之后产生的恐惧。你将和有责任心的人们共同生活，他们和现实一样牢固和值得信赖；他们的可靠品质会构建出一个以客观现实为评判标准的生存体制。你的美德将受到保护，而不是你的恶行和缺陷。一切可能的大门都会在你的善面前开启，而你的恶则得不到任何机会。你不会从人们那里得到施舍、同情、怜悯或对于罪行的原谅，你只能得到一样价值：公正。当你看着人们，看着你自己的时候，你不会有厌恶、怀疑和愧疚的感觉，你感觉到的始终只有尊敬。

"这就是你能够去赢得的将来。为此，一场苦斗不可避免，这是追求人的一切价值的必经之路。整个人生都是一场目标明确的奋斗，你唯一能选择的只有目标。你是打算继续做眼下的挣扎，还是为我的这个世界而奋斗？你是打算继续在滑向深渊的过程中苦苦地抓住峭壁不放，忍受难以改变的痛苦，每胜利一次就离毁灭更近一步，还是希望沿着峭壁爬上山顶，投入艰辛，从而收获未来，让每一次胜利都使你更接近你的道德理想，即便你还未彻底进入它的光明便可能死去，但会长眠在被它照耀着的山坡之上？这就是你面临的选择，用你的头脑和你对生命的热爱来作出这个决定吧。

"我最后想对那些或许至今还隐身在这个世界上，并非受困于躲避，而是受困于自身的美德和无畏的勇气的英雄们说：我灵魂中的兄弟们，反省一下你们的美德，认清你们正在伺候的敌人的面目吧。毁灭者利用了你的忍耐、慷慨、无知和友爱，将你抓住——是忍耐在背负着他们的重担——是慷慨在回答着他们绝望的哭喊——因为无知，你无法识破他们的罪恶，只能对他们表示疑问，而不会在搞清他们那些令你意想不到的意图前去诅咒他们——你对生命的爱使得你把他们当成人，并且相信他们也爱生命。然而，今天的这个世界就是他们想要的；生命是他们仇视的目标。让他们和他们所崇拜的死亡去做伴吧。以你对世界的无比热爱的名义，离开他们，不要耗尽你灵魂的伟大，而让他们的罪恶得逞。你听到了吗……我的爱人？

"以你的美德的名义，不要让世界为无耻的邪恶做出牺牲。以那些支撑着你活下去的信念的名义，不要被丑陋、怯懦以及欺世盗名之徒的没头没脑扭曲了你对人的认识。不要丢掉你的知识，正常的人挺胸抬头，意志坚定，脚步永远不会停止。不要在充满了或许、不一定、还没有、一点也不的泥潭里释放你可贵的热情。不要让你灵魂里的英雄因为总是得不到自己应得的生活而灰心丧气，直至死亡。仔细审视你走的道路和你奋斗的真实意义。你完全可以赢得你梦寐以求的世界,它的确存在,真真切切,可以实现——它属于你。

"但是想赢得它,你必须全身心地投入,与过去的那个世界,与人应该为了别人的享受而牺牲自己的那个理论一刀两断。捍卫你自己的人格,捍卫你自尊的美德,捍卫人的本质:他独立而理性的头脑。在捍卫中,你应该无比坚定,完全相信你的道德就是生命的道德,你是在为能够获得曾经在这地球上存在过的一切成就、价值、伟大、善良和幸福而斗争。

"当你能够说出我在这场斗争之初发下的誓言时,你就会取得胜利——如果有人想知道我何时会回来,我将在此向全世界再说一次:

"我以我的生命以及我对它的热爱发誓,我永远不会为别人而活,也不会要求别人为我而活。"

自我主义者

the **Egoist**

8

"这不会是真的吧？"汤普森先生说道。

高尔特已经讲完了最后一句话，他们却依然呆立在收音机前。在沉寂之中，没有人挪动一下；他们一直站在原地盯着收音机，似乎是在等待着。然而此时，收音机不过是一个带着旋钮的木盒子，一缕布条耷拉着在空空的喇叭上方。

"咱们好像是听到了。"丁其·霍洛威说。

"我们也没办法呀。"齐克·莫里森说。

汤普森先生坐在一只木箱上，他的胳膊肘旁边露出了韦斯利·莫奇那张惨白而模糊的长脸，他此刻正坐在地上。在他们身后很远的地方，那间为广播而准备的休息室仿佛是立在巨大阴暗之中的一座孤岛，冷冷清清而又灯光通明，在一排围成半圆的空荡荡的座椅上方，伸着一堆密密麻麻、死寂无声的麦克风，灯光亮如白昼，没有人想起把它们关掉。

汤普森先生的眼睛在他周围人的面孔上扫来扫去，似乎在寻找只有他才能认出的某种特别的表情。其他人则都在偷偷地打量着别人，同时不让对方捕捉到自己的目光。

"让我出去！"一个年轻的下级随从突然不知冲谁叫嚷了起来。

"给我老实待着！"汤普森先生呵斥道。

这声他自己的命令和黑暗之中那个被惊呆的身影，似乎让他回到了熟悉的现实。他的脑袋从肩膀上抬起了一英寸。

"是谁让它发——"他的嗓门刚一提高，便又停住了；他捕捉到了一副副走投无路、惊慌失措的神情。"你们对此有什么看法？"他转而问道。没有人吱声。"怎么？"他等了等，"说句话好不好？"

"我们可以不听他这一套，对吧？"詹姆斯·塔格特用力把脸向汤普森先生探去，简直像是在威胁一般叫嚷起来，"对不对？"吉姆的面孔扭曲，五官难看地走了样，细细的汗珠像胡子一般在他的鼻子和嘴巴之间冒了出来。

"镇静点。"汤普森先生往旁边躲了躲，话说得没有底气。

"我们完全不用理他！"吉姆依旧执拗地不愿意清醒，"以前可从来没人这样说过！只不过是一个人而已！我们完全不用理他！"

"别那么大火气。"汤普森先生说。

"他凭什么认为自己有理？他怎么敢和全世界作对，把存在了几百年的理论都不放在眼里？凭什么他就知道？没有人能肯定！谁都不可能知道什么才是正确的！根本就不存在任何正确！"

"闭嘴！"汤普森先生叫道，"你究竟想——"

他的话被收音机里猛然响起的军队进行曲打断——这是三小时前被掐掉的那张广播室里吱吱作响的唱片。他们愣了好几秒钟才缓过神来，与此同时，欢快有力的音符正大摇大摆地打破着沉寂，听起来如同是在傻笑，怪诞而不着边际。电台的导播是在机械地执行着不能在播出时段出现空白的规定。

"叫他们停下来！"韦斯利·莫奇跳着脚喊道，"这会让大家以为刚才那个讲话是我们批准的！"

"你这个蠢货！"汤普森先生喝道，"难道你宁愿让他们知道那并没有经过我们同意不成？"

莫奇顿时住了口，带着一副奴才相感激地看着他的主子。

"照常播出！"汤普森先生命令着，"让他们按计划播出！不要特意宣布什么，不要解释！叫他们只当什么都没发生一样！"

齐克·莫里森手下的六七名负责鼓舞士气的随从朝着电话机蜂拥而去。

"封住评论员的嘴，不许他们胡说八道！通知全国所有的电台！让老百姓搞不清楚是怎么回事，不能让他们觉察出我们很紧张！不能让他们把这当回事！"

"不！"尤金·洛森急忙喊道，"不，不，不！我们不能让人们认为我们同意这个讲话！这太可怕了，太可怕了！"洛森并没有哭，不过他的声音里带着一股气急败坏、丢尽脸面的哭腔。

"谁说同意了？"汤普森先生喝问。

"这太可怕了！太恶毒了！这太自私、太没有人性、太残忍了！这是最歹毒的发言！它……它会让人提出幸福生活的要求！"

"这只是一次讲话罢了。"汤普森先生的语气并不坚定。

"我觉得，"齐克·莫里森用试探的口气想来帮忙，"精神高尚的人，你们明白我的意思，就是……就是……有神秘想法的人"——他顿了顿，似乎在等着挨上一记耳光，却没有人动，于是他肯定地重复道，"对，那些有神秘想法的人，不会同意这番话，再怎么说，道理决定不了一切。"

"工人对此不会同意，"丁其·霍洛威的话更让人宽心了一些，"他听上去不像是和工人一伙的。"

"妇女也不会同意，"查莫斯太太叫道，"我相信，大家都知道女人从来不相信什么头脑，女人有更细腻的感觉。你们对妇女可以信任。"

"你们可以信任科学家，"西蒙·普利切特博士说。人们全都挤上前来，突然开始争着讲话，似乎是发现了一个稳妥的话题。"科学家知道有比理智更值得相信的东西，他不是科学家这个圈子里的人。"

"他和谁都不沾边，"韦斯利·莫奇恍然大悟一般又有了信心,"要说沾边,也就是和大企业。"

"不!"莫文先生害怕地叫道,"不!不能怪我们!别这么讲!我不允许你这么说!"

"说什么?"

"就是……就是……什么人都是和企业一伙的!"

"别再为那个讲话瞎争了,"弗洛伊德·费雷斯博士说,"它太高深了,远远超出了一般人的水平。它起不到任何作用,因为人们根本理解不了。"

"是啊,"莫奇满怀希望地说,"没错。"

"首先,"费雷斯博士鼓励地说道,"人们不会思考,其次,他们也不想去思考。"

"第三,"弗雷德·基南接着说,"他们不想饿肚子,对此,你们打算怎么办?"

他像是提出了一个大家刚才都想躲开的问题。没有人应声,但人们的脑袋都向肩膀里埋得更深,彼此也挤得更紧,像是不堪空荡荡的大厅带来的心灵上的重负,蜷缩成了小小的一团。军队进行曲犹如狞笑的骷髅,一如既往的欢快节奏回荡在寂静之中。

"把它关掉!"汤普森先生向收音机挥着手,喊道,"把那该死的东西关掉!"

有人遵命而去,但突如其来的沉寂更令人难受。

"那么?"汤普森先生不情愿地抬眼瞧了瞧弗雷德·基南,终于开口道,"你认为我们应该怎么办?"

"你问我?"基南冷笑一声,"我又不是管事的。"

汤普森先生一拳砸向膝盖。"倒是说话呀——"他命令着,但看到基南背过身去,他又说道,"你们!"没人主动言语。"我们怎么办?"他大喊着,同时心里明白,只要有谁在此刻回答,那么从此就要听谁的了。"我们该怎么办?难道就没人能告诉我们该怎么办吗?"

"我能!"

一个女人的声音传了过来,但听上去和收音机里的声音并无分别。未等达格妮从人群后的黑影里迈步出来,人们已经朝她扭过头去。她向前走来时,她的脸令他们感到惊恐——因为上面毫无惧色。

"我能,"她冲汤普森先生说道,"你必须投降。"

"投降?"他喃喃地重复着。

"你们已经完了。你难道看不出你们已经完了吗?既然已经听到了这些话,你还等什么呢?投降,然后靠边站,让人们去自由地生活。"他看着她,既不表示反对,也没有动。"你还活着,你是在说人的语言,是在要求得到回答,你是在指望着理智——你还是指望着理智,你真应该去下地狱!你是能明白的,你不可能还不明白。现在你没法假装再去希望、奢想、得到、抓住或者实现任何东西。前面有的只是这个世界和你的灭亡,还是投降滚开吧。"

他们在专心地听着,却好像没有听到她说的话,好像只是茫然地依附在她那独有的气质周围——那就是生命。在她愤怒的声音之下是一种快意的大笑,她的头抬了起来,似乎目光正迎接着某个无限遥远的未来,仿佛照亮她额头的那片光芒不是来自大厅里的聚光灯,而是来自初升的太阳。

"你们不是想活命吗?那就靠边站,让能干的人接管。他知道该怎么办,可你们不知道。他能够想办法让人生存下去,可你们不能。"

"别听她的!"

这声叫喊是如此粗暴和怨毒,人们纷纷从罗伯特·斯塔德勒博士身边闪开,仿佛他说出了他们心中一直不承认的想法。他的脸色看上去正是他们在背地里害怕自己会有的那副神情。

"别听她的!"他喊叫道。她瞟了他一眼,眼神从起初的吃惊变为死水一般的冷静,他的眼睛则在躲着她。"他和你水火不容!"

"教授,安静点。"汤普森先生一把将他推到一旁。汤普森先生盯着达格妮,似乎脑袋里正在酝酿着什么主意。

"你们所有的人都知道真相,"她说,"我也知道,每个听了约翰·高尔特讲话的人都知道!你们还等什么?想要证据吗？他已经给过你们了。想要事实？在你们周围比比皆是。你们要杀害多少生命才肯把你们的武器、你们的权力、你们的统治和你们惨无人道的利他主义教条彻底抛弃？要想活着，就扔掉它们吧。如果你们心里哪怕还有一点点让人类活下去的念头，就扔掉它们吧！"

"可这是大逆不道！"尤金·洛森喊了起来，"她说的话完全是大逆不道！"

"好了好了，"汤普森先生说，"没必要这么偏激。"

"啊？"丁其·霍洛威问道。

"可……可这绝对是骇人听闻吧？"齐克·莫里森问。

"你总不会同意她的话吧？"韦斯利·莫奇问。

"谁说同意了？"汤普森先生的口气异常镇静，"别那么沉不住气，你们谁都不许沉不住气，无论听什么意见都没有坏处，对不对？"

"连这种意见也听？"韦斯利·莫奇一边问着，一边一再用手朝达格妮的方向指着。

"任何意见，"汤普森先生平静地说，"我们绝不能容不得人。"

"可这是叛逆、毁灭、不忠、自私，是在为大企业说话啊！"

"哦，我看未必，"汤普森先生说，"我们一定要保持开放的心胸，一定要听取每个人的意见。她或许了解一些情况，她知道该怎么办。我们必须灵活一些才行。"

"你是说你愿意让位？"莫奇大吃一惊。

"先别忙着下结论，"汤普森先生恼火地打断了他，"我最不能容忍的就是忙着下结论的人，再有就是那些孤芳自赏、一点人情世故也不懂的书呆子。鉴于目前的形势，我们对一切都要灵活对待。"

他看到无论是达格妮还是其他人，虽然想法不同，但脸上都是一片迷茫。他笑了，站起身来，向达格妮走去。

"谢谢你，塔格特小姐，"他说，"谢谢你讲出了自己的想法。我希望你知道，你可以信任我，对我开门见山。我们不是你的敌人，塔格特小姐。别在意他们——他们是心里烦躁，不过还是会放下架子的。我们不是你和国家的敌人。当然，我们是犯了错误，我们也是人嘛，但在这种困难情况下，我们是全心全意为人民的——我的意思是，为所有的人。我们总不能在匆忙之中乱作决定吧？我们必须想清楚，要深思熟虑才行。我只希望你记住，我们不是任何人的敌人——这你能体会到吧？"

"我要讲的都讲了。"说完，她便转身走开，既搞不懂他葫芦里卖的是什么药，也不想再为此费脑筋。

她向艾迪·威勒斯走去。他望着周围的人们，简直愤怒得全身麻木——仿佛他的脑子里除了在叫喊"罪恶呀"，便再无其他任何念头了。她冲着门口示意性地歪了歪头，他便跟了上去。

罗伯特·斯塔德勒博士等他们出去，门重新关上之后，便立时朝汤普森先生转过身来："你这个傻瓜！知道你自己在干什么吗？你难道不明白这事关生死，有他就没你吗？"

汤普森先生的嘴唇上掠过一丝讥笑："想不到一个教授居然会如此，我还以为教授从来都不会失态呢。"

"难道你还不明白？还看不出这是你死我活的吗？"

"那你想要我怎样？"

"你必须把他干掉。"

斯塔德勒博士并没有提高嗓门，而是以一种平淡冰冷、忽然之间恢复了清醒的语气说出了这句话，整个房间里一时鸦雀无声，寒意袭人。

"你必须把他找出来，"斯塔德勒博士再一次变得声嘶力竭，"就是掘地三尺也要把他挖出来干掉！如果他在，就会毁掉我们所有人！只要他活着，咱们就都活不成！"

"我怎么能找到他？"汤普森先生字斟句酌地缓缓问道。

"我……我可以告诉你，我给你的线索就是盯住那个叫塔格特的女人。让你的人时刻监视她的一举一动，她迟早会带你找到他的。"

"你怎么知道？"

"这不是很明显吗？你还不明白，她之所以没有早早逃走纯粹偶然吗？你难道看不出她就是他们那种人？"他没有点明他们究竟是什么样的人。

"是啊，"汤普森先生若有所思地说，"是啊，不错。"他满意地笑着扬了扬脑袋，"教授这个主意不错，派人去监视塔格特小姐，"他冲着莫奇打了个响指，命令说，"要全天监视，我们一定得找到他。"

"是。"莫奇面无表情地答应道。

"一旦发现他，"斯塔德勒博士紧张地问，"你是不是要把他杀掉？"

"杀掉他？你怎么这么愚蠢？我们需要他！"汤普森先生叫道。

莫奇一直在等待，但始终没有谁敢于把每个人心中的这个疑问提出来，于是他壮着胆子说道："我不明白你的意思，汤普森先生。"

"你们这帮只会夸夸其谈的书呆子！"汤普森先生大怒，"你们都在那儿发什么呆呢？很简单，不管他是什么样的人，他会干事。再说，他把所有有脑子的人都召集了过去，这群人非同小可。他知道该去做什么，我们要把他找到，他会告诉我们该怎么办。他会让事情都好起来，让我们摆脱困境。"

"你是说我们吗，汤普森先生？"

"当然，别管你们那些大道理了，我们要和他达成协议。"

"和他？"

"当然了。噢，我们不得不妥协，不得不对大企业做出些让步，关心社会利益的人对此是会不高兴，那就随他去吧！除此以外，你们还有别的出路吗？"

"可他的那些主张？"

"汤普森先生，"莫奇吞吞吐吐地说，"我……担心他这种人是不会讲条件的。"

"不会讲条件的人根本不存在。"汤普森先生说。

一股冷风从广播电台外面的街道上呼啸而过，将竖在废弃店铺玻璃上方的残破招牌吹得瑟瑟发抖。城市显得异乎寻常的寂静。远处的车流噪音比平时减弱了一些，风声便显得愈加强劲。空荡荡的人行道被吞没在黑暗之中，只有几个寂寥的人影凑在稀疏的灯光下低声地说着什么。

在离开电台的路上，艾迪·威勒斯始终没有讲话。他们来到了一个荒凉的小广场，街头的喇叭没人想着去关。此时，它正对着一排没有亮光的房屋和它们前面冷冷清清的街道播放一出夫妻因孩子交朋友而吵闹不休的家庭喜剧。广场后面有几点灯光，垂直地散布在高出地面二十五层的上空，看得出那应该是一座离此尚远的高楼。那里正是塔格特大楼。

艾迪停下脚步，指了指远方的大楼，手指在颤抖。"达格妮！"他喊了起来，接着，他不得已将嗓门压低，"达格妮，"他低声说,"我认识他,他……就在那里……那里工作。"他难以置信地一直用手指着大楼,"他在塔格特泛陆运输工作……"

"我知道。"她回答道,她的声音十分平淡。

"他做的是轨道工……是最底层的轨道工……"

"我知道。"

"我和他说过话……我和他许多年来一直在说话……是在终点站的餐厅里……他过去问过问题,各种关于铁路的问题,而我——天啊,达格妮!我究竟是在维护铁路还是在帮着毁掉铁路?"

"都是,也都不是,现在已经无所谓了。"

"我本来可以用性命担保他是热爱铁路的!"

"他的确如此。"

"可他毁了它。"

"对。"

她紧了紧衣领,顶着刮来的一阵狂风,继续向前走去。

"我和他说过话,"他过了一会儿又说,"他的脸……达格妮,看上去和别人的都不一样,可以看出他懂得很多事……只要看到他在餐厅,我就很高兴……我只是在说话……我都没觉得他在问问题……但他确实是在问……问许多有关铁路……和你的问题。"

"他是否问过你我长什么样子,什么时候睡觉?"

"对……对,他问过……我有一次发现你睡在办公室里,我说起这件事的时候,他——"他突然想起了什么,把话停住。

她扭头看着他,在街灯下,她高高地仰起脸来,有意不说话,像是在回应和肯定着他脑子里的念头。

他的双眼一闭。"上帝呀,达格妮!"他低声叫道。

他们默默地继续走着。

"他现在已经不在了吧?"他问,"我是指他已经离开了塔格特终点站。"

"艾迪,"她的声音突然变得十分严厉,"你要是珍惜他的生命,就不要问这个问题。你总不希望他们找到他吧?不要给他们任何线索,不要对任何人说你认识他,不要想着去看他是不是还在车站工作。"

"你不会是说他还在吧?"

"这我不知道,我只知道有可能。"

"你是说现在?"

"对。"

"他还在?"

"对,你如果不想毁掉他,就要守口如瓶。"

"我以为他走了,再也不会回来了,我后来一直没见到他,那是……是……"

"是什么时候?"她追问着。

"是五月底，就是你去犹他州的那天晚上，还记得吗？"他停下来，那天晚上的记忆和他全部的感受此刻一起涌上了心头。他艰难地说着，"我那天晚上见过他，后来就再也没有了……我在餐厅里等过他，可他再也没回来过。"

"我想他现在不会让你看见他，他是在躲避你。不过，不要去寻找和打听他。"

"真好笑，我甚至连他用过的名字都不记得了，好像是叫詹尼什么的——"

"就是约翰·高尔特，"她神色凄然，浅浅地叹息道，"别去翻薪水单，那个名字还在上面呢。"

"这些年来一直如此吗？"

"十二年了，一直如此。"

"现在名字还在上面？"

"还在。"

过了一阵儿，他说："我知道这说明不了什么。自从10-289号法令下达之后，人事部就没做过任何薪水变动。如果谁走了，他们就把自己认识的熟人顶上去，而不是向联合理事会上报。"

"不要去问人事部和其他任何人，不要让他的名字被人注意。要是你或我去问关于他的任何情况，可能都会引起别人的怀疑。不要去找他，离他远一点。如果偶尔看见了他，你就装成不认识的样子。"

他点点头。过了一会儿，他低声严肃地说道："我不会把他交到他们的手里，哪怕是要放弃铁路也不会那样做。"

"艾迪——"

"怎么？"

"如果发现了他，你就告诉我。"

他点了点头。

又穿过两条街后，他平静地问："你打算这阵子走人了，对不对？"

"你干吗问这个？"她差点控制不住自己的情绪。

"对不对？"

她没有马上作声，然而，当她开口的时候，刻意平淡的语气掩饰不住她绝望的声音："艾迪，我一走，塔格特泛陆运输的火车怎么办？"

"不出一周，也许都用不了一周，塔格特泛陆运输就不会再有什么火车了。"

"掠夺者的政权十天之内就会垮台，到那时，库菲·麦格斯这些人会把我们最后的一点铁轨和机车洗劫一空。我就不能再多等一会儿，非要在这个时候认输吗？艾迪，只要还有一丝希望，我怎么可能让塔格特泛陆运输就这么彻底地完了？既然我已经坚持了这么久，就还能再多挺一会儿，只要再挺一会儿。我不是在帮助那些掠夺者，他们现在已经山穷水尽了。"

"他们打算怎么办?"

"不知道,还能怎么办?他们已经完蛋了。"

"我看也是。"

"你不也看到了吗?他们就是一群惊慌失措、四处逃命的老鼠。"

"那对他们还有意义吗?"

"什么?"

"他们的命。"

"他们不是还在挣扎吗?但他们的末日已到,这一点他们自己也知道。"

"但他们以前又有哪一次因为知道而改变呢?"

"他们别无出路,只能放弃,这用不了多久。我们就在这里收拾残局吧。"

"汤普森先生希望告诉大家,"十一月二十三日,官方的广播里说道,"没有紧张的必要,他敦促大家不要草率地下结论。我们一定要继续保持我们的秩序、信心和团结、宽容的精神。你们有些人昨晚听到的那个特别的讲话,是我们为解决世界所面临的问题而听取的具有启发性的建议。对此,我们必须保持清醒的头脑,不要接受其中的恶意谩骂和不负责任的观点,昨晚的讲话证明了我们这个汇集许多公众意见的民主论坛是面向所有人的,而这个讲话只是其中的一种看法而已。汤普森先生指出，真理有许多不同的侧面，我们必须保持公正。"

"他们在沉默。"齐克·莫里森在他以把握公众脉搏的名义派出的手下发回的报告上写下了这样一句总结。"他们在沉默。"他在随后的一份又一份报告上写着，"沉默。"他不安地皱起眉头，在呈送给汤普森先生的总结报告中写道，"人们似乎是在沉默。"

堪萨斯州的人没有看到冬夜冲天而起的火焰吞没了怀俄明州的一所房屋，他们看到的是草原夜空上的熊熊烈焰正在吞噬一片农庄，这烈焰又不同于宾夕法尼亚州一条街道的窗户上映出的火光，那里的火舌将当地的一家工厂夷为了平地。第二天早晨，没有人去议论这些大火的起因是否为偶然，而这三个地方的主人同时也都销声匿迹了。邻居们看在眼里，什么话都不讲——也丝毫不觉得吃惊。全国各地都出现了一些被遗弃的住宅，其中一些门窗紧锁，里面却空空如也，其他的则门户大开，能被搬走的东西一样不少——但人们只是默默地看着，然后在清晨之前的黑暗中穿过雪花纷飞、无人打扫的街道，挪动着走在上班的路上，只是脚步比往日更加沉重与缓慢。

随后，十一月二十七日，一个在克里夫兰的政治会议上发言的人遭到殴打，只好在阴暗的小巷里落荒而逃。他对着下面沉默的听众叫喊说，造成他们一切困难的原因是他们只顾关心自己的疾苦，这句话顿时将听众点燃了。

十一月二十九日上午，马萨诸塞州一家制鞋厂的工人一进车间便惊讶地发现他们的领班还没有到。不过，他们还是各就各位，像平时一样拉下闸门，按动电钮，把皮子放进自动切割机，堆放着传送带上的盒子，同时，随着时间的流逝，他们开始纳闷为什么没见到厂里的领班、主管、总经理或者总裁。直到中午，他们才发现工厂的办公室已人去屋空。

"你们这些不得好死的吃人野兽！"一个女人在挤满观众的电影院里突然歇斯底里地哭叫起来——人们没有任何惊讶的表示，就好像她喊出了所有人的心里话一般。

"没有紧张的必要，"十二月五日的官方广播说道，"汤普森先生希望大家知道，他愿意同约翰·高尔特进行协商，从而找出尽快解决问题的办法和途径。汤普森先生敦促大家要有耐心，我们一定不要着急，一定不要动摇，一定不要失去信心。"

当看到一个人被抚养他的哥哥打伤送进医院时，伊利诺伊州一家医院的医护人员毫不吃惊：这个弟弟冲他的哥哥大喊大叫，说他过于自私和贪心。同样，纽约市一家医院的医护人员看到一个女人下巴骨折也没觉得大惊小怪：听到她逼着自己五岁的孩子把最心爱的玩具送给隔壁家的小孩，一个素不相识的过路人便抽了她一巴掌。

为了鼓舞人们的士气，齐克·莫里森打算下乡搞一次巡回演讲，号召人们为了大众的福利而奉献自我，结果在演讲的头一站就遭到听众们的石头攻击，只好溜回了华盛顿。

没有人说过他们是"更好的人"，或者即使嘴上这样说，心里也假装不知道这个词的含义，但每个人都知道，他所在的社区和邻里，他的办公室、店铺或者他那个说不清的圈子里，现在都有谁哪天早晨就会不来，就会悄无声息地投奔到那个未知的新天地去——这些人的表情比其他人的更加严峻，眼神更加坦率，更有良知，更加坚韧——他们一个又一个地从全国各处消失，离开了这个曾经气象万千，却因为伤口无法愈合而鲜血流失，最终倒在血友症之下的没落王孙。

"我们愿意协商！"汤普森先生冲他的助手们大吼着，命令所有电台将这个特别声明每天播放三遍，"我们愿意协商！他一定会听见，一定会答复的！"

监听人员受命对所有波段进行日夜监听，等着从一个不知道的地方听到回音。依然没有任何回答。

在城市的街道上，人们的表情明显变得更加木然、绝望和魂不守舍，却令人难以捉摸。一些人躲到了荒无人烟的地下，其他人则只能把灵魂藏在内心阴暗的角落里——谁都看不出他们那空洞漠然的眼睛究竟是一扇门，在保护埋藏在内心、永远难见天日的宝藏，还是寄生虫那永远填不满的无底洞。

"我不知道该怎么办。"一家炼油厂的厂长失踪后，他的助理拒绝接任厂长一职——联合理事会派来的人分不清他是不是在说谎，只是从他那流露出一点肯定，既无歉意又无愧色的话音里，他们感觉到他不是叛逆就是个傻瓜，无论他属于哪一种，担任这个职务都实在太冒险了。

"给我们派人来！"联合理事会收到了全国各地一浪高过一浪的人手短缺的请求，但无论是请求者还是理事会都不敢把那个危险而又隐含的字眼加上："给我们派能干的人来！"申请去看门或干修理工、行李员、跑堂这类差事的人已经排到了一年以后，却没有人申请去干上层管理、经理、主管和工程师这样的职位。

炼油厂的爆炸、质量有问题的飞机的坠毁、炼钢炉的开裂、火车相撞的事故，以及有关新上任的高层管理人员在办公室内肆意狂欢的传言，使得理事会对那些申请关键责任岗位的人简直有些怕了。

"不要绝望！不要放弃！"从十二月十五日开始，官方广播每天都在重复着，"我们会和约翰·高尔特达成一致，会让他来带领我们，我们的问题他都会解决，会让一切恢复正常，不要放弃！我们会找到约翰·高尔特的！"

起初是对申请管理职位的人给予奖励——后来便奖励起领班、熟练技师以及任何一个想获得升迁机会的人：奖励包括涨工资、发红包、免个人所得税以及颁发韦斯利·莫奇发明的"促进公共秩序"的奖章。但这没有任何效果。衣衫褴褛的人们听说这些物质奖励后，便一脸麻木地转身就走，仿佛他们已经失去了"价值"的概念。那些大众脉搏的揣摩者们胆寒地想，这些人要么是不想活，要么就是不愿意以这样的方式活下去了。

"不要绝望！不要放弃！约翰·高尔特会解决我们的问题！"收音机里的官方广播掠过无声的落雪，飘进了无暖可取的饥寒之家。

"别告诉他们我们还没找到他！"汤普森先生冲他的手下嚷道，"但无论如何都要找到他！"齐克·莫里森手下的一帮人奉命去造谣：他们中的一半人散布说约翰·高尔特正在华盛顿与政府的官员开会——另一半人则放风出来，说政府悬赏五十万美元，奖励能帮助找到约翰·高尔特的情报。

"一点线索也没有，"韦斯利·莫奇向汤普森先生汇报特工对全国所有叫约翰·高尔特的人进行清查的情况，"倒有不少没用的，有个叫约翰·高尔特的专教鸟类学的教授，已经八十岁了——有个退休的菜贩子，带着一个老婆和九个孩子——有个笨手笨脚的铁路工人，十二年来一直干同一个活儿——其他人也都是类似这样的。"

"不要绝望！我们一定会找到约翰·高尔特！"官方广播白天如此说道，但到了夜里，在上峰的秘密指令下，一到整点就会通过短波频段向茫茫夜空发出呼叫："呼叫约翰·高尔特！呼叫约翰·高尔特！约翰·高尔特，你是否听见？我们希望协商，希望和你达成一致,请告诉我们在哪里能找到你……你听到我们的呼叫了吗,约翰·高尔特?"没有回音。

全国人民兜里的纸钞变得越来越厚,能买到的东西却越来越少。九月份的时候,八加仑的小麦售价是十一美元;到了十一月,就要花三十美元;进入十二月,价钱涨到了一百;眼下已逼近两百美元——政府为对付饥荒,开足了马力印制钞票,眼看就要撑不住了。

工厂的工人们绝望已极,殴打工头,砸毁设备——人们对此毫无办法。逮捕他们没有意义,监狱已经爆满,执行逮捕的官员便睁一只眼闭一只眼,听任犯人们在前往监狱的路上逃跑——人们只能顾一时算一时,只能听任暴动的饥民攻击城市外围的仓库,看到出去镇压的队伍反水加入被镇压的人群时,也只能一筹莫展。

"你在听吗,约翰·高尔特?我们希望协商,我们或许可以答应你的条件……你在听吗?"

私下里,人们传说晚上有蒙着布篷的车辆在人迹罕至的小道上经过,还有神秘的武装人员一路保护,使之免遭"印第安人"的袭击——人们称抢掠的野人为印第安人,这既包括政府派来的人,也包括无家可归的暴民。偶尔在草原遥远的地平线上,丘陵之间,以及山坡上,类似这些荒无人烟的地方会看见亮光,可是没有一个士兵肯去察看亮光的来源。

在被遗弃的房屋门上，在摇摇欲坠的工厂大门上，在政府建筑的墙上，不时会出现用粉笔、油漆和血迹画下的美元符号。

"你能听见我们讲话吗，约翰·高尔特……说句话呀，你来提条件好了，我们全都答应，你能听见我们的话吗？"

没有回答。

一月二十二日的夜里，一股红色的烟柱直冲上天，它少有地凝立了一阵，仿佛是一座庄严的纪念碑，接着便在天空中来回飘荡，像是一束探照灯在传递着某种难以解释的信息，随后，它如同来时一样倏然消失，标志着里尔登钢铁公司的终结——但是，这一带的居民们还不知道，这些曾经因为烟尘、废气、煤灰和噪声而怨恨工厂的人们，直到在后来的夜晚、在抬头时不见了往日天际间生命脉搏的光芒跳动，只有一片无尽的黑暗时，才明白是怎么回事。

作为逃跑者的财产，工厂已被收归国有，第一个头顶"人民管理者"的头衔、受命管理工厂的人来自沃伦·伯伊勒的阵营。他是个又矮又胖、在冶金行业里混饭吃的家伙，毫无领导才能，只会跟在员工的屁股后面。但是上任刚一个月，由于和工人发生了许多次冲突，出现了许多令他束手无策的情况，许多订单都无法交付，而且他的同伙们打来了许多施加压力的电话，他便四处求饶，希望能调换到一个别的职位。由于沃伦·伯伊勒被强令在家休息，他的医生严禁他接触任何与生意有关的事，只允许他平时编编筐，作为一种调养的治疗方式，他的一派人马便树倒猢狲散了。第二个被派到里尔登钢铁公司来的"人民管理者"是库菲·麦格斯的人。他穿着皮裹腿，用的是香气扑鼻的洗发水，上班时腰里别着枪，总是嚷嚷说他首要的任务就是抓纪律，说上天一定会助他成功。他制订的唯一和纪律沾边的规定是禁止人提任何问题。在几个星期内，出了一连串莫名其妙的事故，弄得保险公司、消防队、救护车和急救人员一通忙活，随后，这位"人民管理者"于一天早晨踪影皆无，厂里的大部分吊车、自动传送系统、耐火砖、应急发电机，甚至里尔登办公室里的地毯都被他卖掉，并发往了欧洲和拉美地区形形色色的骗子手里。

随后几天出现的极度混乱则是没有人能解决的——人们对发生的事情闭口不提，从不表明自己的立场，但大家都清楚，新老工人间的激烈冲突从来没像现在这样，被鸡毛蒜皮的原因不断地推向更为恶劣和紧张的地步——无论是保安、警察，还是州里的骑警，都无法保证一天不出乱子，无论是哪一派都找不出一个人自愿去担任这个"人民管理者"的职务。一月二十二日，里尔登钢铁公司被宣布暂时停业。

那天晚上冒出的红色浓烟是一个六十岁的老工人所为。在一座建筑上纵火被当场抓住时，他正看着火焰狂笑不已。"为汉克·里尔登报仇！"他愤愤地叫喊着，被炉火熏黑的脸上热泪纵横。

你不要被它这样伤害——达格妮跌坐在桌前,心里想到,桌上的报纸上是宣布里尔登钢铁公司暂时停业的一小段话——你不要被它伤得那么深……她的眼前不断闪现出汉克·里尔登的脸庞,正如他站在办公室的窗前,望着长长的吊臂抓起满满一车蓝绿色的钢铁,划过天际……不要让它这样伤害他——她心里的乞求却并不是在向任何人诉说——不要让他听到这件事,不要让他知道……随即,她看到了另外一张面孔和一双无惧无畏的绿色眼睛——它用一种只认事实的声音,执拗地对她说道:"你必须知道……你会听说每一起事故,每一趟停驶的列车……谁都不能以任何自欺欺人的方式待在这座山谷里……"她怔怔地坐着,头脑里全是空白,感到一片无比巨大的伤痛——直到她听见一声熟悉的喊叫,这如同一剂猛药,顿时杀死了全部感觉,只给她留下行动的能力:"塔格特小姐,我们不知道该怎么办!"——她拔起脚,应声而去。

一月二十六日的报纸上写道:"危地马拉人民国家拒绝了美国向它提出的借贷一千吨钢材的请求。"

二月三日晚上,一个年轻的飞行员正在按惯例进行从达拉斯至纽约的飞行。飞到费城上方空旷的黑暗之中时——里尔登钢铁公司燃烧的火焰曾是他这些年来最熟悉的地标,是迎接他孤独夜航的标志,是充满生机的地球上的灯塔——他看到的是一片白雪覆盖的荒原，是死气沉沉的白色和星光下泛起的淡淡磷火，是一片如同月球般的山头和洼地。第二天早晨，他便辞职不干了。

乞求的叫喊声越过寒冷的夜晚，飘荡在一片死寂的城市上空，徒劳地敲打着不会回答的窗户和沉默的四壁，俯瞰着漆黑一团的高楼房顶和断垣残梁，冲着静谧的群星和它们发出的冰冷光芒叫道："你听得见我们说的话吗，约翰·高尔特？你听得见吗？"

"塔格特小姐，我们不知该如何是好，"汤普森先生说。在对纽约匆匆造访时，他把她叫来参加一个私下举行的会议，"我们愿意让步并答应他的条件，一切都听他的——可是，他到底在哪里？"

"我这是第三遍告诉你，"她的声音和神情严峻如霜，"我不知道他在哪里。你怎么认为我会知道呢？"

"这个嘛，我也不清楚，但我觉得……怎么也得试试……我想，万一呢，或许你有办法和他联系——"

"我没有。"

"你知道，即使是用短波，我们也不能宣布我们彻底妥协的消息，还是有人会听见。不过，如果你有办法跟他联系，告诉他我们愿意让步，愿意废除我们的政策，按他说的办——"

"我说过了，我没有办法。"

"只要他能同意开个会,就是开个会,这用不着他承诺什么,对吧?我们愿意把经济完全交给他管理——只要他能告诉我们时间、地点和方式,假如他能给我们个话,或者签个……假如他能回答我们……他怎么就不回答我们呢?"

"他的讲话你已经听了。"

"可我们该怎么办呢?我们总不能就这么甩手走人,让国家处于无政府状态吧,一想到那样做的后果,我就不寒而栗。社会垮成了目前这副样子——塔格特小姐,我现在已经尽了最大的努力去维持,否则,抢劫和血腥屠杀就会在光天化日之下发生。我不明白人们是怎么回事,再也看不见他们平日的教养了。现在这种时候,我们不能就这么离开。现在我们既不能走,又维持不下去。我们该怎么办,塔格特小姐?"

"放开控制吧。"

"嗯?"

"减免税收,撤销管制。"

"啊,不不不!这可绝对不行!"

"有什么不行的?"

"我的意思是,现在不能这样做,塔格特小姐,现在不行,这样做为时过早。我个人很同意你的意见,我是个热爱自由的人,塔格特小姐,我不是为了追逐权力——但这个情况太突然,人们还没做好接受自由的准备,我们必须保持强有力的控制,不能采取理想化的措施——"

"既然如此，就别来问我该怎么办了。"她边说边站起身。

"可是，塔格特小姐——"

"我来这里不是为了争论。"

她走到门口，这时，他叹息了一声，说："但愿他还活着，"她停了下来，"但愿他们没有鲁莽行事。"

片刻之后，她才控制住自己的情绪，问了声："你指谁？"

他耸了耸肩，两手摊开，无可奈何地向下一垂："我已经管不了手下的人了，实在说不好他们会干什么。一年多以来，费雷斯、洛森、麦格斯几个人勾结在一起，不断逼我采取更有力的措施。他们想采取的是更强硬的政策。坦率地说，他们是想采取恐怖手段，对普通的民事犯罪、对诸如批评者和持不同政见者处以死刑。他们的理由是，既然人们不合作，不主动按照大众的利益去行事，就必须对他们进行强制。他们说，我们的制度只有用恐怖的手段才能得以维持。从现在的形势来看，他们的话或许不无道理。但韦斯利不赞成使用高压手段；韦斯利是一个爱好和平的人，是个开明人士，我也如此。对于费雷斯一伙人，我们一直是在尽量控制，可是……你知道，他们反对向约翰·高尔特做出任何形式的让步。他们不想让我们跟他谈判，不想让我们找到他。我是不希望他们先发现什么。假如他们先找到了他，他们就会——谁都说不好他们会怎样……我担心的就是这个。他为什么不回答？为什么一句话都没有？万一他们找到他，把他害死怎么办？我实在不愿去想……因此，我希望你或许有什么办法……或许能知道他是否还活着……"他的话在疑问当中停了下来。

一股潮水般的恐怖袭遍她的周身上下，她竭尽全力控制住自己，站直双腿，说道："我不知道。"然后，她便强撑着走出了屋子。

达格妮站在街头那曾经支撑着一个蔬菜亭、现已腐烂的柱子旁边，偷偷打量着身后的街道：稀稀拉拉的路灯立柱把街道割成了一个个孤岛，第一片灯光里面是一家当铺，随后是一家酒吧，最远处是一座教堂，它们之间隔着一道道的暗影；人行道上凋敝冷清；大街上昏暗模糊，不过看上去似乎空无一人。

她拐过街角，故意踏响脚步，然后猛地停住，凝神细听：她难以确定从自己极度紧张的胸口发出的是否是自己的心跳，远处车轮的震动声和附近东河的潺潺流水声齐入耳中，令她难以分辨；不过，她没听到身后有人的脚步声。她肩膀陡然一耸，加快了步伐。昏暗的墙洞内，一座生锈的大钟喑哑地敲响，已是凌晨四点。

她似乎并非完全是在害怕被人跟踪，此时，她已经体会不出任何恐惧。她说不出自己身体的轻飘究竟是由于紧张还是放松；她的身体缩紧得令她觉得似乎只剩下了一点：那就是她还能动；她的大脑陷入了一种松弛的封闭状态，犹如一台处于自动控制状态下的发动机，无须再去理会。她心想，飞行中的赤裸的子弹若有知觉，大抵就应该是这样的感受；除了运动和目标，别的一概全无。她的心念模糊而遥远，似乎她这个人并不真正存在；进入她脑子里的只有"赤裸"这个词：赤裸……将其他的一切抛开，只有一个目标……只有"367"这个号码，这个位于东河岸边的一所房子的门牌号码，这个长久以来她禁止自己去想，却总是萦绕在脑子里的号码。

"367"——她心里想着，向前方的一片房屋望去——"367"……他就住在那里……假设他还活着的话……想到她绝不会生活在这样的假设之中，她便镇静从容了下来，脚步也有了信心。

她已经在这个假设中生活了十天——她一点一点地挨过那些夜晚，走到了今夜。此刻，她迈出的仿佛依然是在塔格特终点站隧道里的清脆孤单的脚步。她曾经在他当初干活的那个时段去隧道内找他，一走就是几小时，寻找了一晚又一晚——她找遍了地下的每一条通道、站台、车间和轨道，既不去问任何人，也不解释她为什么去那里。行走的时候，她感觉不到害怕和希望，促使她走下去的是一股近乎骄傲、无比坚强的信念。之所以会有这样的信念，是因为当她在地下的某个幽暗角落吃惊地停住，看到隧道顶部随着远处车轮的经过而不停地震颤时,她会隐约听见自己在脑海里说:这是我的铁路;当她感觉到被遏止在身体里的东西难受地阻塞着的时候,她会听见:这是我的生活;当她想到或许就在这些隧道里的那个人时,她会听见:这是我的爱。这三者之间不可能会有冲突……我在怀疑什么呢?……在这里,在这个只属于他和我的地方,又有什么能把我们分开?……随即,思绪回到现实,她继续坚定地向前走去,心里还是那个坚定的信念,听见的却是另一番话:你不许我去找你,你可以骂我,可以抛弃我……但只要我有活着的权利,我就必须知道你也活着……我必须看你一眼……我不拦你,不和你说话,不和你接触,只是要看看你……她一直没有见到他。当她发现在地下工作的工人们带着疑惑好奇的目光跟在她身后时,她便停止了寻找。

她曾经借鼓舞士气的名义召集站上的修路工人开会,为了见到所有班次的工人,她开了两次这样的会议——她重复着同样毫无意义的讲话,既为自己说出的空洞言辞感到惭愧,又因为知道自己已不在乎这些而感到骄傲——她打量着那些面容疲惫而冷酷,无所谓是干活还是混日子的工人们,他不在他们中间。"每个人都到了吗?"她问过领班。"我想是吧。"他漠不关心地回答说。

她曾经徘徊在车站的入口处,打量着前来上班的人们。但入口实在太多,而且观察时,她也必定会被人看见——她曾经在又潮又闷的黄昏时分,靠着仓库的墙站在被雨水浸亮的路旁,她的衣领竖起,雨水顺着帽檐往下滴——她曾经面街而立,心想,从她面前经过的人们能认出她,而且会流露出惊异的眼神,因为她这样的守望实在太过明显。假如人群中真有个叫约翰·高尔特的人,就一定会有人识破她在此等候的目的……如果约翰·高尔特不在他们当中……如果约翰·高尔特不在这个世上,她心想,那危险就不会存在——这世界也就不会存在了。

没有了危险,没有了世界,她一边想着,一边穿过贫民区的街道,朝着367号房子走去,全然不知那里是不是他住的地方。她觉得等待被判死刑的人也许就是这样的感觉:没有恐惧和怒火,什么都不想,冰冷漠然得如同没有了热力的灯火,丧失了是非的认同。

一只罐头盒被她踢到了,滚动时仿佛是撞在了这个荒芜城市的墙上,发出的声音格外响亮,久久不绝。街道的肃静不似人们在休息,倒像是被极度的疲惫摧毁一样,仿佛墙内的人们并不是在睡觉,而是已经垮掉了。他这个时候应该下班回家了,她心想……假如他上班……假如他还有个家……她打量着这个贫民区,看到的是坍塌的泥墙,剥落的漆面,日趋惨淡的店铺外面的褪色招牌和蒙满尘土的窗内放置的无人问津的货物,摇摇欲塌的台阶,挂在晾衣绳上的破旧衣服,随处可见没有做完就甩在一旁、无人料理的残缺迹象，在"没有时间"和"没有力量"这两个对手面前，显然已难以为继——她想，他这样一个举手之间便能改善人类生存状况的人，十二年来却一直生活在这里。

某种记忆不断向她涌来，终于变得清晰：这便是有关斯塔内斯村的记忆，她不禁浑身一颤。可这里是纽约城啊！——她在内心里冲自己喊叫，维护着这里曾经为她所热爱过的辉煌；紧接着，她的眼前便出现了一个岿然不动、由她所作的严厉判决：一个让他在贫民窟里住了十二年的城市注定会变成贫民窟。

猛然之间，一切似乎都不再重要了，她觉得自己仿佛被突如其来的寂静所震撼，身体似乎凝固一般，令她觉得像是一种平静：她在一座年头很久的房子上看到了"367"这个号码。

她想她还是很镇静的，只不过是时间突然失去了它的连贯性，将她的意识分割成了一块块碎片：她知道自己首先看到了那个号码——接下来的一刻，她站在散发着霉味的过道上，看见一块板子上用铅笔歪歪扭扭地写着"约翰·高尔特，五层，后面"的字样——随后的一刻，她站在楼梯前，抬起头来，望着盘旋上升的扶手，突然倚住墙，吓得发抖，巴不得对这些一概不知——后来，她感觉到自己坐在了第一层台阶上——然后感到身体越来越轻，毫不费力、毫无疑惧地向上升去，感到一节又一节的楼梯被她果决地踩在了下面，仿佛推动她不可抑制地上升的是她挺直的身体、扳平的双肩和抬起的头，是她在下最后决心的一刹那庄重而激动的信念，当她用了三十七年的时间，攀上这最后一段楼梯的时候，她所渴望的生活不会是一场灾难。

来到上面，她看到了一条狭窄的楼道通向一扇没有灯光的门口。她听到脚下的地板在寂静中发出咯吱咯吱的响声，她感觉到自己的手指按住了门铃，听到它在看不见的门里面响着。她等待着，只听地板响了一下，不过那来自楼下。她听见河上一艘拖船鸣着长长的汽笛。随后她便知道，自己肯定是丢掉了一段时间，因为当她的意识再次恢复时，已经全然不同于苏醒，倒像是她在降生一般：仿佛是两个声音将她从虚无之中拽了回来，门后脚步声响起，接着是开锁的声音——但她仍未出生，直到面前的门突然不见，约翰·高尔特出现在门口。他身穿衬衫和长裤，大大咧咧地往自家的门廊里一站，身后的灯光隐隐衬出他微斜的腰身。

她知道，他的眼睛正思索着这一时刻，接着便将这一刻的前前后后都扫视清楚，闪电般地把一切都过了遍脑子——他衬衣上的一道折痕随着他的呼吸微微一动，表明他已经得出了结论——这结论便是一个灿烂的表示迎接的微笑。

她此时已不会动弹。他抓过她的胳膊，一把将她拽进房间。她感觉到了他紧贴上来的嘴唇，透过自己突然显得多余和僵硬的外套，她感觉到了他那颀长的身躯。她看见他的眼中含着笑意，一次又一次地感觉着他的嘴唇的触摸，她瘫倒在他的臂弯里，大口地喘息着，仿佛她上这五层楼连一口气都还没顾上喘，她的脸扎进他的脖子和肩膀之间，用她的胳膊和双手，用她的脸颊将他紧紧抱住。

"约翰……你还活着……"她只能说出这么一句话。

他点了点头，仿佛明白这句话的含义。

接着，他拾起她掉在地上的帽子，把她的外套脱下放在一边，看着她颤抖不已的苗条身体，眼中闪过一丝赞许。他的手抚摸着她身上深蓝色的紧身高领毛衣，她的身体在它的包裹下如女学生一般孱弱，又如斗士一般紧绷。

"下次见你的时候，"他说，"穿一件白色的，看上去同样会很漂亮。"

她意识到她身上的衣服是那天晚上在家里焦虑失眠时所穿的，平时从不会穿出来。她大笑了起来，发现自己又会笑了：她无论如何也没想到这竟是见面时他说的第一句话。

"要是还有下一次的话。"他平静地补充了一句。

"你……这是什么意思？"

他锁上了房门，说："坐下。"

她站着没动，不过还是借机打量了一下尚未注意过的房间：这是一间长长的、未经装修的阁楼，一个角落里是床，另一个角落里是煤气炉，房里有寥寥几件木质家具，裸露的木地板将地面衬托得更长。桌上放了一盏台灯，台灯光晕后的阴影里是一扇关着的门——透过一面巨大的窗户可以一眼看到外面的纽约,那里是一片错落突兀的建筑和星星点点的灯光,以及矗立在远处的高高的塔格特大楼。

"现在你听好,"他说,"我估计咱们还有半小时的时间。我知道你为什么来这里,我跟你说过这很难坚持,你很可能会受不了。别后悔了,你看,我不是也不能后悔吗?不过现在,我们必须知道接下来该怎么做。大约半小时以后,跟踪你的掠夺者的手下就会来这里抓我。"

"啊,不!"她大吃一惊。

"达格妮,他们中只要谁还有一点人的察觉力,就会明白你和他们不是一伙的,就会知道你是他们找到我的最后一个线索,就不会让你逃出他的视野——或者说,逃出他的盯梢者的视野。"

"我没有被跟踪!我都看了,我——"

"你不知道怎么观察。盯梢可是他们的拿手本事。现在,盯你的人正向他的主子报告。你在现在这个时候出现在这种地方,楼下牌子上面有我的名字,以及我在你的铁路公司工作的事实——他们再笨也能把这些联系起来。"

"那咱们离开这里!"

他摇了摇头:"他们现在已经把这个街区包围了。监视你的人一声令下,就会叫来所有的警察。我现在要你知道的是他们到这里后你应该做的事。达格妮，你只有一个机会救我。假如你过去不理解我在收音机里讲的那种骑墙中立的人，现在你该理解了。你没有任何折中的办法，只要我们在他们手里，你就不能站在我这一边。现在，你必须和他们站在一起。"

"什么？"

"你必须站在他们一边，尽你最大的可能，装得越彻底、越一致、越明显越好。你必须像他们那样做事，必须装成我的死敌。如果你这样做的话，我还有生还的可能。他们实在太需要我了，不到万不得已、不试遍各种手段是不会杀我的。无论他们想如何整人，都只能借助受害者看重的东西——可他们抓不住我的任何东西，没法对我进行威胁。但一旦他们觉察到我们之间的蛛丝马迹，用不了一星期，就会在我眼前把你送上受刑架——我说的是肉体折磨。我可不想等着看它发生。只要他们流露出拿你作要挟的意思，我就立即自尽，让他们死了这份心。"

他说话时语气并未加重，依然是一副冷静现实、筹算全局的口吻。她知道他会说到做到，而且完全应该如此：她看出了仅凭自己一人之力就可以将他置于死地，而他的对手即使全加起来也做不到这一点。他看出了她的眼神已经凝固，看出了她理解后的恐怖神情。他带着一丝难以觉察的微笑，点了点头。

"我不说你也知道，"他说，"假如我那样做的话，绝不是什么自我牺牲。我不愿意遵循他们的活法，不想顺从他们，不想眼看着你承受不可避免的谋杀。一旦如此，就没有了任何可以让我追求的价值——我不想毫无意义地活着。你知道，面对用枪挟持我们的人，我们问心无愧。因此，你要尽一切力量伪装自己，让他们相信你恨我。这样，我们就还有活下去和逃跑的希望——尽管我不知道何时和怎样逃脱，但我知道我不会受任何羁绊。明白吗？"

她逼自己抬起脑袋，正视着他，点了点头。

"他们来的时候，"他说，"告诉他们你一直试图替他们找到我，看到我的名字出现在你的薪水单上，你就起了疑心，于是到这里探个究竟。"

她点了点头。

"我会一直不承认自己的身份——他们或许能辨认出我的声音，但我会极力否认——这样，就可以由你去告诉他们，我就是他们在找的约翰·高尔特。"

她迟疑了几秒钟，但还是点了头。

"然后，你就去要——并且接受他们为抓我而出的五十万美元的悬赏。"

她闭上眼睛，点了点头。

"达格妮，"他缓缓地说，"在他们的制度下，你不可能按自己的标准去做事。不管你有意还是无意，他们迟早有一天会逼你走到不得不和我对立的地步。鼓起你的勇气，去做吧——这样的话,我们就可以赢得这半小时,或许还能赢得未来。"

"我会做的,"她坚定地说道,然后又补了一句,"假如事情真的这样发生,假如他们——"

"事情会发生的,不要后悔,我不会后悔。你还没看到我们敌人的本相,现在你就会看见了。如果必须用我来说服你的话,那我情愿如此——把你就此从他们那边争取过来。你已经等不及了吗?噢,达格妮,达格妮,我又何尝不是如此!"

他的拥抱和亲吻使她感觉到,她所做的一切,所有的危险和疑虑,甚至她对他的背叛——如果这算是背叛的话,都是为了这欢乐的一刻。他看见她的脸上因为对她自己的竭力抗议而露出了极为矛盾的表情——他将唇按在她的头上,她听到他的声音透过她的缕缕长发传了过来:"现在不要去想它们,除了斗争的时候,一秒钟也不要让痛苦、危险和敌人在你的脑子里停留。你现在在这里,这是属于我们的时间、我们的生活,这不属于他们。不要逼自己不快乐,其实你是快乐的。"

"即使是在有可能毁掉你的情况下吗?"她喃喃地说。

"不会的。不过——没错,即使如此。你不会对此漠不关心吧?你是不是由于漠不关心才坚持不住,跑到这里来?"

"我——"澎湃的真情令她忍不住拉下他的头,朝他的唇吻了上去,然后对着他的脸说道,"我才不在乎咱们是否有谁能活下去,我只想这样见你一次!"

"你要是没来,我反而会失望了。"

"你知不知道那是什么滋味?等待着,强忍着,拖一天,然后再拖一天,然后——"

他笑了笑。"我不知道吗?"他轻声地说。

她无可奈何地垂下了手,想起了他过去的这十年,"我在收音机里听到了你的声音,听到了那个最为激动人心的讲话……哦,不,我没权利对你说我的想法。"

"为什么没有?"

"因为你认为我还没有接受它。"

"你会接受的。"

"你是在这里讲的吗?"

"不是,是在山里。"

"然后你又回到了纽约?"

"第二天一早就回来了。"

"然后就一直待在这里?"

"对。"

"你听没听到他们每天晚上向你发出的请求?"

"当然了。"

她缓缓地打量着房间,目光从窗外的高楼移到天花板上的木头房梁,从墙壁的裂缝移到床的铁架子。"你一直住在这里,"她说,"在这里住了十二年……就在这里……就是这样……"

"就是这样。"他说着，将房间尽头的门一把推开。

她惊呆了：门内出现的是一个窄长、灯火通明、没有窗户的房间，四面用散发着柔和光泽的金属包裹，宛如潜艇上的一个小舞厅，这是她有生以来见过的布置得最紧凑合理、最现代化的实验室。

"进来吧，"他笑着说，"我用不着再对你保密了。"

这简直是进入了另外一个世界。她看着闪闪发亮的精密仪器，看着密密麻麻、泛着光泽的电线，看着上面用粉笔写下数学公式的黑板，看着长长的台子上严格摆放、井然有序的物品——然后，又看了看阁楼里下沉的地板和正在剥落的泥灰。非此即彼，她心想，这就是同全世界进行抗争的那个选择：一个人的灵魂有着截然不同的两种形象。

"当时你想知道我每年的其他十一个月都是在哪儿干活。"

"所有这些，"她一指实验室，"靠的都是"——她又指了指这间阁楼——"你当苦力赚来的薪水？"

"哦，当然不是！我为麦达斯·穆利根设计了发电站、射线屏幕、广播发射器和其他一些东西，他付给我报酬。"

"既然如此……你干吗还要去当苦力呢？"

"因为在山里挣的钱不允许花在外面。"

"你这套设备是从哪儿来的？"

"是由我设计，由安德鲁·斯托克顿铸造厂制造的。"他指了指房间角落里一个毫不起眼、如收音机机身般大小的东西说，"那就是你想要的发动机。"看着她大吃一惊、不由自主想扑上去的样子，他扑哧一笑，"别费心思研究它了，你现在又不想让它落到他们手里。"

她瞪着亮晶晶的金属筒和闪闪发光的线圈，想到了那个如同神圣的遗物一般躺在塔格特终点站隧道中的玻璃棺材里的铁锈疙瘩。

"我用它来为这个实验室供电，"他说，"不能让人怀疑一个修路的苦力为什么要用那么多电。"

"可他们要是发现了这个地方——"

他怪异地嗤笑一声："他们不会。"

"你有多久——"

她停住了问话；这一次，她没有再吃惊，眼前的情景令她彻底呆在了原地：在一排机器背后的墙上，她发现了一张剪自报纸的照片——照片上的她身着衬衣长裤，站在约翰·高尔特铁路通车典礼上的火车头旁边，她的头高高地仰着，那天的情景、意义和阳光都洋溢在她脸上的笑容里。

她只是发出一声低吟，转身向他看去，而此刻，他脸上的神情便如她当初在照片中的一样。

"我曾经是你在这个世界上最想消灭的一切的象征，"他说，"你却象征着我想做到的一切。"他指着照片，"人们在有生之年，希望的就是破例得到一两回这样的感受。而我呢——我是把它当成了自己永久而平常的选择。"

他的神情以及他的眼睛和内心里的安详,令她感到理想就在这一刻,就在这座城市成了现实。

当他亲吻她的时候,她知道他们拥抱彼此的手臂是在紧握着他们最辉煌的胜利,她知道这是没有被痛苦和恐惧沾染的现实,是哈利的《第五协奏曲》中的现实,是他们曾经渴望、为之奋斗并已经赢得的现实。

门铃响了。

她的第一个反应便是抽出身来,而他的第一个反应则是将她拥得再近、再久一些。

他抬起头,脸上露出笑容,只说了一句:"现在可到了不能胆怯的时候了。"

她随他回到阁楼里,听到实验室的门在他们身后紧紧地锁上了。

他无声地为她举起外套,等着她系好外套的带子,戴上帽子,然后便走过去,打开了房门。

进来的四个人中,有三个是身穿军队制服的壮汉,每人腰里别着两把枪,脸庞大得都走了形,眼神僵硬而呆板。第四个人没穿军装,是个头目,他体格瘦弱,身穿一件质地上乘的大衣,留着一撮整齐的小胡子,一双蓝眼睛黯淡无光,举止像是个从事公关的知识分子。

他朝高尔特和这个房间眨了眨眼睛,向前迈了一步,停住,又迈了一步,然后停了下来。

"什么事?"高尔特说。

"你……你是约翰·高尔特?"他的声音大得不太自然。

"没错。"

"你就是那个约翰·高尔特?"

"哪个啊?"

"你是不是在广播里讲过话?"

"什么时候?"

"别被他骗了,"达格妮清脆的声音响了起来,她对那个头目说,"他就是约翰·高尔特,我会把证据交给总部,你动手吧。"

高尔特像看陌生人一般转身看着她:"现在你能否告诉我你到底是谁,究竟来这里干什么?"

她的面孔和那几个士兵一样毫无表情:"我叫达格妮·塔格特,我是想证实一下你究竟是不是国家正在找的那个人。"

他向那个头目转过身去。"好吧,"他说,"我是约翰·高尔特——不过,要是想让我开口,就让你这个探子"——他一指达格妮——"从我这里滚开。"

"高尔特先生!"那个头目用一种满怀喜悦的声音叫道,"幸会，真是太荣幸了！高尔特先生，请一定不要误会我们——我们可以满足你的愿望——当然，如果你不愿意，完全用不着跟塔格特小姐打交道——塔格特小姐只是在尽她爱国的义务而已，不过——"

"我说了，让她从这里滚开。"

"我们可不是在跟你作对呀，高尔特先生，我向你保证，我们不是在跟你作对。"他转向达格妮，"塔格特小姐，你为人民做出了难以估量的贡献，赢得了全体人民的最高敬意。下面的事就交给我们好了。"他宽慰地挥挥手，示意她向后退，离开高尔特的视野。

"你们想怎么样？"高尔特问。

"国家在等待着你呀，高尔特先生。我们只是希望打消误会，跟你合作。"他挥挥戴手套的手，向那三个人示意着。那几个人一言不发地开始翻箱倒柜，地板在他们的踩动下咯吱直响；他们是在搜查房间。"明天上午，当全国人民听说找到你的消息时，他们的精神就会振作起来了，高尔特先生。"

"你们想干什么？"

"我们只是要以人民的名义欢迎你。"

"我是不是被捕了？"

"干吗要有这种老掉牙的想法？我们的任务只是把你安全地护送到最高的国家领导部门，他们都在盼着你呢。"他停顿了一下，但没有听到任何回答，"国家的最高领导们希望和你协商——只是通过协商来达成善意的谅解。"

士兵们除了衣服和厨具外一无所获；房间里没有信件和书籍，甚至连报纸也没有，好像住在这里的是个大字不识的文盲。

"我们只是想协助你，恢复你在社会中的合法地位，高尔特先生。看来，你对自己的公众价值还没有意识到。"

"我意识到了。"

"我们只是来这里保护你。"

"锁上了！"一个士兵砸着实验室的门，喊道。

那个头目装出一副讨好的笑脸："里面是什么，高尔特先生？"

"私人物品。"

"能否请你打开它？"

"不行。"

头目两手一摊，做出痛苦无奈的样子："可惜我是在奉命行事呀，我们必须进那间屋子。"

"进吧。"

"这只是例行公事罢了，没必要搞得这么不愉快。你就不能合作一下吗？"

"我说了，不行。"

"我确定你不会希望我们采取任何……不必要的措施。"他没有得到任何回答。"你知道,我们是有权闯进那扇门的——不过,当然了,我们不想那样做。"他等了等,还是没有回答。"把锁撬开!"他冲士兵命令道。

达格妮瞟了一眼高尔特,他端端正正地抬着头,无动于衷地站在那里。她看到他的身形纹丝不动,眼睛瞧着那扇门。门锁是一块小小的四方铜牌,上面没有钥匙孔,光滑得无从下手。

那三个壮汉不由自主地愣在了那里,第四个人则手持盗贼的工具,小心地凿着门上的木头。

木头被轻而易举地凿开,木片纷纷掉落,在寂静之中,它们落地的动静听起来像是远处传来的阵阵枪声。当盗贼的撬棍敲打着铜牌的时候,他们听到门后传来一阵闷响,轻得如同疲惫心灵的一声叹息。过了不久,门锁落地,房门颤动着向前移了寸许。

士兵向后一闪,头目摇摇晃晃地走上前去,将屋门推开。出现在他们面前的是一个不知究竟、幽深莫测的黑洞。

他们对视了一眼,又看了看高尔特;高尔特一动不动地站在原地,望着那一片黑暗。

他们打着手电,跨过门槛,达格妮跟了上去。里面是一个长长的金属舱,空空如也,只是地上堆满了厚厚的灰土,这堆怪异的灰白色土渣仿佛是经历了几个世纪尘封的废墟。整个房间宛如一具蚀空的骷髅。她掉过脸去,免得让他们看出她因为知道这些尘土几分钟前的样子而在脸上露出的震惊。在亚特兰蒂斯的发电站入口，他对她说过，别想打开门……即使你用世上最厉害的炸药去炸它，门还没开，里面的机器就会变成灰烬……别想打开那道门——她心里这样想，然而她知道，此刻她看见的，是一句话活生生的体现：别想逼迫人的思想。

那伙人一言不发地退了出来，并且继续向入户门退去，然后一个接一个地愣在了阁楼里，仿佛是被退去的潮水丢弃在那里的垃圾一般。

"好了，"高尔特伸手拿过外套，对那个头目说，"走吧。"

韦恩·福克兰酒店的三个楼层被清空变成兵营。铺着丝绒地毯的长通道的每一个拐角处都站着手持机枪的士兵，哨兵上了枪刺，把守在消防出口的楼梯口。五十九、六十和六十一层的电梯门被封死，仅留下一部由全副武装的士兵看守的单开门电梯供出入。一些怪模怪样的人在一层的大堂、餐厅和商店里徘徊：他们的穿戴过于光鲜昂贵，在蹩脚地装扮成酒店常客时，他们的虎背熊腰与身上的衣服极不协调，这让他们的伪装露了马脚，况且与商人的装扮不同的是，他们身上有一个地方看上去鼓鼓囊囊，只有带枪的人才会如此。酒店的各处出入口和临街的重要窗口也都布置了一群群手持冲锋枪的卫兵。

位于兵营中心位置的六十层是韦恩·福克兰酒店的皇家套

房，在布满了绫罗窗幔、水晶烛台和精雕花环的这个地方，身着衬衣长裤的约翰·高尔特正坐在一张缎面扶手椅内，一条腿跷在一只丝绒绣墩上，两手交叉抱在脑后，凝视着天花板。

汤普森先生进来时看到的他就是这副样子。皇家套房的门外，早晨五点开始便站了四个卫兵。上午十一点，他们打开门放汤普森先生进去，然后又将门锁上。

当门咔的一声锁上，将他的后路切断，使他独自面对这名囚犯时，汤普森先生心中掠过了一丝紧张。不过，他想起了报纸头条和电台天一亮就向全国广播出去的消息："约翰·高尔特找到了！——约翰·高尔特在纽约！——约翰·高尔特加入了人民的行列！——约翰·高尔特正和国家领导人举行会谈，以制定一个能迅速解决我们所有问题的方案！"——他尽量让自己相信事情正是如此。

"哎呀呀！"他满面春风地向扶手椅走去，"原来你就是那个捅娄子的年轻人啊——哦，"走近那双盯着他看的墨绿色眼睛时，他猛地改口说道，"嗯，我……很高兴能见到你，高尔特先生，真的很高兴。"随即补充了一句，"你知道吧？我就是汤普森先生。"

"你好。"高尔特说。

汤普森先生一屁股坐进椅子里，用他直截了当的动作表达出一种生意场上令人振奋的态度。"不要有被逮捕之类的荒唐念头,"他指着房间,"你也看得出来,这可不是监狱,你能看出我们对你的招待很隆重。你是个大人物,是个非同一般的大人物——这我们知道。请不必拘束,有什么要求尽管提出来,谁敢得罪你就开除谁,要是你看不惯外面的哪个卫兵,说一声就行了——我们立刻把他换掉。"

他顿了顿,满以为能听到对方的回应,却什么也没有得到。

"我们请你到这里来只是想跟你谈一谈。本来我们不打算采用这样的方式,但你一直躲着,我们实在没有别的办法。我们就是希望能告诉你,你完全误会我们了。"

他带着和气的微笑,把两手向上一摊。高尔特注视着他,没有作声。

"你的那番演讲真精彩。你简直是个演说家!你对全国都造成了一定的影响——尽管我不清楚具体的影响和原因,但你确实做到了。人们似乎想要你得到的某种东西。但你是不是以为我们对此极力反对?这你可错了。我们并不反对。就我个人看来,演讲中有许多极有见地的观点,不错,我的确这么认为。当然,这并不代表我同意你说的每一句话——再怎么说,你也不是想让我们赞同你的每一个观点吧?观点不同才会推动事情向前发展。至于我,我一贯愿意改变我的想法,愿意接受任何意见。"

他邀请般地向前探了探身子,还是没得到任何回答。

"正如你所说的,现在真是天下大乱啊,在这一点上我同意你的看法。我们有一个共同点，可以由此入手。一定要采取些措施才行。我只是想——你看，"他突然叫了起来，"你干吗不愿意听我和你说一说呢？"

"你现在正在和我说。"

"我……这个……这个，你明白我的意思。"

"完全明白。"

"那……那你有什么要讲的？"

"没有。"

"啊？！"

"没有。"

"行啦，你就说吧。"

"我并不想和你说话。"

"可是……你瞧瞧……我们有事情要商量！"

"我没有。"

"好，"汤普森先生顿了一下，说道，"你是个注重行动、讲求实际的人。你实在太现实了！就算我不了解你别的方面，但这一点我敢肯定。这没错吧？"

"你是说实际？没错。"

"我也一样。咱们说话用不着拐弯抹角，把手里的牌都亮在桌子上，无论你想怎样，我都可以和你做做交易。"

"我向来愿意做交易。"

"我就知道嘛！"汤普森先生获胜一般捶着自己的大腿，"我早就跟韦斯利他们那些只会空谈理论的书呆子说过！"

"我向来愿意做交易——跟能向我提供有价值的东西的人。"

汤普森先生没搞清楚自己在回答之前为什么似乎心跳停了一下："好吧，你自己开个价，伙计！你自己开个价！"

"你能给我什么？"

"当然是你要什么就给什么。"

"比如说？"

"你要什么都可以。你听没听我们的短波广播？"

"听了。"

"我们说过，会满足你的一切条件，我们可是说话算话。"

"我在广播里讲过不会讨价还价的话，你听到没有？我说到做到。"

"唉，可是你误会了我们！你以为我们会和你对着干，可我们不会。我们并不僵化，对任何意见都愿意考虑。你为什么不响应我们的呼吁，前来面谈呢？"

"我干吗要来？"

"因为……因为我们希望代表全国人民和你谈话。"

"我不承认你们有代表全国人民的权利。"

"我说，我不习惯……嗯，好吧，难道你就不能听我说一说？你就不能听听吗？"

"我在听。"

"国家的形势很糟糕，人民正在挨饿，国家正在崩溃，经济濒临解体，所有人都停止了生产。我们对此束手无策，你有办法，你知道如何改变局势。好啦，我们愿意让步，希望你来告诉我们该怎么办。"

"我已经告诉过你们了。"

"什么？"

"靠边站。"

"这不可能！这是妄想！没什么好商量的！"

"你看，我说过我们之间没什么可谈的吧。"

"等一下！等一下！别太极端！总会有折中的办法，你不能把一切都占了，我们还没有……人民还没有这个准备。你不能指望我们将国家机器丢在一边。我们必须维持这个制度，但我们愿意改善它，会按照你说的加以改进。我们不是顽固不化、只会空谈的独断专行者——我们很灵活，会按你说的去做。我们会放手让你去做，会积极配合，会妥协。咱们可以各管一半，我们负责政治，由你来完全操控经济。我们会把全国的生产都交给你，把整个经济都双手奉送给你。你可以随心所欲地去管理，去下命令，去签署法令——你的身后有国家的力量撑腰。从我开始，我们所有人都随时听从你的指挥。在生产方面，你怎么说我们就怎么做。你将会——你将会独揽国家的经济大权！"

高尔特放声大笑。

这笑声里的戏谑味道令汤普森先生一愣:"你怎么了?"

"如此说来,这就是你所谓的妥协了?"

"这怎么……别坐在那里这么笑!我觉得你没理解我的意思,我给你的可是韦斯利·莫奇的职位——没人能给你更大的权力了!你可以随心所欲,如果你不喜欢管制措施,就把它们统统废掉。如果你想提高利润、降低薪水——就颁布命令。如果你希望大亨们得到特殊的待遇——给他们就是了。如果你不喜欢工会——就解散它们。如果你想要的是一种自由经济——就命令人们自由行事!你可以为所欲为,只要你能让一切恢复,让国家建立起秩序,让人们重新开始工作,让他们去生产。招回你的自己人——那些有头脑的人,带我们进入一个天下和平、科技进步、发达繁荣的时代。"

"在枪口之下?"

"你看,我……这有什么好笑的?"

"你只需要告诉我一件事:假如你对我广播里所讲的话能装作没听见,你又凭什么认为我愿意装得像什么都没说过一样?"

"我不明白你的意思!我——"

"算了吧,这只是个修辞性问句,它的前面那句就回答了后面那句。"

"啊?"

"伙计，要是你需要翻译才能听明白的话——我可不玩你那种把戏。"

"你的意思是你不接受我的提议？"

"没错。"

"可是，为什么啊？"

"原因我已经用三小时在广播里讲过了。"

"哦，那只不过是理论而已！我是在讲实际的，我给你的可是世界上权力最大的职位。你能告诉我有什么不妥吗？"

"我用了三小时告诉你的那些就是，它不管用。"

"你能让它管用。"

"怎么做？"

汤普森先生两手一摊："我不知道，我要是知道的话，就不找你了。这是你要想办法解决的事，你是工业天才，任何问题都能解决。"

"我说过了，这办不到。"

"可你能办到。"

"怎么办？"

"以某种方式办。"他听见高尔特的嗤笑，又说，"为什么不行呢？你就告诉我，为什么不行？"

"好啊，那我告诉你。你想让我独揽经济大权？"

"是啊！"

"并且服从我的一切命令?"

"绝对服从!"

"那就首先将个人收入所得税废除吧。"

"啊,不行!"汤普森先生一下子蹦了起来,叫嚷道,"我们不能那么办!那……那与生产无关,那属于分配的范畴。我们拿什么给政府职员发工资呢?"

"解雇你们的政府职员。"

"啊,不行!那是政治!不是经济!你不能干预政治!不能什么都管!"

高尔特把两腿交叉着往绣墩上一搭,舒展了一下身子,让自己在缎椅里坐得更舒服些。"还想继续商量吗?你明白了没有?"

"我只是——"他停住了。

"我是明白了,这你满不满意?"

"是这样,"汤普森先生坐回椅子上,打起了圆场,"我不是要争论什么,这我并不擅长。我看重的是行动,时间不等人。我只知道你有头脑,这头脑也正是我们现在需要的,你什么都能做到,只要你想做,就没有你做不到的事。"

"那好,就用你的话来说吧:我不想做。我不想当一个经济独裁者,哪怕只让我去签一份让人们自由的命令都不行——任何一个有理智的人都会把这命令扔回到我的脸上,因为他知道,他的权利不应该受到你或我的意志的限制和剥夺。"

"告诉我，"汤普森先生望着他，不解地说，"你追求的是什么？"

"我在广播里告诉过你了。"

"我不明白。你说你不是为了自己——这我能理解。但我们现在把东西奉送给你你都不要，那你又怎么可能还对将来抱什么指望呢？我原以为你是个自我主义者——是个很实际的人。我给你开了一张空白支票，你想要什么都可以填上去——你却对我说你不想要它。为什么？"

"因为那是一张空头支票。"

"什么？"

"因为你不能给我任何有价值的东西。"

"只要是你能想到的，我都可以给你，你就说吧。"

"还是你说吧。"

"嗯，关于财富你谈了很多。如果你想要钱的话——我此时此刻能给你的钱，你三辈子也挣不到。你想不想要十亿——漂亮崭新的十亿？"

"为了让你给我这笔钱，我还得通过生产把它创造出来吧？"

"不，我指的是直接从国库里拿出来的崭新钞票……或许……假如你希望的话，或许能给你黄金。"

"想用这笔钱让我干什么？"

"哦，等国家重新站稳脚跟——"

"是要我来帮它站稳吗？"

"嗯，如果你想按自己的方式去管理，想要权力的话，我可以向你保证，全国上下的每一个人，包括妇女和小孩，都会服从你的命令，按你说的去做。"

"那也得要我先教会他们吧？"

"你要是想为自己人——就是那些消失的人——争取些什么，无论是工作、职位、权力、免税，还是其他任何好处，只要开口就行。"

"那也得要我先让他们回来吧？"

"你到底想要什么？"

"你到底对我还有什么用？"

"啊？"

"究竟有什么是我没了你就办不到的？"

汤普森先生的眼神看上去像是被逼到角落里一般，发生了变化，不过，他终于还是开始直视着高尔特的眼睛，慢慢地说道："没有我，你现在就出不了这个房间。"

高尔特一笑："不错。"

"你什么都生产不了，会在这里饿死。"

"不错。"

"你看，这不是明摆着吗？"汤普森先生又变得亲切而欢快起来，他提高嗓门说着，仿佛可以用玩笑的方式将刚才的暗示从容化解，"我能够给你的是你的生命。"

"但它并不是你的，汤普森先生。"高尔特轻轻地说了一句。

他的声音里有种东西使得汤普森先生猛地向他看了一眼，又更快地将视线移开：高尔特的笑容看上去简直善良无比。

"好啦，"高尔特说，"你知不知道我所说的不能用虚无给生命做抵押是什么意思？只有我才可能允许你做出那样的抵押——但我不会。取消威胁算不上报答，否认否定不是奖赏，撤走你那些带家伙的恶棍不算鼓励，现在提出要杀我谈不上任何价值。"

"谁……谁说过要杀你了？"

"这还用说吗？要是不用枪和死亡要挟我的话，你根本就没机会和我讲话，你的枪也就这点用处了。我不会为了消灾而破财，不会向任何人买我的命。"

"这话不对，"汤普森先生得意地说，"如果你的腿断了，你就会花钱请医生去治。"

"只要当初不是他弄断了我的腿。"他笑着看了看闭口不语的汤普森先生，"我是个实际的人，汤普森先生，我认为让一个人单单凭着能弄断我的骨头而谋生并不实际，我认为支持敲诈勒索并不实际。"

汤普森先生似乎若有所思，然后摇了摇头。"我不觉得你实际，"他说，"实际的人不会不顾现实，他不会浪费时间去盼着事情能有所不同，或者试图去改变什么。他会接受现状。现在的事实是，你在我们手里，不管你是否高兴，这就是现状。你应该识时务才是。"

"我识时务。"

"我是说，你应该合作，应该认清现在的形势，并且接受和适应它。"

"假如你的血液中了毒，你是去适应它，还是去改变它？"

"噢，这是两回事！那是生理上的！"

"你是不是说，生理上的现实可以去改变，改变你的荒唐念头却不行？"

"啊？"

"你是不是说，生理现象可以根据人的需要做出调整，你的荒唐想法却凌驾于自然法则之上，人必须要去适应你才行？"

"我是说我现在占着上风！"

"是不是因为手里拿着枪？"

"算了吧，别老提什么枪了！我——"

"我不会忘记现实当中的事实，汤普森先生，否则就太不实际了。"

"好吧，我是手里拿着枪，你又能怎么样？"

"我会识时务，听从你的吩咐。"

"你说什么？"

"我会按你说的去做。"

"你当真吗？"

"当真，一点都不会差。"他发现汤普森先生脸上急切的表情渐渐变成了一种疑惑，"你说什么，我就做什么。如果你命令我进经济独裁者的办公室，我就进去。如果你命令我坐在桌子上，我就坐上去。如果你命令我发布法令，我就发布你命令我签署的法令。"

"可是我不知道要发布什么样的法令！"

"我也不知道。"

房间里出现了一阵久久的沉默。

"好吧？"高尔特说，"你的命令是什么？"

"我要你去挽救国家的经济！"

"我不知道该怎么挽救。"

"我要你去找出办法！"

"我不知道该如何去找。"

"我要你动脑筋去想！"

"你的枪该怎么让我做到这一点呢，汤普森先生？"

汤普森先生一言不发地看着他——从他那紧闭的嘴唇、凸起的颧骨以及眯起的眼睛，高尔特看到一个怒气冲冲的霸王马上就要吼出一句颇具哲理的话：我要抽你。高尔特面带笑容，直视着他，仿佛是在听这句没有说出口的话，并且在强调着它。汤普森先生移开了目光。

"不，"高尔特说，"你并不想让我动脑筋，当你逼一个人违背他的选择和意愿时，你就是希望他能停止思考。你想把我变成一个机器人，我遵命就是了。"

汤普森先生叹道："我真不明白。"他带着一种发自肺腑的无奈语气，"一定是哪里不太对头，我却想不出来。你干吗要自讨苦吃？你有这么好的脑子——完全可以战胜任何一个人。我不是你的对手，这你也知道。你干吗不假装加入我们，然后控制局面，把我打败呢？"

"这和你让我去这么做的理由一样：因为你会胜利。"

"哦？"

"正是因为比你们强的人试图用你们的方式去战胜你们，才使你们几百年来一直平安无事。假如我和你竞争对那些打手的控制权，咱们谁会赢？当然，我可以假装——而且我不会挽救你们的经济和制度，现在谁都救不了它们了——但我会死，而你们会赢得过去赢得的一切：你们会获得喘息的时间，再多掌一会儿权，再多挺一年——或一个月——代价就是把你们周围的人类精英，包括我在内的一切希望和努力全都榨干。这就是你们的目的，也是你们的极限。不要说一个月，只要还有受害者可用，哪怕只能拖一个星期你们也愿意。可惜，这已经是你们的最后一个受害者了——他不想再扮演以前的角色。伙计,游戏该收场了。"

"只是理论上如此而已!"汤普森先生忍不住叫起来,嗓子都变尖了;他眼神飘忽不定,在房间里转来转去,兜着圈子;他瞧了一眼房门,似乎盼着能逃出这里。"你是说如果不放弃这种制度的话,我们就会灭亡?"

"对。"

"那么,既然我们抓住了你,你就会和我们一起灭亡?"

"可能吧。"

"你难道不想活命吗?"

"非常想。"看见汤普森先生的眼里迸发出一丝亮光,他便笑了,"我还可以告诉你,我清楚自己活下去的愿望比你更强烈,也明白你正是寄希望于此。我知道,其实你根本就不想活,但我想。正因为非常渴望得到它,我才不会接受任何替代品。"

汤普森先生噌地蹿了起来。"不对!"他叫喊着,"我不想活——不是这样的!你干吗要这么说?"他站在那里,四肢微微地缩着,似乎感到浑身发冷。"你为什么要说这种话?我根本就不明白你的意思。"他后退了几步,"我不是什么拿枪的歹徒,我不是。我没想过伤害你,从来没想过伤害任何人,我希望人民喜欢我,我希望做你的朋友……我希望做你的朋友!"他仰天大吼。

高尔特毫无表情地注视着他,这使他除了知道自己被盯着之外,看不出其他内容。

汤普森先生突然摆出一副匆忙的样子,像是急着要走。"我得走了,"他说,"我……我还有很多事情,咱们以后再谈。好好考虑一下,不用急,我不会给你什么压力。只管放松下来,在这里不要拘束,需要什么只管说——这里吃的、喝的,还有香烟都是最好的。"他指了指高尔特的衣服,"我会让全城最贵的裁缝来给你做些好衣服,我想让你过上最好的生活,让你感到舒适和……对了,"他有些过于漫不经心地问道,"你有家室吗?有没有什么亲人想见?"

"没有。"

"朋友呢?"

"没有。"

"没有恋人吗?"

"没有。"

"我只是不想让你觉得孤单罢了。我们允许其他人来看你,只要是你想见的,任何人都可以。"

"没有。"

汤普森先生在门口停了下来,转身看看高尔特,摇了摇头。"我搞不懂你,"他说,"真是搞不懂你。"

高尔特笑笑,一耸肩膀回答道:"谁是约翰·高尔特?"

此时，韦恩·福克兰酒店的大门外雨雪交加，荷枪实弹的卫兵们在门口的灯光下显得凄苦无助：他们弓着肩膀，垂着脑袋，把枪搂在怀里借以保暖——看上去，即使他们把气急败坏的子弹朝着风暴全部发射出去，也免不了身体遭的这份罪。

街道对面，负责鼓舞民众士气的齐克·莫里森正赶往酒店，前去参加在五十九层召开的一个会。他注意到，街上稀落困顿的行人对卫兵们连看都懒得看一眼，至于那一堆印有"约翰·高尔特承诺带来繁荣"的通栏标题、摆在一身破烂且直打哆嗦的摊贩面前卖不出去的报纸，则更是无人问津。

齐克·莫里森焦虑不安地摇了摇脑袋：一连六天，报纸的头版一直登载国家领导人与约翰·高尔特在齐心协力制定新政策——却收不到任何效果。他发现来往的人们对身边的一切都漠不关心，没有人注意他，只在他走到酒店大门前的灯下时，才有一个衣衫褴褛的老妇人无声地朝他伸过一只手来；他匆忙走了过去，在那只露在外面的粗糙的手掌里，只落下了几滴冰雨。

当他在五十九层汤普森先生的房间内向围坐成一圈的面孔讲话时，脑海之中街上的情景令他的声音充满了为难的尴尬，众人的脸色也是如此。

"似乎没起作用，"他指着一沓调查民意的手下提交的报告说，"所有关于我们与约翰·高尔特合作的报道似乎都没起作用。

人们毫不关心，根本就不相信。有些人说他根本就不会与我们合作，大多数人甚至不相信他在我们手里。我不知道人们是怎么回事，他们已经什么都不信了。"他叹了口气，"前天，克里夫兰有三家工厂倒闭，昨天，芝加哥有五家工厂关门。在旧金山——"

"我知道了，知道了，"汤普森先生一下将他打断，紧了紧脖子上的围巾：酒店的取暖炉坏了。"这件事没什么好商量的：他必须做出让步，准备接管生产，必须如此。"

韦斯利·莫奇瞟了一眼天花板。"不要再让我去和他谈了，"他哆嗦了一下，说，"我已经试过了，他这个人没法交流。"

"我……我不行，汤普森先生！"齐克·莫里森一看到汤普森先生的视线扫到他这里停住，便嚷了起来，"哪怕你让我辞职都行，我没法再和他谈！就别让我去了！"

"没人能够同他交流，"弗洛伊德·费雷斯博士说，"纯粹是浪费时间，你的话他连一个字也听不进去。"

弗雷德·基南冷笑一声："你是说他已经听腻了吧？更糟糕的是，他还会反驳。"

"那好，你干吗不再去试试？"莫奇喝道，"你看起来挺开心啊，你干吗不去劝他？"

"我比你们更明白，"基南说，"别再骗自己了，兄弟，谁都劝不了他，我可不想再去了……开心？"他露出惊异的表情，又补了一句，"是啊……是啊，我是觉得挺开心。"

"你怎么了？你是不是听信了他的话，被他说动了？"

"我？"基南惨然一笑，"他对我有什么用处？他要是赢了，我头一个就要倒霉……只不过"——他有些神往地望着天花板——"只不过他是个说话痛快的人。"

"他不会赢！"汤普森将他打断，"这是毫无疑问的。"

屋子里出现了一阵长久的沉默。

"西弗吉尼亚出现了饥民暴乱，"韦斯利·莫奇说，"得克萨斯的农民——"

"汤普森先生！"齐克·莫里森气急败坏地说，"也许……也许我们可以让大家见见他……通过一场大游行……或者在电视上……只是让大家看看，这样他们就相信他真的在我们这里了……这可以给人们一阵子希望……可以给我们一点时间……"

"这太危险，"费雷斯博士反驳道，"不要让他接近民众，他可是什么事都做得出来的。"

"他必须让步，"汤普森先生依旧很固执，"他必须加入我们，你们必须有人——"

"不！"尤金·洛森尖叫了起来，"我不去！我可不想再见到他！再也不想了！我不想相信会是这样！"

"什么？"詹姆斯·塔格特问，他的声音里带着威胁一般的放肆嘲弄的意味。洛森没有吭声。"你怕什么？"塔格特语气中的轻蔑格外明显起来,似乎一看到别人比他还要害怕,他就胆大了一些,"你究竟害怕相信什么,尤金?"

"我是不会相信的!我不会!"洛森半是吼叫半是哀怨地说道,"你不能让我丧失对人类的信心!不能让这样一个人活在世上!这个冷酷无情、自以为是的家伙——"

"你们是一群有本事的文人,真有本事,"汤普森先生轻蔑地说,"我还以为你们可以用他的语言跟他对话——可惜他把你们大部分人都吓住了。主意呢?你们的主意现在都到哪儿去了?要想办法!让他加入我们!要把他争取过来!"

"问题是,他什么都不想要,"莫奇说,"对于一个什么都不想要的人,我们能给他什么呢?"

"你的意思是不是,"基南说,"对于一个想要活着的人,我们能给他什么呢?"

"闭嘴!"詹姆斯·塔格特喊了起来,"你干吗要这么说?为什么要这么说?"

"你干吗要喊呢?"基南反问。

"你们都别吵了!"汤普森先生命令道,"你们互相掐架倒是很有一套,可是一旦要和一个真正的人斗——"

"这么说,你也被他打败了?"洛森喊道。

"噢,安静点好不好?"汤普森先生不胜其烦地说,"他是和我较量过的最顽固不化的混蛋。你们是不会明白的。他硬得就像他们……"他的声音里隐隐流露出一种羡慕,"硬得就像他们……"

"对付顽固的混蛋是有办法的,"费雷斯博士不以为然地悠悠说道,"这我已经告诉过你了。"

"不行!"汤普森先生大叫道,"不行!给我闭嘴!我不会听你的!不会听!"他的手在空中乱摆,像在极力赶走某种他不愿说出口的东西,"我告诉他……事情不是那样的……我们不是……我不是个……"他拼命摇着脑袋,仿佛自己的言语中潜伏着某种前所未有的危险,"不,是这样的,我的意思是,我们必须实际一些……而且要谨慎。什么谨慎,我们必须平和地处理这件事,我们绝不能引起他的反感……或伤着他。我们现在可不敢让他出任何问题。因为……因为他一完,我们也就完了。他是我们的最后一线希望,一定要记住这一点,他一死,我们就会完蛋,你们大家心里都清楚。"他的眼睛环顾了一周:看得出,他们都心知肚明。

在第二天早晨的雨雪中出现的报纸头版上写着,约翰·高尔特和国家领导人们在经过前一天下午富有建设性的愉快会谈后,制定出了即将公布的"约翰·高尔特计划"。傍晚,雪花落在了一座墙倒屋塌的公寓里的家具上——落在了无声地等候在一家厂主失踪的工厂的会计窗前的人们身上。

第二天早晨,韦斯利·莫奇向汤普森先生汇报说:"南达科他州的农民正在州首府示威,放火点着了政府大楼,以及每一套价值一万美元以上的住宅。"

"加州已经支离破碎,"他在晚上的汇报中说,"那里发生了内战——假如那真的是一场内战的话,因为谁都无法确定是怎么回事。他们宣布脱离联邦,但没有人知道现在是谁掌权,武装冲突遍及州内的各个角落,交战双方一方是以查莫斯夫人以及她那群崇拜东方的大豆信徒们为首的'人民党'——另一方被称为'回归上帝',领头的是一些从前的油田主。"

"塔格特小姐!"第二天上午,当达格妮如约走进酒店房间时,汤普森先生呻吟般叫了起来,"我们该如何是好?"

他纳闷自己以前为什么会觉得她身上有一种令人踏实的力量。此刻他眼里那张苍白的面孔貌似镇定,但随着时间的流淌,这种镇静毫无变化,显示不出任何情绪,这就让人心里不安了。他心想,她脸上的神态和其他那些人一样,只是嘴角流露出一丝不易察觉的忍耐。

"我信任你,塔格特小姐,你比我手下所有的人都有头脑,"他恳求道,"你对国家做出的贡献比他们中任何一个人都要大——是你帮我们找到了他。我们该怎么办?现在一切都乱了套,只有他能带我们摆脱这样的混乱——但他不肯。他拒绝了,他居然拒绝带这个头。我还从没见过这种情况:一个人居然没有发号施令的欲望。我们求他去作决定——他却回答说他想服从指挥！这真是荒谬！"

"的确。"

"你怎么看？你能看明白他是怎么回事吗？"

"他是个高傲的自我中心主义者，"她说，"他是个野心勃勃的冒险家，他胆大包天，正在进行一场全世界最大的赌博。"

真是轻松，她想。如果是在遥远的从前，这会很艰难，因为在那个时候，她视语言为荣誉的工具，每一开口，都如同是在发誓——是在发誓要忠于现实，尊重人类。而如今，只要能出声，只要能对着与现实、人类和荣誉无关的死东西们发出毫无意义的声音就可以了。

轻松的是第一天早晨，她对汤普森先生汇报她找到约翰·高尔特的经过。轻松的是她看到汤普森先生那难以抑制的笑容，看到他一边不停地喊着"真是好样的"，一边得意地瞧着他的手下，炫耀自己信任她的这个决定是多么英明。轻松的是她表达对高尔特的气愤——"我同意过他的观点，但是我不会让他毁掉我的铁路！"——是听到汤普森先生说，"别担心，塔格特小姐！我们绝不让你受到他的伤害！"

轻松的是装出一副冷漠精明的样子，提醒汤普森先生五十万美元赏金的事情，她的嗓音干脆利索，像是收款机在打印出一张总额账单。她看见汤普森先生的脸凝固了片刻，随即便露出更加欢快和明朗的笑容——似乎是在无声地说他对此没有料到,但很高兴知道是什么让她如此算计,并且对这样一种算计很能理解。"当然啦,塔格特小姐!当然啦!奖金归你——统统归你!支票会寄给你的,一分不少!"

这一切之所以轻松,是因为她觉得自己像是游离在现实以外的某种沉闷的空间里,在这样一种地方,她的话和行动都不再算数——不再是对现实的回应,而只是那些为曲解知觉而做成的哈哈镜里的变形。只有对他安全的牵挂才会细而灼热,如同她内心一根燃烧的火线,如同一根为她辨明道路的指南针。其余的只是一团混沌,像雾像雨又像风。

但这——她想到这里,不禁打了个冷战——就是那些她从不理解的人生存的地方,这种虚假的现实,这种刻意的假装、歪曲和欺骗,就是他们想获得的状态,能让汤普森先生吃惊地瞪大他那双惊惶蒙眬的眼睛,就是他们唯一的愿望和奖励。她想——一心这样的人还想不想活?

"塔格特小姐,你是说全世界最大的赌博?"汤普森先生急切地问,"那是什么?他想要什么?"

"现实,整个地球。"

"我不太明白你的意思,不过……塔格特小姐,如果你觉得可以理解他,能否……能否再和他谈一次?"

她感觉仿佛听到了她自己的声音、从许多光年以外传来,叫喊着说,只要能见他一面,她死而无憾——但在这间屋子里,她听到的是一个无足轻重的陌生人冷冷的声音："不，汤普森先生，我不想去，我希望永远不会再见到他。"

"我知道你受不了他，我也不能为此责怪你，但你难道就不能去试试——"

"找到他的那天晚上我就试过说服他了，但我得到的只是羞辱。我想，他比恨其他人更恨我。是我让他中了圈套，对此他绝不会原谅。如果他能对谁投降的话，那个人绝不是我。"

"是啊……是啊，这话不假……你看他会投降吗？"

她心里的那根针转了转，在两条路之间犹豫了一下：她是应该说他不会，然后看着他们害死他——还是应该说他会，让他们继续抓紧他们的权力，直到彻底毁了这个世界？

"他会的，"她坚定地说，"如果正确地对待他，他是会让步的。他的野心太大，很难拒绝权力。别让他跑了，但别威胁他——或伤害他。恐吓起不了任何作用，他不吃这一套。"

"可万一……我是说，局面正变得愈发不可收拾……要是他迟迟不肯低头的话，可怎么办呢？"

"他不会。他太现实了。另外，你是否允许他了解国家的状况？"

"怎么……没有。"

"我建议你让他看一看你的秘密报告，这样他就会看到来日无多了。"

"这是个好主意！非常好的主意！你知道，塔格特小姐，"他的声音里突然有了一种不顾一切的依附的味道，"每次和你谈完，我就觉得好多了，因为我信任你，我对周围的人一个都信不过。可你——你不一样。你值得信赖。"

她毫不畏惧地直视着他，说："谢谢你，汤普森先生。"

一切顺利，她心想——直到出门走上大街，她才注意到自己外套里面的衬衣正湿漉漉地贴在肩上。

走在塔格特终点站的候车大厅里，她想，如果能感觉到，她会发觉她对铁路的漠然其实是一种憎恨。她总是觉得她关心的只有货车：在她眼里，乘客们既没有生命，也不属于人类。花费巨大的精力去防止事故发生，确保装载着一群行尸走肉的列车的安全，委实没有什么意义。她望着车站里的人们，心想：如果他死在他们这个制度的统治者手里，而这些东西还照样胡吃闷睡、四处游走——她还会给他们提供火车吗？假如她向他们大声求救，他们当中会有人为他挺身而出吗？已经听过他讲话的他们，是否想让他活下去？

那天下午，五十万美元的支票送到了她的办公室里，随之一起送来的还有汤普森先生送的一束花。她瞧了一眼支票，任凭它飘落到桌子底下：它全无意义，没有给她带来丝毫感觉，甚至连内疚也没有。它不过是一张纸片，和办公室纸篓里的废纸没有什么区别，无论能用它买到钻石项链、城市的废墟，还是她的最后一餐，都毫无分别。这张支票里的钱永远不会花出去，它不是一种价值的标志，也就无法用它买到任何有价值的东西。但是——她想——如此一种死气沉沉的冷漠正是她周围的人和那些无欲无求者的永恒状态。这正是一个摒弃了价值的灵魂的状态；她思忖着，选择了这样一种状态的人还想活下去吗？

晚上，她拖着麻木和疲惫的身体回到公寓，公寓楼道里的灯都坏了——直到打开自己门厅的灯，她才发现脚下有一个信封。这个从门缝塞进来的信封封了口，上面一个字也没有。她把它拾了起来——没过一会儿，她就在内心里笑出了声。她半跪半坐地伏在地上，一动不动地盯着那张纸条，她认出了这笔迹，它和出现在城市上空的日历上的最后一条消息笔迹一样。纸条上写着：

达格妮，要耐心，注意观察他们。他需要我们帮助时，可以给我打电话：OR 6-5693。

弗

第二天一早，报上开始劝告人们不要听信南方各州局势吃紧的谣言。呈送给汤普森先生的绝密报告上则称佐治亚州和阿拉巴马州为了争夺一家电机厂而爆发了武装冲突——由于冲突和铁轨被毁，工厂已经没有了任何原材料的供应。

"你看没看我给你的那些绝密报告？"当天晚上，汤普森先生又一次来到高尔特这里，对着他叹息。陪在他身旁的是自告奋勇要来见识一下这个犯人的詹姆斯·塔格特。

高尔特坐在一张直背椅上，跷着二郎腿抽烟，身体挺直的同时又显得很轻松。他们猜不透他的神情，但可以看出，他的脸上没有一丁点忧惧的迹象。

"我看了。"他回答。

"时间可不多了。"汤普森先生说。

"没错。"

"你就任其发展下去吗？"

"你呢？"

"你凭什么这么自负？"詹姆斯·塔格特嚷了起来。他的嗓门虽然不高，但紧张的程度不亚于喊叫。"局势如此严重，你怎么还这么自负？眼看着世界快要毁灭，还顽固地坚持自己的主张？"

"那有谁的主张更保险，能让我听从呢？"

"你凭什么这么自负？你怎么就这么确定呢？谁都不能肯定他就是对的！谁都不能！你不过和其他人一样！"

"那你干吗还找我？"

"你怎么能拿其他人的生命开玩笑？在人民需要你的时候，你怎么能自私地躲在一边？"

"你的意思是:他们需要我的主张?"

"没有谁是绝对正确或错误的!没有纯粹的黑与白!真理并不是全掌握在你的手里!"

塔格特的态度有点不对劲——汤普森先生皱着眉头想——有种奇怪的、过于个人化的怨恨,似乎他到这里来不是为了解决一桩政治事端。

"假如你有一点责任感的话,"塔格特说,"就绝不敢只凭你自己的看法去冒险!你就会和我们一起,对别人的意见也加以考虑,并且承认我们也可能是对的!你就会帮助我们实现计划!你就会——"

塔格特越说越来劲,但汤普森先生不知道高尔特是否还在听:高尔特站了起来,正在房间里踱步,他没有烦躁不安,而是自得其乐地欣赏着自己的步伐。汤普森先生观察到了他轻盈的脚步、挺直的脊梁、平坦的小腹和松弛的肩膀。高尔特走路的样子似乎他无视自己的身体,又对它充满了无比的自豪。汤普森先生瞧了瞧詹姆斯·塔格特,瞧着这个委顿消沉的高个子自损自残的难看模样,发现他注视着高尔特的眼睛里放射出强烈的仇恨。汤普森先生一下子坐直了身子,担心这仇恨会被发觉。但高尔特看都不看塔格特。

"……你的良知!"塔格特说着,"我是来这里呼唤你的良知的!你怎么能认为自己的头脑比成千上万人的生命还要值钱?

人们正面临着灭亡,而且——哎呀,"他忍无可忍地大叫一声,"你别再来回走了好不好?"

高尔特停下脚步:"这是命令吗?"

"不,不!"汤普森先生连忙说,"这不是什么命令,我们不想命令你什么……注意点,吉姆。"

高尔特继续溜达起来。"世界正在崩溃之中,"塔格特说话的同时,眼睛不由自主地跟随着高尔特,"人们正在死亡——只有你才能挽救他们!谁对谁错还重要吗?就算你认为我们是错的,也应该加入我们,应该为挽救他们而牺牲你的思想!"

"那我靠什么去挽救他们呢?"

"你把你自己当成什么了?"塔格特叫道。

高尔特停了下来:"这你知道。"

"你是个个人主义者!"

"没错。"

"你知道自己是个什么样的个人主义者吗?"

"你知道吗?"高尔特直视着他,反问道。

看到塔格特一边盯着高尔特的眼睛,一边慢慢地将身体往椅子里缩进去,汤普森先生莫明其妙地害怕起接下来要发生的事情。

"哎,"汤普森先生用一种活跃轻松的口吻将他们打断,"你抽的是什么烟?"

高尔特朝他转过身，笑了笑："我不知道。"

"从哪儿弄来的？"

"是你的卫兵给我的，他说这是什么人送给我的礼物……别担心，"他补充道，"你的人已经检查过了，没有夹带什么消息，只是一个不知名的崇拜者送的礼物罢了。"

高尔特手指间的香烟上带有美元的符号。

詹姆斯·塔格特不善于做说服工作，汤普森先生断定。第二天他带了齐克·莫里森来，结果也是一样。

"我……我求你可怜可怜我，高尔特先生，"齐克·莫里森满脸堆笑地说，"你是对的，我可以认同你是对的——我只是请求得到你的同情。我在内心深处不相信你是一个彻头彻尾、对人毫不同情的自我中心主义者。"他指了指他摊在桌上的一堆纸，"这是由一万名学生签字，希望你加入我们去拯救他们的请愿信。这份请求来自一个残疾人之家。这是一份由两百位信仰不同的牧师联合送来的请求。这是来自全国母亲的请愿信，看一看吧。"

"这是命令吗？"

"不！"汤普森先生叫了起来，"这不是命令！"

高尔特没有伸手去动那堆纸，依旧一动不动。

"这些都是地地道道的普通百姓，高尔特先生，"齐克·莫里森的口吻在试图展现出他们卑微、悲惨的一面，"他们没法告诉你该怎么办，他们不会知道。他们只是在求你，他们或许弱小、无助、茫然而无知，而你这么有智慧，有力量，难道就不能同情和帮助他们吗？"

"是通过扔掉我自己的智慧，变得和他们一样盲目吗？"

"他们或许是错的，但他们并不知道还有更好的选择！"

"我知道，所以就应该听他们的？"

"我不是争什么，高尔特先生，我只是在请求得到你的同情，他们是在受苦呀。我求你同情那些受苦的人，我……高尔特先生，"他注意到高尔特正透过窗户向远方望去，眼神突然变得执拗起来，便问，"怎么了，你在想什么？"

"汉克·里尔登。"

"啊……为什么？"

"他们同情过汉克·里尔登没有？"

"可这不一样！他——"

"闭嘴。"高尔特淡然说道。

"我只是——"

"闭嘴！"汤普森先生厉声喝道，"不要介意，高尔特先生，他已经熬了两个通宵，脑袋有点不听使唤了。"

下一天来的弗洛伊德·费雷斯博士似乎并不害怕，情形却更糟糕，汤普森先生想。他观察到，高尔特始终一言不发，毫不理睬费雷斯。

"你对道德责任这个问题可能研究得还不够,高尔特先生,"费雷斯博士刻意地用一种过于轻快、随便聊天的语气慢悠悠地说,"在广播里,你除了谈论犯罪,似乎没有说到别的。然而,不作为的罪行也是应该予以考虑的。不挽救生命,和害命一样不道德。后果是相同的——既然我们只是通过行动的后果去判断行动本身,那么这两者的道德责任也就是相同的……比方说吧,鉴于食品紧缺,有人提议下令把三分之一的十岁以下儿童和所有六十岁以上的老人统统杀死,以此确保其他人的存活。你总不希望看到这一情形发生吧?你是能避免它发生的,只要你说句话就够了。假如你拒绝这样做,而那些人都死了——这就是你的错,就要由你承担这个道德责任!"

"你胡说些什么?"汤普森先生从震惊中缓过神来,跳起脚狂喊着,"没有谁这么说过!没有谁这么想过!高尔特先生,千万别听他的!他不是这个意思!"

"他当然是这个意思了。"高尔特说,"告诉这个混蛋,让他看看我,再照照镜子,然后问问他自己,我会不会在乎他如何评价我的道德水准。"

"你给我出去!"汤普森先生拽起费雷斯,"出去!别让我再听见你胡言乱语!"他拉开门,在外面卫兵的一脸愕然中,将费雷斯推搡了出去。

他回过身来,朝着高尔特将双手一摊,又万般无奈地垂了下去。高尔特的脸上毫无反应。

"好啦,"汤普森先生哀求道,"难道居然没人能和你谈话?"

"没什么好谈的。"

"必须谈,我们必须说服你,有没有你想和他谈谈的人?"

"没有。"

"我还以为也许……是因为她说起话来——是她过去说话的样子——有时候就像你……也许我可以让塔格特小姐来和你——"

"是她吗?没错,她过去是像我这样说话,我唯一没想到的就是她。我曾经以为她是我这边的人,可她为了自己的铁路就背叛了我。她可以为了铁路出卖自己的灵魂。要是你想让我抽她耳光的话,就让她来吧。"

"不,不,不!你要是这么想的话,并不是非见她不可。我不想再浪费时间让人惹你不高兴了……只是……只是除了塔格特小姐,我想不到还有什么人能选……要是……要是我能找到你愿意和他谈谈的人,或者……"

"我改主意了,"高尔特说,"我是想和某人谈一谈。"

"谁呀?"汤普森先生迫不及待地叫了出来。

"罗伯特·斯塔德勒博士。"

汤普森先生长长地吹了一声口哨,惴惴不安地摇了摇头。"他可绝对不是你的朋友。"他实实在在地警告说。

"他是我想见的人。"

"好啊，只要你想，只要你这么说，什么都能办到。我让他明天一早就来。"

晚上，汤普森先生在自己的套房内和韦斯利·莫奇吃晚饭的时候，生气地瞪着面前放着的一杯番茄汁。"什么？没有柚子汁？"他大叫起来。为了抵抗流感，他的医生建议他多喝柚子汁。

"是没有柚子汁。"侍者在回答时特意强调着。

"是这样的，"莫奇阴沉着脸说，"一伙歹徒在密西西比河上的塔格特大桥上袭击了一列火车。他们炸毁了铁路，大桥遭到了破坏。倒是不严重，现在正在修复——不过交通被延误了，从亚利桑那州来的火车没法通过。"

"这简直荒唐！难道就没有别的——"汤普森先生说了一半便停住了，他知道，密西西比河上确实没有其他的铁路桥。过了一阵儿，他磕磕巴巴地下令道："派部队看守大桥，日夜守护，让他们派最得力的人手，要是那座大桥出任何问题——"

他的话没有说完。他耸着肩坐在那里，低头盯着面前名贵的陶瓷盘和精美的点心。没有了柚子这种不起眼的东西让他突然间第一次有了切实的感受，要是塔格特大桥出事的话，整个纽约城会如何呢？

这一天傍晚，艾迪·威勒斯说："达格妮，问题不仅仅是那座大桥。"他啪的一声拧亮了她桌上的台灯。黄昏已至,她却由于强迫自己投入工作而忘了开灯。"旧金山那里发不出横跨大陆的列车。在那里交战的一方——我也不知道是哪一边的——占领了咱们的车站,强行收取'发车税',等于靠列车勒索钱财。咱们的车站站长已经不干了。现在那里人人都束手无策。"

"我不能离开纽约。"她铁了心地回答道。

"我知道,"他轻声地说,"所以我要去处理那边的事情,至少得找个能管事的人。"

"不行!我不想让你去,这太危险了。而且你干吗要去呢?反正现在已经这样了,没有什么可挽回的。"

"塔格特泛陆运输还在,我要帮它。达格妮,你无论走到哪里都能建起一条铁路,可我不能。我甚至都不想重新开始,看到发生的这一切,我再也不愿意从头再来了。你应该去那样做,可我不能。还是让我尽力做我能做的事吧。"

"艾迪!难道你不想——"她停在那里,明白再说也是枉然,"好吧,艾迪,既然你希望如此。"

"我今晚就飞去加州,我在一架军用飞机上弄了个位子……我知道,只要你……只要你一离开纽约就会彻底离去,也许不等我回来你就已经走了。你一旦准备好就走吧,别担心我,别为了告诉我而等在这里。走得越快越好……我现在就向你告别了。"

她站起身来。他们相对而立。在办公室昏暗的光线下，他们两人之间是墙上挂着的那幅内特内尔·塔格特的画像。他们的眼前浮现出了从他们第一次学会在铁轨上行走到如今的漫长岁月。他将头一低，久久没有抬起。

她伸出手去："再见了，艾迪。"

他紧紧地握住她的手，没有低头去看，而是看向她的脸。

他转身要走，但又停住脚，转过身来开口问她。他的声音很低，却非常沉稳，既不是请求，也没有绝望，而是清醒得像是在合上一本年代久远的账簿："达格妮……你知不知道我对你有什么样的感情？"

"知道。"她轻声地说。此刻，她意识到自己这些年来一直在默默地感受，"我知道。"

"再见，达格妮。"

列车在地下驶过，隆隆的震动隐隐透过大楼的墙壁，淹没了他离去时关门的声音。

次日一早，天降大雪。罗伯特·斯塔德勒博士额头上带着寒冰般刺骨的雪花，穿过韦恩·福克兰酒店的长廊，向酒店的皇家套房走去。他的身边跟着两名彪形大汉。这两人来自鼓舞士气的部门，倒是乐于有机会炫耀一下他们的鼓舞方式。

"记住汤普森先生的命令，"其中一个大汉用轻蔑的口吻对他说道，"哥们儿，要是说得有半点差错，就让你后悔莫及。"

让他头疼的不是额头上的雪——斯塔德勒博士心想——而是火烧火燎般的压力。自从昨天晚上他向汤普森先生叫喊说不能去见约翰·高尔特之后，这压力就笼罩在了他心里。他在一种莫名的恐惧中大声地叫嚷，希望周围那些冷漠的面孔能帮帮他的忙，一把鼻涕一把泪地说，除了这件事，让他干什么都可以。那些面孔并没有因此和他争论，甚至懒得威胁他，他们只是在对他下命令。他夜不能寐，告诉自己不要遵命，但此刻他还是在向那扇门走去。他知道，他的脑门发烧一般胀疼，隐隐觉得眩晕恶心、神情恍惚，是因为他已没有了身为罗伯特·斯塔德勒博士的感觉。

在门口，他注意到卫兵闪亮的枪刺和在门锁里转动的钥匙，发现自己向前走去，听见身后响起锁门的声音。

他看见约翰·高尔特正坐在房间另一头的窗台上，瘦高的身躯上穿着衬衫长裤，一条腿垂向地面，另一条腿屈着，双手抱着膝盖，迎着身后灰色的天空，高高地仰起他那长着缕缕金发的头——猛然间，斯塔德勒博士看到在帕特里克亨利大学的校园旁边，一个少年正坐在他家门廊的栏杆上，在夏日蓝天的映衬下，阳光照耀着他仰起的头上栗色的头发。他听见自己二十二年前充满激情的声音：" 约翰，世界上只有人的头脑，不被亵渎的头脑，才是最无价的东西……"——面对着屋子对面那个多年以前的小伙子，他放声哀号道：

"我实在是没办法呀,约翰!我实在是没有办法!"

他将手扶在两人之间的一张桌子沿上,既支撑着自己,又把它当作一道保护的屏障,尽管坐在窗台上的那个人还是纹丝未动。

"不是我让你落到了今天这地步!"他喊着,"我可没这个意思,我无能为力啊!我不是这么想的……约翰,你不能怪我!不能啊!我根本没法和他们较量。他们统治了整个世界,根本就没我说话的份儿……他们哪里讲什么道理和科学?你不知道他们是多么歹毒!你不了解他们,他们根本不动脑子去想!他们是一群没头没脑的畜生,凭借的只是没有理性的冲动——凭借的是他们贪婪、盲目、完全靠不住的冲动!他们见什么抢什么,只知道他们想要,根本就不管什么原因、后果和道理——他们只知道索取,这群性情残暴、到处掘食的猪!头脑?你难道不知道在对付那群没有头脑的东西时,头脑是多么软弱无力?我们的武器是如此的无能为力和可笑幼稚:真理、知识、理性、价值、权利!他们知道的只是武力,只是武力、欺骗和掠夺!约翰!别这样看着我!在他们的拳头下,我又能怎么样呢?我总得生存吧?这不是为了我自己——而是为了科学的前途!我不得不躲到一边,不得不寻求保护,不得不和他们妥协——不答应他们的条件就没有活路——没有!你听见我说的了吗?没有!你想要我怎么样?去找一辈子工作?去向不如我的那些人伸手要钱和捐助？你想让我把工作寄托在那些会捞钱的混蛋身上？我没工夫为了追求钱、市场和肮脏的物质利益去和他们争！他们应该去花天酒地，而我的宝贵时间则因为缺少科学设备而白白浪费掉——这就是你的正义吗？说服？我怎么能说服他们？和那些从不用脑子的人，我又能说什么？你不了解我是多么孤独，多么渴望能有一些智慧的火花闪现出来，多么的孤独、疲劳和无助！我这样的人为什么要和无知的傻瓜去打交道？他们绝不会为科学贡献出一分钱！凭什么他们就不应该被强迫呢？我并不是在说你，枪口不应该指向知识分子，不应该指向你我这样的人，而应该只对着那些没有头脑的物质主义者！你干吗这么看着我？我别无选择！只能以其人之道还治其人之身！没错，是得用他们的方法，按他们的规矩。我们又能指望什么，指望那么几个有思想的人吗？我们只能盼着先混过去——然后再设法让他们为我们服务……难道你不认为我对科学前景的远见是高尚的吗？人类的知识不再受物质束缚，无限的前景不再被手段所限！我不是叛徒，约翰！我不是！我是在对头脑尽忠！我所看到、希望和感受到的一切是不能用可恶的金钱衡量的！我想要一个实验室，我需要它，我干吗要管它是从哪里来的，怎么来的？我能够做许多事，能达到非同一般的高度！你就一点同情心都没有吗？我需要它啊！即使强迫他们又能怎样？他们又有什么脑子可动呢？你干吗要唆使他们反抗？如果你没有带走他们的话，事情就成功了！我告诉你，就不会——像现在这样……不要指责我！我们不可能有罪……我们所有的人……好几百年……不可能彻底错了！……我们不应该遭到诅咒，我们别无选择！要活在这个世界上，就只有这一条路！……你干吗不回答？你在想什么？是不是在想你的那个讲话？我可不愿意去想它！那纯粹只是理论！我们不能靠理论生活！你听见了没有？……不要盯着我看！你这是异想天开！人不可能按照你的方式活着！你容不得人有一点缺陷，容不得人的弱点和感情！你要我们怎么样？时刻保持理智，不出任何纰漏，没有片刻放松，从不躲藏？……不要盯着我看，你这个不得好死的家伙！我再也不怕你了！你听见没有？我不害怕！你都惨成这样了，凭什么还来教训我？这就是你的下场！你被抓到这里关押，孤立无援，随时都会死在那帮畜生的手里——居然还敢教训我不切实际！哼，没错，你就要死了！你赢不了，不可能让你赢！一定要毁掉你这样的人！"

斯塔德勒博士低声惊呼起来，仿佛窗台上那个一动不动的身影成了一面无声的反光镜，使他彻底认清了自己这些话的含义。

"不！"斯塔德勒博士将头扭来扭去，躲闪着那双一动不动的绿眼睛，呻吟道，"不……不……不！"

高尔特的声音同他的目光一样咄咄逼人："你已经把我想对你说的话都讲出来了。"

斯塔德勒博士举起拳头砸着房门，门一开，他便逃了出去。

整整三天，除了门卫进来送饭，没有一个人迈进高尔特的房间。第四天傍晚，齐克·莫里森和两个人一起走了进来。齐克·莫里森身着晚礼服，脸上笑容拘谨，但比平常多了一点自信。跟着他的人里面有一个仆人，另一个则膀大腰圆，看上去完全是靠晚礼服支撑着那张脸；他那张冷酷无情的脸上长着一双眼皮耷拉的眼睛和转得飞快的灰白色眼珠，还有一个拳击手般的塌鼻子；他的脑袋剃得溜光，只能在头顶看到一绺淡黄色的卷发；他的右手时刻插在裤兜里。

"请更衣吧，高尔特先生。"齐克·莫里森半命令地说道，同时指了指卧室的门，那里的衣橱内挂满了高尔特从未动过的高档服装。"请穿上你的晚礼服，"他又加上一句，"这是命令，高尔特先生。"

高尔特一声不吭地走进卧室，这三个人也跟了进去。齐克·莫里森在椅子沿上坐下，一支接一支地抽着烟。那个仆人毕恭毕敬地精心帮着高尔特换衣服，为他递上衬衫的饰扣，替他举着上衣。那个大汉手插在裤兜里，在房间的一角站定。没有一个人说话。

"请你配合，高尔特先生。"齐克·莫里森见高尔特准备完毕，便说，然后朝大门的方向做了一个礼貌的邀请的手势。

那个大汉眼疾手快，抓住高尔特的胳膊，用藏在衣服里的枪顶着他的肋部。"不要轻举妄动。"他的声音冷冰冰的。

"我从不。"高尔特说。

齐克·莫里森将房门打开，仆人退到后面。三个身穿晚礼服的人在走廊里静静地向电梯走去。

上了电梯，他们依然一言不发，电梯门上方亮起的数字显示他们正在下楼。电梯停在了一楼和二楼间的夹层。两名武装士兵在前面引路，另有两名跟在他们身后，穿过了一条条又长又暗的走廊。除了拐角处布置的哨兵，走廊内空无一人。大汉的右臂紧贴着高尔特的左臂，枪始终藏在任何人都无法发现的位置。高尔特微微感觉到枪口顶住了他身体的一侧，力道把握得恰到好处：既不妨碍他的行动，又让他时刻忘不了枪的存在。

走廊尽头是一个宽敞而封闭的门厅。齐克·莫里森的手一搭上门把，士兵们便似乎都隐藏在了阴影里。他用手推开房门，但突如其来的灯光和声浪令人觉得门像是被炸开的一般：灯光来自韦恩·福克兰酒店宴会大厅里耀眼的吊灯那三百只灯泡；声音则来自五百人的鼓掌欢迎。

齐克·莫里森带头来到了位于高高搭起的主席台上的长桌前。人们似乎不用宣布就知道，他们的掌声给的是跟在他后面的两人之中那个身材颀长、有着一头金铜色头发的人。他的面孔与他们在广播里听到的声音一样：平静，自信——却又遥不可及。

留给高尔特坐的是长桌正中央的主宾席，等候着他的汤普森先生坐在他的右边，那个大汉则轻车熟路地溜到他的左边坐下，依然没有放开抓住他的手和顶着的枪口。吊灯的光芒令佩戴在袒胸露背的妇人们胸前的珠宝熠熠生辉，即使是远在阴暗墙角的桌边也不断闪烁着亮光；男人们黑白相间的身影显得很严肃，使得被媒体的照相机、话筒和一长溜电视设备搞得乱糟糟的大厅不失庄重和豪华。大家正在起身鼓掌，汤普森先生微笑着望着高尔特，如同一位长者，眼神里怀着期盼和急切，想看看孩子面对壮观而慷慨的礼物会做出什么样的反应。高尔特面对着大家的欢迎坐定，既没有视而不见，也没有任何表示。

　　"你们听到的掌声，"一个播音员正在大厅的角落里对着话筒喊道，"是在迎接约翰·高尔特，他刚刚在主席台前落座！是的，朋友们，有电视机的人一会儿就能亲眼见到约翰·高尔特！"

　　千万不要忘记自己是在什么地方——达格妮坐在一张无人注意的桌子旁边，心里想着，桌布下的双手已握成了拳头。看见三十英尺开外的高尔特，要同时应对两种现实实在很难。她觉得只要能看见他的面孔，世上的任何危险和痛苦便都无法存在——但与此同时，看到那些挟持着他的人，想到他们安排上演的这场非理性的丑剧，她又感到一种令全身冰冷的恐惧。她竭力使面部保持冷峻，既没有快活的笑容，也没有惊慌的喊叫，以免自己被别人识破。

她不晓得他的眼睛是如何在人群之中找到她的。她看见他的目光在别人无法察觉时略微停顿了一下，这目光胜过亲吻，那是对她表示赞许和支持的暗示。

他再也没有朝她这个方向看，她的视线却离不开他。见到他身穿礼服，她已经觉得惊讶，更令她惊讶的是，礼服穿在他的身上竟是如此自然；他使这身衣服看上去像是一套光彩荣耀的工作服；他的神态令人觉得他是在出席一场很久以前举办的那种宴会，接受着行业的嘉奖。庆祝——她悠然神往地想着自己曾经说过的话——应该只属于那些有东西值得庆祝的人。

她把目光转开，尽量不多看他，免得引起身边人的注意。她坐的这张桌子既面向主席台，又不直接和高尔特的视线相对，同桌的还有引起高尔特反感的费雷斯博士和尤金·洛森。

她发现，她的哥哥吉姆被安排坐在更靠近主席台的位置，她看到他阴沉的面孔周围是紧张不安的丁其·霍洛威、弗雷德·基南和西蒙·普利切特博士。在主席台发言人桌后的那些面孔一个个愁眉苦脸，掩饰不住他们此刻如坐针毡的感觉；高尔特平静的脸庞同他们相比显得神采奕奕；她一时弄不清究竟谁是囚犯，谁又是主人。她慢慢地打量着和他同桌的人：汤普森先生、韦斯利·莫奇、齐克·莫里森，几个将军，几名议员，荒谬的是，莫文先生居然坐在上面，他被选为大企业的代表，用来对高尔特进行贿赂。她向大厅四周望去，寻找着斯塔德勒博士的身影——他没有到场。

她觉得大厅里的人声就像体温计，人们的嗓门都拔得老高，随后一片片地沉寂下去；偶尔会有笑声冒出来，又戛然而止，引得邻桌的人猛地扭头去看。扭曲和抽动人们面孔的是一种最为刻意、最失庄重的强挤出来的笑容。她想，这些人清楚，这场宴会是他们的世界最终的高潮和赤裸的本质。他们之所以清楚这一点，并不是因为理智，而是因为惊慌。他们明白，无论是他们的上帝还是他们的枪杆子，都无法令这场庆祝体现出他们拼命想装出来的意味。

她咽不下面前的食物，她的喉咙似乎被强烈的恶心堵住了。她注意到同桌的其他人也只是装出一副在吃的样子。唯有费雷斯博士的胃口似乎并没受到影响。

当面前摆上用水晶杯盛放的冰激凌时，她发现屋子里突然安静了，然后听到电视设备被吱吱嘎嘎地推到了前面做准备。时候到了——她期待着，并且知道屋子里的每个人心里都有着同样的问号。他们全都在盯着约翰·高尔特。他的面孔丝毫未动，全无变化。

汤普森先生冲播音员一挥手，大家便鸦雀无声，似乎都屏住了呼吸。

"市民们，"播音员冲着话筒叫道，"我们是在纽约韦恩·福克兰酒店的宴会大厅为所有能够收听到的人们转播约翰·高尔特计划的启动典礼！"

发言桌后的墙壁上打出了一方深蓝色的灯光——这是一幅让来宾们观看的正向全国播出的电视图像。

"这是为了和平、繁荣、富裕而制订的'约翰·高尔特计划'！"随着播音员的叫喊声，电视屏幕里摇晃着闪出了宴会厅的画面。"这是一个新时代的黎明！是我们领导人的人道精神和约翰·高尔特的科学天赋完美结合的产物！如果恶毒的谣言动摇了你们对未来的信心，那么现在你们就会看到我们的领导班子是多么快乐和团结！女士们，先生们"——当电视镜头居高临下地转向主席台上的桌子时，画面上出现了莫文先生那张晕乎乎的脸——"这位是美国企业家，霍瑞斯·布斯比·莫文先生！"镜头转向一张带着假笑的老脸。"这位是军队的威廷顿·S.索普将军！"摄像机像是面对着站成一排的警察，扫视着一张张带有各种痕迹的面孔：有的被吓坏了，有的在躲闪，有的绝望，有的彷徨，有的在厌恶着自己，有的充满内疚。"国家议院的多数派领袖，卢西安·菲尔普斯先生！……韦斯利·莫奇先生！……汤普森先生！"摄像机到汤普森先生这里时停了停。他对全国的观众卖力地咧嘴一笑，然后带着一种胜利般的期待，转身向镜头外的左侧看去。"女士们，先生们，"播音员庄重地宣布道，"这就是约翰·高尔特先生！"

我的天！——达格妮在想——他们想干什么？在屏幕上，

高尔特面对全国的观众,脸上毫无痛苦、畏惧和愧疚,显示出平静的执着和坚不可摧的自尊。这样的面孔——她想——居然和其他那些人混在一起?不管他们打的是什么样的算盘,最后只会落空——既不可能,也不必再多说什么——这就是截然不同的两类人,这就是选择,但凡还是个人,就都会明白。

"高尔特先生的私人秘书,"在镜头匆忙向下一个人闪去时,播音员说道,"克拉伦斯·齐克·莫里森……海军司令荷马·多利……"

她瞧了瞧身旁的人,不禁纳闷:他们是否看出了对比?他们是否知道?他们看见他没有?他们是否想看到真实的他?

"这次宴会,"齐克·莫里森开始了主持,"是为了表彰我们这个时代最杰出的伟人,最有才干的生产者,掌握了先进技术,成为我们经济界新的领头人的——约翰·高尔特!如果你们听过他非同凡响的广播讲话,就会坚信他一定会有办法。现在,他要在这里告诉你们,他会为你们治理好一切。假如你们受到迂腐的极端分子的误导,相信他不会加入我们,相信他的方式不可能同我们结合,相信两者无法调和——今晚就将证明,一切事物都能够得到调和与统一!"

一旦他们看见他——达格妮想——他们还会去看别人吗?一旦他们知道他的真实存在,知道可以这样做人,他们还想寻找别的吗?现在除了希望在内心中实现他已实现的一切,他们还会有别的念头吗？还是他们会因为这世界上的莫奇、莫里森以及汤普森们没有这样做而止步不前？他们会把莫奇们当作人，而把他视为妄想吗？

摄像机扫过大厅，不停地在大屏幕上和全国人民的眼前播放嘉宾和神情专注的领导人们的画面——也偶尔光顾一下约翰·高尔特。他的眼神看上去像是在打量着在这间屋子外面全国各地正在观看他的人们；没有人说得准他是否在听：因为他的神情始终没有变化。

"今晚，我很自豪，"议院领袖正在发言，"能够前来感谢即将挽救我们、迄今为止最了不起的经济人才，最有天赋的管理者，最杰出的规划者——约翰·高尔特！在此，我代表人民向他表示感谢！"

达格妮既觉得厌恶，又感到好笑，心想，这倒是撒谎者的真心话，在这场骗局中，最具欺骗性的就是他们的确是这么想的，他们是在尽其所能地向高尔特奉上他们对生命的理解，是竭力在用他们梦想中的生命的最高境界打动高尔特：这境界便是毫无头脑的谄媚，便是精心伪装的虚假现实——无原则的认可，内容空洞的感谢，毫无来由的尊敬，无缘由的推崇，以及是非不分的拥戴。

"我们抛弃了我们之间所有的细小分歧，"莫奇对着话筒讲道，"党派意见、个人利益和自私想法——正是为了去接受约翰·高尔特的无私领导!"

他们干吗还在听?达格妮想着,难道他们看不出那些面孔上带着死亡的印迹,而他的面孔则一片生机?他们想选择什么样的状态?他们要为人类寻找的是什么样的状态?她看着大厅内的面孔,只见它们茫然而紧张,一个个昏沉无力,流露出由来已久、挥之不去的惊惧。他们望着高尔特和莫奇,仿佛既分辨不出他们俩的区别,也无心去感觉这区别的存在,而是瞪着空洞、模糊、没有想法的眼睛说:"我干吗要知道?"她浑身一颤,想起了他说过的话:"一个人要是宣称'我干吗要知道',那他就是在说'我干吗要活着'。"他们还想不想活了?她思索着,他们似乎都懒得去问这个问题了……她看到有几个像是还在想这些的人,他们望着高尔特,带着一脸的绝望和渴求,带着一种渴望和悲哀的敬仰——而他们的手臂则无力地摊在面前的桌子上。这些人看到了真实的他,一直苦于不能像他那样——但是明天,假如他们眼看着他被杀害,他们的手还是会无力地垂在那里,并且他们会转移视线,说:"我干吗要多事?"

"行动和目的结合起来,"莫奇说着,"就会带给我们一个更加幸福的世界……"

汤普森凑近高尔特,带着和蔼的笑容对他耳语道:"待会儿,等我说完后,你得对全国说几句。不,不必多说,只讲一两句,打个招呼就行,这样他们就能听出你的声音。"隐隐顶在高尔特身体一侧的那位"秘书"的枪口则添上了一段无声的言语。高尔特没有回答。

"约翰·高尔特计划，"韦斯利·莫奇正在讲着，"会化解所有的冲突，它既会保护富人的财产，也会让穷人得到更多。它会减轻你们的税收负担，同时为你们提供更多的政府福利。它会降低物价，提高工资，会在给个人更多自由的同时加强集体的凝聚力。它将把自由经济的效率与计划经济的慷慨综合为一体。"

达格妮观察到了一些人的表情——她几乎不敢相信——他们居然是在带着仇恨看着高尔特。她注意到，吉姆便是其中的一个。当莫奇的面孔在屏幕上出现时，这些人的表情在厌倦的心满意足中显得很轻松，但那并不是愉快，而是得到特许的自在，知道他们不会被要求怎样，一切都不会确定。当镜头里出现高尔特的时候，他们的嘴唇便绷紧了，五官也因特别小心的表情而变得严厉了许多。她忽然之间感到非常确定，他们是害怕他那张脸上的精确，害怕他的五官透出的那种毫不含糊的分明，害怕他那种证明生命的尊严的神情。他们正是因为他这样才会恨他——心念及此，她认清了他们灵魂的本来面目，便感觉到一丝可怕的凉意。他们还想不想活？她有些自嘲地想——从她那被惊得麻木的内心之中，传来了他说的那句话："希望什么都不是，就等于不想活了。"

此时，汤普森先生正拿出他最活跃、最平易的劲头，对着话筒大喊："我告诉你们：要把那些散布分裂和恐惧的怀疑者们打得满地找牙！他们不是说约翰·高尔特永远不会加入我们的行列吗？他现在就在这里，完全出于自愿，和国家元首同桌坐在一起！他随时愿意并且能够服务于人民！你们当中再也不要有人怀疑、跑掉或者放弃！明天就在眼前——这是一个多么美好的明天啊！每个人都能享用一日三餐，每家的车库里都有汽车，我们从未见过的一种发动机为我们带来免费的电！你们只需要再耐心一点，耐心、信念和团结——这就是前进的良方！我们一定要像一个幸福的大家庭那样团结在一起，并且团结世界其他地方的人，共同为大家的利益而努力！我们已经找到了一个能够打破历史繁荣纪录的领导者！正是他对人类的爱使他来到这里——来为你们出力，来保护和照顾你们！他听到了我们的恳求，对我们共同的、体现人类责任的呼唤做出了响应！每一个人都是其他人的手足，没有谁能自成一体！现在，你们将听到他的声音——将听到他自己要对你们说的话！⋯⋯女士们，先生们，"他庄重地说道，"致力于人类大家庭的约翰·高尔特！"

摄像机转向了高尔特。他静止片刻，尔后，身形一晃，快得令那位"秘书"的手来不及跟上，便已经站了起来。他向旁边一闪，那支枪便在一瞬间暴露在了全世界的眼前——随即，他站直身躯，面对镜头，望着所有那些他看不见的观众，说道：

"给我靠边站！"

发电机

the **Generator**

9

"给我靠边站！"

罗伯特·斯塔德勒博士从车上的收音机中听到了这句话。他搞不清随之而来的惊呼、尖叫和大笑究竟是他自己的还是广播里的声音——不过，他听见咔的一响后便没了动静，收音机陷入沉寂，再也没有声音从韦恩·福克兰酒店传出。

他不断地来回拧着透出亮光的旋钮，但还是什么都听不见，没有给出解释或者技术故障的借口，没有播放掩盖静默的音乐。所有的电台统统接收不到。

他浑身一颤，像接近终点的骑手一样，俯身向前抓紧了方向盘，脚下猛踩着油门。车灯一晃一晃地照着他前面的一小段高速公路，灯光之外是爱荷华州空旷寂寥的原野。

他不知道自己为什么一直在听广播，更不知道他此刻为什么在浑身哆嗦。猛然间，他干笑了一声——听上去像是恶狠狠的咆哮——可能是冲着收音机，可能是冲着城里的那些人，也可能是冲着夜空。

他的眼睛正盯着高速路上稀少的路碑。他完全用不着看地图：在这四天当中，地图像是被强酸蚀成的一张网，深深地刻在了他的脑子里。他们无法将它夺走，他想；他们无法阻止他。他似乎觉得有人在追自己，其实，在他后面几英里之内连一个人都没有，只有他自己汽车尾灯发出的两点红光，如同两盏警示危险的信号灯，在黑暗的爱荷华原野上狂奔。

指挥他手脚的那股动力来自于四天以前，那便是坐在窗台上的那个人的面孔和他逃出房间时碰到的人们的面孔。他向他们喊叫说，他和他们都没法跟高尔特交流，除非他们先动手干掉高尔特，否则他们都会毁在高尔特的手上。"别自作聪明了，教授，"汤普森先生冷冷地回答，"你嚷嚷了半天自己对他恨之入骨，可真到行动的时候，却什么忙都没帮上，我不知道你算是哪一边的。假如他不乖乖低头的话，我们可能不得不采取强制的手段——比如把他不愿意看到被伤害的人抓起来——那你可就首当其冲了，教授。""我？"他摇起脑袋害怕地尖叫着，同时发出了难堪的苦笑，"我？我可是他在这个世界上最恨的人啊！""这我又怎么知道呢？"汤普森先生回答说，"我听说你过去是他的老师，并且不要忘了，你是他唯一点名要见的人。"

他惊恐万状，似乎感到自己就要被两面挤压过来的墙碾得粉碎：如果高尔特拒不低头，他就不会有机会，如果高尔特和这些人走到了一起，他的希望就更加渺茫。也正是在那个时候，一幅遥远的画面渐渐浮现在了他的脑海里：那是一座矗立在爱荷华原野上的蘑菇形的房子。

从此，他心里只想着X项目，其他所有的念头统统从他的脑子里消失了。他搞不清那幅把他拉回这个时空的画面究竟是一所房子还是统治乡村的庄园城堡……我是罗伯特·斯塔德勒——他想——它是我的东西，它依据的是我的发现，他们说过，是我发明了它……那我就让他们好好看看！他说不出自己指的是那个窗台上的人，是其他的人，还是整个人类……他的想法像漂在水中的散开的碎片：要夺得控制权……我要让他们瞧瞧！……要夺得控制权，要统治……要想生存，就别无选择……

他心里打定主意时来回想的就是这些话，并且感到其余的一切都变得清晰了——那是一种原始的情绪，在愤愤地叫嚣着他不必把一切想得那么清楚。他要夺取对X项目的控制权，把这个国家的一部分变成他统治下的领地。用什么样的方式呢？他的情绪回答说：总会有办法。那么动机呢？他的大脑反复地坚持说，他的动机便是害怕汤普森先生这伙人，跟他们在一起他已经不再安全，这么做完全有必要。在他乱成一锅粥的大脑深处，是情绪之中另外的一种恐惧，它像联结着他那些支离破碎的言语的意义一般，被深深地淹没了。

这些碎片成了他四天以来唯一的指南——走在空无一人的高速路上，穿过混乱的乡间，学会狡猾地依靠不法手段弄到汽油，化名住进偏僻的旅馆，毫无规律、提心吊胆地睡会儿觉……我是罗伯特·斯塔德勒——他心想，念咒般在脑子里重复着这句话……要夺取控制权——他心想，不顾那些已经失去意义的红绿灯，飞驰而过那些大半被废弃的城镇——飞驰在横跨密西西比河的塔格特大桥上——飞驰而过爱荷华旷野之上偶尔遇见的破败农庄……我要让他们瞧瞧——他心想——让他们追吧，这次他们可别想拦住我……尽管没有人追他，他还是这么想——如同现在，追赶他的只有他自己汽车的尾灯和沉在心里的念头。他看了看变成哑巴的收音机，黯然一笑，这一笑如同在空中挥舞的拳头。我才是现实的——他想——我没有选择……没有别的出路……我要让那些蛮横无理、忘记我是罗伯特·斯塔德勒的恶人们看看……他们都会倒下，但我不会！……我会活下来……我会胜利！……我要让他们瞧瞧！

在他的内心里，这些字眼犹如静得可怕的沼泽地中一块块坚实的土地，而它们彼此的联结则沉没在了最底下。一旦将这些词语联结在一起，就会形成这样一句话：我要让"他"看看，要想生存就别无选择！

远处星星点点的灯光是在X项目所在地建的兵营，现在已被命名为和谐城。驶近后他发现，这里的情况不对头。铁丝网被剪断了，在门口没有遇见哨兵，但在一片片的黑暗之中和晃动的探照灯下，正发生着不同寻常的事情：能够看见武装的卡车和跑动的身影,大声的喝令和枪刺的闪光。他的汽车无人阻拦。在一座木棚旁,他发现一个士兵一动不动地蜷缩在地上。是喝醉了——他宁愿这样想,但不知怎的,他觉得心里发虚。

蘑菇房子就趴在他眼前的一个小山包上,狭窄的窗户缝里透出灯光,房顶下面伸出一根根奇形怪状的烟囱,指向黑暗的旷野。当他在门口下车时,一个士兵拦住了他的去路。这名士兵荷枪实弹,头上却没有帽子,而且身上的军装似乎太大了。"喂,你要去哪里?"他问。

"让我进去。"斯塔德勒博士不屑一顾地命令道。

"你来这里干什么?"

"我是罗伯特·斯塔德勒博士。"

"我是乔·布娄,我在问你来这里干什么,你是新来的还是原先就在这里的?"

"让我进去,你这个蠢货!我是罗伯特·斯塔德勒博士!"

说服这名士兵的似乎并不是这个名字,而是他的语气和说话的样子。"是新来的。"他说着将门打开,向里面的人喊道,"嗨,麦克,来了个老头,你瞧瞧是怎么回事。"

在简陋而阴暗的混凝土门厅里,一个军官模样的人向他迎了上来,但他的军装却敞着领口,嘴里放肆地叼着一支烟卷儿。

"你是谁?"他喝问道,同时忙不迭地摸向腰里的枪套。

"我是罗伯特·斯塔德勒博士。"

这个名字没有起到任何作用。"是谁准许你来这里的？"

"我不需要准许。"

这句话似乎有了点效果。那人把嘴里的烟卷拿了下来。"是谁让你来的？"他的问话里有了一丝犹疑。

"能否让我跟这里的指挥官讲话？"斯塔德勒博士不耐烦地要求道。

"指挥官？伙计，你来得太晚了。"

"那就叫总工程师来！"

"总什么？噢，你是说威利吗？那没问题，他还在，不过这会儿他出去办事了。"

屋里的其他几个人惶然而好奇地听着他们的谈话，军官把手一招，叫来了一个人——这是个胡子拉碴、平民模样的人，肩膀上披了一件破外套。"你有什么事？"他冲斯塔德勒劈头问道。

"有谁能告诉我这里的技术人员在哪儿？"斯塔德勒博士礼貌的问话中俨然有一种命令的口吻。

那两个人对视了一眼，像是觉得这个问题与此地无关一样。"你是从华盛顿来的？"那个平民模样的人狐疑地问。

"不是，我要告诉你们，我和华盛顿的那帮家伙已经没关系了。"

"哦？"那个人显得高兴了起来，"那么说，你是'人民之友'？"

"我可以说是人民最好的朋友,是我让他们有了这一切。"他用手一指周围。

"是你?"那个人极受触动,"你是不是和老板谈判的那些人中的一个?"

"从现在起,我就是这里的老板。"

那两人面面相觑,后退了几步。军官问道:"你是说你叫斯塔德勒?"

"是罗伯特·斯塔德勒。你们要是还不明白这意味着什么的话,很快就会知道我是谁了。"

"先生,请你跟我来好吗?"那名军官毕恭毕敬地说。

随后的事情对于斯塔德勒博士来说简直是一片模糊,因为他的大脑无法承认他的眼睛所看见的一切。灯光昏暗、乱七八糟的办公室里,到处是晃动的人影,人人腰里都别着枪。他的出现令他们紧张,于是他们开始胡乱猜疑,显得既鲁莽又害怕。他不清楚他们当中是否有人在尽量向他解释着什么;他也根本不去理会;他无法允许一切竟是这个样子。他不断地以一副领地主人的口气说:"我是这儿的老板……这地方是我的……我是罗伯特·斯塔德勒博士——你们这群蠢货,要是在这个地方还不知道这个名字,就别打算再干了。就你们这种水平,迟早会把自己炸得粉身碎骨!你们上没上过高中物理课?我看,你们这里面连一个念过高中的人都没有!你们在这里干什么?你们究竟是什么人?"

他用了许久才明白过来——直到脑子再也阻止不了这个念头——是有人捷足先登了：有跟他想法不谋而合的人来到这里做了同样的事。他意识到，就在今晚，就在几个小时之前，这些自称"人民之友"的人意图建立起他们自己的统治，已经占有了X项目的资产。他带着一脸的酸楚和难以置信的蔑视，对他们嘲笑了起来：

"你们这些乳臭未干的罪犯，根本就不知道自己是在干什么！你们认为你们——就凭你们——也能摆弄高精密的科学仪器？谁是领头的？我要见你们的领头的！"

正是他的威严，他的蔑视，以及他们自己的慌张——他们这些从不知道什么是安全或危险、肆意胡为的人的盲目慌张——令他们产生了动摇，开始猜测他会不会是他们领导层的某个神秘的上层人物；对于违抗或服从任何一个权威，他们同样乐意。经过一个又一个紧张兮兮的头目的层层传达之后，他发现自己终于被领下铁铸的台阶，穿行在长长的带着回音的混凝土过道内，去和"老板"本人见面了。

老板躲在地下的控制室内。在制造出声波的复杂精密的仪器中间，在被称为木琴的那排发光的拉杆、旋钮和仪表板前，罗伯特·斯塔德勒博士见到了X项目的新任统治者。是库菲·麦格斯。

他穿着一套紧身的半军事化制服和一双皮靴，脖子上的肉被领口勒得凸了出来，黑色的卷发上满是汗珠。他正在木琴前来回摇晃着兜圈子,向匆匆进出的人们吆喝和命令着。

"派人通知所有我们能传达到的县政府官员!告诉他们'人民之友'已经获胜!告诉他们不许再听华盛顿的!人民联邦的新首都是和谐城,它从此将被命名为麦格斯维尔。告诉他们,限他们明天上午之前按照每五千人交五十万美元的数目把钱送到,否则休想活命!"

库菲·麦格斯的注意力和模糊的褐色眼珠过了好一阵才聚集到斯塔德勒博士身上。"对了,你叫什么,叫什么来着?"他嚷嚷道。

"我是罗伯特·斯塔德勒博士。"

"啊?噢,对了!对了!你不就是那个外太空来的大人物吗?你就是那个抓住过原子什么的家伙。哎,你怎么到这儿来了?"

"问这个问题的人应该是我。"

"啊?教授,你看,我现在可没心思开玩笑。"

"我是来这里接管的。"

"接管?管什么?"

"管这台设备,这个地方,和它波及范围内的整个地区。"

麦格斯茫然地瞪了他一会儿,然后小声地问:"你是怎么来的?"

"开车。"

"我是说，你带谁一起来的？"

"没人。"

"你带了什么武器？"

"什么都没有，我的名字就足够了。"

"你独自一人，只带着你的名字和汽车就来了？"

"没错。"

库菲·麦格斯对着他爆发出一阵狂笑。

"你认为，"斯塔德勒博士问道，"你能操作这样一种设备吗？"

"赶紧跑远点，教授，赶紧跑，还是趁我让人打死你之前跑掉吧！我们这儿可用不着什么学者。"

"你对它了解多少？"斯塔德勒博士指着木琴问。

"谁在乎这个呀？现在的技术员一打也就值一毛钱！滚开！这儿可不是华盛顿！我和华盛顿那帮成天想入非非的家伙已经断了！他们只会跟收音机里的那个鬼魂谈判，只会演讲，什么都干不成！需要的是行动！直截了当的行动！滚吧，博士！你的好日子已经到头了！"他胡乱地摆着手，偶尔会碰到木琴上的拉杆。斯塔德勒博士意识到麦格斯喝醉了。

"别碰那些拉杆，你这个傻瓜！"

麦格斯不情愿地缩回手，马上又挑衅般对着仪表板挥舞起来："我想碰什么就碰什么！少跟我说该干什么！"

"离开仪表板,离开这里!这是我的!你明白不明白?这是我的财产!"

"财产?哼!"麦格斯咆哮似的发出了一声冷笑。

"我发明了它!我创造了它!是我把它做出来的!"

"是你吗?那就谢谢了,博士,非常感谢,不过我们已经用不着你了,我们有自己的修理工。"

"你知不知道研制它花费了我多大心血?你连它的一根电子管,甚至一个灯泡都想象不出来!"

麦格斯一耸肩膀:"也许吧。"

"那你居然还敢要它?你怎么敢到这里来?你凭什么?"

麦格斯拍了拍枪套:"就凭这个。"

"听着,你这个醉鬼!"斯塔德勒博士喊叫道,"你知不知道这有多危险?"

"少跟我用这种口气说话,你这个老蠢货!你凭什么跟我这么说话?我只用手就能拧断你的脖子!难道你不知道我是谁吗?"

"你是个不知深浅、胆小如鼠的恶棍!"

"哦,是吗?我是头儿!这儿我说了算。我绝不会受你这样的老叫花子摆布!从这儿滚出去!"

两人站在木琴的仪表板前怒目相视,都觉得心里害怕至极。令斯塔德勒博士害怕而又不愿面对的是,他无论如何也不想承认他所看到的便是自己的最后一个成果,他把它视为精神上的骨肉。令库菲·麦格斯恐惧的原因则宽泛得多，贯穿在了他全部的生活当中。他一辈子都生活在无休止的恐惧之中，可是此刻他说什么也不想承认那个令他害怕的东西：就在他即将大功告成、满以为可以高枕无忧的当口，知识分子——这种神秘而不可思议的异类——竟然不害怕他，并且藐视他的权威。

"滚出去！"库菲·麦格斯吼叫着，"我要叫我的人来，让他们枪毙你！"

"滚出去，你这个让人恶心、只会装腔作势的无能饭桶！"斯塔德勒博士吼道，"你认为我会让你拿我的命来捞好处吗？你认为我是为了你才……才出卖——"他没有说下去，"别碰那些拉手，你这个不得好死的！"

"别对我发号施令！用不着你告诉我该干什么！你这种胡言乱语吓唬不了我，我想怎么样就怎么样。要是不能这样的话，我不就白费劲了吗？"他冷笑着，朝着一只拉杆探出手去。

"哎，库菲，别乱来！"一个人在后面大叫一声，向前冲了过来。

"退后！"库菲·麦格斯咆哮着，"你们都给我退后！这样我就害怕了吗？我要让你们看看是谁说了算！"

斯塔德勒博士上前一步想拦住他——但麦格斯用一只手就把他搡到了一边。他狂笑着瞧着斯塔德勒倒在地上，用另一只手猛地拉下了木琴上的一根拉杆。

冲击的声音——金属的撕裂声和电流紊乱撞击的尖厉嘶叫声,怪兽扑向它自己的声音——只有在建筑里才能听到,外面听不到任何动静。从外面看,整幢房子突然间无声地腾空而起,碎成了几大块,数道蓝光呼啸着直冲夜空,然后又摔回地面,变成了一堆瓦砾。在涉及四个州的方圆百英里之内,电线杆像火柴棍一般扑倒,农舍被夷为碎片,城里的楼房仿佛被瞬间的冲击切得粉碎,倒塌在地,人们连声音都没听到就成了扭曲的尸体——波及的外围深至密西西比州腹地,这里一辆火车的火车头和前六节旅客车厢像钢铁的雨点一般从空中坠落到河里,塔格特大桥的西引桥也被拦腰截断。

X项目化为废墟,其中已没有了生命——除了那个曾经卓越不凡,此刻却像经历着永无止境的几分钟,如一团烂肉般呻吟着死去的大脑。

达格妮感觉到了一种轻松的自由,她无心顾及街道两侧的行人,只想立即找到一个电话亭。这并未使她觉得疏远了这座城市:她头一次感到自己是在拥有和爱着它,从没像此刻这样怀着如此亲密、庄重和自信的归属感爱过它。夜晚宁静而清爽,她望着天空,心里的庄重多于欢快,却有一种喜悦的期冀——无风的空气依然寒冽,却蕴含着一丝遥远的春意。

给我靠边站——她心里想着,并不觉得厌恶,而是感到好笑,她以一种超然和救赎的心情,向路人,向妨碍她匆匆赶路的车流和人群,向她从前体验过的种种畏惧说着这句话。在不到一小时以前,她亲耳听见他说出了这句话,他的声音似乎依然回响在街道上空,隐隐地变成了一丝嘲笑。

听到他这样讲,她在韦恩·福克兰酒店的宴会厅里开心地笑了;笑的时候,她用手捂着嘴巴,只让自己和他看见——他朝她望来的时候,她知道自己的笑声一定能被他听见。他们对视了短短的一秒钟,在他们的目光之下,大惊失色的人们正在尖叫,所有的电台立即被切断,但话筒还是被撞得东倒西歪,一部分人蜂拥着逃向门口,将桌子掀倒,酒杯被摔得粉碎。

随后,她听见汤普森先生冲高尔特摆着手,声嘶力竭地喊道:"把他带回房间去,要全力看管好!"——人群闪出了一条路,三个人将他带了出去。汤普森先生脑袋低垂在手臂上,似乎瘫痪了一会儿,随即强打精神,一跃而起,挥手示意他的党羽们跟上来,从侧面的一个专用出口冲了出去。没有人去招呼和指挥来宾:他们有些人像没头苍蝇般想要逃跑,其余的动也不敢动地呆坐原地。宴会厅如同一艘不见了船长的轮船。她穿过人群,跟上了那伙人。没有人对她进行阻拦。

她发现他们聚集在一间小小的书房内:汤普森先生颓坐在一张椅子里,两手抱着脑袋,韦斯利·莫奇正唉声叹气,尤金·洛森则像讨人嫌的小孩一般咬牙切齿地啜泣,吉姆带着一种奇怪的幸灾乐祸的紧张神情瞧着他们。"我跟你们说过了！"费雷斯博士嚷嚷着，"我是不是跟你们说过了？这就是你们'好言相劝'的结果！"

她站在门口没有动。他们看起来注意到了她，却似乎懒得搭理。

"我要辞职！"齐克·莫里森叫了起来，"我要辞职！我已经受够了！不知道还能对全国的人说什么！我没法去想，也不会去想！这是白费劲！我无能为力！你们不能怪我！我已经辞职了！"他胡乱地挥了挥胳膊，看不出是在表示没用还是在告别，然后便跑了出去。

"他在田纳西州给自己预备好了一个藏身之处。"丁其·霍洛威若有所思地说，似乎他也做过类似的打算，只是现在还在犹豫是否时机已到。

"就算他能到那里，也坚持不了多久，"莫奇说，"现在到处是劫匪，交通又是这样的状况——"他两手一摊，没有说下去。

她明白这停顿里的含义；她明白，无论这些人给他们自己准备了什么样的后路，此刻他们都认识到了自己深陷井底的处境。

她看出他们的脸上并没有恐惧；她曾经看到一丝害怕的迹象，但那只是本能的反应而已。他们有的一脸漠然，有的则像相信游戏已经结束的骗子，既不想再争，也不后悔，神情轻松了许多——还有只管生闷气的洛森，仍在拒绝清醒过来——还有脸上透着诡异的笑，神情却异常紧张的吉姆。

"怎么样？怎么样？"在这个疯狂的世界里，费雷斯博士如鱼得水一般，忍不住发问，"现在你们打算把他怎么样？还要去争执，去辩论，去长篇大论吗？"

没有人作声。

"他……必须……挽救……我们，"莫奇似乎是在把他的最后一滴脑汁挤入空白之中，向现实发出最后通牒一般缓缓说道，"他必须……接手……并且挽救这个制度。"

"那你干吗不因此给他写封情书呢？"费雷斯说。

"我们必须……让他……接手……我们必须强迫他去管。"莫奇梦游般呓语着。

"现在，"费雷斯的声音突然一沉，"你知道国家科学院的真正价值了吧？"

莫奇没有回答他，不过，她看出他们似乎全都明白了他的意思。

"你反对我的那个私人研究项目，说它'不实用'，"费雷斯轻轻地说道，"但我跟你是怎么说的？"

莫奇没有回答，用力地扳着他的指节。

"现在不是神经过敏的时候，"詹姆斯·塔格特突然出人意料地精神一振，开口说道，只不过他的声音同样异常低沉，"我们用不着对此扭扭捏捏。"

"我是觉得……"莫奇呆滞地喃喃道,"觉得……目的可以证明手段……"

"再去犹豫和讲什么大道理就太晚了,"费雷斯说,"现在只有直接采取行动才管用。"

没人吭声。他们似乎是想用他们暂时的沉默,而不是说话,来继续商量。

"那没用,"丁其·霍洛威开口说,"他是不会让步的。"

"只有你才会这么想!"费雷斯说着冷笑了一声,"你没见过我们的试验刑具所起的作用。上个月,就有三个凶手招认了三起悬而未决的凶杀案。"

"要是……"汤普森话刚一出口,声音里便突然带上了哭腔,"要是他一死,我们就全完了!"

"别担心,"费雷斯说,"他不会死的。为了防止这种可能,费雷斯刑具可以做出稳妥的调整。"

汤普森先生没有答话。

"我看……我们也没有别的选择……"莫奇说,他的声音小得几乎像蚊子叫。

他们不再说话了。汤普森先生努力回避着众人投向他的目光,然后突然叫道:"好,你们随便吧!我实在是没办法!你们爱怎样就怎样吧!"

费雷斯博士朝洛森转过头去。"尤金,"他语气严厉,但声音很轻地说，"快去广播控制室，命令所有电台待命，告诉他们，不出三小时，我就会让高尔特做广播讲话。"

洛森突然露出了欣喜的笑容，拔脚就跑了出去。

她明白。她明白他们的企图，也明白他们为什么会这样做。他们并不认为这一招会管用，并不认为高尔特会让步；他们也不希望他让步。他们觉得已经没有任何得救的希望；他们也不想得救。在难以名状的惊慌情绪推动下，他们一直都在抗拒着现实——此刻，他们终于有了归宿感。这些向来都在逃避自己意识的人根本用不着想为什么会出现这样的感觉——他们只是体验到了一种被重视的感觉，因为这才是他们一直在寻求的，这才是贯穿在他们所有的感受与行动，他们所有的欲望、选择和睡梦中的现实。这就是他们对存在的反抗，以及对无名天堂的盲目追求的本质与手段。他们不想活；他们想让他死。

她所感受到的恐怖稍纵即逝，仿佛是变幻的画面一闪而过：她发现这些曾经被自己当作人类的东西并不是人类。她获得了一种清晰的感觉和一个最终的答案，有了必须马上行动的需要。他危险了。她的头脑已经不容她再去为那些半人半鬼的行为费神。

"我们必须确保，"韦斯利·莫奇压低声音说，"其他任何人都不知道这件事……"

"没人会知道，"费雷斯说。他们如同密谋者一般，声音低沉，小心翼翼。"那是个秘密，是科学院里一幢独立的建筑……

完全隔音，离其他地方很远……只有我们极少数几个工作人员进去过……"

"如果我们飞——"莫奇正说着，忽然猛地停住了，似乎是发现了费雷斯脸上警告的表情。

她看到，费雷斯像是突然记起了她也在场，将目光转向了她。她迎着他的目光，装出一副既不在意又不明白的样子，让他看到她全然无动于衷。随后，她像是才意识到他们想单独谈话一样，耸了耸肩膀，慢慢转过身去，离开了房间。她知道，他们现在已经顾不上操心她了。

她像个没事人一样，不急不慌地穿过大厅，走出了酒店。但一走出这个街区，刚拐过弯，她便将头一扬，骤然发足疾奔。晚裙的下摆犹如鼓足的船帆，呼地贴在了她的腿上。

此刻，当她在黑暗里奔走，一心只想找到一个电话亭时，她的内心之中却有另外一种感觉，越过了危险和担心带来的迫在眉睫的紧张，难以抑制地涌了上来：那是一个从来就不应该被遮蔽的世界给她带来的自由的感觉。

她看见从路旁酒吧的窗户里透射在便道上的一抹灯光。走进一半都空空荡荡的屋子里时，根本就没人多看她一眼：仅有的几个客人依然围坐在电视机的空白蓝屏前，窃窃私语，紧张地等待着。

站在狭小的电话亭内，她仿佛置身于向另一个星球驶去的飞船船舱，拨下了OR 6-5693这个号码。

弗兰西斯科的声音立刻传了过来："喂？"

"是弗兰西斯科吗？"

"喂，达格妮，我正等你的电话呢。"

"你听到广播没有？"

"听到了。"

"他们现在正在计划逼他低头，"她像是在做一个事实报道那样稳定住自己的声音，"他们打算对他动刑，他们有一种叫作费雷斯刑具的机器，设在国家科学院的一栋独立建筑内，是在新罕布什尔州。他们说起过飞，说三小时之内就会让他开口广播。"

"明白，你是用公用电话打来的吗？"

"对。"

"你还穿着晚装吧？"

"对。"

"现在听好了，回家去，换好衣服，准备些你需要的东西，把你的珠宝首饰和值钱的东西尽量都带上，带些保暖的衣服，以后我们可就没时间干这些了。四十分钟后，在塔格特终点站大门东面两个街区外的西北角位置等我。"

"好。"

"一会儿见，鼻涕虫。"

"一会儿见，费斯科。"

没过五分钟,她就回到了公寓里的卧室,将她的晚裙扯了下去。她把它往地板上一扔,如同扔掉一件她不再为之卖命的军队的军装。她穿上一套深蓝色的套装——想起高尔特的话,在里面穿了一件白色的高领衫。她收拾好一个行李箱和一只挎包,将她的珠宝首饰放在包内的一角,其中包括她在外面这个世界得到的里尔登合金手镯,以及她从山谷里挣来的五美元金币。

离开公寓,将门锁上,尽管她知道自己可能再也不会打开它了,但一切还是显得如此容易。只是来到办公室的时候,她却感到了片刻的难过。没人看到她进来;外间空无一人;偌大的塔格特大楼似乎异常安静。她停下来看着这间屋子,看着它所承载的过去的一切。然后,她便露出了笑容——不,这没那么难,她想。她打开保险柜,取出她要拿的文件。除了内特内尔·塔格特的画像和塔格特泛陆运输的地图外,就再没有她要拿走的东西了。她拆掉了那两个画框,将画像和地图叠好,塞进了她的箱子。

正在锁箱子的时候,她听见了急促的脚步声。随着大门一下子被推开,总工程师冲了进来,浑身颤抖,面孔扭曲。

"塔格特小姐!"他大叫道,"谢天谢地,塔格特小姐,你在这里啊!我们到处在找你!"

她没有回答,望着他,等着听下文。

"塔格特小姐,你听说了没有?"

"听说什么?"

"那你就是还不知道了！老天啊，塔格特小姐，这……我简直不敢相信，到现在都没法相信，可是……噢，老天呀，我们该怎么办？塔……塔格特大桥毁了！"

她瞪着他，僵在了原地。

"毁了！被炸没了！显然是一秒钟之内就被炸没了！谁都说不好究竟发生了什么事——不过，看上去像是……他们认为是X项目那里出了什么事，而且……看上去像是那些声波，塔格特小姐！方圆百里全都毁了！这不可能，绝对不可能，但是那个范围内的所有东西好像都被摧毁了！……我们得不到任何答复！无论是报纸、电台，还是警察，谁都找不出原因！我们还在查，不过从靠近那一带的地方传来的消息是——"他哆嗦了一下，"只有一件事是肯定的：大桥没了！塔格特小姐，我们不知道该怎么办才好！"

她冲向办公桌，抓起了电话。她的手停在了半空，随后，她用尽平生最大的力气，慢慢地、痛苦地放下手臂，将话筒放回去。她觉得似乎用了很久，仿佛她的胳膊在对抗着人的身体所不能对抗的无形的压力——就在这短短的若干瞬间里，在这静静的无名痛苦中，她明白了十二年前的那个晚上弗兰西斯科的感受——明白了一个二十六岁的小伙子在与他的发动机诀别时的心情。

"塔格特小姐，"总工程师叫道，"我们不知道该怎么办啊！"

话筒咔嗒一声被轻轻地放回到架上。"我也不知道。"她回答说。

她知道，过一会儿这一切就都会结束：她让那个人进一步调查后再回来向她汇报——然后等着他的脚步声在楼道内渐渐消失。

最后一次走过车站候车大厅的时候，她望了望内特内尔·塔格特的雕像——同时想起了她做过的承诺。现在它只能算是一种象征了，她想，不过，这样的告别却是内特内尔·塔格特应该享有的。她没有其他可以写字的工具，于是便从包里拿出口红，微笑着抬起头，望着完全可以理解她的那张大理石面孔，在他脚下的基座上画了个大大的美元符号。

她先到了车站大门东面两个街区外的街角。在等待的时候，她看到惊慌的迹象开始显露，如同汩汩细流，不久就会将这个城市吞没：汽车明显开得太快，有些车上装满了一家人的东西，格外多的警车疾驰而过，远处的警笛声不绝于耳。显然，大桥被毁的消息正在传遍全城，他们将会知道这座城市难逃厄运，将会蜂拥出逃——但他们已经无路可走，而且这一切和她再也没有关系了。

她远远地望见弗兰西斯科的身影正向这边走来，在看清那张用拉下的帽子遮住了双眼的面孔之前，她已经辨认出了他敏捷的步伐。走近后，她看到他瞧见了自己。他挥了挥手，露出了打招呼的微笑。他那带有德安孔尼亚特征的特意用力挥动的手臂，犹如是在自己领地的门外迎接着一个盼望已久的游子。

他走上前来之后，她庄重地挺直身体，望着他的脸，望着这座全世界最具规模的城市的高楼大厦，以之作为她所期待的见证，用自信和坚定的声音缓缓说道：

"我以我的生命以及我对它的热爱发誓，我永远不会为别人而活，也不会要求别人为我而活。"

他点了一下头，表示接受。此刻他脸上的笑容是在向她致意。

接着，他一手拎过她的箱子，一手握住她的胳膊，说了声："走吧。"

以创始人费雷斯博士命名的"F项目"是一座混凝土小楼。它位于一个山坡的底部，而国家科学院则依山建在更高更开阔的地方。从科学院的窗户里望去，只能在遮天蔽日的密林中看到这幢建筑的一小块灰色屋顶：它看上去只有下水道的井盖那么大。

这幢建筑共有两层，形状像是一个小方块不对称地撂在了一个大方块上面。一层没有窗户，只有一扇镶满铁钉的房门；二层只开了一个窗户，宛若一张长着独眼的面孔，不愿意多见阳光。院里的人们对这栋房子并不好奇，而且他们对于那些可以通向它的道路总是尽量绕开；尽管没人说过，但他们都觉得在这栋房子里进行的是专门用恶疾细菌做试验的项目。

占满两层楼的各个实验室里摆满了饲养着天竺鼠、狗和老鼠的笼子。整个建筑的核心和真实用意却深藏在一间地下室里；地下室四面贴满了板状的多孔隔音材料，只是施工质量欠佳，隔音板已经出现裂缝，露出了洞穴里的岩石。

这幢建筑始终处在由四名特别卫兵构成的警卫组的戒备之下。今天晚上，一个长途电话从纽约打来，警卫组立刻根据紧急指示，增加到了十六个人。"F项目"的所有卫兵和其他人员都经过仔细的审查，最基本的条件只有一个：绝对服从命令。

这十六名卫兵被布置在楼外和地上空出的实验室里守夜。他们执行任务时绝无猜疑，想都不想地下有可能发生什么样的事情。

地下室内，费雷斯博士、韦斯利·莫奇和詹姆斯·塔格特坐在靠墙一字排开的椅子里。一台看上去像是个形状不规则的小柜子似的仪器摆在他们对面的一角。仪器前面有成排的玻璃旋钮，每个旋钮上都有一小段红色的刻度，一块看起来像是放大器的方屏，一排排的数字、木柄和塑料按钮。它的一边是一根控制开关的拉杆，另一边是一个单独的红色按钮。这台仪器似乎比那个操控它的技术人员的面孔更加生动；他是个壮实的年轻人，身上的衬衫已被汗水湿透，两只袖口高高地挽起；他那双灰蓝色的眼睛正全神贯注地盯着手底下的活计；他的嘴唇不时地翕动几下,像是在默念着脑子里的程序。

一根短短的电线从机器上伸出来,连到了后面的一个蓄电池上。在机器的前方,长长的线圈如同章鱼张牙舞爪的触角,沿着石头地面向前伸去,通向一张皮垫,垫子上方挂着一盏发出刺眼亮光的锥形灯。约翰·高尔特躺在皮垫上,被五花大绑。他被剥去了衣服,手腕、肩膀、臀部和脚踝处绑着电线末端小小的金属电极片,胸前连着一个听诊器般的装置,装置的另一头连着那个放大器。

"直说吧,"费雷斯博士第一次对他开口说道,"我们是想让你完全掌管国家的经济,让你独揽大权,让你发号施令,明白吗?我们希望由你下命令,并且决定该下什么样的命令。我们可不只是想想而已。现在,你的那些演讲、大道理、辩论或者消极服从都救不了你。你要是不想出办法来,就只有死路一条。你要是想离开这里,就必须拿出一个解决问题的确切方案,并且还要通过广播告知全国。"他扬起手腕,晃了晃上面戴的秒表,"限你在三十秒之内决定是否开口,否则,我们可就要动手了。你听明白没有?"

高尔特直视着他们,面无表情,仿佛早就料到了这些。他没有回答。

在沉默中,他们听见秒表在走,听见莫奇紧紧地攥着椅子扶手,发出窒息一般的时断时续的喘息。

费雷斯向仪器旁的技师挥手示意。技师推动拉杆,红色的玻璃钮亮了起来,同时发出了两种声音:一种是发电机的嗡鸣,另一种是钟表一般有节奏的敲击,却伴随着一种怪异而低沉的回响。他们愣了片刻才明白过来,这声音是从放大器里传出的高尔特的心跳。

"三号。"费雷斯说着伸出了一个指头示意。

技师按下其中一个旋钮下方的按键,高尔特全身颤抖了起来。电流通过他的手腕和肩膀,使他的左臂剧烈地抽搐。他将头甩向后方,闭起双目,咬紧嘴唇,一声未吭。

技师的手松开按钮,高尔特的胳膊停止了抽搐,身体一动不动。

三个人面面相觑。费雷斯的眼里一片空白,莫奇是害怕,塔格特则是失望。沉重的敲击声继续在沉默中回响着。

"二号。"费雷斯说。

这一次,电流是在高尔特的胯部和脚踝之间穿行,他的右腿抽搐了起来。他两手抓住垫子的边沿,脑袋从一边猛地甩到另一边,便再也不动了。心跳的声音加快了一些。

莫奇向后闪去,紧紧地贴在椅子的靠背上。塔格特向前探出身子,几乎离开了座位。

"一号,慢一点。"费雷斯命令。

高尔特全身猛然向上一挺,然后又摔下来,长时间地抽搐,被捆住的双手在拼命地挣扎——此刻电流经过他的肺部，从一只手腕通向另一只。技师慢慢转动旋钮，逐渐加大了电压，指针移向用红色标明的危险区域。由于肺部的痉挛，高尔特开始上气不接下气。

"受够了没有？"电流一被切断，费雷斯便吼叫了起来。

高尔特没有回答，他的嘴唇微微颤动了几下，想吸进些空气。从听诊器里传来的心跳正在加快，但在他竭力让自己放松的努力下，呼吸渐渐恢复了平稳和节奏。

"你对他太手软了！"塔格特瞪着躺在垫子上的赤裸身体，叫喊道。

高尔特睁开眼睛看了看他们。除了看出他的眼神既坚定又完全清醒，他们从中看不到任何其他的东西。接着他又将头一垂，一动不动地躺着，仿佛已忘记了他们的存在。

他赤裸的身体与这间地下室格格不入。这一点，他们嘴上不说，却都心照不宣。他那颀长的线条从脚踝流淌至平坦的胯部，经过腰际的曲线，到达挺直的肩膀，犹如一尊具备古希腊神韵的雕塑，却有着更加高大、轻盈、生动的外表，以及瘦削中的干练，涌动着一股无穷的精力——这副身躯的主人绝非驾驭双轮战车的武士，而是飞机的创造者。正如古希腊雕塑的含义——作为神的人像——与本世纪建造的厅堂的精神互不相称，他的身体也与一间专用于史前活动的地下室极不相称。这种不相称更加明显，因为他似乎应该和电线、不锈钢、精密仪器，以及控制台上的操纵杆在一起才对。也许对那些打量着他的人来说，这正是他们拼命抗拒并埋藏在心底最深处的那个想法，他们只知道那是一种弥漫开来的仇视和看不清的恐惧——也许正是因为现今的世界里没有这样的雕塑，他们才把一台发电机变成了章鱼，把他这样的身体变成了章鱼的触须。

"我知道你对电力学的某些方面很精通，"费雷斯冷笑着说，"我们也是如此——你不觉得吗？"

在寂静之中，回答他的只有两个声音：发电机嗡嗡的低鸣和高尔特的心跳。

"混合方式！"费雷斯朝技师晃了晃一根手指，下令道。

此时的电击变得毫无规律，时而一波接一波，时而间隔数分钟。只能从高尔特的大腿、手臂、躯干或全身的抽搐才能看出电流究竟是发自某两片电极还是在各处同时击出。旋钮上的指针不断地逼近红色的标记，然后又退下去：这台仪器被调教得既能施加最大限度的痛苦，又不会伤及受刑者的身体。

守在一旁的观察者们实在难以忍受那只有心跳声的一阵阵间歇：现在，心跳已完全乱了节奏。设计的间歇只是为了让心跳减缓，而不是为了让受刑者喘息，电击随时都会再次袭来。

高尔特放松地躺着，仿佛放弃了对痛苦的抵抗，并不希望减轻，而只想去承受它。他的嘴唇刚一张开喘息，便又猛地闭紧。他并没有控制身体僵硬的抖动，但电流一消失，抖动就会停下来。只是他脸上的皮肤依然紧绷，闭紧的嘴唇不时地向两边抽动。当电流经过他的胸膛时，他那金铜色的头发便会随着头一起摆动，如同风一般吹打着他的面颊，扫过他的眼睛。观察者们起初还在纳闷他头发的颜色为什么变得越来越深，后来才意识到是被汗水浸透了。

原本是想让受刑者听见自己的心脏随时都会爆裂的恐怖声音，现在却是行刑者听着这断续不齐的脉搏，随着每一次心跳的消失而无法喘气，害怕得浑身哆嗦。此时的心脏听上去像是在极大的痛苦和无比的愤怒之下疯狂地蹿跳，并撞击着胸腔。心脏是在发出抗议，而那个人却没有。他静静地躺着，双眼紧闭，两手放松，仿佛是在捍卫生命般聆听着自己心跳的声音。

韦斯利·莫奇第一个开了口。"我的上帝呀，弗洛伊德！"他尖叫起来，"不要把他整死！千万别把他整死！他一死，我们就完了！"

"他不会死，"费雷斯吼叫着，"他将会求死不得！仪器不会让他死！这经过了严密的计算，是万无一失的！"

"噢，这还不够吗？他现在会听我们的话了！我肯定他会听话了！"

"不，还不够！我不是要让他听话，我是要让他去相信，去接受，而且是想去接受！我们必须让他主动为我们干活！"

"接着来呀！"塔格特叫道，"你还等什么？难道不能再把电流加大些？他连喊都没喊一声！"

"你没毛病吧？"莫奇惊叫着。当电流令高尔特抽搐不已的时候，他瞥了一眼塔格特：塔格特正全神贯注地盯着看，虽然目光显得呆滞而毫无生气，他眼睛周围的脸部肌肉却扭成了一幅下流无耻的享乐图。

"受够了没有？"费雷斯不断地对高尔特吼叫着，"你现在是不是想干我们要你干的事了？"

他们没听到回答。高尔特不时地抬头看他们一眼。他的眼睛下方出现了一圈青紫，眼神却清澈而清醒。

随着恐慌的累积，这几个观察者全然忘掉了周围的环境和语言——他们三人的声音汇成了一股令人分辨不清的尖叫："我们要你去接手！……我们要你去管！……我们命令你去下命令！……我们要求你去独裁！……我们命令你去挽救我们！……我们命令你去思考！……"

除了能够决定他们性命的心跳声之外，没有回答。

电流正穿过高尔特的胸部，脉搏声像是跌跌撞撞的狂奔一样，变得紊乱而急促——突然，他的身子一动不动地松弛躺倒：心跳的声音停止了。

这沉寂犹如晴空霹雳，他们还没来得及喊叫出来，便发生了另一件令他们大惊失色的事情：高尔特睁开眼睛，抬起了头。

紧接着，他们发现发动机嗡嗡的响声也听不见了，控制台上的红灯已经熄灭：电流停了下来；发电机熄火了。

技师徒劳地伸手拧着旋钮，一遍又一遍地用力扳动开关的拉杆。他抬腿踹了踹仪器一侧。红灯没有亮，依然没有声音。

"怎么了？"费雷斯厉声问道，"怎么了，到底是怎么回事？"

"发电机出毛病了。"技师无可奈何地说。

"怎么搞的？"

"我不知道。"

"那就查出原因，把它修好！"

此人并不是受过训练的电工；把他找来，看中的不是他的技术，而是因为他什么按钮都敢按；他学习这个任务所需付出的努力，只不过是在自己的意识中不给其他任何事情留下空间。他将仪器的后盖打开，茫然地瞪着里面复杂的线路：什么毛病都看不出来。他戴上橡胶手套，拾起一对钳子，胡乱地紧了紧几个螺栓，挠了挠脑门。

"我不知道，"他说，他的声音里透出了一种无可奈何，"我怎么会知道？"

三个人都站了起来，凑到仪器后面，瞪着里面那不听话的装置。他们这样做纯粹是出于下意识：他们明白自己一无所知。

"你必须把它修好！"费雷斯吼道，"必须让它工作！我们必须有电才行！"

"我们必须接着干!"塔格特嚷嚷着。他在哆嗦。"这简直太荒唐了!我不管!我绝不会停下来!绝不能便宜了他!"他朝垫子的方向指了指。

"想点办法!"费雷斯冲着技师喊道,"别光站着,想想办法啊,把它修好!我命令你把它修好!"

"可我不知道它出了什么毛病。"那个人眨着眼睛说。

"那就查!"

"我怎么查呀?"

"我命令你把它修好,你听见没有?要是修不好它的话,我就炒了你,把你关进监狱!"

"可我不知道问题出在什么地方,"那人一头雾水地叹着气,"我不知道该怎么办。"

"是振动器出了毛病,"一个声音在他们的身后说道。他们一下子转过身去。高尔特正努力地喘着气,但说话的口吻完全就是一个直率而能干的技术员。"把它取出来,撬开铝壳,你会看见一对焊在一起的触点。把它们拉开,用把小锉刀清理一下凹陷的地方,然后装上外壳,把它插回机器里——发电机就会工作了。"

良久,屋里鸦雀无声。

技师正瞪着高尔特,他看到了高尔特的眼神——即便是他,也能看出那对墨绿色眼睛里所闪烁出的亮光的含义:那是一种轻蔑和捉弄的目光。

他后退了一步——即便是他,也突然从他混乱模糊的意识里,从某种说不出、看不出、连脑子都不用动的方式里,明白了这间地下室中所发生的一切。

他看着高尔特——看着那三个人——看着那台仪器。他浑身一哆嗦,扔下钳子便跑了出去。

高尔特放声大笑起来。

那三个人慢慢地从仪器前退开。他们无论如何也不愿意承认那个技师所了解到的事实。

"不!"塔格特突然号叫起来。他瞧着高尔特,一步蹿了上去,"不!我不会就这么放过他的!"他跪在地上,发疯一般寻找起那个振动器的铝筒,"我要把它修好!我要自己修好它!我们必须接着来,必须把他打垮!"

"慢着点,吉姆。"费雷斯一把将他拽了起来,不安地说。

"难道我们……难道我们今晚还没折腾够吗?"莫奇面带央求地说。他正望着技师跑出去的那扇门,眼神里既带着羡慕,又流露着恐惧。

"不行!"塔格特喊叫道。

"吉姆,你还嫌他受得不够吗?别忘了,我们必须小心一点。"

"不行!他还没受够呢!他连叫都没叫一声!"

"吉姆!"莫奇突然大喝了一声,塔格特脸上的某种表情令他感到了害怕,"我们绝不能杀了他!这你是知道的!"

"我不管!我要制服他!我要听见他叫!我要——"

紧接着,是塔格特突然发出了一声长长的、尖厉的号叫,尽管他的眼睛仍茫然地瞪着空中,却在猛然间看到了什么。他看到的是自己的内心,看到了他多年来用情绪、躲避、假装、妄想、假话所苦心经营的保护墙在一瞬间灰飞烟灭——在这一瞬间,他明白他是想要高尔特去死,完全清楚他自己的末日也将紧跟着来临。

他突然看清了藏在自己一切行为背后的动机。那不是他无法交流的灵魂或者对他人的爱,也不是他的社会责任或者维护他自尊心的谎话:那是一种为了一切死者而毁灭一切生命的欲望。那是一种为了向自己证明他可以无视现实而存在,并不受任何牢固不变的事实束缚,从而要通过毁灭所有生命的价值与现实对抗的冲动。在这一瞬间之前,他感觉自己对高尔特的仇恨超过了对其他任何人,感觉这股仇恨毋庸置疑地证明了高尔特的罪恶,为了他自己的生存就一定要除掉高尔特。而此刻,他明白了他是要用自己随之灭亡的代价来换取高尔特的毁灭,他明白了他从来就不想生存,他明白了他要摧残和毁灭的正是高尔特的伟大之处——他不得不承认这种伟大,因为无论承认与否,衡量这种伟大的只有一个标准:他对现实的掌控力令所有人都可望而不可即。此刻,詹姆斯·塔格特发现自己面临着最终的选择:接受现实,或者去死。他的情感选择了死亡,而不是向高尔特所掌控的那个现实的领域投降。从高尔特的身上——他明白了——自己是想毁灭一切存在。

他内心想法与意识的交锋并不是依靠语言:正如他的想法是由各种情绪组成的一样,此刻笼罩着他的是一种他无力驱散的情绪和幻想。对于那些他尽量避免去看的小巷,他再也不能唤出迷雾来遮挡自己的视线:此时,他在每一条巷子的尽头看到的都是他对生命的仇恨——他看到了雪莉·塔格特渴望着生活的快乐面孔,他一直想打碎的正是那种渴望——他看到了自己那张理应遭到所有人憎恶的杀人犯的脸,他见到有价值的东西就摧毁,用杀戮掩盖自己无以饶恕的罪恶。

"不是……"他呆望着那幕景象,躲闪地甩着脑袋,嘴里呻吟着,"不是……不是……"

"是的。"高尔特说道。

他看到高尔特的眼睛直直地盯着自己,仿佛正在看着他所看见的一切。

"我在广播里已经告诉过你了,对吧?"高尔特说。

这正是那枚令詹姆斯·塔格特怕得要死、无法逃避的印戳:它是客观现实的印记和证明。"不是……"他再一次有气无力地说,但声音里已经没有了活气。

他站在原地,茫然地瞪着空中,随即两腿一软,跌坐在地上，两眼仍直呆呆地，全然忘记了他的动作和周围的一切。

"吉姆……"莫奇喊了一声，却没有听到回应。

莫奇和费雷斯并没有问自己或者奇怪塔格特究竟是怎么回事，他们知道绝对不能冒险揭开这个谜，否则便会落到和他一样的下场。他们清楚是谁在今晚彻底地崩溃，清楚无论塔格特的身体能否坚持下去，他这个人都已经完了。

"咱们……咱们还是让吉姆离开这里吧，"费雷斯哆嗦着说，"把他送到医生那儿……或者别的什么地方去吧……"

他们将塔格特扶了起来。他没有反抗，昏昏沉沉地听从着摆布，被推着向前挪动着脚步。本想把高尔特整成这副样子的他，却尝到了其中的滋味。他的两个同伙一边一个，搀扶着他的手臂，将他带出了房间。

他使他们逃离了高尔特的目光。高尔特一直盯着他们。他的目光实在过于冷峻，有种穿透力。

"我们会回来的。"费雷斯冲着警卫队队长喝令道，"守在这里，不许任何人进来，听明白没有？任何人都不行。"

他们将塔格特拥上他们那辆停在门前树下的汽车。"我们会回来的。"费雷斯的面前并没有人，他对着大树和漆黑的夜空恨恨地说着。

眼下，他们唯一确定的就是要逃离那间地下室——在那里那台死掉的发电机旁边，绑着一台活着的。

以我们最崇高的名义
In the Name of the Best within Us

10

达格妮径直朝守在"F项目"门口的卫兵走去。她的脚步声意图明确,节奏均匀而且大模大样,在林间的小路上回响。她冲着月光将头仰起,好让他看清楚自己的脸。

"让我进去。"她说。

"不许进去,"他像机器人一般回答道,"这是费雷斯博士的命令。"

"是汤普森先生命令我来的。"

"啊?……这……这我不知道。"

"可我知道。"

"我是说,费雷斯博士没有告诉过我……夫人。"

"我现在就是在告诉你。"

"可除了费雷斯先生以外,我不应该接受其他任何人的命令。"

"你是想违抗汤普森先生吗?"

"哦,不是,夫人!可……既然费雷斯博士说过任何人都不许进，就是指所有的人——"他又犹豫而求援似的问了一句，"对吧？"

"你知不知道我是达格妮·塔格特？你应该在报纸上看见过我和汤普森先生以及其他主要国家领导人的合影吧？"

"是的，夫人。"

"那你就掂量一下是否想违抗他们的命令。"

"噢，不，夫人，我不想！"

"那就让我进去。"

"可我也不能违抗费雷斯博士的命令呀！"

"那就看你的选择了。"

"可是我不能选择呀，夫人！我怎么能选择呢？"

"你非选不可。"

"这样吧，"他急忙说，同时从兜里掏出钥匙，转向大门，"我去问问队长，他——"

"不行。"她说。

她语气里的某种东西让他一下子回过身来：她手里握着一把枪，正对着他的心口。

"给我听好了，"她说，"要是不放我进去，我就打死你。你可以试试先向我开火，除此以外，你别无选择。现在决定吧。"

他大张着嘴巴，钥匙从手里掉到了地上。

"给我靠边站。"她说。

他拼命地摇着脑袋,后背靠在了门上。"我的天啊,夫人!"他走投无路地哀求道,"既然你是汤普森先生派来的,我就不能向你开枪!但我又不能违抗费雷斯博士的命令放你进去!我可怎么办呀?我只是个小兵而已,不过是奉命行事罢了,这不该由我做主啊!"

"这关系到你的命。"她说。

"如果你让我问问队长,他会告诉我,他会——"

"我谁都不让你去问。"

"可我怎么知道你是不是真的有汤普森先生的命令?"

"你是不知道。也许我没有,也许我是假装的——你会因为听了我的话而受惩罚。也许我有——那你就会因为违抗命令而被关进监狱。也许费雷斯博士和汤普森先生说好了,也许他们并没有说好——那你就不得不得罪其中的一个。这就是你必须决定的事情,没人可问,没人可找,没人会告诉你。你必须自己作出决定。"

"但我没法决定!干吗找到我的头上?"

"因为是你在拦着我的路。"

"但我没法决定!决定的事就不是我该做的!"

"我数到三,"她说,"然后就开枪。"

"等一等!我还没说行不行呢!"他叫喊着,身体更紧地缩在门上,似乎让大脑和身体静止不动是他最好的保护。

"一，"她数道。她看得出他的眼睛正害怕地盯着她——"二，"她看得出，相比这把枪而言，他更害怕的是她刚才说的另外一种可能——"三。"

对动物开枪尚且会犹豫的她，镇静自若地扣动了扳机，朝着一个想要生存，却又毫无责任意识的人的心口开了火。

她的枪上装了消音器，除了尸体扑倒在她脚下的声响外，并没有发出惊动别人的声音。

她从地上捡起了钥匙——然后根据事先商量好的计划，稍稍等了片刻。

第一个从建筑的墙角闪出来同她会合的是弗兰西斯科，汉克·里尔登紧随其后，最后一个是拉格纳·丹尼斯约德。建筑周围的树林里曾经有四名卫兵分头把守，此刻他们已被全部解决：一个丧了命，另外三个则被捆住手脚，堵住嘴巴，扔在了树丛里。

她一言不发地将钥匙递给弗兰西斯科。他打开门，独自一人走了进去，将门留了道一英寸宽的缝。其他三人便等在门缝外面。

楼道里照明的是一只孤零零地挂在天花板上的灯泡。一个卫兵守在通往二楼的楼梯口旁。

"你是谁？"见到弗兰西斯科大摇大摆地走了进来，他大声喝道，"今晚任何人都不应该到这里来！"

"可我来了。"弗兰西斯科说。

"拉斯迪为什么会放你进来？"

"他肯定有他的道理。"

"可他不应该呀！"

"有人改变了你的应该和不应该。"弗兰西斯科的眼睛闪电般地打量了一下周围的情况。楼梯拐角处站着另外一个卫兵，正朝楼下的他们看来，并且在注意地听着。

"你是干什么的？"

"采铜的。"

"啊？我是在问，你是谁？"

"我名字实在太长，没法告诉你。我还是跟你的头儿去说吧。他在哪儿？"

"现在是我在问你！"但他后退了一步，"少……少装什么大人物，否则我就——"

"嗨，皮特，他真的是！"另外那个卫兵被弗兰西斯科的做派震住了。

可这一个还是死活不愿相信；随着自己愈加害怕，他不由得提高了嗓门，冲着弗兰西斯科大喝道："你来干什么？"

"我说过我会跟你们的头儿讲。他在哪儿？"

"我是在问你话！"

"我是不会回答的。"

"噢，你不回答是吗？"皮特怒吼着，使出了一旦产生怀疑就会使用的唯一手段：他的手猛地伸向腰里的枪。

弗兰西斯科的手快得这两个人甚至都没看清楚，而他的枪又静得出奇。他们紧接着看到和听到的便是皮特手里的枪随着从他被打烂的手指里溅出的血一道飞了出去，以及他疼痛的低声号叫。他倒在地上呻吟着。另外那个卫兵刚刚吃惊地张大了嘴巴，便看见弗兰西斯科的枪口对准了他。

"别开枪，先生！"他嚷了起来。

"举起手，下来，"弗兰西斯科命令道。他用一只手举着枪瞄准，另外一只手朝着门缝外其余的人做了个手势。

那个卫兵刚走下楼梯，等在那里的里尔登便缴了他的械，丹尼斯约德则将他的手脚捆绑起来。最让他吓了一跳的是看到达格妮也出现在这里，这让他弄不明白：这三个戴着帽子、穿着风衣的男人虽然举止不像，却可以被视为一伙拦路强盗；但一位女士出现在这里就实在太令人费解了。

"好了，"弗兰西斯科说，"你们的头儿在哪儿？"

卫兵朝楼梯的方向扭了扭头："在上边。"

"楼里有多少卫兵？"

"九个。"

"都在哪里？"

"一个在地下室的台阶上，其他的都在上面。"

"在上面什么地方？"

"在那个大实验室里,就是有窗户的那个。"

"所有人都在吗?"

"是的。"

"这些房间都是干什么用的?"他指了指楼道两旁的房门。

"这些也都是实验室,到了晚上,门就上锁了。"

"钥匙在谁那里?"

"他。"他冲皮特一摆头。

里尔登和丹尼斯约德从皮特的口袋里取出钥匙,便迅速静悄悄地查看起房间,弗兰西斯科则继续问道:"楼里还有其他人吗?"

"没有。"

"不是有个犯人在这里吗?"

"噢,对了……我想是吧。肯定是有,不然他们不会让我们所有人都在这里站岗。"

"他还在这里吗?"

"那我就不清楚了。他们从来都不告诉我们。"

"费雷斯博士在这里吗?"

"不在,他是在大约十到十五分钟前离开的。"

"听着,楼上的那间实验室——它的门是正对着楼梯吗?"

"是。"

"一共有几个门?"

"三个,对着楼梯的是中间的那个。"

"其他房间是干什么用的？"

"有个小实验室在楼道的一头，另一头是费雷斯博士的办公室。"

"房间之间有没有连通的门？"

"有。"

弗兰西斯科正要转身去看他的伙伴们，那卫兵乞求般地说了一句："先生，我能问你个问题吗？"

"问吧。"

"你是谁？"

他回答的语气庄重得如同是在会客室里作介绍："弗兰西斯科·多米尼各·卡洛斯·安德列·塞巴斯蒂安·德安孔尼亚。"

他甩下目瞪口呆的警卫，转身跟他的伙伴们小声商量了一阵。

过了一会儿，里尔登独自一人迅捷无声地走上了楼梯。

实验室的墙边堆放着装有老鼠和天竺鼠的笼子，它们是被那些正围坐在房间正中的实验长桌旁打牌的卫兵们挪过去的。其中六个人正在玩，另外两个手里握着枪，正站在对面的屋子一角看着门口。里尔登的这张脸救了他一命，使他没有一露面就被当即打死：这张脸他们实在太熟悉，也太想不到了。他看见八个脑袋都在瞪着他，既认出了他，又难以相信他们的眼睛。

他站在门口，两手插在裤兜里，完全是一副随意、自信的商界高管模样。

"这里谁负责？"他的声音直截了当，毫不浪费时间。

"你……你不是……"牌桌前一个板着面孔的瘦家伙结结巴巴地说。

"我是汉克·里尔登，你是队长吗？"

"是啊！可你究竟是从哪儿冒出来的？"

"从纽约。"

"你来这儿干什么？"

"这么说，你还没有得到通知。"

"我应该得到……我的意思是，关于什么事啊？"从这个队长的声音里，可以明显听出他对上司忽视他的权威极为敏感和不满。他长得瘦高而憔悴，举手投足间急躁而紧张，脸色灰白，一双眼睛像瘾君子般不安和无神。

"关于我来这里要办的事情。"

"你……你不可能到这里办什么事，"他厉声说道，既害怕这是一场骗局，又担心自己是被某个重要的上层决策给落下了。"你不就是一个叛徒、逃亡者和——"

"看来你真是落伍了，我的好兄弟。"

房间里其余的七个人怀着敬畏和疑惑的不安盯着他看，那两个拿枪的卫兵依旧像机器人一样呆呆地用枪对准他，他却像根本没看见一样。

"那你说，你是来这里干什么的？"队长喝道。

"我是来这里接管你要交出的犯人的。"

"你要是从总部来的，就应该知道我对犯人的事一无所知——而且谁都不许碰他。"

"只有我可以。"

队长噌地跳起来，奔到电话前，抓起了话筒。但刚刚将话筒提到半截，他便突然把它扔了出去，这下子，房间里立刻慌作了一团：他听出电话里没有一点动静，立即明白电话线已被切断。

他恼怒地转向里尔登，迎接他的是里尔登略带轻蔑的斥责："如果连这种情况都会发生，你们的看守实在是形同虚设。要是你不希望我上告你玩忽职守和抗命不遵，最好还是在那个犯人出事之前把他交给我。"

"犯人到底是谁？"他问。

"伙计，"里尔登说，"如果你的顶头上司都没有告诉你，我当然也不会说了。"

"他们也没有告诉我你来这里的事情！"队长狂叫道，他那恼羞成怒的声音令他的手下听出了他的无能。"我怎么知道你是从上面来的？电话一坏，又有谁能告诉我？我怎么知道该怎么办？"

"那是你的问题，与我无关。"

"我不相信你！"他的叫喊声刺耳得毫无说服力，"我不相信政府会委派给你什么任务，何况你还是跟约翰·高尔特勾结的叛逃者之一——"

"可你难道没听说吗?"

"听说什么?"

"约翰·高尔特已经跟政府达成了协议,已经把我们都带回来了。"

"哦,真是谢天谢地!"年纪最轻的那个卫兵不禁叫道。

"给我闭嘴!没有你发表意见的份儿!"队长呵斥了一声,然后又猛地回头看向里尔登,"这事儿为什么没有广播?"

"对于政府决定在什么时候、采取什么方式宣布政策,你也有意见吗?"

在一阵长时间的沉默中,他们听见了笼子里的动物们抓挠栏杆的响动。

"看来我应该提醒你,"里尔登说,"你的职责不是去质疑给你的命令,而是去执行,你就不应该去知道和明白上司的想法,就不应该去判断、选择或者怀疑。"

"可我不知道是否应该听你的!"

"如果你不听,就要承担后果。"

队长撑着桌子,审视的目光从里尔登的脸上慢慢地移向站在房间角落里那两名持枪的卫兵。那两个持枪者几乎是在一动不动地平举着手臂。房间里响起一阵不安的沙沙声,笼子里的一只动物发出了吱吱的尖叫。

"我认为我还应该告诉你，"里尔登的嗓音略微严厉了一些，"我并不是一个人，我的同伴正在外面等我。"

"在哪儿？"

"房间的四面都有。"

"几个人？"

"这你早晚会知道的。"

"我说，头儿，"从卫兵中传出了一个发抖的抱怨声，"咱们可别跟那些人纠缠，他们——"

"闭嘴！"队长咆哮着站起身来，冲着说话者的方向把枪一挥，"你们这些混账东西，谁也不许在我面前装熊！"他大声叫喊着，假装不知道他们已经开始害怕。他惊恐不已地发现，他的手下已经不知不觉地被某种东西卸下了武装。"没有什么好怕的！"他自顾自地狂叫着，拼命想回到那唯一能令他感到安全的气氛中：暴力。"任何事，任何人都不可怕！我要让你们看看。"他忽地一转身，挥舞的胳膊尽头，他的手颤抖着向里尔登开了一枪。

他们中的一些看到里尔登身体晃了晃，右手抓住了左肩。与此同时，其他人则看见队长一声惊叫，手里的枪掉到了地上，手腕上涌出了一股鲜血。随后，他们全都看见了站在左首门边的弗兰西斯科·德安孔尼亚，他那支无声的手枪依然对着队长。

他们全都站起来拔出了枪，可惜已经错失了先机，谁都不敢开火。

"我要是你们的话,就不会轻举妄动。"弗兰西斯科说道。

"天啊!"其中一个卫兵被惊得说不出话来,他拼命回忆着一个怎么也想不起来的名字,"他……他就是那个把全世界的铜矿统统炸了的人!"

"没错。"里尔登说。

他们不由自主地向后躲闪,想远离弗兰西斯科——转身时却发现里尔登依然站在门口,右手端着一把手枪,左肩渗出一片血色。

"开枪呀,你们这些混蛋!"队长冲着他那些瑟瑟发抖的手下尖叫起来,"还等什么?把他们干掉!"他用一只手支撑着桌子,另一只手上淌满了血。"谁不动手我就告发谁,我要让他被判死刑!"

"放下你们的枪!"里尔登说。

七个卫兵刹那之间变得像泥塑一般,谁的话都没有听。

"让我出去!"最年轻的那个卫兵大叫一声,冲向右侧的房门。

他刚一拉开门,便腾地退了回来:达格妮·塔格特正持枪站在门口。

卫兵们缓缓退向房间中央,他们迷乱的内心之中正进行着一场无形的挣扎,眼前出现的这几个他们从未想过能亲眼见到的传奇人物,令他们感到如坠云雾般失去了抵抗力,仿佛是在被勒令向幽灵开火一样。

"把枪放下,"里尔登说,"你们并不知道自己为什么会来这里,但我们知道。你们不知道看守的犯人是谁,可我们知道。你们不知道你们的上司为什么派你们来看守他,可我们知道为什么要把他带出去。你们不知道自己抵抗的目的,可我们对我们的目的很清楚。你们一旦丧命,都不知道自己是为什么而死,但我们却会死得明明白白。"

"别……别听他的!"队长怒吼着,"开枪!我命令你们开枪!"

一个卫兵看了看队长,把枪一扔,举起双手,退出了与里尔登对峙的圈子。

"你这个混蛋!"队长狂叫一声,用左手抓起枪,朝那个逃跑者开了一枪。

就在那人的身体倒下同时,窗户上的玻璃如雨点般迸裂开来——一个高大颀长的身影仿佛弹簧般从树干上跃进房中,双脚甫一落地,便向面前的第一个卫兵开了火。

"你是什么人?"一个充满了惊恐的声音喊道。

"拉格纳·丹尼斯约德。"

他的话音一落,立时便响起了三个声音:一阵惊惶不已的哀叫——四支枪噼噼啪啪地跌落在地——以及第五支枪朝着队长的脑门开火的声音。

当另外四个保住了性命的卫兵缓过神来时,他们已经横躺在地上,手脚被捆,嘴也被堵得结结实实;第五个人还站在原地,只是双手被反绑了起来。

"犯人在哪里?"弗兰西斯科问他。

"我想……应该是在地下室。"

"谁有钥匙?"

"费雷斯博士。"

"通向地下室的楼梯在哪里?"

"在费雷斯博士办公室里的一扇门后面。"

"领我们去。"

在向那里走去的时候,弗兰西斯科回身看着里尔登:"汉克,你没事吧?"

"没事。"

"要不要歇歇?"

"不用!"

穿过费雷斯办公室里的一扇门,他们看到下面站着一个卫兵。

"举起手,上来!"弗兰西斯科喝令道。

那名卫兵看见了一个陌生人的影子和幽幽闪亮的枪口:这就足矣。他立即听命照办,似乎巴不得离开这个潮湿的石头地窖。他和那个领路的卫兵一起被捆起来放在了办公室的地上。

料理好一切后,这四名解救者终于放心地向下面那扇锁住的大铁门冲去。他们刚才始终配合紧密,有条不紊。此刻,他们已经迫不及待。

丹尼斯约德带了砸锁的家伙。弗兰西斯科头一个走进地下室,并用胳膊稍稍地拦了一下达格妮——确定眼前并无不妥——才让她从自己身边冲了过去:他已经透过一团电线,看见了高尔特抬起的脑袋和致意的目光。

她跪倒在垫子旁边。高尔特抬起头来看着她的样子,便如他们在清晨的山谷里初次见面时一样,他的微笑如同从未沾染过丝毫苦痛一般,声音柔和而低沉:

"我们从来都不用过于担心,对吧?"

她潸然泪下,笑容里却透出了彻底而信心十足的肯定。她回答说:"对,我们从来都不用。"

里尔登和丹尼斯约德忙着替高尔特松绑,弗兰西斯科将一小瓶白兰地送到高尔特的嘴边。高尔特喝着,用刚刚恢复自由的一只胳膊肘半撑起身体,说:"给我支烟。"

弗兰西斯科掏出一包印有美元符号的香烟。高尔特将烟凑向打火机时,手有些颤抖,而弗兰西斯科的手抖得更厉害。

高尔特瞧了一眼火苗上方弗兰西斯科的眼睛,笑了笑,口气像是在回答弗兰西斯科没有问出的问题一样:"是啊,滋味不好受，不过挺得住——而且他们使用的电压也伤不到人。"

"我总有一天要找到他们，不管他们是谁……"弗兰西斯科说道，他那冰冷而轻得几乎听不见的语调已经说明了未尽的意思。

"如果找到他们的话，你就会发现他们不值得你去动手。"

高尔特望了望他身旁的这些面孔；他看到了他们如释重负的眼神和怒不可遏的表情；他明白他们此刻也在体会他所受到的折磨。

"已经过去了，"他说，"别因为我遭受的这些而更多地折磨你们自己。"

弗兰西斯科把脸扭开。"就因为是你……"他喃喃地说，"是你……要是换了其他任何一个人……"

"但如果他们想孤注一掷的话，就非我莫属。他们试过了，"他挥了挥手，将房间——和制造出这房间里的一切的那些人——变成了往昔的荒原，"不过如此。"

弗兰西斯科点点头，脸依旧扭向一边，只是用力地将高尔特的手腕紧握片刻，以此作为回答。

高尔特坐起身子，慢慢地活动着身体的肌肉。达格妮情不自禁地伸出手去扶他。他抬眼看她，发现她的笑容里含着泪水。只要看到他那赤裸的身体，看到他还活着，她就什么都不在乎，尽管她知道他所承受的折磨。他凝视着她的目光，抬起手来触摸着她身穿的那件白色高领衫的领口，告诉并提醒她什么才是今后最重要的事情。她的嘴唇微微颤动着,漾起了轻松的笑意,在告诉他她明白。

丹尼斯约德从墙角找到了高尔特的衬衣、裤子和其他衣物。"约翰,你觉得自己能走吗?"他问。

"没问题。"

就在弗兰西斯科和里尔登帮着高尔特穿衣服的工夫,丹尼斯约德面无表情、冷静而有条不紊地将那台折磨人的仪器毁成了碎片。

高尔特还无法行走自如,但可以倚着弗兰西斯科站起来。迈出的最初几步很是艰难,不过到了门口,他便找回了行走的感觉。他一只手扶着弗兰西斯科的肩膀,另一只手搭在达格妮的肩头,在取得支撑的同时,也在把力量传递给她。

他们静静地走下山丘,黑暗的树影成为保护他们的屏障,遮挡住了惨淡的月光,遮挡住了从他们身后国家科学院的窗户内透出的死气沉沉的亮光。

弗兰西斯科的飞机隐藏在下一座山头后面草甸旁的树丛里。他们周围方圆数英里内都没有人烟,当丹尼斯约德坐在驾驶舱后发动飞机时,扫亮了一片枯杂草的机头大灯和发动机的轰鸣没有引起任何人的注意和质疑。

听到舱门在他们身后关上,感觉到脚下向前的冲力时,弗兰西斯科终于露出了笑容。

"这是我唯一一次对你发号施令的机会，"他一边扶高尔特在一张躺椅上坐好，一边说着，"现在躺好别动，放松身体……还有你。"他指了指高尔特旁边的座位，又对达格妮说。

机轮越跑越快，似乎对地上的坑洼根本不屑一顾，一心只想获得速度、方向和轻盈。当这动作变为一道长而平滑的轨迹，当黑黝黝的树林从窗口旁向下掠去时，高尔特默默地探过身来，在达格妮的手上轻轻地一吻：他正带着自己想要赢得的一切离开外面这个世界。

弗兰西斯科拿出一个急救包，正在替里尔登除去外衣，包扎伤口。高尔特看见一道粉红色的血迹从里尔登的肩膀淌到胸前。

"谢谢你，汉克。"他说。

里尔登笑了："我要重复一遍我们初次见面那天我感谢你时你所说的话，'如果你懂得我所做的是为了我自己，就明白用不着感谢了。'"

高尔特说："我也要重复一遍你当时对我的回答：'正因为如此，我才要感谢你。'"

达格妮看到，他们相视的目光犹如双手紧握般一诺千金，再不需要任何语言。里尔登发现她正看着他们——他的眼睛如同是在赞许地微笑，微微地眯了眯，似乎在重复着他从山谷里给她发去的消息。

他们突然听见丹尼斯约德在对着天空兴奋地大声说话，随即明白他是在用飞机上的电台讲话："对，我们都平安顺利……对，他没受伤，只是有些虚弱，正在休息……不是，不是永久性的损伤……是啊，我们都在呢。汉克·里尔登受了外伤，不过"——他回头瞧了瞧——"不过他现在正冲我咧嘴乐呢……损失？我觉得我们当时是有点控制不住情绪，但正在恢复……休想比我先到高尔特山谷，我会先降落——然后我会和凯一起在餐馆里替你们准备早餐。"

"外面的人有没有可能听到他的话？"达格妮问。

"不会，"弗兰西斯科说，"他们收不到这个频率。"

"他是在和谁通话？"高尔特问。

"和山谷里大约一半的男人，"弗兰西斯科说，"或者是我们现有的飞机所能运载的最大人数。他们现在就飞在我们后面。你觉得他们谁看到你落在掠夺者手上还在家坐得住？我们做好了一旦有必要，就对科学院或者韦恩·福克兰进行公开武装进攻的准备。不过我们知道，一旦发生那样的情况，他们眼看不行的时候，就有可能对你下手。因此我们决定先由我们四个人试试，如果不行，其他人再公开袭击。他们都在半英里以外的地方等着。我们在山坡的树上安排了人，一见我们出来，他们就把消息传给了其他人。负责的是艾利斯·威特，巧了，他正在驾驶的是你的飞机。我们之所以比费雷斯博士晚到新罕布什尔一步，是因为我们得去很远的秘密着陆地点上飞机，他却拥有现成的机场。不过,顺便说一句,他拥有不了多久了。"

"对,"高尔特说,"拥有不了多久了。"

"这是我们唯一的困难,剩下的都轻而易举。我以后再把整个经过讲给你听吧。不管怎样,我们只用四个人就攻破了他们的守卫。"

"那些强盗相信,"丹尼斯约德转向他们说,"可以凭借武力统治超过自己的人,终究有一天他们会学到,没有理性的武力一旦碰到理性与武力,会有什么样的下场。"

"他们已经学到了,"高尔特说,"这不正是你十二年来一直在教他们的吗?"

"我?没错。不过学期结束了。今晚是我最后一次使用武力,这是对我这十二年的犒赏。我的部下现在已经开始在山谷里安家落户,我的船藏在没人能找到的地方,直到有一天我能把它卖了,派上更文明的用场。它会被改装成一艘远洋客轮——尽管船体并不十分庞大,但肯定很棒。至于我嘛,我要开始去教另外一种课程,看来我得把我们老师的第一位老师的作品好好温习一下了。"

里尔登笑道:"我很想坐在大学课堂里听你的第一堂哲学课,很想看一看你的学生们会怎样用心去学,以及你会如何应付那些我觉得他们应该问的无关问题。"

"我会告诉他们,他们要自己去寻找答案。"

下面的大地上灯火寥寥，原野如同一条空荡荡的黑被单，只能看见政府大楼窗户内闪现的几点亮光和浪费的人家窗内晃动的烛火。大部分的乡下人已经退回把人工照明看作极大奢侈的生活，太阳一落山，便停止了活动。城镇犹如潮水退去后剩下的一个个水洼，尽管里面还有几滴宝贵的电流，但在定量限制、配额供给、控制和节约电力的规定下，如同被干涸的沙漠吞噬了一般。

然而，当纽约——这个巨大潮汐的源头，在他们面前浮现出来时，它依然在向天边放射出光芒，依然不甘心被亘古以来的黑暗所笼罩，仿佛在用尽它最后的气力，向它上空的飞机张开手臂，发出最后一声求救的呐喊。他们不由自主地都坐直了身体，注视着这块曾经繁华伟大，此时却正孕育着死亡的土地。

他们清楚地看到了正在下面出现的最后一阵痉挛：车灯像被困的野兽般在街道上来回闪动，疯狂地寻找着出口，桥上挤满了汽车，通往大桥的路已被一条条车灯的长龙阻塞，在飞机上能隐约听到歇斯底里的警笛声。全国大动脉被毁的消息已经传遍了全城，人们丢下工作，在一片惊惶中想要逃离纽约，但所有的道路都彻底瘫痪了，此时已无路可逃。

飞机正从一片高楼大厦的上空飞过，他们只觉得突然一晃，仿佛大地裂开了一个大口子，纽约城便从地面上消失了。过了一会儿，他们才意识到下面的慌乱已蔓延到发电厂——纽约陷入了一片黑暗。

达格妮被惊得难以喘息。"别往下看。"高尔特高声命令道。

她抬眼向他看去。正如她一向看到的那样，他的脸上依然是那种面对现实的严峻。

她想起了弗兰西斯科告诉过她的话："他离开了二十世纪公司，住在一个贫民区里的阁楼上。他走到窗前，指着城市里的高楼大厦说，我们必须让所有的灯光都灭掉。当纽约陷入一片漆黑的时候，我们的任务就算完成了。"

她一边回想，一边望着他们三个——约翰·高尔特、弗兰西斯科·德安孔尼亚、拉格纳·丹尼斯约德——她默默地将他们挨个扫视了一遍。

她瞧了瞧里尔登，他没有往下看，而是像她看到过的那样，正用一种酝酿计划的目光，仿佛凝望着一片无人开垦的田野那样凝望着前方。

望着黑压压的前方，她的心里又涌上一段回忆——盘旋在阿夫顿机场的上空时，她看到一架银白色的飞机像凤凰一般从漆黑的大地上腾空而起。她明白，此刻，他们这架飞机上承载的便是纽约城余下的全部。

她向前望去。大地将会坦荡得如同此刻他们的螺旋桨划出的一条畅通无阻的航道——同样坦荡，同样自由。她懂得了内特·塔格特创业时的感受，懂得了她现在为什么会第一次死心塌地地跟随他的脚步：这是因为她正满怀信心地面对着一片空白，知道有一个世界在等着她去创造。

在这个时刻，她感到她过去的一切挣扎重现眼前，然后便离她而去。她笑了——在对过去的审视与封存中，她的脑海里出现的词语是大部分人从来不曾理解的勇气、骄傲与奉献，那是一个商人才会说的话："价格不是问题。"

当她看到黑漆漆的下方有一小串亮点正在大灯的带领和保护下蜿蜒西行时，她既没有吃惊，也没有颤抖；尽管知道那是一列已经哪儿都到达不了的火车，她依然没有任何感觉。

她转向高尔特。他正注视着她，似乎一直在跟随着她的思绪。从他的脸上，她看到了自己的微笑。"一切都结束了。"她说。"一切刚刚开始。"他回答。

随后，他们靠在椅子上，静静地看着对方。正如他们在彻底感受着未来一样，他们在心中深深地感受到了彼此的存在——他们也都懂得，一个人必须付出，才有权利把他生命的价值具体地表现出来。

丹尼斯约德接收从电台传来的呼叫时，他们已经远远飞离了纽约。"对，他还醒着，我看他今晚是不会睡了……对，我想他可以。"他回过头来，"约翰，阿克斯顿博士想和你说话。"

"什么？他也在咱们后面的一架飞机上吗？"

"当然了。"

高尔特俯身向前，抓过了话筒。"你好，阿克斯顿博士。"他说道，他那平静低沉的嗓音如同一幅含笑的画面传过了空中。

"你好，约翰，"休·阿克斯顿异常敏锐的沉稳声音表露出他是多么盼望能再说出这句话。"我就是想听听你的声音……只是想知道你还好。"

高尔特一笑——像是一个骄傲地拿出完成的作业，表明自己在用心学习的学生那样说："我当然很好了，教授，我只能如此。A就是A。"

向东行驶的彗星号列车的机车在亚利桑那州的沙漠中抛了锚。它像是一个从不担心自己背负过重的人突然毫无征兆地停了下来一样：某个负荷过度的联结部件彻底断裂了。

艾迪·威勒斯等了很久，列车长才姗姗而至，从列车长脸上那副听凭发落的表情上，他已猜出了问题的答案。

"司机正在尽力查找事故的原因，威勒斯先生。"列车长轻声回答，语气中暗示他只抱一线希望，尽管他已经有好几年都看不到任何希望了。

"他难道不知道？"

"他正在想办法。"列车长礼貌地等了半分钟后，转身要走，但又停下来，主动解释了一句，似乎隐约之间，某种理智的习惯告诉他，只要解释一下，就会使没有说出来的害怕变得容易忍受一些。"咱们那些柴油机根本就不能再用了,威勒斯先生,它们很早以前就已经不值得一修了。"

"我知道。"艾迪·威勒斯安静地说。

列车长发现自己还不如不解释:它只会带来那些如今已无人去问的问题。他摇了摇头,走了出去。

艾迪·威勒斯坐在车窗旁,望着外面漆黑的旷野。这是许多天以来从旧金山发出的第一趟向东行驶的彗星号:这是他费尽气力重建长途运输的心血。为了将旧金山车站从盲目内斗的人们手中挽救出来,他已说不清自己在过去几天里付出了什么样的代价;形势一会儿一变,他根本记不得自己做出了多少次妥协。他只知道:他从交战的三方首领那里获得了车站安全的保证;他找到了一个像是还没彻底灰心的人做车站的站长;他组织起现有最好的柴油机车和车组人员,发出了一趟向东行驶的彗星号列车;他登上了这趟列车回纽约,完全不清楚他付出的这些努力能坚持多久。

他从没这样拼命地工作过;他像对待其他任务那样尽心尽力地完成了这个工作;但他似乎是在一片真空里干活,似乎他的精力根本无从发挥,最后全都流进了彗星号窗外的沙子里。他浑身发抖,感到自己和抛锚的机车同病相怜。

过了一阵儿,他又叫来了列车长:"怎么样了?"

列车长耸耸肩膀,摇了摇头。

"派司炉工去找轨道沿线的电话,让他通知分公司,把最好的修理工派来。"

"是。"

窗外无景可赏,艾迪·威勒斯关掉灯光,只能看到在深色仙人掌点缀下的一片无边无际的灰暗。他不禁想到在没有火车的年代里,人们花费了怎样的代价才冒险越过了这片沙漠。他扭回头来,打开了车厢里的灯。

他想,他之所以倍感焦虑,只是因为彗星号没有着落。它是坏在了一段从南大西洋公司借用的轨道上,而他们并没有出借用费。必须让它离开这里,他想,一旦回到自己的轨道上,他就不会有这种感觉了。但是,那个位于密西西比河岸塔格特大桥旁的中转站突然之间变得遥不可及。

不对,他又想,不仅仅是这些。他必须承认,眼前总是晃动着什么画面,带着一种他既抓不住又无法驱散的不安感;它们实在模糊得难以分辨,又莫名其妙地没法赶走。其中一幅是他们两个多小时前没有停靠的小站:他注意到空旷的站台,以及候车室明亮的窗户;那灯光来自空无一人的房间;车站内外见不到一个人影。另一幅画面是他们途经的下一个小站:站台上挤满了骚动的暴徒。眼下,他们远离任何一个车站的灯火。

他必须让彗星号离开此地,他想。他奇怪自己为什么会感到如此迫切,为什么将彗星号重新开通会显得如此至关重要。在它空荡荡的车厢里，只坐了寥寥无几的乘客；人们已经无处可去，无事可做。他的努力并不是为了他们，他也说不出究竟是为了谁。只有两句话在他的脑子里回响，在用祷告般的含混和决绝的尖刻回答着他。一句话在说：连接海洋，直到永远——另一句话则是：不要让它垮掉！

一个钟头之后，列车长带着司炉工回来了，司炉工的脸色异常难看。

"威勒斯先生，"司炉工慢吞吞地说，"分公司没人接电话。"

艾迪·威勒斯坐了起来，尽管他的脑子仍不愿意相信，但还是突然明白过来，这正是他莫名其妙地预感到的情况。"这不可能！"他沉着嗓子说。司炉工望着他，没有动。"肯定是轨道沿线的电话坏了。"

"不是，威勒斯先生，电话好好的，没有问题，出问题的是分公司。我是说，那里没人接电话，或者，谁都懒得接。"

"可你明知这是不可能的！"

司炉工无奈地耸了耸肩膀；如今这种时候，人们对任何灾祸都不会感到意外。

艾迪·威勒斯站起身来。"沿整个火车走一遍，"他向列车长吩咐着，"去敲所有住了人的车厢，看看车上有没有电力工程师。"

"是。"

艾迪明白，他们和自己一样都觉得找不出来，他们见到的那些昏昏沉沉、行尸走肉般的乘客里不会有这样的人。"走啊。"他转身向司炉工命令道。

他们一起爬上了火车头。头发花白的列车司机正坐在座位上望着仙人掌发呆。车头的大灯亮着,一动不动,笔直地射进黑夜,灯光所及之处,只能看到渐渐模糊的枕木。

"咱们试着查一查故障在哪里,"艾迪边脱外套边说,声音既像是命令,又如同在乞求,"咱们再好好查一查。"

"好,先生。"司机既不反感也不抱任何希望地回答。

司机已经绞尽脑汁,查过了每一处他能想到的地方。他把机器上下敲打了个遍,将零件松开再拧紧,卸下再装回去,将发动机随便拆开,就像一个拆开了钟表的孩子,只是不像孩子那样坚信会有办法。

司炉工不断地从驾驶室的窗户里探出头去,望向沉寂的黑夜,他打着冷战,似乎空气已变得更冷。

"别担心,"艾迪用一副很有信心的口气说道,"我们必须尽力而为,不过要是我们没办法的话,他们早晚都会派人来帮我们的。他们不会把火车丢在外面不管。"

"他们过去是不会。"司炉工说。

司机不时抬起他那满是油污的脸,望向艾迪·威勒斯沾满油污的面孔和衬衣。"这有什么用啊,威勒斯先生?"他问。

"我们不能让它垮掉!"艾迪厉声答道。他隐隐地感到,他指的不仅仅是彗星号……也不仅仅是铁路。

艾迪·威勒斯从驾驶室摸索到放置发动机的三节车身，然后又摸索回来。他的手碰出了血，衬衣贴住了后背。他拼命回想着他对于发动机的所有记忆，回想着他在大学里学过的一切，以及更早的时候，他在洛克戴尔车站不断被人轰下伐木机的踏板时所学到的一点东西。这些记忆什么都连不上；他的脑子似乎乱成了一团；他知道发动机不是他的专长，知道他并不懂这些，知道他此刻只有把它搞明白才能死里逃生。他看着那些管子、页片、线路和闪着亮光的操作台。他尽量不去想那个不断压迫过来的念头：根据数学概率，对于外行来说，仅凭运气，能有多大的机会，要花多久的时间，才能找对零件，修好这台机车的发动机？

"没什么用啊，威勒斯先生？"司机唉声叹气道。

"我们不能让它垮掉！"他叫着。

不知过了几个小时，他突然听见司炉工喊："威勒斯先生，快看！"

司炉工探出窗子，向他们后方的黑暗中指去。

艾迪·威勒斯循声望去，只见远处晃动着一个奇怪的亮点，看上去前进得十分缓慢，他怎么也辨认不出那是什么灯光。

过了一阵儿，他看出慢慢前移的似乎是一些庞大的黑影，它们是在沿着铁轨移动。那点亮光在距地面很近的地方摇晃着，他侧耳细听，却没有任何动静。

随即,他听见了一阵微弱而低沉的声音,犹如马蹄踏响。他身旁的两个人满脸惊恐地注视着那团黑影,仿佛某种魔幻的幽灵正从沙漠的暗夜里向他们飘来。当他们终于看清来者的样子,顿时欣喜若狂地笑起来时,艾迪却仿佛看见了极其恐怖的鬼魂,脸上露出了恐慌:过来的是一支盖有帆布篷的四轮马车车队。走到机车旁边时,晃悠着的吊灯停了下来。"嗨,伙计,要不要捎你们一段?"一个像是首领的人喊道。他嘿嘿一笑,"车坏了吧?"

彗星号上的旅客们纷纷探头张望,有些人下了车,向这边走来。女人们的脸从马车车厢和里面堆放的日用品中向外偷看,车队后方传来了婴儿的啼哭声。

"你疯了吗?"艾迪·威勒斯问道。

"不,兄弟,我是当真的。我们有的是地方。要是你们想从这里出去,我们可以让你们搭车——不过得付钱。"此人身材瘦削,神态很不自然,胡乱地挥着手,声音粗野无礼,看上去像是路边杂耍的拉客者。

"这是塔格特的彗星号。"艾迪·威勒斯忍住火气说。

"彗星,是吗?我看它倒更像一条死虫子。怎么了,兄弟?你们哪儿也去不成了——就算你们想去,也到不了了。"

"你什么意思?"

"你们不是还打算去纽约吧?"

"我们就是要去纽约。"

"那……你们没听说吗?"

"听说什么?"

"你们和车站上一次联系是什么时候?"

"我不记得了!……到底听说什么?"

"你们的塔格特大桥不见了,没有了,它已经粉身碎骨,好像是被声波之类的东西炸掉的,谁都说不准究竟是怎么回事,不过,的确是再也找不出能过密西西比河的大桥了。至少对你我这样的人来说,别指望到纽约了。"

艾迪·威勒斯顿时如雷轰顶。他瘫倒在司机的座椅旁边,呆呆地瞪着通向发动机车身的门口。他不清楚自己在这里躺了多久,但转头看去时,他发现只剩下了他自己。司机和司炉工已经离开了驾驶室,外面人声嘈杂,夹杂着尖叫、哭泣和疑问的叫喊,以及那个路边拉客者的大笑。

艾迪强撑着身体,爬到驾驶室窗前:彗星号上的旅客和车组人员将车队首领和他几个蓬头垢面的随从簇拥在中间,那首领正挥舞着自己枯瘦的胳膊,在那里发号施令。彗星号上几个穿戴稍微讲究点的女人正心疼地抓紧她们精美的化妆包,向马车上爬去——显然,她们的丈夫们已经率先和对方谈好了条件。

"上来吧,伙计们,上来吧!"拉客者鼓动地喊叫着,"所有人都会有地方的!挤是挤了点,但可以走——总比待在这里喂野狗强啊!铁马的日子已经过去啦,我们只有最普通的老马!虽然慢,但是靠得住!"

艾迪·威勒斯沿着机车的扶梯走下一半,以便能看清人群,也能让自己的声音被大家听到。他一手抓住上面的梯蹬,一手挥舞着。"你们不会走,对不对?"他冲着自己的旅客喊着,"你们不会撇下彗星号吧?"

他们像是不想看他或回答他一样,退后了几步。他们不想听见令自己的头脑难以承受的问题。他的眼前只有一片惊惶的面孔。

"那个泥猴子想干吗?"拉客者指着艾迪问。

"威勒斯先生,"列车长轻声地说,"这是没用的……"

"不要抛下彗星号!"艾迪喊叫道,"不要让它垮掉!上帝啊,不要让它垮掉!"

"你是不是疯了?"拉客者叫着,"你根本就不知道你们的车站和公司里面出了什么样的事情!他们现在就像一群无头苍蝇!我看,用不着到明天早上,密西西比河的这一边就连一家铁路公司都不会存在了!"

"还是一起走吧,威勒斯先生。"列车长说。

"不!"艾迪大叫着,他用手紧抓着梯蹬,像是恨不得同它变成一体。

拉客者耸了耸肩膀:"好吧,它可是你的葬身之地!"

"你们去哪儿？"司机问话时没有看艾迪。

"一直走就是了，兄弟！只是找个能停脚的地方。我们从加州的皇谷来，一帮'人民党'抢光了我们的庄稼和储备的粮食。他们把那称作储藏。因此我们就凑了一些人，出来了。为了防范华盛顿的走狗，我们只能晚上赶路……我们只是在找一个能活下来的地方……伙计，如果你没有家的话，可以一起走——或者可以在离城镇近点的地方下车。"

马车上的这些人——艾迪漠然地想到——卑鄙得不像是建立秘密自由定居点的人，但也没卑鄙到变成劫匪的地步。他们就像车灯那束一动不动的光，什么都找不到，然后便会在这片荒漠中消失。

他站在扶梯上，抬眼向车灯望去。直到彗星号上的最后一个人登上马车，他也没有回头看一眼。

列车长最后一次叫道："威勒斯先生！"他的喊声中透出了急切与绝望，"一起走吧！"

"不。"艾迪说。

路边拉客者冲着机车上的艾迪扬了扬手。"但愿你没头脑发昏！"他半带威胁半带恳求地喊。"也许下个星期，或者下个月，会有路过的人把你捎上！也许吧！现在这种时候，谁还会来？"

"走开。"艾迪·威勒斯说。

他回到了驾驶室内——马车抖动了一下，继续吱吱呀呀地向黑暗的夜色摇摆而去。他坐在静止不动的机车的司机座上,脑门顶着失去作用的阀门。他觉得自己仿佛是一艘失事的远洋轮船的船长,宁愿和他的船一同沉没,也不愿被划独木舟的野人搭救,听他们用奚落自己的口气,向他炫耀他们的那条小船。

随即,他突然感觉到一股无名的气恼。他站了起来,抓住阀门。他非得发动这列火车不可,为了某种他叫不上名字的胜利,他一定得让机车动起来。

他不再去思考,不再去计算,也不再害怕。在一股正义无畏的力量的驱使下,他胡乱地拉着拉杆,前后推动着气阀,脚踩着死去的踏板,他在摸索着辨认那个忽远忽近的幻象,他的心中只有一个念头:那个幻象正是他不顾一切进行搏斗的力量源泉。

他的心里发出呐喊:不要让它垮掉!他看到了纽约的街道——不要让它垮掉!他看到了铁路的信号灯——不要让它垮掉!他看到了烟雾从工厂的烟囱中骄傲地上升,看到自己挣扎着穿过烟雾,到达这些景象的深处,找到他的幻象。

他拽着电线,把它们接上,又分开——他的脑海里突然闪现出了阳光和松树。达格妮!他听见自己无声地喊着——达格妮,以我们最崇高的名义!……他摇晃着那些废物一样的拉杆和无处使力的阀门……达格妮!他在向阳光照耀下的林中空地上那个十二岁的小姑娘叫喊——以我们最崇高的名义,我现在必须发动这列火车!……达格妮,就是为了这个……那个时候你便已经知道，可我没有……你在转身向铁轨望去的时候就已经知道……我说过，"不仅仅是做生意和养活自己"……但是，达格妮，做生意和养活自己，以及人们能够去实现这一切——那才是我们心里最崇高的、需要我们捍卫的东西……为了拯救它，达格妮，我现在必须发动这列火车……

他发现自己瘫倒在驾驶室的地面上，意识到待在这里已无济于事，便爬起身来，走下扶梯。他还在隐隐地想着机车的轮子，尽管他知道司机已经检查过了。走到地面上，他感觉到了脚下沙土的松软。他站立不动，在无边的寂静之中，他听到草在黑暗中簌簌作响，仿佛在动弹不得的彗星号旁边，有一支看不见的部队正在自由地行进。他听到附近传出清晰的沙沙声——看到一个兔子模样的灰影直起腰来，嗅着塔格特彗星号一节车厢下的轮子。他冒出一股要杀人般的怒火，向兔子的方向猛扑了过去，仿佛他能打退那个化身为灰色小动物的敌人的进攻。兔子蹿入了茫茫的黑暗——但他明白，这进攻是无法被打退的。

他走到车头前，仰望着上面那两个 T。接着，他便倒在铁轨上，扑在机车的脚下泣不成声。车灯的光束漠然越过他的头顶，射向无尽的夜空。

理查德·哈利的《第五协奏曲》从他的键盘上淌出，穿过玻璃窗，挥散在空中，传遍了山谷里的每家灯火。它是一曲胜利的交响乐。音符涌起,它们既表达着上升,又是上升本身,它们便是向上运行的实质与形式,似乎表现出了所有以上进为动力的人的行动和思想。它的声音如红日喷薄,冲破了黑暗,照亮了四方。它既带着挣脱束缚的自由欢快,又有着目的性十足的严谨。它清空了一切,身后只留下尽情奋斗的喜悦。在它的声音里只有一个微弱的回声,代表着这音乐的来处。不过那也伴随着惊奇的大笑,因为它发现其中并没有丑恶或苦痛,发现根本无须它们存在。它是一首深邃的救赎之歌。

山谷里的灯光在白雪依旧覆盖的大地上闪烁出一片片的光芒。大雪在山崖和松柏粗重的枝头间层叠堆积,但裸露的桦树枝条则隐约向上拔起,似乎在充满信心地承诺着春叶的萌芽。

山坡上那个亮灯的地方是穆利根的书房。麦达斯·穆利根坐在桌旁,面前是一张地图和一串数字。他正在开列自己银行的资产,制订一项预计投资的计划。他在自己选好的地方做着记号:"纽约—克里夫兰—芝加哥……纽约—费城……纽约……纽约……纽约……"

谷底亮灯的地方是拉格纳·丹尼斯约德的家。凯·露露坐在镜子前,饶有兴趣地研究着摊在一个盒子里的电影胶片。拉格纳·丹尼斯约德躺在沙发里,正读着一卷亚里士多德的著作:"……因为这些真理适用于存在的万事万物,并不专注于某些特殊的类别。它们适用于就其本身而言的存在,因此即为世人所公认……凡能被任何一个稍有理解力的人所理解的原理必定不是假设……那么显然,这样的原理在所有的原理当中最为确实;让我们进而说明这是一个什么样的原理,它就是:同样的特性在同一时间就同一方面而言,不能同时既属于又不属于同一个主体……"

广阔的农场上亮着灯的地方是纳拉冈赛特法官家藏书室的窗户。他坐在桌前,灯光映照着一本古籍。他标出并划掉了曾经断送了这本书的矛盾语句。此时,他正往书页上添加新的一句:"国会不应制定任何剥夺生产和贸易自由的法律……"

丛林深处亮着灯的地方是弗兰西斯科·德安孔尼亚木屋的窗户。弗兰西斯科席地坐在火光跳跃的炉前,俯在图纸上,完成着他对熔炉的设计。汉克·里尔登和艾利斯·威特坐在炉火旁边。"约翰会设计出新式的火车机车,"里尔登说道,"达格妮会管理第一条联结纽约和费城的铁路。她——"听到接下来的这句话,弗兰西斯科突然抬头大笑了起来,那是一种迎接胜利的轻松的笑声。他们听不见此刻正缭绕在半空中的哈利《第五协奏曲》的音乐声,但弗兰西斯科的笑与它正相吻合。弗兰西斯科从自己听到的那句话里,看见了春天的阳光照耀着全国家家户户的草地,看见了发动机迸出的火花,看见了崭新的摩天大楼那矗立的钢铁骨架正熠熠生辉,看见了年轻一代憧憬未来的目光里没有犹疑或畏惧。

里尔登说的那句话是:"她收的运费或许会让我脱掉一层皮,不过——我负担得起。"

在人迹可至的最高的山顶,那随风缓缓起伏着的淡淡闪亮,是星星闪烁在高尔特头发上的光芒。他伫立眺望的不是脚下的山谷,而是围绕在山峰外面的黑沉沉的世界。达格妮的手扶着他的肩膀,风将他们的头发吹得缠在了一起。她知道他今晚为什么想来登山,以及他停在此处沉思着什么。她知道他要说的话,并且知道她将会第一个听到。

他们望不到山峦之外的世界,只能看见一望无边的黑暗和山崖,只是那黑暗正掩盖着一片破碎的土地:顶棚掀掉的房屋,生锈的拖拉机,不见灯光的街道,废弃的铁路。但在遥远的天边,一团小小的火焰正在风中舞动,那正是倔强而不肯低头的威特火炬的烈焰,在夜风的撕扯下摇摆着站稳,绝不栽倒或者熄灭。它似乎是在呼唤和等待着高尔特此时想说的话。

"道路已经清理干净,"高尔特说,"我们就要重返世界了。"

他抬起手,在满目苍凉的大地上空划出了一个美元的符号。

Afterword 后记

我的个人生活,就是我的小说的后记。它包含了这样一句话:"我是认真的。"我一直遵循着我在书中所表达的哲学来生活——它对我塑造的人物和我自己都同样适用。具体的细节自有差异,但概括起来还是一样的。

我从九岁起就决心要当作家,我做的每一件事都是为了这个目标。根据自己的选择和信念,我成为了一个美国人。我出生在欧洲,但我却来到了美国,因为这是一个建立在我的道德前提下的国度,也是唯一一个可以完全自由写作的国家。我从一家欧洲的学院毕业后只身来到这里,我曾经苦苦地挣扎过,靠干各种零工谋生,直到最后终于靠写作获得了经济上的成功。没有人帮助我,我也从没想过谁有责任要帮我。

在学校时,我选了历史作为我的专业,以哲学作为我的爱好。第一个选择是为了我今后的写作而去获得人类过去的实际经历;第二个则是为了能对我的价值观有一个客观的定义。我发现第一个必须要通过学习,而第二个则必须靠我去实践。

我的思想观念从我记事开始一直保持至今。在成长的过程中,我学到了许多东西,并且扩展了我对细节、对专门的问题、对定义以及实践方面的知识——我还打算将这些知识继续扩展下去——但是,我从来不必去改变我最基本的东西。从本质上讲,我的哲学观就是把人看做一个英雄一样的存在,他的幸福便是他生活的道德目标,创作和生产便是他最高尚的行动,理性便是他唯一的绝对标准。

唯一令我在哲学方面受益的人便是亚里士多德。我对他的许多哲学观点极不认同——但他对逻辑定律和人类求知手段的定义实在是了不起的成就,相形之下,他的谬误已显得无关紧要。你会发现,《阿特拉斯耸耸肩》一书中这三部分的标题就是献给他的礼物。

对于所有发现了《源泉》,并且就进一步扩展它的思想向我提出许多问题的读者们,我想说,我是在这部小说中对这些问题做出回答,《源泉》只是《阿特拉斯耸耸肩》的序曲而已。

我相信,没有人会对我说我笔下的人物并不存在。这部书的写成——以及出版——便是我对他们存在的证明。

安·兰德

于1957年

Appendix 附录

客观主义的要素

从本质上讲,我的哲学观就是把人看作一个英雄一样的存在,他的幸福便是他生活的道德目标,创作和生产便是他最高尚的行动,理性便是他唯一的绝对标准。

——安·兰德

安·兰德将她的哲学命名为"客观主义",并将其描述为在世界上生活的哲学。客观主义是一个完整的思想体系,它给出了人要体面生存就必须遵守的思想和行为的抽象原则。安·兰德最先是通过她畅销小说《源泉》(1943)及《阿特拉斯耸耸肩》(1957)中的主人公,阐述了她的哲学思想。随后,她用非虚构的作品对这种哲学观作出了表达。

曾经有人问安·兰德是否能简明扼要地概括出客观主义的本质,她的回答是:

1. *形而上学:客观现实*

2. *认识论:理性*

3. *道德:个人利益*

4. *政治:资本主义*

随后,她用更为通俗的语言表达了上述理念:

1."要想驾驭自然,就必须尊重自然。"

2."你不能既想吃掉蛋糕,又想留着它。"

3."人最终是为自己。"

4."不自由,毋宁死。"

客观主义的基本原理可归纳为以下几方面:

1. *形而上学*:"现实和外部世界的存在独立于人的意识,独立于观察者的知识、信仰、感受、欲望或恐惧。这便意味着A即是A,事实便是事实,万物皆是天成——人类意识的任务是认知现实,而不是去制造或发明它。"因此,客观主义排斥任何超越自然的信仰——以及个人或群体宣称能够自造现实的主张。

2.认识论："人的理性完全能够了解事实的真相。理性是对人的感官所提供的素材加以识别和综合的思维能力。理性是人获得知识的唯一手段。"因而，客观主义排斥神秘主义（即任何以接受信仰或感觉来获得知识的手段），而且它排斥怀疑主义（宣称确定或知识不可能）。

3.人类本性：人是一种理性动物。理性作为人仅有的求知方式，是人最基本的生存手段。但理性的运用有赖于每一个个体的选择。"人是一种有意志意识的动物。""你所说的灵魂或精神便是你的意识，你所说的'自由意志'就是你头脑思考或不思考的自由，它也是你唯一的意志与自由。（它是）控制你一切选择的选择，决定着你的生活与个性。"因而，客观主义排斥任何一种决定论，排斥这样一种信念，即人是一种超出其控制的力量（诸如上帝、命运、教养、基因或者经济条件）的受害者。

4.道德："理性是人对于价值所作出的唯一正确的判断和唯一正确的行为指南。正确的道德标准是：人是作为人而生存——比方说，它是人出于天性，为了像一个理性生物那样生存（而不是像一个没有头脑的牲畜那样只是一时的肉体生存），从而提出的要求。理性是人的基本美德，人的三个最重要的价值是：理性，目标，自尊。人——每一个人——都是自我的，而不是为了满足他人；他必须为了自己活着，既不为他人而牺牲自己，也不为自己而牺牲他人；他必须以实现自己的幸福作为他生命中的最高道德目标，为了他理性的个人利益而工作。"因而，客观主义排斥任何形式的利他主义——也就是为了他人或社会而活着才道德的说法。

5. 政治："客观主义者道德规范里的基本社会原则是，任何人都不能以武力从他人那里获取价值——比如，任何个人或者群体都无权对他人行使暴力。人们只有在自卫、只有在反抗率先使用武力者时，才有权动武。人们之间应该像商人那样，自由和互愿互惠地交换价值。唯一禁止人类关系中出现暴力的社会制度是自由放任的资本主义。资本主义是在认可个人权利，包括财产权的基础上建立的一种制度，政府在其中的唯一职能便是保护个人权利，比如保护人们不受率先使用武力者的侵犯。"因而，客观主义排斥诸如法西斯等任何形式的极端集体主义。它也同样排斥目前主张政府规范经济、对财富重新分配的"混合型经济"。

6. 美学："艺术是根据艺术家形而上学的价值取向而对现实进行的有选择的再创造。"艺术的目的是具体表现出艺术家对存在的根本看法。安·兰德将她自己的艺术鉴赏方法描述为"浪漫现实主义"："我是个浪漫派，因为我所呈现的是人们本该有的样子。我是个现实派，因为我将他们安排在了此时此地的这个地球上。"安·兰德的小说作品不是在说教，而是洋溢着艺术的气息：塑造一个理想中的人物："我的目标，最原始的动因，以及主要的推动力，就是将霍华德·洛克、约翰·高尔特，或者汉克·里尔登，或者弗兰西斯科·德安孔尼亚，塑造成纯粹自我的人——而不是为了任何其他的目的存在。"

重现经典

2005年

《华氏451》 [美]布·雷德伯利

《美丽新世界》 [英]阿道司·赫胥黎

《穿裘皮大衣的维纳斯》 [奥]利奥波德·萨克·莫索克

《秘密花园》 [法]奥克塔夫·米尔博

《亨利和琼》 [美]阿娜伊丝·宁

《崩溃》 [尼日利亚]钦努阿·阿契贝

《源泉》 [美]安·兰德

2006年

《捕蜂器》 [英]伊恩·班克斯

《牙买加飓风》 [英]理查德·休斯

《看电影的人》 [美]沃克·珀西

《情陷撒哈拉》 [美]保罗·鲍尔斯

《相约萨马拉》 [美]约翰·奥哈拉

《母猪女郎》 [法]玛丽·达里厄塞克

《曼哈顿中转站》 [美]约翰·多斯·帕索斯

《万里任禅游》 [美]罗伯特·M.波西格

《荒凉天使》 [美]杰克·凯鲁亚克

《魔法外套》 [意]迪诺·布扎蒂

《面纱》 [英]W.萨默赛特·毛姆

2007年

《血橙》 [美]约翰·霍克斯

《破碎的四月》 [阿尔巴尼亚]伊斯梅尔·卡达莱

《校园秘史》 [美]唐娜·塔特

《独自和解》 [美]约翰·诺尔斯

《猎鹰者监狱》 [美]约翰·契弗

《孤独旅者》 [美]杰克·凯鲁亚克

《邮差》 [智]安东尼奥·斯卡尔梅达

《阿特拉斯耸耸肩》 [美]安·兰德

2008年

《能干的法贝尔》 [瑞士]马克斯·弗里施

《孤独天使》(《荒凉天使》新版) [美]杰克·凯鲁亚克

《跳房子》 [阿根廷]胡利奥·科塔萨尔

《失落》 [印度]基兰·德赛

《施蒂勒》 [瑞士]马克斯·弗里施

《人民公仆》 [尼日利亚]钦努阿·阿契贝

《斜阳》 [日]太宰治

《飞越疯人院》 [美]肯·克西

2009年

《瓦解》(《崩溃》新版) [尼日利亚]钦努阿·阿契贝

《亡军的将领》 [阿尔巴尼亚]伊斯梅尔·卡达莱

《情迷六月花》(《亨利和琼》新版) [美]阿娜伊丝·宁

《金色夜叉》 [日]尾崎红叶

《高野圣僧》 [日]泉镜花

《革命之路》 [美]理查德·耶茨
《路》 [美]科马克·麦卡锡
《荒原蚁丘》 [尼日利亚]钦努阿·阿契贝
《居辽同志兴衰记》 [阿尔巴尼亚]德里特洛·阿果里
《鞑靼人沙漠》 [意]迪诺·布扎蒂
《梦幻宫殿》 [阿尔巴尼亚]伊斯梅尔·卡达莱

2010年
《米兰之恋》 [意]迪诺·布扎蒂
《天下骏马》 [美]科马克·麦卡锡
《印度之恋》 [英]露丝·普拉瓦尔·杰哈布瓦拉
《猜火车》 [英]欧文·威尔士

2011年
《平原上的城市》 [美]科马克·麦卡锡
《穿越》 [美]科马克·麦卡锡
《神箭》 [尼日利亚]钦努阿·阿契贝
《禅与摩托车维修艺术》(《万里任禅游》新版) [美]罗伯特·M.波西格

2012年
《路》(精装) [美]科马克·麦卡锡
《面纱》(精装) [英]W.萨默赛特·毛姆
《老妓抄》 [日]冈本加乃子
《萨巫颂》 [伊朗]西敏·达内希瓦尔
《邮差》(新版) [智]安东尼奥·斯卡尔梅达
《一个人的和平》(《独自和解》新版) [美]约翰·诺尔斯

《猜火车》(精装) [英]欧文·威尔士

《阁楼上的狐狸》 [英]理查德·休斯

2013年

《天下骏马》(精装) [美]科马克·麦卡锡

《御伽草纸》 [日]太宰治

《血色子午线》 [美]科马克·麦卡锡

《阿特拉斯耸耸肩》(精装) [美]安·兰德

《斜阳》(新版) [日]太宰治

《人间失格》 [日]太宰治

《源泉》(精装) [美]安·兰德

《晚年》 [日]太宰治

《已故的帕斯卡尔》 [意]皮兰德娄

《维庸之妻》 [日]太宰治

《奔跑吧,梅勒斯》 [日]太宰治

《一月十六日夜》 [美]安·兰德

2014年

《春雪》 [日]三岛由纪夫

《天人五衰》 [日]三岛由纪夫

《阿甘正传》 [美]温斯顿·格鲁姆

2015年

《飞越疯人院》(精装) [美]肯·克西

《康州美国佬大闹亚瑟王朝》 [美]马克·吐温

《热与尘》(《印度之恋》新版) [英]露丝·普拉瓦尔·杰哈布瓦拉

《相爱一场》(《米兰之恋》新版) [意]迪诺·布扎蒂

《好色一代女》 [日]井原西鹤

《奔马》 [日]三岛由纪夫

《晓寺》 [日]三岛由纪夫

《离开拉斯维加斯》 [美]约翰·奥布莱恩

2016年

《一个人》 [美]安·兰德

《浪漫主义宣言》 [美]安·兰德

《她们》 [美]玛丽·麦卡锡

《亡军的将领》(精装) [阿尔巴尼亚]伊斯梅尔·卡达莱

《长城》 [阿尔巴尼亚]伊斯梅尔·卡达莱

《紫苑草》 [美]威廉·肯尼迪

2017年

《理想》 [美]安·兰德

2018年

《禅与摩托车维修艺术珍藏版》 [美]罗伯特·M.波西格

《阿甘正传双语版》 [美]温斯顿·格鲁姆

ATLAS SHRUGGED
by Ayn Rand and Introduction by Leonard Peikoff
Copyright © 1957 by Ayn Rand
Copyright renewed 1985 by Eugene Winick, Paul Gitlin and Leonard Peikoff
Introduction copyright © 1992 by Leonard Peikoff
Simplified Chinese translation copyright© 2019 by Beijing Alpha Books Co., Inc.
Published by arrangement with Curtis Brown Ltd.
through Bardon-Chinese Media Agency
ALL RIGHTS RESERVED

版贸核渝字（2019）第158号
图书在版编目（CIP）数据

阿特拉斯耸耸肩：珍藏版 /（美）安·兰德著；杨格译. -- 重庆：重庆出版社，2020.1
书名原文：Atlas Shrugged
ISBN 978-7-229-14155-4

Ⅰ.①阿… Ⅱ.①安…②杨… Ⅲ.①长篇小说—美国—现代 Ⅳ.①I712.45

中国版本图书馆CIP数据核字（2019）第087245号

阿特拉斯耸耸肩（珍藏版）

[美]安·兰德 著　杨格 译

策　　划：华章同人
出版监制：徐宪江
责任编辑：秦　琥　王昌凤
责任印制：杨　宁
营销编辑：王　良　史青苗
书籍设计：

重庆出版集团
重庆出版社　出版

（重庆市南岸区南滨路162号1幢 邮编：400061 http://www.cqph.com）
汇昌印刷（天津）有限公司 印刷
重庆出版集团图书发行有限公司 发行
邮购电话：010-85869375
全国新华书店经销

开本：850mm×1168mm 1/32 印张：67.75 字数：1300千
2020年1月第1版　2024年7月第5次印刷
定价：228.00元（全三册）

如有印装问题，请致电023-61520678

版权所有，侵权必究